泰州文獻

第四輯

宗子相先生集

李小有詩紀　葭園唱和　牧懷詩紀　媚獨齋詩集

鳳凰出版社

ISBN 978-7-5506-2265-4
9 787550 622654 >

圖書在版編目（CIP）數據

宗子相先生集、李小有詩紀等 / （明）宗臣等撰. -- 南京 : 鳳凰出版社, 2015.10
（泰州文獻）
ISBN 978-7-5506-2265-4

Ⅰ. ①宗… Ⅱ. ①宗… Ⅲ. ①古典詩歌－詩集－中國－明清時代 Ⅳ. ①I222.74

中國版本圖書館CIP數據核字(2015)第256455號

責任編輯　王　劍
裝幀設計　姜　嵩
出版發行　鳳凰出版傳媒股份有限公司
　　　　　鳳凰出版社(原江蘇古籍出版社)
　　　　　發行部電話025－83223462
出版社地址　南京市中央路165號　郵編:210009
出版社網址　http://www.fhcbs.com
印　　刷　揚州文津閣古籍印務有限公司
　　　　　揚州市開發區鴻揚路22-2號(6幢)　郵編:225009
開　　本　889毫米×1194毫米　1/16
印　　張　38.75
版　　次　2015年10月第1版　2015年10月第1次印刷
標準書號　ISBN 978-7-5506-2265-4
定　　價　560.00圓

《泰州文獻》工作委員會

主　任

藍紹敏　陸志鵬

常務副主任

盧佩民

副主任

戴勝利　王學鋒　張培成　佘江涛

委　員（按姓氏筆畫为序）

丁少華　方標軍　成愛君　季春芳　周興安

查學斌　姜小青　奚愛國　陳士宏　黄林華

曹茂良　曹學賦　許大才　張國祥　萬永良

程榮穩　鄒祥龍　費振鐘　劉　玲　劉仁前

劉宏鳴　潘時常　薛金林　顧維中

《泰州文獻》編纂委員會

主　編

盧佩民

副主編

黄林華　姜小青

執行主編

成愛君　費振鐘

編　委（按姓氏筆畫为序）

王　飛　王　劍　王正奎　卞惠興　朱長順　全　勤
李文華　李明官　吴　迪　吴小晴　吴雙林　汪　政
沈　俊　林世田　莫其康　倪培翔　徐一清　徐同華
高　峰　陳　立　黄　靖　曹學林　常　康　張　定
張永龍　劉仁前　劉春龍　潘浩泉　薛　飛　謝冬榮
竇立成　顧寄南

《泰州文獻》學術指導委員會

（按姓氏筆畫为序）

江慶柏　金良年　茅家琦　華學誠　徐　雁　畢飛宇

程章燦　楊九俊　魯國堯　劉玉才　顧　農

總序

泰州古稱海陵，漢初（公元前一一七年）置縣，晋末（公元四一一年）設郡，南唐（公元九三七年）建州，始稱泰州。

泰州濱江近海，物阜民豐。漢唐以來，糧鹽並舉，商貿繁榮，爲溝通南北的重要港口城市。泰州素爲文教昌明之邦。唐初立州學，北宋建貢院，明清開學政試院，産出大批科舉優秀人才。泰州自古人文薈萃。走進泰州的，從范仲淹、富弼、陸佃，到孔尚任、吴讓之、蔣春霖，都留下深遠影響。走出泰州的，從張懷瓘、胡瑗、施耐庵、王艮，到李清、吴嘉紀、柳敬亭、黄龍士、李鱓、鄭燮、劉熙載、李詳、梅蘭芳、高二適，都在各自領域爲中國文化作出巨大貢獻。

泰州遺存的文獻也很豐富。僅據《江蘇藝文志》所載，便有二千七百餘種，涵蓋經、史、子、集的方方面面。其中，尤以明清時期爲夥，占到百分之九十九以上。這當中不排除由於種種原因，致使元以前的一些著述湮没無聞，但明清兩代，確是泰州文化的繁盛期。在這些文獻中，如《書斷》（張懷瓘）、《水滸傳》（施耐庵）、《王心齋先生遺集》（王艮）、《宗子相集》（宗臣）、《陋軒詩集》（吴嘉紀）、《板橋全集》（鄭燮）、《藝概》（劉熙載）、《李審言文集》（李詳）、《黄龍士先生棋譜》等，在中國文化史上都有重要地位和深遠影響。

與此同時，對鄉邦文獻進行整理的也代不乏人。自宋至清，周氏（周麟之等）、宫氏（宫偉鏐等）、陳氏（陳應芳等）、徐氏（徐鳴柯等）等都曾致力其事，爲泰州留下了許多寶貴的文化財富。清嘉道間，鄉人夏荃編輯《海陵文徵》二十卷、附録十二卷，《海陵詩徵》十卷。民國初年，曾任江蘇省省長的鄉人韓國鈞歷經十餘年編成《海陵叢刻》計二十三種六十六册。

二〇一一年九月召開的中共泰州市第四次代表大會，提出了建設文化名城的任務。爲此，中共泰州市委、泰州市人民政府決定編纂《泰州文獻》。這是泰州有史以來對本土文獻最大規模的整理和彙編。它對於保存、利用、研究和開發泰州的歷史文化，尋繹泰州獨特的地方文化價值，爲泰州文化建設提供歷史人文資源，意義重大。

爲了保證編纂工作的順利進行，市委、市政府專門成立了工作委員會、編纂委員會和學術指導委員會。工作委員會由市委、市政府領導和相關部門負責同志組成，負責對編纂工作的領導和協調。編纂委員會由相關專家、學者組成，具體負責《泰州文獻》的編纂出版工作。學術指導委員會由江慶柏、魯國堯、程章燦、茅家琦、華學誠、徐雁、金良年等國内知名文史專家組成，負責對編纂工作的指導和把關。

編纂工作按如下幾個步驟進行：（一）進行文獻調查，建立文獻檔案；（二）精選有代表性、有學術價值的作品影印出版，選目由編纂委員會和學術指導委員會共同審議確定；（三）編輯出版《泰州文獻總目》。

《泰州文獻》分爲四輯：

第一輯『官修舊志』，收録泰州地區現存所有官修地方志。

第二輯『地方史料文獻』，收録泰州地區歷代重要的筆記和史料。按内容又可分爲史地類：收録有關泰州歷史地理方面的著作，包括小志、專志、雜志等；政情類：收録有關泰州政治、經濟等方面的著作；文教類：收録有關文化、教育、圖書館等方面的著作。

第三輯『家族文獻』，收録泰州地區重要的家譜、家傳、家集與名人年譜。按内容又可分爲家乘傳記類：擇要收録泰州家族譜牒中的譜序、家規、家訓、箴言、族約、族記、祠田記、塋田記、雜記、著述等資料；家族總集類：以家族姓氏筆畫爲序。

第四輯『泰州文存』，收録泰州地區作者的詩文著作及其他代表性著作。按内容又可分爲學術論著類：收録泰州作者的經史雜著；文集類：收録泰州作者的詩文集；地方總集類：收録泰州作者的詩文合集。

考慮到《水滸傳》、《封神演義》（《辭海》云『一説陸西星作』）、《檮杌閑評》（學界多謂李清所作）等小説流傳甚廣，版本豐富，故不再收録。其他如堪輿、術數類著作，泰州人撰泰州地區以外的地方志、地理志類著作，一般性的彙編、摘鈔類著作，亦不予收録。

《泰州文獻》原則上收録現轄區内的作家作品。但從尊重歷史出發，泰州學派創派人物、明代思想家、哲學家王艮，平民詩人吴嘉紀等人，歷史上均屬於泰州地區，對泰州地區具有深遠的文化影響，他們的作品亦予收録。

前人給我們留下了豐厚的文化遺産，我們既要加以珍視和傳承，更要在前人的基礎上，創造出無愧於今天這個偉大時代的新篇章。這是我們更重要的使命，讓我們爲之努力。

《泰州文獻》編纂委員會

二〇一三年十月十八日

凡例

一、《泰州文獻》（以下簡稱《文獻》）分爲《官修舊志》、《地方史料文獻》、《家族文獻》和《泰州文存》四輯。

二、《文獻》收録範圍原則上爲現行政轄區内作者的著述和與泰州有關的重要著述，但考慮到歷史上曾屬於泰州地區的人物，如泰州學派的代表人物王艮、平民詩人吴嘉紀等對泰州文化深具影響，對他們的作品亦予收録。

三、所收著作成書年代限於一九四九年以前。

四、《文獻》所收著作，以學術價值、使用價值較高爲原則，適當兼顧版本價值。

五、《文獻》以影印方式出版。如有蠹損、殘缺、漫漶不清處，原則上以相同版本予以補配，以保證完整、清晰。

六、《文獻》對所收每種著作均撰寫提要，置於該著作前面，以方便讀者瞭解作者生平、主要内容、學術價值等。

七、《文獻》除保留所收著作原有頁碼外，均新編頁碼，每册頁碼自爲起訖。

八、《文獻》最後一册編有書名索引和作者索引，以方便讀者使用。

目録

宗子相先生集

（明）宗　臣　撰

《宗子相先生集》十五卷，明宗臣撰，據明刻本影印。

宗臣有《性理纂要鈔狐白》，已著录。

本書卷首嘉靖三十九年樊獻科序，卷一賦，卷二古調歌，卷三古樂府，卷四五言選詩，卷五七言古詩，卷六至八律詩，卷九五言排律，卷十、十一絶句，卷十二、十三文，卷十四、十五書。卷末歐大任撰宗臣傳，王世貞撰宗臣墓志。據樊獻科序，宗臣卒後，所遺詩文由其裒輯，類次成集。而四庫提要據王世貞撰墓志認爲此集乃宗臣未歿時所訂定。宗臣精詩古文，與李攀龍、王世貞、徐中行、梁有譽、吴國倫、謝榛以文章志行相頡頏，稱『嘉靖七子』，四庫提要概括宗臣詩歌特點爲『跌宕俊逸，頗能取法青蓮，而意境未深，間傷淺俗』。『然天才婉秀，吐屬風流，究無剽剟填砌之習』。宗臣詩文在文學史上占有一席之地，更爲泰州籍作家中之佼佼者，《宗子相先生集》是一部值得珍視的重要典籍。

（周　忠）

賦　樂府

相集

序目錄二

此編殆同書讀十五卷本錯倒不
善校錄竹帮故重為編刻与前刻
珍藏擇鄰氏無序乃就所藏
議卡互勘記之　甲申臘月　武

序宗子相集

予稽往籍竊嘆文人多不幸豈獨遇不幸哉且嫌觸忌命數復奇可嘆也已邇才自班馬而下無論王楊盧駱即李杜未可言遇也嗟乎天分有限人禀難齊造化若厚薄於其間弗恐論矣予束髮時嘗聞學士大夫多稱

李何二氏作者時得李何二集讀之則沾沾喜已竊謂李何寡儔也逮入仕寓京邸有謝處士者與予游間持宗子相所爲詩文示予予讀之則大喜竊謂子相好古惜未盡覩子相所長也予按畿南時有過客語予曰子相狂士不近人予銜其言時猶未識子相意子相不免以才蒙忌也嘉靖三十六年秋予奉

命按閩適子相以吏部郎遷閩藩叅議予與子相同行部延邵間延邵故多山寇民固財匱姦弊叢積子相廉其狀輒語予以救濟之術予即條其事以屬子相而子相幹剔有緒民乃

帖然頌子相矣予時心異子相子相輒以閩中大事語予予亦不自知其不能而以閩事自試子相實助我也越歲島夷大至客兵日擾當事者既去予乃從戈矛中密與子相議戰守而子相亦以身任其事蓋毅然偉丈夫矣亡何寇退兵去予遂與子相同

試士秋闈凡有論著子相多援筆立
就乃分帙夜讀而子相所得士尤稱
高等既而子相秉文衡益厲躬範諸
生日飭諸生誦法聖賢及稱古豪傑
所事事而諸生咸悚服頌吾師云予覯
子相修雅然意氣多激昂不能諧俗獨
自信其心淡然忘毀譽也郵吏嘗告

予過客多持粱刺肥獨子相臨郡縣
時衣敝衣步險阻糲飯蔬食惟攜書
數篋耳有同餽之供具勿受即一楮
不妄受也惟覩民疾苦則語肫肫不
能已已復戚戚然歎無弗動協民愿者
居常披簡啜茗每吟哦四顧蕭然立
風日下出則整衣肅履遇濁吏輒怒

目去之然後已嗟乎郵吏能道子相
之實至此而子相之心獨未見知於
世予與子相同事幾三載則知子相
之心者非予哉予觀世人負才多不
羈或政事非其所長而子相之才識
政行兼之蓋今之奇傑士奚但李何
儔也予意天將厚子相乃不幸子相

沒矣時年三十有六耳無論其所遇
乃其數止此悲哉悲哉時諸生請祀
子相予從諸生言乃移檄郡縣崇子
相祀焉既而子相門人輩裒子相所
遺詩文類次成集不惟子相之才名
足稱千古而慷慨特達之氣忠義廉
正之操又可槩見櫬歸之日其尊君

履菴公以予知子相最親遂馳使(闕)書告予曰臣兒不幸又不幸無嗣獨幸有斯集在也愿公一言以俾斯集不朽顧予不文又安能以其不文之言重子相哉獨念子相之秉心持行予既從閩中獨知之而世人之不知子相者將取證於予言不獨以其文章爲足以傳世也若惟以文章知子相則世之友子相者咸能道之斯又奚待於予言

嘉靖三十九年歲次庚申九月望日

賜進士第文林郎巡按福建監察御史縉雲斗山樊獻科譔

宗子相先生集目錄

卷之一

賦

登釣臺賦有序

嘆逝賦代作

卷之二

樂府

雉子斑

君馬黃

戰戰南

上陵

巫山高

丹鷺

有所思

思悲翁

臨高臺

聖人出

艾如張

卷之四

五言古詩

燕子磯
登方山
牛渚歌
新安道中
山中夜行
浙溪曉起
嚴州山行
月夜
山行
眞州夜泊
寄懷長安舊游
期黃山人不至
湖上行

卷之六

五言律詩

寄懷故園舊好 五首
送蘇生南歸
四月一日于鱗元美子與約南溪之游

偶以事羈悵然有感 三首
病中荅明卿見贈 二首
有寄
贈別吳子
同于鱗元美子與郊行 二首
送張明府謫漖湖州
與錢惟重步月下
歲暮
送王判
除夕荅茂秦子與見贈
送張簿之上饒
寄遠曲 二首
問元美病 二首
寄陸子
同李司封蘇文遐遊聖禪寺
送周先生之海寧
荅袁子敬
遣悶

卷之七

五言律詩

卷之八

七言律詩

同子與使君登文游臺臺在高郵

趙山人至

與凌文學話舊

拱極臺

萬里

待元美不至 二首

眞州

寄茂秦

送人南歸

酌吳子

寄于鱗

暮春

江上秋高有懷京洛舊好李王南北梁謝飄零獨子與明卿在焉俯仰傷情賦此寄臆

寄表子敬

雨中聞島夷消息太劇

二月五日

送太史李公還朝 二首

酬沈二山人

顧一丈夜集

懷公實

席上贈劉一丈墀石

早春寄明卿舍人時以使事還楚

過揚州 二首

眞州謁文丞相祠

春日

冬至夜高子明陸子和子培弟集齋中

卷之九

七言律詩

同元美德甫集明卿

天壽山

送劉武庫使雲中便道還楚

送黃先生之江西

寄贈子培赴試

七夕同諸子集張園

同元美集明卿
送嚴博之浙
送張肖甫奉　命督租閩粵二首
荅明卿齋居見贈
寄于鱗
與明卿對月
送許先生之任
送人之河南
送朱邑博之滎陽

子與至京夜集
集子與
寄姜使君二首
送下從事之廣東
送唐叅政之山西
同子與德甫伯倫送別明卿給諫赴謫
豫章
得元美書
懷余德甫比部

諸子夜集因寄長庚
七夕
寄錢惟重時以使事還吳
得方山人書
子與書來約訪山中賦此以待
病起
頻年
表二丈夜訪山齋劉一丈偕集二首
得明卿還京消息卻寄

孫子升過訪
蜀道
渡河
舟中夢顧一丈
登景山落霞亭二首
南旺湖夜泊
同諸子集德甫
送玄陽山人歸吳
同元美子與明卿送別于鱗

送元美之呂梁
同明卿送孫子升得春字
送趙子隆下第南歸
送李僉事入浙
元美自塞上歸暫駐城西携酒出視
同李伯承過况吉夫
荅方懋藩見贈
九日陪　祀山陵 二首
大雪集張助甫
送萬公子歸豐城
和朱主客冬至雪後早朝
寄贈王侍郎時總戎薊鎮
遲元美不至
况吉夫席上留别高伯宗吳峻伯汪正叔李伯承張子畏
上巳夜汪正叔宅留别諸君得寒字
荅子與見贈 二首
得袁二丈書

又得袁三子敬書
與徐養浩泛湖 二首
贈陳隱君
句曲道中值雨時赴子與之約 二首
積翠亭子與晩酌
同子與登茅山絶頂風雨驟至
既别子與憶之
登觀音山
登俯江亭
過涇訪王九江

卷之十
五言排律
人日于鱗元美子與公實茂秦偕集
春望得家君報
傷春 四首
同茂秦于鱗南溪汎舟
送沈儀部子文之留都
病中 二首

送朱郎中使浙
午日同于鱗游天寧寺
賦得邊馬有歸心
病中茂秦見過
寄魏山人
聞陸子携家之金陵感而有賦
送王中丞巡撫山東
送宗四道丈南歸
送胡比部之留都

湖上晨起
喜雨劉沈許李四丈偕集
趙山人再訪溪南
集芙蓉館
顧國子見訪
訪陸長庚不遇
同何侍御游大雲寺賦十二韻 寺在清源
送萬彦和僉憲之廣東

省中夜直
明卿德甫夜至
秋夜張園遇談玄者有贈
夜過明卿遲元美不至
秋夜高伯宗徐汝思李伯承汪正叔張子畏況吉夫來集
留别峻伯

卷之十一

五言絶句

題畫 四首
春望
送吴山人
聞鴈憶子培弟
雪山
聽笛
寄陸子
邠行 六首
贈人之河汾

送人還江南
湖上雜言 二十首
得余德甫書 二首
古意簡伯章
懷高子明
夜立
遲養浩不至
寒夜同助甫訪子畏見盆草賦 五首
送朱主客 四首

再餞朱主客 十首
寒夜坐月 四首
白伯倫移居偕[redacted]過訪 十二首
贈張吳二子 二首

卷之十二

七言絶句

送元美 六首
塞上歌送王侍郎赴薊鎮 十首
再送元美 四首

送葉令之蒲圻 二首
送德甫奉使兩浙 四首
得顧洛陽書却寄 四首
送袁令之夔州 二首
寄陸長庚
得明卿書却寄 二首
酬朱丈
酬峻伯
酬助甫

相逢曲
荅助甫 二首
題方懋藩邸中小石
明月曲 四首
贈李司封子藩用助甫韻 五首
夜月懷明卿 二首
正月十二夜同助甫過李子藩 二首
得子與書寄贈時子與駐節句曲 四首
寄贈方隱君 六首

卷之二十一

書

報趙山人二首
報鄭侍郎
報陶明府
報朱職方二首
報鮑山人
報王保定
報萬按察
報孫子升二首
報劉按察子成

卷之二十二

書

報王侍郎五首
報凌文學
報管明府
報惲按察
報劉按察
報宗丈
報陳使君

報劉明府
報袁使君
報鄉中父老
報黎惟敬
報張肖甫
報吳峻伯二首
報張助甫
報白伯倫四首
報高伯宗

報施員外
報李子藩
報曹明府
報阮中丞二首
報太僕黃公
報李吏部一元
報顏使君七首
報黃黃門
報李明府

卷之二十三

書

報查太常

報汪水部

報諸吏部

報學士李公

報學士董公

報余德甫 二首

報方武庫 二首

報何中丞

報薛刑部

報周憲長 二首

報尨憲長

報莊吏部

報黃光祿

報趙太僕

報方駕部

報李于鱗 十二首

卷之二十四

書

報王元美 十九首

卷之二十五

書

報徐子與 三十首

報吳明卿 七首

報梁公實 一首

報謝茂秦 二首

宗子相先生集卷之一

廣陵宗　臣子相著
晉陵鄒之麟臣虎校

賦

登釣臺賦 有序

予聞嚴子釣臺舊矣丁巳秋予以恭藩赴閩取道兩越始登厥臺徘徊爲商飈西來萬山颯搖我心傷悲爰申厥詞把酒放歌白雲莽互豈君之聞歌而來哉

恭承　帝命以南邁兮弭吾節于富春儵微霜之隕百草兮何芳杜猶菲菲其襲人睇嚴陵之舊里兮釣臺鬱而嶙峋屯飄風其相薄兮吹石瀨之磷磷宿莽摇落而變衰兮予又安得問夫白蘋予將懷椒糈而敝臆兮蹇吾馬之逡巡而不前豈以沉淪之俗羈兮乃不得以揖高士而執鞭惟炎德之中天而興兮紛衆芳之雜糅以比肩何佳人之奇姣以抗行兮乃獨抱孤貞而自全袞冕黼黻之玄以章兮蓀獨愛夫羊裘兮忝鴻鵠之高翔兮聊寄吾跡于汀洲昔傅岩之版築兮武丁肖形以資厥猷非熊之協帝夢兮渭叟起而佐周何帝之手詔以忤情兮羌獨偃蹇而夷猶故人之不忘舊懽兮情恍惚而至乎帝庭何帝腹遽以足加兮太史奏之客星咄咄子陵之不肯爲理兮帝何獨惜夫沉冥蓀何高蹈而不顧兮乃長揖以謝夫天子朝發軔于漢宮兮夕税駕于江沚有君如此其忍負兮蓀豈亾覩于厥旨痛韓彭之竟以烹醢兮勃何幸而卒

不免乎羑里念盛名奇績之不可以善終兮是用忍情而惜此蘭茝鳳凰之回翔而不肯下兮豈網羅之所能施使蛟龍可得而常服兮又何以異牛馬而下之睇江河之趨下兮喟高風日逝而不可追撫故迹而連蜷兮悵吾生之獨後時往者既已不可復兮冀來者之猶可爲委予珮之陸離兮掛吾冠于南斗之墟擘長虹以爲衣兮拾青露以爲瑶托微誠于浮雲兮蓀其攬瑤華而遲予望美人而不見兮若獨立以躑躅

亂曰維江有蘭美人植兮白雲菼菼歸何思兮
乎楚路日怨青楓兮歸來乎山中吾與女嬉以
遊兮

嘆逝賦 代作

嗟天命之浩蕩兮總萬品而爲型唯一烝以回
薄兮慨靈舉之不可以訃停睨衆卉之峻茂兮
芳草紛而獨馨何微霜之未隕兮而馨溘其先
零君燁燁其少揚兮握赤珠而馳騖朝飲馬于
文苑兮夕弭節于玄圃旣謁 帝之閶闔兮儼

天門而廣步振瓊英之雜佩兮散瑤華于中路
奄分符以南邁兮宰蒼生于東越遵邵杜之遺
則兮民蒸蒸其無鮑鴻碩鬱其上聞兮爰降命
于北闕司寇之典邦禁兮惟女庶幾其慎罰何
君之蹇蹇以高厲兮捐鳴佩于上宮返初服之
江籬兮尋舊侶之桂叢志士不能忘君兮念國
事之倥偬羌重入乎承明兮陪謨謀之從容錯
帝章之璀璨兮統神人而旁達爰申命于金馬
兮日置紳于紫闥儼夔龍于天上兮攬芙蓉于

池末艷球琳之可拾兮紛組纓之可掇富貴之
易以盪情兮君獨守乎故常奉星辰之晨華兮
依日月之隆光當青鬢之盛年兮奄乘雲以歸
帝鄉悲回風之搖落兮攬木葉而需裳豈厭世
之溷薄兮乃投情乎幽渚將逐吳雲以南征兮
或戀燕都而北止或上而獨駕乎玄螭兮將下
而隨流乎赤鯉幽明聚散之永隔兮予誠不知
其故令名之兼壽考兮自古以爲難期回憲之
不得永齡兮千禩之所共悲予獨惜此芳艸兮

乃不得與衆卉而共萎陳一詞以托浮雲兮聊
寄予之遙思

城

宗子相先生集卷之二

廣陵宗　臣子相著
晉陵鄒之麟臣虎校

樂府

雉子斑

雉子斑斑乃游水湍朝游水北暮游水南五色其羽文何翩翩嗟彼王孫來游江干須臾盻之忽焉見殘雉子向言有鳥在天爾胡我殘有鴻在沼爾胡我殃嗟雉子爾無言爾懼我殘爾懼我殃誰令爾斑

君馬黄

君馬黄臣馬青二馬並進臣馬停臣馬停君馬行飛塵走電過龍庭一鞭胡騎驚再鞭胡塵平錦泥玉障垂勳名吁嗟乎荊棘滿山山路黑君王未可馳八極

戰城南

戰城南望城北城北陣雲紅城南陣雲黑生當封侯死當廟食一戰天門青再戰天門赤揮金戈擁雕戟馬走韁人失魄百萬熊羆一時仆歸來麟閣名觀者坐太息戰城南望城北

上陵

上陵何所見但見栢與松栢枝一何盛松枝一何青白楊在其上秋風蕭蕭鳴金爲闕玉爲楹石爲馬銅爲龍重泉一以閉萬古不可礱悟彼泉下仙喟然動中情今日樂且樂延年萬壽春

巫山高

巫山高上摩千層之青天下渺萬丈巫峽之重淵雲胡爲哉生其巔朝飛去暮來旋登山步雲

令人神飛白日可摩玄龍可騎下視浮世千萬里蒼茫浩蕩空煙水

丹鷺

丹鷺丹鷺不在天不在渚飛君堂爲君鼓倡君歌起君舞玉戟升朱矛舉燕明堂耀神兵享有道征不庭棲鳳羽布龍城一人慶四海寧

有所思

有所思乃在大海南海路一何長海水一何寒

迢遞千萬里上有蓬萊山山中有眞人顏色如
渥丹青霞爲君衣紫霞爲君餐桂枝夾道旁上
長青琅玕羣仙三五人游戲青雲端赤螭爲前
驅蒼龍護其闕月下散瑤步玉聲何珊珊我欲
往從之道路阻且難中心悵有違慷慨起長嘆

思悲翁

思悲翁悲何極朝相思暮相憶今者華昔者黑
白日難東黃河難北思悲翁悲何極

臨高臺

臨高臺高臺何崔嵬南望羅浮東望蓬萊恒岳
與泰華颯颯雄風來一顧青雲飛再顧白日摧
三顧天門忽以開仙人三五輩冉冉霓宮廻仙
人向我言君胡來君胡來

聖人出

聖人出應昌期龍來游鳳來儀天地並日月齊
統六合化九夷產朱草芬玄芝延年壽萬歲期
寄謝許由與巢父及今不出待何時

艾如張

艾如張張而羅羅在山鳥則罹之羅在地鴻則
罹之翩翩者鳳萬里一去千年來過艾如張張
而羅奈此鳳者何

上之回

上之回駕雲車格皇心隆帝圖上之回來甘泉
仁聖德萬邦傳上之回臨三關走九夷服八蠻
上之回歸明光千萬年樂無疆

長歌行 二首

秋風蕭索百艸斑黃沙飄颯青海灣良人昔從

征西班一去十載不知還驚飈傳檄雲霄間胡
塵渺浩難重攀昨日寄我雙玉環萬里相將道
路艱我欲爲君整雙鬟空閨顦顇摧朱顏心如
車輪不暫閑不覺涕淚衣煸爛征人一一歸故
山爾獨何辜阻玉關

其二

秋山搖落秋夜長皐蘭寂寞被凝霜中夜起視
明月光蟪蛄蟀蟋鳴我房良人遠遊在他方道
路一望阻且長聞君有期歸故鄉爲君旭日修

新粧鏘鏘珮環曳鳴璫盈盈移步來中堂望君不見心彷徨不覺淚下霑衣裳忽見雲間雙鳳凰長天萬里同飛翔安得羽翼同頡頏延頸悲鳴到君傍

出塞曲

壯士懷慷慨高義貫長虹甘心報國讐自矢忘厥躬遠望邊塵起萬里揚悲風拔劒出門去驅馳遠從戎昔爲千人英今爲萬夫雄單于來接戰殺氣衝蒼穹黃塵不可見白日忽以蒙一戰

鴈塞清再戰龍庭空歸來報天子獻捷甘泉宮

長相思

涼颸起高閣凝露被華滋庭前有玉樹冉冉寒風吹搖落愴中懷芬芳難獨持嗟彼陰陽速嘆此顏英衰攬衣起太息惆悵令心悲君心妾不見妾心君詎知尺書不我將何以慰別離俯仰清川流仰視白日馳願隨白日景照君見光儀

孤鳳篇

紫庭有丹鳳羽翮何翩翩朝游華山雲暮宿蒼梧煙一朝失其凰嗟哉相棄捐彷徨四海求何當待來旋采采琅玕實顧影徒遷延豈無鴻鵠羣而非情所憐悲鳴入赤霄翱翔不計年千載覽德輝來儀聖明前

鳳笙曲

翠管參差明月弄高臺忽起雙飛鳳彩雲縹緲華山洞華山洞華山磯朝同出暮同歸

江南曲

碧草萋萋籠紫煙蘭橈桂楫濤江邊吳歌越吹

太可憐太可憐復可妒飄飖纖曳輕素

龍笛曲

高樓縹緲流玉音梅花零落寒江深江中隱隱雙龍吟雙龍吟未已朝霞紅暮霞紫

採蓮曲

紅粧翠袖歌採蓮三三兩兩鬬嬋娟欲行不行落金鈿落金鈿垂玉指發青蘋照綠水

採菱曲

湖上菱花落復開蘭舟桂楫去復來童豔女

行相催，行相催，不可住，羅衣寒，碧水綠。

遊女曲

翠鬟玉珮遊春風，百花拂袖來湖東，朱顔灼灼驚飛鴻，驚飛鴻，耀明月，人不見，心如結。

朝雲曲

朱雲縹緲來神霄，人間天上俱迢遥，欲來不來巫山高，巫山高高無極，夢相見，重相憶。

趙瑟曲

邯鄲美女顔似玉，翠袖朱絃理新曲，寒月泠泠

江水綠，江水綠，江雲停，誰爲此，湘妃靈。

秦箏曲

翩翩羅襪明珠光，抱得秦聲上高堂，調絃促柱移清商，移清商，翻翠袖，滿滿斟，曲曲奏。

陽春曲

春華燦灼春月明，朱唇玉頰揚哀聲，凄凄切切動右情，動君情，得君悦，流青雲，飛白雪。

自君之出矣 二首

自君之出矣，消息阻風煙，桂嶺花頻落，榆關月

自圓。

其二

自君之出矣，幾度寄春衣，春色年年老，良人歸不歸。

江南曲 四首

瑟瑟江上風，密密山前雨，風雨莫少停，留得郎君住。

其二

春江君自去，春閨儂自愁，儂心似江水，日夜伴郎舟。

其三

綠窗春鳥聲，思君淚如雨，人來淚不收，却道思家苦。

其四

歡比堤上絮，如泥亦如雪，儂比鏡中花，可見不可折。

寄衣曲

征人夜度遼，寒衣今去洛，妾恐如寒衣

垂着

採蓮曲

蓮花比妾貌妾貌花不如蓮子比妾心妾心應更苦

相逢行

昔與女相逢今與女相別相逢萬山雲相別千山雪

清夜曲

明月期故人相對坐清夜濯纓綠水前散髮青

松下

梅雪曲

山上雪如梅山下梅如雪寂寞對空山幽香共誰折

月下曲

月下吹紫簫雲間整玉珮顧見鴛鴦鳥一一自成對

水中月　四首

嫦娥三五月玉露千萬秋久居天上苦暫向水中遊

其二

嬝嬝青山雲湛湛清江水中天落玉鉤魚龍驚不止

其三

雲斂波還淨雲開影自隨綠萍與青荇相傍往花枝

其四

南山亦有羅北山亦有羅玉兎滄波裏羅兮奈

爾何

採蓮曲

採蓮莫採蒂蓮蒂絲難吐採蓮莫採子蓮子心中苦

江上曲

青波遠泛舟碧石朝逢雨不見江上人惟見江上樹

長相思

昔與女相思今與女相見相見巳秋鴻相思又

春燕

江南弄

簾櫳上夜珠闌干倚寒玉客子在天涯相思春草綠

江南曲

客去悲江左書來滯隴西相思若春草無路不萋萋

春閨曲

華枕爲誰施華衾爲誰卷妾膓非道路日夜車輪轉

楚陽曲 三首

官府一開倉含情向兒女公者猶可遲私者不可已

其二

東村有客到相留問烹雞婦言且莫烹租吏到河西

其三

守者娶新婦布裙止兩褶租吏呼典衣婦在總

前泣

賣花曲

長安買花者數株千萬錢道傍有饑者一錢不相捐

白頭吟

君從何處來遺我明月珠明珠亦何爲可以照光儀光儀君不顧照之令心悲 一解 君從何處來遺我綠綺琴琴聲亦何爲可以揚芳音芳音君不聽彈之傷我心 二解 君從何處來遺我紫

鸞笙鸞笙亦何爲可以揚清聲清聲君不聆吹之感我情 三解

子夜吳歌

于鱗上計上都予以職事直省中凡再易朔不得通一語輒爲之賦時命侍子歌之以通其悵恨焉

出門望所歡零雪忽盈尺豈曰沾吾衣畏此雪上跡 一解 與君生别離三年參與商誰謂三年久不如茲夜長 二解 夜半倚梧桐明月何歷歷

梧子在其上可見不可摘 三解 芳草五驊騮熠
熠朝元者不分黃金鞭出入依君馬 四解 自幼
能採蓮蘭楫蕩前渚如何蓮子心于今更覺苦
五解 聞君有瑤琴來自崑崙域雖未聽其聲時
時白雲色 六解 玉樹抽新條炎炎困赤土日望
天上雲不得階前雨 七解 自與君相別剪刀日
夜利君有雲錦裳吾當爲君製 八解 手中珊瑚
枝光華掩白日恐君一見之疑作君家物 九解

古詩 五言古詩 七言古詩

宗子相先生集卷之三

廣陵宗　臣子相著
晉陵郯之麟臣虎校

古詩

池上歌寄諸子 二首

芙蕖搖落兮驚素秋簫鼓殷殷兮泛中流瞻彼滄洲兮狎白鷗美人不見兮使我愁安得與美人相逢兮採萱草以忘憂

其二

蒹葭蒼蒼兮露爲霜秋風颯颯兮明月光四顧天地兮何微茫美人不見兮使心傷安得與美人相將兮折桂枝而徜徉

昔君别

昔君别我兮春草萋萋今我思君兮秋雨霏霏春秋既已改序兮君胡爲兮不歸昔君别我兮江月陰陰今我思君兮海日深深日月忽其不停兮君胡爲兮無音

今夕歌 四首

今夕何夕兮得與美人同行蟋蟀在床兮凄凄則鳴江水浩蕩兮泠泠其聲何接美人之慇懃兮乃使我惆悵而愴情

其二

今夕何夕兮得與美人同歌山有木兮木有柯水有鳥兮鳥有羅何接美人之慷慨兮乃使我淚下[illegible]滂沱

其三

今夕何夕兮日居月諸今夕何夕兮得與美人同車前有溪兮溪有魚後有園兮園有蔬何接美人之珮環兮乃使我氣結而欷歔

其四

今夕何夕兮飛鳥鳴禽今夕何夕兮得與美人同斟奉清醴兮彈素琴薦上珍兮揚華音何接美人之周旋兮乃使我情結而霑襟

招隱詞

歸來乎山中他鄉莫久滯君莫慮無衣山中有蘿薜一解　歸來乎山中他鄉莫久繫君豈慮無

舟山中有蘭桂、二解歸來乎山中、他鄉莫久延、君豈慮無飲山中有甘泉、三解歸來乎山中、他鄉莫久羈君豈慮無飧山中有紫芝、四解

昔思君

昔君與我兮同心結髮、今君與我兮參商胡越、昔君與我兮鴛鴦同池、今君與我兮南北異枝、昔君與我兮月明星燦、今君與我兮風流雨散、

送將歸

客子遠役兮駟馬馳驅言長往兮適郊圻念我

同心兮悵有違送君河橋兮牽君衣問君去兮何時歸、恨無羽翼兮同君飛歲暮不歸兮當誰依、

車遙遙篇

車遙遙兮馬駸駸送君行兮河之陰、望而不見兮傷我心車遙遙兮馬蕭蕭送君行兮河之橋、望而不見兮俾魂消、車遙遙兮馬翩翩送君行兮山之巔望而不見兮涕留連、車遙遙兮馬騑騑送君行兮江之磯望而不見兮泪沾衣

萱草詞爲伊母夫人賦四首

萱草離離兮山之陽朱爲衣兮青爲裳嗟彼秋風兮起大荒俾其花日飄泊而不可見兮何以慰此心之彷徨

其二

萱草菲菲兮山之曲曳紫霞兮綴紅玉嗟彼秋風兮振庭綠俾其葉日凋零而不可尋兮何以慰此心之躑躅

其三

萱草芬芬兮山之側對芳芷兮遠叢棘嗟彼秋風兮還以仆俾其枝日偃蹇而不可起兮何以慰此心之嘆息

其四

萱草萋萋兮山之隅雜玄芝兮間綠蕪嗟彼秋風兮遽以枯俾其根日蕭索而不可保兮何以慰此心之踟躕

卷之三終

宗子相先生集卷之四

廣陵宗　臣子相著
晉陵鄒之麟臣虎校

五言古詩

省中

鳴珮下紫霄巖巖府中趨冠蓋粲以繁羣吏肅前隅晨風振遠楹宿鳥鳴高梧起步忽不愜嘆此中懷孤楊雄草太玄相如奏子虛執戟亦云晚遊梁意何迂西京有七貴黃金步天衢朝儺浹車馬夕燕紛笙竽富貴詎可常爲樂亦須臾嗟彼榮華觀眈此寂寞塗取舍一何戾志各有所須烈士多苦心斯言良不誣

秋夜省直

驅馬卬高扃秉燭照清池冉冉見芙蓉白露被華滋仰見明月光三星粲以垂蟋蟀鳴重階繁聲一何悲感之長嘆息嗟此陰陽移鹿鳴思野草宿鳥懷故枝人生貴適志覊棲亦何爲行行返舊服去去清江湄此意良未申空令達士嗤

雜詩二首

結髮事明主忠義諒獨持出門遠眺望荊棘生路岐路岐阻且深惆悵何所之中心既不回艱危何足辭不暇恤其躬安能顧所私譬彼東流川九折常如茲昔爲志士模今爲壯士規寸心明白日比德于園葵

其二

灼灼園中葵結根高樹林綠葉蕤紫芬芳華入所欽白日豈不照高林蔽其陰中懷抱赤素誰爲見予心予心何足惜惜此日西頽白日如可待高林有時摧

擬古二首

冉冉江上蘭粲粲江中芷我友遠行役駕言適江汜江汜波浪深嘆息從中起昔別春冉數今思暮飈紫遊子不旋歸浮雲日千里

其二

驅車事行遊巖畔見芳草芳草綠以萋採之遺所好徘徊歲云晏悠然傷我抱不畏芳草歇畏

此關山道，關山阻且長。客子行將老，

歲暮

歲事聿已暮，百卉何摧殘。驅車臨長河，悲飈激飛湍。欲濟無方舟，行路一何難。陶潛耻折腰，貢禹彈其冠。出處各有性，焉能違所安。不見飧霞子，飄飖青雲端。

五子詩

東郡謝榛

謝生隱者流，偃蹇來京國。朝遊燕山東，暮遊燕

山北。悲歌慨以慷，驚飈奮孤翼。輿詞日百篇，一一作者則。嗟彼雕蟲子，不得施顔色。韋褐以掩形，藜藿不充食。榮華燁人世，匪其心所惑。盧生罹世網，捄之一何力。卒能脫其患，言者長嘆息。非君策高踪，斯義久荆棘。

濟南李攀龍

大雅久寂寥，作者徒縱横。之子起海嶽，吾道維其盟。中心寡所諧，長揖謝羣英。眷言二三子，十澗懽相迎。冥思何可測，奇語頻自驚。仰並雲霞翔，俯與江河傾。高冥墜白日，非君誰與擎。瑤篇一以出，紛紛詘時名。譬彼韶護奏，缶音空爾鳴。功名亦垂世，無乃非其情。

吳興徐中行

偉哉麟鳳才，婉彼蘭蕙質。含英難獨持，芳華耀朝日。策馬入金閨，聲名從此溢。冠蓋豈不榮，而獨躭著述。結藻何翩翻，札札弄緗帙。駕言發藝林，彷徨求侶匹。隻言不中諧，悵望如有失。燦爛繁星垂，名篇諒非一。律吕聞凄鏘，譬彼清廟瑟。

南海梁有譽

瞻彼飧霞子，萬里來羅浮。結束長安陌，聊以寄薄遊。中懷既不開，兀坐生羈愁。俛仰一世間，局促何所求。鬱鬱遂成篇，燦燦雲霞流。淩厲起高唱，作者徒悠悠。人生易奄忽，焉得無深謀。黄庭一以悟，萬事寄蜉蝣。振衣馭天風，長逝不可留。咄咄迷途客，栖遑良足羞。

吳郡王世貞

天地亦寥寥，斯人懷苦心。弱冠厲高翮，翩翻翔

藝林玄構入幽聯龍淵浚其深排鬱神氣動萬象俱蕭森閉門一偃息白日常陰陰雄視百代間豈復論古今高歌以慷慨顧盼酬知音不測心所之世人空追尋富貴亦云樂而非情所欽寄謝當途子無徒耀華簪

東明卿舍人

巖巖京洛間天門儼九重中有纓弁客翼翼從飛龍朝聽北里竽夕聽南鄰鐘嗟哉楊馬才斯人不見容偃蹇以薄遊朝餐夕不供抽翰爍春華揚藻凌高峰昔爲一時重今爲萬世宗作者豈無傳誰能攖其鋒寄謝同心人斯理諒可從

寄江鄉舊好

故人渺天末江湖阻書告忽接瓊瑤音綿綿來遠迹言採畹上蘭用以遠相報豈無他物貽將投君所好

楊氏園亭餞別謝茂秦 二首

名園開綺酌芳榭停軒車飛蓋凌青雲冉冉振華裾尊酒以斟酌豐饌來中廚秦箏奏我旁吳

歈倚不舒借問遠行子離思竟何如倏此燕山遊去彼漳河居南北各萬里佇望沾裳衣

其二

離思忽超越逍遙事行遊散步過華池芙蓉夾芳流悲哉蟪蛄鳴凄切動我愁凝霜莽零落明月澹飛樓感此歲華暮耿耿生百憂居者不可去行者不可留去留兩不愜何以慰綢繆

留別京洛諸朋好 三首

廻飈振蘭皋秋氣何蕭森神龍思遠波猛虎戀茂林駕言返故鄉念子思難任握手不能別涙下沾衣襟四顧何茫茫誰爲相知音一爲鴻鵠吟道遙内傷心

其二

與君結交心世人非所窺如何金石謀忽忽生別離嬿娛不可再沉思令心悲君還處金闈予將天一涯江湖渺浩蕩會面茫無期行人從此去彷徨亦何爲君其愛玉體慰我長渴飢

其三

天風西北來蕭蕭動高樓搖落愴中懷何以慰離憂念我平生親涕淚不能收豈不懷往路爲君暫淹留執手對長河情思良悠悠願言俱努力千載崇良謀

還至別業 五首

游子倦行役歲暮返舊疆舊疆鬱壘壘觀者嗟道旁入門見所親涕下各霑裳束髮去家園骨肉參以商山川阻悠邈一別永相望何晤今茲夕還復登高堂兄弟勑中廚堂上羅酒漿酒中

阿母言見女重徬徨女今幸來歸女父在何方聞之盎隕涕四座莫不傷

其二

父老聞我旋走書來相存長者氈貂貐幼者奉衣巾盤飧多豐膳絡繹在吾門倉皇出肅客俱我平生親長揖失次第各敘寒溫坐中起相勞行路多風塵如何客子顏反若生陽春自女遠行游鄉園難具陳豺虎滿路衢白日愁行人朝餐藜與藿夕卧無安衾飢寒且不保骨肉含苦辛父老重起詞方與子所云子其勿語人恐令長吏嗔

其三

結髮游藝林翩翩二三子聞我返田廬亦復來相視峩峩切雲冠蹌蹌東郭履入門將我衣嘆息傷情理長跽前謝客故人心乃爾昔者遠行邁悠悠三千里寒暑忽以流眷念桑與梓況我同心者愴悽何能已客請勿復嘆主人聊唯唯堂上列旨酒堂下薦嘉鯉今日樂且懽娛從

此始

其四

驅車出郭門遠望陌與阡四顧以徬徨我馬忽不前別家僅俯仰所歷何推遷高臺或爲池崇岡或爲田墟里千百家蕭條無人煙壯者日以衰老者長相捐紛紛少年子白馬鳴華鞭旦夕成老醜短褐不被肩昔者人所欽今者太可憐見之感我心淚下如流泉

其五

駕言俯長河行行至南浦荊棘一何深沒我舊時渡三年滯行旅今日返其素階上蘭蕙花是我昔所樹搖落蕭艾旁芬香日以故洲渚鬱蒼蒼瞻彼鷗與鷺若或見其儔翩翩翔且顧往者不可追來者猶可悟行矣事春耕秉耒躬晨霧寄謝逍遙子與爾諧中路

寄于鱗二首

聞君出帝闕手握五馬符朝發盧龍灣夕息涿鹿途白玉掛君衣黃金耀君軀志意殊揚揚千騎爲前驅雄聲滿四隅英名照八區觀者擁長路皆言使君殊使君自有志豈爲功名圖一麾乃出守悲哉吾道孤

其二

煌煌京洛游四顧浮雲色與詞摛雄藻千載無終極悲風起中天奄忽乖羽翼伊予歸舊疆之子守順德相去萬餘里愴惻動心臆登高遠眺望惟見荊與棘日落豺虎吟狐狸潛道側顧保金石軀慰我長相憶

送元美二首

送子上河梁悲風下大荒右顧渺太華左顧迷扶桑振衣千仞巔風塵杳微茫爾獨事遠役駕言還帝鄉對酒不能飲慷慨情內傷送君日以遠思君日以長安得凌風翼與子共翱翔

其二

執手重行行步出城南隅飛蓋凌青雲良馬躍長衢行人不可留中心鬱以紆子如雲中鴻子如汀際鳧浮沉既異勢羽翼何時俱努力事功名宏此壯士圖願言俟嘉譽慰我心區區

山中與陸長庚

秋日事行游游此清江湄俯視青鳥翻仰見白日馳人生寄一世風塵豈足羈貧賤安其常富貴令身危浮雲起西北帝鄉不可期甘此茂陵渴愧彼首陽飢商山有同調行行歌紫芝

得明卿書

瞻彼雙飛鴻羽翼何參差哀鳴下前庭素書忽見貽開函長跪讀一一故人詞相違日已遠猶

能憶吾私忽思疇昔容惆悵使心悲愛君雙文綺報君雙桂枝此物未爲貴聊結山中期

懷茂秦

驚飆動四野白露下前除攬衣起四顧悠然懷所思所思亦何在乃在漳南居朝設穆生醴夕曳鄒陽裾西園事行游飛蓋列應徐近者日以親遠者日以疎不念同心人所須在音書音書不一寄何以慰躊躇三復游燕篇躊躇聊以舒

寄子與

清晨發東郊蘭蕙何灼灼採之遺我友我友在京洛道路邈以修羽翼誰能托但恐霜露垂馨香日零落

七哀詩爲伊氏作

驚飆動高林荆榛迷路岐中有愁思婦哀嘆一何悲借問悲何爲乃爲良人思良人一以逝十載守空帷十載何足言千秋常若斯風波一朝起骨肉以相疑生者不可拒死者不可追寧使妾身損豈使妾行虧痛哭廻白日慘黷黄雲垂青山一墳絕重泉以爲期寄謝朱顏者貪生良足嗤

送客

客子向何方車馬朝日馳執手野彷徨送君清江湄江水一何長悠悠繫我思出門有歧路世情多嶮巇黄塵摧人顏玄霜切人飢去去勿復陳願君愛光儀

夏日池上坐

朱華粲清漪庭草萋已綠歲月忽以馳流光傷

局促古人亦有言夜游當秉燭感此傷我心前修以自敵逍遥放情志胡爲自躑躅結廬在崇岡極眺滄浪曲朝游濯吾纓夕游濯吾足自知非至理聊以從所欲

聞錢惟重使楚寄贈

清夜事行游去上西山址百卉何腓腓荆榛被廣路明月照我懷浮雲莽不止對此感我思嗟彼遠游子遠游在何方乃在瀟湘裏道路阻且脩相去萬餘里顧瞻雙飛鴻眷言未能已

李伯章見訪

秋飈厲長空鴻翼巳高翥渚蕙日夜零庭皐被白露攬衣起長望同心忽相顧入門見顔色慰我遙思慕我有一尊酒聊以結歡娛君其勿遽行豺虎滿中路

孫子升見過復爾言別

故人何處來車馬忽東騖別後髮空短花前首重聚送君江上舟徙倚江上樹江濶正風波君且未可渡

又得明卿書

秋色滿天地悲風動高臺浮雲慘不舒白日忽巳摧遠念客游子鼓栧瀟湘回北顧金馬門東望滄海隈不念舊所懽棄置如塵埃傳我尺素書抽翰空徘徊歷歷天上榆冉冉庭前梅相思難重陳嘆息生餘哀

秋夜

秋風起高閣明月照芳池俯視清波流仰見羣星垂翩翩池上鳥羽翼何叅差攬衣起四顧白露被華滋冉冉青桂叢采采梅花枝鳳凰久寂寞紫簫空自吹

秋夜寄陸子和

攬衣步前除白露被高桐枝葉莽零落大荒回悲風明月起夕愁東壁鳴寒蟲四時一何速天地無終窮嗟彼客游子終歲常飄蓬十月無寒衣薇藿腹不充何事不歸來孤此青桂叢欲寄尺素書不見雙飛鴻

湖上東高子明徐養浩

伊予好幽棲江湖任所適風起萬波驚日落千山寂悠然命朋好中流移畫鷁紫石亂蒹葭明月散蘆荻散髮事逍遙停觴恣探歷山上落梅花坐中翻玉笛誰共繽紛子世路任憂戚

雜詩

古來有志士壯心鶩自奇仗劒倚天外蕭颯雄風吹遠望一世間荆棘生路岐不若棄之去身世交相遺南山可采薇北山可採芝結束向風塵惜哉爾空爲接輿歌衰鳳莊周畏爲犧二子

有至意可爲達士規

出郊訪黄山人

駕言發北郊芳草萋巳碧晨風叩石門聽此棲霞客翩翩倚杖迎嗟哉髮何白携手入中洲四顧感疇昔君着東郭屐我着東山屐行採山上芝坐倚山中石客有一尊酒相藉終日夕醉來自盡觴君其勿相迫

留別子培弟 七首

驅車上河梁顧瞻舊鄉國倉卒骨肉親彷徨動顔色子亦竟以南予亦竟以北本是雙龍居胡爲乖羽翼送子從此歸涕下不能食子其從遠猷慰我長相憶

其二

相憶在何所乃在河中洲結廬俯曲沼芙蓉夾清流飛蓋凌朱霞逍遥事行游白鷺翔我側鴛鴦戀其儔駕言邁遠役嘉會難再留引領内感傷行行懷百憂

其三

百憂何殷殷坐令盈懷抱況乃歲云暮霜雪被長道遠望何蕭條驚風摧百草當此別離情沉思令人老歲月不相待所欲在蘭藻雲霄有遐路致身胡不早垂堂古所戒長途慎自保

其四

自保良不易致身諒獨難豺虎在人羣平居有波瀾躑躅紛四顧終歲尠燕歡君子慎厥趣取舍從所安艾蕭滿中路涉江多芳蘭不見採蘭者萬古起長嘆

其五

長嘆何終極感此人生累貧賤俗所輕富貴俗所忌豈知達者心志各有所寄冠蓋五陵豪恭若朝露墜俛仰一世間慘淡起遐思文章以經國千載無終始去去勿復陳願此青雲器

其六

青雲紛四極不翳明月光高臺一以眺遠思從蒼茫鴻鵠在中澤豈爲謀稻粱神哉蛟龍志尺澤寧終藏丈夫志四海寥廓相翱翔朝遊遍崑

崙夕游略扶桑無學兒女仁白首戀故鄉

其七

故鄉不可望錦江迴且深（時父宦蜀）東西渺無極傷此遠別心寒風下庭樹宿鳥棲高岑對酒不能酌爲子鳴瑤琴琴聲一何悲泪下誰能任慰此骨肉懷欸誠惠我音

湖上送子與

別君金馬門逢君大河陽相看動惆悵涕淚沾衣裳斗酒且爲樂清歌夜未央念子遠行役道

路一何長嚴冬萬木落白露爲玄霜搖落愴中懷起視明月光携手復行行南北各一方風波不自保天地遙相望念此傷我心對酒不盡觴願爲雙黃鵠與子共翱翔

渡淮

白日下大川飄飄御方舟波浪漫浩浩簫鼓發中流中流振天風魚龍莽沉浮恍惚對混沌須臾過千艘黃河天上來奔溯不可留萬里起寒色浮雲黯不收范生思擊楫仲尼歎乘桴寨寨千載後壯哉復此游

淮上雜詩三首

攬轡登嵩高車馬何縱橫王侯有第宅長衢耀飛纓堂上列吳謳堂下鳴秦箏豪華竟何在今古惟枚生都尉豈足數爲郎亦何榮偃仰一世間長揖傲公卿獨負詞賦才千載垂芳名對此長太息聊以舒鬱情

其二

寂寞韓侯居奕奕韓侯祠晨風動高林落葉何

紛披侯也未遇時偃蹇何足奇伏劍逢眞主百萬驅熊羆英略照中原雄心狹四維惜哉壯士規乃爲兒女欺楚漢分鼎立侯也胡其疑英雄偶失策萬古有餘悲

其三

世人重結交紛紜騁路衢貴者日以近賤者日以疎嗟哉漂母心乃與世人殊壯士困風塵誰爲識雄圖況乃飢寒色一飯立相呼一飯何足言感此心區區千金以相贈華名照四隅何世

無英雄按劍疑投珠瞻彼埀綸者淚下連衣裾

讌黄戸部

主人敬愛客招我清江湄悲風起天末白鷺羽參差方舟揚素波簫鼓傳山陂中厨出豐膳華筵列芳卮秦箏奮新聲凄凄一何悲歌者歌自苦知音竟爲誰懽樂不可常去去從此辭風塵愴中懷令德以相期

贈伊文學

故人亦何在乃在青山東山家何寂寥高樹來

大風貂裘日以敝龍劍何其雄下可制巨鼇上可斷長虹風雲起一朝寧復嗟途窮去去重相思寄言雙飛鴻

懷施司封 三首

涉江見芳草春華被遠岑薄言採其華將以貽所欽顧念客游子分符越江濆江水東南流波浪阻且深涼飈摧百卉孤芳孰能任置之在懷袖無令歲寒侵日月忽以遒馨香紛至今非君垂末顧誰能識予心

其二

昔君守南服伊予還舊畿沉浮既異勢音吿乖以違袖中有尺素遊彼雙鴻飛雙鴻不可見嘆息霑裳衣思子忽若渴望子忽若飢豈以負薪累甘貽伐木譏中心諒無他願君察其微

其三

清夜良燕會零霜下前除堂上羅酒漿堂下薦嘉魚鳴琴雜清商音響一何舒酒中客起言責我愚且疎主人前謝客茲夕且懽娛金石昔所

敦蘭芷昔所貽中心既以諧豈爲形迹拘古來重結交終始貴不渝垂紳戒朝夕君言宜重書

牛渚望謝眺青山 二首

歲暮遠行役睠此清江湄顧瞻江上峰白雲何葳蕤伊人昔結宇英詞光陸離歲月不相待高踪邈何之采采山上蘭熚熚山下芝芳菲未終夕白露忽已滋江流漫浩浩佳人歸何遲山川無終極人生會有時頗言崇遠業千載與子期

其二

與子期何方，逎在青山址。白石何磷磷，照此澄江水。下山擷江蘂，上山尋石髓。高風一以逝，浮雲日千里。荊棘滿山隅，巖洞日猬毀。玄夜啼猨狸，白日行豺兕。我欲往瀟湘，搴彼蕙與芷。採之欲遺誰，之子不可起。悠然傷我心，嘆息滿江汜。

紫陽山

驅車上崇岡，紫陽何崔嵬。石壁倚萬尺，悲風日夕來。吹彼蘭蕙花，馨香莽以摧。哲人昔逝世，結茅茲山隈。微言破萬象，精通遍九垓。山鬼夜不

宗子相集　卷四　二十一　天華閣藏板

至，天門白日開。玄風忽已邈，流光照高臺。不見松與梓，唯見蒿與萊。浮雲黯以寂，泠泠山泉廻。俯仰長太息，千載有餘哀。寄謝山中人，漱石掃莓苔。他日息吾軫，晞髮信悠哉。

寄人

浮飆動廣野，白日慘無色。之子在萬里，山川渺難極。豺狼滿路衢，况復荊與棘。我欲往從之，惜無晨風翼。因風寄瑤華，歲事日云夕。去往[illegible][illegible]悰，撫膺長嘆息。

夜坐

燁燁江上蘭，冉冉山中樹。春風發華滋，堪以結吾佩。如何蕭與艾，忽然滿中路。徘徊不可問，潸焉空隕涕。

江門有懷

辭彼青瑣闥，還予紫石磯。駕言遠行邁，晨曦淒以微。如何金石交，一旦阻音徽。江山修以邈，寸心詎能違。南山亦有蕨，北山亦有薇。不見夷齊子，嘆息將安歸。

宗子相集　卷四　二十二　天華閣藏板

宗子相先生集卷之五

廣陵宗　臣子相著
晉陵鄒之麟臣虎校

七言古詩

水頭遇雨

滄海何年落南浦芳草碧盡綠苔古我攜春色帝城來共駕長虹擊鼉鼓青山拂袖玄猿呼白波搖空怪龍舞黑雲一片落吾盃馬上行人怨風雨

秋夜吟

炯炯晨星稀復稀明月滿天垂紫薇靈瑟風生帝女至金莖露冷仙人歸漢庭朱鳫去巳遠昆池碧鷄竟誰依仰天長嘯好目去十年吾負山中衣

明卿夜過各賦長句

胡飈亂捲星如雨予歸淮南君去楚明月浸冷廣陵舩綠蘋愁絕瀟湘渚尺書在袖數鳫鴻美人中夜愁砧杵乾坤日遠欲問誰閶闔天高重遇女一笑浮雲墜青天五斗金莖聽白苧萬片龍鱗江上來爲爾直取天河煑共向天門騎白螭肯向人間問腐鼠醉來高叫北斗旁無數松篁月下語

二華篇有序

嘉靖丙辰九月濟南李君攀龍由順德守擢爲陝西提學副使予爲之賦二華之篇夫二華西北巨鎮也往歲秦地大震山缺河溢壞廬什人二千里人煙幾絕則二華之故乎君往矣即二華猶有不若者君何辭焉

我聞西極之精忽墮地化爲巨石如天長孤根倒插黃河底奇峰直聳天門旁天門牛女不敢渡十域義龍那得翔上帝聞之惡其彊擘爲二華遙相望大者在西少者東千崖萬嶺盤晴虹東來不得數泰岱西去那復誇崆峒中有紫髯白皙三五公手持綠玉披芙蓉有時踏天跨白鹿鎮日鞭石揮青龍零露不斷仙人掌古雪常

吹玉女峰忽見悲風萬里來蒼螭赤蛟何雄哉
金鱗乍開似飛電怒角並鬬如奔雷驚沙飄忽
天柱動狂飈迅急坤軸摧玉女散髮亂峽走仙
人赤脚滄海回地顫山愁千萬里奇峰片片下
沉水黃河直上峰頭坐忽散入家室屋裏往往
屋上遊赤鯉千門萬戸半作毘廣厦高宮盡戚
土白日不聞父老哭青天唯見魍魎舞二華二
華誰能主我聞李侯佩玄珠截日飛霜天下無
侯今躍馬函關去豐隆搖搖爲前驅千峰明月

亂相逐萬里白雲驚且呼侯之往矣何爲乎爲
我停車華山隅手挈蛟螭山下趨仗劒一一數
其辜山之摧者叱其立黃河在手如持盂山上
芙蓉色不枯仙人玉女復來吹玉笋侯也與之
長相須千秋萬載同歡娛侯向二華去聽予二
華歌二華未到歌先到石走龍吟侯奈何

春日姚園同德甫明卿元美譙集分賦下
字

帝遣春風來薊門吹作薜蘿遍野我本商

采薇客遐爾瀟湘佩蘭者鞭龍直上碣石宮披
雲高卧崑崙下袖裏瑤華寒不開洞口新松翠
可把一酌滄江破几筵片語青山墮杯斝君不
見長安意氣五陵豪笑殺文園病司馬

秋塞曲

塞雲垂天胡草肥胡兒牧馬向金微赤城刁斗
日夜急黃沙羽檄縱橫飛漢皇立下明光詔將
軍起披金鐵衣熊羆百萬夜出塞驃騎尋常朝
解圍捷書一日走千里試問三軍歸未歸

送王判之循州

使者金羈佩紫騮高楊繫馬寒無絛勸君爲我
且停盃朔雪滿地西風驕與君結交非一朝君
方綠髮予垂髫父子兩世共蘭芷英雄二十猶
漁樵山中薜蘚日携酒江上芙蓉夜放橈愧予
已上長楊奏今君亦結河陽綬浮雲回首有窮
通丈夫得志無先後只今南北講戈㦸至使瘡
痍盈宇宙東吳未見淨江氛中原且復憂山寇
爲今之計惟民牧知君文抱青雲志乘時即把

蒼生捄憶君先子大夫才每每逢子青眼開冀
北聲名昔無比劍南父老今猶哀青天白日同
崔嵬君之往矣何悒哉富貴秪如天外雲功名
應比庭中槐循良漢詔下蓬萊遲君躍馬黃金
臺

金山篇送子與奉使江南

昔日秦王鞭石過東海大者並立小者臥東風
一夜拔扶桑片石怒走江中坐千年海若呼不
回一線滄江從此破滄江之水何處來瀟湘洞

庭蒼梧開驚濤巨浪幾萬里排空拍斗如奔雷
吁嗟此山何雄哉白日不動天崔嵬下攬吳越
荊楚之秋色上摽鍾山渤海之朝虹奇峰三百
倒懸水青楓碧樹搖玲瓏金刹瓊宇不知數一
一亂揷馮夷宮有時黿鼉逐麋鹿鎮日魚鱉追
鳶鴻忽然相遇不相識莫不駭訝狠藉號天風
白日滚滚去不窮明月復爾臨高空萬頃珊瑚
碎江水鮫人龍女紛然起以手捉之不可得嫣
然一笑滄江底怪龍忽上崖頭舞似聽山僧讀

禪語龍珠上與月華爭明月不得復爲主當時
赤手縛龍珠夜半空江驟風雨一自此龍失其
珠日日江頭怒且呼金山晝夜啼猿鶴丹陽南
北愁菰蒲徐卿仗節往三吳渡江先上金山途
汪中怪龍遠相避山前明月高自孤妙高亭上
千江秋千江直與天門浮峰頭明月能我留與
卿同爲汗漫遊上令星辰不敢收下令江海不
敢流龍兮龍兮遁去不知幾萬里卽有明珠還
自投金山金山慎莫愁

薊門春望

薊門春望春冥冥黃鸝交坐啼不醒尊前楊柳
懷人綠江上蘼蕪愁自青楚人瑤瑟怨湘雨漢
室漁竿垂客星誰其採藥向滄溟遲我巖前紫
石屏

同峻伯勑甫席上賦得春月

瑤天霜白綵雲歇東風吹出海門月紫微仙人
醉相逢摘來掛在黃金闕千頃琉璃散萬家直
從燕趙望吳越白榆浸濕雲孫衣蒼梧泣冷湘

君髮玉兎高啼驚夜烏青桂低垂礙春蕨何當捉爾泛溟渤夜夜老龍哭深窟

古劒篇有序

嘉靖丙辰十月吳郡王君世貞由比部郎中出爲山東副使督戎青州其友人廣陵宗臣贈以豸衣一襲腰帶一束古劒一口又爲之賦古劒以遺之其詞曰

赤堇使者昆吾子碧眼炯炯虯髯紫手持雙劒下山麓上有蛟龍缺其齒道上相逢忽相贈怪

雲悲風生席几胡僧爲製珊瑚鞘南海琅玕襲其裏佩之朝夕不離身北遊燕趙南江汜江上秋風倚劒行波濤上沸如山峙老鯨毒螭數千尺金甲火鬣中流起刺來一一烹其髓鮫人終夜泣瑜珥況復山中豹與兕又況人間鹿與豕自吾佩此二十年處處江山半戎壘明時不得抱皷旗腐儒空復談筐篋國讐未報壯士恥永夜高歌常拊髀劒乎劒乎吾負女吾今有友吳郡生紫豸朱纓乘騄駬青天開府泰山巔落日飲馬蓬萊沚吾解一劒贈生去星辰亂落莽又止生乎生乎吾語女左挾圖書右弓矢豺狼只在大道傍魍魎豈必深山裏生乎此劒一在握上天入地任君使只恐風雷日日生海上千關盡掩耳天吳海若俱遠徙眞宰聞之或不喜嗚呼古來神物有離合斗間紫氣無終始他日中原倘相遇雙劒雌雄各相砥與女並驅千萬里世上風塵空復爾

送白明府之汝南

昨日逢君薊門東千家楊柳春雲碧今日送君薊門西匹馬翩翩夏雲白白雲一去二千里君亦隨之渡汝水汝水照人明月寒君家心事亦如此聞君昔綰瀟湘符風流文雅寄蒼梧黃金燕市大如斗遲爾雲霄雙玉鳧

寒夜過吳峻伯讀其山中諸篇席上賦得天字

北風吹折西山巔長安有酒斗十千下馬逢君輒成醉北斗倒挿闌干前主人爲我開瑤編讀

之一一山中篇滿地龍蓯走白石四壁紛紜行紫煙天目之風幾千萬忽然並掛金華箋冷冷屋上鳴飛泉滾滾盃中注百川使我對此心羞然當時我有百花洲垂楊十里滄江邊織女爲我裁白榆太乙爲我裁青蓮狂時上抱明月舞醉來忽枕浮雲眠有時赤腳踏龍淵蛟龍窟宅隨時遷只今一別三四年風塵車馬徒相牽悔花歲歲怨其主芳草日日私自憐欲歸不歸誰之愆何時與君同上江門船二十四橋歌嬋娟

直從白浪尋青天千秋萬載淩飛仙

歸嘆

薊門春盡雲陰陰倚杖出門愁暮禽千金裘馬只自好萬里江湖誰復尋武陵一別桃花深欲歸不歸傷我心青楓未老楚月白吾將長嘯投吾簪

廬山歌寄贈明卿時以黃門謫豫章從事

南十日夜敲太白化爲五老八萬尺並跨古嶠下九江猛風吹作倚天八壁手懸石鏡照天門日月東西亂相射香爐之峰插其南星辰燒作珊瑚赤青天忽墜金芙蓉九十九峰破江碧峰頭白鹿啣紫雲紫雲片片大如席石梁瀑布天上來百折寒濤瀉琥珀玉虹雙夾孤電翔急雷長鬬銀河坼佛手巖前石鼓高有時擊鼓天鳥號三五仙人驚且起東方先生騎紫鸞帝前大醉黃姑醪復向瑤池竊三桃手把瓊枝雲中翺下視八荒如秋毫帝也聞之惡其豪一朝謫下廬山去九華之冠赤霜袍腰間雜佩金錯刀彩霞

捲地飄組練蒼煙控馬排旌旄直上峰頭叫五老五老却立呼其曹客來餐之白鳳膏醉持龍角如持蟄江間古龍聲嘈嘈倒鞭白鹿滿山走白鹿夜夜哭且吼赤松不敢與之遊黃石不敢與之友樹杪九江如一線織女抽來紉吾綬東折扶桑莫天潰白露金莖日五斗西方之彗摘爲箒掃盡閶闔萬古之浮雲攬盡瀟湘萬里之秋色一一掛之千楊柳我欲白日借羽翰尋爾彭蠡之左鄱陽之右不然爾騎白鹿來北極又

恐封狐嘯君前雄虺跳君後我亦竟不去爾亦竟不來袖中彩繩十萬里直縈廬山入酒杯奇峰峻嶺收崔嵬白鹿暫卧玄圃臺與爾共醉三萬六千日池上蟠桃十度開五老隨之日日哀長跽求歸日百廻然後放爾廬山大江去東方先生還蓬萊共駕燭龍遍九垓他日倘過廬山側江頭拳石何有哉

湖上幽棲四章爲沈二丈賦

主人結屋楚江曲身披薜荔坐空谷青天雙眼

望鴻鵠春風一夜開石門萬里蘼蕪散新綠

其二

白雲莽莽行山阿北窓疎篁高枕多赤日紅塵將奈何天風忽送千江雨爲爾巖頭洗薜蘿

其三

瑤天露白彩雲沒細掃青松烹紫蕨中夜星華濕秋髮波間古龍忽啾啾人在滄江弄明月

其四

三五幽人踏月華湖南湖北尋梅花相逢疑到赤松家中流一曲寒江笛吹落崑崙萬片霞

武陵歌有序

武陵者顧子別業也顧子讀書溪上二十載今茲始薦于鄉鄉書至時子夜偕諸省郎直省中也一覩顧子名則頓足起命侍子舉白援筆成篇時嘉靖乙卯冬十月望日

武陵倒插西湖邊明河吹碎瑪瑙圓桃花千樹墜紅雨垂楊十里排蒼煙中有紫髯白晳之神

仙手抱明月湖上眠玉華樵者時送酒綠蘿漁子歌採蓮檻外星辰大如石床頭蛟龍細似蟬秋風吹出紫霞去赤手駕鰲滄江前忽向月中拔青桂千枝萬枝泣嬋娟三五仙人騎古雲北斗錯落衣翩翩坐令相揖不敢先捷書一夜飛天門漢家天子坐甘泉朱衣侍者入一編我得聞之心茫然武陵之阡二十年昔者何爲與世遺今者何爲與世憐十月氷霜塞大川長安美酒斗十千黃金駱馬白玉鞭遲君鳴珮共朝天

只恐武陵春色怨其主落花千尺啼曉鴿令君欲歸歸不得楚江楓冷釣漁船明月來移北山篇

伯倫席上遲峻伯不至戲贈

銀河凍裂明月哭君胡獨抱浮雲宿我遣明月坐君屋屋下浮雲亂相逐縱有仙人渡銀河明月不出君奈何爲君呼月還上天君胡不來愁嬋娟

送施子之豫章

我聞李白遊江海西愛匡廬東九華九十九峰江上青五老香爐飛紫霞今君家在九華住時與仙人數落花一日拂袖起爲吏復得廬山對官衙人生出處貴適意區區冠蓋何足誇唯得名山共朝暮翠屏錦障天之涯豫章之牘紛如麻君其理之勿怨嗟只今海中之冦數百萬日日江門喧鼓笳西望豫章僅千里一朝可以飛浮槎紫薇羣貴芙蓉夕君其豫言勿復惜九華匡廬動顔色

寒夜偕勛甫集方懋藩邸中各賦放歌分得陽字

鸞風吹破明月光琉璃片片成胡霜胡霜落地幾千尺白虹亂走來且偃今夕何夕登高堂入眼拳石裂崑崙搖星勺水流瀟湘相逢意氣何飛揚爲君呼明月坐君床叱白虹飲君觴床頭魍魎不敢哭盃中江海波顛狂三五仙人歌陽春欲下不下愁霓裳忽然半夜叫鸚鵡恍疑天外趨鳳凰明珠乍落三石粱奔龍飛電鳴干將

明月不肯住白虹且欲藏吾將直跨白虹去青天手抱明月翔他時訪我天河旁與女散髮扶扶桑

張園同高伯宗諸君餞別朱主客子价得山字

君握瑤華來天關天關夾龍振金環掀髯大呼夾龍走星辰亂落供奉班金莖拔倒仙人掌零落吹亂玉女鬟手持北斗叫閶闔足踏銀河弄潺湲河邊白榆不敢發海上青鳥那得閑君乎

胡爲忽歸去胡霜日夜彫朱顔惟有明月可贈
君隨君直到江門山江門之山千萬峰春風吹
出百花馬斑百草那比青桂枝千秋萬載誰能攀
君乎君乎何時還至今方朔遊人間

再餞朱主客得動字

北風倒天天河東長安萬戸走虹蝀使君且莫
據雕鞍主人復爾開金甕四嶽同懸平子愁五
餌久抱賈生慟謁帝聊與千鷺翔乘雲誰把羣
龍控杯外星辰寒不收江南楊柳春先動我有

秦時白玉簫仙人寄我華陽洞仙人一別幾千
里今日臨岐爲君送君去淸江時一弄爲君白
日下雙鳳鳳兮鳳兮胡不來白雲愁殺金陵臺

長安行寄人

長安客子傷春情出門愁聽朝啼鶯關山作客
胡不去梅柳向人春又生江頭蘿荔懷楚佩席
上雙龍愁漢纓胡馬至今日夜急塞鴻何事東
南征人生去住不得意愧爾山中餐石英

元美將之青州書來約會已乃徑去悵然
賦此得寒字

天風吹落九塞寒使者高標切雲冠夜半騎馬
如跨龍白玉之鞭黃金鞍馬首明珠聲珊珊赤
髯綠眼光走電提戈百萬俱材官忽然紫氣逼
長安聞君已到使君灘望而不見空長嘆朝趨
碣石暮邯鄲何當白日生羽翰壽爾直上青雲
端雲中吹簫弄紫鸞仙人授我金液丹洗之天
河吹波瀾波瀾一洗天河乾支機之石日夜殘
縱有女媧不得完手持明月如弄丸下照人間

千琅玕人間天上長交歡永無離別摧心肝君
不見雙劒精靈千萬丈至今人向斗牛看

小除夕偕馬太史吳駕部集助甫宅分得
源字

自吾高歌踏紫垣胡霜朔雪愁天門玄冥走天
愬上帝帝遣靑皇下雲根收爾霜雪歸故山手
携春色來乾坤寒雲只欠郎招別春風已坐千
門喧人生三萬六千日日日催人白髮繁青皇
暫且停高軒吾將乘槎上河源天河在手星辰

翻夜半雲間泣雲孫九烏不敢上扶桑六龍空
復怨崑崙主人今夜開金樽樽中北斗明黃昏
來朝栢葉不須辨遠天椒花那足殑春風苦意
不相放吾共遲爾桃花園不然待爾楊柳村楊
柳學人舞桃花作人言願君留春似留寒千山
萬山啼曉猿

除夕放歌行同助甫賦

北斗沉天海雲黑羣星亂落化爲䳍萬丈寒光
忽相逼碧眼小兒驚且惑胡霜朔雪高如山入

門長跽泪沾臆一自逢君坐天門夜夜爲我生
顏色今夕辭君歸故域何以贈之寄相憶霜華
雪片五千石留君篋笥充君食令我聞之長太
息牀頭雲白天地開青春巳駕雙龍翼吁嗟東
風一何力一夜吹破扶桑國走天直把青春縛
攜之懷袖光如拭蘼蕪叱向盃前生楊柳只在
手中植翩翩春衣雲錦章呼爾雲孫爲子織明
月爲車虹爲軾駕之可以凌八極何問江南與
冀北

新春二日同助甫過峻伯夜飲共賦洽字

青皇日與青春狎酒星夜勸青皇洽斜抱金烏
日觀歌倒騎玉鰲天柱壓下視九合一何狹斗
柄爲鋤箕爲鍤楊柳萬尌天河插風吹新葉落
人間織女爲我裁春袷着來與爾上崆峒何人
不訝蒼龍甲

湖上行

湖南湖北雲陰陰石門曉開千樹林日月雙摧
綠髮短江湖獨與青春深楊柳垂絲爲誰結蘼

蕪千里傷子心落花流水去不返武陵桃源何
處尋道路只今亂赤羽乾坤何處非黃金日暮
聊爲楚澤吟慨慷流涕霑衣襟

桃源古城

桃源城頭萬木秋桃源渡口黃河流黃河一去
不復返天風萬里吹古愁荒郊莽蕩走狐兎石
棟曲屈盤龍虬天下英雄曹與劉虎臣矯矯何
所謀中原未復壯士去至今精靈耿耿光神州
千秋桃花不復發卧龍何處聲啾啾秦人到此

不須住野燐夜夜吹枯樹

何侍御爲予談泰山蓬萊東海之勝令人飛動輒賦長篇

三年不見金門客走馬相見清源陌自言前上泰山顛東海蓬萊皆所歷人傳泰山高比天層崖凿蹬路轉窄振衣直上最高頭恍然一嘯天門白天門東西相對開星斗髣髴落吾額悲風搖落吹骨寒雖着重裘似絺綌三峰插入青雲中巉嵒突兀倚天壁日觀峰頭望晨日晨日沉

沉起深澤須臾忽上如奔馬天地四方俱色赤破竹裂木不可當恍惚半空飛霹靂杖策携壺行復立一一詢兹今古迹漢皇尚留封禪碑秦人猶剩紀功石蓮花桃花千百峰隱隱四出如列戟南望吳越西望秦萬里青天起寒色廻駕又登蓬萊山蓬萊廻在東海側東海一去何終窮浩蕩微茫湛空碧仙人共把珊瑚枝白日觀潮夜觀汐忽然長風振天末兩儀不辨海雲黑驚波巨浪排空來怪石奇巖怒且激蛟龍奮起不可制群魚動尾幾千尺左右大呼東西走令我欲歸不可得廣陵狂客心頗雄聞此意氣滿胷膺長劒欲摧玉女峰短鈎直下鮫人宅海中魚龍手可搏山中虎豹力能射何時拂袖謝塵世與君散髮步天極坐看萬古乾坤自開闢

五月歌

五月淮南尋舊廬百花洲上楊柳疎故人朝對白蘋渚徒兒忽傳赤羽書千山烽燧照蘆荻滿地干戈盡樵漁孤舟江海欲何之雙眼乾坤空

泪予東南半作豺虎窟閶闔忍使蛟蜃居蒼生之血淮水赤請問將軍意何如

江上行

浮雲壓地烏夜啼家家人聽作天鷄王孫何事復遠遊江南芳草春萋萋陶令亦有五柳宅秦人常憶桃花蹊英雄偃蹇何不可顏色肯爲時人低君看眼底相逢者誰似江流不肯西

山中夜坐

朔風亂掃江雲飛山人獨坐開石扉一斗胡麻

江門別歌

千山白雲吹暮晴、江間古龍啾啾鳴、山人乘虹出石屋、贈我萬片秋菊英、令我餐之霜雪清、何以荅之千杜蘅、風塵半世滿鬢髮、愧爾煙霞凌太清、長波東去有萬里、吾欲乘風濯吾纓、

吳關吟

孤槎昨夜叩吳關、天風吹度芙蓉灣、人生聚散忽如雨、更開斗酒秋雲間、山中細草綠于髮、江上驚波高似山、使人對此愁朱顏、勸君何事不早還、君不見赤城明月白可掃、夜夜仙人吹珮環、況有瑤草可同攀、君胡自令雙鬢斑、

江上行

楊子江頭春雨殘、廣陵城外暮潮寒、美人不見空搥珮、極浦逢春誰采蘭、山中碧草有何意、江上梅花只自看、一片孤帆掛河漢、直須壽爾洞庭灣、

夜歌

崗片浮雲墜江白、江上青楓愁楚客、天風忽送

荄未熟、散髮千峰歌采薇、吳江楓落客已遠、楚塞秋深鴻未歸、明月墮地白如水、濕爾巖頭蘿薜衣、

登江門諸山

山頭日白雲英英、千峰倒挿千江明、手把芙蓉步石壁、蒼翠亂射猿鳥驚、誰共雲外吹紫笙、欲來不來空復情、天風吹我珮蕭瑟、恍疑身在崑崙行、

江上訪朱氏

黃雲墮地秋離離、西風搖落千楊枝、白蘋已老暮汀遠、滿目丹楓胡鴈悲、孤舟一夜相思發、寒江明月吹參差、天末佳人猶未歸、江頭解佩欲遺誰、

白氏園亭別袁戶部

石門斗酒開夕筵、桂花欲開秋蘿鮮、崑崙片碣挿眼底、滄溟勺水流尊前、落日千江送蜃氣、高樓百尺搖寒煙、今夜共醉廣陵月、明朝又上丹陽船、人生聚散若萍梗、相思寄我停雲篇、

[illegible]月來爲我山中掃蘿石醉把長簫石上吹散
[illegible]長空秋一碧

湖上遇子與舟中夜酌放歌

射陽湖上逢徐卿揚旌走馬來江城袖中慷慨出新詩異哉擲地金石鏗海內交游別離久一一感嘆詢其名爲言謝生白髮甚李生慘淡違世情梁鴻尚滯羅浮南王吳跋扈馳西京西南忽有一二子世人往往傳先聲文章不朽之盛事肯使此輩相持衡瓦缶紛紜塞天地英雄負

慨何時平徐卿徐卿且莫嗔與君今夜開金罍一斗百篇不足數喑啞叱咤雄風生長空日落波浪黑匣中神劍鏘鏘鳴忽然一躍太湖去天門日月雙珠明倉卒波底走毒鯢須臾天外飛長鯨鯨鯢搖曳幾千尺搏來一一烹作羹徐卿徐卿未可行東吳戰鬭勤天兵闖闔擬上賈誼策秦門欲請終軍纓男兒苟不封侯食萬戶區區富貴何足榮不若與爾西極上訪長庚精扶搖萬里來蓬瀛醉時一酌滄溟枯狂來一嘯華山傾更須共挽天河水洗盡紅塵千古清徐卿慎勿忘斯盟嗚呼徐卿慎勿忘斯盟

酌洞口

華陽洞前秋如霞華陽洞裏光走雹聞道寒雲深復深石壁一竅細如線吾來大叫石壁開綠眼仙人夜相見留之三日不出門咽盡桃花千萬片

貞白祠

華陽山前貞白祠貞白先生騎赤螭白雲茫茫

去不返天門秋冷雙虹垂吾來山頭尋紫芝紫芝蕭索令人飢出門白石爛如泥切來好煮青松枝與君大餐各五斗千山萬山隨所之

江上送別胡國子北上

建業城南江草碧楊子渡頭江雨白青山雙展曉逢君明月孤帆夜催客英雄四十困樵漁千今謁帝承明廬燕市黃金大如斗袖中一片賈生書

上亭夜讌放歌

仙人好乘白鹿車，相逢要我飯胡麻。石壁千尋掃落花，落花萬片下人世，一一凝結爲紫霞。只今巳到赤松家，山頭瑶草如蘼葭，采之兩袖白如雪，須臾五色生天葩。滚滚床頭走白沙，爲我種棗大如瓜。銀河千尺墮几席，取之石鼎烹爲茶。門外蛟龍時一吟，恍若春江聽鳴蛙。醉來直走萬山頂，汲盡瑶天明月華，與爾天漢凌仙槎。

白鷺洲夕泛

楚客扁舟晚何適，千峰萬峰秋欲滴。一尊落日

墮歸鴻，萬片斷虹隨暮鷁。美人何處摘蘭茗，白鷺千行起蘆荻。明月偏思廣陵簫，梅花又落江城笛。與君一醉大江頭，醒後天河掛東壁。

燕子磯

燕子一去滄江濱，燕子之磯石磷磷。滿江波浪近愁客，永日蛟龍常傍人。白雲對酒不知晚，高蘿盈砌今幾春。洲邊芳杜還憶楚，洞口桃花未識秦。吾將買爾磯頭一片石，歲歲孤舟垂釣綸。

登方山

短笻匹馬迎天風，千山萬山江之東。秋飈一夜起大壑，白雲無數吹晴空。幽人石路贈瑶草，楚臣江上愁青楓。高歌明月聽湘瑟，斗酒胡霜飛塞鴻。王孫何事不歸去，搖落淮南芳桂叢。

牛渚歌

采石磯頭問牛渚，渚上虬螭作人語。賣鮹歲歲泣鮫人，弄珠夜夜悲龍女。太眞一去雲離離，至今秋色天門垂。我行亦有赤犀在，明月照君君不知。

新安道中

天風吹落千楊柳，晴虹萬丈垂鷁首。水中亂石怒且待，大者虬螭小蝌蚪。六尺榜人雙胡鬚，直掛孤帆石上走。長風破浪勢若舞，崑崙碣石繫兩肘。何當駕此去八溟，直至蓬萊酌南斗。

山中夜行

明月在天明星稀，仙人夜半歌紫薇。黄鶴一去無消息，崑崙玄圃將安歸。四野寒光透人肌，千山蒼翠濕吾衣。下山忽遇天風起，一一化作浮

雲飛。

浙溪曉起

天門不關飛早霜，晶晶水簾浮日光。水面雲華濕不起，魚龍吹沫穿石梁。波間石苔綠于髮，裊裊漾之千尺長。微風千里湛空碧，孤槎疑是來瀟湘。

嚴州山行

處處青山雲萬重，山前駐馬春茸茸。手持芳草不知晚，踏破嚴州千萬峰。峰頭新月起長笛，洞口流泉隨短筇。吾欲金華訪赤松，與爾雲外騎雙龍。

月夜

嚴州城南秋雨繁，嚴州城外波濤喧。兩岸人家住楓橘，千門秋色分蘭蓀。楚臣正愛薜荔佩，秦人莫愛桃花源。相逢今夜開斗酒，千山蒼翠流空樽。醉來高卧明月裏，猶有白雲來候門。

山行

大江以南山作野，客子況復愛山者。日日山巔弄流泉，百丈銀河向人瀉。蒼龍翠虬滿山立，遊之廼是梧與檟。怪石千尋聳欲墮，往往遊人下駐馬。

眞州夜泊

江頭明月白浩浩，江上行人怨芳草。長波風急龍臥遲，遠塞霜飛鴻到早。誰家砧杵衣正單，十里芙蓉秋未老。玉人吹簫向何處，扁舟愁絕廣陵道。

寄懷長安舊遊

殘春匹馬辭建章，天南冀北遥相望。游子衣裳滯江雨，故人劍珮鏘胡霜。王程忽訝芳草暮，客心有似浮雲長。安得雙鴻起天際，相思寄爾明月璫。

期黄山人不至

誰其蘭佩三十秋，華髮蕭然卧滄洲。晴霞常護釣者石，明月買斷長江流。白露泠泠下梧楸，美人不來生我愁。一曲樵歌起天末，白雲搖落萬山頭。

湖上行

湖上人家開夕陽湖南漁者歌滄浪蒹葭一雨遠江白楊柳千條秋浦長松遥夜擣遲幽客石門高啓流玄霜天末浮雲莽不止慎勿薮此明月光

卷之五終

宗子相集　卷五　二十九　天臺用藏板

宗子相集　六至八

五言律詩　七言律詩

宗子相先生集卷之六

廣陵宗　臣子相著
晉陵　鄒之麟　臣虎校

五言律詩

寄懷故園舊好 五首

浮雲日萬里空復滯燕臺朋好寧相負音書自不來吾慚歌鳳侶君等卧龍才悵望青山裏薔薇幾度開

其二

最憶論心者乾坤一草廬開尊銷夜燭聽雨長春蔬作客殊寒暑憑誰共起居翩翩北來鴈似有故人書

其三

那堪千日別直使寸心違望極頻藜杖情深自布衣偶看長路草髣髴故山薇客思將江水春來滿釣磯

其四

即有鴻書去其如鳥道長春來楊柳徑日憶芰

荷裳鷗鷺應同狎田園豈盡荒難將尊酒意一聽楚歌狂

其五

貧賤有情在風塵一病深向人歌白雪畏路失黃金爾輩甘雲卧吾生肯陸沉故園松菊在早晚問投簪

送蘇生南歸

短鬢不堪數孤舟何太頻客塗空歲月江國有絲綸劒在猶干楚書成更上秦敝裘還季子莫問下機人

四月一日于鱗元美子與約南溪之游偶以事羈悵然有感 三首

殘春已昨夜初夏自流年朝謁誰能倦松蘿爾華偏孤舟凌細雨積水下寒煙遠憶臨溪者何人不可憐

其二

解佩豈朝客持竿遂釣徒年華遍燕雀春色尚蘼蕪赤水心頻切紅塵爾自拘茲遊且不得何

更問江湖。

其三

不分林塘好，偏令爾輩遊。花枝晴自動，草色暮堪愁。俯仰聊停騎，行藏且狎鷗。茫然心共折，何處是滄洲。

病中荅明卿見贈 二首

一病秋能抱，孤吟夜可殘。採芝吾未得，視草爾其難。瑤瑟人間思，金莖露下看。廣陵濤足賦，江色不勝寒。

其二

伏枕花頻改，登樓月乍圓。宦情疎病後，世事得愁先。才已金門隱，名非白雪傳。新詩愁偃蹇，三嘆暮雲前。

有寄

憶爾辭燕甸，逢人賦楚騷。芙蓉千水暮，薜荔萬峰高。秋月驚紈扇，寒雲落布袍。愁心不可問，孤鶴嘯江皋。

贈別吳子

問爾何年至，還能幾日留。尊開朱鴈夕，心折紫萸秋。歲月還蓬鬢，關山任敝裘。漁竿如可餙，遲我狎江鷗。

同于鱗元美子與郊行 二首

誰識冠纓者，常投水石間。春風吹大道，紫氣照西山。松徑荒難度，楊枝亂可攀。相逢勿遽返，世路正催顏。

其二

去去春蘿好，行行朝雨寒。路迷頻勒馬，塵起一彈冠。宛轉溪園出，依稀江路看。所嗟情不愜，無處問漁竿。

送張明府謫教湖州

自古悲行路，于今更畏途。才名收倚馬，宦計失飛鳧。白日晴開越，青山亂入吳。傳經稍欲慰，咫尺對西湖。

與錢惟重步月下

秋風何處起，茲夕倍堪嗟。不見碧雲色，難禁孤月華。客愁驚蟋蟀，鄉思忽蒹葭。誰謂天河遠，翻

翩漢使槎、

歲暮

霜雪不堪暮、陰陽荏自過、淚偏兒女盡、情爲歲華多、留滯非吾意、凄涼奈爾何、寸心無可折、落日滿庭柯、

送王判

可嘆日爲別、兼之歲欲殘、青袍今作吏、白髮已盈冠、鴻雁千門夕、梅花一騎寒、風塵好自愛、行路古來難、

除夕答茂秦子與見贈

今夜爲誰永、清尊只自持、歲華明日異、旅思故人知、坐待青春色、行傳白雪詞、梅花空復好、愁絕楚江枝、

送張簿之上饒

送君燕市北、作客楚江西、日月千山澗、星辰一劍低、馬蹄仍遠道、□□且早栖、芳草天涯綠、相思祗杖藜、

寄遠曲 二首

秦塞君投筆、章臺妾倚欄、雁書何寂寞、龍劍有艱難、烽燧春華暮、琵琶曉淚寒、自知容色落、不忍對花看、

其二

青海人頻去、黃河信轉稀、徘徊空夜月、顦顇任春衣、漢將頻營壘、胡兵未解圍、近來常涕淚、不獨爲君揮、

問元美病 二首

倦遊吾未敢、抱病爾何心、萬里蘼蕪色、秋風一夜深、長嘯豈不得、悲歌直至今、茂陵消渴日、還

聽白頭吟、

其二

爾已青雲薄、誰其白眼偏、一身詩作僻、萬事酒相捐、枕簟疎秋雨、江山□暮煙、登樓知有賦、莫向衆人傳、

寄陸子

何時重把袂、茲意有沽巾、春去悲遊子、書來見故人、風塵虛倚劍、日月負垂綸、一別清江上、年

華幾白蘋

同李司封蘇文選遊聖禪寺

有寺焚香在何人結駟來靈花如雨落貝葉不
春開聽法龍依水窺禪鳥下臺塵心忽到此那
得遽如灰

送周先生之海寧

彩筆時難見青氊爾自舁一官聊日月雙鬢自
乾坤雪後西山賦風前北海樽因君寄鄉思好
去過江門

答袁子敬

別思將春起鄉心與日摧已經三載別猶有一
書來我愧思鱸者君誠倚馬才黃金似芳草又
滿郭生臺

遠思

歸期不可問客思坐紛紜白髮兩鄉隔青猿何
處聞日摧蜀道險雲逐楚江分尺素看鴻鴈高
秋或一羣

同于鱗子與公實夜過元美

一尊那忍負永夜坐堪酬鳳豈吹簫落人疑鼓
瑟遊江湖青桂暮關塞白榆秋明月無南北泠
然萬里愁

夜嘆

纖月稍稍起寒霾細細分窮途惟白雪畏路是
青雲豈作鶺鴒侶難期麋豕羣平生霄漢思汨
沒向時氛

三月

三月忽云暮一年空見春不堪埀柳色似與客

愁新慘淡時名棄迍邅長吏嗔清江有鷗鳥怪
爾未歸人

天寧寺同于鱗元美子與餞別公實各賦
二首

孤臣辭上國匹馬自秋風樹影僧窺日鐘聲客
到門江湖難寓目天地易銷魂行念中心約相
思且勿論

其二

分襟即此地握手更何年詞賦吾甘後煙霞爾

最先、世情頻按劒、生事欲逃禪、今夜南樓月、淒
凉空自圓、

送人

歲暮豈不苦、離愁那可銷、僅辭燕市酒、已犯浙
江潮、明月帝鄉滿、梅花客路遙、豈能因五羊、楚
澤負漁樵、

于鱗子與元美夜過、時元美將有江南之
役矣、二首

今夕復何夕、相看又此亭、高天散孤月、何地聚
羣星、吾已甘多病、君今幸不醒、胡笳中夜起、淒
惻若爲聽、

其二

金尊墮明月、瑤瑟動輕陰、砧杵秋城急、煙霞故
國深、不堪惆悵色、兼入別離心、去住俱萍梗、茲
期可易尋、

皇甫別駕初至夜集、

君自何方至、憐才意久違、朔雲停暮展、漢月照
春衣、江左時名重、人間雪調稀、燈前出瑤[illegible]、[illegible]

客不能歸、

寄黃山人

已厭騎人日、翻生古道悲、洲中鸚鵡賦、臺上鳳
凰詩、風雨客多病、江湖鬢有絲、長途且萬里、無
夢寄相思、

追送茂秦不及

白髮久爲客、青春忽爾歸、馬銜燕雪盡、心逐塞
雲飛、天地飄蓬甚、河橋折柳遠、離情堪涕淚、此
際倍沾衣、

月夜聞笛

暮雨浮天去、寒雲歸峽遲、青山饒遠色、紫菊把
新枝、何處風前笛、頻停月下巵、關河已搖落、故
向客愁吹、

懷顧二丈

客久春如失、愁深夜不開、眼看鴻鴈去、書對白
雲裁、叢桂迷淮甸、長楊識漢才、江東秋色好、消
息幾時來、

寄書

別已三年久情堪萬里餘常勞燕塞鴈不到蜀江魚浩蕩心中事遲廻紙上書白頭還好在一淚滿朝裾

寄元美 二首

念爾行搖落何心堪寂寥凌風雙髩短長路一身遥薜荔亂江雨魚龍犯夜潮廣陵明月好曾聽玉人簫

其二

客久非吾意愁來獨爾思寸心今已折尺素忍

教遲風雨相如病江山宋玉悲淮南行路日惆悵桂枝詞

夜集懷茂秦 二首

得爾漳南信愁予冀北天蹉跎春事晚懶慢世情捐日落黃河遠秋驚白髮先狂歌對明月莫受衆人憐

其二

聽雨詩仍在開尊事已遙以予愁劍佩嘆爾得漁樵茲意浮生失何時客淚消淮南行結隱不待楚詞招

寄黃先生 二首

憶與先生別乾坤各泛萍可憐雙鬢綠僅對一瓊青雲落仙人洞天冥吏隱亭相思若江水日夜向南溟

其二

塵路一知已浮名遂此生嶺南天共遠冀北日爲情首蓿春堪長芙蓉夜與清尺書那不寄白鴈滿江城

對雪有懷于鱗元美子與明卿四子

暮雪一何急玄雲莽欲垂誰爲黃竹詠千載有餘悲鴻鴈稍疑羽關河驟失岐薊梅寒入酒曾共故人持

再得元美書

楚日吾家到吴門使者來書纔片紙讀淚已萬行摧佩有蘭堪贈衣知薜共裁花江路滿一酌向誰開

贈黃山人

羨爾逃名者，蕭然卧遠臯。絲綸江艇潤，蘿薜石門高。白巳殘雙鬢，青猶戀一袍。不堪揺落後，重讀楚人騷。

同李太史顧文學過陸子和 四首

進艇吾能遠，携尊客許同。青天開萬象，白浪失千鴻。萸荚細堪數，蘼蕪寒幾叢。漁歌稍稍起，知在石湖東。

其二

並入無新好，相逢況故園。看山頻紫翠，在野易黄昏。

柳折風前笛，蘭開月下樽。起來望北斗，歷歷見天門。

其三

孤燈深入坐，稚子遠相看。月動前江白，星垂大澤寒。魚枯終有鋏，鷃敝不辭冠。嗟爾屠龍者，清時只釣竿。

其四

清夜豈堪别，長愁欲盡消。梅花春未折，叢桂賦還招。日鷺暗驚棹，青㡬危度橋。月華散蘆荻，寒底莽蕭蕭。

過時寺訪袁子敬

向客春鴻起，逢僧夜磬前。慈雲垂大地，慧日暗諸天。酒至堪浮白，吾來獨問玄。孤亭入微雨，似欲長青蓮。

荅周明府

相望一江暮，難期對月明。青山移病遠，白鴈繫書輕。天地看喬鳥，兵戈阻漢纓。秋風散麋鹿，愴爾闔閭城。

春夕同舒子房子子培訪陸長庚别業

暝色戎戎亂，春陰慘慘生。孤村流水夜，一酌故人情。雪積天愈白，江寒月轉明。綸竿吾欲把，煩恠楚漁驚。

元美有江上之約未得遽赴悵然有思 二首

亦有悲春暮，居然積水上。金山一柱立，滄海萬波隨。征鴈羣羣怎，浮雲日日吹。淹留吾有待，吾愛桂花枝。

其二

去路惟楊柳，吾衣況薜蘿。如何明月夜，不作片帆過。紫氣星辰動，青天吳楚多。蓴鱸秋正好，知爾醉漁簑。

小園花開獨酌

避世誠何意，爲園信有才。陰晴三月暮，遠近百花開。春訝林塘遍，時愁風雨來。酒杯吾共汝，日日好登臺。

有客

豈有沉淪者，頻來問釣磯。青天雙鳥去，白髮一漁歸。忽雨新楓橘，如雲長蕨薇。山花似留客，隨處傍人衣。

白馬湖泛舟　三首

宛宛春潮入，紛紛上客從。湖今蕩白馬，棹恐礙遊龍。折柳晴相娟，攜尊日可重。君看千水外，巴自長芙蓉。

其二

樹報人同在，心知我獨來。孤峰雲不薄，[illegible][illegible]

頻開。稼穡山中計，鸕鷀水上杯。桃花忽如雨，髣髴到天台。

其三

青蘿堪作服，白鹿遂爲羣。江樹低從密，溪流曲更分。停盃生桂月，掃石起松雲。徙倚悲歌去，翩翩向紫氛。

吳中兵亂海上徵援感事賦懷因寄元美　四首

世變忽如此，天心那可知。蛟螭江欲裂，戎馬地

堪支。當日銷金甲，斯人遂赤眉。羣奴把蘆管，應向闔閭吹。

其二

獨吟心欲折，南望首頻搔。鼓角鯨如立，樓船蜃自高。青天失戰馬，落日慘征袍。稍幸王開府，臨戎有佩刀。

其三

傳檄紛天地，徵兵到薜蘿。愁來失俯仰，書去畏江河。痛哭千村暮，橫行萬騎多。滄洲遷客在，應

儕龍鳴珂

其四

不盡黃塵起重驚赤羽馳無書問消息有淚到瘡痍家國愁兼入行藏事可疑浮生同遠近甚酌向鸕鷀

雨夜沈二丈至二首

榻有何人下君能此夜過寒蟬哭容賦衰鳳楚狂歌雨氣千江入秋聲萬木多明朝寒浦望搖落有漁蓑

其二

樹色迷寒渚江流沒石梁驚風孤鴈下聽雨一燈長蟋蟀夜堪賦薜蘿秋可裳相看愛容鬢時序有新霜

不盡

不盡梅花路其如桂樹叢天高片雲紫木落萬山空砧杵自秋箽關河有塞鴻何人抱瑤瑟今夜月明中

中秋有懷茂秦

日落寒江上尊開北斗前高秋中夜減孤月兩鄉圓人隔黃河遠書無白雁傳謝莊應有賦何得問嬋娟

進艇

白苧聞歌好滄波進艇遲暮雲殘薜荔秋水失鸕鷀日落中原紫天高北斗垂梅花已零亂玉笛莫頻吹

夜月

明月有如此況從湖上看驚蘆秋雁起把酒暮鐘殘楊柳垂垂暗龍蛇去去寒夜來新水濶吾

欲把漁竿

人日寄明卿舍人

尺素不相寄孤鴻那可聽瀟湘秋水曲何處白雲停滄海又人日金門自歲星鳳凰池上草應只爲君青

陸長庚夜至

戎馬暗江國君從何處來門驚芳草遍尊對早梅開雨雪春衣短魚龍夜笛哀中宵撫長劍借

爾陞雲木

別袁使君 二首

久應郎官循秉使槎宦情推郡縣畏路莽
龍蛇海外珠含日天南梅正花壯遊千萬里且
莫問煙霞

其二

繫鷁殊方路聽猿故國情關河同淚遠楊柳共
愁生攬轡江雲幕停車嶺月明泠泠鴈湖水人
比使君清

席上贈東麓先生

茫茫飄素髮曲曲到寒扉亂石蘼蕪徑殘春薜
荔衣一尊青鳥去雙袖白雲歸九十猶能賦如
君世更稀

送馮尉

一尉爾何有孤槎路最便關山寒食後風雨暮
笳前入夜江看月行春路拂煙青蓮幕下客來
往日翩翩

印事 六首

詎知烽火色亦到海門東九市旌旄立千家杼
軸空漁樵新授甲都護驟從戎寂寞江天上驚
看一劍雄

其二

白日頻搔首青山一杖藜星辰千騎入風雨萬
家迷有路難舟楫中天急鼓鼙愁心與芳草江
上共萋萋

其三

赤羽遙傳越黃霾近接吳夷歌分鼓次野哭散
蘼蕪日落江流急天高海氣狐中原有廉頗雨
葦敢長驅

其四

虜騎縱橫甚將軍轉鬬頻孤圍迷白晝萬象失
黃塵江海遂流血已衰豈著身招寃誰與賦灑
淚寄青蘋 時王洪二將軍戰死

其五

華夏翻連寇江淮遂苦兵鯨鯢楊子渡日月棘
門營俠氣荊卿劍雄心漢吏纓爾曹何足慮流

涕此蒼生、

其六

坐嘆兵機失、兼憂國計存、干戈在惟海、消息已
乾坤、授鉞曾諸將、宵衣獨 至尊、定知哀痛詔、
早晚下江門、

寄子與明卿元美 二首

同心久相失、羈思近何如、星出窺龍劍、天長阻
鴈書、滿江紛甲鼓、落日泣樵漁、去住情兼苦、奚
方定卜居、

宗子相集 卷六 二十一 天華閣藏板

其二

豈乏青雲侶、其如白雲思、一分燕楚濶、三見柳
梅生、眼底簪袍許、身前詞賦久、放歌當落日、的
的爲誰明、

宗子相先生集卷之七

廣陵宗　臣子相著
晉陵郄之麟　臣虎校

五言律詩

秋夜同李伯章高子明徐養浩泛湖分得
圓字

高沙廻白鷺、遠水到青天、棹恐羣星亂、盃驚孤
月圓、秋聲來薜荔、夜色淨嬋娟、玉笛君能把、吾
將弄紫煙、

宗子相集 卷七 一 天華閣藏板

黃山人夜坐

日散千峰紫、煙收萬樹青、高雲去莽莽、孤月寒
冥冥、歲序已新雁、江沙空亂螢、餐霞眞愧汝、徒
復問黃庭、

聞鴈

一枕何能得、長愁至不禁、魚龍殘夜笛、風雨急
秋砧、天入蕭森氣、人兼去住心、湖南有新鴈、作
意送悲音、

無月

可怪清秋月，難看永夜輝。蟾蜍高[illegible]落，烏鵲暗能飛。迷徑頻呼燭，驚寒驟問衣。羣[illegible]未應去，雲色漸霏微。

客夜

歲暮青山遠，天空白鴈殘。孤舟凌夜發，長劍共誰看。鼓角高城急，星辰大地寒。中宵起遥思，倉卒負漁竿。

山陵陪祀 二首

閶闔門重啓，星辰地一隅。寂寥羣籟動，慘淡百

靈趨。劒佩當風亂，松楸上月孤。他年　神武氣，或恐未荒蕪。

其二

石馬鳴何日，金鳧起別宮。闕山不改色，天地自相雄。惆悵君臣禮，凄凉歲序同。　泰陵千古淚，一灑翠華東。

山陵道中 四首

處處春雲色，相逢上翠微。松榆同入發，鴻鴈背天飛。列騎松爲蓋，羣峰霧作衣。歲華空浩蕩，難問故山薇。

其二

吾愛天門近，何妨日馭斜。愁邊歸燕雀，意外避龍蛇。不辨層崖樹，難逢三月花。向來胡騎入，滿路散悲笳。

其三

路迷人屢問，石險騎常停。折柳新能綠，看山近失青。峰高天兀兀，泉細日泠泠。何處無春色，吾今愛地靈。

其四

馬遲榆柳徑，人指鷺鷥班。諸　帝留弓劒，千官肅佩環。風雲回紫塞，日月滿青山。王氣中天在，朝朝護漢關。

過明卿憶元美

頻來春騎遠，最苦夜盃傳。薊日愁難綫，吳天淚易潸。千秋堪自定，萬事有誰先。共作巴渝客，常騎白雪篇。

得于鱗書 二首

重來擊筑飲偏憶和歌人明月漳河夕梅花碣
石春愁難千里破情到尺書真誰不疑斯道君
當愛此身

其二

舊侶淹漳水新詩寄漢關鳳麟千古色鵷鷺衆
人班易側乾坤目寧開案牘顔蹇帷猶有賦落
日太行山

憶弟

忽是青春別難堪白日移江山一第遠鴻雁尺
書遲湖上又芳草淮南多桂枝池塘尊酒夜知
爾重相思

明卿得子

持我百年意看君一日情人間麟趾少池上鳳
毛生桂發燕山色珠來合浦明他時弄環語應
令楚妃驚

哭公實 十首

嵩口梁鴻去青山弄紫煙形容疑好在消息
誰傳鵩鳥豈來舍龍蛇或值年倉皇不可問隕

涕五噫篇

其二

使者春江到傳君隔歲書開函生氣色數字慰
躊躇日月孤吟失河山一病虛皇天深忌汝竟
不免樵漁

其三

徘徊南斗下歷歷少微星一夜因風隕高人遂
不醒孤雲垂慘淡萬象驟沉冥莫問西樵桂千
秋空復青

其四

羅浮不可望鎮日紫霞封爾把金光草行吟第
一峰驚飈殘薜荔驟雨泣芙蓉恐逐仙人去青
天跨白龍

其五

汝去亦何速人生良已浮蒼梧一灑淚赤石萬
峰愁才或雲霞妬名非劒佩收知無封禪草漢
使不須求

其六

五子中原得千秋僊一麾壯心何遽折吾道
堪悲大海東南去天風日夜吹獨留龍劍在紫
氣斗間垂

其七

長安曾落日爲爾抱瑤琴一鼓秋雲白瀟湘寒
色深斯人遂不見是物可無音坐憶龍門曲潸
然淚滿襟

其八

少别卽成古相逢豈在今黃河難北注白日似

東沉天地冥鴻志文章逐鹿心悲風吹大壑夜
夜聽蕭森

其九

天柱浮雲色茫茫去不還生難看白髮死豈負
青山漢省空題柱文園早閉關肯思黃石侶萬
一到人間

其十

浮世誰能免如君獨可哀荒榛滿天地玉樹莽
塵埃裘馬偏窮路江山不盡才更憐擊筑者蕭

索薊門臺

同元美明卿集張氏園亭　五首

塵途忽到此世事頓相違月色輕隨馬松枝亂
拂衣相逢青滿眼並坐綠成圍便作幽棲得何
須問釣磯

其二

倏爾過山雨蕭然對石欄雙衣絺綌薄五月薜
蘿寒高竹翠難把新松秀可餐吳歌況在耳眞
作故園看

其三

一逕杳然入參差絶可憐古臺荒自出石磴曲
相懸林密難窺月枝高易破天誰能吹玉笛吾
欲弄蒼煙

其四

太虛何必問一壑坐相收橘柚山形古藤蘿石
壁幽盃疑天外把人似月中遊莫作霓裳曲翩
翩不可留

其五

夜色亂相射幽人那可禁天流孤月白庭
槐陰忽起千秋思能空萬里心長吟一汗漫纖
露下衣襟

聞島夷將逼湖州寄懷子與 二首

兵已蒼生苦書仍赤羽愁風吹遠海立潮壓太
湖流鼓角天應裂鯨鯢日不收桃花藏戰色愼
莫問漁舟

其二

在登天日春來似綠林荊榛黃鉞入烽燧白
雲深百戰江山色千家隴畝心當年一匕首應

或作龍吟

同元美明卿余德甫再遊張園 五首

為愛林塘好頻從駟馬來僅成三日別復作一
尊開橋憶牽衣草庭思待月梅昔心還鹵莽此
夜重徘徊

其二

畏客雙尊在留人一榻遷浮雲去萬里明月更
嬋娟細柳風藏碧新榴夜失妍無能永茲夕心
折薜蘿前

其三

不盡山靈僻難持幽思翻星辰莽相照鳥雀一
何喧竹葉傳金甕松花落石門危峰一長嘯髣
髴是崑崙

其四

何處陽春調來同此夕歌地能燕市有人得楚
狂多把盞青天墜題詩紫石磨一呼去魍魎片
語卽江河

零露隔金掌長天轉玉繩夜驚羣象遠狂得寸
心憑高樹欵能立危巖暗可登何當謝塵網日
月白雲層

其五

問余德甫病 二首

浩蕩俱燕市蕭條自馬卿茂陵拾瑤草消渴望
金莖夕髩裁詩短秋雲伏枕生南樓今夜月故
向客愁明

其二

獨憐青桂侶高臥白雲樓見爾能稱病何人肯倦遊星河雙杵夕風雨七陵秋且莫歌芝曲商山不易求

立秋夜元美明卿來集二首

塵心不自好歲序莽相催風起千門亂秋隨二客來絺衣雲共白紈扇月同開且莫悲搖落吾慙作賦才

其二

酒至期晨漏風來破夕陰星辰垂戶小蟋蟀語庭深白眼千年思青天一夜心併隨秋色動四顧起蕭森

答明卿二首

世事憑誰問浮生得爾同有心俱欲折無路不歸窮戰伐乾坤色安危將相功君看鳴玉者楚楚日華東

其二

蕭然雙鬢短莽矣百憂新白雪孤調世黃金巧識人勢應駭積羽心或急批鱗遂恐風塵色難

明卿宅分得宮字

翩翩傲世者馬上落青楓把酒長安月殘秋碣石鴻玄芝紛下蔡白羽急西戎向夜寒　起漢宮

德甫明卿元美肖甫夜過時肖甫將有使命矣得來字

借問此何夕秋高莫北臺浮雲萬里去明月幾時來莫惜黃金盡共如綠髮摧相逢不成醉詎用道途哀

聞子培又下第賦此寄之

憐汝不得意上書今又回秋風江色暮愁見菊花開抱玉時堪泣投珠夜更哀薊門看白雁曾否故園來

九月驟寒二首

頗怪雷仍起還驚雪乍飛陰陽曾世變順逆總天威白馬紛傳檄黃龍正合圍北風休更急漢卒夜無衣

其二

搖落一何甚西風起大荒黃雲吹欲立白鴈悉分行倚檻深看雨懸燈數問觴流離滿天地茲夜不堪長

雪夜訪明卿病時有客因簡元美二首

伏枕寒仍立傳盃深可停雪吹天地白山掩薜蘿青耳目予今病浮沉爾作醒客言能鼓瑟或恐是湘靈

其二

夜色流燕樹寒霾失薊門予難歌白雪爾豈妬清尊日月憑雙眼乾坤阻片言坐來心萬里忽欲問崑崙

明卿宅同元美分賦得席上箏

二月破雲根千行碧玉新湘痕知有且孟泣豈筵辰酒對殊方夕盤留故國春吾將付風雨片片作龍鱗

賦得席上菊

一枝吾在把不必問籬東秋色近相媚寒香

可綴酒來疑泛白燭滅似愁紅好爲携懷袖玄霜下遠空

九日

九日吾家會遙憐骨肉歡一身懷橘負羣弟把萸難蜀道向愁險楚江今更寒白雲空荏苒可得故園看

秋風

秋風吹萬里一夜過扶桑落葉碎難掃孤鴻高自翔登樓來朔雨倚劍下胡霜聞道榆關使飛書入建章

東皋隱居爲子與尊人賦 四首

一逕斜臨水長汀曲抱沙古來鴻鵠侶雪上白雲家種橘開新溜尋芝數落霞武陵溪不遠石壁有桃花

其二

天目三千尺西南第一峰瀑來飛萬馬石削起雙龍白日江華亂青雲海色重行歌秋更好散髮弄芙蓉

其三

亦抱杞人念其如茗水幽手攜青玉杖坐老白
蘋洲萬象秋如滴羣峰日亂流太湖三百頃處
處不驚鷗

其四

避世亦何甚空山一釣臺幽人瑤瑟至稚子石
門開白髮照秋水青天落夜盃近雲常五色或
恐漢庭來

得子與離家消息

使者發湖干千山搖歲寒漁樵心或負烽燧鬢
應殘青雀凌風上黃河落木看貂裘須早御朔
雪滿長安

懷李伯章

故園棲隱處何得爾為羣攜手先朝雨論心到
暮雲江湖雙鬢短日月兩秋分豈有同心者令
子不念君

簡陳使君

父老書頻至瘡痍嘆未醒長懷闔日白難照楚

山青野兕稍離室河魚更入庭怨歌滿天地不
遣使君聽

同子與明卿送別子鱗元美

春色何堪問開尊是別筵中原送二子北斗散
高天深語江河在雄心日月懸千山分馬首那
忍遂揚鞭

得元美書

使者春何往吾徒日轉孤屢書心盡折一字眼
堪枯未測皇天意其如壯士圖自知寒色甚不
敢怨明珠

既賦金山篇寄子與復系之此詩

寄爾金山賦登山莫自歌恐驚明月去其奈白
雲何夜棹鯨波急秋來蜃氣多憑誰慰搖落滿
月是江河

同峻伯過勘甫得鐘簫二字　二首

以我天涯淚洒君庭下松寸心燕市筑雙鬢薊
門鐘明月還依馬浮雲欲作龍相思如有贈慎
莫問芙蓉

其二

萬柳催吾別、孤槎去國遙、　主恩還劒珮、春色豈蘭茗、白雪寧誰妬、黃金任爾驕、美人從此隔、忍聽廣陵簫、

發京

十載侍青瑣、殘春出薊門、浮沉原宦跡、遠近總君恩、芳草愁邊綠、燕花淚共繁、孤心似列宿、常傍太微垣、

長庚純一舜隆既別憶之

一別不自意、茫然空復愁、孤舟仍盜賊、多病已春秋、明月一江遠、故人何處樓、風塵雙淚眼、為我寄滄洲、

渡江

秋風高不極、破浪片帆輕、鴻雁銜沙起、蛟龍傍檻鳴、愁人芳草遠、落日一江吟、千載風波事、淮然空復情、

渡江得子與書

亦有華陽在、誰其汗漫遊、書徵天日雨、客到秣陵秋、江遠芙蓉細、山低蟋蟀幽、此懷吾不淺、直欲醉丹丘、

句曲七夕大雨不得子與消息怪之

七夕憑誰問、雙星奈爾何、晚來行暮雨、早已失天河、不見停梭去、寧知乞巧多、盈盈一水者、人世更蹉跎、

江上聞明卿量移南康二首

復得南康信、匡廬遂爾狂、詩仍官長罵、名或簿書強、暮雨湘潭近、秋風楚塞長、江流如可返、為

我到潯陽、

其二

西望楚天碧、茫然空暮霞、寸心隔江海、雙淚滿蒹葭、白鹿誰爲客、青山爾卽家、武陵溪尚在、不必種桃花、

燕子磯

解珮鬥蘿薜、翩翩凌紫氛、乾坤雙眼盡、南北一江分、麋鹿散秋草、牛羊下夕雲、瑤華如可拾、卽此好遺君、

荅五嶽山人見寄

片雲何處至爲爾獨依依寄我青山賦悲愁采石磯九華明月在五嶽幾時歸蕭索長途客玄霜未授衣

南陵道中聞闖寇

到處蒼生淚那堪白羽驚寸心折淮海群盜駐延平客有杞人抱誰其漢吏纓百年雙眼在可得見休兵

關山月

良人一別妾長劒遠從戎涕淚青樓裏音書紫塞東關河秋色動機杼月華空亦有寒衣在年年望北鴻

出塞

青海傳烽燧黃沙入鼓鼙單于屯塞北大將出遼西落日胡笳慘悲風漢馬迷燕然有奇石勒筆待君題

寄眞州張子 二首

世路驚投璧君才類握珠談經深歲月垂釣任江湖落日千峰紫長天一劒孤凌風有羽翼與爾立相須

其二

一望隋堤草孤吟楚岸花賦成似班馬身在只煙霞夜月懷湘瑟秋風進漢槎斗間垂氣色吾欲問張

元美見訪百花洲上夜集 四首

君來何節鉞秋到正江湖斗室羣星聚天門二曜孤古人窮抱玉吾道忌投珠歲晚魚龍寂臨

流未可呼

其二

終日不得醉相看獨奈何狂心知爾甚青眼向人多席已移星月衣猶掛薜蘿興來歌楚調雪色滿江河

其三

坐對百花落孤登萬里樓醉開吳楚色狂失鳳麟愁握手青燈少論心白日浮相思曾往昔淚逐大江流

其四

雙眼入何白孤懷爾许長相看鴻鵠志不厭湲倚裳黃蒳紛垂露丹楓莽下霜湖南泛明月髣髴對瀟湘

送徐山人還吳 二首

問君何處去一騎太湖邊久客青春暮多愁白髮先征衣裁薜荔長劍倚風煙江上波濤急新詩莫浪傳

其二

去住悲生事乾坤總畏途梅開春到楚柳折曉歸吳倚棹江雲亂傳書海月孤知君饒雅思早晚著潛夫

秋夜顧二丈來集

少別已殘暑相看失舊容秋衣下風露夕草亂芙蓉世故尊前盡鄉愁雨後重徘徊望北斗明月照千峰

其二

一徑陰陰入孤煙夫去斜江亭頻載酒叢桂正遶花吹笛驚黃鳥持竿散赤霞看君靈氣甚早晚問仙槎

得子與書

不分黃塵色俄驚白鴈音傳書燕塞遠落日楚江深戎馬乾坤淚豺狼道路心開君持漢節松下擬抽簪

簡陸子和 二首

歲月仍吾病風塵奈爾何青天應自問白雪向誰歌夜立殘砧杵園行久薜蘿相逢恨咫尺兄

乃隔江河

其二

握手朱明過驚心白露凄江平低鴈翼潮落進漁竿野色蘼蕪淨秋聲蟋蟀寒相思對新月疑在異鄉看

中秋遣騎迎沈二丈北莊

遣憐滄海上獨對白鷗羣客自殊方到秋看此夜分凌風孤騎遠掃徑一鴻聞明月湖南早君無待暮雲

中秋無月 二首

翩翩攜杖至，愛此河中洲。不見關山月，空分天地秋。魚龍潭水黑，松桂石門幽。瑤瑟何人抱，湘靈未易求。

其二

寂寞自松逕，蒼茫任草廬。高雲莽不止，明月竟何如。席上頻窺酒，盤中僅辨蔬。天風如可馭，吾欲摘蟾蜍。

宗子相先生集卷之八

廣陵宗 臣子相著
晉陵鄒之麟 臣虎校

七言律詩

春日

帝里頻看柳色新，那能金馬坐沉淪。誰家羌笛吹明月，無數梅花落早春。羣盜烽煙時更急，五陵冠蓋日相親。故園歲事滄江上，腸斷孤舟起釣綸。

送人還楚

薊門蕭颯朔雲秋，爾去千山落日愁。白髮行藏孤劍在，青楓舟楫大江流。楚人昔有懷沙怨，湘水今還鼓瑟留。念我好傳鴻鴈曲，月明應醉庾公樓。

寄趙山人

別來音書何太稀，塞南日日秋鴻飛。青山一去誰消息，白髮雙垂今是非。歲月飄窮詞客路，薜蘿難負楚人衣。故園剩有滄浪水，長雨江楓吾

歸

省樓春集

朔來鳴珮散長安漢署千花覆石欄把酒逢君歌北鴈上書有客泣南冠萬家芳草悲春暮三月高松過雨殘欲寄愁心與白日浮雲滿目不勝寒

午日同于鱗子與集公實時值雷雨

薊門芳草逐人來午日新蒲對酒開陸沉總爲方朔侶懷沙獨惜楚臣才人間魍魎雷堪走海上蛟龍雨不回夜半浮雲難去汝坐深孤角鳳城哀

秋日寄表二丈

清秋何處問吾廬落日他鄉淚滿裾胡馬頻年爲客計塞鴻八月故人書白蘋江上共誰把紫蕨山中好自鋤只恐凌雲稱賦者漢家久矣待相如

送施明府之蕭山

馬上秋風吹客纓送君千里越中行芙蓉落日

惡誰語楊柳寒江非世情羣盗羽書仍北至頻年將相議南征白雲茂宰今看汝莫問飛鳧向帝京

二月 三首

二月春華滿鳳城萬家楊柳共愁生烽高紫塞傳都護詔下甘泉議北征昨日羈縻胡市馬西風蕭瑟漢臣纓瓊衣玉札殊恩澤早把勳勞荅聖明

其二

薊門芳草滿長衢是處黃金不可無西入羽書三輔急北方龍氣七陵孤天王按劍思臨塞大將觀兵豈備胡報 主憂時今更切敢將心事問江湖

其三

聞道元戎出帝畿即看遠道耀軍威漢金百萬朝通使胡騎三千夜解圍塞上烽煙何日定山中麋鹿計全非由來天意高難問徒自燕雲滯客衣

寄許殿卿

聲名歷下共羊何海岱秋雲幾度過燕市黃金圖駿少齊人白石飯牛多山中夜賦深風雨醉後春衣泣薜蘿聖世才賢俱近幸碧池芳草待鳴珂

寄沈二丈

長鬚短鬢近何如湖北湖南定卜居琴裏瀟湘中散曲池邊風雨右軍書秋來雙逕誰看菊月下清尊自摘蔬舊日綸竿還好在豈能終負楚江漁

寄懷子培弟

故園春草日依依別後池塘今是非明月江楓頻憶弟清秋塞鴈一沾衣病多客枕餘芝朮書去名山問蕨薇閩道滄洲新水闊可憐鷗鷺滿漁磯

省中齋居貽于鱗子與公實元美

向夕停珂省閣幽吏人猶自進春裘蓬萊雙闕金莖遠閶闔千門紫氣流明月在天難命駕白雲垂戶好登樓明朝獻賦甘泉者漢時秦祠非青遊

送熊守之太倉因便省覲

美爾新分刺史符南方千騎亂平蕪瀟湘天濶春歸楚震澤風高曉入吳父老幾年憂戰伐使君到日問樵蘇薊門舊侶能相憶八月雙鴻起太湖

明卿席上賦

白馬黃金事冶遊薊門春色總堪留一尊破爾

青山夢萬里懷人落日愁鸚鵡舊悲湘客賦鷫鸘初典漢臣裘酒闌忽聽孤笳起腸斷胡雲出塞秋

望蜀

華髮蕭然寄一官于今蜀道更艱難北來戎馬應看劒南去蓴鱸好掛冠楊柳豈堪巫峽暮薜蘿空對錦江寒東山舊日饒書札夜夜燈前拭淚看

送胡明府謫教杭州

江馬天風聽暮笳，南歸尚醉故園花。尺書在袖逢江鴈，萬里揚帆似漢槎。帳下談經餘苜蓿，湖中對客半蒹葭。錢塘歲歲春堪臥，莫憶漁竿返玉華。

送方行人使胥還蜀

仙吏朱衣下紫霄，天書親捧翠微遥。梅花一夜飛羌笛，明月千山護使軺。魯甸王程逢鴈盡，劍門鄉思聽猿銷。送君雙淚悲游子，白髮清江正寂寥。

得黃山人書

昨日傳書到漢京，幾年爲客向江城。懷人夜雨孤尊在，聞爾秋霜兩鬢生。半世行藏頻倚劍，各天消息一沾纓。何時共逐華陽侶，手把芙蓉對月明。

寄馬明府

秋雲何處寄相思，華髮知君滿面垂。去國柴桑陶令醉，還家薏苡漢臣悲。竟無尺素傳朱鯉，或與仙人種紫芝。一日滄江分折柳，十年揺落鹿門斯。

客舍新遷有賦

如何一別淮南桂，竟日淹留冀北花。九塞烽煙仍抱病，三年京洛屢移家。人間歲事催黃鳥，江上春衣阻赤霞。骨肉音書常不斷，白雲依舊是天涯。

送陳使君還楚

使君匹馬向河梁，此去江鄉即帝鄉。楚客多才見鸚鵡，漢旌何日渡瀟湘。山中杜若迎新綬，渚上芙蓉念舊裳。京洛交游俱近幸，遲君秋色賦長揚。

寄陸子和

江門一別又秋分，何處風煙不憶君。久客衣裳鶉自結，舊游尺素鴈爲群。十年世路彤青鬢，三嘆斯人叩白雲。羽翼南溟最相近，未須重勒北山文。

送陳生南還因寄江鄉游好

薊北秋高起夕曛，送君南去楚雲重。市中五十

新豐酒醉後三年長樂鐘耕隴未須悲燕雀涉江何處採芙蓉寄言舊日殘霞侶曾否天台訪赤松

送李虞部之杭州

一尊長散帝城遊萬里江雲擁去舟楚國芳荃難汝別薊門朝雨為誰留萬家熢燧胡纓夕入月蒹葭海戍秋使者無須頻北顧浮雲何處不堪愁

除夕錢惟重夜至

朔雪千門擁騎過西風搖落罷鳴珂愁邊鴻雁中原去眼底龍蛇畏路多關塞豈無胡馬氣江湖眞負楚漁歌衣裳歲暮吾將換好與青山長薜蘿

旅懷二首

遠塞風高暮角哀浮雲終日去燕臺百年駿骨逢時晚十月鴻書隔歲來錦水即從巫峽出青山定向劍門開獨傷人事多留滯萬里停雲且幾迴

其二

客計年來尚卜居楚江漁父意何如茂陵肺病長卿賦漢帝心知賈誼書天地一身惟報主烽烟雙眼正愁予秋風萬里吹南國叢桂花開滿故廬

寄陸長庚

天涯一自失論文豈有同心不憶君孤客逢秋悲薊草尺書經歲阻江雲清時易別煙霞路明月難隨麋鹿羣便欲投簪滄海去兵戈消息不堪聞

韋氏池亭四首同于鱗子與元美賦

城上春山並騎來曲池芳草好停盃鸕鷀水淨窺人立燕雀風高逐岸回　　玄草在帝京三見紫薇開吾將　　賦怪爾臨岐候吏催

其二

雨過林塘花正飛高松細石俯漁磯扁舟明月堪長往萬里滄江胡不歸猿鳥經秋紛客淚藤

蘿他日只吾衣相逢未可輕相負一到紅塵事
事違

其三

重來韋曲解春襦碣石華陽望不孤萬里天風
吹短髮千家凉雨颯高梧青山秪負漁樵問玄
鳥深知日月徂一醉磯邊濯吾足卻疑身世即
江湖

其四

出門駐馬飲平川爲爾徘徊下夕煙捐珮不堪

芳草暮浩衣吾得紫霞篇漁陽戍鼓東何急易
水悲歌昔所憐更欲開尊待新月浮雲容易妬
嬋娟

寄陳使君

春日春風太可憐憂懷別緒俱茫然江南滂淚
望松梓冀北花鳥空雲烟鴛鷺暫辭仙子珮蓼
莪應廢門人篇袖中尺素向誰寄不見雙鴻飛
暮天

西來

西來秋色滿燕山昨夜平胡使者還白羽書傳
遼左捷黃金詔賜殿中班如何漢卒屯青海誰
信班生老玉關聞說單于頻出獵相逢馬上看
刀環

送王參軍之橫州

中原落日怨離羣萬里關山路又分亂後誰爲
驃騎使征南吾憶伏波軍湘妃斑竹行秋雨帝
子蒼梧起暮雲銅柱高標猶在眼好將勳業荅
明君

諸子夜集

鳴珮朝來散紫宮相逢意氣爲誰雄一尊醉憶
江湖上三月春殘風雨中消渴文園卧司馬題
書碣石問冥鴻青山南北吾將往肯向人間泣
路窮

雨中得家書

走馬歸來稍自寬愁邊蕭索漢庭冠葵榴不落
千枝淨風雨頻生六月寒客到庭階驚自出書
傳兄弟淚難看兩鄉白髮關河阻日日江鴻愧

羽翰、

再寄袁二丈

高秋搖落薊門城、萬里相思對月明、人在蒹葭
歌白苧、病中風雨望金莖、關山尺素時堪寄、南
北孤鴻暮不征、聞說子雲能獻賦、長楊羽獵古
今名、

人日東楊子

游子頻年棲漢庭、又看春事落階蓂、乾坤雙眼
逢人日、江海孤槎是客星、病起鬢毛知汝白、愁
宗子相集 卷八 十二 天華閣藏板
邊楊柳爲誰青、烽煙況復音書隔、向夕征鴻不
可聽、

寄懷趙子隆

當日相携十二橋、寒江東接廣陵潮、青雲客計
龍門策、明月誰家鳳女簫、久別書來愁雁鶩、故
園秋盡憶蘭苕、長安新柳黃金色、遲爾看花匹
馬驕、

送人歸淮南

燕市六月芳草斑、落日忽驚游子顏、騎發邯鄲
逢趙璧、雨來桐柏近淮山、黃河日夜去仍急、滄
海東南浩不還、秋倒正逢叢桂色、王門諸客共
誰攀、

春興 八首

往歲含香紫禁東、千官環珮散天風、茂陵病逐
樵人去、淮海春殘桂樹叢、宦計雲霄惟敝舄、
主恩日月在冥鴻、簡書使者江亭滿、可得相逢
問漢宮、

其二

宗子相集 卷八 十三 天華閣藏板
滄洲生事起垂綸、蜀使西來淚滿巾、萬里書傳
巫峽雨、幾時歸摘楚江蘋、青猿知在關山聽、白
髮應催日夜新、人世百年堪俯仰、薊門一別五
經春、

其三

遙傳塞上又徵兵、使者飛書入漢京、邊馬不歸
青海戍、朔雲常斷玉關纓、七陵松檜今開府、三
輔河山夜勒營、自是羣公能策虜、卽看赤羽莫
深驚、

其四

建業春雲咫尺看、雲中宮闕舊長安、壽陵只在鍾山上、紫氣遙憑白日寒、劍珮千秋還鳳吹、關河四顧自龍蟠、至今父老談神武、匹馬傳書定契丹、

其五

石門草色曳春裾、愁裏春花滿舊廬、計吏徵求那太急、蒼生顑頷竟何如、黃河北注魚龍泣、赤壤終年稼穡虛、天上近傳優恤詔、可能一夕起樵漁、

其六

中原五子送將歸、十二峰頭拾紫薇、別後何人鷓鴣筆、書來念我薜蘿衣、邗溝明月行將問、鴻鵠天風高自飛、南北岐途兩無賴、江門烽火照漁磯、

其七

高楊亂石把雕弧、有客頻過問壯圖、落日中原停萬騎、悲風萬里下三吳、臺前麋鹿秋相泣、海上鯨鯢夜自呼、聞道中丞新授命、急將戎馬掃姑蘇、

其八

司馬提兵夜渡河、羽林諸將擁雕戈、青山一戰殘鼙鼓、落日千家泣綺羅、盜賊似聞能漢語、東南何地不夷歌、浮生轉覺江湖窄、難把衣裳任芰荷、

江村

西風朝散漢臣班、萬里江村一夜還、題柱聲名空畫省、採芝歲月有青山、煙開曲水頻垂釣、日卧蒼梧不掩關、直欲天台拾瑤草、何人遲我白雲間、

寄顧純一時客于揚

自君去矣湖之濱、日夜湖南生白蘋、江雨千家仍伏枕、潭雲百尺堪垂綸、書傳孤鴈正明月、病起空山愁暮春、桃花流水可避世、武陵樵者今何人、

寄袁二丈　二首

孤鴻不到[illegible]門煙別後音書動隔年江上暮雲
空復好湖南新月為誰圓懷人竟負看梅曲卧
病長歌采蕨篇咫尺山陰飛早雪可能一上剡
溪船

其二

九月寒花照客盃故人何處獨登臺霜華好與
青楓落秋色能堪白鴈催鼓角孤城猶自急干
戈雙眼共誰開知君近有江南賦千古深知庾
信哀

同子與使君登文游臺臺在高郵

何處星槎使者迴孤城寒吹共登臺湖閒明月
雙珠出雨後青山萬井開鍊石汝從天目到觀
濤誰更廣陵來越吟楚曲俱揺落江左新驚鼓
角哀

趙山人至

千行垂柳暗江村江上何人到石門倚杖年華
垂素髮登樓雨色滿清尊驟雷似有蛟龍怒落
日愁聞豺虎喧只此漁舟堪結侶未須楚水問
桃源

與凌文學話舊

有客問予青鷺洲當年過汝蕪城秋一尊樓閣
短簫發十里芙蓉片月留別後素書不肯寄袖
中白璧何所投明朝江路嘆遊子莫遣霜華盈
敝裘

拱極臺

高臺此日眺中原臺上空驚夜色繁人在千峰
明月裏天垂列宿紫薇尊秋衣薜荔真吾計早

歲漁樵亦主恩郎擬尋仙向五岳烽烟猶自
滯江門

萬里

萬里青楓悲素秋千門揺落楚雲流江南涕淚
重城急海上親朋暮角愁西入戰烽迷漢騎年
來漁父失江鷗寄言諸將須深策早把新軍駐
石頭

待元美不至

書來有意問滄波[illegible]起柴門擁[illegible]柯孤斟中流

湯子春白雲西去，秣陵多雙龍。一別各風雨，五斗相逢今薛蘿。寄語湖邊垂釣者，好尋蝦菜待君過。

其二

誰傳消息到湖西，欲來不來空杖藜。昨日石門開枳橘，早時孤艇散鳧鷖。愁人碧草戎戎短，俟客清尊夜夜携。二十四橋今寂寞，未應重為玉簫迷。

眞州

十月孤城鼓角悲，風風揺落此登臺。山形西轉千虹立，濤色東驅萬電開。日下白雲鍾阜起，江南紫氣漢陵來。臨流怪爾鮫人語，一夜乘潮能百廻。

寄茂秦

與君秋別薊門鍾，毎見秋雲不可從。雜佩相貽仍蕙芷，佳人一水隔芙蓉。月明江上歌梁甫，病卧山中擬蜀龍。盡道漳河成獨往，十年高咏在青松。

送人南歸

楚天揺落欲何之，把酒青門淚並垂。漢署昔題金馬賦，淮南秋問桂花枝。還家客夢寒蟬急，去國君恩白髮知。歲晚衣裳仍好製，扁舟隨處有江蘺。

酌吳子

廣陵城西江可憐，廣陵城北草芊芊。子看鴻鴈歌明月，爾客崑崙今幾年。湖上一尊開橘柚，人間雙淚墮嬋娟。相逢總是淮南侶，莫負秋風桂樹篇。

寄于鱗

憶爾狂歌滿帝京，春來紫綬寄專城。漢庭詔下二千石，良吏人傳三異名。日落盧龍寒朔騎，風高涿鹿斷胡纓。塞帷定有江門思，碣石青天是舊盟。

暮春

莫向桃花又問津，只今已是武陵人。經旬芝术還歆枕，細雨林塘不住春。一入青山疎故舊，平

秋素業在沉淪湖邊似有漁舟路急與秋風長
綠蘋

江上秋高有懷京洛舊好李王南北梁謝
臆

飄零獨子與明卿在焉俯仰傷情賦此寄

荊高一去燕市虛獨留爾輩空躊躇黃金匕首
今安在擊筑悲歌忍自疎千古英雄堪俯仰一
朝聚散有樵漁江山南北秋華澗腸斷孤鴻八
月書

寄袁子敬

去年握別楚江流一夜新霜擁去舟人隔蒹葭
滄海暮書來風雨白蘋愁茂陵消渴還稱賦明
月聽砧獨倚樓知爾詞華干氣象于今莫厭鹿
門遊

雨中聞島夷消息太劇

一雨滄江起杖藜愁邊芳草正萋萋天門石裂
夔雷下海國烽高萬象迷百戰蒼生鮫室裏頻
年赤羽鳳城西謝安莫負東山望昨日徵書到
會稽

二月五日

今年春事何太遲二月五日寒如茲細雨忽見
芳草色晴雲猶護梅花枝鼓吹長江日夜急羽
書四馬東西馳天時人事且若此忍向青山歌
紫芝

送太史李公還　朝二首

楚江二月送朱輪江上千家長白蘋宮錦尚留
叢桂色仙舟不住廣陵春雲間鵷鷺含香入日
下夔龍佩玉新一自周南歸太史石渠視草更

何人

其二

北去樓船向紫垣長途芳草日開樽漢庭秋閉
仙人掌方朔才高金馬門群盜兵戈無上策蒼
生顒額滿中原安危將相須公等宵旰于今獨
至尊

酬沈二山人

夜夜西風吹客纓江湖只尺有離情高秋伏枕

黃花盡明月懷人白髮生雨後桑麻頻入冠年來畝畝只談兵亦知已作漁樵伴未必深山好避名

顧一丈夜集

江上草堂開夕陽寒波十里即滄浪西湖客到扁舟雨故國鴻歸昨夜霜一別髩殘胡馬後兩秋書隔楚雲長相逢斗酒且沉醉莫惜餘歡對舉觴

懷公實

梁鴻一疏向樵漁子亦歸來掃敝廬青笠孤舟空自遠黃金大藥竟何如柱殘淮海秋移病草長羅浮夜著書三十六峰明月裏相逢亦有紫霞裾

席上贈劉一丈墀石

滿目垂蘿青不收何人日日駕羣鷗尊前細雨千峰暮天外明星萬樹深歲月豈能殘楚佩行藏且莫問吳鉤憐君空抱蒼生策一卧江門四十秋

早春寄明卿舍人時以使事還楚

湖南湖北春氣鮮渚鷗沙鷺何翩翩梅花千嶂春不落芳草雙江寒可憐漢使近持金馬節楚漁難別洞庭船醉來偃蹇三湘裏更是何人白雪篇

過揚州 二首

湖上行吟落日邊高秋蕭索倍淒然蕪城舊識參軍賦玉樹空傳帝子篇隋苑雲殘楊柳色邗江夜斷荻蘆煙可憐白舫青蓑者尚有漁歌似昔年

其二

青楓滿目生悲涼二十四橋空石梁明月玉簫何處聽寒江秋草爲誰長暮雲獨照崑崙紫古道頻吹杜若香世故客愁那有極欲憑尊酒問垂楊

眞州謁文丞相祠

丞相祠前楓樹丹眞州城外遊波瀾千秋不盡中原淚此地眞成故國看一自燕雲孤騎入至

亇龍氣大江寒客游莫聽胡笳起白日青天鼓
處殘、

春日

春風冉冉吹山亭、春日娟娟廻翠屏、淮浦又見桂枝發、江洲重入蘼蕪青、落花流水去杳杳、石泉飛雨寒泠泠、愁來甘卧茂陵病、寂寞雲霄空客星、

冬至夜高子明陸子和子培弟集齋中

孤夜羣星聚此筵、寒梅細石晚相鮮、兩儀消息

還長日、雙鋏追隨自昔年、人世歲華空門式事正風烟、哀時詞客無今古、久矣吾　便
信篇、

宗子相集　九至十二

七言律詩　五言排律　五言絶句
七言絶句

宗子相先生集卷之九

廣陵宗　臣子相著
晉陵鄒之麟臣虎校

七言律詩

同元美德甫集明卿

長安花落奈春何夜夜春亭載酒過駿去難逢燕市骨鳳衰重聽楚狂歌青天短鬢垂今古明月胡笳散薜蘿醉後莫言歸騎晚浮雲猶自滿關河

天壽山

匹馬千峰曉度關相逢俱是紫宸班帝宮閶闔開今日天柱華夷見此山萬里鴻歸滄海路七陵龍護白雲間漢家祠廟松楸古夜夜西風吹珮環

送劉武庫使雲中便道還楚

使君西向玉關遊關吏應知紫氣流三晉暮雲停漢節七陵斜日戀吳鈎馬迴塞北青楓老人到湘南紫橘秋一醉洞庭明月裏可能不動薊門愁

送黃先生之江西

帝城楊柳何陰陰送客城南傷客心片帆斜掛九江碧明月一眺三楚深叔度西遊竟何意梁父日暮空苦吟高原忽憶美人遠愁見滿山楓樹林

寄贈子培赴試

秣陵佳氣即蓬萊湖上孤帆幾日開謝草常生康樂賦吳雲重見士龍才鷫鸘新翼江風起鴻鴈天書秋色來萬里風煙頻極目遲君匹馬郭生臺

七夕同諸子集張園

細雨林塘花氣流長安片碣即丹丘羣公解佩山雲起七夕開尊桂樹幽玉杵聲殘河漢語紫簫吹落薊門秋乾坤此會誰能負吳楚兵戈日日愁

同元美集明卿

秋雲此日滿長安那肯過逢不夜闌風雨驟隨

燮騎到薛蘿相對一尊寒愁心獨有中原在俠氣君從北斗看戎馬關山餘涕淚十年空負漢庭冠

送嚴博之浙

憐爾頻年任道塗又携雙屐下江湖向人白髮時時短作客青山夜夜孤賦裏秋雲廻鴈蕩愁邊明月失龍珠燃藜起草聲名在未許嚴陵問釣徒

送張肖甫奉　命督租閩粵二首

高天落日照中原匹馬凌風出薊門赤羽頻年荒稼穡蒼生何處問雞豚七閩雨雪王程急百粵樓船　帝使尊長孺不妨仍矯詔寬租曾識漢庭恩

其二

武夷西望即羅浮南斗雙星寒不收使者珮環青桂色山家鍾磬赤霞流投鞭滄海龍堪起掃石天門鹿並遊知爾未能深結隱乾坤烽燧使人愁

答明卿齋居見贈

紫微夜燦建章開　聖主親祠太乙廻禁月千門龍馭肅宮雲五色鳳笙來金莖秋落仙人掌白雪歌殘楚客才莫謂汾陰能獻賦漢皇當日問蓬萊

寄于鱗

請郡當年意若何使君猶自滯關河客游五馬黃金姤書去盧龍白雪多千堞戰烽迷碣石萬山落木下滹沱建章遲爾朝天者芳草春雲聽玉珂

與明卿對月

與君共拾長安月照我千愁壯士顏中夜玄猿猶自泣西遊黃鵠幾時還玉關戍客仍刁斗石室仙人空珮環便欲乘風凌汗漫浮雲何處是天山

送許先生之任

南去孤帆逐塞鴻一尊寒雨薊門東曳裾鄒客明珠在作賦梁園白雪工日落瀟湘尋太[illegible]秋

高荊楚過新豐長沙不必嗟留滯賈傅聲名自
漢宮

送人之河南

匹馬翩翩不可留垂楊醉色滿神州千年詞賦
人遊洛十月關山雪滿裘翠壁天開中嶽色黃
龍日抱大河流知君萬里中原思還到長安舊
酒樓

送朱邑博之滎陽

當年赤帝困滎陽使者黃金計獨長一自關山

盟白馬千秋楚漢只垂楊君今忽向大河曲懷
古行歌明月光華髮傳經知不恨相如詞賦重
遊梁

子與至京夜集

去年握別贈江籬今日相逢又桂枝越使樓船
羣盜出漢家簪紱五陵悲關山烽起秋仍急鳷
鵲雲寒夜不垂莫向天門歌白雪人間楚曲正
堪疑

集子與

七首如霜照客顏相逢俠客滿燕關荊軻西去
此其輩易水東流不復還天地只今搖赤羽江
湖何處問青山悲歌忽憶金門隱與爾逍遙供
奉班

寄姜使君 二首

搖落西風舊紫貂一朝歸去逐山樵郡中旌旆
愁相失道上豺狼任自驕三楚白雲停涕淚九
江秋月卧蘭苕北來父老頻相問或有徵書自
聖朝

其二

傲吏當年罷節旄西風卧病廣陵濤空亭獨對
開名酒落日相看贈佩刀彭澤千秋樵徑在匡
廬昨夜客星高爾家最近瀟湘渚莫爲時人著
楚騷

送卞從事之廣東

長安落日照胡纓君去才高從事名匹馬關山
衡薊雪五羊人吏識江旌暑中夜嘯芙蓉暮海
上春衣翡翠明驛使廣陵如可到梅花今滿島

王城

送唐叅政之山西

搖落西風舊漢冠當年奏草並琅玕朝辭燕甸胡霜濶春到龍門朔雪殘行省紫薇羣吏久嚴關赤燧萬峰寒使君頻擁旌旄出多少瘡痍夾道看

帝上同子與德甫伯倫送別明卿給事赴謫豫章得書字廟上賦

柳色千門照別裾片帆西去是匡廬洞中白鹿知誰待醉後青雲任爾疎落日蒹葭三楚客高秋風雨九江書漢庭多少夔龍在獨有文園負子虛

得元美書

江上孤槎憶送君薊門消息阻秋分驚風萬里吹胡鴈錦字千行墜楚雲北極頻須龍武詔東吳新挫伏波軍漁樵舊業無須問處處青山泣紫氛

懷余德甫比部

一別芸楊秋又分楚材原自豫章聞七陵寒吹歌明月列署秋衣生白雲病乞薛蘿空復遠日看麋鹿遂爲羣尺書未報燕南使何處聽鴻不憶君

諸子夜集因寄長庚

萬里西風吹急流茆堂幽事起憑欄客尋　草頻摘佩醉倚青松不着冠漁父暮歸　艇急鮫人夜雨一江寒聞君已作滄霞侶石上瑤華只自看

七夕

今年七夕又山家散髮孤吟到暮霞天上雙星罷機杼山南斗酒出蒹葭白雲中夜來江色紫蕨清秋長石華萬里天河寒在眼何人只尺問仙槎

寄懿惟重時以使事還吳

使者持節瀟湘回三吳消息愈堪哀蛟螭盡飲太湖水麋鹿又上姑蘇臺組練徵兵已百戰艱危報主須群才君看眼底紛紛者躍馬盱龍安

在戲。

得方山人書

憶昔同登冀北臺，黄金識爾入燕來。三秋消息朔雲斷，十月音書楚使來。落日中原猶作客，扁舟滄海負停盃。青楓莽莽孤鴻暮，何處臨高首重回。

予與投書約訪山中，賦此以待

聞君還別薊門樓，錦纜牙檣漢使舟。昨日書來桐柏水，西風病卧廣陵秋。霜前鴻落驚相問，江上龍歸空復愁。昔者淮南招隱後，幾人能問桂枝幽。

病起

病起蕭然一鶡冠，年年春事鹿門看。長堤芳草愁邊綠，落日梅花笛裏寒。吳使傳書多戰伐，楚人貽佩只椒蘭。武陵稍隔滄浪水，遲爾秋風把釣竿。

頻年

頻年客淚滿蓬蒿，是處生涯半羽旄。漢詔北來戎馬急，楚江南去陣雲高。三軍歲晚悲蘆角，諸將秋深損戰袍。百計艱危君莫問，宵衣此日聖躬勞。

袁二丈夜訪山館，劉一丈偕集二首

湖北湖南落月斜，誰來題竹野人家。自言海上多秦石，始信河邊有漢槎。斗酒共聽今夜雨，江梅曾對十年花。別來玄草今何似，容易秋風老歲華。

其二

石門寒雨永茲宵，多病文園起寂寥。已分白頭仍遁跡，相逢青眼自垂髫。時來蕭艾偏多色，歲晚魚龍何太驕。偃蹇楊雄終獻賦，西風莫問赤城樵。

得明卿還京消息却寄

憶爾孤帆落日遥，洞庭秋色莽蕭條。幽蘭雜佩湘君贈，暮雨高唐楚客驕。方朔已歸金馬詔，枚乘空賦廣陵潮。悲歌舊侶相逢日，何處胡笳醉紫貂。

孫子升過訪

四海賓朋舊不疎可憐蹤跡斷樵漁白蘋客到秋江雨赤鴈吾愁隔歲書湖上一尊停夕吹山中十日把寒裾知君卽草明光賦空有相思到敝廬

蜀道

蜀道之難自古今豈令華髮獨能任思多少玄猿淚解綬徘徊赤子心秋落舟航巫峽險人言風雪錦江深坐來萬里誰消息明月關山處處砧

渡河

孤舟東望淮水潯長空搖落株樹林關塞蕭條紫極遠魚龍浩蕩黃河深中流羯鼓起邊色萬里天風吹夕陰懷抱鬱鬱復爲客白石滄江遠寸心

舟夜夢顧一丈

呂梁之水清石磯中天寒月何霏微梅花寂寞有誰賦芳草飄零胡不歸江海故人忽入夢英

雄白首空露衣明朝懷袖有尺素安得雙鴻雲際飛

登景山落霞亭　二首

雪後登山落木繁朱霞猶自出天根青峰斷石頻停馬絕壁枯枝亂掛猿桂樹千秋懷舊國浮雲何處望中原蓬萊東去未爲遠吾欲乘風叩日門

其二

搖落青楓此二臺石門雙磴倚崔嵬河流南注崑崙折龍氣西看芒碭摧十月衣裳寒杵急孤城睥睨暮笳哀故山麋鹿還誰主楚水淮雲首重回

南旺湖夜泊

落日孤舟下石梁蒹葭寒色起蒼茫青天忽墮大湖水明月長流萬里光中夜鸕鷀廻朔氣南來鴻鴈亂胡霜他鄉歲暮悲游子涕淚時時滿客裳

同諸子夜集德甫

華陽之舘雲參差誰其召我金屈卮出門寒月一何白握手明星莽欲垂有客自負鷫鸘筆爲君獨把珊瑚枝相逢今夕且意氣世路風塵安可期

送玄陽山人歸吴

高楓搖落薊門遊把酒青天夜倒流世路百年孤鳳由霜華十月滿貂裘去燕寧爲黄金盡過趙誰能白璧留君到故園春草暮姑蘇麋鹿正堪愁

同元美子與明卿送别于鱗

使者衣冠紫氣氛五陵春色坐紛紜中原獨酒蒹葭淚落日相逢猿鶴聲永夜列星垂薊野西方千騎亂胡雲太行咫尺愁風雨何處晴虹可贈君

送元美之吕梁

南望黄河亦壯哉吕梁之水如奔雷飛流萬里崑崙下急峽千峰日夜摧漢署君爲滄水使徐方人識濟川才登臨莫作觀濤賦恐有魚龍處哀

同明卿送孫子升得春字

二月逢君帝里塵一尊且爲駐征輪長卿白璧誰留趙季子黄金又去秦短劍不開閶闔雨孤舟猶及廣陵春江門十里垂楊色莫把時名負釣綸

送趙子隆下第南歸

閶闔風高急暮笳一尊芳草又天涯短衣孤劍今辭國駐馬聽鴻尚憶家淮海當年叢桂樹楚江三月正桃花君歸好擬長楊賦豈向滄浪問釣槎

送李僉事入浙

送别都門金屈卮使君去矣問青驪劍分紫氣星辰在裘上霜華日夜吹南去羽書猶未息中原豺豹爾何爲江頭諸將勞相信百戰勲名孰肯垂

元美自塞上歸蹔駐城西携酒出視

重來握手薊門城落日悲歌淚滿纓使者關山

愁綠草人家霜雪暗金莖尊開片石雙蛟下電
走長松萬馬鳴此夕相看不成醉明朝白髮爲
誰生

同李伯承過況吉夫

陌上鳴珂散紫宸相逢意氣轉相親清尊細菊
堪銷夜走馬傳書易隔旬九月衣裳同在客千
江烽燧遠愁人憑君莫灑憂時淚無數秋風白
髮新

荅方樾藩見贈

十年裘馬薊門煙一日逢君北斗邊念我遙傳
秋夜曲開函半是白雲篇歲寒蘭芷猶堪結雪
後琅玕倍可憐聞說詞臣俱近幸楊雄何日賦
甘泉

九日陪祀 山陵 二首

九日 山陵木葉丹北來秋色抱長安天開紫
極羣龍起月照蒼梧萬騎寒絕磴正當胡馬路
西風不落漢臣冠青萸黃菊年年事誰擬今從
北斗看

其二

捫蘿直上最高頭萬里蒼茫生客愁白露衣裳
千嶂夕紫微環珮七陵秋月明遠塞知胡遁風
急長楊恐 帝遊天末彩雲如有意至今常傍
翠華流

大雪集張助甫

一夜西風吹大都相逢朔雪滿長衢衝泥匹馬
時時立入座寒雲片片孤萬里長途驚白髮千
山一望斷蒼梧可憐漢卒無衣者猶自持戈夜
備胡

送萬公子歸豐城

青袍綠髩儼琅玕歲晏趨庭去住難漢苑佩聲
天外盡豐城劒氣斗間看尊前明月雙鴻暮江
上梅花一騎寒共說甘泉能獻賦春風明日滿
長安

和朱主客冬至雪後早朝

茲年茲夕又春陽千騎朝天總建章金馬並搖
蒼佩入銅龍高傍紫微翔斗間雲氣垂鳷鵲池

上星華滿鸕鷀何處詞臣歌白雪知君此曲自
三湘

寄贈王侍郎時總戎薊鎮

相國提兵驅紫氛年來羽檄罷紛紜千峰夜戟
吹胡雪萬里秋笳斷薊雲驃騎長呼遼左戍單
于三折漠南軍麒麟錯落尚書省青鬢歸來奉
聖君

遲元美不至

塞上音書胡不傳遲君明月幾嬋娟袖中芳草

寒相負馬首梅花春自憐孤角千家滄海戍故
人雙鬢薊門烟褰帷莫訝星辰亂知我行吟入
斗邊

況吉夫席上留別高伯宗吳峻伯汪正叔
李伯承張子艮

相逢春草忽萋萋何限離情落大堤楚客朝來
歌白雪胡奴星下問青驪一尊明月愁環珮孤
棹晴雲入鼓鼙縱有武夷秋可寄天風不到薊
門西

上巳夜汪正叔宅留別諸君得寒字

三月三日開春盤入門解珮聲珊珊晉人曲水
空芳草楚客征衣自澤蘭明月萬家沉鼓角銀
河千尺墮闌干酒酣莫遣離歌起滿目江湖風
雨寒

荅子與見贈二首

建章風雨怨春芬郎有梅花難寄君客計艱危
萃盜在主恩流落七閩分古來詞賦悲玄草

亂後江山斷白雲莫羡慢亭霞石暁恐應先駐
伏波軍

其二

扁舟憶爾卧江濆江上憑誰問楚騷碣石空摧
雙鬢短武夷曾憶片雲高芙蓉歲暮堪垂綬魍
魎山深有佩刀聞說烽煙今滿眼可能一慰
聖躬勞

得袁二丈書

浮雲望斷滄海邊尺書西來誰與傳眼前盜賊
至今日賦裏江山非昔年清世何人洗兵馬孤

城有客愁烽煙紫芋黃菊漫消息秋風吹上湖東船

又得袁三子敬書

別君已是三載餘歲歲梅花空憶予千江盜賊偶停驂六月鼓鼙還寄書窮途白眼哭阮籍茂陵病肺愁相如天時人事且盃酒他年遲爾承明廬

與徐養浩泛湖 二首

湖上扁舟今又歸湖南生事日且微白蘋盈把

客携酒青薜滿山吾製衣烽燧秋高淮海路兵戈天急射陽圍滄江何限垂綸者搖落西風幾釣磯

其二

短笛長簫何處船草堂只在太湖邊蒹葭十里吹晴雪蘆荻千村生紫烟世路關心羣盜在茂陵多病一尊前子雲自有長楊賦肯向青山獨草玄

贈陳隱君

有客有客歌采薇六十翩然華髮稀桃花千世憶秦水蘿薜滿山裁楚衣石上黃精歲歲長爐中白雪時時飛崑崙玄圃好同往鴻鵠天風歸未歸

句曲道中值雨時赴子與之約 二首

垂楊孤騎出江門西望鍾山　帝極尊萬里浮雲摧短劍千峰秋色起中原及時風雨一何急入夜蛟龍任自翻不分南州徐孺子華陽三日獨開樽

其二

少文自昔耽野遊徐卿東來何所求穿雲漱石不知暑碧草青蘿今始秋大風欲拔衆山去驟雨如決千江流明日峰頭弄笛者高歌能不生我愁

積翠亭同子與晚酌

華陽風雨晝冥冥一日登山秋滿亭洞口高松垂地暗尊前古壁插天青千巖積雪照吾酒萬片浮雲吹客醒莫怪煙霞搖落峰頭今夜卧

雙星。

同子與登茅山絕頂風雨驟至

並騎華陽踏紫氛，振衣今日謁茅君。石門曲閉仙人掌，天柱高留帝女雲。萬里江湖秋不斷，二儀風雨晝難分。山中瑶草如堪問，吾欲常隨鹿豕羣。

既別子與憶之

華陽十日醉不醒，華陽一別天冥冥。眼底烟雲失萬象，向來風雨迷千靈。捫蘿到處坐石壁，走馬忽然開翠屏。江國美人去已遠，誰與玩此芳草青。

登觀音山

一上孤峰破大荒，吳山楚水共蒼茫。雲間棟宇垂天渚，江上黿鼉吹石梁。絕壁晝開風雨色，斷虹秋掛薜蘿長。吾將從此尋瑶草，黃鵠天風好共翔。

登俯江亭

帝城秋色逐人來，吳楚東南首重回。風起大江[illegible]石，日高天柱客登臺。一尊芳草晴相媚，十里芙蓉秋未開。酒罷忽歌湘曲水，浮雲何處不堪哀。

過涇訪王九江二首

二十年前讀子虛，茂陵今得謁相如。秋來黃菊仍攜酒，病起江山獨著書。四海蒼生憂戰伐，中原高士困樵漁。武夷有約休相負，歲晚芙蓉日夜疎。

其二

一尊秋色起蒹葭，涇水東流走白沙。黑髮孤臣悲去國，青雲兩世見通家。幾人江上貽芳草，九月山中問桂花。安得淮南賦招隱，與君終日弄

宗子相先生集卷之十

廣陵宗　臣子相著
晉陵鄒之麟臣虎校

五言排律

人日于鱗元美子與公實茂秦偕集

雪霽燕山北，梅殘漢苑東。客星開夕燕，人日聽春鴻。綠鬢愁堪短，青雲計未工。年華雙鳥去，歲事一尊同。湖海烽煙裏，乾坤聚散中。金花遥對爪，玉樹迥含風。筆共江淹傍，途俱阮籍窮。中原

携數子去矣，上崆峒。

春望得家君報

登高心易折，望遠思難窮。萬柳風新碧，千花雨較紅。亂山吹夕燧，絶壁墮晴虹。蜀道西南入，荆門灩澦通。獨將華髮意，長嘆錦江中。抱玉頻甘拙，辭金久失工。宦情摧白眼，歸思滿青楓。早晚音書到，關心礙不鴻。

傷春　四首

歲華何荏苒，芳草又參差。雲斷關河色，烽連楊柳枝。羽書千里急，鼓角萬山悲。紫陌紛相問，黄塵失所之。羯胡頻聚散，大將總安危。多少關心事，空將涕泗垂。

其二

鴈塞烧焚後，孤城水旱餘。荒凉自戎馬，戰伐且閭閻。赤子瘡痍滿，黄金貢賦虚。星辰開將壘，風雨急軍儲。聖主憂方切，羣公計莫疏。振衣空太息，慙愧賈生書。

其三

北闕平臨漢，西山迥接秦。風塵偏作吏，梅柳畏逢春。盜賊滄江起，征輸赤縣頻。生涯俱浩蕩，世

路正艱辛。日月餘愁髩，乾坤有病身。何能遂倚劍，秪自失垂綸。

其四

野濶時仍鳥，山寒晝不花。最憐簪冕客，何事管絃家。馳馬去朝日，登樓起暮霞。青門懸萬里，白髮阻三巴。天地方戎服，江湖况使槎。獨將留滯色，惆悵對春華。

同茂泰于鱗南溪泛舟

昔賢悲曲水今日俯長河路險難車馬橋荒先薜蘿亂青來澗草新綠散渠河千嶂尊中落孤槎天上過醉餘燕市酒狂識楚人歌鴻雁飛何急琵琶恨與多雲留仙客屐日落野漁簑風雨蕭然至吾如幽思何

送沇儀部子文之留都

送君春雨後把袂暮雲前綠鬓同禁日青袍共住年人言能拾紫吾意在談玄漢苑長楊賦吳

門折柳篇才名時輩重世俗宦情偏梓里今垂綬花巖昔問禪橋從烏鵲入臺是鳳凰傳早晚貽瑤草雙鴻遲北燕

病中 二首

浮世豈非昔長愁直至今風塵游子病藥草故人心白日銷危坐青山入苦吟簾窺新竹細臺惜落花深畏路甘名隱浮生肯陸沉獨將酬主念久矣負投簪

其二

茂陵消渴夜漢圃倦遊年日月愁中借形骸病後憐鄉心時萬折客淚晚雙懸人老猶西蜀春歸尚北燕音書嗟白雁歲序怪玄蟬獨抱無窮事徘徊玉漏前

送朱郎中使浙

鳳書天上至龍節日邊催兩越乘槎使三都作賦才路經芳樹斷心逐暮江迴綠木樵人宅青蘋釣客臺山寒金粟落巖靜玉華開月照方窮谷春深已劫灰觀風尋禹穴題石向天台多少

長安侶看君奏草來

午日同于鱗游天寧寺

得爾逃名者今辰又少林山高楊柳細路險薜蘿深古塔巳凋翠祇園曾布金談經羣鳥下聽法一龍吟舍利光難滅菩提跡豈沉空虛能悟性清淨不依心雲竹窺禪榻風篁度梵音僧來看果結酒至對蒲斟世事形骸苦浮生日月侵慈航如可度同此謝朝簪

賦得邊馬有歸心

鐵騎下青海，三軍赴紫荊。浮雲朝出塞，細柳夜歸營。漢劒繁星墜，胡笳落月驚。千金投筆吏，百戰棄繻生。駿骨淒烽火，雄星老甲兵。長堤遍芳草，何處識咸京。

病中茂秦見過

兩月文園病，千門落葉聲。客能攜杖至，誰復倒衣迎。日月朱顏失，行藏短髮生。芙蓉消渴採，蟋蟀向愁鳴。几上分芝朮，江間憶荘蘅。青編妨吏事，白雪損時名。久卧知朋好，何才答　聖明。未應滄海路，終負野鷗盟。

寄魏山人

誰識忘機者，當年削跡人。羊裘寧負漢，龍劒不游秦。明月青藜杖，秋風白鷺巾。江華能自主，世故久相賓。玄髮三千丈，浮生六十春。少微久寂寞，今復在垂綸。

聞陸子攜家之金陵感而有賦

聞君棲海上，何意赴江東。況復青袍舊，其如白髮窮。龍蟠天府北，鳳去古臺空。日月悲歌裏，關山涕淚中。賦成三楚遠，名並兩都雄。書已留懷袖，春難問鴈鴻。相思兩去苦，多難向來同。漢苑摛詞者，看君慰轉蓬。

送王中丞廵撫山東

聖明開皇極，明公翊帝謨。朱衣持節苦，紫詔錫恩殊。涕淚思酬國，艱難在備胡。兵戈千嶺急，保障一身孤。豹略雄三輔，鴻聲照八區。燕幽方整轡，齊魯復長驅。地入關河迥，春廻草木枯。雲霄迎劒舄，日月擁師徒。臺靜惟聞鳥，山空不見狐。

功名懷呂尚，道術陋夷吾。海外寧竿羽，天邊望斗樞。還看麟閣上，早晚列新圖。

送宗四道丈南歸

如何避世者，對此薊門煙。賈誼浮湘日，長卿授簡年。畏途殊慘淡，末路遂迍邅。雙鬢莽垂白，孤悰惟問玄。道遙疑悟道，清淨類逃禪。跡豈漁樵隱，名將鹿豕全。紫霞隨意好，明月向人圓。不得從君去，羈愁倍可憐。

送胡比部之留都

吾憶同遊日君今獨往悲朱華聿云暮綠酒不堪持雙劒看星動孤槎卧雨遲才名青瑣客吏隱白雲司鳳去仙臺古龍蟠帝宇垂三山天浩蕩六代草參差安處張衡賦澄江謝眺詞芳蘭如可折千里慰相思

湖上晨起

碧石高城削江流直浸園鸕鷀猶渚宿鳥雀已枝喧北斗青天墜東溟白日翻秋聲起橘柚曉色出雞豚玉露棲松逕高霞落石門漁舟忽停

棹髣髴是桃源

喜雨劉沈許李四丈偕集

千家迷曉日萬壑下秋陰地逈浮雲直亭高驟雨侵羣鷗寒自立一水坐能深波動魚龍氣天流鴻雁音榮枯芳草色憂喜故園心長嘯無賓主高談失古今開尊憐阮籍作賦見陳琳豈作商霖望聊爲梁父吟

趙山人再訪溪南

思鱸來釣者題鳳向山家樓入千村樹池開六月花停盃去黃鳥掃石散朱霞白髮便幽事青袍駐歲華病惟求杞菊語必及桑麻江水秋方濶還期泛夕槎

集芙蓉館

客到孤城暮亭開萬水邊晴虹標野渡巖雪動平川吾愛滄浪曲誰聽白石篇群鷗驚落木孤鴈下長煙楚澤樵漁在吳雲涕淚偏一尊聊永夕雙髩任摧年春入寒衣後歌停夜漏前出門看嶺月任爾姤嬋娟

顧國子見訪

相思曾漢苑相見此江城楊柳春山細蘼蕪夜雨生鳳題今日字龍卧昔人名世事孤心在霜華兩髩驚艱危吾抱病流落爾何情作賦看霞隧開尊坐月明雙鴻睥睨暮尺牘廣陵行莫忘滄浪水紅塵滿客纓

訪陸長庚不遇

出郊頻繫艇築室不依山樵者千林下人家一水間巖花春更碧渚草夕仍斑汝謂長逃世吾

將共閑關豈乘黃鶴去何意白雲還龍劒斗邊
色漁竿石上閑玄芝應自摘叢桂好誰攀惆悵
當年語丹書次第刪

同何侍御游大雲寺賦得十二韻 寺在清源

驄騎中原下招提絕域邊黃金原布地青石正
參天齊磬停盃外蓬萊落鴈前沙平樓閣直路
斜斗牛偏汰有玄猿聽經知白馬傳慈雲千嶺
合慧日萬家懸樹結空中果池開定後蓮晨鐘

飄積雪夕梵度輕烟羣鳥頻窺偈雙龍欲護禪
陰陽悲莢砌今古慨桑田岱色東無盡河流西
可憐問君逃苦海何似賦甘泉

送萬彥和僉憲之廣東

爲郎依北斗作賦重西京雲裏金莖詔愁邊滄
海行文星開鳳節秋色動牟城桂葉雙旌轉梅
花列戟迎按章孤島入攬轡曲江平紫氣朝看
劒蒼梧夜勒兵廻風五嶺振飛雨百蠻驚潮起
魚龍偃琛來日月明羅浮高可立溟渤遠能清
吳楚干戈淚乾坤竹帛名縱橫粵王壘慷慨漢
臣纓萬里還相憶寥寥今古情

省中夜直

紫薇朝散署玉珮夜分曹明月天河白晴雲漢
闕高春知摧莢寒未却衣袍羽檄心恒折關
河首重搔世途趨水火兵氣散蓬蒿流血滄江
滿燃眉赤縣勞誰人甘馬革諸將豈龍韜嗟爾
平夷略空予賦楚騷

明卿德甫夜至

羨爾荆高輩頻年燕市居悲歌人不問擊筑意
何如愁得尊前緩春從柳上舒庭飛梁苑雪吾
憶楚江漁寂寞思玄賦蕭條諫獵書誰其鴻鵠
志俗已鳳麟疎兵革中原滿星辰北斗虛相看
千古色涕淚滿長裾

秋夜張園遇談玄者有贈

萬里秋雲下雙峰夜月初空梁寒蟋蟀曲沼亂
芙蕖仙路青芝隔玄亭古木疎浮生俱客計斯
意久吾廬白雪爐中藥黃庭石上書簫聲何處

起髮鬅鬆紫霞裾

夜過明卿遲元美不至

楚客傲如昔燕臺高至今羣情宜鹵莽斯意轉蕭森狂甚憐吾在愁來獨爾尋雙珠明月動孤劍曉星侵天地看人少冠裳避世深窮途惟白雪失計自黃金詞賦偏生色風塵易折心不知王子晉何處夜抽簪

秋夜高伯宗徐汝思李伯承汪正叔張子畏況吉夫來集

羣公何處至鳴珮各珊珊繫馬秋雲落張燈夕吹殘賓筵惟苜蓿客贈有琅玕月照千門白星垂九塞寒雙鴻迷碣石斗酒自邯鄲岩菊今逢紫江楓昨憶丹誰家龍出笛吾計鶡爲冠蟋蟀尊前度芙蓉句裏看吏情同去住世路異悲歡他日思瑤草乾坤此會難

留別峻伯

握手殊不盡論心日轉紆更誰憐鳳鳥爲爾繫驪駒明月終相照浮雲互自踰客塗從浩蕩帝里只須臾豈爲蒼生出寧言壯士圖安危羣貴在去仕二人俱君莫嗟齊瑟吾將卜楚巫椒蘭紉自結魍魎作人趨漁父何方去靈均未可呼官情餘棘莽生計久菰蒲黑髮從今變黃金自昔孤敝裘辭北斗短棹入西湖倘遇尋秋色悲歌問玉壺

卷之十終

宗子相先生集卷之十一

廣陵宗　臣子相著
晉陵鄒之麟臣虎校

五言絶句

題畫 四首

山徑度青波，石門遲白日。客到不披衣，春風[illegible]瑶瑟。

其二

暮嶂遠含青，春江空帶碧。細掃風前花，拋書枕

蘿石。

其三

冥冥沙上鷗，潔潔雲間鶴。秋風厲羽飛，空山驚寂寞。

其四

雨落千山南，月照千山北。山上把芙蓉，蒼蒼動秋色。

春望

聞道春可憐，春今竟何許？石竹萬家煙，海棠三月雨。

送吳山人

黄菊故人盃，青山游子路。匹馬向垂楊，回首燕雲暮。

聞雁憶子培弟

秋雨千峰散，寒雲萬里開。不知天際鴈，幾日故園來。

雪山

急雪冥冥至，玄雲黯黯垂。青山亦白髮，莫怪鬢

成絲。

聽笛

客有羌中笛，十月吹楊柳。楊柳不可見，春色在君手。

寄陸子

白鷺三洲遠，青山萬樹低。相思惟夢到，夜夜鳳臺西。

郊行 六首

連騎出孤城，揚鞭一相語。楊柳遍春山，應從何

處去。

其二

去去城南路，我馬忽以停。知爾不行意，春原芳草青。

其三

不識南溪路，借問道傍子。荅言從此去，桃花隔春水。

其四

昔聞南溪名，今識南溪路。去城不十里，今我來何暮。

其五

溪上有雙橋，一一龍鱗石。白髮倚春風，愧爾樵人色。

其六

高柳與新松，鬱鬱滿前渡。故園春不見，見此故園樹。

贈人之河汾

鳥道下層雲，龍門倚積石。太平上書者，曾是布衣客。

送人還江南

行藏新白髮，歲月舊青袍。又向江門去，秋風荔薜高。

湖上雜言二十首

冥冥江雨飛，冉冉江雲細。何處見春華，靡蕪滿幽砌。

其二

人自湖南卧，春還湖上看。桃花千樹落，柳絮萬家寒。

其三

白髮持竿者，江華坐晨日。垂釣勿太深，恐落蛟龍窟。

其四

白雲有樵者，携酒至山家。春風好同來，為吾掃落花。

其五

散步至西園，草莽充庭除。稚子好為除，恐有草

中蕙

其六

荷芰滿橫塘，出水一何長，風雨莫太驟，吾欲製吾裳。

其七

熠熠草間螢，穿楊復入柳，誰取何山房，星辰四壁走。

其八

赤日涸大江，家家泣禾黍，如何千峰雲，不作千峰雨。

其九

百花耀朝日，日中常五色，君看向日者，唯有葵心赤。

其十

清風下滄洲，泠然六月秋，錯疑白石走，乃是夜行鷗。

其十一

山前摘松子，山頭拾桂花，月明聞玉笛，秋色在誰家。

其十二

幽人夜不眠，松下倚寒石，秋月落江潭，千里湛空碧。

其十三

千澗起秋陰，萬山驚夕暝，松風何處來，悠然飄夜磬。

其十四

明月下大川，孤鴻依淺瀨，不見舟中人，但聞舟中語。

其十五

秋江一夜雨，鱸魚處處多，漁人走相約，晨日理青蓑。

其十六

秋雲下斷鴻，暮雨鳴叢竹，湖上一尊酒，共酌寒波綠。

其十七

風起萬林寒，月出千峯白，門外蒼松影，疑是卧龍跡。

其十八

寒飈暗夕林，中夜忽以朗，晨起開石門，雪花大如掌。

其十九

冉冉山上梅，皎皎山中月，月下摘梅花，幽香滿肌骨。

其二十

白雪滿湖村，夜深仍出門，湖邊千樹林，一一玉龍蹲。

得余德甫書 二首

使者自南來，投書報江渚，把讀滄波上，蛟龍作人語。

其二

白紵好裁衣，長短與身稱，豈無舊所着，貴自故人贈。

古意簡伯章

美人隔江湖，咫尺不得渡，不畏石上霜，但畏草間露。

懷高子明

作客清江遠，傳書白鴈遲，山中有芳草，遲爾把春巵。

夜立

秋風天外聲，明月江中影，幽人把桂枝，露下衣裳冷。

遲養浩不至

山中白日遲，湖上青春早，美人不我期，誰與玩芳草。

寒夜同助甫訪子畏見盆草感賦 五首

長安十丈雪，寒色滿荊榛，唯君只尺地，留得故園春。

其二

十月見蘼蕪，青青似春浦，豈予歌陽春，春色不敢去。

其三

百卉皆零落，如何爾獨存，豈無氷雪苦，一意遲

王孫

其四

自與美人期芳草日轉碧今日凌寒者豈獨松
與栢

其五

巳訝雪中在况逢燈下看酒闌相把贈疑是翠
琅玕

送朱主客 四首

朔思尊前遠西風馬上驕胡笳明月起不似廣

陵簫

其二

孤析那堪夜垂楊不見春白雲何處至吾欲贈
歸人

其三

雙龍依北斗一騎望南星春色隨君去靡蕪日
夜青

其四

君到滄江上桃花亂馬蹄相思知有路明月薊
門西

再餞朱主客 十首

為惜美人去看梅到曉窗明河忽倒地疑已入
滄江

其二

朔雪寒無賴胡雲凍不飛海門波渡急莫使近
春衣

其三

夜夜歌陽春青皇失其柄君携瑶草歸靡蕪孰

敢競

其四

君來楚水寒君去燕關暮黃河十丈冰孤槎未
可渡

其五

郢客何方來為君鼓瑶瑟席上楚雲盃中落
湘日

其六

孤鴻碣石西匹馬長安道王孫及早歸綠遍江

門草

其七

寒飇晝相憶悲歌夜相見斗室豈不含落盡桃花片

其八

何盃問明月明月不能荅相隨下江潭夜把蒼龍踏

其九

一酌寒仍綠千峰夜失青逢若能幾日摘盡薊門星

其十

北風送君去吹亂故園心直掛廣陵樹春來亂鳴禽

寒夜坐月　四首

胡霜日夜驕吹破薊門月月色幾時圓待爾照春髮

其二

西風裂大荒銀河翻巨浪殘月東海頭至今不敢上

其三

寒飇動月華桂樹漸無葉一葉落人間變作背前莢

其四

既喜明月來復惜明月去吾欲破青雲坐爾月行處

白伯倫移居借助甫過訪　十二首

客子騎明月主人開石屋銀河即爾家豈待成都卜

其二

卧君白雲牀讀盡紫霞書桃花亂墜酒疑陵居

其三

童子摘松枝敲冰煮白石萬里天風來吹作珊瑚赤

其四

龍劍削芙蓉十載閉其匣壯士爲爾開滿地走

鱗甲。

其五

醉爾華陽館，如登崑崙巔。白雲一長嘯，青山日夜還。

其六

君試採玄草，吾能把素書。問奇頻載酒，莫作子雲居。

其七

朔雪不肯去，客衣何處新。尊前歌綠草，愁殺薊

門春。

其八

聞君佩玄珠，明月中夜朗。莫作江湖游，白日愁罔兩。

其九

美人隔江干，咫尺不相見。終日望秋鴻，忽已來春燕。

其十

客言湘水至，像雨泣蒼梧。恐是懷沙淚，雙垂問大巫。

其十一

問君何所愛，庭戶滿西山。夜夜仙人至，時時拾珮環。

其十二

夜呼洞庭君，明月破三楚。開門拾楚雲，片片作人語。

贈吳張二子 二首

望君白雲邊，逢君明月下。明月豈銀

去住隨君馬。

其二

自從遠明月，終夜照君屋。嬋娟未解情，只在階前綠。

宗子相先生集卷之十二

廣陵宗　臣子相著
晉陵鄒之麟臣虎校

七言絶句

送元美 六首

薊門秋草萬山青送爾天風下渤溟紫氣從今
蔽南斗何人更識使臣星

其二

千門羽檄正紛紜摇落西風此送君匹馬關山
秋色裏胡笳吹斷萬峰雲

其三

北斗天門高自看銀河錯落滿闌干何當折贈
秋江去白露青楓夜夜寒

其四

使者金羈控紫騮月明瑶瑟共登樓酒酣一鼓
湘靈曲天外星辰忽倒流

其五

袖中雙劍削芙蓉到處秋雲幾萬重南去不須

頻出視恐令白日下蛟龍

其六

大江中斷是金山山上瑶華爾獨攀明月天高
秋萬里何人不作弄珠還

塞上歌送王侍郎赴薊鎮 十首

司馬頻年西破戎詔書又下九華宫親提萬卒
如風雨一夜來屯紫塞東

其二

塞南塞北盡烽煙胡騎縱横二十年報道今秋
須遠徙漢庭司馬日行邊

其三

千里關山擁帝京萬村烽火照連營天高玉塞
朝催戰日落黄河夜勑兵

其四

榆關北望陣雲高五月天風吹戰袍共説總戎
王相國十年身佩吕虔刀

其五

揚旌出塞擊樓蘭把劍胡天萬里寒紫氣憑陵

邊月色兩軍驚傍斗牛看

其六

躍馬提戈佩紫貂漢關那數霍嫖姚護軍飛將龍庭滿縛得名王不敢驕

其七

塞外羣山落日登黃沙縹緲白雲層天連睥睨盤三輔地坼龍蛇奠七陵

其八

風搖落大荒迷白草黃雲散鼓鼙龍麾遺漠南

無隻騎燕然不羡漢臣題

其九

白羽親成露布文滿天愁色結寒雲三軍盡賞葡萄酒九塞傳歌虎豹羣

其十

山前漢使尺書飛山外胡兒匹馬稀擊鼓吹笳醉邊月今年無事着戎衣

再送元美　四首

漢使朱衣塞上行燕關落日照長纓酒酣忽嘯青天色坐使浮雲不敢征

其二

吳鈎錯落白如霜腰下龍珠夜月光今日贈君春草去一天風雨下漁陽

其三

春風千隊簇芙蓉白馬長驅似白龍君到榆關歌出塞萬家明月泣胡烽

其四

太行斜壓萬峰低北斗天門咫尺迷兩去高秋

逢五馬白虹雙掛石梁西

送葉令之蒲圻　二首

錦水曾傳茂宰名分符又向武昌城瀟湘春色隨君到千里蘼蕪一夜生

其二

停車無限楚山青芳草春雲接洞庭縱有瑤琴君莫鼓萬家風雨失湘靈

送德甫奉使兩浙　四首

天風匹馬向西湖明月千家醉白榆莫上釣臺

聽夜笛霜華吹破客星孤

其二

赤城霞起是天台明月簫聲落早梅昔日胡麻君莫問桃花不放石門開

其三

秋雲鳴珮入金華綠眼仙人掃落花無數石羊餐古雪知君已到赤松家

其四

鴈蕩千峰插斗墟彩雲終夜護丹書月華萬片

寒相逐拾得天人白玉裾

得顧洛陽書却寄 四首

長安風雪怨離羣何處看梅不憶君使者青函天外至開書片片落蒿雲

其二

七月垂纓出建章薊門秋草怨胡霜相思化作長堤柳一夕春風遍洛陽

其三

洛陽城北春雲稠洛陽城南伊水流伊水泠泠去不返千山萬山明月愁

其四

青天直渡大河津河上傳經煮白鱗回首千峰桃李色知君愁殺武陵春 顧子別業在武陵溪上

送表令之夔州 二首

送君何處折梅花南去關山多暮霞漢吏由來能化蜀馬前春色動三巴

其二

春風二月到瞿塘白帝城邊春草長不必桃花

滿千樹他年人亦比河陽

寄陸長庚

江上茆堂倚石孤清尊紫菊歲相呼別來千里看鴻鴈明月愁心落五湖

得明卿書却寄 二首

逐臣西去楚雲長猶有音書到帝鄉莫訝開函龍氣滿知君六月過濠梁

其二

憶爾秋風滿敝裘計程應醉百花洲如何經

瀟湘去洲上芙蓉日夜愁

酬朱丈

射陽湖上春水多射陽湖北長青蘿君歸莫向湖中卧恐有蛟龍不得過

酬峻伯

山人十載出山屋手把瑶枝騎白鹿風雷一日走千里雙龍夜夜愁天目

酬勛甫

白雲忽向黄河送黄河至今不敢凍盡道河中

走蜀龍只今席上行秦鳳

相逢曲

千騎東來紫電生西風吹雪滿胡纓將軍且莫平恩澤闕道單于未罷兵

答勛甫 二首

君昔騎龍下三楚湘妃漢女愁江渚豈有高歌散白雲至今老樹作人語

其二

赤珠射斗牛欲折相逢疑是鮫人宅忽然洒淚作江湖明月長吹千里碧

題方懋藩邸中小石

仙人鞭石過滄溟片碣千秋落此亭昨夜白龍驅不去天風吹出武夷青

明月曲 四首

飛來明月掛千林滿地霜華吹客心故國魚龍何處卧白雲愁殺楚江深

其二

露下金莖吾自歌與君中夜踏天河可憐一片

長安月曾向江門照薜蘿

其三

吾欲驅龍走太虚爲君赤手摘蟾蜍天台三十六峰裏何限仙人把素書

其四

薊門朔雪亂天風風落千家走白虹馬上月明揮不去知君夜夜醉新豐

贈李司封子藩用勛甫韻 五首

李白逍遥供奉班高歌白雪向人間未須採作

長安曲、恐有青春不入關、

其二

綠玉仙人截海過、石梁千尺駕鼊鼉、相逢贈我金光草、處處青山愁薜蘿、

其三

鳴環踏月拾嬋娟、雙劍驚逢北斗前、紫氣朝來垂馬首、何人不作五陵烟、

其四

海南巨浪抱羣星、海上愁雲日夜停、豈謂芙蓉春不渡、短簫吹破萬峰青、

其五

春風走馬玉華東、腰下明珠浸碧空、鐃是羅浮山上月、爲君終日控長虹、

夜月懷明卿 二首

逐客音書久不聞、天風吹斷楚江雲、相思惟有長江月、拾得嬋娟難寄君、

其二

處處青楓急暮砧、萬山秋色怨瑤琴、美人只隔湘江水、江上浮雲愁我心、

正月十二夜同勗甫過李子藩 二首

盃中明月醉屠酥、南去晴雲夜可呼、聞道五陵歌玉樹、家家拾得紫珊瑚、

其二

紫簫吹散夜烏棲、萬戶春星濕馬蹄、玉女霓裳知有曲、春風莫到帝城西、

得子與書寄贈時子與駐節句曲 四首

聞君遙住三茆峰、峰上傳書遺白龍、攜得江南春色到、開函飛出紫芙蓉、

其二

春雲控馬入華陽、千尺晴虹跨石梁、倘遇赤松歌夜月、知君十日醉玄霜、

其三

何處高歌踏紫氛、袖中瑤草白紛紛、夜深忽弄崑崙笛、驚破仙人五色雲、

其四

貞白祠前掃赤霞、大江明月走晴沙、天風吹落

陽春曲散作千門楊柳花

寄贈方隱君 六首

隱君家在九華山夜夜春風吹佩環雙袖白雲
留不止化爲龍氣滿天關

其二

碧溪之上何者磯銀河倒夾青天飛中流短笛
弄明月驚起玉鼇無處歸

其三

日日晴雲向武夷芙蓉千尺挿天池池邊白鹿

春無數叱向高巖耕紫芝

其四

山中高卧六十霜青雲爲珮霞爲裳南溟六月
赤虹起羣仙跨之來翱翔

其五

九鯉湖邊黃石家安期之棗大如瓜割來釀作
崑崙酒醉殺尨源萬樹花

其六

洞簫吹破嶺雲高玉女峰前採碧桃三十六天
風露冷臨行解贈赤霜袍

峻伯夜過遲助甫不至各賦嘲之

胡雲片片亂胡霜匹馬東來明月光何處美人
期不至漢家歌舞在平陽

席上留别高伯宗 四首

仙人掌上别金莖露冷千家醉月明天外武夷
君莫問春風無限薊門情

其二

萬里江花拂石橋孤槎去弄廣陵潮雲中倘遇

崑崙子寄爾秦時碧玉簫

其三

大江南去片帆輕江上浮雲日夜征回首帝鄉
春色遠萬家楊柳爲誰生

其四

振策天風下七閩當歌愧爾楚江人夜深忽鼓
湘靈瑟處處梅花愁遠春

月夜再别諸君 二首

何處簫聲墜月明天風吹亂武夷情嬋娟萬里

秋如水吾欲乘槎問太清

其二

露下金莖鳷鵲愁銀河倒逐綵雲流携君一月長安月去醉千江白鷺秋

華陽明月曲同子與賦 六首

月滿空山青不流仙人來贈紫雲裘一尊高卧藤蘿上醉殺華陽萬里秋

其二

百尺銀河叱作橋看予直度赤城標雲中雙鳳

翩翻下秦女何方弄玉簫

其三

無數星辰檻外看月中環珮近珊珊天風忽送霓裳曲摇落千峰翡翠寒

其四

青天倒挿石門高夜半仙人獻碧桃萬頃烟雲蕩松檜爲君山上起江濤

其五

玉露清秋啼夜烏高空明月萬山孤嬋娟

珊瑚影處處幽人尋白榆

其六

月華萬片散天門拾得清光滿客尊醉起白雲如可駕吾將乘此去崑崙

華陽道中别子與 二首

三日高峰坐碧梧西風明發問驪駒袖中一片華陽月贈爾揚帆過太湖

其二

共持瑶草下天關萬里秋風吹别顏馬上白雲

晴不散知君到處問青山

贈陳山人 三首

江雲萬片落胡床斗酒高吟明月光一自逢君出玄草滿天霜雪似華陽

其二

白雁青楓楚客悲相逢猶及桂花枝萬山明月孤帆色送爾江湖隨所之

其三

相逢秋色起蕪關明月千峰未可還莫怪征衣

霞氣滿知君家在會稽山

過采石懷李白 十首

閶闔天門夜不關酒星何日謫人間爲君五手
金莖露醉殺江南千萬山

其二

憶君乘月下金陵何處吳山不夜登一曲瀟湘
秋萬里至今疑在白雲層

其三

楚水秋風薜荔高千帆明月大江濤娥眉亭下

芙蓉色猶似當年宮錦袍

其四

夜夜銀河倒不流長虹西掛綵雲愁醉來江底
抱明月驚落天門萬片秋

其五

到處孤槎秋萬重滄江終夜卧魚龍天風驅盡
瀟湘色稱爲仙人破醉容

其六

秋山萬仞落秋潭無限青楓好駐驂君跨長
去不返獨留明月照江南

其七

采石磯頭生白雲青楓滿地落紛紛夜深吹笛
江亭上明月窺人恐是君

其八

楚江南折是天門江上蛟龍日夜喧爲爾片帆
開暮雨至今秋色鎖雲根

其九

短節踏破楚山青日日蒼梧醉洞庭何事淹留

始熟水千秋風雨怨湘靈

其十

西望匡廬接九華當年醉色傲煙霞可憐一片
寒江月猶爲千峰護落花

聞張山人在蕪湖不得見懷之

采石磯頭秋雨晴蕪湖城外暮潮生美人只在
江波上十里芙蓉愁月明

懷海樵山人

海樵山人雙紫髯道上相逢開石函贈我

千萬片至今秋色滿江南
涇縣望桃花潭 卽李白題詩贈汪倫處
桃花潭水近陵陽潭上春風滿石梁流水不隨
仙客去秦人何必渡三湘
仙人石
秋風夜渡仙人石百尺奇峰掃天碧我欲捫蘿
枕石眠明月偏醉廣陵客
王子夜半來過席間有贈走筆相答
秋雷一動蛟龍走王生夜半尋五斗把酒向天

天忽開星辰錯落亂吾手
夜召明卿報言病目畏燈火走筆戲簡二
絕
秋雲落盡瀟湘曲更有何人抱寒玉堂前銀燭
豈黃塵相逢不肯開君目
其二
昨日見君雙眼青今日見君雙眼赤江南百戰
天地摧豈應欲化萇弘碧
人日大雪峻伯助甫來過賦得愉愁門

四字
七日之春春可呼相逢斗酒醉屠蘇却疑金勝
天門墮把向階前成白榆
其二
已知青帝坐青陽玄冥使者猶飛揚不是春風
吹不去知吾欲跨白虹翔
其三
春色尚開楊柳園楊花柳絮何翩翻胡奴繫馬
庭前樹疑是玉龍來叩門

其四
凍雲裂破青春流天門牛女爭春愁剪碎銀河
幾萬片一宵白盡青山頭
席上酬助甫
檻外春雲控紫騮腰間明月參吳鉤酒酣把贈
天風起吹作湘江白鷺秋
助甫宅見盆梅同子潛賦之得東愁二字
徑尺蒼虬墜碧空天風吹作玉玲瓏豈有明月
爭相拾恐逐仙人過海東

其二

十室梅花玉笛愁、相逢疑在赤城頭、何當擲兩瀟湘去、處處鮫人驚白鷗、

白雲樵者

赤城花落掃春氛、夜夜仙人弄白雲、雜佩幽蘭何處得、洞庭明月問湘君、

其二

十日峰頭摘白雲、月華相逐夜繽紛、曉來片片晴虹氣、恐是仙人系練裙、

青霞樵者贈助甫

何處樵人拾古沙、石門風雨閉桃花、相逢爲製秋江笠、摘盡峰頭萬片霞、

序

宗子相先生集卷之十三

廣陵宗　臣子相著

晋陵鄒之麟臣虎校

序

送徐子與入計序

子與既以比部郎中出治汀矣亡何余亦出爲叅議乃又守汀豈不數哉余以戍至汀子與蓋三觴余碧雲朝斗之上其秋余與子與從事閩中則又擁衾而談者俠旬也是時子與治汀已一年而明年當　覲於是以十月戒塗余乃臨岐而歎曰嗟乎子與余二人何以別哉往余與子與爲郎時鳴珂授簡翺翔古道一何盛也一歲之間咸抜茅出矣世言恒難外吏李王二君並臬余乃藩吳至微爲從事而守者獨子與也夫郡提封千里乃其兵戎財賦禮樂教化咸紛然總於守之一身日一束帶坐則餒者凍者絲者租者甲者羽者餉者纓者牒者檄者雜立其庭蓋蟻附蠅集也而乃又以一人之心知耳目緯錯其間固難哉固難哉子與始至汀會粵寇犯汀關吏告急子與則提戈躍馬督精鋭三千走之而賊至逃匿深山中竊相誡毋出恐爲徐使君所苦汀故事貧者匿其賦以售曰而富者恒收其田不收其賦以故富者不賦賦者不田而子與乃下令曰其有不賦而田者吾收之民遂不敢不賦而民之有控者子與立召之前與語輒遣去而一日之間牘隆隆山起子與握管而散之如馳焉而老吏大猾不能得一錢也間則召郡諸生談大事而子與乃又闢碧雲朝斗二巖讀書其中余登厥臺裴回焉子與無論精意政事卽其温恭德容懃懃煦煦靡不感人之心以故郡父老輒語其孥息至泣下曰彼徐君何愛我也且又不費我一蔬自老人爲兒時希覯之矣而閩之學士大夫亦靡不慕子與光采輒曰徐使君徐使君云余讀漢書其吏有治行則其君下璽書勞苦今子與之政何如漢者今且比謁　帝帝廉其狀必大異子與子與奉璽

書被章服出都門揚揚行使觀者咸嗟曰若其不可以外吏困豈不愉快哉子與歸且過齊魯吳越之墟李君耕矣而王吳二子吾知其不困於吏也政使爲吏所困奚言困二子哉子與不信予言則請問諸耕者

送大參劉公之浙江序

夫今時所最稱難治者則莫逾閩越哉閩越故稱雄天下而薦紳先生往官其地者靡不沾沾喜蓋簿書期會之外高卧矣目爲吏内閑而二

藩諸郡邑遂大騷戎事當事者日棘棘焉徵兵集餉雲湧風馳甚者被戎而壘提戈而逐日驅手足耳目以從之蓋髮不遑櫛而垢不問沐矣以故官其地者日冀代去而從他方調至者靡不悚然動容誠畏之也嗟乎君子之所貴於才者貴其急時也時易而易時難而難時勞而勞時逸而逸誠畏之則勞與難者何恃也乃今觀於又洲劉公則嘆才焉方公之初至閩也東[illegible]雖遭創去而當事者懼其復來則無逾會城至重

者於是下築臺之議而又以諸所調客兵集少中不別之營廬則擾於是議郊外創之二營是時内外戍兵數千日遮道索餉而當事者以爲餉而不練徒餉也日覩公才遂一以屬公而有司内外凡以戎事至者輒曰劉大夫劉大夫云公是時既已攝臬憲矣日晨起坐堂上聲吏以憲牒至者已散之輒勒諸有司環城而計曰若何而臺若何而營若何而廬若何而石若何而木悉畫而付之有司而日趣之而又勒内外戍

卒閒日練之射所教之以擊刺進退左右奇正之節而鐃鼓之聲日殷殷彭彭聞城中也頃之當事者召諸大夫登陴則諸臺山峙矣覩之營廬楚楚而壘壘矣閱之兵卿也不能持戈今縱横矣卿也執弓而射矢飄飄數步止也今八十步中矣卿也手持礮色顫也今弄而發之如持丁矣於是當事者輒目公而嘆曰斯大夫功哉[illegible]大夫功哉無何越藩參政之命至而諸大夫[illegible]與私言曰閩方恃公長城矣公而越如閩何

日奉　王命而臨之其館宇非厨舟舫薪米公靡不目覩口畫悉當其念且日率諸大夫而羣禮之無間缺焉間則解帶坐堂上命羣吏抱牘來握筆而散之如馳也已覿之墀空無人乃始還内餐沐何其勤也藩政故稱瑣屑是在出納之間矣公則下檄曰毋重而入毋輕而出吏有故爲高下手者輒鞭之甚者逐之以故納餉者靡不人人喜而公方湛然匡坐其閒辟則石之必堅而玉之必粹也何其潔也且一日之間情

僞紛錯巨者如輪微者如髮高者如天深者如淵公則心維利害而毅然予奪出入之老吏大猾兀兀不敢出一語也何其明也公既長者又重拂人故凡具衣冠而來謁者靡不恭而遣之即不甚當其請不怒也即萌吏胥徒至微賤者公亦不恐輒以惡語相詬厲以故君子感其愛小人懷其惠辟則鳳翔于郊麟遊于野而天下之人靡不欣欣爭覩之也何其德也斯古之所謂大臣者也公而入柄天下之政與天下之人

感公也蓋類閩矣夫何有于粵故曰子觀於公之治閩而知天下之政也諸大夫曰公之又粵也無乃勞乎宗子曰公之必粵者乃公之必握天下之政也夫公蓋嘗展采豫章衡岳齊魯河洛之墟矣然而兵冗食匱民困盜熾爲　上所最急者則無踰閩粵故俾公閩復俾公粵非勞之蓋嘗之也　上知公之嘗閩粵且又嘗豫章衡岳齊魯河洛之墟也則必召公而洛之政斯授之矣公而握政則閩粵尚尤急乎尤急乎諸大夫謂宗子之言知公遂書其言以爲公贈且謂公曰公行矣幸毋忘宗子之言公笑而收之曰即忘宗子之言獨奈何不念諸大夫哉

贈憲使莓厓周公入粵序

鄞周公往以　上命來督閩儲無何謁　上上以公當返閩而粵於閩最近會粵憲使奏缺上遂以公爲粵憲使命至閩而方伯楊公嘆曰公何復出即出何粵也以謂宗子宗子曰斯上意哉楊公曰　上意何者宗子曰余讀秦漢

之際而知粤之難治也乃無逾今者昔之難在
有其粤者也而不在粤也今之難在粤矣而尤
在乎使其粤者也當漢盛特呂嘉背王太后之
議持粤之强不内鄉一夫耳而天子至命伏波
樓船戈船三將軍統數十萬下蒼梧牂牁往討
然而君臣上下之畫毅然毋撓者則以呂之故
而無與於粤也今島夷者何爲者也乃能以其
一朝異域之人而與我粤人驩粤人日釀美酒
烹大肉以待其至即不至且操大艇載酒肉及

絮繒遺之有司稍稍詰問輒走夷中令其持刀
大呼攻城野掠卒格殺數百人而去有司上書
言狀　上非不欲命大將軍統百萬盡捕殺諸
所昵夷者顧念此皆吾赤子也與其亟而兵也
不若且飭而憲故以三尺付公上意深矣楊曰
今之奉上命以往則嚴乎宗子曰余知公之不
能嚴也夫三尺者法也天下未有法而不嚴者
也公獨奈何不嚴也嗟乎粤人之昵夷也豈真
其父乎兄弟哉毋亦夷持其所以生之之具而
挺之而[illegible]者輒又嚴刑酷罰以趣之死夫好
生而惡死者情也生之而不趨死之而不避天
下無之爲今之計不若緩其所以死之之具而
漸示其所以生之之路寧使之稍肆於其内以
玩吾之法而不使之法密而不勝以求快於其
外而至於絶吾之法則其視吾之所以生之者
不殊於彼也彼又安得而奪之斯弭亂之術也
若朝論殺一人焉暮論殺一人焉則其心愈駭
駭則疑疑則亂即遣使大將軍統數百萬盡捕

殺之何恐哉故曰公者不嚴者也其亦　上之
意也公念之矣故事同采諸公遷去輒有贈言
是時公經趨粤而書來問所以贈者楊公因命
宗子言宗子於是以其與楊公言者報公公
上首所擢七爲御史忤貴臣斥去已又爲縣官
爲藩臬臣今四十年矣非　上念粤甚豈復令
公南哉今且召公矣

贈中丞王公平倭序代中臺譔

余讀往牒至夷狄内閧鮮有能奮長策而制其

命者未嘗不投牘而嘆也曰嗟乎豈夷狄視華
顧雄哉賈生云匈奴雖衆不足以當漢之一縣
夫匈奴猶其大者也乃今島夷者史絕不書其
衆且不及匈奴什一而數年以來持戈内寇當
事者至縻千萬走千萬里徵四方精兵屯之海
上組練垂雲勢至盛也乃夷以數騎薄之輒惶
駭棄戈而走轉相枕藉以赴鋒鏑而夷遂大呼
長驅隳名城殺長吏虜士女焚宮室而吳越淮
揚甌閩之間大困矣此其視匈奴何如哉余誠

不解其事每議之未嘗不髮上指冠也歲丁巳
余以　上命按閩先是夷入閩大掠而去會戊
午春夷又來　上采言官言乃以方湖王公代
督閩戎事余是時行部汀州也夷寇泉郎馳之
泉走之而夷既已陷福清空其城鎮東莆田之
間急矣余方決策壯鄉會公至則檄兵數千要
擊之海中沉其大艑數十擒斬俘獲無一東還
者余聞之則嘆公之斯捷也有四美焉　主上
神明英武忿師久無功卒燕一戰可當　上心

者時時督責詔捕吏置師帥至急民也公走一
騎奏書　闕下　上覽書大悅羣臣稽首奉觴
上壽豈不愉快哉是公以一戰而解　主上數
千里南顧之懷何其忠也且夷之來也殺人之
父兄虜人之子弟辱人之妻孥毀人之廬塚不
下千萬其野哭巷呼者蓋聲塞天地也一朝而
懸其首於塗令世之孝子慈孫孤嫠弱稚咸目
攝而手碎之且泣且罵且悲且嘻以爲亦足以
報其地下人無恨矣是公以一戰而解千萬人

幽明之憤何其仁也自有夷變以來我兵郎號
稱精鋭者未嘗得志於一戰無論夷之笑之即
華人亦甘之矣今乃一朝而擒其數千以歸鳴
鐃擊鼓揚揚入國門郎皆前日之惶駭棄戈而
走者也鄉也何怯今也何勇謂不自公倡之哉
天下之人且將曰吾華無不可勇者也而猛氣
英風勃勃雲起矣是公以一戰而振中國之氣
何其義也無論夷恃其悍以易我即我之覘之
蓋如神鬼魍魎焉鄉也不敢覘其面而今則手

縛其驅鄉也不敢聞其聲而今則又碎其骨天下之人由是知夷之不足畏也即夷且將轉相誠語不敢問渡矣是公以一戰而挫夷方張之志何其武也故曰公之斯捷也有四美焉漢臣云將不識兵以其卒予敵也公之初至乃能以其未識之卒而成厥偉功難倍之矣公且不以爲功日勤勤講武以待夷之再至夷不至大善即至公功當蓋倚且天下之大患惟南夷北虜夷虜類也南可以挫夷北不可以却胡哉余所

謂奮長策而能制其命者其在公乎其在公乎余樂公之功故爲一言以紀其事且以天下之大計俟公蓋握管待之矣

贈巡按御史斗山樊公序　代作

斗山樊公在臺中及觀風歲旬時諸所上封事余讀之嘆曰是古之所稱理輪攬轡者流也無何公以　上命按閩乃予亦撫命至予之至蓋後公六月也覩公所爲治閩者乃益悚然而嘆焉鄉也吏斯者輒武視其民而魚肉之余錢紡

纍罹不𩮀然高也今也吏兢兢懔懔不敢需民矣即需弗予矣何也則公之遂之者嚴也鄉也邑而勢者暴其邑郡而勢者暴其郡視人之便利田宅輒恐奪之至榜笞其人于庭而甚遠殺之也且田而不賦租吏莫敢闚其門焉今也巨者怙首小者潛跡田宅者稍稍還其人矣即不还亦酬之直矣其逋而內也少者百金多者千金何也則公之鋤之者嚴也鄉也囹圄纍纍然大辟未論報者戍未籍者徒未遣者贖亡金者

稅亡租者骨立其間也今也獄空無人矣即有之桎梏簡鮮矣獄吏不能索一錢也何也則公之論訊之疏滌之者厲也鄉也市人以其絮繒米鹽而鬻之市也官市之則半其直市人怒而譁甚者則思以其絮繒米鹽而售之夷也今也官之直等民矣即不等不鬻矣市人驩洽無夷心矣何也則公之繩之者嚴也鄉也諸貴人至傳舍既已大餐而輿馬篚笥去矣已又索傳舍長金不予則鞭子之而理賦者又破其所予貴

人金不報傳舍長目啼而逸也今也諸貴人不敢索金矣即索金傳舍長目攝之矣何也則公之約之者嚴也鄉也監司二千石以下時特走道路供帳飲食至勞民也今也上下顧精于簿牘非行部不出矣即出不費矣何也則公之誠之者嚴也鄉也里父老之役於官也官者百索之胥者十索之徒者五索之蓋日糜之百金也至不任輙棄其家而走今也祭祀飲射之外不用一蔬矣胥徒至有空復而立者何也則公之

察之者嚴也蓋公之明之罔不洞也公之威之罔不摧也公之澤之罔不周也即古之埋輪攬轡者董董焉著空名於天下比功而推何能及公也閭父老閒居對其孥息誦公者輙蘇蘇隕涕恐公代於是率其子弟數百人詣　闕上書固請留公　天子覽其書異焉詔下御史臺議而臺臣以爲故事無久繼者又重違民請於是故遲其代二載始代父老子弟罔不驩語若更生也斯見民心哉斯見民心哉雖然予之心善

甚于民焉夫盜賊之起莫不由於吏貪而豪肆獄冤而市擾事繁而財匱今吏廉矣豪繩矣獄平矣市理矣傳舍清矣里甲節矣則民又安肯以其父母妻子所仰賴之身而棄之於盜則今日盜之所以漸弭者非公之功而誰也方公與予共事戎馬之際也兵而予詡也餉而予予也公不以爲忤也何者予之心公之心也兵而公或莫之詡也餉而公或莫之予也予不以爲異也何者公之心予之心也心一則事比志合則

勳彰以故羣校雲翔三軍虎視兩平大寇如射隼焉然則盜之所以平者非公之功而誰也故曰予之心蓋有甚於民焉雖然公之入也簪筆侍　上北而遯代南而賦輿公以其目覩之者從容爲　上言俾封疆之臣得以仰承廟謨而展采錯事天下之民將靡不受公之賜何況閩也海上之捷公惠之言且以南北大計期予意至厚也予則以爲今日大計蓋在公矣即古之所稱埋輪攬轡者誠不能盡公哉誠不能盡入

哉

讀太史公杜工部李獻吉三書序

予采藝林抽繹千古蓋史遷其至哉詩則工部予束髮而讀二書今十五年矣寒可無衣饑可無食陸可無車水可無楫而二書不可以一時廢也辟之手足耳目焉予誠何心哉怒讀之則喜愁讀之則驩困讀之則蘇悲讀之則平徐而讀之則萬慮以澄百節以融耳目以通肺腑以清急而讀之則蘭桂倏馨雲霞倏生鳳鳥倏翔

蛟龍倏鳴遠而讀之則天以之青日以之明江以之流海以之停洸洸洋洋總總鱗鱗二書何書哉予讀李獻吉書蓋次二書焉夫周則左丘明楚則屈宋漢則董賈蘇李長卿枚叔班固楊雄魏則曹劉應徐六朝則潘陸江鮑唐則太白長吉陳杜沈宋盧駱韓柳非不采厥英華而日誦之顧不若三書者時餐與餐時櫛與櫛時几與几時榻與榻寒暑風雨南北飄零未嘗一時去吾之手也字究句研積歲累月楮凋墨故大類童子時所受書矣予爲吏部郎蓋與張君助甫同舍云張君好予絕甚予故置三書小笥命侍吏日挾之行一日張君見予笥意其有奇也迫而察之果得杜李二集即攜去讀連日夜不休貽予書曰足下所讀兩公書無論數千萬言乃言爲之筆筆之精蓋千載奇觀矣即兩公復生寧不北面爲足下稱謝者輒命其吏數十人錄成二書而以原書歸予時丙辰冬十一月既望也已未予在閩而余君德甫以臬副至余君

子故好也夜召余君酒酒酣余君請觀予所讀者予笑曰子長不可得見矣即李亦難唯杜乎唯杜乎遂出杜集觀余君余君且讀且嘆蓋類張君語云夫予以十五年之心而讀三書未嘗以覯世人也兩君一覯而咨嗟嘆息有同詞焉則所謂知己者豈在古今遠近哉千載神交對面萬里蓋自昔嘆之矣雖然予于三子何有哉

張君名九一　上蔡人余君名應舉豫章人

送陶先生之封川令序

余讀漢書所稱循吏傳至勤天子璽書讚誦歎采章庸當是時天下之人靡不瞿然驚已洒然喜也此其人必有英風殊略表著耳目之外者何至所狀卓魯諸臣汶汶悶悶哉曰嗟乎余于是知古道之所以與隆也世曆彌降學士大夫不譚隆古一結綬臨民則壹志刑名期會而緩厥民圖其下則更武過其民日魚肉之即家者人吁饑藻不給迺其槖金靡不巍然隆高也斯何稱吏治哉采峰先生視興庠三年矣今年夏

擢爲封川令以去余讀粤祀其邑蓋多稱徭患云徭故盤錯嶺巖時負戈晝游大掠邑人吏懼不敢置問家大人往視其郡未嘗不竦意動容焉而先生又爲余具言茲地去家盧關梁甚逼也羣徭往往伏莽道左俟有過艇輒格殺之即尊官貴人擁旄行亦必提精銳持干矛操數十艇周環四顧廼敢問渡不爾者危也則封川之難先生蓋已孰計之余聞徭之爲害粤中歲祀綿邈矣總戎貴臣時督大兵橐百萬進勦稍輯復叛何問一令哉惟令施德宣惠撫我元元內治敦龐協于至理則尺挺可撻外侮何懼焉我

明御世久遠寰宇恬熙頃者島夷肆殘大寇吳越已又冦揚揚人久不覩兵猝言冦至輒大呼惶急走如覩神鬼魍魎也乃徭固封川所習者封川即難不甚于與矣先生負異才又其性朗闓朗坐在與三載大著作人功當塗者咸羣然嗟異下檄褒焉且又目擁輿政也先生行矣則

余所謂天子璽書讚誦而人亦靡不瞿然驚洒然喜者其在斯行乎其在斯行乎先生之僚瑞峰黃君東岩趙君偕其門人弟子祖道南疇燧燧盈酒因徵別言余則亟談封川戎事者蓋時乎蓋時乎

贈查大夫報績序

皇制凡內外臣工服官三載則上功考功考功考其第達之宰以進于

天子而加黜陟焉甚盛典也查大夫以庚戌夏

奉除青守鄣至今年秋七月乃三移紀曆矣於
是大夫請其事於當塗者當塗者輒報曰大夫
牧茲土三年蓋大勤苦其令身自上功
闕庭於是大夫進州之父老子弟轉相驩說若
更新靚旌旄矣大夫共宷事者高君黃君楊君
從事蔡君使使祈言于楚陽宗子宗子曰嗟乎
余於是蓋嘆息大夫之難也夫言治者豈以鄣
爲易易哉夫鄣南江北淮舟輿津要又其俗虛
中華外即窶人下産無兼辰之業亦庭守相襲

楚飾可觀以故談地江淮間者必曰鄣云鄣云
纓弁之徒執符乘傳報書前驅有司治稟整徒
迎謁道左稍稍不稱即大出忿語曰鄣豈他比
哉而慢我若是取道者亡論宵晝雨晴遞至迭
居舍無停軌有司幸謁客畢馳歸坐堂中召里
萌討徒吏未及一二語而驛史持書倉皇奔入
則又束帶躍馬去矣乃當塗者或論報稍失期
則又讓之曰豈可以奔走而忘厥事事哉以故
世之君子交病焉往歲予初客長安揖大夫王
中丞席上被服陳詞心竊嘆長者問其官氏則
曰新除鄣牧余即拜之大夫答拜余既而危坐
酬酢甚驩相與嘆守鄣之難也大夫既至鄣則
展采宣猷亟於民事失飧廢沐殆無勸色厥咨
又大夫性簡直不撓即勢族名家一罹于憲則
持之更急人或言大夫宜少狥時人情大夫謝
不顧也自信者傲乃大夫愈益嚴和協度不失
往來尊官貴人心即當塗者又莫不嗟嗟亟稱
大夫善爲理也侍御黃君成君咸上疏論推而

檄勸崇者紛紛于路古稱獲上治民觀之大
夫誠有味乎其言也乃今三年報績上考　矣
子爲郎考功蓋與大夫仲氏同舍云大凡論殿
最者論其功不論其至與不至也其不至者顧
多有茂異之政不可一日去於其官故不至者
尤異焉　主上北憂狂虜思得茂才大夫以功
上聞徵書旦夕下綰章垂綬從容廟謨斯猶
報守鄣之勞哉四君毋今賀行將謀別大夫矣
宗子相先生集卷之十三終

宗子相先生集卷之十四

廣陵宗　臣子相著

晉陵鄒之麟臣虎校

序

送梓河顧子之洛陽序

顧子昔遊黌序時與今學士李公稱並璧也予嘗是時僅髫從羣少治博士家語顧子一覩予語輒投牘嘆曰是夫者即髫吾將友焉于是時時持牘以游于顧子顧子時覩時嘆也有司辟茂才顧子與予常次第往已乃次第罷歸則攜予登江門燕子磯俯長江太息曰嗟乎即予不售則諸先公何賴焉蓋顧子之先有惟學公者嘗從　高皇帝北伐大將軍達特奇之已乃稱病免歸　帝念其勞詔賜湯沐四十戶而惟賢公者爲省縣令天龍之變戰死　帝悼而帛祭之其餘勳名文學被儒服者代有稱聞也予因解之曰即君之才豈下諸先公哉而奚詘焉後學士公與予相繼登朝乃顧子猶儼然遂荻心

竊悲之歲乙卯夏顧子遺書報予盛稱其志意若嘗問長安酒樓待我九月既望南鄉書至是夜從諸省郎齋居省中也啓帙覩顧子則頓足起幾不自持諸省郎詰其狀靡不嗟嗟異焉予于是爲賦武陵之歌武陵者顧子別業也顧子既至則把袂交懽傳卮浮白窮日夜不休因戲曰尚憶俯江之談乎乃顧子又罷春官不舉則喟然太息曰嗟乎豈予困未甚哉予且歸武陵枕蘿石卧松雲而嬉焉以待天下之事如何予

曰否否志士不違時以立功昔人恒因機以表業當是時而得一郡邑傅且與二三子估畢其間則藝精不棼也不然蘿松之奪章服易矣勿歸便李公亦以是日夜諷顧子顧子遂出乃得河南之洛陽洛陽者天下之中而古今豪俊之所總萃也昔賈生負異才嘗文帝至聖海內乂安而上疏言天下事至痛哭流涕絳灌之徒日月擯之遂謫長沙然世之論才者不益絳灌益生也君其爲我過賈生之里而弔焉古今人何

相遠哉卽洛之二三子共亦無類買者乎爾亡
曰吾聞士不養則不教吾將請于當塗祈其一
二疇畝以助士之績學而奪于貪者其更貪而
不能行經師修則羣之學官而日迪之庶幾哉
其有買生之才乎予因太息曰嗟乎信斯言也
則豈洛士賴之而顧子業月益精綴其餘以拾
上第爲國家作人稱天下師謂不自洛陽始乎
卽諸先生德業孰多焉于是顧子起席辭曰某
也不佞敢不夙夜以無忝吾子之嘉命

送許簿之海寧序

予少侍家君家君每言鄉長者必曰許先生云
蓋家君自束髮已從先生游先生年長家君數
歲而家君凡事之後予被服游士大夫間始得
見先生每見每嘆先生誠長者也而鄉中人又
往往重敬先生歲壬子夏予爲郎司功而先生
應驛俱執策來謁選予迎謂先生曰丈者老然
乃跋至此甚勞矣先生曰予七[illegible]學太學
[illegible]成凡三歲長安塵久[illegible]矣今麥乃

叟大快吾志何勞哉後時時過我則爲治醪黐
蔬酌先生先生故不喜酌顧侍子停酌惟啖果
啜饘弄匙孟道家園疇昔事欵欵至不能休更
與步庭下徘徊待月而去秋予抱痾散髮枕上
先生更時時問我坐漫語無所不淩予特稱先
生善儉先生曰大生財非私一人安敢侈泰持
其身所著青縑謂予曰予衣此衣十年矣疆前
視之僅滅新紉焉乃太息曰此愈鍼予病哉後
予疏歸問醫而先生以今年六月授寧海簿道

便還家携家子爲祖道道上把先生袂曰先生
行哉吾知不難于寧海矣客曰言何易言何易
夫簿秩泰卑卽出一令且折躬請其堂尹監司
御史擁旄行縣卽稍尊者已惶急奔走蒲伏跽
謁稍不當卽大怒數責伏庭階免冠頓首顫惕
不持莫敢出一語奚論辯也奚云不難哉予曰
嗟乎嗟乎豈官負人顧人負官也予見世所稱
有司者初謁選卽切切亦擇善地心還家揭名
子朝善者傅帶高冠洋洋道路其所與游亟持

酒賀曰此行萬金可致也乃不得善者至倪
吁氣含淚向人而人亦姑慰之曰縱不得萬金
數百金可必何至作悽惻狀哉此已不能洗滌
其心甫至則目攝筐篚厚薄而口抑揚之左右
闚其意旨輒以賂進矣于之日夜籌筍金色驕
妻子乃妻子又益日夜相與謀攘金之策稍不
稱則搒笞其人至糜爛無可擊者家忿人怨不
顧也斯即尊官大郡獨奈何不畏怵人哉先生
家故饒至都下客亦有風先生如世俗内賄求

宗子相集 卷十四 五 天華閣藏板

地者先生整襟危坐謝客曰予非力不能内顧
吾恥不爲也斯是先生之心哉且先生一衣十
載顧何貴多金先生性又慈仁長者即使稅訟
最急施笞朴且慘目怵心矣况借刑攘金哉即
監司御史擁旄行縣先生且恭容儼貌翺翔行
何畏焉而監司御史者將曰是夫也必其廉愛
者也先生且自是翹舉矣又安在其爲難也先
生起拜謝曰亦甚矣宗子知予哉于是長揖偏
謝客策馬而去

送董先生之考城序

予儃往歲計偕嚮道時則猶及見先生驅二僕
擁氊策馬翩翩然自西北來也一接先生語輒
心自念曰先生者誠師哉誠師哉後時時治書
報予長安邸中予善其書輒遺書先生謝先生
書乃予以抱痾還則先生猶儼然在官舍察其
色不大恨第曰幸偃蹇不去得待先生來無何
考城命下人人爲先生喜乃先生不之喜也顧
曰即考城奚殊與矣又奚擢也予稍怪其語會

宗子相集 卷十四 六 天華閣藏板

先生門人徐劉王胡諸君以閩李二先生命來
徵別言則問曰先生之不遷不怒遷不喜何故
哉于是諸君相視言曰君不識先生之心乎先
生性既長者又慷慨負奇氣日起燕坐堂中召
門人弟子侍商榷文藻闡揚性命隆恩篤義洽
于衆心稍稍涉事端不厭其意則忿然振色推
席起曰其直某由某非某是豈得掩于所私而
以汶汶决事哉或事關閭亭六者則持之更急
抗言峻議不少孫其人人以爲言輒掀髯大笑

曰子以擁氈策馬爲仙游乎歸藝松蘿一觴咏吾志也子休矣吾亡所冀于人矣先生性頋又喜賓客客至輒留客輒大觴客即無客即亦具酒自觴停盃問月中夜露垂垂下始命罷酒斯東方朔陶潛者流也豈欣戚于遷不遷哉予乃太息曰嗟乎鄉覯先生之容玆識其心矣考城去太梁不百里先生時過大梁登夷門采信陵公子侯生故實踏宋遺宮俱散爲荒榛野草也徘徊俯仰擊節悲歌愈益長其廖廓之思則

考城固愈于輿哉先生又何得亡喜也先生聞之更欷歔曰即考城爲喜矣奈何去吾寮奈何去吾門人弟子先生先是任蜀在輿更吾載盖始擢今官

送陳大夫之太平序

陳大夫以駕部郎左遷輿邑者三年不得調人或謂大夫困大夫不困也乃癸丑冬始調節推太平大夫已聞命即裝爲去頋邑之民難于去太夫也于是邑薦紳學士先生儼然造予徵別[illegible]予曰邑之不忍去大夫者何也則相頋而[illegible]言曰若大夫者去誠不可忍哉今世所稱士大夫類抑外祟中或以事外移則負怨含恚怏怏出語盈道路甚則高卧冀遷不一至其地即至其地即又視其地如郵也日對賔客弄卮盂投壺理局吏人跽請視篆輒怒目攝之輒逡廵去矣即去且不識其民民何不忍哉大夫者起進士拜官中書舍人調夏官司駕固奕奕顧矣驟適與人畏不敢仰視大夫而大夫則頋怡

貌恭容日東帶坐庭中視事數數進父老子弟問勞疾苦當是時河決餘波浸輿歲穡大虛甫廩糈粒民至空腹環城大呼即富有糈粒者又故不糶于是大夫下令曰有不糶者吾得以法中之富人懼始糶民大喜大夫又坐視糶又自平其直民又益大喜邑故給需驛傳不以人給也時當道者議以人給而鳳軍稅者時更稱急當道者日夜使使來督內稅大夫亦日夜使使報父老子弟毋懼毋內稅也于是立起以身請

當道者前具言與民大貧不可給稅狀至免冠頓首當道者大感其言兩報罷之此郎萬民所繫命矣故事催科以簿簿日坐理催則里胥設大量內之又加㪷粒量之上大溢始報曰可內者兀兀怒不敢發一語也大夫至則曰是弊豈細哉則定一量以準出內又槩其量不加㪷粒焉至于均役易里收疆抑豪又毅行之毋忌撓也于是邑之父老子弟家傳巷誦驩類更生每朔則焚香膝行望庭下拜曰非明公安有今日

哉今大夫乃舍吾民去矣父老子弟聞大夫去靡不顧妻子感嘻昔靡不淚簌簌下也顧獨奈何去大夫哉予因太息曰嗟乎吾邑之不忍去大夫者是欲以一邑私大夫之才也顧大夫者天下才也方今西北有匈奴之憂而中原之民困于征輸盜賊　主上廑心宵旰徵異登奇則太平當不得久留大夫況一邑乎太平之民夜幸大夫至豈知吾民以大夫去太平為悲也大夫思慰其幸又不忍其悲則大夫之情亦難哉諸薦紳學士先生愈不能釋然于大夫則命予綴斯語以志不忍去大夫之意焉

贈曾公序

予讀漢書所稱循吏傳未嘗不投翰而嘆也曰嗟乎斯不負民哉以今睹于近事則古今亦何殊焉興在揚稱困乃數十年稱大困蓋其地東亢西汗歲一值水旱則耕者委年坐長蓬蒿顧又供稅內租慘被夏楚于是壞垣負簦携妻子去至野虛無人于是邑之父老子弟日夜焚香

告天以早願得仁人君子來拯兹水火也癸丑十月君至邑父老子弟除道揚旌導君君事至市中而中人從戶窺君靡不灑然驚喜相顧嘆息曰誠我君哉誠我君哉蓋自是可安釜鬵矣君則下令曰吾聞弊不剔則利不興于是收一二標猾于法邑人大喜是歲饑吳中丞下檄郡邑賑郡邑饑人君則下令飭里胥毋得報籍濫名以要雜酒又毋得俾村飢人携老幼蒲伏行百里來城中至益困也于是以身親就諸饑人

村舍中每至村則召諸饑人來前面覈狀有狀者給之狀甚者厚給之里胥跽侍莫敢出一語于是諸饑人負糈于背竊相語曰大恩大恩當是時島夷寇海上海上人倉皇携家西來傳言夷且西來君曰是可亡備哉乃閉關謹牒勒邑子弟勇有力者日坐武亭較射角矛士咸奮然有鬬志夜則誡邑兵嚴刁斗環城大呼人言卽寇至何虞也甲寅春二月至夏五月不雨邑人大恐君曰毋恐吾當爲父老子弟取雨君于是

齋三日率僚備禮樂恭禱百神前夜則整冠束帶焚香于庭再拜以萬民請命于皇天越二日不雨君繞柱徬徨行自念曰何不雨也頃之雨又二日又大雨邑人驩謠曰卽歲有穡非公賜哉凡此皆君精意于民視其利病若在厥體間也先是吳中丞廉君政嗟嗟異焉亡何總憲南臺去則下檄展采勞君而彭大夫治水淮南則亦下縣勞君如吳中丞檄也于是君之僚請言于宗子宗子則采輯君之荅民望者以見二公所以勞君之意焉客曰邑之困賴公以蘇顧顒顒流離尚充充然盈塗巷是所望于公者更多也宗子曰嗟乎夫兵荒者繫之天者也繫之天者誰不委之天乃君獨任之身防禦感格有成蹟焉卽其取必于己可以解民困者其于民又何愛也子毋言其滌慮以竢可矣

送憲使袁公之雲南右方伯序

夏四月閩省被寇而立山袁公奉掌憲命至不得入駐邵武則檄邵武兵數千入援也是時省

城被圍已四十日而外援之兵乃無先邵武者則公慮遠哉公慮遠哉寇旣觧去公始至至則訊俘淸牘鋤奸繩毫如電之迅如飈之馳日皇皇焉思以起百年之弊而新之老吏大猾心悚色顫也未浹旬滇藩之命至矣客謂閩數被兵法紀稍弛如公者正宜久持三尺以衛蒼生何遠遷去又何滇哉宗子曰嗟乎聖人之防患也微而知者之慮事也遠公之滇命蓋廟謨乎蓋廟謨乎方今西北急胡馬而倭擾吳越閩粤之

間禦倭日嚴民稍稍安桃者僅晉洛楚蜀之墟而滇者又楚蜀之外障也其地錯夷而居嚚訟好鬬一言不相中則持刃而起輒相蹵殪所謂寬之則治急之則亂者也今距京師且萬里而法綱日益疎濶貪官汚吏往往暴征橫歛以怒其民是可懼也公今奉　主上德意而往臨之緩而征薄而賦輕而緜勸而耕咨而疾苦瘳而瘡痍俾貪官汚吏不得暴行其間則夷心益附夷心益附則西北之障益嚴楚蜀之間如金湯

而四維之矣故夫公之滇命非故緩鬬而急滇也所謂防患于微而慮事于遠者也當漢時孟獲擁衆據滇而孔明五月渡瀘七縱而七擒之豈兵力哉蓋南人稱天威焉今其營壘固隱隱在也公試披荆而問之其神略秘謀不可得闚矣而江山川谷草木風雲尚有可以心悟其經畫之幾者今海內日講戈戎而公又孔明故所治蜀人也才高而識卓譽洽而望隆他日秉鉞建旄立功萬里何愧蜀相哉何愧蜀相哉公昔守泰郵時嘗有惠政流于下邑今江淮之間苦兵矣而重有冀于公之復臨之也故于公之往也又言戎焉

贈趙公序

予束髮出遊外傅蓋與子隆子同舍云傅嚴視諸子諸子尚竊時時嬉謳子隆子嬉乃子隆子不之嬉也獨抱書危坐終日讀羣詁則太息曰嗟乎予獨嚴師哉蓋有嚴君焉當是時文橋公方壯歲精于料事于諸子中獨奇子隆子才曰是可儒竟儒子隆子子隆子每暮歸謁公公輒

命侍詰朝所綴輯者幾已乃命飧已飧輒讀夜半倦休桃上甫寐則侍子已持燧叩門報雞鳴輒又整衣把卷起矣子隆子既才又公速成其才遂以其文雄視一世亡何與予同舉南畿已酉子隆子歸踸進鄉書于公拜公公大喜曰斯不負十年勤訓哉公性至孝友勤儉蚤歲失怙恃已乃其兄氏又逝卽子立顧善治生產與時盈縮往往當于時又其性朴直不侵爲然諾浮

譎儇巧之徒懼公不見公卽公召之輒反走交公者得公一語如持符握璽云以此家計用饒庭宇區畝星羅雲列赫赫盛矣子隆子弟爲子寅氏公則命子寅氏商而子心氏者公又命之儒視子隆子公既稱大家巳又子隆子顯卽朋戚者靡不分華割榮以自夸于人曰某朋某戚乃公愈益謙容孫度謹篤其身非歲時伏臘未嘗被華衣列絲管召賓客每每誡家人毋得以門第近人以此鄉父老閒居具言鄉之有貴子

弟而色不驕如公者豈易哉公以今年齒亦十矣邑之縉紳學士先生靡不展采上壽予亦得以隨縉紳學士先生後拜公于庭輒自嘆曰異哉卽予少時從子隆子游睹公容今奚殊也世人年未及公往往髩星髮霜者此又何詭焉客曰人情靡不重年而貴有子公得年矣又見其子才且顯又煦煦膝上弄孫也公樂哉予曰何哉斯言子隆子負金馬才出而結授垂纓上佐明主取封章以報公公于是華舃高冠被錦對君且齒固金石霜露莫侵飛仁揚義頌聲遍宇斯公之樂哉中觴養珍諸君子聞予言則起曰子之言子之言也予倦言則請以予言爲祝以介于子隆子

贈徐文徵授良醫序

徐子既以其醫名一國矣迺時時被儒衣而遊于學士大夫間卽學士大夫亦無不願内交徐子者顧徐子愈益謹斯稱彬彬君子哉會有詔允精岐黄業不官者得内貲爲官比于藩王

邸中良醫有遂爲良醫者聽于是徐子之游諷徐子徐子廼上貲稱良醫云先是徐子儒者衣也乃今遂冠其冠衣其華服垂大帶于要又躡履甚鮮也楚楚翼翼顒顒儼儼稱官者流矣學士大夫好徐子者見徐子輒沾沾喜拊掌曰美哉鄉也儒今也官故嘗所從徐子丐劑者則瞿然驚巳怵然畏也相顧言曰嗟徐先生官矣卽有病又何可從官人丐劑也乃徐子則時時儒其衣不官其衣非歲時伏臘展謁長老不冠不

帶不華顧也于是學士大夫愈益稱徐子宗子之南過里也盖徐子冠履謁焉而學士大夫陸子徐子舒子張子子培因徵言以贈徐子嗟乎徐子于予父子兄弟之間深矣往予毋夫人病脾日在長安意忡忡憂也則治書報弟請藥徐子及徐子子培書來報太夫人亡恙輒大喜而家大人比部公木一指十年矣周游齊魯蜀粵之墟輒藥輒木則亦移書徐子徵劑焉又予弩姪時被病所爲勸徐子手足耳目者至數也徐

子于書無所不讀以精業聞里中今老矣白髮杖藜猶時時過閭巷閭巷人則稱壽泉先生云徐子盖從其父所授書也業既精又其心多長者其所從療治卽至微賤不足往徐子輒往卽大雪雨暑寒又在半擁衾卧也輒亦往斯徐子之行已予何以知徐子哉予嘗精意神仙之學同予好者僅得長庚陸子巳又得徐子徐子之與予談丹也盖累夕累㕆云又大夏夜侍子揮大扇至困失扇不去也徐子誠不負斯談哉予將與子登崑崙闚扶桑着九華之冠披赤霜之袍曳雲和之履携綠玉之杖乘青雲而弄紫霞翩翩冉冉樂也若徒高冠大帶華服鮮履焉則何贈哉則何贈哉

贈房隱君序

予束髮時則識房子舜隆于武陵之墟心竊嘆其長者後也後時時與舜隆氏游舜隆氏繩履矩蹈毋事事必曰家君戒我乃隱君者方栖翔霞外畏與士大夫交往歲始得揖君于道中圖

太息门此舜隆氏所爲兢惕念戒者哉君之先有稱永寧者故以殖緒雄一邑傳至遺安公稍替君爲遺安公長子生而朴茂少卽急于農事毋語家人曰此吾家世所自殖者卽不樂其苦獨奈何不念吾父祖累積貽謀之心乎于是開畦闢畝櫛沐失飧不倦于勞上豐極腴烟雲相雜歲課出入視永寧時顧又振奕矣乃君性益檢束卽𢧐需于財者亦必重念曰得毋以侈病財也君弟三人咸業君業君孝友天植待諸弟

可準共被者凡大家勢難㒸合君總百口異同咸翕然推服君退亡戾語君外遜内直侃侃切切不作佞色里有忿者亟質于君君立數言不假多岐援諭各愧解去至持牛酒相勞曰不得隱君我輩何得如是君少無子人大慮君君逾壯乃舉舜隆氏稍長則立之庭以手摩其背訓之曰汝毋負予言予不得從士大夫游其計無以近之耳丈夫當雲蒸龍變豈以桑麻蘿薜牿其心迹哉僅髫則具觚疏治楮帙請學名儒乃

舜隆氏愈益綜緝詞章亡間凉燠聲名蔚起與一時頡頏之士聯翩並驅人或以誇慰君君長揖不顧乃更自號漁隱子云無所冀于世也春秋積序以今年年高七袠矣賓戚展采上壽佐饌紛紜舜龍氏玉立庭階照映几席他日垂纓結駟取封章以報君君且耳目聰明白髮蕭散洋洋灑灑自得也斯不稱大樂事哉諸君徵祝言于予予何所祝君而特三嘆于房氏之盛焉

贈解公偕其夫人六十序

家大人比部公束髮就學時則已從恕菴公游其後四十年而公輒時時與予道家大人束髮時從公游狀也公之子應堅予蓋從家大人授詩云予是時齒卑矣及長則家大人日召應堅朝夕草堂與予談藝事蓋通家兩世矣方公從家大人游時勃勃英氣又綴文甚精以爲必第也顧乃屢舉屢不第則仰天長吁曰丈夫豈必一第哉而令人汶汶悶悶白首呫嗶乎且古今豪傑其長嘯薜蘿高棲岩石者豈少也遂怒謝

之去而唯閉門教應堅以經世之業于是應堅綜輯千古采其英華敷藻抽文蔚然霞麗乃又屢舉屢不第也則公愈益自信曰天下豈有如吾兒文者乃不第哉而予之兩謁桑梓也輒謁公公又以應堅所爲文詞覯予予未嘗不握牘而嘆蓋嘆才也已又命諸孫出謁予固森然玉立矣公則起語某夫人此所來謁者兒髫好也其烹茗市酤以勞之既出與語輒又談家大人束髮時從游狀也公既隱居寡營不逐逐家人

生産乃應堅又夫厥配撫其諸孫而育之室中又內外祭祀賓客卮匜酒漿咸井井綸綸儼儼肅肅四十年間無一箇缺者夫孰非夫人力也公與夫人雖六十乎顧徤善飯又應堅負金馬才稍用之雲蒸龍變炳然宇宙其所錫公及夫人德者何問哉而公之仲子應某者精岐黃家業舉壬子應儒子者公之姪也公樂之猶子焉乃諸孫又亭亭昂昂起矣豈不稱吉祥盛事哉往歲予謝病歸湖上也公命應堅携殽榼盃酒而訊之又貽之詩諷其旨蓋以古人所稱韓蘇李杜者期予也予心知其非當顧至感矣今睹公之盛則安能無言以報公會應堅之友陸子潘子來徵所以祝公者予于是疆文焉然祝公之所期我者則遠矣

贈金君序

予嘗往來齊魯燕薊之墟及眺舊疆歷阡陌采故老事實則厖眉黃髮𫋀𫋀者接疇而語也然其人率皆戴笠負耜飯牛牧豕舉網拾薪者流至貧苦矣而世之人有秉堅策肥據高宇大廈徵絲竹挾妓樂出則放鷹逐犬為樂者麵不得永年稱老也此其故何哉予聞盈虛消息維天之經損益盛衰維人之紀貧苦而長年者補其所不足者也富逸而不長其年者奪其所有餘者也故夫不貧而長年者罕矣即不貧矣長年矣乃其子或不肖放蕩佚肆以廢隆其家聲鄉之人日指其人而竊罵之即使富而長年未嘗不咄咄悲也何樂焉故夫不貧而長年而又有子者尤罕矣乃今睹于里閭所稱金公者則何詫焉公年且七十矣予誠未見其人而獨見其弟靜菴公靜菴公蓋苦志篤學者云竟得貢遊太學具章服歸稍稍貴矣翅愈益畏謹足盤盤如退里人稱長者必曰金先生而長老具言長公之與次公不殊也予再展謁梁梓邑父老長者咸杖履而辱之而公竟不予覿豈眞靜菴其人哉公不甚富顧倉庾實矣公之子某某耕商雜作益用不匱子姪如予良者以儒起家歲時

伏臘具卮酒上壽而公亦得以抱孫而嬉者實有子也或曰貧富壽夭子之賢不肖天矣乃生財之道立命之學義方之訓又何聖人亹亹談之而著之經也曰嗟乎此又盡人而聽之天者也金公者安知其不盡人哉假使公不長者而又不勤不儉不教其子即不貧而長年何述焉王子之于予至戚也而與公之子某媾姻事因徵言以祝公夫使齊魯燕薊之墟有如公者予猶亟稱道之也矧吾邑矧又在吾戚于是爲之

言以貽王子而因以贈公

重刻中庸一助序

中庸一助者予曾大父別駕公爲諸生時所著書也公幼有雋名身長八尺雙目炯灼盖勃勃英氣矣年二十游邑諸生間則諸生靡不望其光避之獨司徒楊公者與公同舍驩甚楊文有奇氣而說書則讓公每御史行部視學則諸博士輒舉公說書公說書人既偉秀又議論清辯文理御史以下靡不洒然動容者輒嘆曰宗生云後督學御史視學命諸生說書而楊當說書于是楊跽請曰某故不能說書而說書無逾宗生者御史乃命宗生代楊生說書于是公又代楊說書而御史以下又靡不洒然嘆也後楊舉進士第二爲選郎擢南僕卿歸而公遇之塗則避之道院中拊膺呼曰天乎楊生今若此矣獨不憶跽聽宗生說書時乎公既久伏草莽則時時下帷授諸生經諸生顯者甚衆而予叔祖福寧公家君比部公皆束髮授業無外傳公後被

選入京師尋授山東登州別駕公念既以其才不售而復不忍以其生平懷之官則以苦節著中丞徐公間得公中庸一助讀之嘆曰理精而詞簡有見哉有見哉遂序而梓之以傳今二十年矣家君閒居則嘆今學子恭恭華言安得如我別駕公精義者小子識之他日苟有所就則無忘吾祖矣予既懼先人之業不彰而且無以爲二三子先也則復梓而與二三子共之亦使敦本崇實無湛浮華云

卷之十四終

宗子相先生集卷之十五

廣陵宗　臣子相著
晉陵鄒之麟　臣虎校

序

陸長庚母夫人序

予往在草莽時則長庚時時共予治博士家語顧非其好也輒太息罷去乃獨亟稱司馬子長杜少陵當是時聞其言者相與共目笑之而予獨嗟嗟異焉于是時時過長庚草堂長庚輒與

予几而談細剖深語已命侍子摘園蔬飯予或酒予不夜不別即別復相與握手竟談塗中常是時予貧長庚更大貧至不能張蝎啓塗往往錯足灕穢不恨也而太夫人張頗怪長庚暮歸輒問曰兒所從朝夕者誰子哉而殷殷亟亟焉長庚跽進曰兒讀天下之書見天下之士者至衆矣乃亡逾斯人者淵停岳峙矣非兒不能友之亡何又與二三子共談藝事則太夫人又時時出酒殽佐談長庚得以翱翔文史馳騁今昔

雖自其雄才乎要太孺人賢有教矣後長庚與予次第應有司辟已乃次第罷歸則仰天嘆息曰嗟乎予豪士豈困一第哉顧獨念母夫人教我者勤也且何以慰先君乎地下盍長庚尊君以易學名世卒乃轗軻其身以老以故長庚之念深焉予先長庚舉進士爲郎亡何以病免歸長庚時時孤艇來訊停盃曼嘯抗志霞表然未嘗不中夜而嘆予曰何嘆則嘆母夫人老在堂也後數年予以梟藩過里長庚凡五觴予館舍時島寇急人倉皇走長庚獨嘆曰天乎天乎即

不念其家獨柰何不念吾母哉俄而寇遁而太夫人以今年六袠矣太夫人雖蕭然荆布乎頭長庚者天下才也用之則夔龍稷契不用則班馬杜李辟之雲焉即星即雨即結即霞終日而偏于宇內鈞之炳然大觀也予又聞夫人中子約之能詩能書能畫又能精岐黃家言予未交其人知其豪也斯何愧機雲矣後世覩機雲者欣艷其子孰不念其親哉當時顯約又何論也

即使太夫人翟冠翠翹揚帔曳裾終日聽絲竹而弄金玉非不融融樂也乃其子或不足振藻清時流釆千祀則浮世榮華辟之飄風落葉倏起倏滅也太夫人宜何取焉長庚聞予言躍然起曰即微子言吾終不能以世俗事吾母長庚故喜爲玄言與予言言終夜不罷去誠如其言則啖桃餌芝鍊形久視長庚又有別事其母者也予則安能知哉予則安能知哉

贈顧母宋孺人八十序

予登楚陽望西湖其上蓋有武陵溪云溪上人往往好讀書被儒服代有薰名文華之士雄峙其間又皆顧姓大奇矣予友純一子讀書溪上時從溪上過予夜與擁衾道家園事往往及其大母宋孺人賢予輙太息曰嗟乎君之才獨藉溪哉蓋顧子大父述菴公性抃茂良直人人稱長者顧不問家人生産及孺人歸公公謂孺人閨質也乃孺人有丈夫才輒謂公曰公長者第安坐吾當爲公作家顧故業農孺人即理農事至斥鋤整廬易穀闢畝日勑羣庸負耜雜作畝上又孺人性智善防人秋中稼穗盈畦即夜伺不敢竊一穗即竊一穗輒自恐棄去曰亡乃孺人知也孺人又時時勑羣庸下湖中舉網負鍤取魚鳬菰蒲日致之家以此窖藏雄溪上矣亡何舉二子長即西莊公公稍長大類孺人才則孺人喜曰吾若女父長者今得女見女勃勃然奇志也後數年述菴公逝孺人泣謂西莊公曰女父不女待吾且寡女其亡忘吾志哉于是西

莊公愈益勤心拓業見腴畝豊陂輒增其直或倍其直又高其宫室奕奕稱大家而孺人居常歎曰家屢世農恨亡稱儒者純一子生早慧孺人喜拊其背曰儒乃在是兒儻影則遣從經師游毋暮歸則孺人張燈手自績紡伴純一子讀稍倦輒命婢烹茗來夜半略休輒又呼起坐把書讀至旦也以此純一子工文輯藻卒爲時雋儒而純一子弟純佐氏者孺人又命之讀視純一子亡何西莊公又逝孺人撫純一子泣曰

吾哭女祖撫女父吾復撫女哭女父也擩人身撫三世而處其慈卽廣畝高居一一皆孺人耳目手足所及又兩傷夫子苦慘其情宜早耗也乃孺人以今年齒八十傳稱八十曰耄予意孺人耄矣而純一子則謂予曰予秋中盖構一堂云然皆禀命大母大母則以杖畫地曰某楹某階而羣工持斧尺鳩集堂上大母輒晨起呼婢作糜人餟之或人酒之卽夜亦秉燭至工所四視恐工竊木以去也予曰嗟乎八十而猶不耄

宗子相集　卷十五　五　天華閣藏板

又健視事如孺人者豈易哉昔李密慮其祖母劉耄不及養遂上表陳情古今稱孝焉是時劉甫七十耳且其創業詒密者或又不及孺人勞也純一子兄弟負麟鳳才出而受知　明主則君之年尚未及密而孺人之勞且壽又過于劉其急于報孺人者宜何如哉純一子聞予言則仰天嘆曰宗子之言命我矣

贈沈太醫序

予鄉最以爲盛德長者則孰逾沈公哉公以今年七十鄉中人轉相驩說無不人人喜也于是鄉大大學士先生類徵幣譔詞雲縟星繁矣顧予獨有感于公之所爲心者厚也予少時謁公公之庭中多負瘵者曲席而坐公束帶走出人脉而人劑之卽人又來卽公又人脉而人劑之庭空無人始得酬他客語乃此心何心哉公性旣長者又其業甚精江淮間地足千里近公者率頓首蘄公至其家家人大恐公之不至也公輒至則喜公言毋懼則又大喜其遠且微者卽

宗子相集　卷十五　六　天華閣藏板

不得致公亦致其人于公之家其家人日夜彷徨行望沈先生一言以慰也乃持節當途者又往往下檄郡邑命有司整輿飭轡迎公公至又輒起則嘆曰若先生者誠難哉誠難哉以故公之名遂大重于世云公性孝友厚倫義鄉父老閒居則具言公少時事其兄至恭謹終其身不衰豈若今時所稱兄弟者公失配僅壯卽有子不再聘入使內一二媵婢受帨理櫛豈悖哉乃閫不內遂空幄半世語具胡柱史所爲公義夫

僕甲公姪東橋君樂壬午刺史莒州行誼政事公
彰諸金石公視之猶公子也而莒州亦父事公
公又遺方石君遊太學結内天下士人言卽公
出奚殊矣公二子長游太學次卽苓田君苓田
君通籍太醫業公業並公縉紳先生類愛之而
互爲言詞贈之公諸孫俱英秀玉立衣冠門第
甲于江海而公益以忠厚和祥遠值豐培卽今
合食六世矣傳稱張公藝以忍合九世卽公後
豈論九世哉予于是益有感于公之所爲心者

宗子相集　卷十五　七　天華閣藏板

人也公雖老髮僅華白顏色復潤好躡冠迎客
步翩翩然舉不重也斯神氣蓄而精意不漓緜
此以至百年奚怪焉昔人有以身係天下安危
三四十年者言其人所急也江淮人以安危托
公計時且久課廣狹雖殊其爲人所急鈞也人
人思其所急則無不願其長久以成吾私卽公
百年豈厭人望哉鄉大夫學士先生徵祝于予
予則請以人之望公者以爲公祝諸大夫學士
先生起席曰信可祝哉于是命書之以俟拜公

[illegible]堂而襲柔以進焉

杏莊贈言錄序

杏莊贈言錄者錄諸君子所爲贈杏莊公之言
也公抱德精藝積春累秋博澤隱修該于纖巨
乃其壯不再聘篤夫婦存亡之心則猶足振頹
淳漓贊翊人紀爰有休祥徵諸草木語具李太
史所爲嘉瓜記中是時胡柱史謫鹽來大義公
遂爲公勤義夫傳海内縉紳先生每讀義夫傳
每綴數語函以報公而公之六十七十時邑之

宗子相集　卷十五　八　天華閣藏板

學士大夫靡不譔詞奉觴上壽七十時視六十
時加多焉于是諸君子之言充笥溢篋雲叢霞
聚彬彬燁燁備矣公則日探篋笥而環揭中堂
每登公堂者率倚柱停盂四顧讀咨焉慨焉低
回焉往往至道上猶憶公堂中語卽不能憶其
語卽又自悔責不能再讀語也于是公之姪若
予聚譚曰亡論不能以一日盡揭諸君子之言
卽能以一日盡揭諸君子之言獨奈何使客倚
柱停盂四顧讀或不能憶其語而客病焉且諸

君子之言豈卒亡楮凋墨漫哉即公之義何敢焉廼誄類梓而人貽之而因世藏之而以其序屬宗子宗子則取讀諸君子之言已畢讀廼援翰起曰嗟乎嗟乎君子之贈人以言與人之受言於君子豈輕哉廼睹于茲帙則重嘆公之難焉夫閭里者近矣廼其人遠而千里又遠而萬里未嘗與公接盃酒通慇勤之驩斯何比於公也則亦為之言則亦詳為之言統觀其言雖言人人殊要之數揚處美而歸總倫彝固若聯几

秉筆合構命藻也何故哉何故哉余聞之名不虛立士不虛俯諸君子竭精馳說靡所靳惜于公者是自公之大義感悚其心矣鄉使公僅如世俗抱咫尺之善不能感悚其心即日夏諸君子而祈其一言又胡可得也天下後世讀諸君子之言以見公且求其亡愧于公則公之風不與江河並遠哉先是邑大夫類以義表其節且議以狀上聞而公輒巽巽逡遜儼容郝席固起辭曰何有于我何有于我杖藜種杏其斯焉已

斯言也又敦實遺名者也吁茲益見公哉吁益見公哉

晉陵白公集序

余稽往牘抽繹千祀睹于羣才未嘗不喟然太息也昔所稱左馬李杜者無庸談已即如我明李何徐鄭王康者派非不矯然英聳龍翔鳳舉也廼卒流落偃蹇不諧于世以死即使後世誦其言而欣艷之何貴哉宗子曰余讀白公所為文辭則吟吟嗟焉夫白公者世之所謂偉人

也太保之孫中丞之子又能以其才致青雲步業庭周旋天下之士唯與其賢豪長者相結即諸賢豪長者亦靡不嚮意于公公雖翺翔文史乎顧獨喜談天下大事每及兵戍輒振纓高論勃勃英氣逼人人無不悚咨而起者至晚年更青騎射馳騁上下志在萬里此豈可與尚士道也使稍稍大用之則上之對揚
帝謨下之經綸世業必有雲流霞布表著耳目
有頌廼累詘累信卒汲汲悶悶以歿也斯其志

不可傷心流涕哉君子所謂才者非徒榮華其言將以經世而表業也勳業未彰董董焉垂空文以自見此班生與投筆之嘆而阮籍有窮途之哭也天乎天乎既畀之才復厄之乎公之子祠部君與余同舉進士當是時凡三謁公會公病竟不得覿公公既卒而祠部君復與余談藝長安邸中則日覩余以公所譔述者余章章讀巳章章嘆也誠傷之矣誠傷之矣祠部君因函帙歸余命余精焉而叙之以傳稍間輙盡發其所爲詞類精之得賦

首五言古詩　首七言古詩　首五言律詩

首五言排律　首七言律詩　首五七言絕句

首序記贊跋頌啓共　首固言言殊矣總之詩不離唐五言者最乎序記漢唐之軌也啓類左國者數矣靈雲諸賦則庶幾哉與梁園並藻也嗟乎公之所傳于世如此哉

福建鄉試録序

嘉靖戊午秋八月天下復大比登雋維福建巡按御史某飭憲揚紀貞度章教事崇厥典悚自而臨焉先是馳書函采聘四方文學之官既至則以教諭某某教諭某某分試事提調則左布政使某左叅議某監試則按察使某副使某御史既巳率百執事而羣之闈中懍懍惕惕相誡也於是進提學僉事某所遴士三千七百有奇三試之得九十人焉巳又録其文之可傳者以　獻故事有序某宜序口某嘗讀閩記采故事其以儒術相業著名者

何其表表星列哉乃今眺其疆得徧觀人士所爲文詞則又未嘗不倚席而嘆也蓋可以徵聖化焉唯我　皇上道洽三才化被萬類　文明之治炳朗照融以故薄海内外罔不仰慕　聖人之光華而竊其一二以自表見於世猶之日月在上萬物象明非疆之也今觀諸士所爲文詞其論天人性命禮樂刑政財賦兵戎之繇固各井井綸綸枚枚秩秩至章矣諸生何以得是語而稱之某固知其沐濡於聖化者深也雖然

某之亟讀而亟收之瞿然喜也已乃憮然以懼則何懼也士之論政也猶農之論耕也主人而田者則必取其善論耕者問焉耕者以其言言之主人以其言信之而遽厚其直而畀之以田然求其所謂耔耨之類則芒然無具也其主有不厭而去之者乎士之執空文以應世也何以異於是故某懼諸生之以空文而見厭於世也且諸生束髮受書負郭窮巷食芋菽而處蒿萊至微細矣乃今一日而登其明於 天府薦紳

大夫贊之於 朝其鄉之人相與欣艶誦說於野由是而被章服秉笏垂纓乘良刺肥裦然顯也則何莫非 上恩哉故某願諸生之重念之也某等被聘而來也守臣郊勞御史諸大夫咸盛儀而須之其所授館具徒獻餼致餐陳芻監燎者又皆諸生鄉之父老子弟也夫以諸生之故至使御史諸大夫率其父老子弟以隆某等某等且不能有以負諸生諸生又何可以受上恩而不知報哉 皇上神聖文武千載一遇

須者島夷不遑闚爾閩疆 皇威振肅一鼓而殲之此固忠臣義士所願身戰而先驅者也諸生微時無不勃勃英氣喜談天下大事今且事事矣何不及其鋒而用焉上之協贊 帝猷下之彌綸世業內之保釐勤恤外之振厲廓清庶幾哉與先達之儒術相業星列者並軫爭塗也斯稱報 主之忠乎天下之人將指是錄而亟稱之曰得人得人則某所爲憮然以懼者釋之矣不然執空文以應世而一或不酬某之懼將日甚焉而不可解也諸生者重念之哉重念之

哉是舉也總督軍務右都御史某權武靖氛崇文綏化巡撫右僉都御史某武功丕振文教彌光提督南贛汀漳右副都御史某化理維新士風胥賴監察御史某觀風弭節敷訓作人右布政使某左參政某副使某某右參議某僉事某某某署都指揮僉事某咸贊襄于外弼成盛典右參政某僉事某署都指揮僉事某則以 表賀行副使某則以遷秩行雖不與其事與聞其

事者也例得書書之

福建己未貢士齒録序

余讀周紀至諸侯貢士天子而天子因以行賞罰焉則嘆王者重士哉漢制二千石歲選文學謁太常充博士弟子通一藝以上者得補丶學掌故唐制蓋微而宋太學生則時時伏闕上書陳說時政人至比之御史臺云然鮮以功業著者其從他科取士又紛然多途矣我 祖宗取士詔罷唐宋以下諸科唯進士與太學生並重

而太學生往往致位臺垣藩臬上者列六卿參大政稱名臣焉蓋諸所游太學者無論幼而讀天下之書即其目涉天下之民情國俗人才政治臧否美惡邪正得失之際又洋洋纚纚能心憶而口宜之也以故起而任之政輒達而上之人亦委心嚮用云百年來稍抑矣然上者猶得除郡別駕邑長吏下者不失簿丞而不顧太學游者則徑得除郡邑博士爲學者師上之人不以恒吏視之也此亦何負士哉而今之士不得從進士選則咨咨而吟咄咄而嗟以爲壹屈於才不售則何所復表見於世於是舉其生平而悉之隹筍田盧孫子計焉輒又自解曰即我能苦節峻行而天下之人誰知之而誰任之奈何徒自矜飾而適以取笑爲也嗟乎士束髮受書而翔乎君子之林者非忠與孝哉事親者不以家之厚薄異心事君者不以位之屈伸易節蓋性爲之也性之必孝必忠也辟之夏之必暑冬之必寒山之必峙江之必流而豈以風雨愆度

胡越殊快哉今讀諸生所爲文者雖言人人殊然其炳炳於聖人忠孝之訓而必不肯遜往哲而後之者群詞一指也今諸生且持其言上名尚書奏之 天子廷試之高第者輒補郡邑博士即太學游者稍稍數歲輒得補郡別駕邑長吏以下其上者乃更射策從進士授官矣夫上者無論即使博士者能以其所讀古書敎二三子忠孝大節奮業佐時即不必身爲之而我貽之也其郡邑者即未必乘組曳紳燁而循貢然

取聖人所謂廉仁者以禔身莅政焉彼其臨我之上而不廉不仁者未嘗不對我汗下也方今學者湛浮華而詭於古學而南倭北虜烽燧瘡痍又充滿耳目矣誠使博士皆教郡邑吏皆政即所報　上者豈微哉由是而徵召顯貴非人所能尼也即不顯而引年賜歸衣冠几杖詩禮圖書而使鄉之人稱有道仁人長者豈不彬彬儒雅善始善終哉若博士不教郡邑不政即使幸而作等官稱貴人吾不欲目遘之矣諸生慎念乎諸生慎念乎諸生故有序齒録録成請序余惟齒之義孰不解者以故不談而惟致余之所以責望諸生者如此嗟夫諸生誠自念所與並學而游者蓋多草莽麋鹿居也如諸生者十人一十耳則益有味余言哉

宗子相集　卷十五　十七　天華閣藏板

福建武舉同年録後序

嘉靖戊午十月巡按福建監察御史樊公既已登武之儁五十人録之矣先是文而録者報又叙序其齒勒之書於是武諸生亦以是請公嘆曰嗟乎文武等之士耳文則齒武則不齒哉則擯落諸生且梓其上第者文於末簡毋令章縫者竊笑其人以爲挾矢者流也公且爲諸生辨文武之樞中經緯之略勤浮靡之誠篤忠貞之軌固亹亹煌煌日燦霞列矣諸生乃復委予以言予又何言則嘆公之致望諸生者至深而諸生不宜自負且負公也方諸生翔集轅門而布鵠其中也戎繡裴錯鐃鼓震疊公睹之嘆曰盛美哉已乃睹其馳而射射而中則喜立而數中則尤喜已又讀其文曰豈屈章縫語哉故事有讌既謙而導之市市人不譁也其明日則仍衣其敝衣躡敝履而群趨市中市中人至目笑之曰是昨讌者公則下檄曰讌宜樂宜釆諸生其人給一衣且給之騎五日於是諸生始騎而遊而市者嘆息武華矣今且爲諸生紀其年齒鄉閭而諸生之父母兄弟妻子即至微細不足稱述者咸炳然並列也公所謂勤意諸生者豈徒以微拔片語足釆哉予聞之方冬而炙火非愛

宗子相集　卷十五　十八　天華閣藏板

火也謂其攻寒也盛夏而飲氷非愛氷也謂其
攻暑也夫火謂攻寒謀也或因以剝指氷爲暑謀
也或因以損中則寧寒暑甘焉而不敢氷火之
近何者畏之也天下之畏武甚矣今此諸生果
能投筆請纓靖氛捍難南標銅柱北勒燕然則
誠無負於公之期者天下之人亦將指是編欣
豔之曰某某之子也某某之弟也或某之兄也
而某之子弟不及之矣不然而或統綺寡識中
冑鮮功甚者急私緩公以遺天下之禍則無論

宗子相集　卷十五　十九

公之怒之卽天下之人且將執是編而竊罵其
父母兄弟妻子是使天下之益畏武不談也然
則諸生睹於是編其能以無懼乎懼則思思則
奮奮則決如風之馳如雲之沛無所不之矣嗟
乎諸生誠不欲負公則懼之哉則懼之哉

文訓序

臣未髫則家君巳遣從塾師游矣每暮歸侍家
君家君稍心器之於是謝去塾師日坐草堂中
編出所藏古先聖人諸書命讀讀三載乃益以

今時所稱舉子文卽巳知時時竊擬構焉最後
構一目置家君几上起自避空室中家君歸詰
侍子誰爲侍子云郎君於是顧侍子呼郎君來
巳至則益慙自驚不敢仰視家君家君則起以
手撫背笑曰兒何避兒所作者文可教也歸語
母大喜於是日試三目至五目七目後有司稍
稍以文見知家君更日夜望有成立於是召一
二同志與舍弟原月凡六試七目每先期一日
家君自擬目函投筒中夜起櫛髮整衣坐草堂

宗子相集　卷十五　二十

共一語日中趣草漏下二三巳畢書家君始起
還內明晨召侍詳加評駁焉旣而曰女輩大困
矣可少休於是治酺燕譚盡日始罷當是時最
愛讀司馬遷莊周所爲文詞往往發之篇章空
疎莽蕩家君大患之於是作文訓文訓成日諷
夕繹漸悟浮華博閱精奥矣癸丙相繼罷歸家
君太息曰嗟乎毋論汝苦卽余安所用訓哉明
年丁未家君巳五上春官竟不第愈益厭怒其
文遂謁選分符東土而去臣以巳庚兩歲薄售

有司役役風塵時檢舊笥得文訓而讀焉輒獨立裴回喟然長嘆夫家君僅以文傳一令郎臣又復不大售於有司何言文哉顧獨有感於家君之教子者深也抱痾南還夏子華從游日以文請不得已則以文訓授之既而請梓以公其傳所不能辭者匪欲公其傳也 見人世父子之情焉

大學衍義補序

宋端平中翰林學士眞公德秀上所著大學衍

義一書當是時其君理宗方意戎事不之讀也後三百年而國子祭酒丘公濬當我 孝宗皇帝時又著衍義補一書上之 帝讀其書大喜賜黃金采穀詔大宗伯頒祭酒書於天下已又召拜尚書無何持其書入相 孝皇至聖公亦稱名輔云二書故列在學官薦申先生類能誦之而前侍御吉公按閩檄令梓二書以便誦者侍御斗山樊公繼至讀其書則檄臣手校而序焉序曰予讀故牒而得二氏之書則嘆聖學之

關乎天下者至切也今夫天不能自理則以天下國家之責付之君君亦不能獨理則以天下國家之責分之臣故君者代天者也臣者承君者也天之生才也上之則君下之則臣無一人無責焉者也則亦無一人不學焉者也其說蓋莫詳於大學之篇予嘗覩于耕織而有感焉夫所謂格致誠正者不猶田而耕機而織哉所謂齊治均平者不猶耕而得食織而得衣哉故夫耕者所以爲食謀也耕而不食則無所事耕矣

織者所以爲衣謀也織而不衣則無所事織矣學者所以爲天下國家謀也學而無補於天下國家則無所事學矣後之儒者有三弊焉其曰吾惟求之身心而天下國家非吾責也則是耕石田織空機而不知其饑與寒之且不免也其曰吾惟求之身心而天下國家將自理也則是談耕以療人之饑談織以禦人之寒而不知穀與絲之猶未覩也三代而下天下國家豈盡不齊不治不平哉而又指其齊治平者病之曰不

記 傳 誌銘 碑 雜文

宗子相集

十六至十八

筲枕于僧僧貧僅具二枕無簟堂故有席龍待客謁者予命侍子倒屏施席沈君則展大悅卧焉既蘇沈君求沐僧室還嘆曰貧甚貧甚詰僧幾曰十二何業曰有田二十畝共之且稅且苦庸調予嘆曰嚮者美僧今乃若是已又開酌輿人告暮公等且休矣于是披衣沿洞出既登輿問曰梅花水安在曰越此五里暮難至矣徵其狀曰有池有亭有梅花乎曰無之予顧沈君笑曰梅哉梅哉何取于水也既入城予留沈君家

君邸中不可遂別去太醫名露與予髫好又世講姻其人深沈好讀書精岐黃已又工書工詩時以韓駕部召問疾浸遊白下

滴水巖記

予讀汀記歸化東北五里蓋有滴水巖云往徐君日與予談茲巖大奇也戊午九月予督兵西征馳之歸化而揭君謁予曰君將出師紫雲乎則請于滴水駐餐焉于是明日以數騎東行踰嶺稍折而北已又折而東凡三折至巖巖壁陡絕外隆邐而上揭君邐之邐既上有宇故名迎仙予曰邐仙不愈迎仙哉堂後有亭亭題予怪其腐語而因與揭君觧于其中遂易之曰振衣已乃闚垂垂而雨則滴水巖在焉其水有三一出垂石如蓮者二從石隙中下盛之石盂揭君曰巖人咸飲此于是嘗之甘已烹爲茶尤甘予曰蓋天漿乎蓋天漿乎其石乃蜒而曲若龍足戲雲中而則隱則見者予怪焉稍前斗石下垂類蓮而華者因名之垂蓮水石亦蓮不名者從

水也又俯而睇其右偶僧在焉其爐烟陰上也予曰何僧揭君曰此記所稱賴僧者也其既化而坐數日矣乃巖人始知之則大異之而因繪其軀以祀之此即其軀也旱而禱輒雨昇之而禱更大雨則嘆曰有道哉有道哉夫人者宜類者也佛者宜幽者也今暴其身于明白四達之區而使豎童牧子狎其面目而嬉焉即僧而靈固殷殷怒也于是命藏諸幽者幽之者神之也洞凡三門其中而豎者類柱遂名之曰天柱

而柱有三則又名之曰中天柱左天柱右天柱右天柱有石類獅而門者其上更有石如斗懸中繫甚微若蒂焉故名蜂窩又眺而左有二門左者逕右者乃橋斷石横其上而又虚其上如黿焉遂名之黿梁黿梁之左而上纍纍若垂又若垂楊之裊裊條條而氷者仰睇其右片突而下乂之嘆曰此墮猿也其左右五色爲祥雲雲之下爲虚名二洞篝擊輒應虚谷則鳴也又一洞狹險旁曰天鼓篝擊之彭彭鼓聲焉

余訝之又有泠然磬而幽者余曰此何聲也揭君曰所謂石磬者也在右洞洞又有床火乃入不火不入入者床而擊磬若履禪室焉余益駭而揭君巳命余觴乃令侍子左鼓右磬颯然天籟潚山也有巨石整而偉依余右睨之不得其名乂之曰晃哉遂呼爲晃石晃石者即磬而床者洞門也其洞最邃名曰鴻濛又起而環視鯉石鷹石龜石鼇石翔躍肘腋矣神奇哉神奇哉變化總萃幻鑄緯錯煌煌磷磷潭潭亭亭則槩

名之曰小崆峒云余於是仰而嘆曰嗟乎余恨不與徐君同游哉揭君曰何徐君思也曰余往歲與徐君蓋游華陽洞云洞自陶隱居來赫赫盛矣乃宋帝又丹書之其洞故不可入即入無奇也使隱居而覯此宜何以稱焉且茲巖之奇天奇之也既奇之矣乃置諸荒山僻壤亂莽野草中不以奇稱也世之以片石假山稱奇耳目者何限嗟乎巖嗟乎巖余又安知其解乎揭君曰華陽顯以陶故安知滋巖不自今華陽並名

哉於是罷酒徐君名中行汀守與余友善先余三日遊遺余書揭君名鴻則與余同薦畿中者

登平遠臺記

平遠臺在省城中東南閩志三山此即所謂鼇峰山也山故奇在城中尤奇宗子入閩十朔未登也蓋以戎故而客有好宗子者乃召宗子登焉凡幾折始上又折而東登鼇石亭天風高揚萬象蕭瑟宗子於是仰而思已俯而嘆也客曰大夫何嘆宗子曰嗟客乎嗟客乎客聞其說余

恐容之投觴于地、而莫予飲也、夫閫者、豈非記所稱東南巨麗哉、家纓弁、人詩禮、農嬉于疇、而商歌于塗也、當是時而登厥臺焉、高山大川遊雲芳草、罔弗觸吾目也、則罔弗快吾心也、今何時也、吾見茲臺三駐軍矣、客亦東眺大海、豸樓船組練隱隱起也、南睇于江、故里頮日濯錦漂絮其中者、今健兒飲馬矣、西瞻烏石、蓋有鍛甲礪刃、鼓笳鐃吹之聲焉、北闚閭井、則父老子弟被戎執戈者、怨讟盈道也、且千里之內、亡者未

葬、瘡者未起、流者未歸、繫者未釋、吾念之、吾不知汗之淫淫至于踵也、昔何以驩、今何以悲、昔何以靖、今何以擾、斯其故難言哉、難言哉、夫君子之謀人國也、上憂主憂、而下憂民憂者也、今帝心常在萬里、而民瘼充充之在吾前也、方請纓枕戈不暇、餐沐矣、客乃欲吾覩高山大川游雲芳草而嬉乎、此吾所爲嘆也、昔元臣據閩之險以抗我旅、 皇祖乃命樓船將軍、從大海徑搗其穴、空之、 帝謨煒赫、日月同炳也、乃今

事之臣、尸不能設一奇制敵、而使醜夷往往截海闚我此覩、 皇祖諸臣何如哉、吾嘆之、實愧之也、客于是起辭曰、吾不能解大夫之嘆、而大夫又安能飲吾之酒、請大夫爲客記之、以示後之登斯臺者、毋徒娭此高山大川游雲芳草、而忘厥民憂也、宗子于是釆客之言、以爲之記、

七月西征記

戊午五月、海寇既平、于是悉罷諸所入戍者、先是粵兵三千、以丁巳十月徵至、戍省中督府、至

亟下釆金牛酒勞之、已而寇至、檄其往、不往也、匿之民間、而督府既已檄閩兵勦賊歸矣、于是粵兵懟、會其酋長以千金爲其二子取婦、欲去、遂日夜請之督府、督府業已厭之、請 上罷去、而檄予督之、酉時七月六日也、故事客兵餉金、咸頒之酋長、酋長輒匿其半、而半給之、以故任其掠不問、予于是召其酋長踞之庭、誡之曰、而提三千人食我四萬、未聞其逐一賊也、若後匿羣酋金、任其掠者、吾且縛而千金婦、致之闕下、

于是酋長大懼出則嚴戢其羣毋掠予至延平閩其不掠也輒又厚遺其酋長牛酒是時汀守徐君使使來問粤兵狀予數以尺牘其詞曰歸自建安則有護軍之檄矣其人咸虎而戟日夜繩之僅不掠塗然亦其塗之人徙其雞犬拏孺而内之他所故免足下幸傳檄塗居者毋縱鷄犬不收毋不能一時去其拏孺以爲護軍使者憂也再二日至將樂羣酋之至也咸舟至將樂則陸是時秋炎群酋畏炎不日馳而夜馳予與

之共馳輿不雞鳴不停也蓋十日而至石牛石牛去汀百里其地故有塾云塾師聞羣酋至輒匿之山中而獨留其學子而髫者守笥酋睨其笥不知其書笥也持刃旁之見其爲書則又碎其書于是學子頓足而泣亡何酋又網其池魚學子者業不知畏酋也既已忿已又鬩其網魚報大呼曰客兵作賊因裂其網投之于是酋大怒即手縛之而訴之酋長曰是子竊吾刃也酋長信之既已縛之一夕明日驛史入言狀予怒命從事往讓酋長酋長懼而詰人安在則已繫而去之三十里矣于是追釋之又二日至汀徐君又大勞其酋長及羣酋以去自省抵汀蓋千里而二旬始至其所經雖少焚刼然雞鴨魚鱉門屏廬竈蕭然矣出瑞金遂益大掠而予間從輿中問父老父老輒爲予泣曰吾民之苦客兵甚于盗也夫當事者走千里召外兵擊賊豈不至急民哉及其至乃不肯發一矢徒攫金而歸也歲費帑金數萬即道塗牛酒又半之矣卒乃

使其民憂嗟怨嘆若覯賊焉嗟乎後之談客兵者慎念哉

九月西征記

予以八月二十八日出闈則泰寧報粤賊急予即下檄邵延各郡邑兵夾勦而身帥數騎星馳而西至延則賊已殺泰寧謬又擄其衛使傷予曰事迫矣于是檄歸化兵截其西邵武兵防其北將樂兵阻其東而謝倅時視事永安則檄謝督兵截其南馳至將樂會　使君顔使君留將

禦防賊之東，而余督數百騎徑趨歸化，至白蓮驛，則賊已遁紫雲臺矣。臺去白蓮六十里，歸化永安沙縣各百里，而歸化又賊入汀歸粤之要塗也。余以是夜馳至，檄其邑兵五百、粤兵二百，付李丞蘇簿及豐從事馳之紫雲。兵急不及餐，而余取邑父老米三十石，令健兒數十肩隨之。賊是時已據紫雲數日，延平衛使劉周率其衆與賊戰，賊佯敗，衆逐之，賊伏起環戰，遂殺我兵數十人。已乃聞歸化兵至，輒驚走。先是賊過歸

化，歸化人善弩，輒射殺數人，賊遂遁至。語人曰：吾遇延平兵，卧而戰；遇永安兵，坐而戰；遇歸化兵，立而戰。蓋懼之也。賊既遁而歸化兵追之，遂逼永安。永安在萬山中，而積穀寨人最悍，於是謝倅檄積穀寨兵三百出戰，擒數十賊，獲大旗。追至百里，不及而歸，而賊遂夜從上杭歸粤。會上杭兵又追擒之，謝倅馳報余，於是勒回所遣歸化兵，罷豐從事還郡。明日遂發歸化，至白蓮，其丞廣陵人也，老而被創，覯余流涕。余詰其狀，

則曰：賊從泰寧來，乃徑至驛。云其皷而登堂，而朱衣者蓋少年美丈夫也。是時驛中人惶急走，而丞負廪金匿之暗室中，少年問丞安在。於是羣賊四索，曳出之，欲鞭之，而少年止之，曰：丞若矣，速取金來，宥汝。於是驅而之賊中。少年獨坐上坐，見丞跽，輒以手扶之起，曰：此官人也。遂呼之官人，與之坐，而列所掠諸婦于旁。諸婦而抱兒者，輒自乳其兒。其兒啼，少年輒咲之，果代抱之。而諸婦如對其家人，不懼也。少年謾言曰：公

以我為賊乎？我非賊，聊與二三兄弟訪故舊。此中不免取牛酒為諸父老費，而何當事者以我為賊，而勒官兵捕我也。公不聞泰寧簿與衛使之事乎？即日不畏兵，然時時遣其從外瞭，聞兵至，輒錯愕耳語起矣。余曰：女奚策而歸曰賊？既已解去腰間廪金，而丞之子復以十金跽進，遂釋丞。然初索之暗中時，已被三創矣。而諸婦之家亦各進金放去。余因太息曰：嗟乎！世言賊雖圖者，豈不惑哉！夫丞卑官耳，而畏不敢縛止利

其數金此其志非雄桀可知矣且賊號千人實不滿二百又多老稚其間方初入寇時使有司者僅得中智之士率徒兒善射者數百人扼其要而伏以待之可一鼓而擒也乃張簿以輕進婺楊帥以貪功縛劉周以失險潰此何說哉此何說哉予又聞賊之初至泰寧也泰寧故無城而簿遂率諸徒兒出戰簿亦衣徒兒衣賊不知其簿也已殺始知其簿遂駭而走而楊善之逐賊也會有部兵獲一賊級善奪之兵譟而散而

賊遂禽善以去然則楊之罪甚矣甚矣世人覩賊殺簿禽使以爲桀不可禦是豈賊桀哉予還將樂與顔使君大怪之而因采掇其事以見賊不足慮而當慮所以禦賊者嗟乎是亦予之罪也夫

二曾夜談記

督儲曾君以戊午十二月二十三日至延平分巡顔君與予夜觴之而予因問君曰君自天津來則聞諸相君談南事哉君曰諸相君言不聞兵他則聞厭客兵云予曰天津故稱北兵者亦畏兵乎君曰何畏顧其心驩甚矣蓋有鬻其婦而南者人曰婦而鬻歸安取婧則曰去鬻一婦耳歸尚獲二婦奈何不鬻哉予曰唐太史奉命視江南戎事也何談君曰蓋嘗揖太史西湖之上矣則言言客兵不宜調宜罷也會有客兵過江西之洪路日日攖市市人逐之遂格殺市人數十人而有司懼亂至不敢問則太史之不予客兵也有見哉有見哉君旣去而予因與顔君

累嘆蓋是時聞巳往檄湖兵四千故云而侍御曾君奉其尊公諱歸泉也道出延予與顔君謁慰而君哀麻悲慼問之他事不談獨談兵事至揮涕而問曰湖兵至未吾懼閩人之被禍深也予曰何曰予之至玉山也蓋遇粵兵云粵兵屯玉山者六日家掠戶殘會有嫁其女于人者其夕將遣而粵兵聞其有女而遣也則持刀闘門舁其女以去及他閾有少婦輒舁之而又囑之曰塗問爲誰則曰兵所携來粵婦也有敢言狀

者殺，而輿中人嚶嚶泣，塗之人聞而悲之，不敢問也，而玉山簿流涕言曰：兵再一日屯此，吾將遥矣。而閱之塗中，血盈盈滿路，其戎戎若絲而黑者，蓋人髮也，而雜豕牛馬皮毛被道矣。予與顏君因太息曰：天乎天乎，何蒼生多難至此乎！是日，建寧舒君遺予書，慮所以防客兵者，予爲書以報，其詞曰：曾侍御至，具言粤兵狀，可爲隕涕，來諭更詳。仁人君子之用情殷矣，嘗謂客兵之禍甚于盜寇，何者？寇之害猶有方也，客兵者

無不及之矣。寇之至也，人猶得持梃逐之，客兵者殺人，而人不敢怒而訴也，即有訴者反益之禍矣。今之論者輒云客兵客兵，而不知數千里間，父哭其子，夫哭其妻，母哭其女，主哭其僕者，耳不忍聞也；血塗野草，四體毀殘，雞犬牛馬，戶牖門屏，俄然一空者，目不忍見也。然有聞言客兵之禍，則反勃勃怒其言，若斯何心哉？斯何心哉？今已無可奈何，則其策莫急于清野矣。近者檄其城中，預稅一廬，稍遠者，檄其三十里之外預稅一廬，客兵訊至，則徙其妻孥老穉而避之，庶幾其可免乎？不然，持刃大呼，若犨虎而巢，即號令何施也？區區之愚，敢再拜以獻。既緘書以授使者，而因彔綴所聞，作二曾夜談記，以俟後之談客兵者觀焉。時己未正月十四日也。督儲君名于拱，號文泉，泰和人；侍御君名承芳，號龍山，泉州人；分巡君名嘉會，號衡厓，長沙人；建寧君名春芳，號徙菴，鄱陽人。

西門記

戊午四月既望，予至自汀，是時都御史阮公被逮北去，島寇直犯閩安，省中人惶急走，而諸大夫日議守城事，遂以予守西門。城凡七門，而西門者芋原、横塘、南臺之所取道也。先是，有司悉部勒諸父老子弟守陴，予登陴，則悉罷諸所貧者、疾者、孤而儒者，留其壯與之約曰：晝則家，夜則陴，擊柝鳴鐃，而懸火陴外，不如約者以軍法從事。會明日報寇將至，六門咸閉矣，而城外人數十萬，大呼祈入，予遂日闢西門入之，晨起輒

坐城上列徒見數十于門人詰而入而牛馬鷄豕羣群薄吾坐不問也客有言闢門誠善獨奈何不虞姦人哉予曰客休矣予辨此矣即有奸人者吾任之于是爲檄召城外百里所蓄薪榖悉徙之城中不徙者吾縱亂兵焚之而壯夫有不肩薪榖而入吾門者不得入于是城外薪榖日以萬石塞門矣城外人食城中者不下十萬城守凡五十日而斗米不增一錢盖以多故而議者謂城外民廬逼城者恐賊至焚之以攻吾

門予是凡有廬而近者輒命焚之煙梟梟四起廬者還泣不止也予則止西門之外之廬不焚下檄曰寇至五十里爾其自焚吾不忍爲爾焚也其有樹于城側者議者恐寇至登樹闞我于是下伐木之令護戎者持斧環城伐之至西門予偕護戎出視棗百株梨百株垂垂實矣護戎請斧予止之曰毋伐即寇至何能登此柔幹哉凡城不屋其上而闞城則屋蓋其城故于沙不屋則雨淩善壞而議者謂城而屋不便擊寇也

于是每楹輒毀其一路寇至則立之屋上擊寇予笑曰兵不能雄之行間而能雄之屋上哉且一兩而千楹何恃也遂止不毀而外郡以援兵至凡二千人咸予所部兵也予令護戎日督之野習射夜則分屯之堞間五人一爨十人一人下堞取薪不取薪而下堞者以軍法論以是兵戢不擾而邵武部兵之出守西夾江也至則咸病卧村墟中予命楊生急馳而入劑之遂起是時寇已陷福清福清人携孥息至者日以千計

而鎮東之于福清近也寇既去復攻鎮東鎮東人善守以故不可拔别分一寇寇興幾拔會當事者提兵至遂解與之圍而寇之寇泉也巡臺被戎督守遂解去往往出遊兵伏擊有所俘獲以歸當是時興泉之寇已南而鎮東者尚屯海上意揚揚甚也會督府馳至則檄兵數千連數十大艑要擊之寇輕我輒駕大艑逆我而我兵奮怒弩鐵亂發乘風大呼寇艑反出其下遂大捷擒獲餘者沉之海中捷至悉罷諸所守陴之

卒與外兵入援者予亦解榻還署而父老羣然
別予涙下霑衣焉時五月二十三日也予惕往
事放失無以詔來遂書而存之

桐鄉縣城記 代作

予讀秦漢以下諸書未嘗不嘆戎狄之爲中國
憂至長也乃東西諸夷錯居海島中亦足自給
其稱持戈内嚮者則世未覩焉我　皇祖神聖
慮周千古既北逐胡元走之已又慮群夷萬一
有他志于是詔沿海諸郡邑悉置戍設屯分遣

諸所有功者後世食其地提精銳防之至密矣
列聖道化隆洽垂二百年吴越之間家綺戶繡
湛于華靡無論萌庶即號稱戎籍者亦日弄卮
蒲博至終其身不識干戟識冶者恒病焉嘉靖
壬子羣夷乃大舉徑寇吴越父老子弟猝驚起
惶急四走匿菰蒲蒹葭中茹藻僅活稍後者輒
魚肉之而群夷日據高室大宇擊鼓吹竽咲大
[illegible]美酒相顧咲樂以爲入寇晩于是益肆志焚
呉越遂大亂當是時都御史王公御史趙君

[illegible]某某相與仰天長呼共几而謀曰嗟乎亡
須高城深池國可以守寇之所爲肆志亦由城
缺備弛何怪焉于是檄諸郡議築城事嘉興守
劉君亦以是請遂大計諸郡邑凡缺城者城之
而桐鄉令金君初至既奉諸公檄則下令曰城
貴高貴深貴堅貴廣不者吾不能保此父老子
弟于是以甲寅秋九月始事而尹日策馬環走
見工者稍怠輒怒曰若不急力寇至若且爲虜
越明年乙卯正月城成城週一千二百丈高二

丈八尺厚二丈六尺塹廣六丈深一丈五尺城
門八水四陸四門各有樓敵臺八窩鋪四十二
固翼翼山峙矣而城工之費則二萬九千有奇
云尹廼登城四顧太息曰即寇至何虞哉明年
丙辰五月寇徑薄城下日夜攻城急而都御史
阮公提孤軍入援遂入城閉門拒寇寇幾二萬
環城而壘凡四十餘日最後架樓艜繫大木數
[illegible]城城堅故不可壞而父老子弟亦日夜負[illegible]
石飛擊寇寇知城卒不可拔遂各解去于是父

老子弟焚香呼天匍匐稽首望尹之庭而泣曰吾屬之不即魚肉者疇功哉疇功哉已又寓書于予祈記予惟桐鄉嘉湖之上游也桐鄉不守二郡且爲之後何者其勢順也寇既不得于桐鄉則勢阻勢阻則脅從者且日以解散是二郡之不被寇者寔桐鄉爲之障也豈惟父老子弟賴之抑予亦有言諸大夫之爲諸父老子弟謀者至矣而父老子弟有不持梃礪刃以守此城以爲諸大夫憂則非予之所敢聞也予鄉人也

故敢以告鄉之人且以示後之守茲土者又當有以結民之心焉是役也都御史胡公御史李君逵君王君藩臬潘君鮑君郭君謝君陳君孫君董君劉君淩君王君劉君李君咸先後主議而同知張君通判林君知縣萬君亦與有勞云

胡公生祠記

興化在揚東北去海僅百里前地瘠民虛自古號稱難治然來令茲土者往往崇祀焉何故哉循功烈于民者皆在祀典採輿往政如范仲淹詹士龍諸公皆著功表業深入民心則然也胡侯來令興甫三年　上廉吳之擢南畿司馬郎去之日興之士大夫凡民謀建生祠祀侯走幣徵宗子紀其盛宗子則奉書起曰嗟乎侯之德政篤偉往昔宜祀哉宜祀哉循良傳所稱卓魯龔黃陳言也又人人能言之予厭不談祗拾予所覩聞者爲侯記之嘉靖丁巳春予時爲天官郎鄉中士大夫輒書報予願得仁人君子來爲蒼赤主又父老子弟率焚香告天願欲之意視

來書予乃請之冢宰績遴得侯焉　命下之日予即翼而接之意沾沾喜謂興之保障在侯矣及予外補穿家而侯已任興三月亡何倭寇通泰抵郵及應薄鹽城興居其中城且圮色中人惶急狀如釜魚侯乃下令曰毋懼當有方略安爾于是積薪粟精械器募邑中人幾千時時督練之爲戰守計又自登城弌戎帶劍氣揚揚肅肅暨暨英英環四隅視每夜分方罷漏下五鼓則又東帶坐堂上理簿書吏持盈案一一發之

如流若是者幾兩月卽督府兵司調之兵不得而兵也調之餉不得而餉也興之人恃侯比長城云未幾寇退侯則呼邑之父老子弟至庭下愀然太息曰曩寇不來畏爾城高池深哉亦幸耳寇再至將安恃也于是父老子弟咸忻懽鼓舞匍匐上言願從事是日命工區畫富者出金壯者出力貧而弱者聽其綜理又皆邑人之有行者工之作也侯日來省之每來每出俸金市牛酒勞之勤者厚勞之又多温言以勸勵之故

人人飫德風馳雲集未届期而告成成之日侯乃偕士大夫門人登城上樂觀其城顧父老子弟曰爾心謂今日費或我怨尤卽遺利後世愁當少休矣後一年倭復寇通及揚聲勢視昔爲甚乃邑中人安堵如故咸對妻子感壽昔仰天呼曰卽寇至城下奚虞哉我君所謂後世利今已見之斯不稱侯之有功于興至大至大者與若夫速嫁娶而示之倫禁久停而示之孝節浮費而示之禮緩科稅而示之仁抑兼并而地利以約省刑罰而民恥以尚清野而外戶不閉恤孤養老而顛連無告者各獲其所種種色色大都重念興民哉夫以念民而功立侯之心苦矣三年來非兵戎則水旱謂侯苦者人人一詞也侯乃掀髯長嘯曰以興治興何苦哉蓋侯之立心本廉而才尤長于治事廉則無私長于治事則又明而不至于可罔如是治一邑也何有子向謂興之保障在侯其有徵乎今侯去矣興人祠而祀之表不忍去侯之思焉祠在文明門內

門首有題門後左右有亭中有堂後有正堂堂中卽侯像在焉像惟金碧衆猶懼弗堅也最後更構堂更鎔銅像之侯遠舍興耶他年興之人或苦于刑罰或迫于徵求者必奉香泣訴于侯之庭甚者又走侯前而進訴之則侯安忍不假手一援也嗟乎然則是祠也豈但歲時伏臘祀侯哉將于侯重有望焉侯名順華字積之龍岡其號也丙辰進士湖廣武陵人

卷之十六終

宗子相先生集卷之十七

廣陵宗　臣子相著
晉陵鄒之麟臣虎校

傳

袁尹傳

袁君名濱，字興之，別號海東，人則稱海東子云。尹之先有稱成甫者，自大梁徙泰，元季宇內兵起，倉卒避兵于通，遂爲通人。傳四世至掄岡，有隱行，葺宇江干，縱心泉石，性憙義，絜寒餔餒，郎不自給，亦給人，有司高峻其行，具冠服迎之，謝不顧，曰：我何娖娖拘志束形哉。生四子，叔郎尹。尹生蚤慧，殊恒兒，人不敢兒畜之，僅髫遂儒業。年十七，乃下帷授戴氏禮，補州弟子員，督學者試，輒上第，又綜其行，又輒上第，于是學士大夫嘆曰：此爲報掄岡哉，尹有濟世才。往年江寇寇通，有司策尹，卒用尹策，走江寇。比部郎朱君謫通，見尹文，亟亟讚曰：鄉書即舉一士，必舉袁子也。既而尹果舉庚子，捷來，于是朱又益喜，明

宗子相先生集卷之十七
廣陵宗　臣子相著
晉陵鄒之麟臣虎校
傳
袁尹傳
袁君名濱，字興之，別號海東，人則稱海東子云。尹之先有稱成甫者，自大梁徙泰，元季宇內兵起，倉卒避兵于通，遂爲通人。傳四世至掄岡，有隱行，葺宇江干，縱心泉石，性憙義，絜寒餔餒，郎不自給，亦給人，有司高峻其行，具冠服迎之，謝不顧，曰：我何娖娖拘志束形哉。生四子，叔郎尹。尹生蚤慧，殊恒兒，人不敢兒畜之，僅髫遂儒業。年十七，乃下帷授戴氏禮，補州弟子員，督學者試，輒上第，又綜其行，又輒上第，于是學士大夫嘆曰：此爲報掄岡哉，尹有濟世才。往年江寇寇通，有司策尹，卒用尹策，走江寇。比部郎朱君謫通，見尹文，亟亟讚曰：鄉書即舉一士，必舉袁子也。既而尹果舉庚子，捷來，于是朱又益喜，明
宗子相集　卷十七　一　天華閣藏板

文疑当作又

年上春官罷歸愈益肆志于學顧數大奇至庚戌凡四上春官卒不第于是怒投策起曰丈夫結髮受書即不得一第豈顧亡可行吾志哉必躡屩擔簦再游上國斯華髮翩翩已且又何以慰母竟謁選授撫寧客有策馬過尹若惋惜尹才者尹正襟端語曰君以今之垂纓結綬高揖青雲者豈皆有念于蒼生哉使令一邑而有念于蒼生則不以此易彼甚明也于是謝客登車而去撫寧者故邊瘁邑父老子弟日操戈候虜

尹至則下令曰父老子弟且休矣于是擇驍勇人畀戟矛倉窖故虛則又厚集芻餉以待猝變又其俗近胡多桀少暴行墟舍尹繩以法于是野無私鬬者興利滌病即瑣納巨不竭精僅六閱月而持節當全者凡四下檄以幣采勞尹勞苦秋八月胡兵斬關入逼撫寧撫寧人惶急走莫知委命尹亦驚姑曰毋懼毋懼于是猝登城望藍召城外人內之城中又親持策整戎馬環城三匝民猶惴惴懼也尹則顧却步前庭徘徊

仰天嘆曰夫撫寧一邑耳即陷亡入係而京師者天下之根本帝王豪傑之所總萃也今急矣獨奈何於是鍜甲砥劍具車壘棘決策內鄉報天子戎事亡何虜遁尹且病病五日瘧矣當是時撫寧人家號巷哭攀樹望庭匍匐大呼曰天乎天乎胡喪我君即虜再來又胡得我君坐城上拒虜不懼我也訃至遐邇之學士大夫罔不蘇蘇隕涕曰非特榆罔德也即海東子者抑何長厚也仕而令令而且死此何說焉尹性至孝

友榆罔公疾再逾寒燠恒冠衣侍前醫來立與參虛實陰陽定乃製劑顧又手持盂釜烹淚未嘗不簌簌落盂釜中也既而執匙以嘗跽進几席上退則檢讀古方書日夜望榆罔公愈也顧不愈比卒毀哀骨立者不幾生者殭爲母媪起既事母媪又益孝即死惟獨念母媪老在堂也鄉人誦其語悲傷之尹兄弟四人而尹居中最友愛每聞輒陳樽俎共坐笑樂召諸子諸從子來東西鄉立訓誡之顧其人外和內實耿介立

筐擕自家食時有司巳不敢妄遺筐篚見富見
大賈謝不與通即諸昆季咸豐槖厚儲持梁刺
肥炳誇里閭而尹食芋衣敝閉門著書洋洋然
樂也爲撫寧時愈益苦勵纂畢鑰扃内外肅肅
至所需蔬米反貽書報家人治米邑中老人相
謂曰自老人爲兒時固希覯此君矣海内經生
往往畏戴氏禮難讀乃尹則曳易讀更得其邃
者至勒成一書及仲尼鄒軻參伋諸書又各各
有說說成付其門人子弟

吳叟傳

叟蓋吉安人忘其名其里中有大猾家徒數百
暴行里中里中人大患之然不敢上其狀于有
司即上狀者有司亦怵怵焉恐變不敢問會流
賊逼里中而叟遂間詣其廬説曰公之暴行上
下之所知也即有司懼不敢問假令部使者督
手人捕公公能終拒之乎曰不能叟曰吾固知
公之不能也公既不能何不因事自解亡論自
解且令里人德公其人跽曰唯父命之叟因執
其手曰方今流賊四劫誠危急存亡之秋也公
當此時誠能率其子弟擊賊賊必潰則里中莫
不驩公公得以長豪里中無懼矣其人遂掀髯
而起曰公無言吾當爲公擊賊於是勒其子弟
最强者百人人持梃急馳之而叟騎一驢從二
蒼頭往賛一遇賊輙奮鬬自巳至未凡數戰殺
數十人猾者稍倦矣輙命左右取水而叟心計
賊既以殺數十人可無慮賊矣獨念此猾纍里
中無巳時也不若因其相滅之遂從旁大呼我

兵且退賊遂乘勝逐之悉殺猾之父子兄弟叟
乃跨驢從二蒼頭揚揚歸也宗子曰嗟乎若叟
者奇士哉奇士哉夫賊内外應至變也叟不用
一兵不費有司一米調三寸舌取二戒若探之
囊假令叟得時雲變設奇制敵豈復渺識哉而
顧巖叟老焉惜矣惜矣郭黃門盛爲余言余懼其
逸故爲之傳

王夫人傳

濯纓王子以詞賦才馳聲人人重王子又因以

望王子毋而曰王夫人王夫人云蓋鴻臚公旣
壯而不舉子名再聘于顧得夫人夫人謂孫夫人
于夫人乖也顧不乖反獨爲女視夫人夫人事
孫夫人愈孟謹又其性至孝敬侍其姑夫人疾
凡九月不歸室易衣姑夫人爲孫夫人言顧婦
事我勤也比逝則視諸婦又特哀以此人輒稱
夫人孝云夫人先舉女孫夫人即取女女之亡
何濯纓子生孫夫人意夫人自子也乃夫人不
自子輒又請子于孫夫人孫夫人喜曰吾固當

作是兒母當是時鴻臚公出爲河西令治裝且
行而孫夫人適病病華乃抱濯纓子而執夫人
手流涕言曰是兒王六代宗子鄉不女子者懼
女少也今我不能待是兒成是兒在女乃泣夫
人亦泣泣數行下比孫夫人逝則夫人悲痛若
姑夫人濯纓子稍長人或語若毋顧毋也請于
夫人夫人曰兒亡須問第亡忘兒孫毋恩毋歲
時蒸嘗莫則夫人祝曰孫夫人兒今被儒服供
蒸嘗矣於是濯纓子亦涕下沾衣亡何鴻臚公

謝事歸他室日披綃綺整環佩曳金玉鏘鏘行
而夫人一簪一縷不得著膚髮相室者忿曰夫
人奈何而孱若是夫人笑曰我孱哉我孱哉我
得寶奇矣意善謂濯纓子云乃濯纓子則欲甘
心於其人而夫人輒牽裾止之曰兒其奈何爲
毋而傷父之志濯纓子負其才鄉人日冀其第
也乃累舉累不第夫人輒慰之曰自古高才之
士往往不偶于時兒之才所竊造化者多矣兒
寧之顧安知不雲蒸龍變哉又濯纓子性至孝

即困必日謀甘膳膳夫人說其心即夫人亦亡
其子困而夫人八十將濯纓子百拜奉觴爲壽
夫人前夫人大喜已乃頹顱曰自我結髮事女
父以至白首艱困累千若環戟而立豈知今日
得稱八十老婦又見女顯其才又見女金家婦
抱兒也彼其綺綃環珮金玉鏘鏘行者安在哉
於是罷酒宗子曰嗟乎以余觀于世人嫡庶子
母之間則益嘆夫人之難焉彼其上以分猜下
以手挾相怨相謀終其身不解者天下　室也

乃夫人獨不以有子挾其上，又恐其下，夫古今以閒行著聞，炳蔚史冊者，要之不離乎處常，非若夫人以身介二者之間至危變也，乃夫人善處其變，又能成其子才，然則夫人者誠難哉誠難哉。

何孺人傳

余讀古所稱列女傳，至敦節立孤者，未嘗不竦意動容也，曰嗟乎，玆非性靈卓粹有偉丈夫識者易談哉，易談哉。乃鄉父老閒居論閫範，必曰

何孺人，何孺人。余從孺人子惟忠氏游，則又聞孺人詳，則又嘆孺人之難也。孺人蚤歸淳菴公，無論淳菴公稱孺人賢，即舅姑下至臧獲，又靡不人人稱孺人賢，亡何，淳菴公逝，孺人毀至欲與淳菴公復，彊爲二三子起，曰：豈不能偕地下人哉，誠不忍二三子煢煢立，且使地下人復恨也。於是盡謝去綵縠綺綃，惟闔戶垂帷，日夜望二三子有成立，乃惟忠氏稍知學，則具楮帙，造就與經師，每暮歸，則孺人已治飱秉燭俟堂上，

已而輒命讀，朝所讀晉，孺人又手自績紡弄女紅。惟忠氏讀也，嘗太息曰：兒毋厭若吾寡不怨者，恃兒二三子也，兒即厭苦，獨奈何不念兒母哉。於是惟忠氏愈益攻文，輯藻卒爲時雋儒，顧其心又恭謹，不以才自負，靡不人人愛重。又靡不人人稱孺人善教子也。曰：即察父哲兄，日臨其子弟，豈及孺人哉。而惟忠弟氏三人者，孺人則不命之儒，命之農，命之商也，即又善于農商，歲課租入，閭閈稱雄焉。乃孺人者愈益勤儉，

日戒家人毋得以侈病財，至崇蒸嘗秋賓客，俎豆筐莒卮盂酳核，則又事事虔潔中禮也。惟忠氏及其弟既才，又至孝友，每日孺人坐上坐，而四子者東西鄉立上膳問衣，道家庭今昔事，不恐離歸室。而諸孫總角者，又循筵繞膝行也。於是孺人大喜，已喜，復彷徨曰：即吾所自期，豈知今日哉。恨不令汝父見也。孺人以今年二月年六十矣，惟忠氏及其弟具辛盤，再拜上壽孺人前，而宗黨戚友咸喜孺人壽，咸祝孺人，要壽也

吾上若字疑当作苦

於是諸君乃徵予所以祝儒人者余惟孺人敦節立孤天所予動壽無事禱也惟忠氏抱異才他日策名天路以報孺人俾孺人翠翹霞帔表其節于天下後世豈非孺人願幸哉請以祝孺人諸君亦曰請以祝孺人遂稍綴其事作祝語

誌銘

墓誌銘

明封承德郎刑部山東司主事東皐徐公

嘉靖戊午十月二十日長興東皐徐公卒於家

先是八月汀州君時爲余言心怔怔怦怦動也亘炎炎赤乃其夜又夢公騎而西馳已又雪滿塗也徵何哉余怪之亡何汀州君赴覲既逾月始余書曰先君遂棄不肖鄉者之夢蓋徵乎蓋徵乎敢乞不朽於足下已俞氏狀來余持牘爲泣曰嗟乎不一覲公而銘公哉公名東字敬之其先鳳陽人洪武初詔徙淮西豪傑江南而進五公者遂長興家焉至亨六公凡四世俱微不著及農隱公始以高義聞里中農隱者亨六公子也里人有負租售畝而易其金簪珥歸者醉遺之塗農隱公夜獲之則俟其人旦來委之而走其人倉卒起謝公不及公乃仰天嘆曰厚德厚德農隱公故貧已又生五子愈益貧而東皐公在五子中最少又盡讓其兄産而獨以其身依姑錢氏居間則盡發錢氏書讀又喜爲文詞蔚然駿茂矣而里父許有女二十未嫁間從錢氏覘公嘆公才遂以女妻公公是時年三十矣客有諷公應有司辟公笑曰吾已稱人父顧奈

何執簡躡屩從羣豎游乎于是構草堂苕水之東自稱東皐隱者然時時下帷授諸生經諸生執經候門者屨常滿矣居頃之許夫人蓋夢日墮懷中也于是汀州君生公大憙僅髫則走會省盡購六經百子秦漢以下書歸草堂命汀州君讀又時時爲誦說賢豪高士孝廉異行者泚輒嘆曰嗟乎吾乃不得與斯人同游哉至有不快其人者則怒髮隱隱上指冠投書起矣汀州君才又公成其才以故卓犖倜偉尤敦高節云

汀州君既舉進士居長安則爲書請公及許夫
人來長安公謝不往汀州君日夜念公既已補
司寇尚書郎乃上書曰臣中行頓首頓首死罪
死罪臣有父東在江南年七十有六不得視臣
即中臣又爲　陛下守囹圄不得歸省父　陛
下如以臣爲亡罪則請徙臣留曹冀得只尺家
廬慰臣區區書入不報公聞之怒曰而翁尚健
善飯奈何以家語瀆　上甲寅汀州君上功考
功　上封公視其子是時汀州君會有使淮之
役于是製冠袍帶舄珮鞸各一具貯以華笥誡
蒼頭負之先趨既至淮則又身自負　制勑而
並馳之茗上邑令以下郊迎謁公公于是出笥
中冠袍帶舄珮鞸服之北[illegible]首已揖令入盡
召邑之賢豪長者與飲而令[illegible]下咸起爲公壽
公驩既已謝客還內召汀州[illegible]前勞之曰汝衣
錦矣乃老人亦復被此　主[illegible]鄉者讀汝疏
不益我顧令我憂稍洗沐休[illegible]趣入侍
顧許夫人取吾褐衣來即　褐衣而行游市中

市中人喧言徐封君至已窺其衣褐矣則竊嘖
曰徐公不錦而褐哉汀州君既還朝明年丙辰
上又勑郎中中行充江南恤刑使者公聞之則
移書誡汀州君毋歸而汀州君業已取閒道急
還謁公公訶曰汝歸耶夫使者奉簡書而南而
諸所纍纍械繫者日夜望使者至且吳越相去
不百里而汝獨奈何不念衆人耳目乎汝亟行
矣不竣使不訊于是汀州君宵發而公遂稱病
甚謝絕賓客誡門下蒼頭有敢爲通一刺者鞭
之百客有謁者竟歲不得見公遂去亡何汀州
君奉檄出守矣歸謁色稍困公曰小子薄二千
石不爲乎老人自束髮諸所覩記二千石及邑
令以下無慮數十百人吾不憶其他而貪者吾
不能置之懷也　皇祖時手戮貪吏甚衆以故
吏畏不貪已又著爲大誥令貪者即不戮獨奈
何不盡其斯沒入之而使之魚肉其民揚揚盈
橐歸也諺云守倅如泉小子識之即他日立枯
若水之土吾甘之矣以此汀州君治汀一年苦

節最著而公聞之嘆曰是稱吾兄也公故長者然遇事輒勃勃英氣少時蓋從許夫人兄弟居云夫人兄弟以貲雄里中故異儒里中少年日譟其門也公怒立起即少年數之少年懼蒲伏請罪不敢出一語又亭長暴里中人人憚也公又面詰之遂畏不敢暴交驩而去公雖隱顧善畫天下大計時爲邑長吏言長興至重至重者不水利哉歲水暴至走數百里田而山者立涸其下者又壞堤决阜無巳時也胡不多其陂池

而厚其隄隄高二丈廣十之長百之又多植桑柘橘柚竹梧陰陰叢叢其上也歲且獲木千章漪千篦筍萬箇蠶萬頭絲千兩魚千石何問潦潦哉長吏畏隄繇衆議格不行然自是窺公才時時咨覲矣客被構求解于公公謝不應而心悲之私爲長吏言不令知也公雅好神仙黄老家言老愈甚日誡家人毋殺覿攜魚筥者必市而放之湖中也間從黄冠得精方輒欣欣藏之故人病即千里必具藥餌果脯遺訊里中疫作

輒煮膏數十斤人給之巳又揭其精方于里門以故里中負痾而起者咸曰徐公徐公云公即家徒四壁立歲時必誡許夫人手爲羹召所與游大酢道故舊笑樂而公晚年尤好鼓琴每携斗酒從二三舊游過湖上爲一再鼓琴泠泠楚絶從者若涉殊庭焉公七十五六時頭骨隆隆起公故長髯盡白矣巳又生黑鬚數十莖雜其中乃更毿毿斑也里人異之而汀州君之郡眛徘徊不忍别公公笑曰汝念吾老而獨不見吾

骨及吾鬚乎而汝何慮焉汀州君日爲予言乃今竟未百年而殁悲哉殁之日公猶長興與舊游驩語頃之痾作公自脉之顧家人曰吾去矣其爲我冠即逝公起布衣經學才行嶽立鳳舉摧强濟困千里誦義而忠孝大訓克成名世之子此其犖犖大者至于晚歲沉陸玄言又超然遠舉矣可不謂有德仁人善始善終者哉公生于成化乙未三月初七日至卒之日得壽八十四配許夫人少公幾歲同公封子三人長中孚

娶高氏先卒次中和娶殷氏繼娶錢氏次中行郎汀州君娶楊氏女二一適姜一適楊孫男二人詠邑諸生談孫女四三適錢一適某一適許一聘周一聘蔡汀州將以某月某日卜葬于某麓云銘曰

徐氏之宗肇自濠梁林麓疇畝累世乃昌英英公哉載芬載揚義固金石才匠琨璜崖異彪華日燦星茲天目窿窿若水湯湯巍而修阡龍峙鸞翔嗟公室斯以永以藏以引以繩以莫不臧

玄石卒如閟矣無疆

碑

明甌寧縣令胡公德政碑

增城胡公在　孝廟時知甌寧九九年既去六十年而公之孫督學君行部至則甌之父老里白而杖者數百人道之于郊嘆曰此我胡令公之子之子也已乃跪而持督學君衣泣曰老人自兒時事令公今六十年矣而令公之愛之著于諸老人猶一日也今得見公猶見令公焉于是督學君亦泣而邑之學士大夫因上書請專祠祀公督學君起辭曰諸大夫其毋以予故而私予先人諸大夫遂狀其事曰謹按禮凡有功烈於民者則祀之古之道也公之靡之明之勤之惠姑不論論其大者郎其革焚屍而示之孝其溺子而示之慈法淫者而示之倫察田屍而示之法舉釋奠而示之禮則何者非功哉令甌之民雍雍而綸綸阡阡而井井以惠于家而不墜其身者是誰之遺也郎不祠何以解諸父老

悲思敢固以請以附於古者有功而祀之義督學君嘆曰諸大夫既以先君子爲無罪於百姓敢不從大夫之請以慰諸父老之心於是以某月某日附公於名宦祠秋祀如故事而因命余采其實以詔來者余則安能知公顧獨觀於公而有感於古今治道人心之幾也夫天下之治繫民民繫令所從來長遠矣余讀漢書循吏傳所稱述咸守與令而卓魯諸君最著跡其政蓋若慈母之於赤子寒而絮飢而哺癢而搔痛而

撫非夫文章之飭而禮樂之華也然當時為之君者至下壐書勞苦錫之章服即萬世之下亦莫不握牘而嗟何故哉則其政之感人心深也夫感而至於心斯古今一矣今公去既六十年而父老悲思而祀之則安知萬世之下不以卓魯並公哉故曰吾觀於公而知古今治道人心之幾也夫公既以政而繫既之父老之思督學君又以敎而率既之子弟以趨於善世有令德照于八閩炳炳如日也斯又漢臣所缺者督學

君則又具言公之持身肅也其儼而居家人罔敢闚焉遇鄉之子弟輒敎之而公之門人由公之敎以儒起家者如林矣嗟夫然則公之可祀獨政哉獨政哉公名璋字資禮鄉進士督學君名庭蘭字伯賢則與余同舉庚戌進士

重修城隍廟碑

夫城隍之義吾[illegible]之往牘郡邑立宇崇祀赫然稱靈其所由來長遠矣興邑舊宇在邑之西稍南[illegible]日就圮蓋其堂故宏直郎又重檻其前有兩月展謁檻下役胥焚楮上香輒遍神衣又其門鑰損即博徒市豎往往羣嬉其側守宇黃冠且取道堂上出入蚤暮覗者遍塗矣兩廡故列諸鬼神幽怪之象象又損歆金碧土木日簌簌下羣嬉者時過而易之會后洲陳君以駕部郎謫興謁神則徘徊四顧太息曰嗟乎夫神道貴嚴嚴斯畏畏斯感堂中謁堂中走何畏何感哉于是下令度材鳩工新其堂又鑰其堂而移其重楹于堂之南別闢一道以通守宇者出入兩

廡諸鬼神率新其土木而金碧之于是展謁者率于楹下仰覗堂上若有神者在焉博徒市豎旣不得羣嬉堂上即覩其旁又皆獝然怒目如覗其人輒心悚色動閉目反走斯其于神道至嚴矣亡何陳君遷太平遂南來及勒石紀斯役螺泉曾君拜興令至興瞻兹新宇大喜已乃詰吏奈何無石吏言狀則曰是責在我于是周覗宇中增所未備因命記于宗子宗子曰嗟乎二君勤心于斯役者誠當哉誠當哉夫明則禮樂

幽則鬼神昔談尚之矣。二者相濟，然後可以當行于世。世人固有肆然于禮樂之化者，顧其于鬼神，又何其悚悚獨著也。世人機詐相命，一事稍屈，其志輒仰天大呼，具楮散髮，蒲伏百拜，詣神宇訴其人。其人卽亦皇懼戰慄，氣結汗流，不敢出一語。而山氓野婦，歲時行游神宇中，相顧驚嘆，誦說曰：某善應，某惡應，輒歸語其鄉之人。鄉之人有爲不善者，則相恐誡曰：亟止亟止，毋遂爲諸鬼神所苦也。斯見匹夫匹婦之心哉。夫

匹夫匹婦其畏人畏神者，紛紛一情也。顧其畏人以貌，而其畏神以心。臨民者夏楚榜笞日加，其人顧其欺益甚，神無一言以告，卽至彼抗者猶不敢欺，何故哉？豈非在神者有所不可測，在人者猶有所可入乎？卽其不可測，趨善避惡，以不詭于禮樂，則神道者固所以濟人道之所不及也。小人覩其象以思其理，君子欲存其理不徇不崇諸象。二君斯役，其于幽明之際深乎深乎。計工自嘉靖壬子正月至甲寅三月。曾君名緒，乙丑進士，泰和人。陳君名時霖，辛丑進士，長樂人。

宗子相先生集卷之十八

廣陵宗　臣子相著

晉陵鄒之麟臣虎校

雜文

墀石劉丈像贊并序

夫劉丈者，豈不彬彬君子哉！既洽六經矣，又多所博觀百家者，言矣之文詞秦漢韓柳者類也。乃其人又仁蹈義履敦禮而哲，其視人姦若渴覩之漿而飢覩之餔也。蓋與家大人比部公四十年游矣，予之孩也，丈置之膝弄焉，輒嘆曰是兒，勃英氣，稍長，視子詞，則又以國士顧予，時時爲人誦說宗生宗生云。后予幸遭時，厠下大夫之列，廼丈猶儼然岩棲也。今覩丈之像，蓋翩翩儒而隱者。嗟乎，天下國家不可以無斧也，有才如丈，廼顧使之儒而隱哉！于是系之贊，以俟肖形而至者需焉。

於維先生，翼翼厥容，玉立山停，肅肅厥心，日白天青。孰不有文，維公則經；孰不有行，維公則醇。胡然而服薜荔其衣，鳳伏鶡舞，知我者希，匪窮則戚，匪達則嬉，或蹙之眉，蒼生之思，慎哉維言。維言維章，談彼有善，惟恐弗藏，弗藏弗藏，弗揚厥心，旁皇乎何以恭，拯溺扶危，足之蹈之，中矩中規。誰謂蜀險，維公平之；誰謂漢廣，維公濟之。大放厥詞，如圭如璋，我儀圖之，爲龍爲光。舍則鴻舉，用則雲翔，胡不凌煙，系之草堂。

高文義公與顧氏手帖跋

嗟乎！此文義爲其兄弟丏塾師于顧氏帖也。當是時，公蓋侍講稱貴顯矣，乃不能庇一兄弟，顧從村中子弟丏糈哉！而公之言曰：歲不有秋，嗟乎即歲不有秋，奈何困一貴人兄弟？吾觀世人見其父兄稍稍貴顯，輒乘堅刺肥，千金裘馬，日以意氣凌其鄉人，其鄉之人即素與游者，美飲食以召之，猶懼不往也，乃顧肯從村中子弟丏稽哉無論公賢即公之兄弟不媿公矣而邑父老至謂公是時蓋親作贄傅于村中云其歲時伏臘而謁之家其主人輒具鷄米稻秫以歸之公即亦受其鷄米稻秫以歸而不辭也嗟乎公爲天子之貴臣使稍稍念其我而頻謁其有司即有司孰不怵怵其命者乃公寧丐鷄米稻秫于村中子弟而不有司謁也斯古人所難矣是時公蓋奉其母夫人諱以歸且一年矣而顧公兄弟又素與之游乃不一謁公公之詩曰芙蓉

秋水隔長蹊蓋言近也近而不謁又素與之游無論公及公之兄弟賢即顧公者可少哉

移郡邑學官弟子文

竊惟天下之治繫才才繫學學繫教自昔隆之矣我　國家黌序星布僞又雲興治化昭明炳焉與黃虞並茂則教然哉職不學　上采銓臣言被以豸繡　賜之璽書命督爾八閩學事豈不甚幸甚幸者與乃職之拜　命也則悚容而懼何也　上之所急諸生者非文也將求其才而用之也使職之所教諸生異日者稱　上任使不用者亦不失爲文儒則何用懼萬一　上需之無以應之用之無以酬之則將數職以不能教誨之罪職奚講而釋焉用是上繹　皇綸下程聖訓遠采昔典近稽物情作閩學約言總約八篇分約三十七條夫約之爲言誠也又言省也士不可縱則誠之又不可以腐詞碎語亂其耳目則省之是故稱約焉既約之矣其或有不遵吾約者則憲章炳炳在也學官弟子及二

三大夫其亦思所以共守之慎念哉慎念哉文到亟下所屬毋忽

再移郡邑學官弟子文

職惟拜　命以來未嘗一日釋念于二三子亦以二三子有跂予之心焉將以旦夕戒輿上塗廵行郡邑以宣教事顧念世僞日滋人性易淆不嚴勸而大爲之防則不才者得闞竊以揜其陋而才者反無以自見其美矣試者將使才而美者用勸不才而陋者用懲也今或使才不才

混而勸懲之道微則安用試故今所爲試觀者至嚴然惟求無負于二三子非有他也文到有司亟下之學官學官亟以日教諸生而滌慮以俟焉夫法之行也如金如石如江如河敢爾布告惟百執事寔共圖之

總約八篇

遵帝第一

我 聖祖高皇帝何爲而作臥碑哉誠念學者之棼棼綸綸而無以一之于正也是故師長而

戒其耿視以崇敬也有司而戒其挾制以敦厚也公門而戒其輕入以培節也戒勿建言戒勿唆詞戒勿訐過以養恥也保身惜行以遠禍也含情忍性以却咎也大哉 皇言其示天下以教學之大綱也 皇上賜以璽書則視碑尤著焉曰心曰敬則學之本也忠信禮義孝弟廉恥則學之實也毋尚浮誕則文之規也夫膳而復其身家之繇則學之資也選其賢而退其不肖者則學之紀也諸司不得預學事則顯其柄也貪酷利病得以封事具聞則重其權也大哉 皇言其示天下以教學之全功也故夫有所禁訓于諸生者非賞也 帝訓辭矣不可得而遺也有所切飭于諸生者非刻也 帝訓嚴矣不可得而縱也才則進之非私也 帝之所予不可得而靳也不才則退之非忍也 帝之所奪不可得而庇也然而奉法者則常患于不明不公夫不明者辟之日不知夜月不知晝猶可言也不公者則是廢權而手爲之輕重廢度而口

爲之短長不可言也奉法者不敢不公矣不敢不明矣乃或撓之則將奉 璽書而從事又撓之則將題凡疏上請 明主而委綬去之以謝諸生安能局促偃蹇而徒擁空名于二三子之上爲也且窮達人之所必有也而惟上不負 帝下不負諸生一任之矣

辯學第二

夫學難言哉夫學難言哉非學之難言而學之難辯也聖人作六經以明道辟之日月並曜江

河並流萬世之所共覩也今之學者乃偲偲切切感容拊掌而嗟嘆斯道之不明則是以六經爲贅也自諸儒表章六經以詔天下辟之披浮雲而覩青天決隄障而走大海羣心之所共快也今之學者乃猶懃懃亹亹撰異標竒而自稱發千載之祕則是以諸儒爲妄也自昔名卿偉人賢豪高士功被宇宙名垂竹帛忠貫日月義動鬼神乃所謂天下不可一日無此人者也今之學者乃鄙之曰不聞道則是以道外有功也

自昔宏言崇議嘉謨遠謀上紓主憂下闡民瘼近持國是遠垂世經乃所謂天下不可一日無此言者也今之學者乃鄙之曰不聞道則是以道外有文也嗟乎學術之不明也豈惟裂道哉道裂則士志惑士志惑則士習乖士習乖則人才迂僻龐駁而無當故吾願諸生之慎辯之也六經以經之羣儒以緯之百子以廣之史傳以徵之毋異而冠毋緩而帶毋迂而談毋澗而行毋瞿瞿而視毋陰陰而吟毋徐徐而貌毋罔罔

而動以子則孝以臣則忠以士則修之家以官則修之國以庠序則教以郡邑則政以禮樂則文以兵戎則武以邊疆則坐銷敵人之氣不敢南嚮而牧馬以朝廷則目營四海之安危而身負宗社之休戚此學之正也亦道之正也諸子慎念哉聖人曰惡莠恐其亂苗也夫雜學之亂道慎于莠故願諸生之力鋤之而毋俾爲苗害也

宏志第三

夫功崇惟志昔談尚之矣蓋志之于人也辟之于木則根焉辟之于田則穀焉辟之于射則的焉蓋一時立之而一世成之者也故天下未有不志而成者也孔子尼山之布衣也而其言曰老者安之朋友信之少者懷之何其大也伊尹有莘之耕氓也而其心曰匹夫匹婦有不被堯舜之澤者若已推而納之溝中也何其偉也禹稷唐虞之羣工也而其心曰天下有溺者由己溺之也天下有饑者由己饑之也何其急也

尚父以漁釣興周，傅說以版築隆商，管仲以檻車匡齊，孔明以躬耕佐漢。數公者拔之萬人之下，置之萬人之上，而崇功令名遂爾顯著者，非一朝一夕之故也，彼其初固嘗志之也。今夫觀之家而或臧獲餒凍，則必立謀所以起之。天下之人之顛連而莫之告也，亦何以異于家也。今夫人之一身而或手足沴結，則必立謀所以蘇之。天下之人之危苦充充吾目也，亦何以異于身也。主德何以宣之，民故何以達之，外患何以

弭之，內覆何以瘳之，國賦何以充之，戎備何以飭之，天時何以若之，地利何以關之，凡此皆經緯其宜，整齊其緒，而需用焉，固以治吾之家而理吾之身也。故曰天下一家，中國一人者，非意之也。彼其竭一心之知慮而萃之于繁華利達，是自卑其志者也；白首佔畢而斤斤然自附于古之儒者之流，是自窮其志者也；溺神握管，弄志抽詞，而徒以華言亮語誇天下後世之耳目，是自隘其志者也。嗟乎！天之與人以才也，將責之以天下國家之任也，吾之志而僅以二者卑焉、窮焉、隘焉，其如天下國家何哉？諸生誠有大下國家之志而日講之，庶不稱腐儒，且治天下亦安用腐儒爲也。

慎履第四

予聞之蘇子：辨天下之大事者，有天下之大節者也。則斯語豈不誠甚當哉！是故吾未見夫居則憒憒，出則炳炳者也；吾亦未見夫居則井井，出則汶汶者也。是故古之君子其持已也，辟之

持璧焉，全則璧，不全則尨矣；其戒慾也，辟之防川焉，一決則潰敗四出而不可收拾矣；其忍性也，辟之滅火焉，不以水沃之，則炎炎而上，其勢將至于燎原矣。是故君子慎之也。今夫上書公府，獻策當塗，稽首乞恩，褊門求謁，非高士之風也；險心側目，伺有司之短而持之，而因以行其私，不得則肆言訕譏，轉相煽惑，非元吉之履也；假借名器，逋賦侵畝，儒服踞立，雜之胥徒，甚或代書訟牒以需賄食，其視有司之署若履其

家焉，非大雅之觀也。狎暱徵逐，卮酒歡噱，朝酩夕酊，蒲博大呼，而或游戲倡優，淪溺箏琲，非端人之習也。日夕衢市，凌雜米鹽，一言不相中，輒張目攘臂，折支敗面，桎梏囹圄，甘心焉，非居身之珍也。歲暮途窮，壹志苟得，餼稟出納，飫肥擯相，需賄里胥，代庖而竊，非長厚之道也。多士戒之哉！今有言麟鳳之游于郊也，人靡不爭觀之；鵂鶹之鳴而聞之者，掩耳而走；客之山行也，松栢則敬之，桃李則悅之，荊棘則思以鋤之矣。

夫閩不稱彬彬鄒魯哉？諸生生其間，而日有感于先達大儒名卿之爲者，其爲麟鳳松栢之儔明矣。萬一而有鵂鶹荊棘者出焉，亦何面目以見爾之先達長者乎？況又有惡而鋤之者在也。

勤業第五

夫天下之事，未有不勤而成者也。是故理之在人，而不學不明，不勤不獲也。辟之泉之在山，不鑿不流也；辟之絲之在蠶，不抽不見也。時之在天，而勤者得之，惰者失之也。辟之人之老而不可復少也，辟之水之東而不可復西也。是故古之君子之貴時也，貴時者貴勤也。寢懷鉛筆，寤誦詩書，何其篤也！讀書五行俱下，何其敏也！採薪負販，投閒百遍，何其切也！織牛衣以自給，而好學不倦，何其誠也！帶經而鋤，下帷而誦，流麥而編蒲，焠掌而穿膝，何其勇也！若而人者，居則鴻士，出則名卿，古今共嗟焉，然猶中庸之士也。夫孔子者，非所謂至聖至聖者哉？即使不勤，猶當萬倍于學者，然而發憤忘食，何其切也！好古

敏求，何其銳也！韋編三絕，何其久也！而予也晝寢，求也自畫，賜也願息，則毅然以言擢之，不少假焉，是聖人之惡夫不勤者，如此其甚也。今此諸生，方其始也，結髮束修，誦詩讀書，何嘗不彬彬稱才哉？其卒也，乃有大謬不然者。其上也，乃有翱翔六藝之囿，縱橫百氏之林，而著書立言，萬世稱雋者；乃有讐懟墳典，菀眛訓詁，即試以常言庸語，至曳白不能對者。其次也，乃有抱圭璋之才，奮金碧之文，而結綬彯纓，致其身于青

雲之上者乃有歲晏途遙髮與衣白悲嘆窮閻落莫舊廬而父母妻子不免飢而啼者又其次也乃有淵岳其心麟鳳其采而名章鉅篇爲學士大夫之所賛嘆欣慕者乃有身被夏楚奪其衣衿而垂涕潸歸慙見其鄉之父老兄弟者何故哉則勤與不勤之驗也今夫耕者不勤則飢織者不勤則寒學者不勤則困餓寒者猶可貸而起之困者不可以請而解也諸生急學哉毋以百慮自棼毋以羣動自撓苟至于困而後有

省于吾言則晏矣

談藝第六

夫六經而下文豈勝談哉左馬之古也董賈之渾也班楊之嚴也韓柳之粹也蘇曾之暢也咸炳炳朗朗千載之所共嗟也然其文馬不襲左而班不襲楊也柳不襲韓而曾不襲蘇也何也不得不同者文之精也不得不異者文之迹也論文而至于舉業其視文旣已遠矣文而襲者舛也況拾世俗之陳言庸語而掇以成文文舛

之舛者也今夫人性之有文也不猶天之雲霞地之草木哉雲霞之麗于天也是日日生焉者也非以昔日之斷雲殘霞而布之今日也草木之麗于地也是歲歲生焉者也非以今歲之萎葉枯株而布之來歲也人性之有文也是時時生焉者也非以他人之陳言庸語而借之于我也是故古之言文者得之心而發之文也其理之瑩也如金之精如玉之粹而天下之人莫之敢損益也其詞之溢也如長江如大河魚龍黿

鼉縱橫出沒而不可掩也其清通也如月之秋如江之澄如潭之寒而千里一碧泠然内徹也其古雅也如太羹如玄酒如周之彝如商之鼎令人覩之而徘徊太息棲神千載之上也其明達也如青天如白日而有目者之所共覩也其飄逸也如珮玉鳴琚乘風御空可望而不可即也其鏗鏘也如金石相宣絲竹並奏而聽之者靡靡忘倦也其葩麗也如芙蓉秋水之上而眞色充燦不假雕飾也其嚴正也如達官貴人端

冕而立乎朝廷之上見之者懔然動容也其雄渾也如鉅鹿之戰以一當百人人戢伏不敢仰視也斯文之極也以之闡經則道德性命之精章矣以之論史則治亂興衰之繇達矣以之辨事則得失安危之機判矣辟之天之雲霞地之草木無所假焉者也左馬諸子之所不能易也尚何以陳言庸語爲哉文賦云謝朝華之已披啓夕秀于未振諸生其舍爾糟粕茂爾精華吾將悚而覽焉

端範第七

夫師儒者士之範也故曰師嚴然後道尊道尊然後民知敬學所謂嚴者非恃自嚴之而人亦嚴之之謂也予觀世之有司類以勢自崇而士或頑敖不恭其命而爲之師者乃且上畏有司下畏士日惕惕焉惟恐遭之而不能安于其位也是可嘆也辟之父兄之教子弟既已召塾傅傅之矣顧乃不恭其傅子弟又從而侮之而傅且求以自容于父兄子弟惟恐棄之也則子弟之不淑何怪哉予求其故則非父兄子弟之過而師之過也今夫非其義也非其道也一介不以取諸人師嘗誦之以教士矣而忽其自爲下

有闕文

乃夫諸君皆文學高第誦說先王翱翔禮樂之區出入仁義之途爲日久矣安至如若所爲者而予不得不舉而言之亦即耳目所覩記者而懼諸君之萬一也假令萬一有之亦何面目以立二三子之上亦何怪乎有司之輕之而二三子之侮之也諸君慎之哉誠能以禮自持以義自固敦學而勤誨嚴規而貞度若是則有司悚然恭之二三子有不懔懔受命止侮之者吾得以法繩之矣吁師難哉

誡俗第八

夫禮者所以維俗也而俗之所趨一往而不可復則反至于廢禮嗟夫禮不能維俗而反爲俗所廢可畏哉可畏哉其他不論論其大者今夫冠而字之聖人教天下以成人之道也今髫而字者輒字矣頃之號矣未及勝衣而已巍然大

人長者之稱矣及其冠也父既無以命子甚至竊仕者之冠冠之何謂乎昏禮者聖人教人以人道之始也今也不擇德不論才富則昏之貴而富者亟昏之鬻田娉婦殫家遣女佩環盈路繒綵滿車不然者夫厭其妻而舅姑輒怒罵其婦昏姻論財古之君子夷之而今乃甘心焉喪禮者聖人教人以厚終之孝也今也苫塊未視奔筵勞賓飲食相藉破涕爲咲召僧共佛吹竽伐鼓衰絰而居展采姻娉富有貲者泥堪輿之

說而暴露其親以求利後人貧者至以其親骸而付之水火滅之是仁人孝子之所驚悼而不忍言者也而今之人何心哉祭禮者聖人教人以追遠之孝也今也大厦廣室高臺曲池少者千金多者萬金而爲之先者乃不得只尺之地而受享焉貴人之臨供帳治具烹羊庖羔羞酹雲縟而爲之先者則尋常羹豆之設而無所加意焉且歲時墓祭又多男女之戲而耳目之觀也何視其先不若其身與客哉文中子曰冠禮

廢天下無成人矣昏禮廢天下無家道矣喪禮廢天下遺其親矣祭禮廢天下忘其祖矣蓋傷乎蓋傷乎世俗者而爲之非也諸生者而亦復爲之非之非者也且諸生之所最尊隆效法者非朱子哉其所輯家禮固天下信之而萬世傳之者也諸生內以諭其父兄外以諭其鄉之長老子弟而稍稍習其說行之雍雍磷磷斐斐翼翼而遠近觀則焉則古禮雖不可盡復其禁俗之不至于廢禮也有餘矣是在二三子哉是在

二三子哉

宗子相集

十九至廿二

書

宗子相先生集卷之十九

廣陵宗　臣子相著
晉陵劉之麟臣虎校

書

報阮督學

鼎在長安，幸從明公游，意蒸蒸厚也。病免歸，則又覩我邸舍中，既發且得共長公朝夕，甚幸甚幸。震旄馳越，而山中人不得遂訊以書，時見越士，以邑中子弟召授經來，則往往述明公視學事，以爲明公兩浙近世希覯也。僕誠私心快之。會嚴博以職事赴越，當首謁明公，遂托一書，謝昔悰，兼布鄙臆于下執事。唯明公財察。夫島夷入寇吳越，殺戮焚掠數百里爲墟，今古至變。謀臣策士，徵兵集餉，非不風馳雲湧至盛也，相持四載，曾不得志于一戰，乃反損軍折將，重爲島夷觀笑，何故哉？僕則以爲不土兵而客兵之禍也。往歲吳越守臣初上夷變，　主上覽書大怒，下策廷臣，持議者以爲夷入如風雨飄忽，吳越人蠕弱不能持戈不足恃唯調他方勁兵往剿可期而擒遂使侍御史曹郎出選山東兵八千往援司馬司馬渡江逆兵廣陵二千石以下朝夕供帳具散牛酒金帛勞士僅三日縻二萬矣夫揚一郡耳自齊抵越涉三千里凡經幾大郡則所縻何計哉既抵越一接戰輒隳夷計中枕藉如山餘者望颷潰走當是時僕在海上見潰卒幾千人往往從海上意氣而北不懼也是安取客兵哉夫島夷與中原之寇異往歲師寇

起河南大軍一出輒剿已剿即勒部散去此宜于客兵者也迺島夷者如魚鳥之在江湖林木出沒聚散一瞬千狀其勢難以盡勦惟來則禦之去則守之是爲至計即使客兵盡勁可恃亦豈能常使之操戈萬里之外爲我禦夷哉護戎將軍勒千萬人日夜走萬里山谷間抵越其所縻不知其幾矣而吳越連歲苦餉既已竭江南租稅不足給之且因疇罷耕者什五有司急餉苛征徒爲夷益罷亡益也昔項羽勒吳中子弟

八千渡江長驅天下彼豈非閭閻編氓而與今吳異稟哉士亡論强弱唯其練敵亡論衆寡唯其氣爲今計者唯練士倡氣之策總戎責之監司監司責之二千石二千石責之邑史鍛戈矛嚴行伍信賞罰行之而士不勁者一世無之誠得海郡士盡勁亡論今變可弭即他時夷來亦何恐也且又亡大費越中人往往言夷畏寧紹不敢闖疆蓋寧紹人各各家海上不鬪則失其居夷來輒併力持力格夷夷輒敗去夫嘉湖寧

紹相去不數百里豈强弱頓殊哉邇者　主上念師久無功詔捕總戎司馬罷諸大中丞以下數人諸臣受大托而徒擁烏合之衆以冀虎功僕固內知有今也此中傳言各道兵日益解散走護戎者懼不敢問彼其暴露草莽久矣且腹空無糈又安能留之故僕以爲罷各道兵而日夜練吳越者甚便今楊公新拜命且明公雖總文事慷慨戎機當得朝夕見胡不以此陳說楊公之前而贊翊之僕蓄此衷長遠矣睹千近事

[illegible]不敢以聞揚公而爲明公一陳者知明公者楊公之所取信故假明公以信鄙言也亦唯明公有以教之

報張範中

鄙人結髮學語時則家君具言江上張先生者博學工古文詞即已時時嚮往後間從諸集中得讀足下一二大篇則固翩翩漢魏唐宋以後希覯此語矣抱痾湖海妄有志于作述之途以爲揚在昔稱雄天下而文采未著私心病之劉

子來拜翰言且得讀重鄉諸序則喟然太息深媿足下博識公心又幸諸君子得以托其文于不朽他日海內談文獻者以揚爲稱誰之功也書中奬借欵篤俱愧鄙人之心至爲文義公輯文托梓則又桑梓百世華艷豈鄙人可致私謝于足下者文義公勲名久著藝采特湮儻有所傳家梓詩亦日就損壞難讀至其自序中所稱又百篇者即祈一字片語不可是闕蓋其中祚微不能護守筐笥至皇綸箋札[illegible]

家兄遺章散帙何望哉及書來乃云得文至百大喜輒以告鄉之父老又大喜靡不感嘆足下用心勤厚使文義有知即可以報足下也文義之文托足下足垂久遠何事鄙人之言顧既有重命且幸生文義公後則亦不敢不勉綴一言以報然非盡得文義文詳讀之則亦不能妄爲之綴以遺懟于下執事敢于記室祈其副録已畢讀廼封還不竟留也文義公後有楊司徒公胡督學公楊以才胡以節俱籍籍負重名邇山

居寡務採掇邑乘求之二公之家各出其詩文百首略爲收整繁蕪紨取精要稍井井矣意欲足下各惠一言寵之重鄉末帙則豈惟往者佩恩哉二公屐歷畧具維揚新志中足下有憐才至意當不厭斯談矣南北相距不數百里廼不得乘月問舟與足下共坐江磯之石析言叩隱廓我塵蒙言之抱勞而已劉子有江干之役敬附一言爲文義謝情兼致私悰于左右亦惟左右賜教爲佳刻之惠併用增感

又

日劉生去草卒勒一書二詩是日有客携卮見過抵暮劉生秉燭侍書書既已不工而客復停卮促起遂漫爾放筆不復檢省輒命投函詞翰惡鄙誠所甘心若復謬訛愈不可矣劉生已發乃大追恨及生回則已辱足下賜荅啓函持翰太息彌襟冀志華縟種種盛念至得文義手稿二帙尤動百年俯仰之感讀書中語周環不能釋去詞高旨遠渺浩難闚重鄉鄰序植義秉公

彪彰隱采甄序百世藻品羣言眞鄉國之奇觀而藝圃之上選也文義一序尤爲詳典公去今百年矣世事日新前修愈泯茲春中丞鄭公下檄郡邑爲文義整立廪嗣作傳登石又得足下輯文侯梓闡發幽華俾文義生平壓心束慮沉鬱百年者一旦昭彰時人耳目此其爲益視鄭更鉅矣僕于今世最稱鄙顧乃妄心詞藝以托于君子之林若臨清謝山人榛濟南李郎中攀龍湖州徐比部中行南海梁比部有譽吳人王比部世貞楚人吳舍人國倫數子者皆海內一時之極雋也僕亦得以奉陪末論共勵斯盟淺積弱培卒乏奇思近復僻居湖海朋友星疎芝术在謀斯理錮慮向來一二小譔亦漁樵松月之間偶寄逸抱耳苦不自知乃以請于足下足下不責其愚顧漫爲好語至重其詞顧當之者何其心慙貌悚也楊胡二公辱一言便可長聞于世其集稍有銓次卽馳以請茲不能申敬于左右臨發當别緘遂不繁詞

又

客冬維楫湖干則劉生芒然奉書還報兼之佳梓三種辱之時迫霜雪日夜走遂未有以復茲宜復書中所采當時諸大貴人語意旨甚厚嗟乎僕何人哉足下乃以爲可語則亦不敢鑰口借布區區夫聖人未嘗顓精文章之學而六經炳蔚萬世共嗟左馬曹劉李杜者流相繼飈起卽難較聖文後之言文者亟稱道之也千載榛蕪李何再闢俾海內學士大夫重覩古昔譬則

鳳麟在郊羣心快之且鳳麟之爲天下瑞也求其耕疇而駕遠也則謝牛馬而世卒不屈鳳麟于其下者以其文也以其文非以其用也而世之論文者乃責其亡用于世則何以責鳳麟乎謂鳳麟之文而亡可也謂鳳麟之文而亡用而不及牛馬也卽婦人孺子而笑之文遝者鳳麟之迹也而鄙之以爲不足讀是謂鳳麟之不能耕駕而鄙之者也非忌則愚李何之則古以綴文是李何之所以爲天下重也而乃誚其奔

走奴僕之不暇然則述黃虞姬孔而談仁義道德者亦將爲奔走奴僕乎甚哉諸貴人之言之疵也諸貴人亦豈能必是物遂見棄于世乎適足取哂而自黯耳聊取足下所教我者以復足下足下其亟釋然于鄙人之言毋爲諸貴人所惑而且以惑人也有便再枉報音

報袁二丈

東去海上咫尺耳况與丈丈經年別也邇不得東月放舸一奉顏色顧辱再遣使來佳篇枉惠把讀淒然離緒交情轉加懃篤海內相知愛號逾丈哉更讀諸律詞調精工妙非言及卽使拾遺手綴何加焉所諭東土菑癘備見仁人君子所爲心者月偕州貳移檝湖東蓬蒿蔽空舍無遺穗父老環舟呼泣舟中者無不人人隕涕罷酒也州貳移書于府府亦有報言及僕力所能及豈敢有愛也使旋附謝近卜墅頗佳十月旣望翹佇仙槎摘蔬治酏細譚款昵耳

又

東髮侍遊誨愛所被歲月共遠歸漁湖上寒夜停橈三錫名章薜蘿生色只尺一水竟阻展覲別時奉華牘珍品牙局燦然盈笥每召賓陳樂未嘗不嘆雅愛之殷流也首春抵燕便與簿書作伍滄江白石秪有永嘆長者龍卧累朞蒼生徯望雲蒸雷動匼宇駭看雖欲長爲東海主人可得乎南中疏報新夷日來且不能忘情吾天下事大　豈桑梓廛念而已長者目怵計以爲如

報顧國子

凌江來拜手書　雒釆發書讀知足下之慮晏君深也慮晏君即慮鄙人又聞有重貺于晏君又郎重貺于鄙人也鄙人所感于足下豈下晏君晏君固辭遣使者三以身者再士之義也顧未可驟邦以逆于下執事鄙人謂晏君彊留晏君始强留以待報命于他日少江子爲鄙人言足下近讀遷史此得指嚮矣鄙人嘗有言外史記言文外盛唐言詩郎言學者外孔孟何適哉

鄙事何敢辱貺附謝言于少江子更圖顓使致意焉

又

山中雖不得數見一命篤再投牘情深矣往歲閩島冦冦通知足下坐熢燧千戟間亟欲馳一介往候因循北轅遂至負負怪訝者數也陳公入賀則爲致足下所賜書于庭輒啓函讀知尚若家難大多忿鬱不得意之詞豈天道人情率憒憒哉何以故何以故再握新什章讀之率多涉目者新詞一二更大佳此便可垂世範物省錄云者謙矣陳公歸輒口授數語往報致其區區秋氣漸高行矣自愛

報唐丈二首

鄉者一奉顏色頓隔兩秋歲序不停軫念彌篤春間鬪公恙兼夷警俱宜馳一介束訊會鄉園多役心跡並煩申楮輒錮命人屢罷彌年抱歉竟坐虛無幸長者猶能俯諒其心不然者僕何辭焉使來錫命愈益驚悚儀厚情豐無所仰籍

教言欵篤申之以規僕雖不肖敢忘長者之愛哉佩以周旋感戢無已茲行例不敢辱貺然以長者百里遠愛又難以他貺並也謹拜海品之惠餘者輒因使返并附一言以謝相違益遠臨楮增情

又

負痾還里未得東從長者游長者則顧儼然辱訊行時又百里命使而遺之贐品稍滿筐篚此其情不旣殷殷篤厚哉乃僕何以報焉睹南中

逃疏知島寇益肆環大江　此而棲之則東海不能無恐長者桑梓之念　復如何伻歸寸楮代謝節候方逸知起居亡恙更祈加愛以慰流想臨風不勝悵悒

報姜使君

侍燕彌日豁我神情輒飄然有凌雲氣視世之束縛梏晃顛頽其形者星淵矣重使夜臨奉教增悚我公期我于風塵之外復講人世縟文何故哉贐謝拜命以稱君意若塗役則群公有貺命矣復受茲直將安置之乎輒因使者反報其感受與受約也

又

公之德在鄞鄞之奠居貼食者俱公賜也公且不忍費其盂蔬斗醪僕鄉之鄙人也自縮章服從士大夫游曾未絲髮以報父老子弟乃儼然而受其數金何安也則遂反報命于下執事以不敢重已之過以毋負我公不忍以盂蔬斗醪累民之心不意我公過于用情切申前命奉諭

遂逃愧汗沾衣終受則負鄙志終辭則大負公賜而思之與其負公寧負鄙志于是東鄉再拜而受之尚思終遂鄙志則公必有以許我矣

又

往歲幸奉于旆足下觴我西湖之上一日論心使足千古使僕耳目駭歎如登崑崙閬風從羣仙游也含嘆而北未幾即聞拂衣僕往從無繇日增太息每與縉紳先生談人倫之高致必首足下至于吾黨猶數數焉自王道陵夷士風日隳世之學士大夫命視簪組仇讎泉石一聞足下之風不笑其迂輒議其狂然未嘗不瞿然驚赧然愧也則足下所爲拂衣高蹈雖若超然于天下之蒼生其足以愧夫沉溺于富貴而不知返者功偉矣功偉矣昔潛恥折腰五斗賦歸去來詞萬古嗟誦焉即足下所爲文辭詩歌何莫非歸去詞也則潛以來足下一人而已嘗欲爲足下賦繼潛之篇第以身游塵中乃作塵外語是以展筆心愧搓輸屢投又以佳稿三帙金石

居滄恐托非其人有所遺悞日月云邁遂至于今顧所耿耿于足下者未嘗一日去念也貴鄉人來輒問起居咸云足下謝客高卧經歲閉門僕則以爲足下將上釆千古旁綜百家玄草時抽丹書日握俯仰宇宙何所不得哉鄙人勲頁足下不能先時掛冠今逐爲閒吏矣鄙人不難長往獨念大江以南名山大川賢人隱士神仙靈異皆生平神游未覩者亦欲假此以酬宿抱行當泛西湖登會稽窺禹穴入天台雁蕩以及

武夷順江而下則先訪足下之廬因與足下尋匡廬之白鹿撫洞庭之蒼梧南泛瀟湘西窺巫峽然後傍帝子之高閣訪彭澤之故墟結廬而隱以畢愚志胡不可也足下其有以許我乎今當發舟而南因緘數語托萬考功轉訊情長詞簡不盡區區願言自愛以慰饑渴臨楮無任悵結

報何侍御

世道日趨士節愈墮縉紳先生高冠華舃乘良馴肥擁容雲霄坐期鼎鼐其視國家利害大計若罔聞知不當其事者委之分有所拘即當其事者又委之勢有所制惟取夫不切利害之端亡關身家之策者稍稍補綴便巳赫然稱才雄視流輩矣足下獨爲國家思千萬年長遠之圖即又毅以身任此豈與前者同軫並驂哉鄉讀大疏令我飛揚孤揖北來會憲旄西驁雄心鬱抱披拂亡遺登高作賦索楮揮毫閣中凫神至今颯然動色誠百年嘉勝矣晨別東行夜抵夏

津形神困頓僕馭顛頓行路之難令人興嗟高卧兩晨方得束帶正擬命筆譔理鄙語以侍將命將命乃今晨叩門至矣起奉華牘展閱數過深用慰喜次于面侍也使去附致耿耿兼謝宿擾

又

野刹辱駕再挹清揚高閣停卮長空飛翰珠乖玉燦霞爛雲流眞可並峙江山永標日月而僕以疏狂羈旅儕陪盛游深愧雕蟲尤欣附驥更

辱深傾意氣大擴鄙矇海內相知鮮見匹儔矣握別山門念車馬有勞色恨不得以身當之邑吏西歸傳命相訊悵然用慰又辱重使馳翰遠問寂寞咨函涉句厚念累紙握以周旋益增悚結僕別後卽取讀黃帝岐伯諸書命老醫選方眷頭煉朮今幸次第成劑矣昨從山僧至藏經殿盡發其所藏佛經讀之篇目浩蕩意義深邈耳目外駭心志內灼忽悟浮生如寄眞空可依形骸爲紲聲利爲桎何時拂衣長往竄此禪關

來諭謂讀壇經有悟兩心如契誠有味乎其言也數日顒理芝石遂罷吟咏無以復命有愧高旨別諭感情受教兩不敢忘使旋謹申鄙款以致謝于下執事至于賓筵再叨重以殺醸則來諭所謂感在言外者也僕已卜望日戒輛北鄉深謝慰留泰岱在南遙切瞻企

又

谷奎誨眷銘在心腑不以詞謝歲暮登輿獻春覲闕回瞻海岱故人在望每用依依翹竚疏報

久之乃聞停役之說令人喟然長嘆功雖未就足下所爲宗社長遠之謀固已白于天下矣馬上遇舊使呼而訊之口授數語代逆願言遄發慰我饑渴

報陳駕部

客冬理楫上奎曾授數語于慈人陳生代訊得亡浮沉不塵玢一接江湖驟遠每憶故人捫離停厄之與輒悵然動色使來錫教則用歡喜四千里授粲直當珠覩豈比恒兒也山中成習一

馳馬挾刺便自生悔公比藥館于壺嶠僕心甚矣進使者問起居亡恙束帶俯仰自是人世恒跡不足爲公苦顧公之才詘非體也使回緘謝冗極草草

報徐丈

還廬累歲數承顏色高樓賜讌欸洽中宵別時復以酒食相召長者之愛僕何懃也鼓枻長淮便隔千里言念高誼渺若河山一行作吏百苦相攻遙憶青門行吟軫慨鄉公語我以年少功

□不可坐擲用是惛然乃今轉覺巖棲獨勝耳伻歸寸楮代謝春氣將落赫暑秉之强飧自愛遂人增慰

報陳丈

故園參侍寵顧隆渥攜卮問渡灑酒握別懷德北轅關川共遠贈言在篋每一念至啓而讀之至蘆荻秋陰之句鄉心離思飛越萬里矣伻歸天書晨謝楚雲在望抱情如何春氣殷流耑矣自愛

簡沈丈

還里得奉長者几杖每承大論輒灑然警心寅筵再叨重之佳編芳醑耳目口腹俱被愛矣孤棹渡淮霜雪間阻新春方得抵燕邊閭起居違和尋知即復昔徙甚慰車馬稍閒謹遣价問安兼布謝悰于下執事公年既高且鄉中人靡不人人賴公者强爲加飧

卷之十九終

宗子相先生集卷之二十

廣陵宗　臣子相著

晉陵鄒之麟臣虛校

書

報劉一丈

還里累荷垂從長者朝夕長者愛我不殊束髮授經時也洲上攜尊嘯歌中夜自謂長住薛蘿承奉杖屨不意世網未捐倉皇告別又辱長者餞餞命我贈序長歌琅然金玉當分斯睨于中

洲萬象豈僕敢專承之孤楫渡淮霜雪被道馳驅閒舍薊門報春矣一接世氛眠飧失度羣吏執牘一瞬十麾回首昔游茫然悵結別來忽已春暮鄉園愁色如何一念相懸日夕千里長者何以策之伻歸寸牘代謝塵坌易汩初抱難舒不靳誨言振我朦惑

又

數千里外得長者時賜一書以慰長想即亦甚于矣何至更辱饋遺則不才益將何以報焉書

中情意甚殷即長者之不忘老父知老父之念
長者深也至以上下相孚才德稱位語不才則
不才有深感焉夫才德不稱固自知之矣至于
不孚之病則尤不才爲甚且今世之所謂孚者
何哉日夕策馬候權者之門門者拒不入則甘
言媚詞作婦人狀袖金以私之即門者持刺入
而主者又不即出見立廐中僕馬之間惡氣襲
衣裾即饑寒毒熱不可忍不去也抵暮則前所
受贈金者出報客曰相公倦謝客矣客請明日
來即明日又不敢不來夜披衣坐聞雞鳴即起
盥櫛走馬抵門門者怒曰爲誰則曰昨日之客
來則又怒曰何客之勤也豈有相公此時出見
客乎客心恥之强忍而與言曰亡奈何矣姑容
我入門者又得所贈金則起而入之又立向所
立廐中幸主者出南面召見則驚走匍匐階下
主者曰進則再拜故遲不起起則上所上壽金
主者故不受則固請主者故固不受則又固請
然後命吏内之則又再拜又故遲不起起則五

六揖始出出揖門者曰官人幸顧我他日來幸
亡阻我也門者答揖大喜奔出馬上遇所交識
即揚鞭語曰適自相公家來相公厚我厚我且
虛言狀即所交識亦心畏相公厚之矣相公又
稍稍語人曰某也賢某也賢聞者亦心計交贊
之此世所謂上下相孚也長者謂僕能之乎前
所謂權門者自歲時伏臘一刺之外即經年不
往也間道經其門則亦掩耳閉目躍馬疾走過
之若有所追逐者斯則僕之褊哉以此常不見
悅于長吏僕則愈益不顧也每大言曰人生有
命吾惟守分爾矣長者聞此得無厭其爲迂乎

鄉園多故不能不動客子之愁至于長者之抱
才而困則又令我愴然有感天之與先生者甚
厚亡論長者不欲輕棄之即天意亦不欲長者
之輕棄之也幸寧心哉

報沈二丈

僕之歸樵湖上至寐寐也乃公儼然綸巾薜裳
而日臨之月下分題雲霞共賦花前作鱠魚鳥

[illegible]三千片語相睽千載同奮寸心披豁彼此得暇矣別時辱公自箋而萃之羣采且又以牋遺我幅幅而情卽幅幅而感也排律一章惜別二章每一歌之便生黯慘攬芳草以增愁把桂枝而嘆息公之念我與我之念公何殊哉洲上草堂得子培當不令穢箒白鷗怨侶青蘿失色寒江聽雨徒勤夢思一抵薊門便與案牘作役稍得王吳二子一破之春中聞公渡姑孰訪陳使君使君奇與近復如何澄江憶謝采石懷李

飛翰雄篇當令今古並峙矣車馬已定雅思稍整十記諸牋符當致之間讀鄉中集令人內愧選梓恐未易談鄴集已得不公春來佳句可使遠人得聞乎

又

春暮遣奴持尺疏歸謝[illegible]至贈我公既以書來開函讀涉句便[illegible]乎牋又懽然慰喜也公之讀我書想同之[illegible]五月子培報家園大有麥秋則北疇定得豐[illegible]六月皆家大人

報[illegible]夏潦公之歲計竟復何如又念我百花洲上蕩然鷗鷺遊也遠心萬折矣此下有缺文鄙人素厭世氛且頻歲煙霞野性益篤一行作吏萬苦攻人每晨出驅馬經荒園草棘中蟋蟀振響白露拂袖則怳然憶我洲前秋色黯然內銷不知爲心也公將何以謀之我公高卧紫雲當自不廢吟弄奇篇儁語可使遠人得一握翫乎近與王吳二子徵逐稍有數語第付草胥侍已亂錯簏笥中行當手理之寄請也訓術君歸附此

布其區區時坐省中治牘從群胥旁欹斜書之公閒居又時時有間人來當頻治一書報我諸牋十記歲暮爲期也

又

去冬再奉手書時以吏役日夜急不得具一言往報心則甚矣春事方新楚天日遠湖上主人生事如何孤艇白蘋明月荷里懷人寄遠鄙人得分一二乎鄙人自秋九月以至春正月省棲[illegible]耳目心志俱兀兀牒牘中及歸邸休沐則上

訪諸君接而昔之束帶執刺付紛紛道上時念宿來則孟氏所謂既已忘之矣諸錢十記歲暮爲期者何以酬斯語乎每一念至輒用太息我公高樓湖上執筆臨池稚子候門落花滿砌則爰啻嶠哉公得之毋輕棄之也海文歸布此代訊其時事肖詳之

報袁子敬

歸樵淡歲再屢在握羈倦昔好行時百里亢叁衎騎別我金石有銷此情難滅海殺雲霞翮夕

雷之啓口躡足恍然動念一別已涉冬春薊門塵事如舊回辟舊疆關川遂邈時憶同心但有長慨足下擁璨中洄雲霞外溢江上秋風桂枝盈把英雄飈起萬里長驪僕將介華劃樂而快爲幸甚幸甚痊歸十稽代謝既已須心目且病口授草草握手有期南雲頻注便翮如雨惠我

德音

報袁四子隆

負際江干故人屢再訊之別牌使珍邱兼以

華縉紳推食義切解衣感銘在心閱有指揮足下種種綸與述淵停霞爛耀華翰來訊可長奮扶搖竊伏平生以效鼓舞僕一抵薊門塵埃盈抱青山雇葉徒切夢想故人何以教之

報袁文學

安冬全得尊公新命遂具刺托鄭李往報訃不至遺也行時孱旅懷豐且賁心則內之抱佩無已足下殊采峻拔華巢翔霄廓萬里秋風可待世德重炳熙耀江海矣尊公當人視事新署家

報南去幸爲寄此翹瞻依歸十稍誠情長詞簡臨風增結

報唐子習

往者臥病臚觴故人進厥來訊披草驛盤教俯仰企念理握問道載屢錫言可即殊采遠情希冗溢僕將口授心戴歲月同積矣一別舊廬冬春改序霞石且劬撫風候難洗言念同心門焉傷念足下手握璬玖采注華流行爲天下大觀而詒印稱快語籍縉繁向志有部也作歸章申

誶長安日近北翔有期佇承德音以慰饑渴

報徐二丈

山中數辱問舟一酌一咏江山共遠非鄙心所願蓄也實筵再侍錫以華章每誦明月百花之句遙情飛越登軺壯鄉便涉冬春一行作吏舊抱頓遠我公凝眞掇采山峙淵停出而躍馬垂纓自不塵緇其素莽莽如僕者去住俱荒矣歲序陰流前途甚迫懸心風義切于饑渴尺牘布謝詞不宜展楚天長望不任翹挹

報趙子隆

鄉者卧病山居屈我故人頻問弄卮落日握手春雲至于兩侍華筵重頒盛品愛被于身江湖共深矣夜別遂不得再奉顏色北涉累月始得問舍一作塵容便覗丘壑星霜逼足下春來綜緝日燦雲流蒸鬱飛揚當令海內快目向來未得披拂今更悔之看花之期徑違咫尺燕樓一猶俟整舊歡耳片楮申謝[illegible]不及縷縷

報解應堅

歸樵再春足下厚我重歷尊俎之情枉誨雄文深談中夜十年舊愛加慰轉篤矣孤棹渡淮關川頻隔歲序不停忽焉春暮懷人望遠令悵如何足下淵識俊才流雲耀日秋風只尺翔奮有期慰藉慰藉

報解應儒

林樓寂寞辱故人時一放艇爲我破之長嘯雄談颯然丘壑兩飽擾庖人情文楚楚此其感愛豈顯卮豆哉握別而北一瞬經春江山悠淵遙

然流想春來雄譔鏘金鏗玉布華舒采一燿萬里矣寸楮致謝詞短緒長北翔有期不任延結

報陸子和

鄙人初過里也足下海棲既歸始得時時奉顏色洲前蘿薜頻辱停舟道袴長吟弄花曼嘯擁衾中夜倚醉雄談斟酌千載探林萬象矣世網相牽忽焉展別故人不忍別我命我草堂出醑設而飲食之意黯然相照也復遺石祭從品長至朔臘皆需之矣客舟寒月時從筒中出所齎

佳篇讀之一讀一嘆才峰峻整霞布雲流所謂
左馬李杜俱鄙人蓄之意而難于詞者得足下
數語今可投筆矣春抵薊門便爲世事所追據
案治牘長辭素懷思托寸楮展書輒廢揚陳君
至則拜遠書于庭大憙開函啓讀恍若參侍復
繫之儀悚矣足下殊采絕調卓立羣倫會時龍
變嘗以文章主盟區宇青紫浮榮僅高人之緒
非鄙人内所相急也鄙人卽日坐塵埃中寄心
猶遠時與吳王二子握坐深語共策不刊外是

者迹與之游心去之矣奇人偉夫宇宙寥寥言
念同心渺然東海去住不愜關山增愁伻歸口
牧代謝詞簡緒多江國春深强飯自愛

又

暮春題尺疏遣奴歸謝亡何子培書來則報太
夫人没江南足下巳匍匐往江南治喪歸也是
日爲足下頫足起仰天長歔潸然泣數行下夫
足下負才久詘時人翕舊以快一戰而又以太
夫人之故奪之且太夫人三十年勤苦以成子
才中道棄去又令尊君日坐邸舍中咄咄悲也
僕誠私心痛之僕又聞之古聖人慮賢者過情
嚴防之曰毀不滅性足下束髮讀禮豈亡覩于
此言且足下一身亡論繫關至重卽太夫人所
不瞑于地下者猶日夜急也足下其善自愛足
下儼然衰絰而廬悲懐之燕時召二三子與之
采掇千古經緯群藻勒一家之言藏之名山傳
之同好則所報太夫人者罔遠也古稱斷機截
髮者豈必以簪紱期子哉況簪紱又足下有也

沈訓術歸借布一言以效區區緒長詞簡臨風
悵結

又

歲之十月足下惠然幸以書來啓函讀上以悲
太夫人之不幸以悼尊君中自悲其窮而後屏
一言以及不肖此其爲言累千矣言言而讀言
言而淚也懼駭侍子輒命收之是時方陪諸曹
郎計吏省中日夜急不得爲一書南報足下會
顧二丈至問足下則云迫巳家城之中閩而朝

夕者，仍北郊別業，別業事事幽矣，則鄙人所謂
綜緝千古者，其存斯乎！其在斯乎！鄙人負笨蘿
之性，羈遊塵中，時時怨之，近復同志寥落，世變
駭觀，倘得長往漁樵，以與足下游，幸矣，幸矣！叔
氏南敬以一言問足下，其足下錫言于家大人
者，別楮申謝矣。

報陸長庚

溪上結廬，幽樓咫尺，頻辱進艇叩我石門，對落
花之繽紛，坐明月以嘆息，玄言獨契，華藻時抽，

取足寸心，便擬千古，秋夜深談，河山頓隔，一水
盈盈，竟阻握手，是造物忌之矣。既渡淮，稍得謝
客，乃索篋中佳序，竦意而讀焉，一讀十起，頓足
長嘆，自束髮內交，茫茫日遠，足下以數語紀掇
往跡，恍然昔驩，意氣不殊，容髩漸改，因之傷念
及讀洲上語，則又洒然快心，足慰離索矣。一抵
燕，便作案牘中人，羣吏環趨，外對魍魎，百苦攻
人，肌骨欲竄，此狀不能縷報，恐百花樵客聞而
咲之。足下龍門蒼江，雲深霧遠，丹經在握，白日

難欺，間以其餘，綜緝昔來，俾左馬曹杜相顧失
色，吾人之上計也。頃者春水漸深，魚蝦可網，足
下箕踞獨嚼，散髮長吟，亦有一念以及遠人乎？
奈何其亡妬也！仟歸寸楮申謝，時散客燒燭，目
且病，命吏書之。

又

暮春一爲緘報，便又深秋，望足下片楮，心目斷
絕，豈忘之，或遂棄之也。家大人書報六月大雨，
至使鷺鷗棲我芙蕖館中，則足下南墅當不能

拒波浪，淩几矣。細君諸郎君豈安水居，即水中
拾一二穗，積歲計何恃大，爲足下稱苦，足下既
苦窮，乃禹君又竟長逝，又何也？往歲僕走別禹
君，則禹君尚挾刺訪客，僕意既能挾刺訪客，又
安有病，即病亡慮也，不謂遂已。夏中方對客飧，
鼎之，輒棄飧泣數行下，此君負奇使氣，尸期期
又好文，致其詞，此俱可書，足下宜書，書成報我，
當不使此君遂泯也。其孤發抱影，何恃爲命，足
下及伯章諸君負高義，當後已而先之，檢笥中，

得糈直二金，以道逺不能買隻鷄斗酒而哭之，足下其爲我遺諸其孤。時夜直省中，秉燭書此，朋好星疎，存歿關念，投筆長歎，不能爲心，想足下同之耳。

報李伯章

返耕湖上，得時時從足下游，明月携卮，寒花梢珮，酒酣作賦，四壁琳瑯，風雨笑談，中夜攘臂，薛蘿搖颯，鷗鷺驚呼，此人生之極驩也。幽思方殷，離歌忽起，足下念我，召二三同志爲別草堂，太

宗子相集　卷二十　十四　天肇閣藏板

夫人手調羹而食之，贈言二章，慷慨愴愴，如河梁語，即千載一情也。孟城枉別，乃百里特駕，此情眞與江流北逺，鄙人將涓滴而藏之。雨雪渡淮，離情慘黯，長路驅馳，獻春始得問舍，耀馬投刺，束帶理牘，外煩中快，孤坐含嗟。洲上百花繽紛，春色胡爲乎來哉？鴻雁未歸，尺書難緘，乃辱飛翰雲墜，握之嘆息。足下偉才淵識，湛于英華，高步藝林，以快天下耳目，秋風得意，何俟蓍决乎？鄙人將抗首翹足以待。

又

與足下別湖上而來，日月長逺矣，廼僅得一書問足下，即足下亦僅以一書來。旣以討變之役，[illegible]驅手足耳目以從之，即足下巖棲者，亦或參差羽翼之便，即兩有念，其誰達焉？每一軫情，輒用太息。秋間日竚佳音，復爾報屈，何哉？天意乎？抱璞而泣，昔者甚之，以覩于近事，亡怪其然已。第其璞者終售，且受上賞，則足下又何慮焉？太夫人起居無恙，郎君日駸駸有凌雲氣，足下俯仰爲心，其樂如何？鄙人別老母而北，且與家君

宗子相集　卷二十　十五　天肇閣藏板

六年別也，今又不能使之不萬里遊，又自顧鄙人之身孑矣，則益嘆足下難耳。舍弟罷歸，書來頗憤憤，尚幸得從長者游，是用釋然于鄙衷。足下向與僕言，甚有念于漢魏。夫詩至漢魏上矣，李杜稱聖于選，則靦二代愧焉。旣善選矣，則律止難者，猶探源而可必之委也。別來有述，一一教我。叔氏歸，已附一言以謝足下之錫言于家大人者，更言之以見鄙悰，其示報言慰其杼軸。

報高子明

臥痾江干，頻得故人來訊。雨中連榻，花下飛觴，進艇長波，散髮弄月，紫簫玉笛，颯起中流，白露可飧，天河在袖，此人間至勝，而僕得與故人共之。屢侍賓筵，大擾侍子，臨別夜召，酣洽萬端，至于遠別淮陰，踟蹰中路，江之永矣，不可方思。故人之情，曷有窮已。渡淮而北，忽接飛翰，一慰舟中。稍燕，輒取十二絶，倚篷歌之，翩翩乎若乘浮雲而上征，抱明月以遠遊，擬釆古昔，蓋唐太白

者流也。王子有語，躑躅不敢前，一出萬象驚其語殆足下者。一抵薊門，便折腰從吏，然時從王吳二生尋深松茂林而樂之，恍對百花春色，四顧同心，渺焉千里，輒自傷念足下時過洲前，懷人望遠，爲情如何？幸爲我寄謝薛蘿，當不久相負也。足下抱朱鳳之文，懷白雪之才，自當高翔寥宇，以快天下。浦上烟霞，不得久弄矣。仟歸口授，代謝故國春深，江山懸隔，梅花有使，莫靳報音。

又

僕之不得從足下，湖上遊，再看春色矣。故人念我，時時治書枉訊，微言款語，骨肉同之。顧游子日坐簿牒中，且歲時有計吏之役，紛紛焉，竟不得具一言往報。所恃自解者，華故人或有以諒我。不然者，僕誠懼焉。足下之詘甚矣，日望其信不信也，豈天之信人易于其小而難于其大哉？則何故？則何故？僕之能悲足之詘而不無抹于詘，是僕之負足下深也。穀氏云：名譽不彰，朋友

之過，則僕之過奚以請而釋之？太夫人起居亡恙，嫂氏新姬，消息如何？其所爲慮，我二人同之矣。鄙人在野成習，一涉世氛，日增悠悔，覩于近裏，則愈嘆薛蘿之難焉。足下高臥江湖，勿以用世之念生，而失之徙令他日生悔，如僕也。叔氏歸，敬此奉候起居。春芬方邑，願言自愛，以慰耿耿。

報徐養浩

睠別俯仰，芳草搖緑，春華如此，客思何堪，憶昨

歸樵幸從足下朝夕花前解佩湖上停橈弄月放歌採蓮高醉晴雲微鳥漁笛滄浪華句一垂江山共峙高樓雨召卮豆如雲瑤琴獨遺山水在聽釣之足下之情稠渥矣循巳雖堪寸心如結足下高才精思卓絕群品朝華夕秀紛紛几席悵道遠不能披拂之江上桂枝秋風獨把遥藉餘馨以蘇病肺伻歸寸楮代謝束帶草草不既所含北羽如林莫惜一言報我

報許性之

零霜握別倏巳殘春歲序殷流離心超忽憶昨滄洲聚首風雨停卮謔語雄談千古一快紅塵忽接青山頓遠言念昔遊茫然興嘆祖筵一酌情共盃深載錫之言金聲瀟楮孤舟遠情彼此同之矣春波正深芙蕖漸綠足下鄉所擬賦可得遽聞乎延結延結

卷之二十終

宗子相先生集卷之二十一

廣陵宗　臣子相著

晋陵鄒之麟臣虎校

書

報顧純一 六首

歸且累暮未得秉月蕩橈訪足下武陵溪上恐桃花流水相疑笑之乃足下不棄其鄙時來問渡蘭鮮酌酺停卮待月酒酣耳熱箕踞放歌至於白雲彈暮青燈對榻款談深語寸心相照矣

別時扇屨之惠手足知情戚上華篇雲流霞爍時一披拂差解相思一別俯仰倏焉春暮亢缺裁報忽接遠書把讀千周私增嘆息雄文一帙尤見不棄至意卒其三章驚釆絕艷悚人耳目才既疏邑理復精純整家兩林恐望飈而遁矣扶搖萬里爲足下決之佇承佳音以助鼓舞伻歸尺牘代謝束帶草勸不既所懷

又

卧痾湖海幸足下時辱問之鷄黍之携欵欵侍

于洲前聽雨花下飛觴情致懃深百倍舊日殆事相迫遂令分袂中宵握別黯然千里入春竊燕便覺塵埃盈逆念昔懽茫然軫心足下詞華鏊麗益之精粹鵬搏鳳翔一息家廓僕將爲承光釆以慰翹私僕以麋鹿之性久曠頻羈雅思日鬱太夫人文尚未能一問筆石亦冀足下諒我也价歸寸楮代謝武陵春暮花滿石門長望不見豈勝悵惘

又

日遲南音心目幾絕是月既望齋居省中從諸省郎夜集吏報南音至矣輒命吏啓鑰出徑趍徐學士家取鄉書來衆檢之二檢便見公名則抱書大叫頓首撫掌幾不能持衆詰其狀則具言我公負高才𡸁蹬疚中幾三十年而一朝信之且言公之於我骨肉交也則其心如身當之矣是夜又命吏啓鑰出報李太史孫光祿二公披衣驚喜明日會于朝相與大笑誠快之也誠快之也屬有便羽南歸草布一言以賀其人孤

宗子相集　卷二十一　二　天華閣藏板

驛不能有所將更數日有冊南歸更圖之

又

湖上之爲別者再春矣則豈不欲時奉一言往訊顧以氛累妨之其自秋十月以至春正月晝宵省棲也更難耳秋捷之望人心翕歸竟又報屈深用太息然梓丈開之足下擴之武陵溪上霞纈星燦矣太夫人無恙諸郎君日穎此便足爲樂春疇告急耒耜交作足下携二三子執卷談經時過阡陌而嬉焉則其靜心瑩念眞足綜千古而釆其精華大業所就便當長駕一世豈但章黻小小者耳叔氏歸具言往候北翔有便惠我德音

又

垂髫侍誨誼並金石長安繫馬芳草醉人握手胡床舉白引滿便宛然如從公武陵遊也自公挈纏而南遂使數月惆悵非奉手書尤用懽慰我公負金馬才暫屈之此且得與羣豪共研大業出而眺中嶽俯大河矙伊洛仰北邙寄之雄

宗子相集　卷二十一　三　天華閣藏板

詠沙志偉勝斯司馬之壯遊而古今之極盛也
我公何感焉鄙人縻祿恒抱忤時之慨故人知
我何以爲教梁明府將南鄙人親詣其家備述
我公德業刺刺不休知此公不負斯語矣

又

冬初具寸楮托梁明府報入省還發而梁之車
馬晨馳矣吏復持歸令我悵息浮沉筒篋中竟
無便羽顧所爲抱悵着若靡蕪被春日日長也
我公不棄又以手書辱之而重之以詞啓封涉

句感愧彌抱書中意自勤厚佳篇詞逸情眞絶
之可爲隕涕至于諸篇之雄渾清麗則尤詞壇
之上構也我公高才純德人世鳳麟固群情快
覩鄙人何力焉家君稍遷南曹鄙人尚竊微祿
鉤辱遠念何可爲報第迂俗之狀益多拂衣之
念益切恐武陵春色暫當爲我公作主耳内人
全無消息薄命固宜非我公通家至愛何以特
厪筆舌乎念歲月之不留慨容髩之各變每干
我公未嘗不徘徊長想也

報舒惟弘

中宵握別頓隔江山芳草生春愁心共發兩秋
歸卧數辱故人之私賓席屢叨停盃款洽别筵
再侍把袂踟躕十年束髮之情轉加勤篤矣既
渡淮孤舟稍燕輙取贈言讀之雅思高才統用
太息間從箱麓索得鄙稿再覩故人奬語喟然
長想僕生平雖隱勤心厚擬薄售未嘗不痛知
己之難今乃復有知僕如足下者筆花所及舊
思頓驚即僕之自知何加焉第借譽太隆見采

特過又復含慙矣足下高才絶識卓立羣流向
來雄謨未得披拂心每恨之只尺扶搖守内驚
覩文采流播僕得竊觀而評焉當不讓足下之
知僕也俟歸寸楮代謝江山無極悵矣神馳别
時重談行當緘報

報屠舜隆

歸釣舊磯欣陪昔侶孤艇頻繫鳫魚滿筐情懃
矣情懃矣中宵握别相看黯然一渡長淮便隔
千里燕中車馬倍昔苦求如洲上把盃笑語

長嘯難也足下種績日富譔述愈精散爍垂華
以光一世僅其緒耳伻歸寸楮代謝對牘草勒
詞短緒長江湖浩渺遙思如結

報楊國子子確

湖上伊渺屢枉携尊問渡臨流一酌清寄松蘿
別時召我中堂賜之飲食重卮累豆款愛雲稠
矣霜雪登舟賓旅稍謝輒從箱笥奉令先公集
焚香讀之考詞就班據文審奪殆才鎔唐漢采
割蘇曾句嘆字嗟茫然心折他時托梓僕或得
以自叙其今日求見之衷而綴語末簡附驥千
里矣若選校之責僕何知焉行命意事小吏書
其副帙即以原還報不敢留珍也伻歸寸楮代
謝江湖天遠把袂何時

報盧子明

歸臥湖南辱足下携尊夜訊酒酣作賦白雪滿
天聽鴻雁之杳茫把梅花而歎息奇篇佳藻江
山共留贈別一章鏘乎金石比采而論重逾茝
鎰矣伻歸寸楮代謝秋風只尺翱翥有期佇承

光采以慰長憶

報姚子南

鄙人束髮侍遊歲月深長矣令先公私愛在僕
江流比深一念未酬頓成隔世深惟昔誼但有
悲惋足下高才精詣心切鄉慕頻登龍門未遂
拜至今恨之抱藝高棲雲蒸霞爛乘時龍變
豈復測識哉

報潘子欽

湖上幽棲辱足下孤槎問渡坐把卮酒而樂之
白雪放歌青燈作賦雲深鼓角霜落蒹葭斯語
一出夜色難收矣展別贈章尤驚偉麗七言排
肴唐其稱靚何足下之多才博度如此乎嘆息
彌襟感悚盈切伻歸寸楮代謝秋江天遠佇看
翱翥以快鄙私

報陸從周

卧病湖干聞奉笑語更得雄篇握讀金声玉振
鏘乎驚耳也別時又辱長歌贈我車馬稍燕倚
席歌之足慰遙想足下奇文鬱起殊采日流萬

里扶携佇看翔奮鄙人亦何幸遇分光采而悅焉。

報張子韶

歸廬間奉玄論便令爽心行時辱臚郎未拜命顧心内之矣足下高才古思卓絕流品向來披拂奇文至今結念乘時龍變才爲所推當令群疢靡靡失也。

報卜子定

歸樵三暑足下不忘昔好時携一卮而問之顧

僕所以報之者尋來寸往也歲暮告別又辱走書召我而賜之飲食停盃深語髣髴昔遊意氣不殊客鬢各變彼此黯然矣握手窗前足仞至情足下高才偉識敢請停講如更有圖亦幸報我。

報胡文學

三千里外得一握手大幸晨馳夕驅無間深談昔款中庭數語攜衣迎客客散請公則吏報西趣矣遂路風塵一蹇未能相贈故人意義負愧

則殘夜鹿既留久留則公此時已與故園舊好把酒話遠也便羽附致鄙私冗中草略公定能諒我。

報王子仁

鄉者過里幸從君子游君子不棄其素時過溪上奔盃而樂之此情與流水共長也孤騎北騖修塗驅阻塵坌荏苒忽已暮春感日月之不停慨舊游之縣隔靡無在望千里軫懷矣寸楮口授代謝高情秋風不遠翹佇飛翔以藉光采

報成國子

抱病湖上辱公過情不憚頻涉把盃論款動及寸心別時顧愛愈至令人增悚我公高簡絕俗乃獨累意于僕者豈亦有取于僕乎此僕所爲撫心長嘆也展別北馳雨雪滿道抵燕春色矣一行作吏便與案牘爲侶薛蘿之念屢動屢惉高卧石湖者其將移文讓我乎謹遣一介持尺牘馳謝湖上春深萬象爭媚行吟有什努力相聞。

報沈潤甫

巖棲頻歲，故人不棄，時辱問之。對月携樽，折花綴語，所承寵于丈者數也。別時談腴高情，益篤矣。一遠青山，便苦吏役，回首昔驩，頻成悵望。吾丈時望南洲，豈亦爲遠人流想乎？弄璋之期近則如何？倚去片言致謝，江雲在望，悵矣心飛。

報鄒翊明

還里三秋，樽俎筐篚，所辱愛于足下者頻也。告別再侍華筵，情款優渥，感愛念舊，時覺依依。一

去江關，河山便遠，車馬日馳，忽焉春暮。聞獻歲北遊東鹿，只尺不得握手，恨矣。

報李翊文

還里累荷，幸得數奉顏色，山房賜召，把酒論心，便究然如束髮侍遊時也。中路揮別，知足下綣情，再晨上道，河山遂遠，言念高誼，茫然軫懷矣。燈前窗託，謹結于心，鄙夕所一以定于足下，無隱。伻歸代謝，束帶草草。

報王一丈

歸臥湖海，幸從長者游，長者不棄，時辱問之。明侍華筵，重頒盛品，石精之貺，義鈞雉食，高情隆渥，綠髮未酬也。展別北鄉，獻春始得抵燕，正謀裁報，乃得奉歲暮手書，握讀慘然，仰天太息。足下高才偃蹇，蔔爲掊詘，相別俯仰，乃遭此萬。此卞和有抱玉之悲，阮籍有窮途之泣也。顧高人俸士，往往不偶于時，郎論其至，又豈必重視軒冕而輕遇蘿薜乎？足下素有霞外之心，必有以處此矣。左子性天渾朴，外誘難移，鄙人極心愛

之。來諭云云，尤嘆公之深遠也。伻歸代謝，兼問起居。

報王先生

臣之受恩，蓋自執綺之年，至今矣。歸樵兩歲，未得朝夕門屏，乃辱我師命之中堂，賜以華宴，魚龍雜劇，危豆紛紜，目接心藏，江山共結。我師形容如舊，臣也齒髮已強，歲月毀流，往踪在念，俯仰身世，何可爲報？我師高卧朱霞，大兄負才白雪，隱見出處之樂，可以兼之矣。伻歸寸楮代謝

江國春深願言加愛

報徐中丞

歸且三朞竟未得一奉几舄乃兩承顓使賜訊私懷繾綣結比于陵阜矣行時期馳一介報別綠闈中父老念游子遠出時以酒食相召卒卒無閒坐此負心歲春抵燕即諆托楮寄悰騾無南翔郵君至又得奉遠書于庭再拜啓函眯客環讀古詞霞麗款意淵深繆當重覽若負荆棘載披重錦雲章滿握仰愧高情徒增大恧而已郎

君華除南閩雅稱世德別諭枉及僅有包匭茲者結綬還里奉觴上壽明公其無樂乎猝裁尺牘代申謝忱嚇暑畏人彊飯自愛皇懼皇懼

又

夏中還廬一意展覲干戈烽燧環起几之頃之又謁家大人于金陵江上淹留遂迫南邁登龍之願既孤尺鯉之書復缺長者其將謂何顧僕之念深矣又聞恭奉葬令公子日教之且每念通家意殷殷厚也清才雅度炊然有當于諸大夫之心僕則何爲唯不忘明公之盛德而使諸大夫知明公之有子也庶慰鄙心矣謹貢素牘因令公子以聞倉猝未有以效尺寸唯明公爲蒼生加愛

報趙山人

公老矣猶能時時過我溪上採蓮賦詩此非恒遊並感也歲暮別公公不忍別我乃又冒霜雪而馳之淮淮波浩蕩北之公情淺小矣倉卒分袂一飧未留念公遠涉心旌共往春來起居何

似倚杖行吟篋中詩草當與蘼蕪共深也使稿在僕即爲公精之公可亡慮奴歸寄此區區

又

趙先生來辱幸賜書又賜詩詩七言凡五首誦之鏗鏘何其詞之粹麗也即情又泰厚乃不能綴數語奉酬山人山人其棄我冗冗矣山人老矣顧益賦詩寄遠作少年語即山人少年時何如又恨不能以身當之也風塵中事不可聞于山人山人善自愛即今世求如山人頹然獨八

十老夫而猶作諸若此者固已鮮哉

報鄭侍郎

中途啓謝詞多冗瀆悚亥未已使來奉教乃知明公篤念蒼生委曲援拔固甚于共鄉之人矣及親覩祖晉吏二疏備見明公深猷遠策下濟民生上培國脉危言切論尤足以感悟 明主會司農公極言其狀非不仰體德意第以邊儲爲虜誅其所急遂置其所緩題覆之疏亦彊言之唯在明公曲圖仁術以遍及諸若則幸矣使

旋敬此申復

報陶明府

京國追隨所辱愛左右者至數也吾丈擁旄西薦弟抱痾南歸江山迢遞咫尺疏難悶心悵之矣使至則拜遠書于庭啓函涉句厚念盈楮稍慰離悰復增悚灼吾丈治楚長遠矣即華名亦不人人誦之東南兵急 主上思得奇茂以飭中外徵書旦夕下也慰藉慰藉使歸往報清淮天遠悵矣神馳

從

報朱職方

往歲幸得一奉顏色歸卧蓬蒿中遂與世事頓遠旌旄往來南北至不能馳一介出省罪矣罪矣客冬重覲龍門大兄以僮奴辱之咫尺江山翹佇增悵使來錫命悚灼亡已再拜啓函遠情雲縟繫之華嘴裒溢解衣繞之寸心如結矣僕常謂我明英人鴻筆日燦霞蔚而吾揚寥寥百載幸令先公虎視何李之間而我公復大擴之佳什名篇照耀耳目豈唯江山借色而分華對

榮僕之得公者更數也公之南使時論靡不詘之顧澄江憶謝鳳臺思李奇思綺語今古並發豈至落莫哉僕至不才乃妄有意于作述之塗時唯稽庚瑞篇以當私淑敢上粗成十幅敢希惠書一二邀寄僕當懸之上座朝夕整容環誦而取軌焉拙言一帙求正門下蓋俗所云以魚目混珠也公其能慨然許我乎甚幸甚幸

報鮑山人

宗春歸卧則長者時時以杖屨來燈下談昔悰

歷歷四世，公乃大父行，而折節束髮者，相款也，德盛矣，德盛矣，携牘賜吉，一念千載，臨別而貺兼遺之約書事，未十諧意，則何懃哉，佩抱北轅，潮川共遠也，我公負高才，屈蓬荻中，誰不含慨，顧古之奇人才，既不售，則必寄之絕伎以成名，我公精意天地之紀，而推之隱培傳濟，無論自耀其名，即后之食公報者赫赫起也，公老矣，出中風日，宜自愛，間恭瞸尚亟，則秉耒之策何如，雨田石湖二公，接疇而談，大是樂事，有翼華花

報音。

報王保定

一分袂，使涉五朞，鄉以書累御人至，使千里馳彌意甚厚，乃以途未能亟尺書謝，愈慊矣，愈慊矣，開府只尺無間寄悰，顧反以書貺辱之，奉命感悚，足下負駿茂華，實殷彰以倒詘外寀，誰不太息，第繼旬帆困甚矣，爲　主上數德意，以起之罔不沐浴膏澤，千里頌義稱良二千石，又奚取振珂逍遙哉，計足下必辨此，聊一質之，使歸楮布謝于下執事，殘暑尚虐，人唯爲蒼生厚愛。

報萬按察

挾刺登庭者數矣，竟未得奉顔色，展懃款，乃今憲旄漸遠，所馳情于左右者，眞與江湖共流也，赤炎方烈，宗奎華自愛，小吏遣歸問訊，老父冀托將命之列，倘容執檝南徙，幸甚矣，幸甚矣，倉卒布悰，臨楮增悵。

報孫子升

鄉者卧痾湖干，故人念我，兩進艇而辱訊之，握手坐芙蕖館中，停卮譚昔，便宛然如執經侍遊時也，一行作吏，便日與案牘爲伍，已逾寒暑，且不得間裁一書南謝故人，即故人不責僕，僕之渴饑何解焉，郡生來，乃儼然持華牘貽之，僕驚起，握讀厚念盈楮，既歡然喜，已黯然內銷也，蓋離別誠難矣，足下負異才，久詘蓬蒿中，大抱英雄之恨，夫意天人無逾茲秋，若獨把桂枝飄颻天路，恨不令僕見之，乃投竿秉樞，釋薜蘿襲紱，又

僕于足下，内十無疑也。邵生趣歸急，屬微㳿迻
猝裁往報，遅承消息，心目其南。僕已爲足下覔
長安酒樓，買胡奴勒馬俟矣。

又

邵君罷蘇校，則負笈去已兩月。書尺來往報其
尊君既在蕪城中，當不至浮沉也。有司上北畿
賢書，則邵君已炳炳高列，即其徒則師何疑焉。
日夜望佳音，心目已斷，恨不併日首見足下名
爲足下頓足起舞，浮白稱快也。舍弟倘幸執鞭
斲稱世好矣。人歸附致耿耿。昨者鄉國故人遺

我數醅甚佳，未敢開也。謹命侍胥藏之，以待足
下。

報劉按察子成

鄉者僕負㿃歸，公爲之賦八章歸我，此義便命
石共垂也。山中晴朝籍知足下持節萬里，則大
喜，冊入燕，從諸子游，輙口足下義使來辱貺命
捶牘太息，即足下不忍棄僕，僕則何當焉矣。越
吳閩海内煽熻訂數豪杰，屬足下者多乘旄節

氛書肩麟語帛、片詞隻語、增色江山者，安能爲僕
人頌之。前使投書不再至，昨在王中郎邸中見
後使，始得口授數語往報。

宗子相先生集卷之二十一終

宗子相先生集卷之二十二

廣陵宗　臣子相著
晉陵鄒之麟　臣虎校

書

報王侍郎

撫詞敝轂，聊布下悰，乃枉賜書奬借隆重，祇奉周環，不任悚灼。又辱重使授命，綺米羝酏，充燦庭階。下悰未内，高情復縟，辭受兼難，感怍交念。僕受明公之愛與所朝夕于大兄者，卽隕越何報哉。使歸，率爾勒狀，敬致謝于下執事，臨楮皇恐。

又

十月，使者以幣咒來辱，又有所辱賜于家大人。當是時，臣以職事省直中，嚴不得裁一言出報使者。兹大兄大夫奉使三韓，當首覲節鉞，謹申寸楮于下執事。其所感于明公及大兄者，卽百楮不盡也。

又

臣之辱愛于明公者勤矣，卽拖區區不敢輒有以及節鉞，誠懼之也。乃明公不棄其愚，又使使以書辱之，而重之名醖。臣也御辱明公之寵命，敢不祗承，謹北鄉再拜而受之，仍以分飲于二三子之同志者，以昭明公之賜。明公開府北塞，累挫大虜，俘之授戈，棄騎而走，勳名駿茂，麟閣其先。臣竊家大人世講之餘，亦何幸遂分光華而快焉。大兄大夫名德絶釆，卓冠人倫，不以臣爲不肖，而收之二三子之後，而辱與之游，此義金石罔刊矣。使者北騎，敬具一言以謝明公，臨楮皇懼。

又

自大兄出使，遂不敢以一言輒上干旄，顧所爲感明公之愛而深念大兄遠遊者，其情山積也。秋高馬肥，胡騎不敢南嚮，明威所及，萬里生寒。明公之巨勳茂勳，並于日月矣。國家計功而酬，則如明公者宜何如處焉。公快私忻，式言鼓舞。人使敬上起居，唯明公爲國事加愛。

又

明公久勞節鉞臣宜時遣一介以問起居乃以閫府嚴肅懼不敢遣顧其心甚矣會大兄新拜寵命方欲介此以上壽明公嚴裝未發乃明公先寵命辱之蒲伏啓函慰諭殷篤金幣璀灼祇以驚悚明公念家大人世講之誼而儼然有錫于賤子賤子敢不拜命謹北鄉再拜而受之先附一言于使者以謝別有恭申唯明公諒焉皇懼

報凌文學

往歲山中辱足下再訊此情一著于心難解也後聞島夷寇逼急則豈不欲遣一介慰足下憂恐顧猝無徒夫可任者及聞寇退則遂因循北裝無問矣陳公來問足下則謂足下之恨夷最甚稍言狀令我怒髮上指冠恨不手縛夷嚙之額自兵閧以來松楸廬舍蕩然煨燼者家怨人怨矣寧獨足下哉足下不以僕言爲然則請問諸吳越陳公歸對牘布此用申下悰唯足下釋然于僕之言毋沉憂自累則僕亦甚幸矣

報管明府

山中幸供芻秣別家時又以遠命辱之日策馬塵中缺然訊報乃又辱使命遂使愧汗浹衣矣吳越連寇頃且揮戟江門大江南北騷然震恐幸恃旄干猶足捍禦不爾者危也海宇多故方賴一二豪傑援拯卽不寧其家而蒼生恃焉固大賢之所甘也使去口授布謝于下執事

報惲按察

鄉者幸從足下西署遊也則時時教之此其情深至矣及足下擁旄西鶩僕亦負瘵南歸闕山悠隔尺書難報秖以長嘆足下不棄惠然幸以書來握讀增感足下秉鉞治楚聲稱炳蔚私心快之與作繁若犖然底績非足下一貞寔節冗公私不幾困乎冗中口授數語徃謝秋氣漸搖落唯爲國事加愛

報劉按察

竊誦明德而心嚮之長遠矣人事參差亡繇望

蹶島夷末光心則甚焉海内多故征輸盜賊蒼赤大國魯衛之墟非復昔日隆甚矣非明公以干旄臨之則何恃爲濟乎此鄙人者所爲欣欣誦說太息德業之光也便羽敬以一言布下悰餘唯執事者諒焉

報宗丈

暮春具八牘往謝及二兄抵燕則知我公已携家廣陵矣島夷未息則海上居者時時憂恐我公審勢度變急去其危而先就其安若虜至面

爲之圖無及矣家大人心揚已久今且惕寇則鄙心亦急之城中倘有潔宇公其爲我置念即得比隣大奇也大兄既以失期免校而少兄藝帙精甚復爾暫詘南歸以僕闚于人事則屈甚者伸大二兄之屈甚矣公　毋戚戚焉以待其伸未暮也謹附一言奉候

報陳使君

日策馬逐群吏走不得一晤具牘往訊誠恨之矣乃公不棄惠然函書纍而遺之僕則何堪焉也長老時時治書來則皆如鄙今追昔恨不得再挹我公顏色而控馬訴之鄙語白一詞也邑困甚矣稍稍得保其父母妻子而河伯又以一水魚鱉之天乎天乎我公其將謂何姑孰之聲藉甚他日去之則此地于公又何異與也以僕覩于當世之從事斯民者如公難矣難矣寸心久結輒因使者布其區區高秋搖落行矣自愛

報劉明府

憶與足下握別僂俯仰耳而歲月忽五更也列

豈不欲走一書往訊顧又以人事扼束罷之足下不罪其疎乃使使馳數千里來辱手書慰藉意沾沾厚也上采名畫則非所堪之矣每陪薦紳先生末議每言江南賢守令則必首足下僕誠私心快之至覩諸監司語于足下者言言焉也則又喟然太息嘆我同志之盛焉第吴越困兵火中久勞大賢區畫　國家計勞以酬則何以處足下時坐簿牒中草勒不盡鄙臆

報袁使君

節旄抵燕辱長者不棄枉佳幣以臨之在僕宜朝夕侍而此身在車馬塵氛中竟不過取一二間奉接顏色廻其行也又不能取祖道以勞與人此其愧著于心難解矣惟長者或有以諒我不然者僕誠懼焉家報一通敢累使者以致家君書不能悉鄙悰諒長者能道之也萬里長途惟長者不忘情于家君則豈惟家君之幸實僕之幸

報鄉中父老

家大人憑恃諸父老之寵靈而以並者稱則既已受貺矣乃長者不棄其舊而又儼然辱之以言登之盛字星辰並麗也則豈惟家大人賴之其自臣以下皆拜長者之賜舍弟以報書來乃在歲之十月而臣是時方陪諸大夫末議計吏省中嚴不得接家人語今年春二月休沐歸邸行把書始悉長者所爲錫言于家大人狀也郷侍子焚香南鄉再拜而謝之仍遣一介以下執事其不能上壽長者之前以效其區區亦惟長者諒焉

報黎惟敬

鄙人之聞足下于二三子心甚也一見足下蘭若便令灑然再醉二三子邸中則一日千載矣我二三兄弟一朝舍我而去之郎又不能留足下足天之欲廢吾手足耳目也又何言哉又何言哉方足下東時鄙人憤憤伏枕遂不能有以效芻秣二君並舟而南嚼盃嘯謔大是樂事昨已誠舍弟遲三君湖上倘不過我洲前大醉者

恐桃花流水相與笑之草草布悰願言自愛君歸羅浮其伐木結廬以待鄙人鄙人將携足下拾芙蓉以觀滄海耳

報張肖甫

鄉携二三子游足下至驪也足下而去實勞我心春中王徐各使吳且罷爲從事長安中遂不能出片語矣憶足下登武夷羅浮南窺大海弔梁生之廬而綴其遺文以歸時時快之不意足下乃奉尊君諱返蜀也則吾數人者釣窮途矣

足下讀禮之暇上綜千古采其英華時復濯翰
江之波登巫峽之巔揖杜甫草堂而俯仰焉則
與二三子飲燕市中何殊也王生近遷齊寃視
戎事徐卿留滯江南而明卿雖謫乃能日抱白
鹿卧獨使僕偃蹇時氛鬱亡賴行將拂衣長往
南游吳楚西窺巴蜀訪足下之廬為十日之飲
足下其飭𢈔而待焉使者歸因授一言以報道
遠情長臨楮軫結

報吳峻伯

自王吳諸子去國耳目久廢得足下再至為我
起之握手以來無間日夕停盃展翰投筆高歌
金石琳瑯紛然四座奇句險語驚絕今古萬象
爭趨三才失色風雅以還鮮見其儔矣造物忌
盛鄙夫當之故人憐我時時召我為别偃蹇沉
落之人無所比數然而神遊八極心雄千古此
足下所知即使重之放逐愈益助我長往耳將
發之夕寸心欲裂展筆數十韻皆從涕淚中來
他人讀之靡不悲絕況我兩人哉花下停飲便

底萬里含悽東馳滿目搖落回矚金莖白雲陰
之感日即聞東魯之命輒為慰喜非一學椽便
足為足下重得假此聚首廣陵天目之間殊一
大快耳刻下解纜吏歸授數語往謝足下既出
助甫益孤其將謂何祈為斯道自愛臨楮于邑

又

自與足下握别紫薇而南也日望足下廣陵消
息斷絕乃遂赴子與華陽之約然未嘗不談足
下高雅至惆悵罷酒也足下停車泰岱覩周孔

之故墟采管晏之遺事且得近携王李遠睇蓬
渤壯遊哉鄙人以往歲十月入閩即歷山海之
役夏中負矢抱關凡兩越月不休衙矣今且護
蒼梧軍三千以歸足下視鄙人何人哉而今乃
若是鄙人即非忘情人世者顧覩此五斗寔不
勝其身稍過討吏之期則題尺疏上求　明主
乞湖上扁舟以去二三子其坐日觀之峰待我
相與大醉十日作千百佳語因之短飾五岳不
返矣足下以為斯事何如折腰奉懷數言聊以

代面

報張助甫

鄉者從二三子游以爲大快矣不謂又得足下山陵數語便足千古握手以來胡霜朔雪青山白雲日日候吾几席一呼不至輒怒目而叱咤之停之亂趨倒走蓋自風人以來上下數千年所未覩紀者今日之別蓋造化忌之矣武夷之命下雖不得足下日談之知足下日日念我也紫荊握别遂隔河山言念懽悰徒有悲嘆鄙人

紫霞念切紅塵計疎歸請家君倘遂五岳之志則武夷天台之上有丹竈在焉朝握黃庭暮餐綠雪足下能早遂初服則僕將遣白龍而候之浮世紛華已盡耳目即使白頭于此亦何佳況草木同腐壯士恥之故人知我當不訝其言之迂也吏歸尺楮往報不盡區區世路風塵强飯自愛

報白伯倫

僕海上之鄙夫也足下忘其鄙而俯意交之其所與朝夕者即手足亡殊矣外遜之人無所比數足下且儼然有骨肉之憂乃自又忘其憂而屢念鄙人者至數也匹馬臨岐花前斗酒語淚交下茫茫宇宙寧復幾人哉含惻東馳寸心萬折回首薊門雲霄漸遠是夜就枕猶與二三君子把酒徘徊覺而悲之忽奉手教握讀沾巾愈不能堪矣逐臣遷客何代無之且人之有所中于鄙人者其人必與鄙人殊也足下置之尊君擅釆藝林標名千古僕何能贊詞顧所承命于

足下者不敢忘也倘得附名大賢之末以垂不朽則鄙人亦何幸焉屢辱解衣缺然未報佳紵遠惠併及荆佩通家之愛何以堪之使旋尺楮布謝不盡下悰前坌再爲緘報臨楮于邑

又

潞河授數語使者往報不盡區區解纜而南春水正綠蒹葭楊柳夾道相迎散髮高歌舉觴自快恨不與故人同之又念高誼輒又黯然罷歡矣頃兩旬始達清源閘水甚澁而家君適有書

來日夜候僕一面始之留都以此孤騎先驅小舟賦吞徐往令僕二人馴謹勤篤屢以刀剪之役勞之蓋如事其主矣尊公佳稿袖之輿中讀之至徐可得卒業疎淺不能深窺然不敢不效其愚也魏生善書馴謹事僕一年未嘗聞其一語僕眞不能置之兄旣留用幸賜寬惠如何臨發草草布候

又

暮春握別便迫深秋言念舊遊秖有悲嘆數月

閭里舍僅與島冦周旋燧燧戈戟日悚耳且入秋移疾江上心稍稍定矣始得奉令先公集環讀之辟則涉瀟湘對明月泠泠灑灑暢心也輙用點綴志之其不可讀者刪矣已綴數語何有于先公顧于鄙人憐才之心稍致區區焉原草四帙謹函付使者以歸秋風高厲强飯自愛赴闕意甚蕭瑟家大人殭之理棹南矣故人亦有念遠人則時賜片語訊焉

又

去冬辱遠書憶懽嘆別並見情悰把讀廻環不知涕淚之浪浪予襟也每睇北雲便欲心折征軺軋軋鈌然問訊顧其心何嘗一日不殷殷哉足下彰組仙署弼亮彝典功名盛美貽寵遐僻甚幸甚幸鄙人南徙日麈山海之役眠餐櫛沐半在風露間矣足下雍容鵷鷺曾復流念遠人乎閩使奉鄉書入都事在足下唯含容而速遣之卽鄙人之願也吉夫念我厚宜訊恐以不遍取罪且爲我謝之子與至當致耿耿耳外錄二

帙裁教

報高伯宗

僕不敏幸得執微藝從諸君子游足下忘其鄙陋而俯意下之青燈白雲一語千載矣世事相迫遂令分袂足下不忍別我召三四知已于中堂而飲食之把酒放歌言下淚知故人寸心萬折含涕登軺凄惻無已每一相憶輒取佳章歌之旣黯然悲也已又瞿然以慰卽使僕長棄林莽亦豈敢一日而忘足下之教哉今已發舟

川坐漸遠言念歡悰唯有悲嘆寸楮代謝聊布區區

報施員外

春別幾何便暮秋矣每憶故人省署遊朝夕煦煦也則奈何不悵情哉五月返廬群盜環驚之入秋始得理楫南渡意蕭瑟甚也非知己如我兄者不敢聞以此言江上幸晤黄師舊役王經者北附尺楮以訊經慎人也用之當不負委托第行矣奔走所不敢辭唯兄丈念之北望金莖無任馳結

報李子藩

暮春搓別便迫歲殘日月如馳良可軫慨秋杪渡江訪華陽登采石望謝眺之青山眺嚴陵之釣臺既而入延平眺武夷則諸高人之遺跡在焉便欲擕石餐霞闢茅結宇長住白雲畢此玄業北望同心渺在萬里滿目江山秪生嘆恨小吏回足下幸然以華牘珍貺辱遺之開函涉目黯然心折且備聞陳情之舉豈以山公雅度亦慕巾散哉足下跡繫纓冕心在煙霞不特僕知之即天下之人信之矣茲請未遂豈羅浮武夷之間猶有宿業未洗也載披名篇章章驚嘆腥膻鳥鳶痛哉言乎鴟夷魯連之懷彼此同之矣感興三章寄心高遠末章古健詞不渝心歌律諸什則並雲流霞布至所謂冥心卧崑丘叙照覩無始誠有慷乎其言也所幸者大人見諒苦不以纓冕束其子有間即欲掛冠近則華陽遠則鴈蕩雖不能著書立言藏之名山以待後世至于桃席白雲几杖明月歌淮南之桂叢佩湘江之蘭茝則猶愈于逐逐折腰向人而不知止者也知足下之蓄此念久矣寥廓之期幸毋相負

報曹明府

公之南也僕蓋渡江有華陽之役矣及之金陵乃知公曾以使來取吳書也兩念俱負悵不可言公非百里才也且星子又百里下其治蹟當炳炳蒼赤矣吳公知公于僕爲先輩行則必異

目焉、

報阮中丞

奔走以來、凡所受至眷者、心藏之矣、日者抱關報急、及馳至郵、則公已揚舲而去、北望流涕、子襟浪浪、時炎兼急驅、恨不得身代之、 聖明在上、當遂表白利害禍福、惟所命之臣之誼也、公之講此舊矣、又何俟乎僕之言、僕之必言之者、亦憂公之深也、餘者僕難言之矣、

又

白公北行、淚未嘗一日不垂、垂下也、道塗遼遠、驛使希濶、日暹北音、不得時時軫結、道經樵川、得報、乃知 聖明果察公之寃、而薄遣之歸矣、是夜徙倚嘆慰、營營至曙、我公辛苦戎衣、日月長矣、乃得暫卧東山、一蘇息之、是 聖主之恩深也、謹遣一介、恭訊起居、

報太僕黃公

仲夏既望、尺牘薄將、托宣城麻戶部寄候、討只尺渡江矣、夷亂甚、千里塗絕、幸天滅之、乃我卒得以裂其艫、沉之海中、其獻俘者、日紛紛也、省城闢門、僕輩始得去矢石休衙矣、知太夫人諸公子大恐、急不得訊、茲乃得謀一介之使、少效區區、我公南顧之懷、得無日殷殷乎、請今釋之矣、黃先生之便、素緘申候、客塗暵甚、唯公自愛、不勝大願、

報李吏部一元

往歲公上書言事、時鄙人方竊伏草莽中也、則已知時時嘆息之矣、後鄙人爲郎居長安、而公

乃留滯兩越、已又聞賦歸去詞焉、世路多岐、竟不得奉明公顏色而承其緒論、固命哉、固命哉、偃蹇閩南、遇曾子愛其奇氣疎節、而深交之、其以戎事行也、因託鄙言以寄遠臆、鄙人不諂于世甚矣、乃爲五斗不卽去、今且去嵩山之陽、能容我小築乎、唯公有教言、

報顏使君

夜月聯舟、秋雲登閣、寸心獨結、片語相雕金石有銷、此誼難泯矣、足下奇氣疎節、鄙人何幸得

以挹其光彩而欣艷之，而足下視我又骨肉[illegible]加焉，則何報哉，則何報哉。玉華一別，月暑西馳，古驛夜蛩，孤笳兼發，四顧寂寞，誰與爲歡。是時足下已捨舟劍江之濵，飲馬金陵之渚矣，奈之何其亡姤也。今已幸過清流，羣酋頗戢，再五日抵汀，月朔還轅矣。屯署竹空，可無斗酒待我乎。

又

別公一月矣，在閩中日會徐使君，則未嘗不日口足下高誼，至竟其酒也。心旌搖搖，嘗依劍津

之上，即廣陵明月，友疎之矣，此其故何哉。督臺還轅，而足下尚未議事，則九日烏石之會可破。兹積悃，昨出手足耳目俱紛紛矣，燈下扶困，具數語，惟諒之。

又

昨題尺牘往訊，待發矣，乃公幸惠然遣使辱之，瑶札累函，情意深厚。俯仰人世，交如我輩者，誠難哉，誠難哉。即出示徐使君，未嘗不嘆息彌日也。金穀華履，愛我愛我，敢不永佩。微躬以表長者之賜，使旋，謹北鄉再拜，寓言奉謝。督臺談城事，冀公速臨，惟公留意焉。

又

日來雖時奉教談，終爲俗格所泥，者心恨之矣。昨意公必謁院，晚出項之門，卒報干旄出城矣，乃益悵然。公急金陵之約，乃棄我哉。連苦夜讌，今意汶汶不快，計公是時方醉吳酒，抱郎夜嬉也。使來奉牘，知公念我，見懷一章，情詞精絶，即老杜暮雲春樹之句，何加焉。行當奉和，以申遠

臆。吏語因院牒促，先公行二日進矣。

又

昨往二緘，方以疎訊爲懼，累奉手牘，果言言讓我矣。興少府一牘更急，豈遂棄我哉，令人手競競不能持也。兩歲盜發，而他藩悉委之閩，即其言行，遂吾官耳，方當再拜謝賜。公儻當今歲之盜，即他藩報軍書不似往急也，公又何勤勤切切乎。萬生所闕，寂無耗，或難僕言之，足下其毋苦責。

又

公去閩三月乃僕之心累恭矣盖骨肉之情然哉公何日至楚何日發楚何日渡江何日渡淮何日抵燕也風雨朝夕若僕任之矣門者一書吏者一書咸戈戟中語今亦不記云何要之皆歷歷寸心也自公去僕不復措一語公至長安當即拜新命斗酒相藉何地何年哉言之悲嘆諸所舊從纍纍如雲僕日之未嘗不黯然悵情也徤足入都附數語代訊三郎君近有音至否

僕念之絶何問公也

又

春中凡辱書委我尊公志豈以僕亦能不辱命哉四月奉部檄視事臬臺時夷大舉入寇集省城者萬也又屯掠六十日始去數百里白骨山起林盧一空父老泣曰自有閩以來無若茲慘者僕守西陴乃賊即日日攻西陴僕遣精鋭數千走之奪得巨螺二隻五采爛然絶可作觥他日五湖當與足下大醉此君一咲耳足下教言教諸生古語諸生遇害者五六十人其爲虜未歸即歸而折支敗面者又纍纍也此白僕命哉卧陴上與賊終始昨方解戎衣休沐正理前草使者復至不敢辱命謹下帷三月勒成鄙言一采足下實錄唯少年數十金亭長四十斤鐵稚僕劇焉夫尊公儒者也即有之亦少年事不足重公況血書朱亥郭解語槩公生平也二子自奇顧與公無當政如左馬李杜並佳然不可以左即杜也足下以爲如何

報黄黄門

自足下釋承明之歡而鄙人遂亦南播窮途之嘆彼此鈞之矣在遠日結于衷乃今咫尺顧未及貢一言往訊者征軺軋軋餐櫛關山定奪之非敢忘之也足下不加讓責顧患我好言重之采綺其感其愧紛然交錯何以請而解焉足下譔述炳炳千古無疑也鄙人即不肖可使竊閩萬一乎謹因使者以請

稚疑当作椎

教諸生古語諸生遇害者五六十人其爲虜未歸即歸而折支敗面者又纍纍也此自僕命哉卧陴上與賊終始昨方觧戎衣休沐正理前草使者復至不敢辱命謹下帷三月勒成鄙言一采足下實錄唯少年數十金亭長四十斤鐵稚僕削焉夫尊公儒者也即有之亦少年事不足公況直書朱亥郭解語槩公生平也二子自奇顧與公無當政如左馬李杜並佳然不可以左即杜也足下以爲如何

宗子相集　卷二十二　二十二　天華閣藏板

報黃黃門

自足下釋承明之歡而鄙人遂亦南播窮塗之嘆彼此釣之矣在遠日結于衷乃今咫尺顧未及頁一言往訊者征軺軋軋餐櫛關山定奪之非敢忘之也足下不加讓責顧惠我好言重之采綺其感其愧紛然交錯何以請而解焉足下金馬上彥抑之雲霞無論蒼生不能釋之即所譔述炳炳千古無疑也鄙人即不肖可使竊附萬一乎謹因使者以請

報李明府

臣束髮學語時則嘆公之于家君何驊也雖未得執經几杖亦辱庭教之矣公雖去敝邑日遠顧其遺教猶炳炳在目也則臣之幸竊章服非公遺哉入事參差缺然訊問客秋道左又未獲展覲龍門公不棄乃以遠書厚貺辱之啓函拜命意沾沾喜也已而把讀迴環憮焉與念公今白髮僕亦壯夫二十年間宛然陳跡矣因與叔氏道舊談往俯仰長嘆公起居勝矣即又有諸

宗子相集　卷二十二　二十三　天華閣藏板

公子奮翼青雲豈不愉快得意哉僕偃蹇垂老不即引去恥爲公談之他日卜築西湖幸有公作主當不大落莫也家祖家叔薄遊名邦朝夕于公者至深矣叔歸附此具謝兼佈積悃會有遠役詞不宣心

書

宗子相集

卌三至卌五 終

宗子相先生集卷之二十三

廣陵宗　臣子相著

晉陵　之麟臣虎校

書

報查太常

僕之南也卽去我公萬里且暑寒兩易衣矣顧公愛之著于鄙心猶一日也日對唐公卽對我公而公之書來輒目召而竊觀之未嘗不齒我而骨肉我也則公之于僕乃亦不一日忘哉僕

自入閩日困戎事櫛齧關山餐沐風露蓋未浹旬休衙也以此耳目手足靡不被病髮亦稍稍短矣偃蹇不自得輒欲裂纓走公何惜片語而不使麋鹿之性得望豐草而嬉乎非讀越書知令姪高列因嘆公家之德澤長也一公子試燕闈當更得意恨不得燕書讀之徐使君往致區區北望眇結

報汪水部

别而南再授衣矣北睇金莖白雲茫茫念諸兄

人垂馬鳴珂聯席抽藻何啻壺嶠也萬里之外日睹戎戟櫛沐關山兼之風露漸成病子矣子與入燕羣公聚首故人亦有遐心乎草草附訊道遥緒長臨風悵惘

報諸吏部

客冬奉報牘便宛然從公游也顧此萬里之外又黯然增結矣夔龍垂列榮問日新宇内賴之何間僕者入閩以來櫛沐風露且時時負戟矣天上知己曾有遐心乎歲事漸遥落附訊起居唯爲蒼生加愛

報學士李公

徐從事回聞辱札兼之雲綺再拜啓函油然骨肉之念至過敝止而有懷則知公之于僕未嘗一日不置諸念也感激徘徊潸然隕涕矣自惟幸侍長者之側辱忘年俯交微言雖語動及心腑獨愧僕疎愚鄙拙雖自諒無他然有負長者之愛至多也而我公猶委曲成全垂情僻遠草木尚可德感況愚父子亦嘗聞長者一日之教

乎此僕之所爲拊心而增結也頃者上眷日隆異嘗有新綸詞林盛美區宇被華何問桑梓哉遠方小吏日就沉淪唯公餘光拂之甚幸甚幸

報學士董公

一別載離寒暑雖天上金莖高遠廖廓鄙陋之心則固日依依焉蓋唯知公之念我不自知其分之卑也張使至我公不棄辱以緘書文采巨麗厚念盈楮三復長嗟蘇蘇隕涕夫薛高諸子所爲偃蹇流落卒成其名者以其才也無其才而有其累世莫不笑之而公何取焉公又以漢時諸公莫不外歷藩郡其意若以喻臣者益令人悚悚愧心也然而公之委曲念我至矣至矣苟被齒髮何能一日忘我公哉公以命世之才受知　聖主寵綸日新繁錫雲縣天下之士莫不快之辟則鳳翔于郊而百鳥振羽各欣其類也然則臣之偃蹇流落而得幸覩詞林之盛亦頌鼓舞亦足以自樂矣唯公終念之

報余德甫

僕之登釣臺而南也，問足下方視牘天台，尺天缺覯，固數哉！足下何日復之長安？昔者素衣，今復何似？知五陵氛垢不能上足下衣袍也。之子沉淪，時時爲人誦之，足下勉之矣。子與入燕，夜談時倘念二三子萍散也，得無長噓罷酒乎？僕之狀，子與盈抱矣，足下毋須問之，恐益令足下嘆也。便訊起居，歲寒自愛。

又

吏回，奉手書，知足下念我深也。即閩越只尺，未

通一訊，何妨長憶哉！萬寇環省城焚劫者，今亦十月矣，昨稍殲之海上，餘者尚屯山南。轅門群校專擐甲勒馬以待足下，幸足下蚤至，以長纓繫而鞭之，以謝蒼生，豈不可也？明卿一通一問否？門隸冊逆，草此代候。客塗溽暑，願言加愛。

報方武庫

别公而南，歲月豈尠哉！顧自入閩，戎幄日棘，即手足耳目靡不從之，尺牘難題，寸心獨結。公不棄我，三遺我書，七言二章，情詞兩絶，令我讀之淚淫淫下矣。即欲具一書謝公，會無入燕者，即有之，僕且以王事日驅萬山中，不相當也。顧此心何曾一日不念公乎？八月，郎君顧我，翩翩青雲之器也，欣握之如覯我公，云且携四絲遺我，出公書袁中，意悚悚甚也。僕自十月視事，即入汀，歲除還邸，過元旦，則又從御史行部，五月還邸，島夷苦之，七月復入汀，一歲之間，征衣不旬解矣，以此不能爲訊。尊公非忘之也，今且遣一介上壽，唯公憐察。

又

十月之望，既已奉訊言旋鄉矣，則又以爲公之念我勤，而僕之報公疎也，無乃門者嗔不內乎？然僕非敢疎也，長安中書蓋自昔難之矣，恃公諒我。不然者，僕何解焉？公爲郎久，胡不調？以公之不調，知僕之折腰無已時也。幸計吏萬一罷去爲快，即不罷，亦上書自罷耳。他日五岳志成，公其就我百花洲上讀之。昨具不腆之儀，起居尊公長者，夏官大夫之題，侯僕登龍而揭焉。

報何中丞

僕不才，每不敢自棄，于當時之賢人君子如明公者，既幸竊省署之誼，得奉履舄之光，明公不棄其愚，而時時教之，斯稱奇遘矣。世路多歧，未能卒教，關山無極，嘆仰徒勞，明公不棄，而儼然辱之以書，三嘆高蹤，辟之海嶽日台垣，出鎮開府西江，風采謨猷，沛然雲布，大業炳蔚，豈不與日月並垂哉！竊在下風，何勝鄉慕。僕之碌碌，偃蹇無所比數，不足爲明公言之。獨南康司理吳君者，僕之同志友也，其人高雅耿忠，唯明公留意焉。

報薛刑部

曩者覲家君金陵之墟，則具言足下與游至驩，即骨肉無易之也。令人仰屋竊嘆，以爲高誼如足下者，宜何所稱報，乃以外吏不敢進謁諸京卿長者，即夜發棹去，而不得蒲伏門屏，一布下悰，顧所耿耿深矣。入閩日，提戈逐賊，餐沐萬山中，雖欲爲一書訊，不得。秋會象南君以華牘

辱之，握而談，如覩足下焉。已乃讀足下所賜書，言言振我也，即至不肖，敢不夙夜。象南君出其文詞示僕，第爲一誦，輒動色而起，既已大奇之，時時爲人誦說此金馬才也。今果上第矣，亡論足下之快之，即僕之快，不減足下也。足下懷瑾握瑜，摛詞談道，爲一時表重，乃今又得象南君繼起，益章顯，覩于今世，固難哉，固難哉！象南君當覲足下邸中，骨肉榮華，樂何可支也。謹附小狀申悃，唯足下不棄，有教言。

報周憲長

八朔奉陪末議，明公折節而心交之，持盃灑翰，動則顧我，令鄙人顛倒如醉，若涉殊庭，從安期先生啖棗遊也，豈不甚幸甚幸哉！荷亭一別，蓋心旌搖搖，與公共翔燕薊之墟矣。從諸公時誦春闈王伯之句，未嘗不拊掌太噱，如公[illegible]筵也。知公已謁　帝歸鄞，日遲音告，乃百粵掌憲之訊至矣。羅浮先生日夜望公至，豈知武夷使者乃大怨別也。異日者公持大中丞節來督八閩

戎事鄙人蒲伏轅門公毋恐我哉敝司有不腆之將敢附一言以賀

又

別後凡三拜華牘則黯然悵情哉春中事碎之驚飈迅發而江山草木靡不改色者及其定也則江者自江山者自山草者自草木者自木飈不得終持之矣公之遭之亦公之未定之天也及其定也公者自公文章政事峻節雅度誰得而終掩之也公之擢粤也胥江公命僕言綍錯

而函之自歲暮淹留至今矣蓋以戎故公其諒焉叔言文思當亦駿發恨道遠不得讀而快之公嘗何日出山所馳情于左右者如飢如渴也唯惠然有教言

報尤憲長

別足下久矣每念足下高誼私心如渴也秋中令公子貽書知足下北謁　帝不敢報言冀得廻轅展晤不知足下乃枕苫而廬也伯翁何故哉驚惻驚惻邉若東臺二公狀故聞之足下之

[illegible]九月其尺牘付徐汀州代訊已而聞其
訃[illegible]異也訝而恨者久之乃使鄙人別來感慨
私[illegible]竟不能一布之左右謂何哉謂何哉嗣是
又值夷亂其狀難言之矣而道塗阻絶𣥄使希
闊遂不能修一詞道此悵恨尊公遺使投之三
緘啓封而讀言言感言言愧也時事一書尤覘
遠略行將爲二三大夫誦之我公坐籌九邊胡
馬不敢南牧矧茲醜夷固宜其宏策炳炳也鄙
人不學辱諸公以貴鄉二三子付之鄙人何有

哉幸公遠惠至教敢不夙夜尊公復有厚賚于
鄙人鄙人雖不敢拜命顧心藏之矣郎君雋朗
固麟鳳之儔也鄙人何敢以諸生視之謹附數
語奉謝鄉者一書併致以見區區唯公諒焉

報李于鱗

與足下握別蓂莢積砌矣旣別之春聞足下尚
念尺書在袖竟阻𣥄洞諸子書來則詳道足下
[illegible]鄙等[illegible]燕見王吴二日夕攘臂抵頰足下[illegible]
[illegible]心折頓足下不離數子前也[illegible]

使來已而使界來啓函發紙歡喜無量寄贈三詩七言更絶一字一嘆至夜色樓臺雪萬家卽王中丞雨中春樹何加焉僕乃獲之千古生色太行諸篇奇欝悲壯雄視今古卽拾遺集中未得多覯贈懷諸篇鏗鏗金石統之難繼矣憶昔五子結盟義掩白日風波中起羽翼相乖謝榛以白髮負心梁生以靑鬢長往俯仰人事但可悲嘆吳生亡賴耳目縱橫意常駕僕僕髮短心甚頗得意于此生此生矯厲非僕當之幾負矣

足下以爲如何謝生耄至負足下路人罵之讀絶榛書榛之差萬世矣長篇十絶卽當綴報使往短楮申臆兼致謝于下執事

又

日辱使使來遺書倉卒裁報未盡所懷桒櫝之燕脟發所教詩三帙帙讀之一讀一嘆更讀鄉長安中語迨者七言愈益渾涵雄深得之象象不能求㫖之意意不能艤卽杜尤難之况其靡靡者乎可謂千古一步矣七言絶句唯李[illegible]可

以近之淸夜放歌輒翩然高舉如聽羽衣霓裳也五言古不多見律精詣七言古者則又可敵杜云總之包統羣才會以神解俯仰寥寥何哉斯才乎淺鑒妄評助足下一笑耳鄙言塵案或一涉之必有定議幸削其最鄙者還報豈不可也明卿已拜靑瑣吾道生色足下古心淵識卓絶人倫二三知已撫心長嘆豈必取信朦瞽哉相去千里便翔頗衆登高有賦不惜嗣音

又

秋來不得足下一紙甚恨及書來乃又爽然懽喜也吳梁詩精絶所謂風雷不可開者神來哉神來哉懐諸子僕句更奇吳生乃以足下後僕于王遂爲信抑恐足下不然也足下諸體各極至七言者高雅奇秀卓絶今古更百千萬世愈益難耳而僕近頗得意玆塗難不得仰同足下盖亦庶幾焉聊寄一二足下讀之以爲如何手不遠聊布區區歲寒加愛

又

足下之以諸子來辱也不能效吳黃門所爲謹獻家兒之子二百而餘爲佐太夫人朝膳足下倘以爲不辱則命賽人內焉

又

足下東遊長安則攜二三子時時辱焉一觴一嘯星河倒流天忌其盛二朝而去兩生已乃吳生罷爲從事徐生且以使事並吳生南僕孤立矣明卿謫且更得志日驅徐生醉我邸舍中而王郎亦時時以郢書來獨不得足下一書爲悵

乃使者則儼然函書采而臨之手自啓函讀淚淫淫下也太夫人起居無恙幸甚足下爲郡筒占尺帛有如一日振衣去則太夫人何賴焉足下之念太夫人深也又不欲以一郡爲太夫人憂則去住誠難矣來詩八章奇秀意與慷慨天地間安得此語讀之亡怪今日窮也郢言二帙辱足下有至言凡所點綴我者欣然有當于郢心知我者鮑子也即使僕裂冠毀冕放之江南而沉之復何恨哉二生欲會足下于漳水之南其所語足下者即僕語不殊也使者回騎聊題短楮往報目兩日來病甚稍思則火焱焱起凡所贈足下者尚錯簏草中稍不病即手書之付二子來也前所辱從者覝勤矣又何解衣衣我乎足下善飯

又

使者歸自司馬帳中乃竟未面元美元美前移書于僕爲其尊君索言于足下足下遣使時曾巳有言乎有則命僕書之金軸在僕也南擻日

至島寇既已寇揚唐觀隋樓俱燼則僕之室廬粉粹可知已日謀歸謀即歸安棲乎且太夫人老在堂僅一弱弟何恃僕之方寸亂矣足下雖困得借寸祿供太夫人朝夕無恙甚幸且足下亦何所不得也使者西敬爲致候日下赫暑足下自愛

又

使者既西遂不得再通一訊日謂二子必會足下漳水之南不謂遂鼓棹去我輩蓬飄而散悲

遂河山二子何得亡情長者儘不可忍朱尉至
僅亦能道足下繼使來則又得手書秦時明月
時一握之可助狂奴一笑耳足下抱鬱樓郡中
僕如以身當之不則掛冠而去以謝足下焉中
丞爲于侍御言足下文學政事古者流于乃有
深意即亡裨足下其藉此以徼福于太夫人亦
足下所急也僕雖被章服從諸貴人游都無宦
意足下與元美握手太行僕即不能奮飛以從
二子二子太行視我將亦爲可耳使者且東報

司馬先托言于健兒以歸朱尉使者且西僕當
有後言

又

昨健兒西題尺疏先報詳矣朱尉感厚遇見輒
問足下得除目未且能言足下東歸心僕甚愧
乎其人也其人甚苦遣一遣輒橐數金橐空矣
惟足下哀憐之襄語托之使者[illegible]西日可西尚
有嗣往

又

登太行白雲莽互山川颯搖二子慎之徐吳二
君奎中累札慰我冤大入懼未渡江也蔡姬亡
恙曠甚加以風雨一笑一笑

又

使者來讀十二體詩怒髮指冠兩君何得乃爾
是夜命楚姬奉卮展楮章章綴之星辰亂落題
曰獨酌卒不使兩生獨擅千載也元美遺僕書
謂僕當決漳河灌襄國欣然有當于鄙心太行
又爲足下所苦今西而秦則二華更復生愁日

者地坼山裂黄河人立得非足下消息先傳乎
僕當爲足下賦太行二華兩篇以報之恐風雷
起輿中驚恐使者使者且留先馳一騎往報足
下當展覲桑梓則欲邂足下西湖之上能爲我
緩轡乎柔消之辱吾已命楚姬佩之顧何以報
蔡夫人也

又

自鄙人去之閩閩去秦萬里亡論尺疏難題即
有夢思亦荒荒汶汶迷不識二華峰嶂也日覲

任牘知有代足下者乃足下遂謝病去則投牘
而起太息彌月僕故有去志聞足下去即起還
內誠婦理裝會島寇急日夜負戈逐寇不得請
然此心已落海岱間矣足下歸携王郎登日觀
坐天門東闚滄渤南眺閩楚悵仙人之後期憐
逐臣之未返則蕭然有風雨之心哉明卿日卧
白鹿不大落莫予與褐郡戎馬者半矣鄙人明
春幸不罷即亦上書自罷三四月間定得與足
下援手長嘯醉蔡夫人酒耳曾君以徵兵入齊

敬謁足下其歸也請東秦草遺我向所贈足下
二華之篇不可讀則已可讀則足下何能忘情
於武夷哉太夫人公子忘恙謹再拜以問

宗子相先生集卷之二十四

廣陵宗　臣子相著
晉陵鄒之麟　校

書

報王元美

使來再辱書言言淚也是夜與徐生把讀吳生
邸舍中又讀二生書黯然相照已乃命酒酒酣
起舞且歌且泣索筆賦詩各得一章以報足下
乃更相與大醉而去吳生自謫日過我兩生酷

殺幾盡子與即不以謫且得並吳生南獨僕抱
憤孤棲日對豺豹忍之不堪避之不能其視晝
宵永于春秋矣足下去三子覯楚四且重愁交
錯其心不得見三子一語太爲足下稱苦顧不
若僕心甚也見贈一章慘淡難讀咏懷群什奇
鬱悲慨並軫離騷我輩遘此險畏顧于斯道深
矣二子將南足下又遠蜂日頻睨娥眉難毀薛
蘿匱念冠冕成仇躑躅四顧我勞如何使歸口
授往報鄆書毋惜頻寄

又

使者函書抵明卿，明卿已讀報，僕方坐愁，握書大喜，已讀則又黯然悲也。外諭甚訝，即策馬問吳，吳近詳其説，相對失色，遂罷觴咏矣。我輩已觸諸貴人大怒，李與足下幸遠，吳又謫，獨日夜急者僕也。僕已久置冠冕，獨不肯并其身置之一瞬千念，棼焉如絲，已謀乞外，即不得，挂冠去耳。尊君詩當勉爲之。足下日夕盧龍驛書漸遠二生且數日登途，四顧躑躅，爲情如何。足下欲

以湘纍視僕，僕心甚矣。于鱗使者亦以是日至書中言言悲悽，決策自劾東歸。足下書去，彊之留，爲太夫人饘粥計，且其折腰下郡，政名偃蹇非其人所急也。所急者乃在我二人，我二人豈懼罷官者哉。倉卒布悃，足下。

又

鄉者與足下別至悲也，即夜聚兩生，解之。今兩生乃相繼去矣，更悲更亡以解。及使來，奉札，乃又爽然若足下爲我解兩生悲也。諸品之惠，念我念我，見懷一章，慘然難目。酒狂詩態，總爲諸君頓減耳。若畏名而除，豈稱鄙人。且外此二者更復何名乎。夷齊賦幽遠奇鬱，大類騷經。七言一幅，雄渾卓絕，如千峰北斷，祁連色峰，排紫劍挿胡天，當與崆峒盤山並峙矣。足下窮愁出塞乃更自雄于文，即使放逐足下江南者，又當何如。僕不能自必，其必足下亡恙，請以身質焉。明卿六日南，予與行，乃在十二日，竟夭其子，灑淚而去。僕一病幾作永別，近復稍稍健食，然日遊

諸衆人，不得措一語，出則不知所之，以此憒憒眼耳。使者歸速，草草具復。其奉贈諸篇，病思稍起，即爲之。

又

白雲握手，怳若夢晤。晨驅草露中，不復省作何語。既別彌月，不得足下起居消息，甚念。時遇舊吏于塗，立馬訊之。及持疏人來，得手書，始知久滯河間，牘也。觀中三詩，極壯極苦，好龍廢似應馬遂眞可動千秋之感。南寇日急，吾揚已燼，今

復闕鄴則東之百花洲易耳僕即歸耕何地乎
且快意者昨者有能大解僕語即不得百花洲
載之五湖靡不得也足下謂以十年盡人間游
屐吾不能從吾豈終肝游耳邢使君既已報績
以薦剡未數不得乞太夫人恩除書消息全未
其使謂其主已函寒具而東豈遂有拂衣念足
下幸彊留之爲太夫人饘粥計也且人生五馬
日把書卧齋閣中何苦哉二生鬱鬱兵革間吳
已從陸入楚徐卿尚徘徊江淮耳僕近頗厭近

體專精漢魏所贈足下者姑俟把袂時致之七
月之末可得返轅否僕將焚香白雲以待焉白
刺之惠何辱壓念乎

又

先數日于鱗遺我十二體詩讀之血氣俱動不
意二君相逢作此奇事及使來又讀佳篇則章
章甚也直須决滄海黄河波濤人立令足下不
得東于鱗不得西始爲快耳僕即不得從兩君
遊亦賦十二體命曰獨酌詩成舉白命美人歌
之不減兩君並卮也于鱗竟得代鞅入秦即吾
黨不假此始重顧此物非吾黨得不可耳足下
既已完牘則除書當繼李而下二君且得漫遊
獨使僕折腰羣貴大無佳思足下何以教之

又

昨具報言以待使者使者不來遣問史鴻臚家
乃知已去足下謂我何哉大恨大恨使者後至
則足下既已抵通輒擬匹馬而東則又徘徊中
輟相去四十里耳而乃不得握手則復令何時

乎聞諸道路則有謂足下可復命闕下以需内
次者極知非足下意足下何以應之謹遣一介
之使敬問起居既離通則當謁大司馬轅門擁
三姬醉眠耳昨爲羅生一啓尊公足下其爲我
謝不敏也

又

長安中大雪憶吾與明卿並馬銜泥從足下飲
也真夢中事耳足下僵卧旅臺北不得問安尊
公西不得舊侶則足下之情奈何書來把讀淚

淫淫下也。此中見足下不遷日口，我輩不知當竟作何狀。然五岳之興，日益勃勃，不大苦也。家君昨得新命，此僕所日夜急者，今即掛冠亡恨矣。尊公得足下爲子，反累乎。明卿既已赴白鹿，子與至姑孰，稍有二書北來，詩思大強。又得肖甫書，知入閩即返。公實奠軸，竟至浮沉九原，其將謂何。其集併常集寄覽，使者昨方持尊公軸來，一二日間即書之。足下九騷寄我，至望至望。

又

自與足下別白雲中，憤懷奇思，若碣石崑崙隆隆高也。決意得足下一面，爲足下剖破之，盈盈滿頰，而晨得足下書，廼知爲尊君峻詞徑去。天乎天乎，失此不晤，更得何時握手也。是日走馬向人，遂惘惘不能作酬荅語。助甫者即九一氏，其人酒酣放筆，頗自雄奇，索居以來，得此甚慰。適日讀足下詩，沾沾喜也。馬上授數語，徤兒以歸。既相見無期，則時時治書寄我，使我握書，聊慰飢渴。歲寒自愛，投筆黯情。

又

僕聞古者有遠行，則其與游咸有贈貽，以結承好。足下被繡擁旄，提兵千里，其爲故人光寵甚厚，不可亡贈。夫足下所督戎者，故齊地也，其俗慓悍憪賊，椎埋作姦，羣邪藪澤，譚王道者病之。足下往矣，得以憲章從事，取象于物，惟豸性爲能觸邪，故贈君豸衣一襲。夫羣邪所自邪也，亦自上之約束爲之，不東之而遽收之，是謂不教而殺，非聖謨所貴。君子之東人也，必先自東其身，故贈君腰帶一束，自束束人矣。猶有不若者，則付之三尺，以彰國威，以著足下之明信，故贈君古劒一口，明有豺豕，幽有魍魎，無不靡之矣。此數物者，不足以當足下，顧于鄙人之心抱區區焉，敢再拜以獻足下，唯足下圖之。

又

日夜遲足下報章及使來，則足下乃以絨金遺我，即感足下之愛，顧不及一語深也。足下豈爲我斬一語，或以庭懽弇之上東門時，得一歌之

未遐也日所云某某者所謂異方之樂令人[illegible]
怛蓋悲之非喜之也上蔡張君九一其人大奇
昨讀我古劒二華篇遂作數十奇語令人留目
晚得斯人差慰寂寥渠知足下取道東城約我
聯騎出訪足下須有以待之連夕爲諸子彊去
作餞酒間所得數幅足下讀之訪足下東城時
意欲與足下刻燭作數百佳語始別第恐別有
纓弁者來奈何鄙人湖上雜言二十首足下昔
曾見否張君乃能爲我和之茲寄[illegible]爲渠作贄

使者立趣短題往謝餘悰千萬統俟握手

又

足下駐通六尺耳乃不得單騎往候千里命駕
其人如何愧矣愧矣粤椽決意足下乃更他得
之黯然心折我輩本不宜復須人間事即于鱗
稍伸已不免忌者之口直須散髮漁樵庶人已
亡病耳昨得明卿八月二日書旣已抵家一月
其新詩慘淡殊可念也足下以詩爲司馬公憂
恐司馬公見我輩詩生怒足以屢作復輟今方
入搆仰寄足下置之足下在通更得幾晝謹遣
一介往候不腆之儀幸命膳者收之

又

冬間得足下一書知東事甚悉使者竟不至未
有以報僕已遂爲閩吏矣僕遂不難拂衣第以
文江以南天台武夷素塵意想者亦何可不目
倘有餐霞茹芝者乎即脫屣而逝耳昨會太宰
公稱足下非謂一豸袍慮也行間屛尊公賜訊
兼惠之儀愧負長者幸爲我謝焉今已放舟南

下秋中方得渡江足下向負我詩令武夷者亦
何辭也川塗逾遠音告頗艱願爲斯道自愛于
鱗處倘有便札其致區區冗極不盡鄙悰東望
于邑

又

鄙人發京時留一書數詩史鴻臚轉報當不至
作殷生狀也方渡淮島夷猿至自戈戟中一覩
老母即日夜從諸父老負矢石坐睥睨而賊從
楊嵬鄣已又冦寶應縱火燒千萬家風烟亘天

連十日不殲孤城只尺如坐甕中此其抱怦怦
恒怔難制矣賊幸大掠徑東方問枕簟而徙見
乃又持足下手書來啓函大笑大樂已又讀放歌
行辟則太華諸山突起几席鼓籠大呼風雨驟
至非鄙人當之幾至顛倒足下別後乃作如此
奇怪而感懷諸篇悲壯慷慨一言一淚使後世
讀之其謂此時何也　全聞北鄙警甚爲尊君作
苦北自百年恒跡乃致峻責固足下遺之矣昨
覩災詔令人驚恐誰其召之獨遺　主上之憂

孤臣萬淚無地可着聞吏至爲言春三月勁東
二千直抵閩省焚千家滿載而去乾坤生事竟
作何狀鄙人稍稍可舟卸渡江一覲家君便東
依南下川塗隔絶音告漸疎所幸者朝夕子與
及武夷諸君不大落莫于鱗稍足自慰明卿久
陟白鹿洞中書來意氣更可憐耳使者促歸且
方寸中俱爲群盜所據不得出片語往報聊附
此中謝放逐之人何可稱賀遠謝故人祗增太
息

又

夏中蓬萊之使既歸則子與召我有華陽之役
相與高醉白雲中凡三四日各得詩二十餘章
蓋自貞白先生以來稱奇遘矣每一停盃放歌
何嘗不念足下及李吳二生也既別子與即展
謁家大人于金陵稅駕白鷺洲者兩朔燕磯牛
首雨花諸臺時以斗酒臨之天風北來念足下
方飲馬東海耳九日始得整輿向閩采石懷李
青山憶謝望齊雲登釣臺十月入武夷夢足下

握手讙贈覺而悲之一視吏事便亟亟折腰生
平意氣蕭瑟都盡每不自堪輒欲掛冠去閩去
齊幾六七千里亡論握手即欲一書何可得哉
昨有齎周督儲　璽書者自稱足下之使進問
亦稍能言之謹附尺楮往訊斷事君來謁尚憶
足下與我談之此即我兩人鄙也使去急不得
作于鱗書足下爲我致聲何可負我二華不酬
也開府公小札幸托之徒見

又

入閩十朔矣僅得足下一書北風雙淚時時欲
書。春中會子與汀州而明卿亦時以郵書至獨
足下與于鱗相隔萬里言之痛心耳北塞烽高
司馬公盖大勞苦足下提兵京海千里盜息顧
不能亡北顧之憂也于鱗乃遂掛冠奇士哉奇
士哉僕爲鄉人彊之南至則日夜悔是日聞于
鱗去輒勃勃誠裝待發會烏寇急負矢抱關不
可請今可請又迫計吏矣春罷亦去不罷亦去
足下幸坐日觀諸峰掃片石待我也曾君選兵

入齊幸足下曲賜周旋劉部下健兒亦幸分之
以解閩急使僕得以從容携二婦出武夷無塗
警者非足下明惠哉鄙言一章用寄遠情

報徐子與

子與足下僕與足下交至驩天下莫不聞也別
足下一年矣廼不能馳一价奉訊足下吳卿移
書讓僕謂僕以山林自驕足下豈亦有此誚乎
秋中辱使惠之以書萬里長思頓解復結矣僕
以今夏上築湖南羽扇葛巾高卧明月客善長

歲復以來蓮之曲極恨不與足下同之也元美
秋中過我草堂把盞狂呼猶作長安中態四顧
諸君不在重自傷念于鱗竟以守出廼得闊圍
讀書元美言于鱗于僕謂其長揖不拜官長也
斯鱗哉斯鱗哉梁卿落莫山中竟無音耗僕深
思之常蘇蘇隕涕茂秦近復何狀吾輩尚壯此
君白髮種種矣吳卿還楚過廣陵廼不顧我秖
以詩寄我又大譏我可恨足下以書去爲僕一
謝焉進使者問知兒婢諸息俱亡恙尊公起居

健更爲足下大喜使復至甚勞具言奉報用謝
疎潤歲暮在客霜雪凄其幸謝故人努力自愛

又

客塗一聚雨夕佯狂幾失天地矣王程各迫逐
令分袂後夜對俗客輒欲掩耳當是時思君更
切也自鄆抵淮束帶拱揖連日夜不休尊君詩
并鄙謨竟不得一間書之贈冊遺几上付鄭使
君前所云者至濟緘報計足下尚在淮也冊中
亳上二作努力相聞

又

廣淮報前驅且至，不得再握手，是造物忌之矣。抵燕見二生，攘臂累夕，以言相詛。僕謂掄才計第，諸君必不得久住人間，諸君事當並以累僕也。舍人因起毆，幾折吾齒。京帯投刺甚怨，見二生則喜，每聚必談足下。足下雖遠，左右呼之，恒若狂奴在側也。擕李兵亂，足下歸值之，足下自愛，毋爲諸夷所苦。舍人則有喜色，奈此狂者何。塗間得册中一首附去，餘不得書。近稿雖爲鄭生竊去，尚憶書寄我。

又

別來半載，僅得足下二紙，每啓函輒淚淫淫下。七月間緘一書數詩往候，足下雖在姑孰，計亦能西來相見矣。讀足下諸篇，悲壯奇爽，大快人意，每一相思，輒爲披弄，則亦稍慰。于鱗竟得關中椽，王生大不愜于貴臣，幾禍，已乃善罷，得戎檄去。足下雖困刀筆乎，孰與明卿，固每一念至，則欲裂冠而走。我輩數人大不理于貴臣之口，恐足下與僕俱不免作吳生狀也。其說頗長，不欲爲足下誦之，恐足下不忍聞。昨爲足下賦金山，大自奇特，古劒、二華、匡廬諸篇，僕之爲諸君作語至矣，非諸君顧不足當僕語也。足下登金山，月明酒酣，取僕語歌之，當得山靈夜泣，孫、張諸竪子敢以庸詞辱此山乎。

又

郵使歸，凡再題尺疏往報，重之片詞，書來乃責我疎遠，豈使者俱化爲殷生耶，毋怪足下怨苦

也。僕昨移書武夷君，曰遣白雲使，我當事者重違其意，乃出僕參議閩藩，明月南呼，黃鶴來問，恐山中之環珮珊珊矣。朝覲朝隳，足下乃又出守汀州，豈亦武夷君意哉。名山久埋没，群公句中萬古精靈，待我二子。足下八月遲我若雪之上，登天目，泛西湖，然後聯舸而進，豈不可也。李、王絶無消息，明卿時有書來，乃得高盱白鹿，奇矣奇矣。僕已勒馬待發，戶授數字往報，握手有期，不盡覼縷。

又

華陽一眺，千古失色，白雲迷人，風雨颯搖，山靈見妬，遂令分袂。別後即秘駕白露洲上兩朔，足下既去，無可措語，惟明月浮雲，青楓白雁，勸我開尊耳。至采石，得懷白十歌，使白起而聽之，未必踧心。黃鶴也，蕪湖遇鳴野山人，山人極道足下，其人風采談笑，殊可人意。酒間立綴二章贈之，此生狂生，乃膽落矣。道新安，登齊雲萬峰亂掉，大快耳目。出嚴陵，爲嚴陵一賦。今且至武夷

矣，不得與足下壽九曲而醉焉，奈何？哉半載江山，遂有鴻鵠之志，今又遂遂折腰矣。當令華陽諸君爲我輩何人也。明當謁武夷君，謀焉。輿中草緘，餘悰待面。

又

宗安之使歸，授之數語，昨又小緘，置郵牒中也。數時折腰，意氣都盡，方咄咄齋閣中，又讀足下語，黯然內折。昔我二三兄弟在長安時，停盃賦詩，何曾有一日別。乃今飄零偃蹇，散之四方，李

吳絕歲未通一書，王生消息又半載斷矣。即足下與僕又幸從事于茲，且不得一圖握手也。何問數子哉？情難矣，情難矣。汀賊起，督府且檄僕統戎而西，今又道僕便返，檄足下何時東乎？極令人飢渴。別後豈無一語可寄，案牘中何可著此等語也。幸早出之，毋令兀兀不腆之儀，非所以酬足下，聊寄耿耿。唯侍史內焉。

又

累札郵中，計次第可通掌記。從事來，又辱遠書，

開函涉句，輒欲飛動。何時與足下散髮大王之峰，濯足九曲之溪，一傾倒也。今足下高臥郡齋，且得郡中佳山水主之名，章奇句，乃不使鄙人一聞，豈懼我顛倒哉？即此後甚迫，郵書如雨，胡不一示，令我飢渴至今也。折腰之燕，月滿庭梧，憶我二三兄弟，寸心如割。且荆婦久病，室中寥寥，俯仰鬱悵，輒欲裂冠耳。尊嫂亡恙，美人中亦有麟兆者否？昨托足下爲我覓一楷史，果得精者，愛我多矣。鄙草統容楷史至書之。

又

歳晏迫歸竟阻握手計足下方躍馬臨戎何嘗不西望㢉念也入春得鄄緘知冦被創去足下英氣哉護軍來又辱二札兼以大賚念厚矣念厚矣顧歳時例不敢内饋極不欲負足下高義又不能不爲衆人耳目慮也輒歸之顧心藏之矣其二臺約議亦當冦起時語今遁矣而督府又方急海鯨何暇西轅哉足下趨郡即手于鋌且國貧苦征調僕時爲督府譚之督府爲言何

不便宜從事此確語也而督府亦時時亟稱足下所諭當更爲轉語天涯歳時大有江河之感白雲在吳公等又復散處秦齊汀楚之墟也奈何不令兀兀哉廵臺行有延汀之役而僕以職事共西暮春三月定得與足下高醉齋閣中破此積恨耳

又

數日兩奉手書懽喜無量兼得大篇二幅讀之見懷二章奇偉卓絶元美峻伯德甫諸篇更稱上乘矣足下方日手戈戟安得作此奇語昨從總臺西征羽書稍緩停軺劒水之上西望汀雲有懷萬結所諭戎事日爲總臺譚之亟稱足下善爲理也繕城練兵二者莫先之矣書史至稍稍熟亦得顧所爲勞足下慮至深也持牒者歸先此附謝鄙言一幅聊答來美

又

迺抵歸化去汀只尺耳乃以家念迫歸竟阻握手謂何哉謂何哉足下觧戎衣持栢酒與徐夫

人醉齋閣中也豈復有念鄙人鄙人顧不能忘情足下耳吳生之使先在順昌遣之歸昨途又值遂留以待勒啓到即可遣矣笪䈬片石聊寄遠聴足下倚醉而歌恐白雲莽互驚擾諸姬也督府公心最汀治口亦時時言之軍書徼詰時僕正議事府中聊亦爾爾非有他念此公豁達待大體即有急先發後聞可也待命而後從事晏矣聞前盜俱已歸穴春中謀大舉一空矣何如哉

又

途中累札往報，望日抵省，即島寇揮戟四野，破霸清、圌鎮東大將且南，寇北去，月從諸大夫抱闕思足下碧雲洞，真在天上，正仗策臨戎，使者持緘書至，開讀之，泠然濯我清風哉。鎮東之圍益急，而福清、長樂、惠安、同安之間無非賊壘，溫州之賊七千餘，今且逼福寧矣。省中止廣兵二千，驕不可使，鄉戎者強則黨賊，弱者善奔，天下事不知作何狀耳。汀雖有盜，當不廢足下嘯歌

使歸，附報明卿書，致上廬山之使歸未。

又

前二日平子之使，使附訊起居，徒見奉軍書至，乃知足下之勞于戎事甚矣。且足下空國而來，使山賊猝起，何以應之？前督府下檄時急，不可以請。今稍靖矣，當具言汀不可亡兵狀，請罷其聽調二千。如何昨所擒賊者咸閩卒也，乃廣兵二千餘人日食省中，驕不可制，白日攖市婦女，稍詰之，則抽刃相向。乃賊至，又不肯發一矢也。僕談斯事，怒髮上指冠。乃今觀閩卒成功，首稍稍垂矣，而歲費帑金蓋三萬，可恨哉！僕意言之督府，請罷去廣兵，而歲損萬金，練精兵二千人戍省，其可恃蓋不下廣兵，且延邵之間，其悍夫猛士，蓋可兵也。足下其以為如何。

宗子相先生集卷之二十五

廣陵宗　臣子相著
晉陵鄒之麟臣虎校

書

報徐子與

累奉遠牘知足下之爲閫慮至深也前使者以
軍書至僕即進言督府即傳檄汀兵還汀矣督
府雖罷遣歸猶欲立之帥長亡事則農有警即
含耒而刃僕因極言汀不可一日亡兵兵餉復

匱乃云非郎欲餉之姑羈之耳且言二千石善
爲理也足下其竟如何哉武平報山寇復起信
有之則汀何待焉吾輩既不能長驅中原飲馬
河洛乃使持戈負矢周旋羣醜羞談之矣海寇
大都多華人華人狡善紿夷禍淸之階也蓋華
人先其夷于睨睥閒守睥者覘其夷也遂驚而
遁既陷華人乃又先之紿夷以獄此弩藏也夷
遂呼其類數千人鬪門以入見其纍纍然繫者
以爲守弩卒也詰弩金何在不得則縛而刃之
乃華人已羣入藏中負其數萬金去矣夷窮亡
獲遂擄亡而掠即販絮腐糈亦喜而內之夷中
人言此何窶而貪也不知華人負之矣及其敗
也其得咸夷華無一夫被創者華人亡論負其
國乃又負夷今且多持其金驕其妻子沽酒啖
肉嬉遊閭巷矣此何稱編氓哉爲今之策先策
華人夷可不策而定不爾者亂無已時也而策
華人即僕亦罔知策所從出足下謂勿詰其漁
商者誠是也但今之漁商者有司何能詰之詰

亦亂不詰亦亂其意以爲漁商者猶勞且費也
不漁不商不勞不費持大刀走數十里便可得
黃金數斤狎美婦人數十揚揚而去我兵畏睨
豈不愉快得意哉此華人之心即蘇張復出不
能移易之矣而欲一有司召號之僕罔知其難
也假使諸葛司馬諸君復出不知亦作何狀足
下所使代謁督府者僕命之綮之群屬咸無一
人至者惟足下裁之吳生何謂寄我一讀

又

歸自建安，則有護軍之檄矣，足下乃又以使來，足下文顧不文，乃令不文文哉，重幣兼之箋毫，又何說焉。休沐信宿，冒暑而馳，宜怨不者，寔以足下故奪之我。二人握手碧雲洞時，以爲斯地無復會理，今三月耳，乃又得坐崑崙片石嘯詠也，豈不天作之合哉。鄙人督蒼梧軍西也，其入咸虎而戟，日夜憂之，亡策，唯厚勞其酋長，酋長喜，遂戢其下不敢掠塗，然亦其塗之人徙其雞犬孥孺而內之他所，故免。足下幸傳檄塗居者毋縱鷄犬不收，毋不能一時去其孥孺，以爲護軍使者憂也。今將樂矣，冊五日入汀，足下其勑徐夫人煮天目茗荈待我。寄明卿二詩奇哉奇哉，每讀足下寄吳生詩，且佳且多，恨不得作白鹿逐客也。足下上計事，歸問之趙伯，趙伯云業已議汀大夫入計矣，悔不早言之。贛府漳道咸有留詞，便須上書以請，不得之，面則得之。彼僕亦以爲免上計，便蕭生李節使之，恐生他端，爲僕累也。只尺不悉言。

又

先是二日，二健兒歸付之尺牘，是時群酋戢不掠，已發書，乃聞其在順昌道中要葉氏姬于輿中而羣辱之，已又掠其髻金以去。其姬名家女也，媿觸石而斃。僕聞之，怒髮上指冠，已檄從事廉狀以請，其酋長亦恐恐待罪。僕誠不能愛此一官，而令匹夫匹婦之仇不報也，爲此星馳而西，五鼓抵歸化，目不交睫者兩夕矣。盖恐塗民不卽徙其孥孺雞犬，故家至而坐徙之。蕭生及從事來，兩辱書，知足下之遲我深也。僕卽不念碧雲，獨不念足下哉。且群酋不出瑞金，僕之轅未可東也。其勞軍諸例已具公牒中，西報十日矣。咫尺握手，心神飛越。

又

屢塵使命，裨將來又辱書，抱讀臨風，碧雲秋色侵人矣。足下須命毛穎先生數百坐石上待我二人題石也。群酋數日頗戢，又費郡中牛酒以爲父老憂，使君有罪哉。漳南君旣未到于旌，便

不勞遠出逢我碧雲可矣

又

鄙人之再西也豈不甚幸哉名山片語便垂千
祀至于深夜握手不忍鄙人之即去而曲計全
之其誼骨肉為淺矣獨畏左右耳目未展兄嫂
之恭此我兩人之外內固無所不至也但以鄙
人之來令足下病至蹙容而去鄙人有罪哉馬
首漸東孤懷欲結回首汀雲無任悵惘

又

已發石牛得手書知足下恙且甚令僕意忡忡
而東也此乃夜坐積困稍卧閤蘇之當可勿藥
矣漳南意慰僕何以當之謝書幸遣護戎速訊
前途再為具述足下語往謝也軍儲所費幸即
具牒一投僕可藉手歸省邵延之間倘得握手
甚幸顧恐無此奇也朝斗一章足下和之

又

別足下十日方得抵省風雨泥塗備嘗之矣遙
想茂陵肺病未嘗不西望增結也金陵書到始

知足下賜訊大人大人且怍且感亡論大人即
僕復何當之謹西鄉再拜因使者以謝入棘迎
矣謹誡小奴理蔬餐酬以待足下周宋督府迎
送二牒幸命之護戎急馳之大人有家報二函
附使者蚤寄一甚鄙丁前緘已詳唯足下圖之

又

二使次第遣歸有報言矣宋督府視事例有賀
且上之吏語鈞以托之長汀黃君盖足下既東
捨斯人不可金陵使者至未已遣一介迓于旌
玉華足下既至則請留使者一二日待僕與足
下而遣之未晏也

又

抵省遣徒見西歸寓之訊言已又三徒見至奉
手書知足下時時念我深也碧雲一章稍易數
字更稱奇絕周中丞歸山二章精麗俊偉逸氣
翩翩薄雲矣周幸哉周幸哉知嫂東歸使者取
道北鄉鄙心炎炎如火第歸後日塵棘闈之役
奈何哉胡從事受足下重命歸即請之趙伯

云督府已有成命難中奪之而楊伯佳大夫也乃云徐使君既有公牒請以易胡生者易之便與顧使君又亟言胡從事乃王黄門姻也因起請再三趙伯者乃拂髯不荅趙許有役棘院楊伯署司僕當極力周旋之可矣四懷詩併王生者奇哉奇哉我二人亦胡可少此詩也嫂歸矣聊爲内侍者易數衣而不腆之儀因以獻諸伯翁

又

前是二日具訊一役歸矣二役尚留意欲有所遣一役病茲復遣之聞足下二十日同嫂夫人東也則大喜計是時于旌已指九龍矣楊伯顔憲時念足下僕更時時道足下感仰情胡從事不能以一日遣諸懷日當之楊伯楊伯遂具牒廵臺易其人牒今日且下揚伯者佳伯哉佳伯哉幸報胡從事毋悶也更一二日則顓遣一介之使候足下劒津之上矣

又

足下之枉厚敝署也即如崑崙之上遇黄門焉駐馬數危竟爲衙官促去何物浮名乃能籠人如此意苦然甚也已乃從臺史廟謁遂留齋沐庠中罷祀雞鳴矣晨起軋軋又從諸大夫折腰也欲啓鑰展謁足下則足下能一出乎左國二種偶涉鄙筆幸足下藏之

又

胡床侌語寔平生所缺一危便别乃令心搖搖並西矣居數日即以戎事復出垄中得王華二

書讀之淚下僕念足下豈殊足下哉顔使君大自意氣其爲我道足下高義口津津不收也又得讀黄花素秋之篇擊缶而歌颯然風雨豈足下登碧雲時手盜屯紫雲臺上僕因鼓行而西駐馬歸化者五日矣徒見持汀書至太誇我滴水之奇遂不能夜營營至曙則携揭生往眺怪哉怪奇哉不知天地間乃有此揭君謂足下大醉洞中一日不能去則何不令我二人共危使君謀馳之延平而同安報夷艇至矣計足下

當以望日發汀恐遂不能出覲節鉞徒令此心萬折也且足下既去而僕之鬱鬱竟誰與語言之涕淚滿衣矣足下過九龍而不見僕得無戚戚動念乎謹遣一介代候于郊萬里長途兼以霜雪唯足下愼衷輿自愛鄙人心搖搖而北無已時也洒淚投函莫知所云

又

問足下北轅十日矣長安車馬雲翔而舉目無一知已者足下得亡短氣乎昔顧華玉以開封

調 帝獻吉諸公祖道陳詩而朱升之報績還亦有章園別紀足下何人哉乃不得並二子游也萬里之外令人怏怏耳臺使便附訊願言加飯以慰遠臆

又

自足下出關日忡忡怦怦不能一日釋足下意獨怪之不知足下乃奉尊公諱痛哭歸越也書來把讀一淚盈裾矣諸大夫靡不喟然與嘆即臺吏且亟亟言斯人去是汀之厄也尊公何恙何竟不起太夫人得亡過痛乎是皆助足下悲也第尊公八十餘老矣又得被章服游里中數春不愈焚麻松丘哉足下可無恨足下杖而讀禮上奉太夫人高年以其餘掇釆千古辛成大業是又報尊公地下無已時也僕擬眷暮拂衣闔廬蕩訪天台觧笈天目之墟濯手若雲之上展謁尊公之墓上壽太夫人于堂而因與足下探禹穴歷西湖弔閶闔之舊宫釆種蠡之遺事斯僕之上願也足下其掃徑而待之頃以職事

從臺史行部駐節延平日飲顔公之廬未嘗不談足下至額顱罷酒也不腆之奠敢聞左右唯足下彊爲太夫人加飧臨楮于邑

又

紹生去附志序二首書一首計中元抵越矣顔生來又奉手書沾沾喜顔生不遠千里訪足下足下乃又深愛而極念之也兩難識顔生才又深沉有度汀館徐圖之不敢負委也家大人省家具言足下馳特使于金陵且有厚賚焉足下

我父子之間深矣顧安所報顧安所報唯公
藏而口占之無已時也昨晤蕭生欲遣北訊元
美會其病已僕亦且苦患癘不得一間爲書聞
元美尚在青州何也其于去就苦矣吏有事越
臺附此往訊秋炎甚想天目亦如之捐痛自愛

又

撫川遣徒兒入汀後二日抵順昌聞足下棘闈
之繳此何足云顧沾沾喜者以握手之難也故
事聘博士至閩則守臣護入之既已延平而迎

臺復檄往杉關入諸博士馬蹄不穿難矣如此
宦情奈何令鄙人甘之足下建寧之役不必特
馳月晦便謁過朔趨闈至順也前議倘諧所遣
偕使其抵省僕當具楮待之鄙事大勞足下然
非我兄弟一體者安可措片語也李司勳書幸
付長汀君其護吏回仍取報書寄我

又

隔旬臬吏有事于越附尺牘命之天目訊足下
書及家大人訊語啟函讀乃知足下有顧僕予
金陵而家大人數數感足下高誼無已時也足
下念我戎旃戎旃即苦顧不若二三兄弟放逐
驚憂種種甚也每一念之不覺泣下莽莽宇宙
安所投足哉足下以太夫人故不出僕不敢謂
足下語非也家大人以倭故近日置宅鳳臺之
東將定居焉而二孀諸所從者行將盡歸之則
僕之進止便也奈何以一學椽而負此千古足
下以爲何如元美處日夜念之無一介可任黃
少府疾足謹遣之代訊足下足下如以爲可任

則北之且令歸金東之齊一訊李生也昨覯王
生病疏痛心哉痛心哉百凡足下裁之

報吳明卿

與足下別長遠矣去夏眞丞送一書握讀數過
愴然增情偃卧空山函報亡路及元美至奉一
書一詩乃知使節還楚過門不入秪有愧嘆洞
庭浩渺音書益難計今秋使節過揚必得一覯
遣使江滸往遲前驅元美書來乃謂足下擁二
姬從西北徑趨上國令我悵望彌時潸然淚下

[illegible]山迢遞羽翼參差足下讓僕以山中自驕[illegible]
矣宛矣射陽湖上遇子與謂足下詩思益雄恨
不能即夕見足下握手大呼命楚妃烹鮮進醴
爲荆高飲也今已整輿上塗即可北鄉思君數
詩往省足下亦必有相懷者

又

日與二三子燕市遊手足耳目也昨悲王生去
尚得二子破之今二子又去矣僕即悵悵安所
措語乎前視足下邸中上騎便覺寒氣射人

至省則百骸如火狂惑昏憒時作夢中語方其
憒時不知足下去也稍定乃知之則心痛欲割
耳再一日彊視徐生既而復困對鏡日癯咄咄
不樂輒又爲簿書所苦徐生薄命又天其子含
淚登軺去住增怨昨者馳馬西城忽欲投刺足
下既而念足下已東輒淚淫淫下掩面反走足
下日就江湖形骸漸放鄙人孤遊棘莽蹤跡可
憐握手何時傷心無已昨已移書舍弟誡其出
迓于旌射陽之湖西三君共櫂而東醉我百觴

洲上則薜蘿楊柳分華割榮而快焉病中據
案申悃展筆累投凄悵無極前塗自愛時惠德
音

又

子與行倚病題數字往報投筆淚灑不知所云
及使歸奉七日手書啓封黯淡至不能卒讀足
下以郊行不見僕爲恨豈知僕當是時乃憒憒
不知足下去也足下去尚得子與一二晤言今
子與又去矣孤坐而悲萬念並起躍馬出署竟

復何之或有美饌名醞藏之誰持鬱抱日起兢
爲宣之驚人佳句其誰誦而歌焉俛仰傷懷十
心萬折既而自解借使僕與二三子隔千百世
而生如左馬李杜者則亦何得二三子以爲懽
乎且長安中貴人不少吾彊以二三子視之亦
胡不得而惟二三子是思也則輒自覺其欺爲
悲更甚耳足下與子與並醉而商離情日丁獨
子與念吾病恨足下不見之也所爲贈足下行
者文一長歌一絕四二稿共之稍得病思佳即

為綴報何敢忘之乎足下亦何得亡言也我輩
既不得握手則時時治書相報庶慰長飢

又

所往訊尺書足下已讀之不僕今遂為閭吏矣
所不能拂衣者不分足下獨擅匡廬亦欲登武
夷之巔庶有其餐霞茹芝者乎則吾將脫屣而
從焉為裝將發任司理携足下書來開函讀知
足下與半五老家日騎白鹿走也既而讀諸篇
雄渾悲壯當與廬山爭高已又會宋柱史大稱

足下吏隱雅度不為此官所苦足下豈僕所稱
東方先生哉僕已放舟東下秋末渡江若越氛
未靖則當徑赴九江與足下踐烹鹿之約足下
須豫作武夷之歌以待我不然我當驅五老而
南令足下落莫無主也此行得足下高篇復得
子與屬吏之差足快意舟次數語托劉武庫轉
致握手有期願言自愛

又

四月出薊留尺牘荒詞劉武庫郎中計楚騎日
可扣白鹿也今歲暮矣足下曾無片言隻字
訊我豈忘我哉夏中還廬幾為島奴所苦秋渡
江遇子與共醉華陽三日已又登燕磯眺鳳臺
稅駕白鷺之洲呼月采石之巔西睇楚雲心神
飛越十月抵武夷掃石門蘿放歌長嘯青楓萬
里白雲滿衣苦憶狂奴寸心如墜耳子與日坐
烽燧中郤有佳句元美贈我長語奇麗動人足
下久負武夷詩不報何也吾將遣白龍而問之
江上聞足下量移南康大令人生如豈白鹿遂

作君家物也雖有人言足下與王督學徧廬山
游二美並藻江山生色可使遠人得聞乎貴鄉
姚文學北歸便訊起居更數日僕與子與有顯
使于足下其束笥草而待

又

別足下日月頗遠顧時時念之至于登眺江山
雲霞參互不得足下楚歌放之為念更深矣然
足下坐廬山中即得五老白鹿日相酬酢恐未
盡解足下語也則足下之念如何僕之入閩也

日手戈與從徒兒遊然坐卧青山差極快意予與相隔千里雖阻面譚鄧書甚勤足慰離索獨足下與李王二子經年不得片言然二三君子豈容一日忘我哉昨貴鄉姚文學歸附尺牘菰詞往訊茲遣乃子與及僕顓使也敬問楚客楚妃楚公子起居亡恙其洞中詩自春以往者悉函授使者歸也即與足下枕石而醉不殊矣玉華一篇用寄遠臆武夷片碣遲君久矣

又

曾叅戎二月來致足下書知官舍寥寂日惟贊師語也蓋黯然矣讀足下詩又沾沾喜昔謂詩必窮而後工有味哉有味哉三月朔覲計吏牘則足下乃又有謫命矣是日爲足下頓足旁皇泣數行下天乎足下何罪而再遭之也即欲走一介訊足下武昌會倭遽至而環之蓋三月道塗始闢遂冉冉至今也顧此心何嘗一日不念足下足下再謫子與告居元美北遂家居乃李生又久耕矣而獨僕折腰五斗不即去豈理哉日夜謀所以去狀不得則移病耳陳大叅公入楚附此一

報梁公實

去夏與足下握別寺上心旌共往凡兩得途中手牘把誦沾衣足下別去一月又爲別元美元美既去僕病十月上書幸　主上恩賜俾得就醫故國今高枕草廬已暮春矣憶昔並馬長安鳴珂授簡一時騷壇直追漢魏眞千載奇覯也嘉會不常盛圖難再謝以春歸子以夏去元美

與僕相繼出都獨于鱗子與明卿落落京邑海内豪傑能復幾人一歲之間萍分雲散良可念也于鱗五馬之請當在暮秋而子與上疏分曹留中不報豈惟聚散多端岐途偃蹇彼此固且甘之矣足下本以煙霞之徒得遂初服採芝鍊石何所不成矢爲文詞益復凌虛駕空不可羈紲僕常言人世秖有二道上馬者乘青雲弄紫霞而次則宏詞麗句照耀今古名並日月莫得而掩焉足下將無兩得之耶僕之爲心足下所

知謝客巖居不敢自棄于斯道以負知己近日採藥深山遇異人授以大還之術意將文詞之業大就然後躡屩而從焉山中偶值貴鄉人附此往訊用申前盟茂秦南來則僕有浪游五岳之興羅浮雖遠幸爲我選石相待也臨風悒悒不知所云

報謝山人

一別八年矣人生幾何堪此睽隔每與二三子持盃對月未嘗不念我公即公高居獨吟當亦不能忘情二三子也于鱗文耕明卿再謫子與

元美並奉家諱南歸時已逾數朞矣獨僕以五斗不即去然念念漁樵恨不旦暮往也近家君卜築金陵之墟將遂家焉公能渡江而南面僕因解綬從公闚天台眺雁蕩下西湖登虎丘西睇匡廬南浮瀟湘以盡平生之所卧游而未覩者何如哉公既老僕之髮亦稍稍短矣嘉時不再唯公圖之楓亭李公與公有傾蓋之雅謹附尺牘代訊懷公之情一見之詞惟公一一爲我

又

使來既彊起書卷題短札與之投筆危坐今昔並起懷我二三兄弟慨悰狂語佳話奇篇一一盡爲涕淚我輩情深蓋自天地以來一遘耳二君日遠猶得蚤暮半途忘其離索獨使我目折腰諸貴人前鬱鬱之懷誰與爲語生非金石堪此侵鑠足下念我至甚何以策我稱病掛冠長策短笠訪足下于河北之墟把酒論詩稱雄千

古豈不快哉不然則仲連有蹈海之節僕將躡屩而從焉奚爲妻孥饘粥計而日營營爲也情長塗短輒爲足下效其區區足下其憐察之

李小有詩紀　葭園唱和　牧懷詩紀　媚獨齋詩集

（清）李盤　撰

《李小有詩紀》十一卷《葭園唱和》一卷《牧懷詩紀》五卷《媚獨齋詩集》八卷，清李盤撰，據清刻本影印。

李盤原名長科，有《興化李氏傳略附別紀》，已著錄。

《李小有詩紀》分爲《饑驅拙言》、《仗友隨鷗》、《瞻烏歎》、《羅浮譜》、《燕關吟》、《秋譜詠》、《芋城秋稿》、《廣武楯草》、《悼亡》、《燕合》、《燕離》等卷；《牧懷詩紀》有《十六景詩》、《巡隘詩》、《桂遊雜詠》、《感懷和韻》等卷；《媚獨齋詩集》有《香山憶》、《汴州夢》、《青溪草》、《吳吟》、《晨風吟》、《遊子意》、《水雲瓢》、《京江詠》等卷；《葭園唱和》一卷，收錄虛天游、大塊鷦民、檀道人等人詩作。各卷多有序言。本書收錄李盤明末清初間所作詩歌，代表其詩歌創作成就。李盤一生經歷非常豐富，其詩歌創作反應了寬廣的社會生活和深厚的思想感情，如其妻於歸鄉途中落水溺亡，李盤深感悲傷，《悼亡》一卷共二十首悼亡詩，各有小序，抒發自己的沉痛心情以及對以往事迹的追憶，讀來令人感動不已，如其十九：『生時同出死同歸，到此翻憐與願違。落膽愁看兒女態，溺流畏值石尤威。扶攜欲透千重險，重滯難穿百折磯。回由柔腸無限慮，獨將愁緒趁飄飛。』

（周　忠）

序

李子小有天下之盛才也家世鼎貴兄弟皆以文章流譽人倫其尊公先生又以詩鳴於時弘奬風流凡在庶幾之儔事同資敬此亦鮮爲兄而不易爲其子者矣然小有以文章詘其二昆而以詩嗣其父其道幾可以無悔昔季布以勇顯於楚此語旣以贊羽亦以贊布兩通之辭也以淮南李氏之文若詩而能使兄

不以有弟而啼幾欲先父而食小有之爲小有蓋可知矣丙子秋同在都門示陳子以所刻詩曰子得無爲我序夫陳子則何能知詩抑何以序詩而況李子之詩乎然於此

抑猶有說李子享天下重名三十年其仲季皆爲大官顯人宜如君家猨臂將軍髮倉逾愆及見之恂恂若處子歲路亦復未疆弟先兄舉早晚之時自失耳雖再戰再蹶處

之夷然無幾微不平之色見
於顏面此豈偶然者君子離
詩觀詩即李子所爲如是則
温厚和平之本既已立矣脩
其本而末自應本之所處者
一末之所處者自一而二而

三而不知其所窮則文之外
而有詩詩之外更有如詩者
以足乎不窮之數無不可以
得妙予不知詩而能知李子
與李子之文則夫李子之散
與李子之文之類皆可緣是

而通之也苟李子之散與李
子之文之類皆可緣是而通
則雖謂陳子能深知李子之
詩無不可者夫天下體與用
有不相咸者矣未嘗厲而用
之以習其心心遂獨以心見

不能弘之於伎此宜尤之其
末非立本之說之不驗也今
李子承其家學既已習其心
矣文見其端而文之類將並
見焉李子之立本與夫人之
立本亦自有辨陳子恃以知

李子之詩以此若必求詩之品格如世所稱時之盛中人之陶謝舉其類以差佽之以較其銖黍之離合則將俟習乎詩者而問之陳子將終守其不知者而已

年家社弟陳際泰拜手撰

饑驅篇序

饑驅拙言者李子小有丙戌艸也總計一年中僕僕塵鞅屝有寧刻春風秋雨酷暑嚴寒不在短棹方舟則在僧寮旅舍伴破琴而侶孤劍披敗褐而典敝裘游如小有亦苦矣杜少陵云計拙無衣食途窮仗友生游之不

可以已也然游道至今日難言哉司馬相如爲千古第一游客臨邛令王吉爲千古第一主人孜其當年臨邛令何嘗容至攢眉捐金相贈相如亦何嘗有所關說如今之仰面看人顏色惟恐不得一當也者其喫緊關鍵則臨邛令繆爲恭敬相如繆與令相

重而已夫恭敬則恭敬耳重則重耳
何以繆爲此臨卭令憐才篤友之念
不得不巧用機權兩人以一段虛情
往來殆有相視而笑者乎相如初事
孝景爲武騎常侍非其好也因病免
客游梁梁孝王卒相如歸而家貧無
以自業素與吉善吉曰長卿久宦游

餞驪序　二

不遂而困來過我於是舍之都亭臨
卭令繆爲恭敬日往朝相如相如初
尚見之後稱病使從者謝吉吉愈益
謹肅何其繆也臨卭多富人卓王孫
程鄭相謂曰令有貴客爲具名之并
召令令既至卓氏客以百數至日中
請相如相如謝病不能臨何其繆也

臨卭令不敢嘗食身自迎相如相如
爲不得已而强往一坐盡傾何其繆
也相如又繆與令相重令前奏琴曰
竊聞長卿好之願以自娛相如辭謝
爲鼓一再行何其繆也然不繆則不
知令有貴客不繆則不能一坐盡傾
繆之一字實千古第一游訣小有宦

餞驪序　三

游不遂與長卿同家貧無以自業與
長卿同獨不肯繆與令相重而必欲
實與令相重稍不重輒棄去其所造
訪之主人又皆欲實爲恭敬而不肯
繆爲恭敬繆則虛趣無窮實則不可
以繼一餽程一設席之外置之如選
日往朝者有幾身自迎者有幾是令

題

陶靖節詩云○饑來驅我去○不知竟何之○行行至玆里○叩門拙言詞○小有先生○乃以饑驅拙言名其丙戌詩稿○先生高風不減彭澤○而貧窶過之○自春徂夏○背秋涉冬○幾無暖席○總爲饑驅○究竟無解於饑也○然先生嘯歌自若○予讀其詩○一唱三嘆○爲之賦饑驅篇曰○先生前身○南郵○陶○饑驅○乞食○天愈高○我聞近代乞風蕭○乞名者妓○乞利饕○何似吹簫○氣如虎○乞食歸吳○霸吳○主○吁嗟

有賤客也○令賤之○其誰貴之○嗟乎○世豈少富○人○如卓王孫輩哉○但少解人○如臨邛令耳○雖然○今之客方以令左顧爲榮、稱病者、有幾以叨陪爲重、辭謝者、有幾○非令賤之客實自取賤焉○吾讀小有饑驅篇有感而漫識之如此○

淮南虛天游題

有飯不遑餐○鹿走蘇臺誤○辛苦先生掉頭歸去來○三江七澤風雨哀○萬里居然逢故物○遺民皎日當心○開東家勸醉西家飽○痛飲加餐歡○未了○樂過千春○是此春○真報相貽爲黎老先生○前身陶南邨○戲謔慈辭○古道○敎告我饑驅拙言語○我亦儀驅何處門○

丁亥人日華易社弟張芳題

饑驅拙言目錄

至昭易　泰郵燈社
歸金陵　登燕磯
喜逢何太常　宿避風館
維揚謁舊知　賀蔣元長生孫二首
農務　稱貸
姚永言　和李明府六首
錢烈女　午日

劉使君招飲　苦雨
集包稚修舟中　和惺道生二首
七夕　旅嘆
饒節婦行　一草亭
讀李明府集四首　花燭歌三首
中秋葭園　重九
幽蘭歌　謝李明府二首
得聞信　長至

饑驅拙言

淮南李盤小有著 原名長科

清苑梁以柟仲木評

至昭易　丙戌孟陬四日○自秦郵

驅○昭○易○省母聠諸弟○謀居食也○

諸弟僑寓西郊○是夜共榻三清

道院○

高沙雲影宕晴暉○舊里蕭條生事微○茆○

屋○數○椽○棲○雁○字○草○心○一○寸○澹○鷗○磯○無山

偕隱身浮梗此地譚真夢息機○姜○被○奇○

溫○酣○睡○穩○簪○花○夜○落○自○霏○霏○

秦郵燈社家弟君愛盤諸友送

爲賓主○梅花燈火○互相唱酬○亂

離中一快○

篼社尊開離亂中○梅○花○香○瘦○鷓○春○風○郵○

知○黑○髮○千○莖○白○得○見○清○燈○數○點○紅○江○海○

弟兄闌作譜煙霜南北酒爲筒連翩賞
會金吾夜漆倒猶能待漏終
歸金陵　亂後尚未入石城一步
二十四日驅江南與家六弟七
弟暨一姪兩兒相見悲喜交集
門庭冷落市井蕭條徘徊涕下
愁絕西風倦眼凭亂鴉飛處見金陵夢
華門巷春無賴握粟兒孫穀未能炎冷

李小有詩紀　饑驅拙言　二

看人禾黍變悲涼到我髮眉憎春令清
對情何限手板青山不敢登
登燕磯　仲春望日離石城北風
大作泊舟燕子磯遇顧念之共
飲酒家登磯返眺觸目興亾誦
浮沉千古事誰與問東流之句
狂飈吹浪上征衣滿目山川有是非望

裹煙光隨樹遠坐來嵐氣挾濤飛垂楊
燕舞中春月大壑龍吟半夜磯二十年
前雲物邈故人相遇不勝欷
喜逢何太常
客舍逢知己神交即舊盟山河千古恨
霜雪一時情薄俗惟因熱幽人定守貞
北山周子辱東海魯連輕介石幾先見
觀天物外行迷塵驚水鏡披豁賴吾兄

李小有詩紀　饑驅拙言　三

宿避風館　十八日驅潤州玉山
主僧尚存留宿避風館北固金
焦三山如昨
船頭破浪三山棹京口凭闌兩岸燈已
築避風難避世却憐逢主是逢僧堤邊
故苑牛羊萊原上諸陵草樹增只有漁
人眠白穩鷺波日月任飛騰
維揚謁舊知　二十六日驅邗關

晤鄭潛庵中丞周元亮兵憲皆
相別近十年者綈袍之誼頗篤

經年遊處似飛鴻離別心期屬兩公鍊
遂煙霞行泛宅金陵淮海坐譚戎竹西
歌吹崇階在硯北相思蘭氣通古道炤
人邦水徹袍如青草敢稱窮

賀蔣元長生孫

祖竹立青筠祈風長綠蔭琴言追蔣徑

李小有詩紀　儀驅拙言　四

璋詠大于門蘭服惟將母偕香更抱孫
賓朋多麗句歌笑集霞樽

其二

愛兒孫枝秀欣增壽母懽石麟天錫慶
仙瀣日供餐冰玉爲神骨雲霄待羽翰
傳家緗素在誦習歲時竟

農務

暮春十日再驅馳易同家
八弟經理南畝春耕事

秋水新流社鼓鬧故山犁犢興悠然浮
家不羨千間廈負郭還徵二頃田晴雨
用天機事少茨粱分地插生全倘來拈
得東風何爲語沙鷗莫浪傳

稱貸

二十六日同家五弟驅樊
汶向郭翁貸金治田刺舟觀歌
姬演劇信宿而別

艱難二仲久周旋稱貸將無補力田高

李小有詩紀　儀驅拙言　五

士傳中求伴侶恩公谷秉學神仙猶憐
一曲排場咲更記三春刻燭賦鐵板江
東吾倦矣曉風殘月酒人船

姚永言感賦

清和九日驅返秦
郵姚永言至執手相哭失聲譚
中酉年事欷歔欲絕因共商避
地之策

煙餘雲剩失桃源我已吞聲君未設祖

帳辭都傷賦鵩帝星下殿哭聞復敢因
厭亂眈鋤棘祇爲怠憂學種萱相對不
須悲往事自分贅碧老田園

和李叔則明府韻　二十二日驅
八寶叔則以治城詩屬和賦贈
秋盡南天六幕垂吳王舊治古今移璇
題碧樹參雲立玉冊丹書映月披紺殿
香銷聽闕處暮江帆靜鳥飛時紅箋獨

李小有詩紀　饑驅拙言　六

擅研京賦一借瑤墀發藻思
共二
才如飛電繞珠宮颯颯霜毫擊遠空青
鼚奇姿榮洛下白麟隹譽起山東遙聽
劍氣湣潭影早識東鄰大國風隨地流
泉雲吐嶺文境今又見坡翁
共三
擁書抱膝對吟窗戶滿春星帶夜缸鳳

味銀鉤披露斡虎頭金粟照鬢幢開尋
園客絲中譜夢接稽仙月裏江退食從
容心自遠未隨塵埃影麗麗
共四
魚自煙菲映碧湖西瞻重嘆累茵孤松
楸入夢思丘隴岵屺高登稱大夫曉漏
常如驚彩袖春聊猶覺況金鋪亾詩欲
補應同東林表嗷嗷念哺烏

李小有詩紀　饑驅拙言　七

共五
熙然花縣即春臺海宿冷琴韻繞階行
野徧咨青華戶放衙仍誦白雲齋桑麻
有色慈俱滿豺虎無聲願已垂丹鳳帝
城天尺五息飛應許集高梘
共六
多年烽火徹西東哀笙無滋樹影童屢
顛狂塵揮涕泪欣來時雨奏戎公粉糧

李小有詩紀　葭園唱和　牧懷詩紀　媚獨齋詩集

每峙迎官道蒲稼蒙安咲野空部內神
君爲衆丈行歌巷陌黍漾漾
錢烈女　二十八日再驅維揚聞
錢子述古女及笄懼受兵辱服
毒赴水不即死自經而逝
維揚孃孃誰家女女家近隔京江水相
傳吳越射潮名錦衣玉帶爲其始從來
奇士受長桑倉公有女冊流光錢家女

李小有詩紀　饑驅拙言　八

比緹縈歲更異緹縈開漢皇蜀岡忽變
沙場日甲光射目銛鋒寄妍姿不與城
俱隕廿春如飴懷速訖須臾繾水皆無
擇一縷芳魂向空碧明月重來廿四橋
煙花處處棲塵棘馬前悵下尚求生遠
嫁王嬙共一情春風孰寫琵琶怨笑爾
難行惟哭聲
午日　自維揚驅瓜渚周訓丈王

漢恭于開生諸同社共集憶客
歲午日從邗道南奔海安舟中
賦詩爲之三嘆
客星午日避瓜渚[illegible][illegible]經年逸蝶魂地
[illegible][illegible]煙悲地老天中風雨怨天昏翠濤
光妍榴花暗蘭氣香沉草色屯萬縷朱
絲何處繫栖心寸寸敢忘恩
劉藥生使君招飲　二十一日驅

李小有詩紀　饑驅拙言　九

海陵藥生招飲胡公祠庭前雙
樹古幹濃陰納涼最暢
落拓長年十畝蕪芝肩照我坐水壺使
君公事琴中聽野老私碑道上呼良會
清尊猜游骨稿舟遠興托滿蒲猪肝不
敢輕相累題憶祠前嘉樹無
苦雨　長夏哉生魄自海陵驅昭
易中途淫雨客裝盡濕自咲此

來求載滿船明月亦不可得晚宿零丁茅店訪故人楊王庭弗値獨酌淒然比至邵易一望汪洋南畝盡付波臣矣

客心無際與雲浮踈柳荒汀處處愁陸地巳沈三伏雨高天仍覆一輕舟蛩聲勤喚鄉情瘖煙影深搖水氣幽半桄蕉幃醒後冷伊人應爲草玄留

李小有詩紀　饑驅拙言　十

集包稚修舟中孟秋三驅維揚稚修招同陳于到蔣元長納涼城濟河畔稚修善治饌手自烹調佳絕舟中載一大石對飲呼爲石丈

雨散名場三十年荒城風月尚嬋娟文闌犢舁狂如昔怪石菱溪態幾遷鯖鮓郇廚堪醒酒鳥爽齒筋足游仙白痕山

館行將過桂樹凌秋我欲眠

和惲道生見寄詩

寒聲吹旅夢荻荻接荒廬懷我白下友寂寞將焉如饑驅復適遠孤帆望平蕪南北一水間此心無容踈相望不可即相思渡江水蒼蒼舊舸稜塵壒時見此雲牋數行書貞心亂猶始

其二

李小有詩紀　饑驅拙言　十一

燭惹潛孤影玄冬深素秋感時千念集忽忽如有求舉頭望烽燧京野殊昔遊虞卿曠世才著書終窮愁惠我以音旨詠若清泉流高人混儔伍俛仰爲身謀顧我心惓惓遇物滋離憂世趣如鳥道相期擬足投前路豈不隘君懷廣且修安得解凡纓超然從道猷

七夕

八寶諸同社皆集維揚予

沽酒邀之，强半未赴，免俻觴姬，又復不遂，幾令牛女咲人

瑩月瓊花事已空，碧雲暮合思無窮，雙星子夜秋初渡，八寶朋簪盍未同，綉被可憐青翰冷，絳河生憎綺筵終，主人勝有留髡興，良夕厭厭賦惱公

旅嘆　十三日再驅瓜渚，當事者罷我如遺，不勝炎凉之感

下榻慚非孺子才，新豐濯酒獨裴回，開聲遠叩梅千里，會面淸憐水一杯，顧我依人無嫵媚，臨風對影在塵埃，羨魚歸去尋魚樂，梟梟綸竿舞釣臺

俛節婦行爲李玉潤賦

烏章集，撫城鉤，鋼破花夢，僕射無全策，來兵勇且衆，慈雨落刀光，生死俱銜痛，婦人置軍中，漿肉沽翠風，羡彼李郎妹

魂香返孤，迥欲持般若經，擗念依焚誦，亦學青蓮花絕污，表鮮瑩遺挂及殘絲，郎心自悲，動慰郎勿復悲，蹉跎古所重，比翼巢連枝，誓與多生共

一草亭　仲秋再驅八寶，寓范文正公祠內一草亭，白寉蒼藤，方塘精室，時桂花爛發，居亭主范聽符招飲賦謝

草堂秋色淡濃間，綠滿前溪散作灣，半借雲根栽月榭，巧抽竹徑護花關，香添桂樹宜招隱，夢引桐陰只愛閒，憂樂長思千古事，十章天闕照心顏

讀李叔則明府諸集，併淮海珠林之選

筆海瀾生映幟紅，北紘南軸女聲同，文章妙氣呼詞客，姓字雄飛徹釣翁，萬選

咸驚人似驚千秋自命序如鴻爕牙接
賞終無倦山水含思在嶧桐

其二

陸氏莊由筆墨昌目光神彩識隹祥魚
縈未掩珠鱗紫虹化尤矜玉氣黃出俗
成音綠正始通經彈指遇歐陽江淮得
士令稱盛曠代宜沾史冊香

其三

蜀郡相如受七經茲逢彥會燦繁星春
華灼灼含秋實珠樹英英濯錦萍盡取
參苓歸秋饒豫儲楨幹待王庭千年雅
道君能起心獨憐才目獨青

其四

仰觀天宇俯林巒奇抱何妨理彈丸經
術有雲宜折角才華如植豈辭鄲文江
灩瀬輝猷略武庫縱橫刻冶安淵月華

煙千裁下垂看玉塵擁貂冠

花燭歌

友人王君命納姬廣陵
裁歸八寶歌以賀之

倪紅寒絲夜歸航衣剪新絲觸手香共
道王郎騎隺下緱山笙引哄歌狂

其二

秋月香天秋水明芙蓉光照射陂清廣
陵散在無人解為問郎歌第幾聲

手把柔荑分外嬌輕寒猶自曳氷綃珮
環不是人間響湘浦携來玉步搖

其三

中秋莨園夜集 梁仲木公秋隱
於兎避鄉予補舟訪之有莨園
唱和詩月夜謳心再賦以贈
涼階如水漾空青天上問星占德星傭
貸有歌傳雉噫溯洄何處築鴻賓荒園

人瘦芙蓉色小閣詩分薜荔馨我更借
君千斛酒醉來箕踞聽離經

重九驅返泰鄉家弟君受招同
蔣赤城小集有歌姬善飲去年
此日訪家八弟於庄居今則遍
插茱萸少一人矣

棲遲喜酌重陽酒蹀躞頻看栗里花白
紵高人橫劍架紅裙少婦拉琵琶九秋

霜冷砧傳驛五夜煙空雁度沙小弟山
庄善消息幾行清淚各天涯

幽蘭歌　仲秋望日三驅八寶友
人王玉京出李明府蘭冊索題

蘭之馨兮霏遠馥蘭之光兮徹心曲召
伯之樹久亦拜安仁之花春不續何如
壽藥生衆花仙吏香名永幽綠養之懷
袖無寒風不待江郎尋夢中蘭籍榮輝

遍海內蘭心締客與斯同栟杏棟槐相
蔭映期君葉葉等初盛方知琦寶不足
珍寶此清芬貽後人

謝別李叔則明府

童雉相依夏木青孤帆乍訊短長亭欲
將松栢盟肝膈更爲榆枋續羽翎古色
璘斑神獨往奇文浩瀚目初經宵凉縞
紵如昆友欣暇兼宜弛葦刑

其二

江城門巷是耶非杜曲彭衙嘆未歸淚
逐孤蓬生宿夢狂歌清泌抱漁磯披襟
雲霧親芳綬回首風塵浣素衣淮海一
天葭露接遐思聘並燕鴻飛

得閩信　陽月四驅維揚家傳叔
弟自制歸得家維曼兄凶問五
內崩摧

驚心骨肉棣華枯碧化天南魂到吳橘
柚山川留鷹性荔枝關驛聽鵑呼秦庭
淚盡酸風急漢節人亾夜月孤玉樹誰
憐塵土没時時雨濕絲蘼蕪
長至再驅海陵落拓無聊賦得
年年至日長為客
年年至月長為客客到終年感倍多馬
上青衫分落照鏡中銀髮映微酡梅花

李小有詩紀　饑驅拙言　大

細律妍孤襆霜夜清鐘度大河歎逝真
如流水急可能一綫挽頹波
贈宮紫玄
紫玄自成進士即閉
戶著書隱居自樂所刻有震澹
堂朧業
出手珊瑚長百尋虛空鏤碎價南金舌
閒雲氣噓文錦筆底泉流響玉琴曉業
雀來同詠和濟心俯至共蕭森相思慰

我館新作石鉢敲冰煮蕨吟
秋浦姬
池陽唐茂才婦胡氏為
左兵掠貴青樓僑寄吳陵予偕
同社憐其儒流伉儷一旦飄零
轉徙江淮風月閒共出金為贖
余濟心韓指游囊首倡義舉晏
平仲也袁雅儒又鑣不畏難
禦力護紅芳古押衙也何瘖明

李小有詩紀　饑驅拙言　九

千里送歸道無私語黃衫客也
劉藥生使君一朝判合鐵筆飛
霜李溧州也遂成千古佳話漫
成二律送之南歸諸友和贈如
雲伴海內知破鏡樂昌再賭奇
遣且使莫愁船截滿歸去耳
風塵似解佩江上一帆飛霜拂新紅袖
煙寒待絳帷離魂驚鷺渚掩淚過螟磯

合浦珠還夜香雲夢早歸

其二

一曲琵琶怨情教自傳知道瀞催窈窕
替館拭累懸鬱鬟重開鏡螺添不鎖眉
故園歡識處應喟嫁來詩

就園

就園　周元亮先生號一舟題曰
就園古人以舟名屋未有以園
名舟者以園名舟自先生始樂

彼之園在水中央藏壑於舟日
涉成趣真勝事也
石家金谷米家船筆錫嘉名此較全花
鳥每携天上坐樓臺宛在鏡中懸停橈
客賦鄰枚彥蹋屐人呼李郭僊莫道卧
游成夷隱好持舟楫濟長川

寒夜　仲冬晦日大雪宮鶯隣紫
古香堂招飲擁爐夜話頗解客寒
六花偏與酒期分付清狂索咲時半
火紅生堪敵冷飽尊絲凍爲敲詩歌聲
愛向梅邊落愁緒怨看鬢裹絲赤脚屑
巖還荷鍤罷風八極催歸遲

寄懷丁天心太守

金臺悵慨結松蘭盟膈非同易水寒序
歷暄凉頻改歲天殊燕越絕飛翰泥塵

楳社消離夢風雨雞壇續舊歡汝水城
邊春正永長懷五馬路漫漫

其二

王謝遺風宛在斯公餘應覓魯顏碑半
千梅鼎先熊軾十八松古近鳳池江月
流光巡遠日倚雲敷潤慰恒饑歲寒醉
別燕城舫衮繡飛鴻計晤期

周元亮先生招飲賦謝

浣花溪外持竿叟，正遇嚴公秉節時。戎馬尚憐倦鶴瘦，海天不厭鹿麋癡。詩留蓮府英雄譜，人倚空江杜若思。近說南樓多逸興，應分秋月照東甯。

其二

綈袍千載誌交游，吟龍餞驅倦骨遒。將伯泥途光照乘，依人故國醉登樓。漁歌只合眠花塢，兒藥偏教泥酒籌。自是愛

李小有詩紀　儀驅拙言　三十二

才勤翦拂，寥寥大雅賴公留。

輓先兄維曼大司農

太息時艱已拜疏，誰知天墜力難扶。君恩不逐愁雲散，臣節甘同落日徂。止水夜涼清徹骨，文山朝暨淚成朱。千年精衛無消歇，歲歲春風叫鷓鴣。

其二

不向青山正首丘，願傾熱血濺刀頭。出

師表上風雷動，轉倚籌空日月愁。蝴蝶三更思漢鼎，子規萬里怨吳鉤。英魂到海流無盡，張陸應同把臂游。

除夕　歲暮驅返石城除夜感賦

今宵冬杪即春朝，春氣先同臘暗銷。樊鬢欲添絲縷縷，殘更未盡影蕭蕭。凄涼門戶桃符笑，寂寞胸懷栢酒澆。却訝窮年牛馬走，只餘一夕尚飄搖。

李小有詩紀　儀驅拙言　三十三

丁亥元旦

凄凄風景歲華遷，萬非雲封又一年。錠戶夢泥金鈴響，焚香硯統御爐燒。江州有客人誰問，漢殿無細席未懸。莫道入春巳兩日，不聞鶯語只聞鵑。

天界寺禮覺浪大師

東風吹夢欲歸依，共向林公詰竹篦。曆自甲寅初改建，律由丁亥更全提。梅花

小○樹○臨○獅○座○鐘○語○長○廊○下○虎○溪○心○印○牟○
尼○身○印○佛○千○江○一○月○印○塵○泥○

仗友隨鷗目錄

目錄終

仗友隨鷗

淮南李長科小有著

京口劉夢震長公閱

懈蔣元長　丁亥孟陬自石城返泰、郵、適元長中道南還、祝太夫人壽、喜而懈之、

杏花消息在眉邊，憔悴春風返釣船。霞歷武陵桃豔豔，烟荒隋苑柳綿綿。倚閭

聞鵲芒鞋倦，游夢驚鶯衣線還。莫歎天涯行役苦，故山今已大丹圓。

題宮紫玄春雨艸堂　暮春客、海、陵、值紫玄新築草堂初成、

春艸新鋪雨一庭，庭開不設北山銘。但將蓑笠分晴月，更借瀟湘隱釣星。割取雲霞籠小榭，檄來鷗鳥入踈汀。故侯自築東門圃，太息年年爪蔓青。

共二

仙籍依然舊玉堂鴻飛不愛姓名香裁冠許製青荷葉煮字爭投白雪囊烟澹庭花葳鶴夢陰濃壁竹肷苔光偏客老子頻乘興座客無如白也狂

贈唐中翰祖命　渡江名士莫先祖命同客海陵握手道故快談極歡余年近衰白饑驅旅愁殆不堪言而祖命意氣豪上不減疇昔因出攬蘼篇相示感而賦贈

騎省春風侍從年罷朝歸宴鶩磯邊何來芳草王孫淚欲洒銅駞夜雨天涯倒章臺消日月行吟楚澤采蘭荃楊雲垂老玄猶白寂寞亭臯載酒船

送宗開先之涼州

郵亭桃浪接天紅五馬翩翩萬里風載去雲林箏峽響到來星旆石橋通眼前日月功名薄夢裏衣冠歌泮同太華峯頭時一望應憐孤影滯湖東

贈金又鑣使君　又鑣攝篆泰郵甫逾月卽解任而誦聲載道至今思之

朝發仙人海上舟暮分珠履醉中遊文

章光氣明於錦琴鶴孤情澹似秋騷雅快瞻潘作令風流爭羨鄴爲侯莫言借冠纔朞月五袴歌聲滿杜郵

客泰郵祝張圖九

三十年來第一流詩筒茗椀足天游浮家故愛珠湖月結客常停覽社舟白鷗他時張御史赤松此日漢留侯滚西居止欣相傍共採蘆花學野鷗

催粧詩
長夏再客海陵唐祖命
納姬翠英以客舍爲金屋羨之
妬之作催粧十絶
茱萸灣口酒帘飄金勒銀鞍夜度橋道
是吳陵風景好隋樓不聽玉人簫
深愁半借酒杯支夜捲香簾倚待見爲
是妝殘重待整多情先與畫雙眉
月姊曾同濁酒杯芳鄰得見影千回重

來邾遇文園令爲索紅顏十道催
風前一笑識瓊枝正是盈盈十五時已
製合歡新繡被牆頭處女更窺誰
修箋促取訂乘鸞燈下曾教碧玉看願
得同心松栢老人間天上永成歡
海角遲遲買去舟爲添紅袖唱梁州果
然得遂姻緣好玉骨青衫枉淚流
日午池塘春寢酣書帷若箇更相探不

愁神女成虛幻爲逐巫雲到楚南
含羞也取絳圍遮不用乘流去浣紗猶
有青樓人說向儂家少妹擅琵琶
曉窗喚取買胭脂莫道題詩儂不知自
是郎詩能壓卷爲裁紅葉故遲遲
羅帳輕寒手自披轉因宿慧帶新癡連
胡緗取囊中帙問是吳歈是楚詞

懷金又鑣
又鑣日望子返泰郵

急至而又鑣行矣悵然無已
一州如斗大獄呼叔度來兵去消殘壘
文游過舊臺惠風延宛水春雨潤湖隈
悵望星軺遠扁舟空溯洄

贈歌童靜音　同社張詞臣小史
美秀而文歌聲婉媚郎席乞字
命以靜音
昔日羊家客相傳靜婉音（靜婉歌中絕技）如今

雙髻曲不亞舞鸞心新怨疑飄月秋枝
半冷林李冠之音怨似秋枝清聲憐滿座絕勝碧
霄琴

題畫師金仲玉小像

金生饒古思逸韻在雲山墨瘦詩情淡
吟空花氎刪子能奪天巧人亦刻君顏
兩事俱捐卻今當就我閒

客延令送張天任之咸陽

鴻才久著國門知高蘂凌雲奏鳳池應
署玉堂隨北闕暫分銅綬入西陲橫渠
道系蒼生望黃石書傳赤帝師此去關
河秋色滿畫圖百二盡供詩

贈陳孝求明府

湖烟江柳綠生紋循吏風流羨使君山
水彈琴多咏眺村田買犢樂畊耘種花
已過江南署相馬新空薊北羣河潤久

沾明德遠珊瑚十丈可能分

贈劉蘂生使君　孟秋三客海陵
時劉使君有玉海之刻共先相
國所輯也

台輔經綸合廟堂早徵淮海令名香光
生案牘胸千日韵繞縑緗目十行鴻寶
元稱劉氏業花驄行踏鮑家霜風流公
子神仙吏池艸新添續鳳皇

客昭陽祝徐葵山

海壓雲霞燦寶光清和雀降紫現觴顏
因咏道渾如瓶甕爲窮經半已蒼詩韻
分珠飛白翰棋聲碎玉落橫塘花前舞
袖迴旋處天許戾封托醉鄉

其二

南極星芒接少微琴書瀟灑任知希論
交態不分炎冷結客胸能別是非老愛

林泉甘澹寂身瘦松菊傲輕肥森森蘭
桂盈堦茁丹穴看呈鳳羽飛

和延令季長松待月詩

一曲霓裳萬壘栽廣寒有待未輕開應
憐孤枕難成夢不到更深不肯來

其二

寄遠頻將錦字裁客窗風冷閉還開遥
思覽社深閨裏也向晴空望月來

其三

問天不敢把書裁閶闔何年得復開願
掃烽烟瞻玉宇新光耿耿破雲來

送遼林和尚入山

鳳雨新亭進別巵齊芜不見漢威儀長
歌桂樹招烟侶倜入祇園問辟支高蹈
自隨東海遁佳文無事北山移可憐耆
舊凋殘盡莫向山陽賦子期

無題

青樓溪曲隱飛花紅袖真成戀宋家何
處題詩鶯柳葉羞隨別路唱琵琶

其二

遠溪梅樹月氤氳夜色孤香幾處聞玉
笛一聲吹落盡半隨流水半隨雲

其三

倚閣重覓舊東隣歷歷花枝照眼新愁

絕武陵人去後碧溪桃葉為誰春

其四

袖拂柔風過板橋不堪重上木蘭橈侍
兒收拾鴛鴦被一段香魂不易消

其五

隔岸簾飛絲鼓嘈娥疑蘇小韻疑濤却
從騎鳳簫郎隔着處花飛怨伯勞

其六

尚憶紅亭醉復歌。竹枝清拍近如何。崑崙兒夜無消息。留得青城月似梭。

憫友人下第歸

鍛羽遲歸路。黃昏始入門。泰皆輕季子。淮復有王孫。白豕驕時目。青山照酒樽。倘容誇舌在。深意坐中論。

客菱水旅中紀懷

秋山仍獨往。行止適吾眞。黃葉下飛鳥。

寒花高照人。題詩留片石。泛艇出清溝。倘有神丹拾。年來欲療貧。

秋日客茗溪訪朱季直

餐霞食栢枕。秋山誰破溪。烟忽叩關握。手各揮愁裏。淚扶筇驚見。夢中顏空囊。養拙貧爲福。藥裏全生病。得閒公子扇。舟雲外去。低徊詩思瘁。蘿問（季直時方抱痾令嗣元叔先一日[illegible]武林未來）

訪張子瑜

茅簷深隱漢留侯。淨几疎簾事事幽。憶別共悲天地改。論心誰忍鬢毛羞。繙來晉史尋陶柳。避去秦人識李舟（子瑜方閱晉史列傳損惠茶米）。饑渴賴君情意重。加餐啜茗恣淹留。

訪朱襄侯

茗溪一別九經秋。今日重飛擢畫舟。磊

落故交還穩臥。衰貧客子獨羈游。楓林雨過山如醉。柳影風搖水欲愁。回首雁行天際斷。幾人淚墮峴峯頭（先緋旻兄襲視學八閩，舟過武林，茗友追送者踵相接也。及扶櫬歸自襄，侯外無一人至者）。

訪韓仲弓

青山自許豹文依。羨爾時危善息機。架捫丹晉探玉海（仲弓時丹書覽玉海）。指羅碧薜護金徽。揮杯泣月歌離黍。策杖穿嵐賦採

微此會莫致天易曉荻花蕭瑟澹忘歸

訪朱聖功昆季

魂斷西州十六年琴亡劍古重潸然舊
栽松菊同萱老新長芝蘭並棣鮮生死
交情山月照興亡世事海雲遷啼鳥似
訴當時語歷亂霜華落滿船憶自超坳且十六年矣時內君已逝諸孫玉立故次聯及之

客錢塘訪張譙明令君

西曹昔與共寒霜丙子被逮予幾不免淮水重瞻
榮戟光倏忽江河飄世界頓教風雨亂
衣裳沉沉苦海悲勞吏落落窮途笑楚
狂舉目蕭條迴棹去湖頭一哭舊錢塘予友顧洪石令錢塘死難

客桐川游祠山寺和韻

寺有御製詩刻天語亭云天下
英靈第一山白雲爲關石爲關

高臺近斗當空出老樹如龍挾
雨還兵革累經香火舊鬼神常
護道人開從軍幸得來瞻此揮
指干戈動笑顏

英爽高憑桐汭山白雲長護漢時關寶
珠光散松杉冷玉磬聲飄劍佩還萬國
兵戈能政闘四郊烽火霍偏開風來恍
惚聞天語從倚孤亭見聖顏

登橫山和韻

詩云巍巍高聳碧雲間上有禪
僧悟透關禮斗臺前真聖境快
吾登眺得江山

瑯瑯宸翰翠巖間壯氣猶堪叫帝關顧
借天龍神力護豐碑千古鎮橫山

濮元明招同劉子書吳德徵游橫
山

爲愛秋林載酒看鬱橫青蕪樹流丹集
仙亭近仙蹤遠禮斗臺空斗氣寒衆目
關河愁霧擁誰家城郭暮烟攢醉來莫
向鍾峯望陵草蕭蕭夕照殘

客建平縣過浮塘湖楓林可愛

千章楓樹漾浮塘葉冷枝繁散晚芳雨
染青蒼深淺色霜添丹紫淡濃粧好憑
秋水流鴻影似有春花映客衆漫說人

間常見畫誰能着筆點瀟湘

弔解木芙　中表解石帆大司寇
乙酉春赴王事猝遇大江之變
子木芙隨親共沒詩以弔之

半嶽摧峯箕騎乘鳳毛彩散晚江澄春
風何處悲王弼夜月無人哭柳弘恨積
帆烟迷蜃市魂依荻渚晴魚燈芳齡如
及長沙半弔屈曾期賦鵩鵬

祝瞿坦齋六袠　坦齋作令西充
遷刺史即解組歸隱

西川西粤並筮仕似是同時陸浚儀坐
對充山秋色好公餘高咏杜陵詩巴川
蓮檻寒流碧夜聽啼猨壁石壁浩浩扁
舟解組歸蕭然裝橐如行客歸遷刺史
臥秦臺來到點蒼已倦回三徑依稀陶
令宅籬邊惟有菊花開開時正值花迎

日茁茁庭蘭紛繞膝僻性躭佳溢錦囊
携來都是浣花筆一枝假我甓湖濱幸
與先生接比鄰莫向義熙追往事且從
蓮社問遺民

輓鄭天玉侍御

少年獻頌擬王褒國事艱辛爾建旄楚
路有霜摧虎豹關門無策壯風濤自將
勁節支靈嶽長見丹心照繡袍日暮閭

南兵華僑知君氣並斗星高

其二

先代忠貞世所欽，肯將臣節漫浮沉。烏
臺一夜鵑魂瘦，荔浦千秋鶴夢深。衣帶
自能光舊史，風煙何處痛遺琴。鶺鴒回
首添惆悵，同爾西風淚滿襟。家兄維雙，亦辛于闇

輓鄭貞女　同社鄭士介瑲，為救
父沒于江，女未出室，矢志不他

字，送歸瑨家，旋殞，栢舟再見矣。

窮窕深閨質，空摧綠鬢鬟。鴛鴦曾未識，
松栢自知板。夢對嚴江岸，魂埋白嶽間。
忍將雙袖淚，獨灑望夫山。

其二

到此情俱盡，真堪說有情。蛾眉寧一擲，
蕙草自同生。香冷薰衣薄，花殘葬骨輕。
至今春草墓，夜夜杜鵑聲。

客維揚張介子招集

花朝前一日，張介子招同何寤明、鄧孝威，
夜集梅園，詠暗香浮動月黃昏
之句，即用香浮昏三韻共賦。

黃壚白社未曾荒，賴爾風流播蜀岡。人
向早春移短櫂，客因好月坐東牆。跡花
紫笑寧辭倦，濁酒微酣已帶狂。況復天
南佳侶集，欣看衣暖自凝香。

其二

聞說旌旗擁上游，良宵勝會肯言愁。歌
聲欲落庭前樹，雪片疑飛畫裏樓。六代
烟霜殘夢冷，滿城笳管醉鄉收。坐深花
氣渾忘寐，蓴綠充中任拍浮。

其三

一帆斜捲自都門，剪韭燒燈集弟昆。花
信共愁明日雨，酒香不散舊衣痕。乍看

燕子巢芳榭頻取鶯聲貯綺園莫更絮
談南渡事新亭遺恨在東皋

維揚寓齋集同社聞上流之警用
安湖二韻共賦

亂餘花柳暗江干客舍開燈集舊歡風
柝早催雞卜夜月痕初照尚留寒莫云
漉酒虛彭澤還喜唫篇接建安應惜好
春銷畫角白門離緒隔煙巒

共二

花笑鶯啼鶴藏呼酒帘斜日旅懷孤老
隨蘋蓼杯飛壯貧道長年詩債逋六代
恨銷江底鐵千秋愁說客心竿明朝擬
問秦郵渡且學鴟夷去五湖

題包稚修石圃

依性諜深築幽棲得牀峯䟽移收齋跡
悅坐接蘿陰清夏北窗臥高秋粱甫吟
滄洲情未厭知已滌塵襟

共二

壘石攢幽徑天然逸態呈端臨惟拜丈
押對亦呼兄竹外都無地花間盡可枰
包融題壁遍朝暮白雲生

客淮陰登釣臺

漫沽村醞出城闉草冷煙荒古釣臺計
拙自慚無漢略交疏誰復念韓才寧甘

圯上黃公罵不受機邊老婦哀簡點孤
蹤浮似梗浩歌且進手中杯

旅嘆

旅館無魚儉有詩浮家南北欲何之黃
塵白髮交偏長碧水丹山悔去遲困不
受憐安我拙飲能真痛是吾師故園兄
弟空相憶誰悉飄萍游子饑

序

維軸移星河翟雷雨盈龍蛇鬬仙
俠興奇英邁有一人遊於清虛之
天亦輪蹄亦舟楫亦逵迎亦千詘
人接其形不知其心日與娑婆譚
笑而罔測其意思之所存似鳧飛
之有鳥若鴻爪之無痕有一人病
於櫻林之野一以爲鶴莫尋其巢
一以爲樵柯斧蕭蕭一以爲民非
頑非逃聊偃仰乎大塊借一枝以
棲身似豹文之隱隱若蟫蟄之深
深二人皆能詩遊者揮灑似錦聯

序一

麼互詠病者借曌如金桃寶笥珍
二人皆嗜酒遊者漉巾倒載高陽
無賴病者獨醉獨醒一壺自傾二
人皆亦貧遊者有友挈管如道沿
門持鉢乞丐療饑病者有兄鶺鴒
飛鳴分甘推食臥穩扉荊噫嘻二
人之霄壤各途行藏分致動靜異
趣勞逸殊遭一至此哉意者虛天
原非碧落大塊亦非塵土遊何以
遊惟病者知之病何以病惟遊者
知之二人固別有同心樂時屆仲
秋櫻林之內有萱圃焉紅蕖發嶂

序二

高柳參雲結隗澌園凉颸襲袂病者忽欠伸起翹首遐矚仰天鳴鳴放歌歌曰凉風起天末君子意如何鴻雁幾時到江湖秋水多歌罷開蒹葭汀渚間拂拂有聲則遊者披紅霞戴白露乘紫煙剌一葉小

序三

航至矣且一至再至三至至則二人把臂欷歔遊者嘆病者怒遊者吟病者舞遊者挑燈病者絮語游者醒詢病者賓蹤此倡從和得若干句明月橫空霜華敲戶鬧箏長吁病者偃仆遊者脫兎躍慮天而

去老叟童稚聚而觀之不知其故廣明子從旁執筆而爲之叙

此叙生描活繪似幻實真似戲實正似巧李遊狀病狀實宛逗游情病情也遂令二人肝膽鬚眉精神形影勃勃動於紙上而

序四

廣明子亦自開生面矣當作三笑圖觀

檀道人題

葭園唱和

秋日訪鴆民兄弟得八庚

虛天游

秋光入望片帆程未啓雲關鶴出迎兩
岸晴花逢客媚一灣烟水漾鷗輕鬋肩
日月天同老筆墨河山酒並傾莫訝鷄
盟人盡冷尚餘龍性寸心明

其二

天地孤飛雙鶺鴒浴凫棲鷺共全生亂
中詩帶干戈氣病後愁銷兒女情四海
幾容弓涕淚十年空悮爾才名何堪別
緒長如水新月纖纖樹外明

其三

湖海悠悠弟與兄閒雲晒破且披荊疎
荷遶水供新句離黍斜陽賸舊京但使
心灰廿學佛縱令舌在敢譚兵西風莫
醒楓林醉留得秋容照眼明

其四

遶徑芙蕖列錦城虎溪問渡小橋行雄
慚李白論文酒却喜梁鴻變姓名綠柳
門墻留漢晉蒼葭浦溆濟公卿相期重
醉中秋月擻取寒光徹曉明

其五

讀罷陰符劍氣橫涼飇入座蟦魂驚眼
前老我無生計夢裏逢人盡哭聲東海
有波難坐釣南陽何地可同耕只今清
話搖燈蘂一夜旋添白髮明

和虛天游韻　大塊鴆民

高霞孤影溯鴻程秋水秋山自送迎客
夢已隨楓葉冷閒心應逐埜雲輕扶桑
轡遠難翅馭楂足波沉未補傾回首秣
陵江上淚與君重灑荻花明

其二

吟魂欲渡桑乾水白髮新隨杜若生夢
裡榛苓進愼嘆亂餘鷄黍識交情焚書

葭園唱和　三

莫問山中厤對酒何知身後名半榻霜
燈淸夕話松梧蕭瑟月初明

其三

曾事羆公友若兄襄陽耆舊話班荆七
歌坐老憂同谷五憶悲殘覽帝京江左
風流矜罷奕長雅草木尚愁兵問君橋
墅尋遺屐可有衣冠照昔明

其四

幾曲霜葭護柳城剡溪幽絶一舟行巳
從白水祭玄宰未許青天託素名袍笏
拜呼石作丈烟雲醉挾墨爲卿夜深閶
闔誰開語歷歷秋旻斗氣明

其五

川流如髮枕烟横沙嶼眠鷗自不驚瘦

葭園唱和　四

鶴依人餘肺氣霜花敲戶忽秋聲山梁
落日閒樵斧石谷荒田耦笠耕老圃芙
蓉三徑滿江州留醉與淵明

中秋夜酌仍用前韻

盧天游

天際賓游聚不輕共招京月出前楹浮
階藻氣香衣帶盈手波文落酒觥細蓋

行藏防鶴聽滂追今昔咽蛩鳴何年得
洗晴蟾影散作新華萬里明

其二

十分秋月半柴荆此地清光人不爭松
桂文章朝暮變風烟腸肺古今平老耽
蠹字羞鸞彩癖愛漁歌冷鳳笙南畝東
臯歸未得今宵莫向故鄉明

其三

葭鳴拂拂水盈盈樹送繁陰花送晴雁
外烟空開象緯笛中塵靜息攙槍天窮
機石槎難問寒絕霓裳拍未成玉兎於
今應不避頑求搗藥伴長明葭岡在八寶兎避鄉

其四

鴉啼客散影伶俜爲借垂楊挽去旌時諸
友已去後回歡劇已憑紅葉語愁多再借綠
杯擎一舟訪戴非關興五斗留髡別有
醒光徹中宵天宇闊偏宜耿耿向人明

其五

思家欲逐雁南征蕭瑟秋風此際清天
上樓臺光未改人間歌舞態全更青谿
露冷空邀逐鷺社香沉龍理箏最是關
心諸弟隔悲歌回首曙星明

和虛天游韻 大塊鵝民

高梧新引露華輕皓月分秋落翠楹醉
倚青天騁看劍渴呼溟海幾飛觥泥留
蚖蜥藏龍尉候警鵾雞戒鶴鳴千里長
淮横一碧金波玉李爲誰明

其二

一枕秋聲叩遠剌漁歌銷盡古今爭風
廻湖海波猶濶月度關山影未平處仲
悲歌開擊唾華陽高隱愛吹笙應憐尺
地幽光好白髮丹心相對明

其三

天心消息月虛盈龍待秋宵一夕晴露
下氷壺巠沆瀣星浮瑶海暗攙槍歸鴻
幾許燕雲度隴笛難教客夢成惆悵蘆
花疎影外空遺舊恨說承明

其四

搖落秋山瘦影傳秋林到處掛心旌楓
肥雁啄霜容傲松老虬鱗石骨撐南董
續經聊譜醉糟丘上築敢留醒當歌欲
放還相問古月今人幾度明

其五

倒騎鯨背訊遐征枕漱餘酣入曉清喝
月肯教烏兎變鞭雲何事白蒼更越臣
已去悲秦并趙女初來弄漢箏只有南
山青不改松筠古色照秋明

三訪鶴民邀許子共酌　虛天游

玄度相尋欲浣纓戰烽消處即蓬瀛紅
窺人面寒蓉帳綠碎波痕散柳營未種
琅玕先種秫只調藜藿肯調羹惜將好
景隨搖落請酌金盤坐到明

贈虛天游　樗林病樵

支門擁卷只秋山誰載秋容落此間漢

晉風流名未墜江淮姓字老重删詩瓢
掛眼留歌涕茗椀扶身悟病閒高柳横
雲疎月下芙蓉登蟀洗霜顏

贈虛天游和前韻　庶明子

泌水攤書十萊山美人衣星薜蘿開雲
邊履舄烟中澹身外雌雄夢裏删到處

葭園唱和　九

蒸蘭留劍珮乘時嘯月與天閒南陽一
卧眠龍滕海國鶯花識醉顏

其二

麟麟鴻華聳江山自擅風流騁楚閒酒
浪經年愁益放墨雲青老骨難删囊空
點鐵仙猶俗閏沸留身福是開甘向東
門從鼬學石淙烟水鏡蒼顏

霜降日小集追和茅城舊韻　虛天游

海桑瞬日幻於烟霜落寒郵又一天隨
意壺觴忘客主有情歌涕任狂顛療饑
籬供黄花餌招隱詩傳白露篇安得荒
湖田十畝此身端借稻粱全

葭園唱和　十

秋晡雨夜居亭主招觀菊　虛天游

幽齋菊艷綴秋陰閒愛涼宵燭影沉酒
力三更連雨壯羈愁萬叠耐霜侵譚深
似海餘光氣人濟如花見古心珍重主
情留客醉壁蘿庭鶴夢猶尋

寄懷雪蕉先生　虛天游

南嶺長淮禀節旄，治安書策貢天褒。卜年舊夢分今古，四國狂烽老鬢毛。麋鹿瘦同楓菊瘠，佩刀饑把斗文高。漁歌麾水思恩續，莫遣霜風裂緼袍。

贈虛天游和前韻

檀道人

幾回離索訊歸程，曳履聞君一倒

迎。時序駛如驅馬疾，天游虛擬汎舟輕。床頭金盡裘同敝，塵尾珠霏座獨傾。寒夜謡深愁思永，西窗重剪燭華明。

其二

冉冉年華傷晚歲，依依朋好惜餘生。冰霜不改三冬氣，松柏猶存萬古情。投紱爾今招隱士，閉關吾久謝浮名。漫漫莫謂何時旦，會起聞雞報質明。

其三

逝人普氣藹如兄，何處萍逢不識荊。嘉藻久傳追北地，好音時慨念西京。神遊樂國蒐蔿馬，病擁愁城

酒作兵。貧賤與君籌野筆，忍誣青史課承明。

其四

君本煙霞任五城，繭來猶詠蜀山行。遊閣彭澤愁無酒，藥賣長安尚有名。免俗未能聊爾爾，入門相媚各卿卿。風流才子神仙骨，鶴鶯鸞

笙、對月明。

其五

猛風淒雨正縱橫，窮巷寒燈夜獨驚。入市千羣貔虎嘯，連山十里魈蚌聲。埀綸自向灘頭釣，負耒誰同谷口耕。何事踰淮徙化枳，夢魂端已斷明春。

葭園唱和　　古

瞻烏嘆序

小有先生賦頌巨家數十年，既爲海內所見。迯徒衣學無不熟其姓字，比遭兵燹，吟嘆益繁，昔杜陵之篇多感亂離。先生間道南歸，攜家避地，皆與相類，故有擬杜十首，異世同懷，亦有杜陵所未及者。履境較難也。每所儆屋比隣，觴咏酬荅，皆有次山瀼谿隣里之情，興會所生，不于一致。何異右軍操翰，涉樂方笑言哀已嘆，高人胸中政不可拘，且

瞻烏嘆序　一

其音言之外想慾情長非徒促刺短章膚蜜家懷飢渴而已先生與余爲忘年交素命諸子師余遷流所止必植葭菼爲墻鋪茅靡爲席趣就誦習不以造次廢禮濱危相悲出險相慰時則

瞻烏嘆序二

星前露下時則野外江干夢雜干戈愁盈榛莽思盡波濤自淮北淮南以後旬月艱危皆共歷者時移事往燦然可追凡先生所能言皆余所能憶如白首宮人相對說開寶舊事不知涕淚

之俱出也微獨今也余得交于先生始自粤西以歸白下覆舟避寇命生絲髪往往同獲安全谷風謂恐懼寘懷安樂遺棄亦一時之嘆余以安樂不皆如遺恐懼難于寘懷安樂之時境事

瞻烏嘆序三

夷然泯愛慱接無人不可與共恐懼則見真情厚薄誠詭不可勉爲亦不能終日豈能違心與共且共事能久哉余廻環先生所詠哀歌遠韻幾于月峽風鳴吟猿相聞無不感心動臆情有

同深非爲婉附耳先生次詠戍卷題曰瞻烏篇中自淮北淮南走江北江南復自江南徙江北自江北徙淮南今將自淮南歸江南爰止之思今昔同慨矣余辭不宣心撫兹同患欲爲助悲

瞻烏嘆序四

繆迸數言于卷首

乙酉嘉平初吉豫章喻建

題於泰郵客舍

瞻烏歎

淮南李　盤小有著

豫章喻　建偉節評

午日海安舟次同陳無極賦時避難南歸得維陽警報

佳節頻將濁酒呼英君含淚泛菖蒲朱方簫鼓今烽火白下笙歌尚畫圖問渡誰人

李小有詩紀　瞻烏嘆　一

飛寳筏辟兵何處乞靈符可憐邢水千家命五色殘絲續得無

淚墨盈篇更有血丹點點白下笙歌感深堂燕關是日秦淮競渡畫舫如雲中使出取蟾蜍者相望于道嗟哉

避亂南歸擬杜十首　客淮陰聞警

歸路阻塞東奔昭陽行李盡棄止攜手抄杜詩一帙諷之與今日情

景陪僦途次漫賦十首

寓昭陽依綠園月夜憶諸弟賦得有弟皆分散無家問死生

江草連烽起途窮識故鄉北來風慘澹東望月蒼茫天遠稀鸞信塵高斷雁行園枝無限綠愁裏照銀塘

驚悄在目情態深傷一字一淚

李小有詩紀　聽鳥嘆　二

聞維揚失陷賦得路衢惟見哭城市不聞歌

孤城飛鳥絕萬馬集瑚戈蜀嶺魂愁雨邗流血染波路岐撐白骨營聚泣青蛾歌吹何年地烟消蔓草多

維揚慘錄一時寫得使人不忍讀故以為至

同解司寇南歸昭陽諸弟河干餞別賦得弟妹悲歌裏朝廷醉眼中

郊壘黃塵合輕裝問道回將離惟取醉望遠共哢哀擊楫懷桑梓臨朝媿禺台一江雖恃險郭外即龍堆

憂愛感恨皆見於言外

雉皋江中遇盜解大司寇没于江予僅以身免匿洲中草舍信宿值大

李小有詩紀　聽鳥嘆　三

風雨賦得風號聞虎豹水宿伴梟驚

江漲流青海風濤帶綠林乍疑張浚往巳作屈原沉殘侶尋洲隱餘生怯雨侵忘機沙上鳥造次識予心

巽訪苦境具見至心

坐盆船渡至靖江縣聞京口警報有

感賦得將清雨失臨世亂戟如林
橫波無一葉飛檄聽金焦睹墅驚鳴鶴乘
風勇射雕誰知南北限得共往來潮戰苦
魚龍靜投鞭勢苦驕
古今興廢良可歎歎
渡江抵江陰縣聞石城迎降駕走姑
孰賦得須爲下殿走不可好樓居
李小有詩紀 聽鳥歎 四
舳艫經夜渡車駕即宵奔亂卒窺門堞遺
民戒旦昏角崩徒有恨身賤媿稱尊赫赫
高皇業千秌嘆末孫
深悲極慼其未敢則諸論耶
延
初弟自句曲北歸過江陰把臂得
石城諸舍弟消息賦得浪傳烏鵲
喜深負春令詩

弟欲昭陽去予將句曲歸連枝雖偶聚落
葉又分飛群季心遥念孤羈迹尚違未須
愁險道咫尺過崔巍
道途之嘆流滞之感所謂江山憔
悴人也
作家書寄漳兒潤兒賦得汝曹催我
老回首淚縱橫
遶遶貧所追喪亂恐無家狂險徒千慮將
李小有詩紀 聽鳥歎 五
歸滯一涯爾齡皆稚弱予髮苦參差淚罍
愁難到奚奴避鼓笳
字咽何酸非深痛不能道
放舟毘陵從間道至句曲黄連墅潤
兒巳同其母先至矣相見嗚咽賦
得生還今日事間道暫時人
步步憂豺虎遶巡過遠山牽衣攜幼子入

室慰生還銓外驚魂定燈前淚點潛村醪
雖强酌無力破愁顏
痛定愈悲情至語塞
新賃黃蓮墅村舍上漏下濕姑以避
地賦得養拙干戈際全身麋鹿群
炎日偏多雨頻添戶外聲舉家惟縮屋何
地散塵纓叟履泥常没移床漏復鳴夜闌

懷不寐陰霽視殘星
展轉懷嘆聲出紙墨間
長夏和向遠宅韻
幾許悲歌助髩華村原僦屋便爲家披襟
聚酌依田畔濯足孤吟逐水涯雙屐呼儔
尋徑草半窗窺卷聽簷花出門寓日岐亭
外梳稻芊芊待日斜

幽悠之響偏多暇適
其二
明月徒勞炤漢關惟餘燕雁自知還干戈
有日收餘燼簪紱誰人去故山天際群峯
從霧亂溪頭一枕看雲閒度阡越陌相存
易應笑扁舟訪瀨湲
中藏憤鬱

其三
雨花桃葉舊精廬木若蕭然古墅居隱學
向平分岳籙才非李白稱田車自甘清露
沾鳴蜩尚憶炎雲變濯魚隣叟息肩時共
話衰年深喜狎畊漁
疎淡逼眞陶徵士
其四

濁波千頃與清源不覩宏羅衆雀喧茂樹
忽疑中散地遠山俱入仲長園已知剏右
疎籌策何用墻東效語言老去未忘今古
恨綠衣空映芰荷翻
韻步而情剏視悠然者更深

逃難北渡紀事十首

去黄連塈舟過湖墊夜泊　茅山兵

李小有詩紀　曉鳥嘆　八

起黄連塈不可居攜家過湖墊夜
泊河干未知所適從也
塈烟相曉夕踰月變驚瀾將去入情異邉
行僕任艱舟移流幾曲市近夜初闌獨坐
星河影聽鳥發永嘆
烟波遠近寫景入微非身歷頻沛
不知其言之工

寓龍都陳宗闇宅　自湖塈過龍都

同家見尼叔訪陳宗闇宗闇子妹
婿也家于龍都遠村四面水田兵
戈不到慨然留予避亂舉家就之
深感其高誼云
亢龍名漢季斯不媿家聲路與花源似門
開栿色迎涼宵閒對酒深樹静聞鶯遂欲
壽柰翰編摩待世清

李小有詩紀　曉鳥嘆　九
宛委棃斯

龍都牧馬兵亂同宗闇避之溧水縣
西口　西口皆王姓聚族而居有
大樹清池廚地縝涼甚暢
情、危、謀、共濟侵曉覓橋泮家以孤舟宅身
爲古樹隣居民稱異縣過客息驚塵棲踞
僑農牧涼風亦可人

迅途中復饒閒致

孟秋自西口逐石城冒雨夜過北兵營 西口三宿而行決意歸昭陽攜家逐石城東裝北兵列營水次截掠過舟是夜大雨得乘機暗渡

迢巡絕舉櫂沿岸訪安危昏黑雖愁雨經過喜適時頻晰聞櫪馬雜火覷營炊數里

無聲影方興慰藉思

境苦語亦淺不可讀

別少文世臣二弟 時寓少文弟城外闔棗裝二弟有北征之信天各一方聚首何日分手泫然

欽蹤稀人至開亭許弟過卿孟同竹樹揮泱別江沱北路攀躋遠南雲憶雁多故園

重見日猶恐歲蹉跎

寓婉辛切語出情痛自別

泊望江樓遇朱啓明明府招飲賦贈

離思勤宵夢奇緣聒水濱登臨風物古酬勸茗觴頻晚色輿遙嘆秋光戀故人維揚程幾日前路逐清塵

晚色秋光中甯佳境

過燕磯北風大作舟泊傳家港阻雨連宵

曉發磯流外驚風姤去橋村烟颭雨色山霧接濤光假寐疑沾夢徐看徧濕裝秋雲愁黯黯何日得鳴榔

亂離中値風雨愁苦彌甚杜詩往往如此

過邗關有感

一帶蕪城路悲涼斷客心遺民欣偶見麗俗邈難尋亂水舟航過殘基瓦礫深試披明遠賦恨事豈猶今

與前維揚詩同一哀慘而所見祇所聞更增悲悼矣

舟次中途得昭陽警報　昭陽之行原以避亂乃將到而亂生進退維谷不殊藩羊可爲太息

李小有詩紀　瞻烏嘆　十二

渡江惟計日漸近覺顔開祇識還鄉好翻鬪避地來畏途垂去住輕櫂屢徘徊野水茫無岸前林夕照催

避亂鬪亂意緒難堪

寓橋墅　橋墅距召伯十五里乃謝公七墅之一當日圍棊賭墅盖即此也余維舟柳岸過戚友張水明宗吉雲諸君邀余僦寓不數日而患瘧貧病攖心獨幸荒僻湖濱詎言不至差爲安土耳

謝公留舊墅僦屋占煙雲梗泛枝初息棋荒草尚薰偶從親舊樂不禁病魔分猶幸無傳警朝昏靜見聞

胸有情具涉境自生

李小有詩紀　瞻烏嘆　十三

橋墅雜詩

對月

湖月秋逾潔清光各占多煙深林樾杳雲淨旅鴻過孤影依長劒哀吟續短歌不知宮殿裏誰共照金波

與張曲江月詩並駢今古彼以娟麗此以悲涼

翻書

良時甘棄擲喪亂更遭廻筆畏干戈禿書
抛烽火㷍衣冠靈氣少青紫壯心灰好伴
垂綸者全身白水隈

都書反與靡書之嘆悽惻盈襟

晚步

晴霞天際落遠渚忽開鮮鳥盡高空外雲
留客藻邊漫廢漁父曲忍詠帝京篇國破

李小有詩紀　聽鳥嘆　古

家難問斜陽已過川

鳥盡雲留畫工寫之閒筆斜陽
過川此際含情無限誰人解得

夜坐

銀河晴欲墮倚杖百憂橫犬吠荒郵遠鴉
攢古樹平戎馬星辰亂饑寒歲月羸水田
無半畝何計了餘生

星辰亂奇絕歲月羸更奇寫至此
無復餘恨可泣鬼神

思親

明發披衣坐思親病骨沉松楸蟬寂寞華
表鶴啼吟手澤遺編在聲聞入夢尋楓林
千樹血不盡涕淫淫

沉痛惻怛感動千古孝思賦無此
深至

橋望

錦沙排柳岸虹彩映波斜煙水來隋苑風

李小有詩紀　聽鳥嘆　古

流出謝家兵機閑對奕高韻寄如花賭盡
湖頭墅茲橋未肯賒

竟可作謝傳一贊

醉歸

來日晨春絕今宵夜飲醺逃生豺虎穴寄
食鷺鷗羣船隱堤邊霧橋橫水上雲流離
歸此地秋色飽平分

恰見醉歸塌處舉目得之

見星

疎星窺我牖歷歷照衰顏骨肉東西散栞書南北鄰兩兒猶躑躅七弟各間關何日消兵氣飛鴻返故山

真景真情感恰特異

述懷

李小有詩紀　瞻烏嘆　共

分明懷抱裏欲訴苦天昏日月移新步山川失舊恩酸風刪酒力積雨溢吟魂是處瘡痍遍何人尚閉門

日月山川感慨難任風刪雨溢更見驚奇

艇泛

長湖天一色短棹碎空青雨勢連平野山容散曉汀草荒寒水艇松老淡煙亭漁火

穿波見繁星疑亂零

隨意點染愁絕如畫

展畫

南窗開畫帙病起惬清幽襲几煙嵐潤沾襟霧樹秋丹青逃世劫縑素足天游欲借千峰頂鋤雲老一丘

條恰之容窈眇之思横絕太息

李小有詩紀　瞻烏嘆　七

苦饑

覽鏡秋霜老妻孥瘦影隨花容驚菜色雞骨帶烏皮塲稭家家滿厨煙寂寂炊眼看五十口氣息已如絲

彭澤饑驅杜陵待米與此而三境事偶同工力亦悉敵

讀張來明詩

慧眼如君少詩家得大宗艷從花裏發清

感事

昔詩家思不勝清怨

愁漠漠清淚逐集蕭

載戰征勞妻女軀魂醜功名賦蔚蕭潰腸

聖主勅徵辟無才悔濫叨一官求凝冷三

悴往

艷逸

李小有詩紀　聰鳥嘆　大

紫常事期君攜里風

臺綺迴紅雨淄思欲采秋病句偏工驗賦

玄珠贈手摘吹吐落長空潑墨潤生紫舒

讀宗吉歌詩

家鄉自然絲應蕭散

拾海月飛步躡仙蹤

向水邊伴霜雪賸無洋煙霞筆有鋒相將

情言詞然出於潮牋疊氣自思

留雙祉貲籙在仙廬

月出庚初勅水溢芳醞黃囊佩綦書不須

發日蒲雲消秋深瑞翩卯去霜同撥降自

九月三日視宗吉雲是日霜降

嫣靜亦後麗客

供醉墨金谷有詩囊

李小有詩紀　聽鳥嘆　九

思入秋長政發壺觴靜譚深几席香霜紅

高燭燒涼夜心知聚一鄉主情同雨窗客

雨久石用伯招集

代人諷刺入帝亦虎黯入骨

錦心繡川六代賦才秦時月廣

秦時月還寢漢代人

涼碧死塵宮花盈帶咲御柳擔合巔黃怪

含光誰覗草環日舊蔡紳飄怨紅雲散淒

買舟往昭陽宗吉雲自泰郵來留飲一日賦別

凌蚤孤帆挂君留櫂復稽累觴天地濶萬事古今齊綠字添裴厚紅亭入望低歸心如鳥疾帶月返前谿

累觴二句曠極綠字二句麗極

九日訪八弟於庄居夜酌兼憶六弟七弟

繁霜秋氣晚菊艷散晴郊北郭枝連影南天鳥各巢亂餘驚再世歡極似朋交相對顛毛盡風狂帽任拋

入理入情傷心語別

謝諸弟以朱提白粲見貽

情知同涸轍其柰我尢饑餉米羸堪起分

金淚共揮解攜辭款款瞻望意飛飛急難非兄弟伶仃獨採薇

款款飛飛多少迴翔　分金耳淚何爲者含怒深矣

閱唐史有感

唐皇飛翠輦諸道赴京都靈武乾坤正汾陽壁壘殊降旗空有將誤國總因儒滿目江山恨臺城啼夜烏

誤國總因儒罵盡一切語不在多

臥病

明滅流螢盡寒燈影獨幢宵闌嘗狎鼠地靜偶驚尨肺病難欹枕思晨屢問窗窮愁兼藥餌況復遠家邦

病況淒清如讀暗風吹雨之句

簡家譜寄出林弟

綵綸輝八葉家乘與愁緘入里珂曾接封
丘石徧剷愛恩同草木銘骨永天巖勖勵
誰宜後相看淚漬衫

凛厲之思起忠起孝

讀易至明夷

明夷悲故國蘆管沸烟霄遯尾豺很逼同
心鹿豕遥尚餘車馬客孰問木雲孤片石

李小有詩紀　瞻烏嘆

青山路彈碁對古樵

彈碁着古樵之上遂覺寘奥

懷西湖

明聖湖千頃風光香未探雨晴俱失艷濃
淡只生慙吳嶺雄姿立杭潮舊恨添遥憐
章句老戴髮刄同甘

西湖恨事千載如對墮淚未乾

悼亡友

窮經身未顯懷玉委鋒鋩齊魯殘書筴秦
淮舊酒帘壯遊時不再死別夢空占傳道
遺孤在何由脫釜鬵

委玉鋒鋩不同况常死別篇中慟咽萬千

憶廣平

燕山如夢裡廣武舊征鞍

平千十二景明山來與爲第一

李小有詩紀　瞻烏嘆

日暗京塵迫天凝朔氣寒雕横思戰地蛩
聚咽詩壇刻鳳舊寓齋名今無主懷人目未乾

千言萬恨贖有餘情

讀燕城賦

明遠辭蕭艾絲軍有風稱世雖留賦草身
已挂飛猶孔翠逢牛觸鶯黃值隼與乾坤
横大劍素士免擔簦

以文自殘淵明同慨

明妃

明妃初別漢回首即天涯霜戟歸何地雲帆哭滿淮有愁隨白草無分瘞金釵誰續琵琶語千春事不埋

出白草金釵淒魂欲語矣

和宗吉雲秋病詩

李小有詩紀　聽鳥嘆　廿四

望衡猶較遠數武易相存握臂憐同病齋心避衆喧跡燈秋抱影寒吹晚驚魂日出思佳晤詩成已款門

出絶秀絶恰是題中秋病二字

拾月行和張水明

晝游同愛渊氣涼夜飲杯闌進月光月欲入懷呼沉醉醉眼亂疑光炯碎盈手金波瀉欲流行隨衣袂落還收安得身輕過海岳吉璘招馭青天鶴露下草間立三更枝影如藻橫中庭携來光影虛窗入猶照夢魂清可挹

出想幻動光氣掠紙欲飛

仲秋雨中集張水明寓齋賦得采雨歌

李小有詩紀　聽鳥嘆　廿五

歌采雨酒黨騷儕閑曳履雲黯天蒙真宰嗔鞭起眠龍吐秋水農家多愁雨斯雨何足愁行于多憚雨斯雨何足憚举觴問雨師紛紛淅淅如置辨爲妬前宵拾月詞今宵特作紅筵玩初采滌塵腔屢采榮枯腸戶外草木不再綠一宵沉浸心茅長把雨入茶茶理潔囊雨入詩詩味涼莫云雨多

非易戢舒毫吸盡長湖濕楚天詞賦屈原
醒巫岫風流神女泣謝公舊雨千年餘亦
遣攜來置一區且圖助我波瀾瀾不惜古
人索索爲枯魚雨有聲人有情病脚常如
雨脚輕鬢絲豈畏雨絲盈凝冰焦火胡爲
爾從我傾杯歌采雨

奇險豪宕兼太白長吉而有之

張水明及諸友九日游詠余自昭陽
歸橋墅因追和之

霜露蒼蒼變曉葭扁舟遂泿返汀沙歸來
與客論佳節重憶歸風樂醉斜寄坐螯堪
供綠蟻蹤籬蝶不厭黃花詩成尚許聯珠
壁烟月同吟杯一涯

字字是追和不可移易

去橋墅留別張水明宗吉雲

雙帆落湖柳墅光同曉夕冬序連秋期觴
詠追閒逸欣從烟水居忽此羈旅跡病骨
畏寒風與君數離覿遽聽北山鴟巢禽驚
羽翼舟溯古秦郵迢迢破寒碧昔爲比鄰
遊今作參辰隔雨暗月晴時高吟難復得
人生懷散聚况是窮愁客因風寄所思何
時度阡陌

清如水玉

飲家蘭渚叔梅花下　叔齋前臘梅
二株扶疎爛熳清芬襲人齋中四
壁圖書多名人題詠梁仲木至家
叔招余與君受弟同酌花下賦此
言謝

兩地懷家慶羇棲近叔盧秦亭風景異燕
客笑談餘爽氣同瑶席寒光徹綺疏花前
宜對酒樂至已忘歔

其二

寒深梅醸蠟雨樹綻千花几硯香流潤圖
書影半遮龍蛇文燿漢雛鵠骨凝霞惟有
中郎在方稱王謝家

李小有詩紀 贈鳥僕

絲麗貞至秀韻天然

三八

贈別梁仲木 仲木携家避亂八寶
偶過盂城憐余貧捐金爲贈家叔
邀飲梅下即返八寶感嘆賦別

高天意氣薄寒雲社水郵亭復見君魚軸
喜甦龍雨潤鸚盃愁逐鵲波分聒慳片呰
思彌結離腸長淮夢獨殷安得梅根連月

影相隨處處瑯幽芬

標寄高華韻托幽婉骨色丰態逈
出盛唐

祝醫者袁體菴八袠 時嘉平十七
日

極星高燦水雲巔政值璜溪握釣年旣望
一宵光未艾先春三日景初妍二十日立春駐
顏自有長桑術出世何須康伯錢八百椿
齡方八十籌添海屋筭綿綿

李小有詩紀 贈鳥僕

肖其人叨其昇字無虛設刻畫至
此

三九

懷梁公狄兼和其寄懷之韻 公狄
避地八寶之兎避鄉當事者屢徵
不赴

別離經亂後雲壑數行書回首悲寥廓論
心憶古初殘鐘消客夢長鋏返荒廬遠愧

持竿叟知幾不類胥

其二

千年兒劣友意好獨難忘金爵仍燕市銅駝異洛陽淇流淮水咽雁喚朔風長歲晚思逾切栞樽度石梁

其三

旅食江南北勞勞日苦饑披霜開蠹簡抱雪泣牛衣儔侶雙情隔乾坤四面痱雲山如咫尺携手念來歸

憤世感遇痛羈人之魄摧烈士之心

立春感懷　時十二月二十日

東郊驚見舊紳纓歌舞喧迎百感生霧冷青旂愁共繞花羞絲勝鬢難擎癡兒插盎梅同笑侍女堆盤菜幾莖鬧說維揚春事早尚餘漢臘在盂城　廣陵十八日立春

隱慨深悲出以虛秀

祝家五弟子若初度　時嘉平二十八日

荊枝喜聚社湖邊第五香名爾獨賢桃及早春將吐瑞梅當殘臘更含鮮未開新曆函仙篆先借椒盤入壽筵十分百齡纔過二再踰兩日又添年

字字切當不可移動巧心妙手

乙酉除夕

年年客館嘆椒觴今夕持觴恨轉長豈爲饑貧悲旅況不緣衰暮惜流光頭顱顧影無豪氣兒女傷心說故鄉坐到曉鐘渾不寐江南薊北幾迴腸

崩心之痛淚亦不能爲之墮矣

丙戌元旦

曆祚新更第一辰，蕭然風雨不知春。雨凄欲洒敷天淚，風軟難吹遍地塵。醉後悲歌尋弟妹，眼前拜舞問君親。堪嗟八世恩波重，今日翻爲易代人。

悲咽忠懇

羇游譜序

張燕公愁心賦云：貫愁腸于巧鍼，紡離夢于哀絃。蓋情之幽賾，次之于論，未若圖之于音。論次有端，吟懷無際也。項讀小有先生羇游譜，篇中多載旅思，或于旅中尋錄舊句，白下之詠偶見數章。白下，先生家也，直若以旅爲家，以家爲旅，雖白下亦繫羇游，則此意自見耳。先此游蕪關、秋浦、茅城，各有吟篇，繫以其地。此起于華陽，訖于淮陰，自冬入夏，時境不可一稱，統以羇游而已非獨秋浦諸詠迹其平昔皆爲羇游然窮愁未甚于此也取所懷而授于篇或以順竟或以襍陳寓于句中通于音外經緯宾宾觸思成韻類絃摧柱折援他渠以續聲又類象外有意繫表有言蘊而

不出必以綴屬常有求之則循于句局失其所思矣或曰先生之著書玄著艷歌異聞奇策無所不寫就斯帙窺先生其一端歟然即斯帙予以異名無不可者蓋羇曲之中又靡不該耳若粗中朿管惆悵

吞悲是俗心羇游非先生羇游也畧觀其始末詠條風而感時陟漁臺而懷古其極遠矣司馬子長周覽龍門禹穴楊子班旍問四方奇文異訓嚴君平遊州涉經文章冠冒天下彷彿見之凡士坐步止于

闔舍自鳥空虫響蹋壁據梧以外寂無見聽先生于游記序則樞戀環飛騁望則幙席弘陳計程則舟馬頻移同人則燕越爲羣所遇者博所感良多穴觸淵生才理溢發如女蠻之錦光耀芬馥寸縑尺帛

適娓其庸少如離騷譜怨作詞以諷諫連類以爭義他人辭旨不遠僅團扇短章云余亦旅人亂緒縈塞覩先生斯譜才足達思思能析境雖未敷于翰素胸情已歷可舉焉

南州喻建偉節題

羈游譜目錄

羈游譜

淮南李　盤小有著
金陵王　潢元倬評

華陽除夕

客舍華陽逼歲除，思親傷偶淚蘇蘇。傳柑
尚憶添年會，泛栢今無家慶圖。遲暮又驚
新曆艸，窮愁欲送舊門符。挑燈坐盡殘更

漏，燎火應知徹帝都。

其二

雲暗窻櫺送夕暉，今宵惆悵事全非。茅城
故里原同客，蓮社初盟何日歸。夜燭未銷
南國恨，曉鴉猶向北天飛。傷心一載殊興
廢，好待開春復九圍。

念存家國北感中來開者凄然雪涕

乙酉元旦

檐花滴曙換年光老眼書時意正長桃板
徧添家室彩椒盤聊況客厨香殊天巳聚
譚裘拜正朔仍誇玉佩翔斗酒何堪謀獨
醉坐籌身世總徬徨

句中有眼丈外有思

穀日立春

李小有詩紀 羈游譜 二

總角華陽道上遊今逢春色集佳儔初聞
遠樹啼山鳥更雜居民視土牛穀日迎暄
占穀盛梅風入座喜梅稠千巖雪盡來蒼
翠杖履從茲擬散愁

音節流宕

瑞雪詩

鳩鵲銜天燭影重鍾山雲氣剪芙蓉瑶華
須好班羣瑞黃竹歌宜恤九農願攬貂裘
思宋祖無煩鶴氅美王恭侍臣衣上凝新
彩謹詠天公戲玉龍

頌不忘規謝氏賦似未及此

其二

一帶寒光遍柳營素書環映斂花明蓬婆
尚有貪胡志鵝鸛應聞入蔡聲江市巳誇

李小有詩紀 羈游譜 三

宜衆麥天河似欲洗餘兵功高南仲歸來
日猶記垂楊拂斾旌

務切筆中一字不可改易

其三

江南盈尺喜春前民息吁嗟望有年狂客
徧觀呼絕巘踈枝如畫指遥天漫矜樂事
添梅塢且計晴光計杏田須祝昇平先上

瑞途歌不異紫宸篇 非占年何以稱瑞此詠深于農情似老坡薄雪初消諸句

其四

華陽白屋掩青霞酒市歌樓暮靄斜圭璧
路傍純刻玉笠簑江上憶乘槎梁園賦重
人居右矧曲舟輕與有加閉戶袁安非穩
臥開尋舊句數諸家

賞會作玫數語兼之

徐太僕殉節詩　徐公諱世淳浙江
嘉禾人守隨州與次子同死于賊

萬古節無雨隨陽如睢陽睢陽足兵食隨
陽同朝霜我公殞鋒刃志凌日月光公昔
受家學父祖榮一堂分財比薛氏念母猶
丁郎誰識蘇湖訓亦兼頗牧長巴渝度幕

花得士皆琳瑯直道倫招忌三刀夢匪祥
殫心葺荒毀殘坏埒金湯乘機杜奸宄賊
氣已不揚憤深圖必滅歷境十萬强孤城
慮持久援絕勢益張入城猶巷戰嗔目凛
不亾仲櫟出罵賊忠孝騰遠芳楚國多冤
禍死者不可量公死獨全節公勞倍尋常
朝綸既炳煒與誦隨敷揚

古 原于詩勢以章節烈關係世教之

題屏十二絕　留都風物自昔清綺
茲晨鼎新更爲繁宕爰思繡屏錦
綉奏鼓燒灯試一追隨其樂何極
故茲品識多依切金陵無取泛設

梅花

鳳簫聲斷水泠泠萬點氷霞白下亭昨夜

東風吹入蔘金盤玉瀣出形庭

杏花

酒醒香淡霧千林笑靨風前着意深孫楚
樓頭花正近請君廻馬一高吟

桃花

春光着柳軟千絲又趁晴桃渡水時若許
漁郎船有路東陂南埭未參差

牡丹

絕世娉婷捧國姿煙絲醉軟好春遲西園
載酒留賓看樺燭高燒是此時

葵榴

長夏芳林苑裏行新搖賜扇映花明紅榴
傳自西番植恰比黃葵向日傾

荷花

玄武湖邊十萬家紅香吹出絳宮紗何人
試上雞籠看更有金蓮寶相花

紫薇

仙郎台授紫薇銜月滿龍樓花滿衫更撫
鳴箏歌一曲使君于此不爲凡

蘭桂

蘭風小苑獵騎香笙吹遥天舞鶴涼清暑

閣前無宿草羅衣新染桂枝芳

菊

徵士風流晉世來東籬物色傲霜開誰人
解獻南山壽更上孫陵九日臺

山茶

十月霜風雁折蘆賞心亭上艷紅鋪絳臺
巧簇明珠顆細雨來看是大蘇

寒松
亭亭假蓋向冬孤百尺風霜古丈夫肯讓
羣葩身作殿招搖紫氣滿皇都

瑞香
拍手清歌對素粧盧山仙子試春光何須
更問蘭芽發淺紫柔風睡裏香

點染舊事無不入妙一年好景盡收歸筆底

送王尹諾之撫州別駕兼寄家元結
弟
春回帝里雪初晴冠蓋榮分汝水城彩筆
遠追王內史烏衣重見晉名卿題輿坐可
古公軸補袞才宜佐聖明吾弟章門如咫
尺相逢何異故鄉情

姓氏官號方區無所不切情工如此惟老仕可以並稱

吊鄭超宗和王漢恭韻
一城號怒若波翻誰辨鄭生入鼎烹淮海
新愁渾極目康成舊事總忘恩閒亭秋老
芙蓉水古石春生薜荔魂笛裡山陽多少
淚柴車不欵昔時門

凄其滿篇思舊賦殆不能踰

其二

鋒頭碧血照蒼天肯逐荒燐散曉烟走馬
空街君不見吹蕭明月夢凄然千年華表
歸難徒一代香名久亦傳回首雷塘遊履
絕瀟瀟風雨只啼鵑

哀嘆長歌如讀楚些爲句

其三
米往倪銷復有今寧知羣力破孤吟摧殘

古栢無餘翠燎盡芳蘭姤寸心客權尚來
天際路閟雲已去烏邊岑題詩不貧雞壇
約生死交情見淺深
顏黃門云人惡俊異俗競文雅靦于此詩殊未悲切

其四

纔看名姓入雲羅司馬前籌委素波獨使
曾連珠玉碎鄰教千里鐵驄過影園寂寂

李小有詩紀 羈游譜 十

悲虫鳥華屋紛紛易鶺鴒北望邦江春樹
綠殘鴉空傍夕陽多
千古傷心

題竹

竹林風味對鳴淙箬盍何曾隔異邦不藉
檀欒辭客覊自然青翠起寒窗子猷高興
移隣席與可伸毫待夜釭還憶楚天雲亂
綠蕭蘆雨岸夢湘江
成竹在胸韻流鋒發

孫忠節行 孫推之諱克恕西粤馬
平人任貴州思石道戰死于賊

天啓之年荆梁間羅施鬼國稱兵亂義旗
一夜鳌七星羌夷接踵成內叛嗟哉搏戰
孫大夫從容仗節死溪畔暴屍猛虎來守

李小有詩紀 羈游譜 十一

之花幡椎結驚相看一棺寄瘞草莽中塵
砂百丈嚮水岸陰風慘慘吹蠻軍白日皎
皎揚天漢手書刺血萬里來父老子弟咸
悲嘆有子慷慨仗劍行願報大仇尋堤埠
天子聞之動顏色是子是父忠孝貫至今
譚者英氣生西南之土忠誠捍君不見晉
有周孝侯赤身戰死名千秋又不見卞壺

有二子從軍不爲七尺謀安胔之難垂數載君家忠孝實磊磊

敍次孫公始末忠塊欲起生氣凜然乃知史體精詳詩所不逮而詩才道勁者史亦難儔

魏公子家從死雙烈行

古今長說魏公子飲酒僻近婦人死人間奇士産持奇名姓相同致足膺大伾沙麓

山巍巍漳水滹沱亘千里風雲佚蕩多英竟公子出自相門夙學書學禮笑咆嘖伏劍從軍氣如兕虎關狐塞匹馬行窄袖短衣風沙地百金買刀千金裝時事未偶行且止歸來感憤氣不平只向梧中消塊壘梧中之酒長青青美人韶華媚齲齒列鼎坐客嘗百人當歌捧硯錯珠履皓齒明眸何紛紛室中擔石悉可指公子含笑對美人與爾爲歡當沒巳美人或悲或舞前就中掩淚私自憐公子肝膽真千古我曹安得長少年擊筑彈箏變商調春花秋月淚漣漣一朝公子貧病死玉碎珠沉粉黛乾平生賓客既散去閨中顏色殊推遷誰期二姬殉黃壤臂鈎雙挽頸胆捐嗚呼公子洵奇哉生前意氣真可哀偷生負義何不有覩此二姬亦可醜

非此奇篇不足紀此奇事

贈王湘生和章少章韻

妙喜相逢才調郎禪機靜語逗眉睚巫山香雨朝來似錯認窗前是遠湘

其二

散花仙子鬪姬姜疑在吳宮響屧廊歷起
莫須擁書筆眉波曲曲染長湘
縹緲欲飛

申太僕殉節詩　申公諱佳胤北直永年人燕京陷公赴井死

銀黃金紫如行轡翰墨千春書正氣中懷
報主與人殊存不苟圖危不避長戈勁弩

李小有詩紀　鸚游譜　十四

墳西北蟻附神京咸失色庸鄙咨嗟未早
歸申公自外來君側斂容拄笏籌時艱淵
底樞光不可還諸臣一語心無二獨念高
堂滲淚潮須臾宮闕沉龍御捐軀長赴幽
泉路井華百世受芳名寒濤半夜生悲怒
憶昔防胡廣武城曾携楯草伴鈴經江干
回首無燕趙想見忠魂泣月明節著朝廷
申太僕典備哀榮宣表俗故鄉何忍變鐘
鄉願騎箕尾圖恢復
申公出都復入殉節自甘視諸公死更烈得此詩褒賛名益彰矣

贈方時生　時生横罹奇禍挈眷出
奔無納之者予不揣作藏亾之張
儉竭力周旋而同室操戈竟不免
一戌諸友共鳴不平予卒筆漫和

李小有詩紀　鸚游譜　十五

聊抒憤懣

客非朱家奴生平負奇節相對月光寒秋
虫鳴政切肝衡盡是穴中兒誰辨黃河勢
曲折白日不照公冶心酸風追流萇弘血
鵙張利矢蜮張弧尚欲含沙射氷雪氷雪
原無滓可尋那堪皎皎招汚衊麒麟坎坷
鳳凰摧趙璧鍾殘楚珩裂一似華藕帶修

陵一似神龍困丘垤江花江艸恨悠悠江樹江雲愁共結時生時生目搜斷碣之秘藏口瀉懸河之玉屑胡爲百祟業其身再四推求緣夙孽不然鬼物忌大才棟易橈兮鼎易折爲君酒酣拔劍歌天豈常醉無分別

磊落悲歌慷於雍門之瑟

戲東內丘崔陸陽　時同旅邸陸陽携所善玉鶯李姬偕行

鶯同小字還加玉才子風流轉姓崔此夜孤衾輸却雨天香爲証月爲媒

趣絕

春酧徐廣文和韻

耳中姓字目中篇懷溯伊人悵遠天故里得趍安定席衰顏欣並偉長年清才照世如江月妙曲投余卽水仙鞭棹屬君酬壯志獨容摩詰覔枯禪

盛德虛懷右丞佳詠

黃兆先索題其母程孺人手書陀羅尼經

了徹瞿曇不二門深閨一卷福兒孫傳燈

已識傳經秘報母仍思報佛恩僵腕不知霜落冷忘筌未辨月黃昏臨池珍護慈暉教墨跡常懷梧飮存

孺人淨信令子勤思詩中欵欵如覩

壽彭翼予翁七十

青山自許豹文依丹穴看星鳳羽飛二月懸弧春正永七旬稱觶古云稀少輕囊橐

非沽俠老愛林泉祇息機歌滿東南多壽
豈瀨陽江上一星輝

清切有别致不沿常軌

周調父相對感嘆

共擬英雄志翻成淸海期釣鰲良不易捫
虱欲何知士雅中流檝荊州别駕詩人生
不得意豈盡數云奇

唾壺欲缺

春日

古俗沿桑柘陰廻接四鄰白雲支敗戶綠
水愛行人犢嬾村童狎農饑餉婦親雜花
香滿路惆悵是餘春

景色如畫

贈同社錢開少

縹緗螭彩裝犀軸苦吟靜臥花谿曲奇文
燦爛結星榆思絕天開氣自如寸心千古
對吾子劍光耀耀酬深吉神情縹緲寄孤
雲日照月芬涵玉文峙者爲山流者水混
沌自生儵忽死天柱峯高可獨栖閬苑名
仙俱在西銀虹斜映半空紫餘光作響入
窗紙梅花三疊玉琴聲淸香度雪雪花明

山居遠笑客星足一簑烟雨春長綠閉門
縱飲留車輪金玉相持至性存世俗自今
君自古如意拍歌爲君舞霞明霜淨神抑
揚秋水澄空薄夢涼半生知巳惟詩酒風
流張緒當年柳

雕藻耀艶傾炫心魂鮑叅軍之流歟

和冶圃詩

眞隱擅丘壑，胡爲反自憐。栽花難記品，壘石亦忘年。梅月轉疑夢，松風欲放顛。酒醒時捉筆，染素卽雲烟。

題藕九絕

高亭存遠意，卽此是南樓。月色清如水，山容瘦以秋。

其二

無事卽高隱，烟霞誰主盟。相看溪樹裏，攜手小橋行。

其三

姑射之山人，亭惟古樹憐。他霜知耐老，讀雪是安貧。

其四

樹樹流芳影，茀堂地更幽。四山晴捧月，一水色生秋。

其五

草亭居物外，事事足清幽。有樹芬其野，雖霜不肯秋。

其六

亭閒時賃月，樹老不驚秋。何以投君轄，寒山一水流。

其七

小築伊人在，其亭腋水湄。韻之以古樹，趣復半山池。

其八

興盡還猷棹，頓來上米船。擬將霜樹意，安置數峯邊。

其九

曉月橫漁艇高亭足素秋涼飈千壑樹而與俗鴻溝

首首寄意與即景不同宛然九幅雲林

曾庭聞失偶三年有勸其再娶者詩以止之

謾道鸞膠可續絃斷腸那得藉膠聯恐開繡幙花重燦愁步空梁月再圓取冷當年

李小有詩紀 鶴游譜 三三

情尚熱履霜此日操猶傳君家舊事高千古試看孤雛淚欲漣

淒然命笛寓心動意

登淮陰侯釣臺有感

咸陽火滅笑狂秦曾向空臺握釣綸得玉未同羆虎士披裘不願鹿麋羣丈夫一食登亭長大國三齊首漢臣淮水悠悠荒草路登壇今日屬何人

詠是淮陰釣臺與尚父子陵自別

拜漂母祠

為進王孫食長留漂母祠家貧非望報國士已能知隆準恩猶後重瞳見愈遲英雄千載下特達豈如斯

感慨橫生目空今古

李小有詩紀 鶴游譜 三四

上劉東平侯

忠與布聖武推轂揚天威清淮照被練長戟揮雲霓適俟鵲印榮百萬同一機重農惠商工石碣符口碑暇日開藩幕文儒互相諮據鞍草飛檄橫槊裁新詩大河非邊郡雄鎮奚在茲截彼西北衝固此東南基恢疆有神筭堅壁以俟時虎鬭及龍漢掌

中籌不移慚予老章句揖客生容輝顯允
古方叔我侯爲等夷
以美爲箴寓譏於頌

謝淮海兵憲張雲齋先生　雲齋作
令丹徒極蒙青盻余膺旌命自雲
齋始之建遊風館行種種功德事
皆藉其玉成丙子入覲遭意外風

波致罹詔獄余亦幾不免實同患
難焉別去八年今相晤歡然道故
詩以謝之

令之淸卿昔循吏江南淮北思咸被安危
十霜眞予懷時與合離情不異猶記裁花
盈潤城一枝桃李倍敷榮弓旌煌煌及寒
晙共知公緒能吹生布衣有願不能致欲
依佛事爲弘濟賴公慈惠成津梁宰官福
慧持斯世頻年河洛兼林胡干戈不息生
荆蕪流風吹斷北平路天留元老扶南都
唐有韓公題張仁宋魏公張浚承家匡國才
本同內輯兵民圖外服指揮貂錦無寇戎
晰杯看劍聚青幕鸚鵡鸕鷀鴛光錯落還朝
執律趣前旌願學岑參獻歌樂

綺客淵深

祝范雙玉女史

曉日秦淮綠滿枝烟雲數點落烏絲單衫
杏子裁新稱天際麻姑獨有期

其二

纖纖毫素做雲林女伴誰人識遠心星表
平臨烏鵲架花間徐度鳳凰琹

其三

簾捲晴軒翠影涼，芙蓉水浴彩霞光。雙成自合憐雙玉，青鳥殷盌對舉觴。

香奩帶前星氣

李小有詩紀　羈游諸　三

燕關吟序

李子小有之高才，人人知之；小有之盛德，亦人人知之；小有之奇窮，人不知也，知之而不深知也。夫小有有高才，有盛德，有奇窮，合三者而成一小有。知小有之才之德，而不知小有之窮，是未全知小有。憶壬申之秋，小有曾游燕關，迺蕭然諸生。諸生應窮也，以諸生而爲游客，人或知其窮也。今甲申之夏，小

序　一九

有復游燕關固儼然縣令縣令不應窮也以縣令而爲游客人必不知其窮也雖然小有卽爲諸生亦不應窮小有世家子世家之子而窮者鮮矣有兩介弟先鳴中丞侍

御之兄而窮者鮮矣且交遊遍天下投贈餽遺歲無虛日而窮者又鮮矣小有顧曠達不事家人產生平以朋儕爲性命適館授餐所費不知凡幾使無良友而有餘財小

有以爲鄙吝八入長安遍游諸國輿馬貲糧所費不知凡幾使無壯游而有餘財小有以爲固陋京口江干建避風館行拯溺渡生諸功德所費不知凡幾使無弘濟而有

餘財小有以爲殘忍鐫廣仁品金湯籌等書文章滿家紛紛梨棗所費不知凡幾使無著述而有餘財小有以爲朽腐故才與德者小有之所自見而窮者小有之所不言

也小有不自言窮人亦不以窮爲小有慮也旣就弓招謁選歸里不能之任以祖遺負郭二頃質金乃得之任比至懷邑綰銅不數月而猺夷蠢動奉

旨會勦日在干戈戎馬中無暇親簿書事方奏凱銷烽而太翁計至矣了無宦橐不能奔喪賴諸同鄉稱貸諸上臺賻贈乃得奔喪舟過滇陽又遭覆溺行裝漂散妻女繼亾

夫使小有志圖溫飽厚載而歸遭此多變亦蕩然一空況小有守清白家風一塵不滓者乎載石櫂還而索逋者望助者踵而至小有亦恥言窮然實不足以自給爽一畝之稅無隔宿之舂不得已而爲蕪關游乃有蕪關吟雖閒見窮愁而感時憂國嘯侶鳴儔探奇覽勝終不掩其本色小有何必不窮哉窮而其德愈彰其才愈著合三者

而成○小○有○亦○合○知○三○者○而○後○爲○知○
小○有余竊附小有知巳○旅次相對○
畄思十餘年事○恍如昨日○爲之俯
仰欷歔○弁數言于卷耑○
鳩茲眷社弟沈士桂崑銅父

序　六　沈

題

蕪關吟目錄

目錄終

李小有詩紀　蕪關吟目錄　一

蕪關吟

淮南李盤小有著
豫章揄建偉節評

旅嘆　初到夏寓不得僦居旅店湫隘塵囂感而有歎情寓乎詞

懷城五斗曾沾祿，鴆城百錢徒僦屋。潘安官拙豈知愁，阮籍途窮方有哭。綬墨纍纍

二載餘，徧攜家室免饑劬。時無寒暑俱兵事，滿目猺氛飛羽書。身經險隘六週遭，心計芻糧繁蝟毛。甫銷兵氣晴嵐外，終天長恨悲莪蒿。莪蒿莪蒿蒼莽英州道，扁舟一夕摧驚雹。閒關廣郴路漫漫，妻女歸魂哭遥瀬。娉僕騈死遺空山，避兵畏寇嗟行難。還家未幾喪幼子，素衣拭淚增愁顔。自顧橐空如拭，拂向平有願何時畢。金陵華俗不宜貧，長江北渡安吾拙。蕭然復作臨邛計，稱衡來減懷中刺。一櫂通津訪故人，襆被安能事高致。依依旅食坐塵土，自媿鬚倉雜商賈。披襟長嘯復長吁，誰使營營多自苦。

正字短歌，工部長句，斯篇同其憤悅。

沈崑銅招集家園賦謝　是夕淡月

涼風微雲疎雨，小飲甚適。席間有金陵妓名纖素，雖不能歌，頗豪於飲。

重步名園對沈郎，燈前花氣續杯香。涼開列坐宜新夏，歡聚同聲若故鄉。纖素累觴酣當曲，除紅疏酌影浮光。頻年寄憶難今夕，不恨伊人水一方。

思致纖妍發詞渾灝無西崑之怪僻亦無開寶之狂

憶舊　壬申秋，予假館崑銅家，屈指十三年矣。當日共事諸友，半作古人。崑銅有麗人，亦隨朝露，不勝今昔之感。

憶昔江上秋，于斯同坐遷。日月不我與，重來踰十年。拜揖君子堂，門、榭、猶宛然。舊友

今幾存？存亾增涕漣。論心係予慨，聚散如賓筵。翠屏掩嬌花，香魂委殘烟。惆悵撫今昔，白皙成華顛。年往世不治，舉念皆憂煎。大江流日夜，省覽謝公篇。斯嘆不可極，臨風寫哀絃。

悼往悲來百端皆集于胸次

喜見蕭尺木　尺木蕪關名士，工畫逼真。黃予久又精篆書。己卯登乙榜首名。壬午又登乙榜。其弟小曼己卯得儁。旋化去。相見悲喜交集。

書。衣袍布足間，吟同病。憐君識遠心，萬里山川歸咫尺。雨秋甲乙限升沉，徒傷冷月懷金友。不見流波賞玉琴，名士未憂逢世亂，會看龍臥起蕪陰。

蕭疎歷落，尺木畫中有詩，小有詩中有畫。

登識舟亭感賦　亭在江岸最高處，一望水天無際，題曰識舟，取天際識歸舟之意。同王澹庵方伯、攜尊飲亭內，指顧江山，雖風景如昨，而物換星移，感慨多矣。

亭際俯波流，遙空一色秋。清酤淹晚照，羈

客妬歸舟風景如晴昔江聲閒去西菘菘
南北圻多爲旆旌謀
憑眺生懷寄深詠遠似騐島馬戴諸君

呈兵憲程韋庵先生　公昔爲廣平
守敵攻廣平公堅守月餘退敵全
城余時在圍城賴庇得免舊刻廣
武楯艸紀其事也旋爲平陽守寇

李小有詩紀　蕪關吟　五

攻平陽公固守如廣平及歸光州
故里復有禦寇之功癸未建節池
陽值左鎮帥兵蔽江而下公從容
慰諭旋師江左安堵扶危定亂南
北周防屢書難蓉客冬余歸自嶺
表重拜光儀今夏薄游蕪關因亂
有懷賦寄

憶昔敝裘吹朔風蕭蕭廣武圍城中程公
擐甲臨埤睨掌上破敵如旋蓬敵殘郡邑
不勝計半壁誰倫太守功百戰扶傷敵新
退力竭安能悅中貴專城九却不言勞朝
恩一語還爲罪嗣守平陽同廣武賊勢吞
城更難禦平原太守亦偶然我公壯猷若
方虎大河南北氛祲多石盤故國在干戈

李小有詩紀　蕪關吟　六

公懷汎掃百萬里恐視桑梓蒙棘蘿卽斯
池陽蓮衣帶上控留都稱要害潯陽樓櫓
下長江安石從容得傾蓋呼指援師從美
名停戈解甲隨烟輕援師不入江左安佳
麗猶看淮水清方今攻戰埒崩瓦天地賴
公爲長城西北何人急君父東南誰氏念
蒼生願見如公復數輩不事憂時吟沸羹

程公偉略忠讜篇中畢見雖少陵詩史無以加茲

懷池陽別駕嚴冷然　冷然應徵爲溧陽丞人皆嘆其鸞鳳棘棲未幾政聲大起又擒巨盜數十人遷池陽別駕今涖池清操如水慎固江防民胥賴之

同荷弓招釋一韜君才先着祖生鞭冰霜

未改微君節艸木應知郡將賢秋浦風光遲李白旐衙烟禁習陳玄分城蚤識題輿望與績頻書到日邀

雄邁中饒有儁彩

懷劉伯宗

黃河北顧念逢君燕市吳門見殷一櫂苦分江上月片帆仍掛石頭雲謀深秋浦東南壯坐悅春風近遠聞名酒十觴詩萬卷高才寧數鮑參軍

眞聲氣眞肝膽磊落動人

接石城家報　傳聞北地失守大司馬渡江勤王石城鼎沸人思逃徙駭涕欲絕

北地訛傳艸木兵臚言忽滿石頭城奚奴

疾足輕來往書見群兒怖愕情

共二

兀然孤館已愁多變起斯須奈若何甯爲饑駈門未掃旋驚寇逼劒橫磨

共三

聞道長安未解圍交傳勝敗是耶非雕戈詎肯摧蜂蟻何用軍前賜錦衣

其四

南門蕪江到白門未應城市盡驚魂水西舊宅無他處不聽鐃歌聽擊柝

雄爽跳宕而詩益工三復歌吟足令英雄生色

集金魚館　蕪陰多酒家此館獨在曠野蕭疎有致內有左右方塘奇金魚數百尾藻荇參差臨池命酒可悅醉眸同涇陽張基聖京口何公年維揚羅雲漢諸友互相訓勸以解亂憂

野館青錢得酒卮觀魚終日可忘機晴薰艸色紛紅醉風透荷香愛綠肥興地報聞憂漸大同車詩詠嘆何歸桃源且向杯中窺略而寧知萬事非

慷慨淋漓悲壯兩絕

游荆山　嶋兹第一勝疊嶂城十五里峭壁丹巖下臨湖水同張朗先諸友載酒往游侑觴有五姬兼有歌童聲色俱妙是日風和日麗可稱快集

山川悅群遊清光濯毫髮書舫吹波晴徘

徊櫂間發壁翠添湖流臨汎總奇絕五姬環麗矚單衫疊輕雪婉童歌入雲雲峰爲明滅鮑謝肩蹤隨語次香霏屑移情澹艷中舫舉繁星月歡聲雜暮聲餘與惜輕別

清麗可掬江文通謝玄暉之流也

謝陳景和民部

鐵甕江城舊宦游背過宋玉問悲秋久虛

渤海黃堂席，仍借襄垣粉署籌。悟後拈花無俗諦，懷中奏艸足佳猷。感恩今昔深何極，長與清江萬里流。

氣調雄渾

謝莊脩餘水部

南北津頭繫彩舲，故人譚笑駐千旌。君宜水部今何遜，我媿龍門昔李膺。燕石差池新雨色，蟂磯出沒遠江聲。時艱有待紓籌策，拭目星辰接履行。

大氣清沙不事雕飾

哀北京

北信已真，余踉蹌歸自燕關。適朱潤先開道南還，具言其故。余世受國恩，捐糜莫報，驚摧泣血之餘，綴記數十韻以歌代哭，併欲上聞當事，必殲厝逆賊，恢復全疆，勿以晉宋偏安爲本志也。

煌煌　太宗定北平，二百餘禩爲神京。列聖綢繆重根本，南都相望同清寧。時艱運否當陽九，楚塞秦關俱不守。銅駝棘滿事全非，金爵烟消人可醜。重熙累葉憶成弘，　肅帝膺圖更勵精。隆萬以來稱極治，五十餘年休甲兵。　顯皇末季陷遼陽，虎貔名將沒沙場。邊臣誤國還相繼，西北飛塵多陸梁。征遼盜餉初煩費，東南力竭民愁喟。從前鉤黨肆摧殘，忍見奴顏媚崔魏。　先皇紹祚正沖年，治蠱除奸荅上天。君雖明聖臣無具，武惜捐軀文愛錢。宗社安危無至計，爲難撐便分愚智。銜刀關木罰

誠嚴頑鈍生存仍嗜利相臣專任愈欺君
長吏親民盡剝民四遷三用終無效旰食
宵衣未得人紛紛紹述歸門戶議政盈廷
如道路重鎮頻增寇盜多驕兵肆掠民無
措大軍未息名凶災鋒刃殘魂藉壑苦爲
民愁苦歡爲賊虐政遍毆遍艸菜交訌中
邊血滿渠至尊歲歲不寧居敵鋒三入侵

李小有詩紀　燕關吟　十三

畿輔我兵縮竄惟長驅長驅齊曾薄淮南
邑變鬪風孰敢談親藩帶礪輕摧棄玉帳
牙旗不識慚寇攻宛洛下荆襄楚人慓悍
易迎降孫師出戰誠非計三秦席卷如褰
裳連收秦晉驚黃襄言遷言守爭無已旌
旗一旦過昌平鎮將無能拚一死備衛京
城列大營兵携砲石轉攻城臺閣樞機籌

莫借戰聲終日轟雷霆桂殿椒房殂帝
后抽刀刺血書遺詔開門伏迓寺人多最
恨衣冠臣闖寇死榮生辱懸天地萬古非
非還是是好邪回面畏心誅忠良斷首猶
屍視燕市黃塵悲易主蜩螗狗苟甘如許
萬乘　先皇戕一棺東華門外經風雨賊
開內帑罄金錢錙車捆載連連連渠魁讙

李小有詩紀　燕關吟　十四

譁宴殿上馬渤人溲穢殿前陸沉已遍洪
河北龍起江淮暢威德　高皇定鼎自金
陵中興輦下同袍澤諸公素具安攘略泪
痕恥向新亭落數天左袒屬人心舊疆恢
復除兇惡過戈夷滅嘉少康昆陽大捷稱
蕭王今乘時勢興古昔法祖祈天滋百祥
三百年國勢人心了然胸中燦然
筆下而悲憤淋漓字字可泣鬼神

與朱潤生夜談贈之　客歲聞訃東
歸道過豫章與潤生把臂未幾潤
生北上道過白下復促坐論心仲
夏三日余燕陰權返潤生間關出
險已先至陪京矣相見如夢述難
中情事不禁涕泪沾巾

津樹岐亭記別辰隨闖氛祲暗京塵裁書

莫寄天涯恨秉燭還疑夢裏人恐聽簪纓
多辱國亟修矛戟賴存身西窗今夕渾忘
寐遶莫雍聲動四隣

哭臨　大行皇帝在位十七年清心
寡欲勤政勵精咸謂昇平可期詎
意崩于寇亂哀諭下頒曷勝痛悼
血漬啼痕舊荊裳哭親翻又哭　先皇粤

西萬里銜鳳輦北千春飲恨長鵑化誰
憐辛帝望烏號孤痛後君亡天心悔禍無
今日十七年來盡可傷
哀懷填膺如誦雪窖冰天之句

諸臣迎　今上于金陵廣表勸進仲
夏十五日即位反側俱安
中興鴻業光千古江左龍飛定一尊天意

未忘高祖烈人心斷屬　顯皇孫民瞻
故國眞雲日系列先朝好弟昆執玉哀容
猶動衆羣工莫但保新恩

辭大司馬幣徵詩以志謝　張玉笥
辭義彰明根于忠愛可以播告天
下感激人心
先生遣使馳傳招余參贊幙畫余
懷三年之喪必避金革之事拜書

辭謝約服闋日執殳前驅討賊復
佽介冏矢心自許
地險江淮倚壯猷已淪西北可全收鷹揚
獨受師中命虎拜兼需慎下籌未恐素冠
華組練非辭赤羽臥林丘國恩累世心盟
寸繫析同詠不共佽
君親之間自處不惑出日皆忠孝之言
李小有詩紀 燕關吟 十七
再游燕關 程韋菴先生見招池陽
過燕關仍寄舊寓離景物如前而
易主改元人情欣躍不似前之閒
風驚怖矣
江干吟嘆數經旬回首金陵王氣新生近
南陽龍復起威宣北地鼠遺奔奔闖奈闖寇衣
冠扶秩光司隸華毅喁喁集萬民東望九

華雲緒日懸知朝右待名臣
其二
往來斷路日何多殷武周宣又作歌雲濟
金臺吹霽冷天開鍾鼓見星羅公卿泰釋
長戈恨客予仍從舊樹過命酒裁詩聊永
夕江湖猶得隱漁蓑
愁嘆之餘忽生欣慰似予美收京諸咏
李小有詩紀 燕關吟 十六
過姑孰謁易巽五太守 易公理學
名家兼精數學客歲粵東聯舟歸
石城共歷風波之險兵燹之艱今
守姑孰家戶戶祝時方步禱予展
覲把臂留連久之
霙冊如烟理數含神明太守重華簪欣逢
五袴安江左還憶雙舟會嶺南黃閣綸徵

天已近笄轄化洽而偏甘故情款款憐輕
別姑孰山川許復探
芳潤清和宛然中唐雅調

賦謝黃慈雲明府　慈雲楚中名賢
昔晤京口再聚長安今別五年矣
余來此有谷風之嘆坐困新豐賴
慈雲周旋琴劍差有生色

鷄壇不改舊時盟燕月旋分嶺外行仙令
歌吟三輔滿羈人詞賦一裝輕窮鱗濡沫
懷升斗好鳥嚶鳴叶管笙麥穗桑枝花並
艷風清華轂易聞聲
對仗精工復饒秀逸

閱雁字詩　燕陰諸友皆具殊才張
懸湛杜直卿葛福履沈崑銅各以
雁字詩三十首見貽索和余廻環
諷誦驚怖其詞自媿不能置筆惟
捧手讚述而已

麗管平分雁字題中郎吟後更多奇袁中郎有雁字詩十首雲停花榭無餘影羽翰隨情見遠
姿萬斛低驚珠並朗千紬獨詫鄰交披衹
應閣筆推才子豈爲纖鱗復探螭

鈞金片玉以少許勝多誦此簡貴之章所謂吾等皆煩耳

臥病有感　抵燕陰忽病百感中來
永夜無眠漫吟志慨
倦游復駈車窮愁兼臥病枕簟移煩蒸一
燈入更靜自思病所生勞擾失真性身世
乏長策憂懷耿難定少壯擲流光遲暮心
寡狎欲起步中庭綿微力不競長笛梟晴

空悲增旅人聽啼吟及旦明華髮羞攬鏡

病中情境舒寫曲盡讀者亦爲之助嘆增吁

燕關別張朗先

詞賦聲名識子綱喜同江畔醉清觴燕磯風物邊歸客鳩水霞標映去航惜別紫芝生夢想願題彩筆慰踈狂何時好友同襟袖佳句重披古錦囊

宕逸蕭森

擬古　余往復燕關至再始于維夏終于徂暑儀駈而出困頓而歸述懷一章以續詩人風雨之篇廣劉子絕交之論

世路悠悠終寡信貞松改節爲芳槿朝華溢目自矜妍飄零倏忽誰嗟問北山有鳥

畏弓弩鸞鳳飛飛憐所處雲霄一過存故人豈知嚇然扶腐鼠江水清澄炤肝腸昔謂生死盟不易江水穢濁迷淺深惠我錙銖有德色古來大義先君臣今看臣賊祈免身何疑交道棄如土清風兩槳歸白門

比興互用怨憤而不失其和平

秋浦詠序

江南山水池陽獨著以昭明寄息李杜來游山水非人不名也李小有社兄今夏來池偏覽而詠之夫小有歷涉九

州九州山水皆在其胸中池之山水宜其一見即能原本極命然諸州山水受知于小有池獨不與亦一缺事金陵秋浦相去未四百里于今歲

始補其缺小有和太白詩云斯游得已不其眷戀于吾池追懷于舊白至矣今而後池之山水既受知于太白又受知于小有凡有名人吾池必

逢賞悟且重有緣于李氏之名人洵異矣哉池之兵憲程公昔同小有禦虜平干爲患難深交劉子伯宗昔逢小有于河上慷慨冀北展晤江南

余與小有昔聚帝京，今逢故國，把臂懽劇，其於一水一石，見之皆猶夙契，朝林屏而暮巖壑，游屐不停，猶夫此舊社，而彼新知，名刺不倦。人謂小

有爲貧而游，宜不暇及山水。小有固曠達，依然一謫仙狂飲顛吟，雖貧而豪氣不減。抑今天運初回，綢繆恢復，有心當世者，又宜不暇及山水。豈

知登高望遠，推古驗今，其思深矣，其畧巨矣。今之不尋一石不觀一水者，果專心王事者乎？以鄙吝損其公忠，不若以游娛生其感憤也。況小有

舊令懷集，著有牧懷諸紀，從其政紀觀之，卓魯一撥；從其兵紀觀之，孫吳兩擅；從其獻紀觀之，徐杜再出；從其文紀觀之，楊馬同時；從其詩紀觀

之鮑謝接踵而平昔論因果有廣仁淨土諸刻譚經濟有金湯蹶張等書箴爲宏智具才無一不備何疑今之爲貧而游盍以感時念國而友朋

之樂山水之緣兼舉無遺也哉余獨訝小有游池十日詩已戌帙非惟他人所難即君家太白久于池者牧之官于池者集中未見如許又豈惟

李杜所無雖張承吉杜荀隺生長于池者亦未之有茲取其集讀之敏而且工秀山千仞不足埒其高清溪萬頃不足方其潔江祖石翠微亭不

足比其峻拔九華一百六峯齊山九十一泉不足喻其靈變老坡嘗嘆不盡米南宫余之不能盡小有如此詩矣字句斅評伯宗先之可不復贅

余送小有還白下，敬服之深，爲述其大畧如此。

池陽社弟胡士瑾鍾郎氏題

秋浦詠目錄

目錄終

秋浦詠

淮南李　盤小有著
池陽劉　城伯宗評

過南陵晤徐崙仲明府　予善崙仲自謫官京口時嗣共游燕交乃益進而別且久矣今令南陵民譽四集大吏不無求多崙仲者相對太息詩以慰之

江南冀北手重攜花縣相看舊紫芝庭見雉馴應有異游均馬倦更無奇莫嫌宦海波難定且喜穧帷雨慣隨三至詎銷情一往敬亭山色任支頤

舊誼新愁百端交集故吟往復如
覩淵洲之容

過青陽縣　吳曰臨城唐曰青陽以

地在青山之陽也太白詩有於此臥雲窩句別名雲窩

客路廻看百佛青雲吞雲吐窩亭亭空濛疑有僊靈宅上處長應臥謫星

深情寄藻不滅記頌長篇

宿青陽窻署登栢臺望九華

署中雙栢陰森高臺屹若正與九華對峙

停車臨夕焰長矚見青濛拔地容偏秀撩雲勢更崇峰文描草徑埳影護花宮何日窮高勝巾袍挹遠風

其二

雙栢秋聲合千崖晚色開天高華並植臺近影俱來乍對芙蓉淨廻看紫翠堆依然塵外景偏得傍三台

恰是望九華如工部望岳詩無字不婉愜

過五溪橋登玩華樓次王陽明韻

過青陽廿里爲五溪橋石臺高閣矗倚山腰九華一百六峰歷歷在目雙峰更聳峙插天名曰玩華樓多名人題詠余夢想茲山久矣咫尺無緣惟有神溯

山縣入雲深溪橋樹影侵兩峰疑近遠九子異晴陰騁望皆金地棲禪半石林徘徊心獨遠天際發高吟

其二

山氣滿簾鈎憑欄積翠流危巒驚百叠佳句許千秋思緲新愁失涼生薄靄浮幽探

遶宿好懷古獨登樓

高人胸中於山水自有微契小有四詩雖因瞻玩生懷遠過干習處矣

池陽道中次杜牧之韻

樊川舊路我重尋詩句光搖翰墨林帘影似呼唐市酒蔷枝仍結杜家陰一庵江海餘閒日屢顧山川有夙心憑弔不禁思忽

往清秋蓮滴夜沉沉

閉秀清鮮彷彿小杜

入貴池縣　漢名石城石山夾河如城也隋名秋浦溪流澄碧長秋也五代名貴池梁昭明太子食魚而美錫以此名

山如綫絲滿長秋村郭依依踞上游豈是

嘉魚能罰客江東風物此偏幽

四句中略盡吾池風景

謁兵憲程章庵先生　程公有戡亂匡時之略譚及國難慨然欷歔時方抗疏陳上游江防重務

人事有得失天運別廢興南都振王氣北都化榛荊池陽控上游幾輔同聲靈先生

切忠憤臨戎氣縱橫偏安爲全盛沉痼慮所經波濤壯天塹風雲擁天兵江河數千里虎貔待北征拭目飲黄龍掃穢除攙搶中興頌吉甫拜舞榮周京

切於時勢當於人地論列皆關至計不爲時頌諛泛言

齊山　城南三里有峰十餘齊等故名又云唐刺史齊映好游此山因

名之自杜牧之有詩而山益顯四
面湖光千層洞壑上有翠微亭涵
秋樓弄水巖華蓋洞九頂洞大小
泉九十一面半巖爲勝下有得得
樓又來堂

名山負奇勝因人成悟賞洞壑闢神工烟
雲日相養懸空歷翠巖處處逢泉響峰氣

李小有詩紀　秋浦詠　六

亂朝復湖光瀲秋爽亭閣以時增俯仰窮
蒼莽刺史後先臨游詠存天壤履迹續追
詩賦從玆廣平望九華巔江流閣消長
清羅悟大小二湖之間齊山諸作
斯爲弁冕

齊山湖　平湖十里頗似西湖山前
一堤通城南曰翠微山後一堤通
城東曰齊雲雙堤蜿蜒如虹夾堤
千柳隱日蔽空時方酷暑同王君
藩央漢陽綏轡共下一坐蒲葦歷
亂荇藻參差大堪咨目

十里湖光明聖同兩堤垂柳影含風綠陰
地靜偏逃暑朱夏波涼迥隔空旅騎飄搖
鷗鳥外閑心歷落葦蒲中不堪漫作升沉
想時事無妨問釣翁

李小有詩紀　秋浦詠　七

此湖受知名筆不讓西子亦山川
之幸也

翠微亭次劉伯宗韻　亭在齊山絕
頂取牧之與客携壺上翠微之句
亭久圮程公新之

新來上此亭懽如舊游地携壺有昔吟山
以斯爲至衣履沾流雲分隐通峰翠因問
蘘荒頹有若容顛頹古賢何漸湮過客同

捐棄無復杜公來，市城居俗吏。終歲自糾紛，不解看山意。苦草未一除，烟霞巧相避。勝地得程公，林巒知樂事。狗鼠不足憂，蜩螗已無畏。衣袖戒堅杭，烽消慮加悲。暇日暢登臨，榱楹復其始。飛甍煥雲霄，適茲同樂志。窮高度形勢，目營意兼示。握笑罷戎軒，芃芃悅嘉穗。我友邁公幹，賦詩才美備。

初晤逾故交，幕畫資大器。歌詠揚公德，深遠悉可塈。余既戀山光，一亭師友萃。徙倚懷古今，薄晚帶涼吹。歸路及烏棲，悠然澹心累。自慚非壯思，依聲以述記。

余詩筆能敘敘，小有盛藻聯翩，何可並論。余笑謂小有，引玉之功，竊自任焉。

得得樓次岳武穆韻

樓觀赤白羽紛飛，吟咏空追杜紫微。安得岳家軍尚在，掃清群盜卸衣歸。

憂深思遠，絕異登臨常調。

嚴冷然別駕招同伯宗集署中月下

冷然才吏，不畏彊禦，今尚淹郡佐，爲之扼腕。冷然茗溪人，茗爲余下帷地，譚茗中故友夙游，更有今昔

之感

古署森沉夜未央，冰心如月共清光。咨嗟天步憂難已，骯髒風裁項獨強。投轄初酬秋浦酒，題詩重問雪溪航。桐江白水情非淺，莫嘆蒹葭冷一方。

俊辭不群　秋空鐵笛

贈胡澹園明府　澹園同社中素心

人也初令烏程繼宰仁和譽騰兩
地亦以叛歸招集賦謝是日風雨
大至

安定宗風自昔醇栽花吳越更稱循雙凫
鳥起名偏重兩邑符分橐更貧塵埴羈心
增暑日雨餘涼氣近秋旻歸來並有欒欒
色未許相逢及斡尊

李小有詩紀　秋浦詠　十

妙處俱近自然非若細枝蕪葉以繪繡爲工

秋浦歌次李白韻　秋浦隋縣在城
西南八十里太白開元間游此愛
共勝欲家焉集中池陽詩獨多有
秋浦三十絕

溪水如清秋臨溪愁客愁洵美足吟詠騁
望時登樓恣江際空闊微檣知遠流白下
赤千里斯游得巳不詩酉謫仙句山川雄
九州

李十二一往奇縱當時莫並其才覽斯詠並信今之李十二與代而同才矣

清溪次劉文房韻　通遠門外溪有
二源出西南爲上清溪達湖出東
南爲下清溪達江宋太守張士詡

李小有詩紀　秋浦詠　十一

繪清溪圖蘸子瞻題詩又建清溪
亭王安國作記

清溪非古昔流水尚依依倚樹雲多聚携
尊客未稀畫圖春草徧亭館暮烟歸指顧
忘機事閒鷗拂浪飛

清便似劉隨州深秀處隨州不逮

曾文江招集相公墩　墩在城東水

中央林木翳然清流環遶南唐湯
悅相公讀書處也今爲僧寺矣文
江攜尊命儈具伊蒲殊覺清適
古刹空留相國名墩環綠水坐來淸滿天
風雨言歸晚觀止惟餘磬一聲
此等絕句雖一氣渾成而追琢咸
備在唐惟王昌齡具此筆姿
喜逢成公輔大將軍暨同社楊玄草

公輔諱大用雄姿偉略鎮粵西十
年狼夷畏服今赴任南太招募狼
兵舟泊池口楊玄草社兄亦同舟
余攜尊把晤玄草工畫七年前曾
爲余畫鶺華秋色一箑猶存行篋
中相與展玩忘暑池口在城西五
里一名杜塢河

將軍暢威德素服西南夷遐荒就戎索海
國消鯨鯢撫茲陸沉恨慷慨聽晨鷄牂牁
涉萬里神速惟軍機杜塢喜相見匈擁陳
旌旗楊子挾奇策譚笑窺雄姿重憶七年
別倜儻如前期秋色展畫箑握臂同遐思
安得十日聚論心對深杯江流一片月歸
櫂嗟分攜

儒雅風流命筆皆見

杜塢山懷杜牧　杜嘗游樂于此因
名
杜公千載後花塢曉風清遶留山水游
人憶姓名
句足深思

玉鏡潭懷李白　潭在桃湖陂下太

白詩云○廻作玉鏡潭澄明洗心魂○
巖上石刻三字端平甲午毅齋陳
應祈書今每于月夜有物如白鵝○
自潭中出光熖數里
笑傲清溪上○吾家舊謫仙○潭空涵日月○筆
彩散雲煙○花發疑宮錦○鶯啼類野絃○白光
猶熖夜○神物至今傳
李小有詩紀 秋浦詠
青蓮逸才豪氣寄暢山水篇中恍
惚可追
江祖石　潭上有石高數丈○太白刻
詩猶在○
片石江潭迥○長庚何未還○白雲扶綠字○萬
古熖高旻○
高邁極矣
平天湖　城西十里○太白詩云○水如
一疋練○此地卽平天○
平○湖○供遠○望○練○影○欲○浮○天○風○日○宜○舟○事○清○
謳○與○黎○連○
敷寫景色駘蕩後人
秀山　懷昭明太子　城西南九十里○
昭明以事出池陽○愛游茲山○後人
塑其衣冠于此○
李小有詩紀 秋浦詠
南國停金輅○山光○悵○秀○情○披、文、環、麗、藻、張、
樂、叶、嚶、鳴○羅○綺○消○殘○熖○衣○冠○表○舊○塋○千○年○
人○化、鶴○何○處○問○昭○明
澄僊清華一字不沾塵俗
哀揚州　烟月揚州○古今稱佳麗地○
孟夏叛兵作亂○城外焚掠殆盡○高
鎮兵至○城內居民拒守○食盡力疲○

同社鄭超宗起而調停百姓怒磔之分食其肉余客池陽得信悲駭池民聞之愈感程公駕馭左鎮之功所全甚大維揚其遲庭矣

繁華自古稱維揚竹西歌吹宜春光廿四橋邊風月好游人蹀躞盈路傍珠簾繡戶依花郁青蛾自皙頻呼酒紛紛簇簇競豪

奢紈綺生香雜瓊玖四海人典跨鶴思鳳盧兵革殊安危俄傳北地皆淪賊叛卒南奔如鳥飛城隅佳麗須臾盡千門臺榭成灰燼鰥啼雛泣不堪聞無辜幾處遭兵刃一軍驚喜從典平擐甲執戈趨廣陵居民歛衆峙芻糧登陴累月憑堅城兵民相視如寇讐誓不俱生誠可憂鄭君夙昔有大慮出圖解紛息虔劉深情未達逢兇怒刃光蝟集語難訴要領橫分磔且烹紳衿五色皆無措吁嗟鄭君真名士廿年風雅接氣類南宮書絕謝詩凶蕊榜呼名如蓼縩余以媚親兼容友傳聞奇禍痴心首於民何憾兵何尤事機相繆成寃紐猶記池陽十萬師臨城數語却旋歸池人競問維揚

事盍信程公籌策稀

超宗死於衆怒寃哉痛哉非是詩不能悉其纍憐讀之盍覺涕泪難收

尋杏花村

杏花村在城西二里舊圃殘隄鞠爲茂草不可尋矣相傳井泉有酒氣

花村舊圃隔殘霞攜取青蚨問酒家豈有

香泉能醉客空餘落日炤蒹葭

無窮感慨藏于婉麗之中

贈陳聖俞

聖俞才品雙絕共尊令

新塗余客秋過訪聖俞𨚫同移家

金陵半載方返項招集備譚共尊

守城方略袁臨吉諸縣望風瓦解

塗邑獨全焉

李小有詩紀　秋浦詠　十八

蚤從文社識蘭心客路論交快入林半載

移家舟泛泛一宵投轄話深深祇憑銅壘

如方虎遂使金湯興吉臨百尺家猷應不

淺元方雄略又空今

行雲流水不獨蘊氏文章

謝同社方聲之餉新米

浪遊曾未宿舂糧嘉惠媿炊五里香知已

如君昔乞食胡奴不必漫相將

善詠情景

劉伯宗月下過譚

秋浦遊踪記昔賢如君寧讓古人先青樽

自喜同明月錦字何煩寄遠天籌國有心

思借箸祇江無策訶投鞭宵分尚作徘徊

想閒愛中庭荇藻牽

流逸踪宕絕無律詩板重之痕

李小有詩紀　秋浦詠　十九

謝程韋庵先生

澄江練淨見威儀官柳晴絲映客卮雨露

重霑旌旆日風塵無興蒯緱時萬間幕下

欣爲燕三叠關前憶聽驪海宇瞻公如岱

嶽相期衮舃造龍墀

麗密之極歸於渾雅

貴池舟次寄祝五弟天生初度

庭廬存誦讀荊樹影聯翩初度欣連日一先
（日寓于初度）吾衰興少年荷筒浮聖酒花篁試
新絃（五弟時方納姬）溪水長如帶遙看紫氣仙

其二

粵嶺歸來後重懷寄遠聲憐兒多倦略卜
築代經營金玉輝群季縑緗擬百城荀龍

看第五努力事功名

（瘠而愈真工而愈厚辟辟之內至性隱存）

初度感懷　余宿昔好游每逢初度
先大人嘗悲游子自懷陽聞訃歸
來又及斯辰且旅寓池陽無復倚
門之望矣辛壬兩年初度皆在署
中去年亦在懷陽溪畔今在逆旅

地異人非憶女思妻愴然悲嘆

往歲飄零值此辰老親嘗念未歸人斑衣
獨幸余年長素鞸逾嗟客路頻自命僕夫
謀酒茗莫同子弟食鱸蓴衰顏不借神丹
駐空逐塵鞅爲療貧

其二

舊夏懷陽艤去舟舟中妻女刻航籌濵流

絃斷魂空返章浦蘭摧涕未收遠道歸來
旋浹歲空堂寄寓復悲秋天涯訣別勞追
憶寂歷蓬窗月一鈎

其二

官中客裏總蕭然漫爾懸弧不記年伏梔
自來多難夢微文安得有新篇禪心肯謝
王摩詰俠骨思追魯仲連騷熱酒酣聊自

遣匣琴流水溢哀絃

前二首悲慨難任末首即其自贊神情笑語宛然一小有在

芧小有詩紀　秋浦詠　　三

芧城秋藁序

予嘗慨然于唐詩人供奉有言千鈞之弩一發不中則摧幢折牙以求息機安能下䃘䃘者藴而復上此其節已直其意已悲

芧城秋藁序　一

蓋供奉時上有愛才之天子放於女寵至不能羈雲中之鸞鳳如此吾小有盟兄北闈被抑顧以薦走嶰表爲懷陽何異太白泛洞庭下三峽上巫山憇岳陽

與所欲至則一日千里一遇勝景或終年不移欲以耗壯心而遣餘年迺至散帙餘清風流摇襞如無簿書之役予每讀其篇章輒嘆斯人懷奇未展何幸偶

爾結隣茅氏三君挥吾几案得與小有命巾車千山椒追旅語于桑落素心晨夕大雅愔愔授我吟篇浩然天妙恨我不見古人亦恨古人不見君矣雖然小

有天性忠篤人也家世淵源紹衣不替遲之晚暮受亦弘深令者皇輿板蕩庶姓流離群工慘悴小有閔然不能去心自其先大父文定相公巳曰南都多隹

山繡谷笞之士大夫耽幽曠者恒樂居之而今非其時矣且謂國家理財北憂其出南憂其入北憂在天下南憂在一身然必持之一身而後天下可爲嗚呼

大臣之言其謨莊其慮遠以天下之憂勞其身而不恤以一身之樂予諸天下而不私當文定相公時猶享承平已不勝其憂迄今又百餘年而王氣迺自北

而鍾南俗之憂固未有已也啻啻文孫永惟前徽行將出而光大之是在小有哉是在小有哉

南州盟弟宋議洮拜題

茅城秋藁叙

往余髮未燥侍先嚴卽習聞小有先生爲當今有道然其時未有知徒誦其詩文以爲今之詩人與文人年來讀仁品諸函又心儀爲超世之達人今秋以試事憩茅城獲

與先生遊處月餘而始歎其爲明體適用有道人也其爲人清羸不治形模方嚴不存廉角於故舊少進接引樸近不熱寒溫而孝友淵源通于鳴和與海內賢豪精氣相取如隔一壁弁其苦樂設誠致行

如有諸巳大下士無少長以此歸
先生至其酒杯淋漓頰毛飛動皆
往往類古人意思風貌所寓山谷
讀淵明之詩想見其人慈祥戲謔
可觀先生近之不似名下士好以
學問批彈若平生讀書皆有師法

頗笑時賢耑掇菁藻二十年來曾
爲一書輯古今形勢戰守之所在
苦心出入參伍時會佐以論斷成
卷若干使其山川阨塞溝塗迂直
城堡險曠堈牧窪陸指掌瞭然可
適于用名曰輿圖要害又以天下

安汪意相天下危汪意將後之用
人如積薪如見戲不可汪也爰著
古今將相之大者爲書曰安危汪
廿年遊屐悉心二書方擬刻以問
世而自懷集歸俱付陽侯因感日
月之如流與精力之有限爲相對

長歎始信異書之出與異人之出
悉有命也然先生以宿儒傾動當
世之賢豪所至王公大人有加禮
卽不必著述已隱然負衣白之望
道屢上天子書不遂去爲懷令二
年如慈月出炤一切細務单辭皆

見法妙黎老婦孺咸能誦之今六紀一志具在山水之音中和之政鸞鵠粤天洋洋滿矣故曰爲明體適用有道人也即以生平所爲詩文卷軸之多幾同三藏法師經論筆受帙本可滿一屋項在茅城吟藁皆衝口清雄非常音所緯而其感諷憂危每念王室如少陵詩史使人一唱三歎而有遺音蓋先生出其緒餘已足以擬于古之詩人如此而或者讀先生仁品全提諸書又疑其外功名總生死隱于釋

氏之學然外功名可以甚功名總生死可以入生死先生行出而仕矣答陳希夷謂吾家忠定一生辛苦如人家張筵笙歌冉沸府中庖火起賴子撲滅今先生甘淡泊耐勤苦享福懼有餘簡身懼不克利物懼畏難嗚呼繇是心推之其功業之所就亦有不可勝道者哉

同邑社盟晚弟張芳頓首

敬題

茅城秋藁目錄

茅城秋藁目錄終

茅城秋蘗

淮南李　盤小有著

華陽張　芳菊人評

茅州道上有感并簡朱潤生明府

予自總角入黌庠就試華陽道上馬瘏僕痡不知幾易歲矣名場空蓬鬢影已零酏往憑來臨風怏悒輒綴二詩以簡知我

露下高天已作霜朧風蒲岸荀輿涼倦游重憶青袍路老大空吟白醉鄉滿地兵戈愁日落依山禾黍映秋黃文園不是朧車騎爲念臨邛鼓再行

襟賜高參簪　振林木

其二

廿年前事已差池攬轡澄清未可期紫禁九重烟歷落碧山萬里草迷離縈紘急管聲何疾短犢長轅氣亦奇華髮而今吹種種五株門外立多時

天骨嶷出坐撫高深正使人頻咏孟德伏櫪之句

謁高廟

廟貌森霞表東來此地高入門瞻禮罷栢

子落巾袍

渥宕

過郭西塘感賦

塘在城西郊爲先散木叔別業水花蔭映足可憑襟憶少時遊樂頗極其致今已易主過之欷歔

生烟漠漠稌秔香一望閒邨近水涼被沼

芙蕖牽荇紫唼泚鳧鷖亂葭蒼追濠上
觀魚樂更逐花前載酒狂迴首可憐清絶
地吾家名士已先亾
老髯末二言聲與淚俱

逢胡秭宗社兄賦贈 同社諸友凋
謝殆盡秋宗猶踽踽食貧携手語
舊不覺泫然高望長歌以代擊筑

李小有詩紀 茅城秋蘂 三

故人一别長經年故人重逢古道邊努力
加餐顔未老吟鞭指顧秋堪憐故人相扶
卿下馬苦無玉液傳杯肇臨風試爲故人
歌如在新亭淚盈把傳聞大江以北士飽
于郊馬騰于槽丈夫氣射千崖高腰間暟
暟鳴霜刀恐令英雄事妻子須教談笑折
兒曹我爲君歌君爲國恥揮金詎復真封

侯似可已誰能直斬郅支頭更須淨掃赤
眉壘舊時白社只孤龕黄石談兵吾道南
君子食肉小人荷擔星榆湛湛不可摘天
門蕩蕩維其巖秀才若在酬功列整旅孤
城鴟澹巷
奇氣杰冠蓋軼曹劉

赤山拜先塋 城南三十里高峯突

李小有詩紀 茅城秋蘂 四

峙其色如赭先塋在山之麓背崖
面湖形家稱最勝地
丹丘直上鳳凰翽雙栢之間一羽毛玉帶
不緣犖藏著豐碑何曲赤城高精神出地
依陵闕草木凝香擁節旄八代卿令弓
冶盛長瞻塋道勗吾曹
壯節慨慷遂可不負詩頌

張龍友招集賦謝　同集者胡秩宗
家五弟植板清歌厭厭夜飲是日
爲婚姻吉辰新月橫空鼓吹滿路
散步歸寓漏四下矣
風流張緒敞華堂玳瑁筵開銀燭光天上
明河遲鵲馭人間片月炤霞觴傳盃秋湛
雙文盼設牽風吹滿路香更借靈槎通絕
域漢家博望本仙郎

衙口清艷

同家五弟訪見尼叔不值　過赤山
五里爲賈遯墅其地幽曠實可避
泰家見尼叔棲隱于此予同五弟
携尊造訪弗遇悵然成吟
幾樹秋香老石根山光摇墅淨重門兒童
折柳呼羣去笑指家翁在遠郵

書意婉約

九日同家五弟胡秩宗登三台閣
戲馬同人九日吟西山高築恰堪詩文翁
石室猶遺像阮子蕪門正賞音鳥過前檐
分落炤人當清霧聽孤碪觥籌何惜臨窗
角取次歸途失舊岑

風骨崍峙居然正始

同家五弟八弟遊崇明寺毘盧閣
崇觀特地煥金田頂禮人天第一禪積貲
岧嶤緣芥子散花菴藹滿三千雲歸樹影
思惟靜鳥寂經聲願力堅茌苒當年成底
事鶴令清對晚風前

有禪韻無禪氣清音獨遠岩泛作
游覽詩便與題不稱

王帶樓　先文定討偕時贈主僧詩云年年山寺聽鳴鐘匹馬長安憶遠公巽川定須留玉帶題詩未可着紗籠是年登第至賜玉時主僧方叚涉至都出詩以獻先文定卽解玉帶贈之歸遠近傳爲佳話建樓貯之百餘年矣光彩如新展翫敬賦

吾家宰相起山中玉帶紗籠付遠公百尺樓居猶拱日千秋物色應垂虹寶光舊賜驚幽魅香氣新翻澀逆風惆悵鳴鐘仍喚夢懶殘芋火正微紅

如有凉颸拂拂入人心骨宗風振雅無愧貽安

偶酌　秋色清佳同張龍友家五弟八弟閒步朱館有二姬姿韵可人子字以烟鬟雲佩沽酒共酌無不陶然

秋興凭闌逸共如倦旅何惠連方得句小玉且徵歌烟裊香鬟薄雲留解珮多郵亭風味好把酒一徐哦

小詩耳覺有烟雲繚繞

晚秋朱潤生明府招同何非鳴中丞昆玉夜飲三臺閣

雲開纖月閣初昏仙令同攜北海尊遠火猶明高樹杪孤吹早澹故鄉寬未聞三捷傳韓岳賴有中宵舞逖琨煒煒台星今不改奇功端合奏昆崙

感時憂國形于言表固是杜陵忠愛豈得以先生爲詞人

江鍾嶲招同胡秩宗孟華陽家五弟
八弟飲郭西塘水閣覩芙蓉
湖山秋爽纈明侵朋好開尊逸思賒晴郭
一泓間閣小甫鴻中度受風斜客遊他處
難爲計世亂吾鄉可作家指點殘陽紅濕
冷江郎疑是夢中花
三復客遊二語輕棄鄉上者可以猛省

月夜訪虔州曾庭聞賦贈 庭聞少
年驚才躁襟炤物感時所至高言
卓論旁若無人予同家五弟月下
訪之慰其羈抱追爲此作歎喟交
横與有清酬以壯嚶和也
客負負右懷清秋自爲世倫輩誰可言天
海淼淩厲我本媚獨 八交友尋高契故舊
三十年邈若飄秋蘂英才不易得奇情乃
深爾虔州曾庭聞年少通門裔氣貌何清
雄宴聞傳孤唳往往神鋒生箕踞呈精鋭
寄聲勞我思一笑烟紅霽青銅斗三百歌
奴秀而細顔熱聽清音蕭燈竹門閉中宵
有感欷歎緣偶然濟項者發金陵天庭頫
迢遞官道何喧闐絡馬黄金麗富貴易失

身伉直多遭竟吁嗟當世名雕俎加牢蔬
豈可羈鳳凰君亦從此逝
孤寺前往起止無端有一聲已動物皆静之致

喜劉伯宗至 長夏游池陽與伯宗
鍾郎諸同社攬秋浦之勝别來時
遶夢思項伯宗以試事至把臂歡
甚

齊山握別已經秋天爲茅城此日留冉冉
江雲浮遠夢遲遲浦月翼輕舟蕭入蘭氣
吹千里珮子琴言澹一丘黃鵠佇看騫逸
性暫時入市解鶡裘
字字蘭氣琴言

王夏明少宰招飲賦謝

少宰開尊賦嘉客典刑歷歷森高秋神堯

有道思往事光武中興誰遠謀雀髮童顏
藏甕鎳詩清酒熟觀風流只今圖史紛滿
簾函丈玄言吾所求
清嘯之概綿綿雲霄間

霜降日同劉伯宗曾庭聞張菊人家
五弟八弟女郎烟鬟飲寓中用烟
字

酒有波瀾玉有烟誰云今夕是霜天客當
亂日偏宜聚話到傷時便欲顛撫劍未能
銷舊恨洗盃聊與讀新篇可憐枕上金臺
路一夜西風夢不全
高渾一氣呼吸通于帝座真消受得宮錦清華

張菊人至自石城醉後讀其新詩口
占以贈仍用烟字

玄草如君定可傳吟成未綴已成烟句中
丘壑堪供畫字裏瓔珠盡入禪來自秦淮
風雨後喜逢故國雪霜前清尊更有人相
勸燭影遙遙稚浦仙
孫自清懷吹爲奇藻讀此詩欣感交中反忘我形骸矣

家于庭叔至自維揚共酹酒家譚江
北亂離風景有感時高黃二鎮戰

于邪關與州之間

下馬飲沽酒時危何處投普天有大憤鎮將急私讐滄海誰埋炤黃金可作矦鳴筝耶入破相對故鄉愁

老氣深情心脾感動

曾庭聞失偶三年有勸其再娶者詩

簡庭聞深其子荆之痛

李小有詩紀　茅城秋葉　十三

好對文鴛舞絳羅而今隻影奈情何幾番理篋猶如昨到處聞釵可是他遂有金衣催婉孌莫因玉蘂結絲蘿相憐我亦驚栖魄月下環歸恨已多

備文深雅自然相生使人增伉儷之重

哭亡女忌辰　憶客歲季秋廿三日

扶亡荆櫬抵豫章媔女病歿舟中迄今一周思之慘切

豈獨河山事可憐追歡肉骨竟爲烟曾經月白猶尋夢不道花黃已換年玉臂雲鬟人往矣麻衣素鞸我潸然西風老淚華陽合何處孤墳一陌錢

不堪竟讀

懷集舊尉朱華六自武林過訪賦贈

李小有詩紀　茅城秋葉　十四

嵐霧同看歲屢遷懷陽今在夢魂邊南溪畫舫波餘綠北壘珊戈嶺企玄元亮山光惟對酒子與霞氣已疑仙每思吳越人千里不及憑欄聽宓絃

其二

庭幔花中若比鄰與君晨夕自情親愁心莫慰山城日離恨長縈嶺路塵舊治遥聞

多喪亂（十歸夜悵，陽爲戰破）故園重見感殷勤冬篠
促席杯香夜明聖猶期覓錦鱗（低回今昔真景真情）

華陽八景 有敘

華陽舊傳八景數十年前猶堪題咏近日如九曲清流及張孝子臺葛仙月瀉池俱湮滅不可復識凡景中惟月瀉幻跡尤奇傳聞中秋月望時池内影獨側故俗名拗月其他如崇明古塔近始新葺金碧巍𡾰奇爲雄觀又卯辰之交浙中金楚皖皆學以形勝家言創三台閣文風頓變遊客過之必弭節徘徊予欲更定八景去九曲清流增

三台曉霽定有首肯者詩凡九首
其左方

茅峰秀色

遲峰秀絕壓神州上有三君汗漫遊長怪
陶君貪識字一生編錄爲人誅（只爲身後名耳可感）

秦淮漁唱

前朝斧鑿偶然蹤龍浦支流繞句容烟水
蒼茫人不見一聲款乃答霜春（欲喚奈何）

崇明古塔

南渡于今幾百年崔嵬寶相自中天我來
俯視金輪外不信胡塵去鳥邊（眼界高渾）

善橋夕炤

落日平原倚雉樓弓刀戍騎使人愁悠然只有前溪水歸善橋邊飲牧牛

飯韻深永中晚以上

義臺秋月

蒼蒼秋宁鑑池開吊古傳踪亦悵哉何處燒燈歸院落笙歌曾不到張臺

李小有詩紀　茅城秋蒙

從此開悟熱心冰洌

七

月池幻跡

道人劍術拗奇花亦有仙公拗月家丹井草菴依舊在如何清影委泥沙

仙人亦在滄桑中轉耳豈獨古名勝

絳嶺樵歌

丹崗黛色白風烟吾祖當年有墓阡一片白雲横谷口樵歌不記在誰邊

此中眞別有天地

九曲清流

曾聞曲水夢依依落葉寒波夜稱稀却笑野人頻指路荒榛不辨是耶非

予曾與先生同尋故跡悵惘而返

三台晚霽

李小有詩紀　茅城秋蒙

六

烟閣憑空發興新宜城佳句問秋旻文星近炤華陽地可憶西湖舊美人

三台爲楚畹先生棠蔭此詩亦何減風人

李衛公祠

衛公曾定輔公拓之亂戮未降于茅州新城土人立廟至今不廢故予爲歌李衛公

李衛公天下雄初破荊州擒蕭姥再入丹

陽馘輔公綏流亡靖兵戎戮叛卒茅城東土人至今隆廟祀耿耿霄漢垂長虹西嶽神祠陰火冷騎驢老子扶餘窮真人不復作黍離嗟王風嗚呼李衛公天下雄

慷仰之情溢于篇外

酬張菊人王子蘭家傳叔弟

巳宇峰頭鶴可招少年英絕眼胷高藐姑

御氣人難問梁父行吟我自豪擊缶鳴鳴多快意吹笙渺渺獨絲敖飛鶱汝輩尋常事明月孤雲聽九皋

讀其詩感其志可以得處遇平心之法矣

送傅叔弟北歸兼有閩游用菊人韻

世亂萍蹤幾得同家山客路總飄蓬艱難倦睫看雲白潦倒枯顏借酒紅萼[illegible][illegible]寒

尋夢蝶海棠花煖待歸鴻只今南望無勞泣王會車書在眼中

逸藻深情琅然傳響

劉在公至自秋浦奉酬二律

十年吾巳遜羣英樗散風塵髩有星才子香名馳北固通門令嗣許西銘山裴好去尋茅氏酒盞聊全揖阮生大雅登壇知振

響予衰豈敢負宗盟

其二

名家汝出較書堂握別清詩感慨長北薊傷心秋浦月南徐搔首晚菰香兵戈阻絕無朝吏盜賊橫行有夜郎共念收京一悃悵萃陽客合且傾觴

忘年契接名士風流

題銅陵鄭明府奏最册

最上都門一雀蹝，佩香搖曳楚江蘺。家傳俠管閭民變，代有葩經說鼎頤。卿月相輝臺閣近，賡雲流韻黼宸知。喜看禹甸中興日，政是虞門貲稼時。

精確

賦得杜詩四鎮富精鋭用爲起句

李小有詩紀　茅城秋蘩

四鎮富精鋭，尫虎皆王師。苦甘分運餽，貴賤出恩私。投石娱高帳，横吹坐大旗。雄邊稱子弟，盗賊敢横馳。　主

其二

四鎮富精鋭，行邊是此時。全騎浙隴馬，半結并幽兒。娘子投壺笑，將軍射獸嬉。黃金臺色冷，尚勒舊朝碑。

其三

四鎮富精鋭，從容出每遲。殺馬爲生日，量珠進侍姬。東南魚稻好，西北鼓笳悲。往事何堪問，鞭箠妄語兒。

帶憤含淒情詞抒壯

別朱潤生明府賦謝

容城不異錦城花，縞帶緇衣好有加。甘載鷄壇尊月露，三茅梟鳥浸雲霞。鳴琴頌滿蜚侯甸，保障功高翊帝家。暫試循良宜鼎鼐，徵綸蚤晚出金華。

李小有詩紀　茅城秋蘩

主

其二

平原十日續前盟，君自蕭然阮步兵。鞞轄於今逢戰鬬，風塵何處重才名。蒼茫老服天涯路，緑酹深杯地主情。短策暫辭歸白

下官梅詩與在寒城
一唱三嘆亮節可頌

李小有詩紀　茅城梓叢

牧懷詩紀序

李子小有生淮南余生江右若是其遠乎千里一士若比肩而立特千有餘里未云遠也歷稱壯而老見未數數若是其疎乎百世一士若隨踵而至百年之間雖未數數然未遽疎也而小有二仲諸叔季所謂千里比肩者而同輿作百世隨踵者而共晨昏小

牧懷詩紀　序　一

有所遇之盛不啻相萬于余余棲心毫末數十年徒以行比顯于時談辭賦古近體詩至不能句小有輒以其餘才方駕于屈宋絶塵于齊梁如

枝峰蔓壑登登不已轉轉不窮然猶謂經術甚深性達詞長能旁魄氣勢連引其章耳薄書勞矣送迎俗矣敲扑譁矣稽子曰一行作吏此事俱

廢小有令懷集文心漸于吏氣日坐蠻烟瘴雨且有軍旅之事佴至而交迫似可無詩昔孔文舉詣李元禮欲觀其爲人有識者于此可以觀小

有之爲人矣小有夙好難違亦其具有以副之雖雋戴星之勞而洽鳴琴之頌節序則有紀述交游則有贈荅先達雅規則有稱揚軼事古蹟則

有懷思奔走俗務也而奚囊以載山水軍旅劇任也而橫槊以和鐃吹贍親憶弟疊見苞桑棣萼之篇憂世感時爰典金谷銅駝之詠則小有至

性存焉爾過余江右歷粵東皆有詩遂冠于篇而繫之懷者何從爲令也詩紀之外剞劂政紀文紀兵紀讞紀諸書可數十種人所難而小有易

人所忙而小有閒小有何心于閒人所忙而易人所難適如其嘗然是可以知其爲人矣小有賦才之盛又不啻相萬于余壬午冬余出守柳州

小有緘詩寄余左梧右柳雙炤粵天直北東家流水入西隣余豈以同地爲親同好爲遠哉在唐柳州有柳子厚梧州有戴幼公兩君一時來蒞

詩名千古並傳。幼公居潤州，
小有亦居潤州。幼公官梧州，
小有亦官梧州。斯已奇矣。小
有詩成卷帙，似更出幼公之
上。幼公之文藻湮沒，得小有

而再振，而子厚之山川寂寞，
將無笑余乎？余驚怖小有之
天才，謬題小有之詩卷，今日
之柳將附梧以傳也。
臨武社弟章世純題

牧懷詩紀目錄

贈莆陽鄭明叔　泰來橋
改粧　聞雒陽襄陽警報
辛巳端陽　步禱感雨
新築偶題　得家報
齊嶽山　花石洞
四門巖　望岳巖二首
沖天巖　道士巖

燕嶺　桃花水
游端州七星巖　玉皇殿旁醉石
詠醉石　酬豫章王席孟
喜王叅戎至　訊王叅戎
寄懷嚴相生　節婦吟
蘇靖州祠三首　蔣孺人
辛巳除夕二首　壬午元日二首

人日立春　聞連山捷音
賀王叅戎戰勝　輓陳副戎二首
姚叅軍卜居二首
呈徐中臺二首　寄黄昌漢二絕
得家少文弟書　壽卞母
榆村八景詠　登雲觀登高二首
懷王叅戎　送廖中尊入覲

送岑溪劉尉入覲
謝陸司理二首　别李叅戎
呈林監軍二首　立春
迎春　壬午除夕
癸未元日　哀中州
哀荊州　傳烈婦
别周象男　贈融六上人

媚獨齋成二絕　王郡伯孝思冊

別懷集　別三孝廉

牧懷詩紀目錄終

牧懷詩紀

淮南李　盤小有著

江東歐陽昉初伯

豫章喻　建偉節

鹿城張　宿朗文評

過池陽祝胡明宇太翁壽

黄水華山氣鬱崷萃顏素髮傲松筠國香紉佩徵蘭早家瑞克廷視草新玉比弟昆名似謝龍生門第業如荀霞觴列席稱眉壽十月和風正小春

端擬古雅體拚金石之章

東湖憶家弟少文

帯陰依然滿豫章黄花丹葉漾湖光六忠祠畔虹銷雨四美筵前月浸霜下榻客容

希孺子飛帆風欲借滕王一行嘹嚦仍南羽夢逐勞人憶冷香家弟于翀中備冷香齋

眞景眞情自成佳詠少文侍御理豫章時以友教名社弘獎風流構亭東湖上人士題詠甚衆復于亭後設立講堂今所過即其處也

重登滕王閣紀懷

秋風未與便王程蘸筆重題彩閣名歌舞不堪留帝子棟簾還可借書生無心小草

牧懷詩紀

琴借鶴極目長空雨復晴吒馭有懷誰慷慨登臨直欲振冠纓

二

豫章懷傳佁冶社兄霞城閣賦兼呈

凡古蹟勝地往往受累于後人惡詩如豫章之滕王閣江夏之黃鶴樓是也似此秀逸絕倫俗塵盡流使三王見之亦應頫首而服

倚菴師相

綠野曾樓擁翠光湖分日月彩雲翔鸞笙沸座供名飲鶴素環楹啓秘藏仰接重玄垂象緯高聆爽籟汎宮商心馳東閣招賢地想見生花絢七襄

其二

紫閣歸來貌正妍山中宰相即眞仙星涵綠酒開添句月照丹爐靜鬬玄相慶午橋花向日還看嘉樹榦參天霞城赤幟頻瞻

三

牧懷詩紀

望江柳重遮客路前

聲韻噌吰波瀾浩潤雅稱臺閣鴻裁

梅嶺

五嶺盡南天大庾稱雄長將軍度甲兵丞相開榛莽力士畏精誠巨靈符趾掌代異漢唐年千秋皆利往興人熟險夷歌謳相紛擾望望翠巘窮千巖足幽賞寺古白雲

封○時○飄○鐘○磬○響○松篁低路間○巾○袖○招○餘○爽○
行臨横浦關車馬難兼兩○青○壁○貯○陰○森日
光○不○內○朗○亭○午○陟山巔○崎、嶇、入、平、廣○峰○夢
叠○遥○空○晴○烟○自○消○長○梅○驛○未○逢○梅○折○寄○非○
無○想○野○店○比○如○星○臨○階○酌○新○釀○山○水○愜○深
情○探○奇○念○疇○曩○帶○綬○非○曩○游○去○玆○如○俛○仰
雋麗出于深厚聲格居漢魏之間

過梅嶺憶家大人

思、熟、何、嘗、愛、作、官、飄、摇、頻、詫、路、行、難、計、程、
已、隔、三、千、里、問、渡、纔、過、十、八、灘、大、庾、嶺、横
鰲○背○出○小○春○花○簇○馬○頭○看○懸○心○最是龍泉
道○家大人舊居龍泉山 珍○重○籃○輿○護○早○寒○
小在天懷篤摯孝友之思時溢于篇何此等詩語語至性不可僅以詞人目之

英州寄謝鄭潛菴中丞

萬○里○長○天○隻○手○擎○東南半壁倚○金○城○身○攜
虎○士○來○江○漢○地○控○龍○眠○帶○六英○邦○水○烟○花
寄○雨○徧○皖○山○露○布○陣○雲○清○琅玕節上看書
伐○刊落攙槍不許横○

其二

十年山斗仰瓊姿○交、有、神、龍、服、有、芝○愛○士○

幾○人○同○吐○握○着○書○無○字○不○慈○悲○蕭○疎○對○客○
車○塵○裹○微○妙○拈○花○汗○馬○時○忝、得○保○和○眞○將○
略○無、煩、擒、縱、試、鞭、箠○中丞刻有保和篇
一氣渾成是盛唐人格調

其三

忽、枉、高、軒、古、岸、邊○中、丞、聲、節、布、衣、前○慚、無、
詞、賦、江、關、動○驚、見、旌、旄、里、巷、傳、橄○護○劍○琴○

多猛士珍貽緗帙盡名篇何須家渉蕭蕭
句已幸安流皖口川中丞慮前途盗梗皦飛唬艇護送至湖口
三詩娓娓誦述得其大致以覘遷固史裁更約而該矣

英州桃池書院和蔣明府韻

吏骨無奇不夢州花封兩粤共沉浮驂停
上路雲垂幕候入南天服易裘故國多懷
麋鹿聚殊鄉喜對鳥魚游蕭蕭烟靄誰能

牧懷詩紀　六

奪三徑亢惟蔣詡收
婉麗可人

入懷集

衝寒棒檄路紆徐入縣風光較藹如五斗
初縻天上祿一船仍挾秘中書先文定經筵書籍攜行以訓兒曹
鳴琴韻古應難續蓮覺陰饒未敢
虛夾道早梅香冉冉河陽花欲兆扶疎

醇意雅規名士入官較俗吏何啻雲壤

蒼梧道中

蹀躞蒼梧道相忘塵世間灘聲疑倒峽花
氣欲薰山路轉千重迭人穿萬木灣莫言
爲吏俗幽翠招心顔
取暢山情吏氣不見于眉宇

其二

牧懷詩紀　七

五斗初彭澤一冠聊漆莊吏惟清免俗骨
以傲爲强飲藥無嫌冷栽花不厭忙方今
求卓異吾意且循良
癸巳成句皆肝鬲之言

封川道上見桃花桂花有感

遠辭江左舊衣斑譜得孤琴嶺外閒入座
有緣皆白雪出門無望不青山桂開殘臘

秋疑晚桃艷深冬春已還何處風流潘令
尹栽花滿路不加删
濟艷

其二

望望封門路較賒扁舟逐水看山嘉遥分
桂嶺千林月不記桃源幾度花來徑芳菲
迷去徑東涯香艷逗西涯獨憐十載風塵
客唐突峰頭富貴葩

牧懷詩紀　八

懷陽立春　庚辰季冬廿六日

彩燕叙頭曲可聽家園誰繫護花鈴尊前
一醉賢人酒天上應移處士星粵地烟開
紅滿萼堯階風入翠生蓂金陵閶道春歸
早遥憶庭除細草青
思逸調高不減陽春一曲

庚辰除夕憶親

一夕偏餘一載夕來辰正啓百年辰蓂將
拆甲寒暄與曆已除庚歲月新嶺表青山
初宦跡閩中白髮又王春椒觴向北遥相
祝愛日長干弟妹親
性情所見風雅遺音

辛巳元日有感

牧懷詩紀　九

元日千門瑞氣涵玉階此際會朝簪堂前
願壽雙親百嶺外心呼萬歲三嗟我壯懷
銷冀北妒他春色到江南榕庭好鳥歌朝
氣且把屠蘇客署酣
感遇懷新不勝長歎然胸中高邁與常人自殊

撫傜歌

懷陽僻宅萬山中土俗雎盱太古風盡是

炎方良赤子，如何雜處分猺尚。我民居內猺居外，和寧歲歲歌天籟，舞習相吞習漸澆，深巖窟跡恐殘害。枕戈帶劍乞餘生，幾度皇威掃蕩平。拉朽摧枯彈指耳，前車孰有任橫行。只今天子施仁義，赫赫簡書嘉撫字。邑宰親民責最殷，干城寄托多超次。余以樗材職此方，偏詢疾苦心彷徨。

恥學鷹鸇學鸞鳳，不憚爲爾開康莊。嗟爾久沾寬蕩澤，夢夢反似天地窄。我今大聲與疾呼，拯之脫此水火厄。爾速革面兼革心，來聽琴堂府奸音。耕分鑿分皆樂土，無爲䵝黓沉幽陰。沉幽陰，爾何苦，解網泣罪非煦煦。從此歡躍就乳哺，莫疑苛政猛于虎。

先以威懾之，後以恩諭之，曲盡招徠之意，且得大體。至恥學鷹鸇學鸞鳳，則明明自寫一公案矣。牧民如根，大何亂不治。

勸農歌

山多地瘠民力勞，乘春東作雨如膏。秉耒化土鋤蓬蒿，石田青青飛桔槔。萬實以穀爲本業，爾不力兮苗無葉。婦可代耘子代饁，官租早輸清夢帖。爾不見巨商大賈東

西馳，俠背四方嘗履危。回首田間襁褓子，豚蹄持祝心何怡。矧茲層峰廻疊嶂，風光和美供村釀。喜斯長詠詠斯陶，游神何異羲皇上。敬告良農多墾荒，身安茅屋稻粳香。牛背笛聲吹白苧，盤筐蠶績引桑柔。嬉游老叟如嬰穉，擊壤含飴忘地利。縣官何德及爾民，執簡書豐追五穗。

正政農桑並舉末補出蠶筐一段可謂女媧妙手至其寫景描情疑置身隆平之世此所謂不言勸而勸意洋洋在言表者

山丹　一名紅繡球又名馬頭纓俗名百日紅粵地多有之偶得一本置窗前紅艷盈眸喜題數句

山丹艷似牡丹榮，坐對紅眸句易成。露愛滋華移步障，風如擊鞠散塵纓。罽賓不擅

十二

香名國其國有香球，益部遙同錦作城。曉夕憑軒生麗矚，地非金谷已怡情。

牧懷詩紀：安仁一縣小有數枝彼不為多此不為少其政成化洽吟詠怡情一也

同諸孝廉登雲嶺望齊嶽有感

霞外流輝艷曉晴，桄榔三月下啼鶯。山名齊嶽群峰小，人擬凌虛峻坂輕。座裏玄霏皆玉屑，望中蒼樾是梧城。五游有志還雞肋，尊酒難消汗漫情。

胸次悠然

清和三日遙祝家大人

薰風渾不蕩愁城，為隔親幃累月程。乞養會須同密志，動心時復黯參情。禽懷栩栩三山遠，蝶夢依依二水晴。誕屬清和陽正六，高登齊嶽祝長庚。

十三

牧懷詩紀：先生家居為喜年會昆季分日治嘉饌招愛客以娛其尊大人及官嶺南每懷色養讀此詩併度梅嶺等詩深窺孝情矣

題紅蕉

拂拂名蕉出異區，欣看翠影現金鋪。仙家鞢鞨飛紅綠，石氏珊瑚抱綠珠。桃杏蕊居紲赤下，葵榴心藉渥丹扶。炎鄉自合榮朱

草負日凝霞炤淺蕪
點染輕妙詠物詩無復過此

壽袁太尊

郡中美績如黃相石上奇姿並呂翁公刻呂仙石像立祠祀之芝蓋雲旌紛獻壽遙知千里誦聲同

其二

夾道春車雙白鹿合丹靈藥一青蓮明星已見來南極鶴算還符秩二千

其三

地接崑崙歸沆瀣認臨勾漏獻丹砂蓬萊咫尺雲將近眉壽應同帝寵加
典雅清新不涉壽詩積套

氷井泉　在蒼梧城東大雲山下泉味甘潔唐道州刺史元結所闢先名漫泉既名氷井取以厭郡南火山也旁有古剎今更新之

亭亭樓閣景膩天古寺欣逢第一泉雲氣碧吹茗椀淨珠光紅滴酒槽鮮藤垂素浪通晴澗花湧靈心到夜禪西望玉山餘萬里氷泉佳號並藍田
靈妙極矣前人詠泉詩皆不能及

又

大雲遙護綠江烟地出泉如露降天古辭幽壤千載潤于今猶厭祝融鞭
高奇似太白絶句

贈南海潘無瑕

潘子竭三餘才盈鄴果車朋情悲冷釜世

眼賤儒裾唫有唐初句胃無漢後書懷陽
歡索解客路免歌魚

贈莆陽鄭明叔

鄭子莆陽客香名吳越間淸音悅我性古
色炤人顏談道心無物論兵策縱籲粵山
今悟賞花石且遲還

小有名蜚三十年交徧十五國人
人御李爲榮識韓是願二詩至誼

牧懷詩紀　十六

深情洵自道其實際

泰來橋　南溪舊有浮橋久廢余來
創構初成喜而有作

城南每出見溪光路隔郊塵一水長彩鷁
卧波成鵲架蒼龍偃水泛鼉梁才非司馬
難遁枉乘有公孫不借航笑語紛紛看倭
影居人無復嘆褰裳

改粧　懷邑婦女粧服甚異余下令
禁之不數日盡除舊俗

京師並效內家粧移得威州亦姹揚昔擬
高山堆岸髻今看秋水炤容光休猜楚鬢
成潘髩深喜吳彩換越裳嶺外梅花香更
瘦家家宜綴壽陽芳

以莊語出其儁思曰詠諧之致亦
曰體要之詞

牧懷詩紀　十七

聞雒陽襄陽警報有感

兩藩相繼逐春殘家國憂生腸九還困獸
古來稱鬭獸（不禁髮指）泰山今日又冰山六千鴈帛
天邊杳十二鴟籌紙上閒嶺外愛深悲莫
助空懷擊楫濟時艱

感時憂亂與杜少陵同一悲悠然
慷慨天末志殄兇渠少陵所不逮
也

辛巳端陽開浙友宴集懸魚清署

水國飛凫鼓怒濤山城此日不容刀人聯湖海蛟龍合尊泛菖蒲劍履豪楚啖豩香三友韻忝銅秉鑑一官勞懸魚炤酒來清話欣與周旋對彦髦

雅潤欲流聲光亞茂

步禱感雨

牧懷詩紀　十八

雲漢興歌萬寶虛一朝甘澍快隨車仁穹若感中孚意獻歲還將大有書回甦自慚于史德纍厄翻笑魯侯踈漫言他日爲霖事新築聯題喜雨居

詞旨藹然想見仁心惠政

新築偶題　衙齋後新構數椽落成之日適逢霖雨遂題爲隨雨軒而銘之曰緬惟蘇子亭以志喜我令懷陽步禱陳祀亦既沾足邀天錫祉構軒適成欣聞鳴鵲來游有鵩來巢有雉爰界嘉名敢專厥美王人維盤淮南之李問歲伊何越在辛巳

小築荒衙風日安蕭蕭踈竹似官寒池空

牧懷詩紀　十九

西面裁荷補亭敞東偏放鶴寛開徑吟風珠玉噴落工隨雨袴襦歡蹠窓樹樹多啼鳥時取淮南舊句看

似謝玄暉郡中諸詠

快晤陳從月吳德徵兼得家報

烽火傳光滯羽翰一尊此日萬緣刪君同漢使來南越我擬周官賦北山鶴髮喜窺

魚素裹鄉容漫洗酒盃間故人遠至情徧
重開徧清池菡萏顏
情深者語自不淺如此等詩無論俗人雅人孰不心生愛悅其感人微矣

齊嶽山　高類衡岱山腰有潭冬夏
不竭相傳有龍居禱雨輒應
芙蓉盤峻白雲迷共説周遭與岱齊甘雨

牧懷詩紀　二十

降時膚觸石溫泉流處練成谿支筇絶頂
天關近回首諸峰月嚮低爲問仙靈丹藥
就肯分勾漏壽蒸黎

花石洞　懷邑勝地其中爲巖者七
爲石者六陵空峷嵂如名葩韡韡
向榮
平蕪特地湧蓮臺石室青霞四望開玉乳

垂垂擘八柱花宮冉冉接三台巖前樹舞
蛟龍爪壁杪珠藏虎豹胎夜靜攜琴明月
下雙鳧駐處即蓬萊
二作風氣高逈以兄少陵而弟青蓮豈日阿私允宜獨步

四門巖　平地峙起千尋其下空洞
外闢四門中有石乳垂凝爲石柱
八爲蓮花座一

牧懷詩紀　二十一

四門巖際錫嘉名野老猶傳雲上行　隆慶間懷令雲上行題日花石洞天
灑乳垂垂多結幄蕊珠燦燦
並含英一花獨秀蓮心見八柱咸依石脉
生地靜逢人如太古徘徊眞可息塵纓
悠然靜理

望岳巖　花石洞内梁君雲松寄傲
之所北對齊岳雙峰

絕巘危巖杳莫攀，上頭梯磴幾間關。丹崖映日成深紫，青壁凹嵐作淺斑。開自二梁形勝出，羣當中嶺齒闞環。我來不禁幽思繞，咲捉銀鉤一放顏。

其二

松桂巖居敞北山，最宜池水照人閒。岫當亭午雲猶濕，龍護藏書洞不關。砰上蒼苔

遲奕叟，牆東青薜見仙顏。幽探處處嵐光滿，絕頂何辭石路艱。

數詩皆山水閒深妙語，書于屏障，足當宗炳之圖。

沖天巖　石聳半天，巖闢其上，古名通天巖。

衆山皆附地，絕壁獨沖天。辛女名雖古，岑公迹未先。東崖疑漢鑿，南紀失秦鞭。虎石看如枕，仙人藉醉眠。

色蒼韻古，氣格甚高，五言律之極則。

道士巖　巖枕花石洞北，宏敞玲瓏，中有禪房、仙榻、藥竈、石鼓、石鐘、石木魚，相傳異人修煉于此。

道士曾聞到此方，調龍化石洞門傍。茫茫海宇今誰睹，應共羅浮天路長。

作仙詩用不得腐淺語、紛華語，筆韻通靈，氣埃不涉，此眞仙才矣。

燕嶺

華光西望翠千尋，洞口泥香紫氣深。却憶危磯江畔影，家園嘗送語梁音。石城有燕子磯

唐絕句中具有諸體余力者惟E此標一人，此其似之。

桃花水　在鼓岡山下，又名桃塞水，淺流廻付，民多置春，舟不可入。

岙裏迎人鳥作青飛花斜雨藻撐舲無繇塞上逢桃葉紫帽春山映短汀

麗藻華篇蟬少亦妙

游端州七星巖

尋幽歷曲昔雲陰洞壑棲禪磬響深山殿徧窮岩草徑鹿蹤全滌桂香林玄譚再見徒排石貫契何須鉢置箴隨步巖花同倍賞誰言袍笏異檀心

山水清音亦經行妙理兼備太祝當時所而有之

玉皇殿旁醉石

何人抱鶴甕醉闊沉湎年深化石顏山鬼潛藏疑夢覺仙官取次待聯班應從蓬島杯中至早肯淵明斜後扳天地醉來看益大平泉片影不須憐

李德裕平泉庄有醒酒石作記云以一石一拄與人者非佳子弟

極幻極奇恰是玉皇殿傍醉石一字不可移

詠醉石和周象明韻

山中一夜響如雷天上星辰醉擁來頭足橫眠雨石盤頻顛長對萬年盃琢將片月供清佩飛去織雲當舞釵傍有琢月飛雲二石酣臥不知天地老麯生酒聖可能陪

前首奇幻此首更豪放絕倫

和韻酬豫章王席孟

搔手章門玩物華舟前白露變蒼葭神清衛玠如秋水文麗江淹絢曉霞別憶湖亭紅樹合來看山縣綠烟斜隨風托贈皆珠玉愧我徒能報礫沙

昔人評靈運詩如初日芙蕖似此清豔之篇何減大謝

喜王祭戎至　懷陽地曠兵稀孫氣孔亟人情皇皇王祭戎至乃恃以無恐命酒談兵共切同仇之慨

四望郊原慘寇氛何期馬首拱將軍孤城旌旆環刀斗大樹辭鈴擁陣雲指畫貔貅依地險勸酬鸚鵡向宵分舊知武庫迴霜電慷慨今看寶劍文

氣韻沉雄更饒儁麗

王祭戎引兵防懷旋赴連山進勦濶別累月詩以訊之

小邑如尤橫劍芒行枚千隊赴連驅兵威[illegible][illegible]搖闔海戰勢猶傳代鬼方晉代浮船邀建業泰關悉甲屬頻陽期君破敵如前烈排宿須臾變畝桑

清壯之音高凝之氣直逼盛唐岑李諧公

寄懷嚴相生時在王祭戎帳中

越水吳山徧識名文章應不愧君平嚴君平文章冠冐天下志依鼙鼓從戎事胸運龍韜習戰聲素愛枚皋能走檄尤矜柳渾獨知兵功成並獻明天子拜手春風被寵榮

麗采縱橫

節婦吟　邑人潘聰客死櫬歸其妻傅氏抱哭幾絕誓從夫地下縊于後圃鄰婦力止之已乃潛縊于寢與夫骸合葬焉

稜稜懷山骨如鐵嵌空幽奇石如雪潘家少婦天篤生矢死殉夫樹貞節山頭連理枝纏綿不可絕吁嗟爾良人一朝成斷玦

後圃森森桃李花，爭將丹心竅中血嗚呼
清風凄以切嗚呼水魂終不滅從夫地下
夫心悅褭草殘碑識同穴予來理政欽芳
烈辦香爲爾青烟接伊巾幗今如此傑愧
殺倫生甘殀折

——讀至末句生死之理大徹大悟生者爲殀死者爲壽可知殀壽不二所以立命

蘇靖州祠

蘇公名忞宣德中鄉薦
第一任湖廣靖州刺史苗賊流劫
至靖公拒于七里坡前力戰而死
邑人立祠祀之

香然故國鴟鴞斑守土貞臣生不還幟別
城陰當落日坡橫陣勢格群鑾猖聲湘水
從軍曲鶴唳懷祠報主顏夢草至今風下
警英魂猶戀馬王山——靖州有夢草帶之能寤有飛山爲馬王平冦處又曰馬王城

——說得蘇公忠義凜然與嘗山睢陽爭烈

又

靖州刺史舊眉山——蘇公號眉山別——烈烈孤撐碧漢
間惠澤三湘同浩渺英魂七里隆冥頑

——聲裂霜雲

其二

不忝鄉書第一人忠懷仍復冠朝紳逡巡
展拜看碑碣遺範千秋粵水濱

——諷詠表章覺蘇公猶有生氣

蔣孺人 蘇靖州妻無子矢節

良人戰歿未遺孤涕淚縈同萬骨枯老去
鸞光秋入閣愁餘蝶夢冷歸梧叙荊長掩

青廬色庭樹空聞高蓋呼崔名二百年來稱
刺史忠貞雙炤粵西隅
孺人貞操與靖州忠義可稱並美雖登邑乘未見聲詩得斯詠乃益彰焉

辛巳除夕　余以客歲中冬泣懷遠薄宦修途未能迎養今再逢除夕重有懷焉兼寄仲弟官下諸弟家中

街鼓移更欲及晨兩逢茲夕倍懷親家筵
秉燭羅孳弟解宇瞻雲屬二人風便時聞
閩嶠鴈庭清罕寄粵鄉鱗惟將雅子祈眉
壽歲歲南天頌遠春

其二

嶺表馳驅歲又除思鄉盡日意躊躇一官

清慎遵垂譜兩字平安慰倚閭子舍開來
恒課讀訟庭空後每成書却慚春酒徒遙
獻庭除無從戲綵裾

壬午元日試筆和張公亮韻却寄揭陽
每誦先生孝友至情足增人倫之重

共識年華易舊裝攜來毫素擬江郎城陰
數武家迎瑞峰翠千尋客媚腸上下江潮
穆易不得
盟徃歲東西粵地拜初陽遙知儁逸風流
長捘盡韓山未發藏

其二

屐覓山泉余習懶鄉連寶玉子輕財深情
豈慕樓先月奇響還驚地隱雷意放天雲
肴宇澗塵隨人吏鬢絲催憑軒寄語如晨

夕千塁何須斬往來

唱和往來總非常情常調可想名士風流

懷陽人日立春

嶺路條風入曉天靈辰歌舞拜晴烟花迎綺席紅初徧苔浸銀塘綠已鮮絲勝憶同家慶內雲翹遥識御香前邑人隨馬東郊外願息金鉦啓杏田

清華茂美文通得意之篇

聞連山捷音志喜　仲春廿八日得捷書知廿二日已破馬箭斬級焚巢喜而欲舞

紛紛猺醜學蜂屯徵發勞師已十旬烟簇狼章山似米（管子云舉狼章則行山）風驅虎士穴成塵干戈再入蒼藤古鐃管應歸綠柳春百里可無愁戰伐盡銷金甲勸耕民

短章奇蔚不減露布長文

賀王參戎連山戰勝

久倚雄名五嶺間建牙吹角晢平蠻戈探虎穴凌奔電劍指龍旌掃亂山雲外羽書消赤白洞中荒草泣朱殷天威自可殲殘喙疊鼓迓聞凱樂還

氣雄詞沛聲滿天山

輓陳副戎　大兵直擣猺穴副戎陳鵬奮勇先登殺賊數百轉戰不已因陷淖身亡

昔飛隼旐靖南天今掃猺氛勇獨先列陣貔貅隨甲胄千群背距赴刀鋋相期斗印懸山月驚見星芒落野烟颯爽悲風鳴鼓

角拊髀誰慰聖明前

其二

霆擊蠻排晝欲昏陣雲深處擁忠魂千巖
轉戰憑神勇一劍隨身荅主恩快見旄頭
隨雨墜應知浩氣共山存即今面縛諸么
醜猶憚將軍血汗痕

二詩淋漓悲壯可泣英靈

姚虞功叅軍卜居江右宜豐以詩見
示和韻却寄

招隱空山路心同梅子眞芝亭民念昔鷺
嶺友懷新雀乳啼春屋花開炤古津白雲
相曉夕何羨五湖人（姚曾習篆新出）

其二

遠在南天憶碧岑聞君葺宇稱開心蟻陂
去吏風塵隔龍洞求仙雨露深家植蘭蓀
千里秀身怡草樹一巖陰淵明故里今何
似杖屨應能數往尋（淵明初家宜豐後徙柴桑）

二詩清才遠韻秀溢篇餘王孟之
流亞

呈守臺徐公時移鎭懷邑

緜來九郡列蒼梧南紀今看倚壯謨福曜
懸天連象緯和風滿境溢川塗廿年京國

懽隨轡百里封疆慕孰殳初服蹉跎纔作
吏感恩深欲效馳驅

莊雅和平音詞不靡

其二

仗鉞褰帷擁士民綏紓褏帶息烽塵軍容
大凱群山日農服同耕萬井春淮海廉清
歌邑里威州籌策待車茵咸知文武堪爲

憲應受龍綸拜紫宸

功美遞陳如聞清風之頌

寄題南海黃昌漢豋勝臺

雲開猶見白雲山望裏雲山似椎髻獨羨紅欄危可耐堪容眺詠不留閒

其二

冕仲崇臺星采多久傳藻色托雲和天南青鳥頻來往臺下曾聞有換鵝

淸音嫋嫋可絃可歌

得家弟少文書賦寄

河東御史舊知名八郡山川滿直聲五十年中鴻鴈影數千里外鳥魚情竹根小徑通村郭榕葉荒街閱雨晴指顧青雲多獻納庸庸寸祿媿爲兄

極眞極切意先於辭情事不眞切者詩必不能妙也

壽下母

人間方朔下蓬壺池上蟠桃熟有無南極一星高婺女中山千日醉麻姑斑衣冉冉顏嘗展青鳥翩翩手可呼爲報聲眞來獻曲天風低度鳳將雛

意致翩翩

榆村八景詠　海陽程行甫敘述榆村八景余聆其言若履其地不禁欣賞遥賦八章得渭字

溪源滙秀　溪源從石門出滙千村前環折西流清瀾灧瀩而雙虹高駕掩映澄波如流霞之浴日

天都奇勝發微談如溯源頭一鏡涵派自

巖磯分秀瀨流從石澗滙澄潭浮來龍烝
天生一篇得虹梁影有三聞說揄溪形氣
備五行佳麗爲離南
以險韻矜奇思才具無兩
岡巒奇峙　進源口有岡巒列峙此
村之屏翰也樹木繁㒨鬱葱佳氣
顧盼有情

牧懷詩紀　三八

天旁奇岡柱石潭岸峰竦削鑠晴嵐繁生
竹樹菁葱繞廻合㟏巒紫翠含開盤不閧
丁有五屏藩如與峽爲三遥知危崿森千
尺彷彿花村郎劍南
曉霞紫岡體絶象阜非峭拔之句不肖其容
古松摩雲　村後高阜延亘數百武
有合拱喬松數十株松雲松風松

烟盤旋繚繞披襟當之飄飄有凌
虛絶塵之想
虬龍屈曲翠盤髲一徑枝柯似列簪謖謖
清風吟白晝森森密蔭結青曇問年寒暑
經千百擷彩鉛華讓兩三獻傲峻嶒低碧
落孤高聲價重雙南
古茂蒼深是燕公大手筆

牧懷詩紀　三九

桃源古逸　村東南有古桃源寬廣
里許春明爛熳夏日陰濃武陵無
以加此
玄都仙種萬花含移植村崖艷可探蕊綻
枝枝霞作屋莖飛片片雨爲菴葛洪煉去
丹還九曼倩偷來熟已三褰裳游塵多泛
紫暖風相醉陌之南

極奇麗亦極深秀

六畝涵虛　村之上源有山嵂嵂之凹天開一沼廣六畝鱗鰤穿浪菖菡凌波涵泳太虛到來可浣塵思

塘開六畝鑑方涵草色花光萃碧潭山靜俗游渾不到水清幽致許誰探桂香悟道曾問一蘭褉流觴記舉三縱壑巨魚看變化倏然羽翰欲圖南

牧樵詩紀　卌

襟期曠絕

寶珠映日　六畝之墟有寶珠山茶一本高可千尋枝幹蔭畝許半覆于崖可列十數坐半覆于水好事者引舟游花下承其落紅片片

綠樹丹華碧宇參濃雲拂座更輝潭臨風影動珊瑚艷映水枝垂瑪瑙酣梁苑種繁寧有一吳宮欣賞未能三祇應軒帝丹砂在染出朱緋耀日南

嘉樹得此新詩具堪並美

竹塢風清　村西有崇山疊嶂勢若龍蟠中有琅玕數千莖峰巔亭榭幽壑甘泉相爲點染

牧樵詩紀　卌二

所居無竹俗何堪此地欣看幹葉毵暑色浮空紛舞碧秋聲掃徑鬱堆藍龍吟韻叶霜鐘九鳳奏均飄玉女三別有瀟湘烟雨內漫矜慈姥獨江南

瀟灑怡情如涉于猷之徑

浮屠接漢　村西南犖峯秀聳內有一大塢建造靜室其絕頂處覆以

七級浮屠上連雲漢下臨溪水
山阿一徑盡精藍突兀浮屠峙佛龕繡栱
翔雲銀漢棲金繄湧日火珠含俯窺澗曲
洲如十縱覽峰奇島並三莫訝頂高元氣
會應看象緯續淮南
命意新奇愈多愈妙
登雲觀邀周象男程行甫登高賦二

牧懷詩紀　四十二

韻
山城無事也悠哉烏帽籃輿載酒來問俗
迎花爭勝會祈年有寶賀重開入歌竹馬
喧敲壞酒藉松茵亂舞盃觀閣登臨舒遠
眺褰帷還媿使君才
其二
雲觀松深玉作臺非因戲馬踏歌來香拈

擬代民求福綵剌寧爲已避災向月心期
知己在盱盃樂與故人開繁華散去餘清
靜醉倚朱欄把句裁
意調高華從來九日詩皆不及此
懷王叅戎　會有狼警叅戎引兵去
潯州
新秋鼓角獨登陴遠指潯江憶別離營列

牧懷詩紀　四十三

高風吹草檄槊橫明月對裁詩伏波偶向
移師地齊岳今傳會戰期旦晚期君千里
至同看鶖鶴滿懷溪
高壯清密
送蒼梧廖中尊入覲
蒼梧花下戀琴聲目送仙鳧向帝城北極
星辰瞻遠影南天草木徧香名蓬萊共指

春雲麗閶闔相隨曉漏清番識金閨稱獨
步因風莫忘故人情
典麗而多風

送岑溪劉尉入覲

皇華江上路仙尉獨朝天古署封陽月輕
裝出曉烟袖藏梅福疏簏載孟郊篇下拜
深相托鄉書有寸箋

大似唐調

潯州陸孟凫司理以詩見寄步韻賦
謝

風華拂水滿人間詞賦龍銜視等閒彩筆
夙飜江灔灩法星重煥粵雲山清來陸海
傳三巽藻發齊紈動九還佳句偶耽緣性
癖琳琅球玉欲舒顏

其二

盱衡時事簡兵書文吏何能著握奇百二
金湯誇設險六三韜略美開姬花營李靖
空餘帙疏奏宣公洵可師樽俎已知神算
備會看談笑靖萑夷
詞潤金石光燦星河

別李參戎　李參戎代王參戎防懷

半載連山已大捷班師在近參戎
返旆話別于木格墟

千峰纍月倚長城盡識臨淮善用兵戰氣
環飛青兕影凱歌競奏白麟聲江南宅近
將軍樹嶺外躬陪細柳營銀[illegible]金尊空一
醉山川無限別時情
語語真摯文生於情[illegible]泛然者迥
異

巡道林公以監軍渡懷賦呈　先大
父守莆陽與林公尊大人文簡公
契洽林公曾爲吾鄉廣陵太守秦
郵刺史

仙才卓越筦全局嶺嶠停驂快合津三代
通家齊沐遠兩堂公祖廈軒新秋山玉節
光懷甸曉日牙璋靜粵塵薄旌車前隨老
稚同欣恩庇托高旻

其二

星花電閃劍凝霜簇擁霓旌歷大荒桴鼓
乍鳴歌殪醜折衝初動計擒王膚功指聆
江山勒談笑威名草木香鞭弭從公聆凱
樂衮衣餘采炤懷陽

冠冕詩乃能森動清蒼故有嚴重
而無板滯

懷陽立春　壬午嘉平十七日

律當除舊又迎新一歲重看付腳春南陌
紅敷先衆卉東皇翠蓋歷修筠爭思獻雀
留生意曾擬鬪雞護邑人荏苒三年殘粉
荔仁風猶遜季和倫

祥風和氣藹然筆端

迎春有感　孟陬人日之春猶苦兵

戈未靖今猶巢蕩掃奏凱旋師又
是一番春色惜少湘裙檀板點綴
其間耳

經年鼙鼓震霆雷大捷俄隨煖氣回百里
懷天收甲纍千門擊壤慶春臺飛來蝶賽
宮中剪拾得花如洞裏栽歌舞韶華應勝
舊銅鞮還憶美人開

情中景中無不曲盡

壬午除夕書懷

椒栢榮芬倚燭光更傳虬箭夜聲長懷溪日月三移歲粤地風烟數舉觴心侍椿齡違北圉夢隨草色徧西堂經時嶺路稀來信坐嘆微官滯一方

先生泣懷邑三經除夕皆有賦詠合而觀之備見其摯性情

癸未元日

歲杪聞畿輔虜警留都冠警春來天地惟期早見蕩平

斗運東皇啓曙暉山城拜舞列朝衣條風轉蕙香初滿淑景依榕綠正肥薊北黃塵傳戰地江南赤電赴戎機亡胡盪冠宜新歲遥聽將軍捷羽飛

感時憂國之語出以豪氣壯思不爲悲颯

哀中州

中州形勢天下雄人民蕃庶物力豐高皇櫛沐費經畫屢朝禮樂萃其中親藩分守剖符節大纛高牙坐英傑朝廷倚重禮數隆吉凶榮辱都關切承平既久肆驕奢人不知兵俗易譁上下相蒙圖苟且事來束手空咨嗟忽驚烽火關中起戈甲

聲連數千里三秦塗炭已無餘潼關一潰誰能抵賊鋒横集如飛蝗日下連城勢正猖無奈有司偏聚斂又驅赤子助其狂尤苦大帥用文士老耄昏庸更貪鄙或撫或勦皆不成誰兵誰賊都無紀 九重日夜自憂危内帑輦發徒交馳將軍貿貿㾓重寄賊來錯愕無復之共圖一策甚高妙盡

㓂軍糧媢權要屠城陷邑不上聞報捷論
功堪一笑內外扶同欺　聖明將士征戰
徒空名賊來兵去不相見小民苦賊更苦
兵襄陽旣拔河南破王孫夢裏魂驚墮嬌
香倂作馬前泥冷月凄風悲楚些闖賊連
營窺大梁縱橫剽掠鋒更揚中原郡邑屠
戮盡千里一望無耕桑汴京孤城危累卵

冦賊蜂屯四郊滿晝夜輸攻巧百端內餉
空匱外援斷周王慷慨發金錢鼓舞將卒
身自先王子宮妃不敢愛衆志成城守愈
堅縣令王公具雄略禡旗出師凶門鑿剽
殺賊師如犬羊登城一呼賊奔却撫軍更
有高鶯磯陰謀秘策世所稀黃公司理復
奇偉同心協力捍重圍飛樓雲梯徒相逼

佛郎大砲俱無力內外殺傷各過當賊蹻
相顧多失色飛符調發援兵來四面雲集
意徘徊崑山左帥兵最盛旦晚滅此何懼
哉文武推委互相妬彼此躊躕終自誤夢
中何處賊兵來夜半崩摧不能顧援師旣
敗賊愈强矢盡糧窮將士餓諸公饗士殺
姬妾誓與此城俱存亡賊知城堅不可下

周視河形決高壩洪水翻騰天外來電掣
雲奔向空瀉百尺巖城頃刻摧萬姓號呼
如崩雷藩王貴官乘舟遁生靈淪沒實可
哀桑田滄海眞難必樂郊化作魚龍室寒
風吹沫濕飛雲萬里洪波浸白日人物衣
冠歎陸沉中原文獻不可尋況復黃河徙
故道阻滯漕艘患更深河南五郡殷繁地

秦楚燕齊候否寄，人民財賦蕩無餘。四海
重困繇斯致　國家養士數百年，平時爵
位皆英賢，坐視小醜肆荼毒，請纓今日誰
肯前。乘朝處堂仍泄泄，獨使　一人勞心
計。庸才偏欲制英雄，武夫恨不繇科第。恩
讐報復總無端，是非不定如轉丸。或云破
賊亦易事，惟破中朝朋黨難。諸君圖賊如

牧懷詩紀

昏夢，水火相爭偏易興。狡奴叵測正窺關，
東南海賊方蠢動。三吳蝗旱已罷支，西北
烽烟雜鼓鼙。尊官亦有良心者，款扑催科
何所施。　當宁卽今禮名宿，虛衷前席求
顚牧。立心報國是何人，眼見公等皆碌碌。
下吏忠義空自存，事權未假不須論。長歌
痛哭其無奈，聲斷啼猿日月昏。

邇來快國殃民，膏肓痼疾，畢繪于篇中。一字一嗟，一聲一淚，他人雖多感慨，不能如此極怨深悲，暢所欲言也。

哀荊州

荊州厥壤分南隅，七澤三湘環郢都。秦浮
蜀甲制全楚，三國紛爭為餌漁。夷險芟荒
蕪我明，制　聖祖重營壯繆城。二百餘禩稱
樂土，冠蓋來臨江漢淸。久習承平猶婦孺，

牧懷詩紀

藺黔變起旋驚懼。豈知不出數年間，兵嘯
民饑連陝豫。干戈滿地憂群盜，汝潁蘄黃
恣侵暴。繇來秦蜀控荊襄，悠悠當事鮮能
料。江陵城外沙市中，昔日繁華付野燒。獻
賊兇殘踰虎狠，督臣招撫浪馳報。養虎畜
狼患更貽，自謂推誠無叛疑。轂城一旦舉
旌甲，剛愎不仁空爾為。赫赫明明　天子

怒萬乘親椎楊閣部上方賜劍龔芙蓉軍前呼吸回霜露斗牛文綺承天寵徵兵檄倘如雲擁荆門上下自疲勞猶豫狐疑孰拳勇張曹合併賊逾強左賀相疑兵羈行大師喧匝塞巫峽賊衆長驅陷襄陽大隄二月好風日驚看白刃加藩王習家池上王孫竄章華臺畔相公亡曹闊縱橫蹂梁

宋西楚倫安仍處堂須臾賊號大元帥復陷襄城氣飛揚荆州伏莽爲內應攻圍曾不費斗糧官吏棄城罔慚忿惠王出走湖南郡賊入王宮坐玉牀指揮軍事籌輸運東箭南金紛齒華府庫絨縢爲盜積防禦新添賊將居郡縣官寮咸改易新年正朔徧呼嵩荆楚歲時成異國移書傳檄疾如

飛十三州縣誰堅壁見說鄉官陸與孫御史中丞洵赫奕蕭家進士不知名蕊榜曾經榮御墨呫呫附耳與通詞箋牒往還無媿色　朝廷待士非少恩此輩甘心汙簡冊膠庠弟子曳青衿命題角藝如平昔八股連篇擅勝場昭然忠義無人識縉紳衿佩尚如斯何怪愚民忘順逆前有靈均後

子方直氣貞魂炤天澤靈均詞賦泣沅湘子方封事抒丹碧古人矯矯龍鸞姿今人嗛嗛雞鶩食綠楊虎渡閔興衰芳草龍洲生嘆息荆江劃楚如腹心襄鄧蘄黃爲首掖往年賊去委城池聞茲剝椓憂痛劇更聞林馬趣承天　皇陵重地安危懸河南諸郡淪闖賊鳳林關北連中原武昌左帥

亦尾大東南半壁勤旌旆督撫樞臣屬畏
途朝右人人思遠害只圖歲月苟遷延譬
彼舟流何所届亂離不見有生還平土猶
然聚冠帶微臣寸管獨書愁安得長劍倚
天外

荆襄諸郡十餘年昔寇苦兵殆無寧日襄陽再陷荆州容易迎降且士大夫樂歸于賊尤他郡所絕無讀先生此詩沓嗟痛憤感激人心孰不裂背而指髮哉

重建傳烈婦碑亭感賦

不問黃金不問緡空閨想結髑髏神停粧
孤影泉難曉誓死雙窀土並新雨點殘花
盈宿淚雲開初月炤離因名蜚彤管千秋
爛古墓碑亭感路人

烈婦詩先後可數十首讀先生烈婦歌及此篇闡繹貞甤表揚正性

他人皆不能逮

周家男來游南粤顧我于懷陽備歷四時言旋子舍賦此與別

周子志壯游嶺雲如晨夕龍翰育重淵鳳
姿揚五色遥遥韓柳居一時歸足迹早歲
入桂堂徧呼群玉碧今來五羊城衆視如
仙謫文風廻紫瀾海光搖筆墨作賦擲金
聲才人皆辟易漢代越王臺弔古彰幽迹
懷溪望瀏洄屜手露巾幘瓌彩燿西隅東
人渺難卽從此識雲問荒陬留鳥奕陟屺
有深思萱容秀堂北綵衣柔梓還壽舟同
欣懌曩歲設伊蒲經梵資福力春秋宜八
千龍綸炤冠翟碩附祝頌儔摛詞侑瓊液

游心高渊不爲纖靡之音

贈融六上人　六祖得法于黃梅，教以逢懷則止，沓潛至懷邑上愛嶺巔石室棲遲，今名六祖巖。溪南又有六祖菴舊葺，以茅。余同士大夫檀施，構菴光相，融六來自曹溪，余念今昔因緣，詩以贈之，兼訂曹溪之游。

昔傳六祖逢懷地，師向韶陽至此中。跌迹一峯問上愛，禪機千載問南宗。衣留不改曹溪日，旛靜嘗隨嶺路風。舟檝溯流無異味，清秋重約拜琳宮。

詩思禪心清澈無際

懸魚署傍構媚獨齋成偶題

羽檄紛飛二載餘，得從盈尺構閒居。潘陶

詞賦吾何有，退食披吟亦晏如。斗室從容學撫絃，圖書數卷潤爐烟。坐看飛鳥頻來往，曉夕銘心對碧天。

循良之氣大雅之音

孝思冊爲蒼梧郡伯王公太翁老先生賦　余仰止太翁名德數十年，承乏懷陽，得依郡伯公宇覆，聆飾增榮，晉謁之餘，出孝思冊以示，莊誦而竟之。太翁懿行崇勛，我公至情純孝，燦然皆見。自慚鄙朴無文，未足敷揚毫末，恭題積素，尾續搴言。

鳳凰明聖湖山美，篤生巨公佐　天子。志存大義披麟經，墨守群儒胡可擬。南陔孝養獨娛親舞衣調膳芬蘭芷淵源家學侍鱣堂丁卯橋邊聲譽起肯依子舍奉萱容親瘵誠祈藥餌功卧不解衣食不味無秋無夏無春冬貲財毫髮公諸弟一門之內咸友恭返擢還金動感泣閉門拒色宵燈熒古人自稱三不惑惟公介節實與同禮闈擢桂五雲燦漳浦栽花歌詠徧貂璫摧

牧懷詩紀 卒

酤踰五坊梟狐怖法如霜雹幻術妖言動粤閩翔禽啄舌駭聞見神君捕戮不移時諸郡安恬無告變涞水遥瞻姑射顏琴聲鶴影滿簾閒內召仙鳬蹟書省白雲丹筆多平反遺履浮香迎五馬政成江嶺消寃頑犀象明珠不易好助俯馳民捐俸鍰力回文運振奇藻盛業長輝紫蓋山綠野歸來松菊存庭授緗素儲經綸 聖主龍飛問遺老已騎箕尾隨高叟傳治故鄉同感嘆鼓鐘祀典環橋門承家節操美哲胤蒼梧太守為政新葉黃治譜焰雨粤孝思不匱蒸黎悅循吏磨趨拜鹿橋叟室春臺庇宏潤仰誦名篇慕太翁俯愧摛詞猶褰拙台斗蒼梧轉盼間功懋四朝懸日月

牧懷詩紀 卒二

長詩淺切能敘事無如元白此足壓倒元白兼有駱丞之麗藻

別懷集

數載懷山紱綬綠今看鷁路指蒼烟風鳴萬樹悲天末時值三旬望嶺邊齊嶽依依如故舊登雲脈脈憶周旋頻經原隰兼營壘離夢悠揚亦眷然

入懷集別懷集二詩希備極慈良勝讀史遷循吏傳

別盧承先張璇居敬元胤三孝廉
舊從聲氣覔南雲歡對芝眉杷紫雰薄宦
驅車慚維影雄才分鼎耀龍文義言浹耳
蘭堪佩別路懷情草半薰欒棘遥歸如逝
水鳳凰臺畔擬逢君
對待精工斎渾尤不可及

十六景詩序
余素好佳山水學古人經句
不還之迹游詠遂多然皆于
吳越之區齊魯燕趙之地而
未及五嶺之間庚辰來令懷
陽乃獲驅車嶺表余思粤之
東西韓柳相耀千古如雙旌
之石鈷鉧之潭其所紀詠也
亦遂與韓柳並有千古卽近
屬蒼梧郡中藤邑李白巖流

杯橋太白所嘗棲尋子瞻所
嘗游飲容邑萬松亭則又劉
夢得所嘗行吟古人留連于
景會而山水因之以受名如
此余竊慕之于蒼梧之中有

牧懷詩紀　十六景詩序　二

懷邑懷邑非無佳山水舊所
傳聞或泉壑沖深川原清曠
梵刹莊嚴農叟樵漁之所往
復余皆從暇日縱觀以消塵
想而猶謂懷之山水其遂盡

于斯乎不期熟路不囿恒情
經昔人之所未經見昔人之
所未見于昔人所遺者而收
之于昔人所略者而遇之而
其所得復與舊所傳聞略相

牧懷詩紀　十六景詩序　三

等遐尋累日合新舊勝蹟皆
紀以詩悉其悟賞鄙道元所
謂山水有靈當驚知己于千
載矣無何黃子昌漢來游此
中亦從余所謂勝者而尋之

從余所嘗吟者而和之黃子
南海名流且工詩畫取暢于
高深以爲奇藻昔王摩詰居
輞川世傳輞川詩畫非輞川
之傳摩詰而摩詰之名輞川

也懷之山水將受名于黃子
歟黃子因嘆恨前之宦于斯
若五手束身不能少見敲扑
諠囂之外靈境紛紜皆匿于
阻深藏于咫尺不求聞于俗

吏而必有待于余余又苦几
案公務以爲昏曉雖昇履道
遥不能相久不如昔時吳越
之探奇齊魯之懷古燕趙之
朋侶翺翔得以縱其所如也

然余非宦于嶺表安得夫懷
之山水以與黃子悠然相唱
和哉詩成而序之幸茲山水
之緣亦見余與黃子好尚後
名之意

淮南李盤小有氏題

牧懷詩紀　十六景詩序　六

十六景詩目錄

牧懷詩紀　十六景目錄　一

十六景詩目錄終

牧懷詩紀

淮南李　盤小有著
豫章喻　建偉節
南海黄冲夌昌漢　評

懷陽八景

沙田春雨　沙田在梁村北水勢廻鳴層折清瑩村農業其中者以萬計望之如古鏡光明中多黑繡

農務春耕及曉鴉郊原淺綠帶平沙千村好雨滋新種萬頃流泉泛落花梁墮燕泥沾戲蝶儲趨犁陌趂鳴蛙家家共效豚蹄祝喜見嘉禾發蚕芽

八句中無限風華具有江鮑作賦全力

南溪古渡　一帶榕陰艤舟其下接渡行旅者烟往靄回晨夕不輟

積雨山泉壑傾南溪衣帶似潮平渡疑河漢來槎影吹徹烟波入蓬情路遶城陰行旅集風颾樹色酒帘輕落霞琴上氷絃淨欲取臨流奏水聲

澹沲春光含毫可掬一結尤妙如明月夜珠之句

佛燈晚晴　佛燈村名左負山巒右挾流湍踞溪山之會今有殺神高解元廟并無梵刹循平岡而上百步許嘉靖間鄉民築寨以禦寇寨後臨溪有圓丘名龍壑里人云昔人没水見下有神宮沿門而入見法具等物今流湍西徙杜其門矣後有作室於壑處竈中生笋一居

人折其笋室遂陷佛燈之名或起
於此

沿波汎景覔珠林萬壑殘暉引望深細草
溪烟谷往事老楓村火發孤吟山經舊雨
行猶濕僧逐閒雲幻莫尋徒倚晴蕪瞻去
鳥憑霞一炤古曇心

字字精新字字高妙思力至此不
敢以時代爲疑

牧懷詩紀　十六景　三

石井寒泉　溪南梯亂之麓旁聳大
石中湧清泉其側有六祖菴亦名
石井菴

爲愛瓶盂汲素湍淺嘗已覺意清寒南宗
地近禪相護東井源深液不殘數里村家
香穀稻千春石鲜沸波瀾名泉惜未遭鴻
漸好與茶經作簡端

泉心靈潔詩思清深合于幾微之
中超于筆墨之外非靜對不知其
妙

筆架文峰　即三宿山三峰聳揷爲
學宮前案

三宿靈峰向郭來高凌墨霧倚天垓朝華
燦爛芝英出夕草聯翩鳥跡回倉石句留
形並秀頻宫文聚影當開奥看落筆摇山
嶽應有楊雲作賦才

格律秀整

牧懷詩紀　十六景　四

龍灣漁笛　龍灣去縣治十里順流
而下溪路東折趨南金水廟踞其
上爲漁人聚艇處

欸乃歌傳一笛風數聲吹度晚烟中晉依
曲澗經紅樹人傲行雲繚碧空孤響越溪

驚飲積清音落澗吐吟龍中流日日無塵
想雨笠晴衣逐短蓬

飄散虛盈快誦一過句句皆有笛韻

塔山曉霽　塔山在溪南東麓松聲
萬樹襟帶廻波古稱名刹
古刹依泉影更清一天松露滴圓明疎鐘
靜梵消殘雨初日高林散遠晴魚鳥總聞

僧飯聚草花無異佛香生下方頻見天涯
路細數舟車趂曉行

先生淨信棲禪詩中無非禪意如
草花無異佛香生皆悟後語也

燕嶺樵歌　燕嶺連屬忠讜山峰文
奇秀如群美人列屏前花石洞西
之勝境也
岧嶤碧嶺入雲多麋鹿甡甡避伐柯石路

樵擔尋香蔚天風飄韻下藤蘿深經朧暮
啼猿雜散入煙朝語鳥和塵土邉消惟此
曲郄生真不負長歌

最驚奇

奇思秀出在盛唐惟岑參李頎有

此懷陽八景詩邑乘所載皆淺俗先
生爲令此中公餘題偏又新增八
景深于山水秀于篇章昔沈隱侯
以八詠名樓王摩詰有輞川諸作
先生與之並美矣

新增懷陽八景

龍頭遠眺　龍頭在登雲觀後勢極
高聳山高水碧如璧廻旋四望千
峰儷立俗名龍頭灣
綃宮突兀護龍灣踏閣蒼然出市闤千頃
耕犁分野岸四空飛鳥沒晴山茫茫雲度
深溪色歷歷人行細草斑長嘯輕飇情不

極三峰天末對幽閒

怡望生情極靜極細斯稱登覽之宜

新亭爽塏　新亭余所創建在城北與閱武塲相近曠野平岡弇然環翠爲行人憩息之地

迢迢遵路滿炎暉遥集亭陰話翠微苔似錦茵將客履風猶珠玉解塵衣上皇時遠

牧懷詩紀　十六景　七

肩能息中散流清意不違鼓角有時飄逈野餘音相伴落花飛

一逃暑納凉之詠耳而仙隱彷彿在焉繇其別有領會出胸入紙自爾清徹

浮橋秋月　即泰來橋連二十五杭以通南溪兩岸每至秋宵水月交映澄徹心眸

極目環山斂霽雲橋航汎景入斜曛咽傳晝角城烟合凉浸蒼龍水樹分行馬待晨喧暫息維舟宿露語多群釣魚臺畔連秋氣坐對終宵詠素雯

嘗讀唐張若虛春江花月夜詩賞其靜麗此詠秋月瀟清似更出其上

桃花春水　從象角至上櫐在在溪聲瀉注既入桃花水口則淺瀨曲磯一轉一幽頗宜舟事乃戴帽山之結勝處

牧懷詩紀　十六景　八

花木分流萬點春遐心如覔避秦人溪聲互荅舟前句峰翠遥開畫裏身汎汎禽魚皆適性茸茸草樹亦懷新幽探自爾爲天地不見干戈載路塵

陶令之記右丞之詩得此而三矣
廻環美致頓深丘壑之思
三江泛櫂　白沙青河二水合流趨
東峰巒廻抱流洪而不險舟路紆
徐入望多翠竹蒼松
二溪流合滌江深松竹娛暉展客心畵舫
烟中分近遠清吹空外樂棲尋飛紅浦激
春增麗鑿翠蓬窓晩帶陰山色有無懷欲
牧懷詩紀　十六景　九
就是中應可信登臨
深情密藻純是六朝唐人近體中
不易得此
花石洞天　內有十三峰倚天拔地
或賓或徑可穿可游華光寺居其
中央便于燕坐
衆峰含秀疊晴空雲搆虛形不待工散入
山情移鹿鹿頻窺日氣射熊熊林間勝事

歸鐘梵物外幽棲及鳥蟲珠樹未勞仙嶠
路靈花片影發深衷
字中句中皆有妙悟讀小有詩眞
如瓊枝寸寸是玉栴檀片片皆香
朝巖清汲　谿寧峒小逕入二里許
爲朝巖領納大溪不見所出旁有
清泉淅淅流石竇中味逈于溪
靈巖崒起稱清游忠讜南分氣盡妝曉澹
牧懷詩紀　句有美氣　十六景　十
烟虹生遠影寒通衣履坐高秋紛綸石脈
縈芳草感沸泉心散碧流採挹問親蘇廮
味杯香隨地命佳儔
韻味清深
燕巖度艇　山洞深廣舟從中過以
濟樵漁危石奇紋泛者目駭心悸
蓋山以通水爲奇水以穿山爲險

非鬼斧神工不能鑿也
洞裏冲深越櫂歌叅差石勢俯横波天開
絶險驚猿狖人念孤奇捫薜蘿雨際烟生
仙蜕隱晴空翠蓄怪形多叢篁滿道供遲
媚消得春城載酒過

極普言山水之情無往
舊傳懷陽八景人人覽之特無佳
句若龍頭遠眺之類皆表章于小
有榮以新詩懷固多奇得名令尹
益若矣

牧懷詩紀　十六景　十一

巡隘詩序

余恒見酸措大枕殘書三四
卷晏卧五尺簟上張口搖睛
拍掌搬指自許不出則已出
而辦天下事若成竹胸中直

牧懷詩紀　巡隘詩序　一

借不律一揮之有餘爾洎項
晉賢升高座檄移書簿縱縱
横横撟虔吏倅咕咕剌剌緒
棼若捧亂絲目眩如糊五色
手提一銖墨管重若鐵弩一

聞桴鼓聲口噤舌咋政如火逼鄰侯眼光都落然後知平日之臨摹粉話毫無用處則不得不推讓措大中之具絕學而負高才者夫學絕則斷

理無間於巨纖才高則馭事不分乎險易方文正之讀書白石山也劃一塊粥斷一莖虀豈非淒然一酸措大乎及出司訓典而東垣譽重入掌

樞密而西賊膽寒人稱其做秀才時便能以天下爲己任要其所以能任天下則學絕而才高也余恒以自策兼策吾鄉李子小有益庶幾近之

以小有之學之才中原人士莫不沐浴企仰令其授一官剸一邑孰不可與天下共見其學與才而又遐之以粵西苦之以兵務張子曰是政藉

以顯小有學與才之絶且高也中原人士習見習聞百蠻聲教未訖小有文教覃施靡遠弗届東髮從戎豈儒生事小有手提三尺筆掃千軍裕

牧懷詩紀　巡臨詩序　四

如也所謂縱之遠以宏其學試之以所不習而愈知其才之變化也豈酸措大所可幾及哉昔人稱宋廣平剛心勍骨顔色不動疑其鐵石心腸

及讀梅花賦嫵媚娟嫣如出玉人手口余見小有弱不勝衣恂恂若處子讀其六巡諸什撫循剔歷雖韓淮陰李左車無以踰之絶學高才之不

牧懷詩紀　巡臨詩序　五

可測余以是益信其不我誣也已

揭陽令金沙社弟張明弼

題于五羊舟次

巡隘詩自序

粵地多徭。而八排洞穴尤廣。前通東粵連陽。後偪西粵懷賀。庚辛之歲。蠢動一隅。致煩大兵會剿。制臺沈公。元老壯猷。如方叔之威荆蠻。召虎之來江漢。諸道臺各操神算。以佐折衝。余職司百里危疆。衣袽綢繆。亦不敢自暇逸。經時籌畫。計日馳驅。雖絕險窮幽。

迴谿複嶺。密箐荒榛之翳蔽。懸蘿蔓葛之攀緣。從來官長所未經繇。余歷一載有奇。而六巡其處寒暄燥濕其候有不同營鎮將士其人有不同安危欣慨其情有不同往還聞見其遇有不同覽物觸事生懷發聲不禁其出胸中而入紙上共成古近體十八篇方余初巡也。封古署以戒途。

指崇岡而覓路西陸之秋光已老南天之木葉未彫民鵠望于遐陬衆鳩工于險隘來余壯思而有詠矣暨余再巡也日月曾未幾何封疆已非

無備鬱鬱之林巒異色霏霏之雨雪沾衣壁壘雖號雲屯村墟翻聞野哭動余愁思而有作矣三巡則霖雨滑道跬步難前泥中有濡滯之輪蹄

峰前懸久濕之旌旆千里交馳羽檄一軍忽奏捷書聞破賊而已開顔囑耕民而尤快意余之横槊而賦者蓋繇苦而得樂焉四巡則洪曜炙空

遵塗畏暑遥聞總鎮之師搗穴近對將軍之樹論兵林麓秉燭銜杯崖曉聯鑣判袂指歸路而經阡陌覩轉輸而念黔黎余之攬轡而吟者蓋易

喜而爲悲焉至于五巡秋色依然風光如昨望山川而寄況覽草木而增懷踰年用兵令縣令不殊昔縣令臨營把臂李將軍已代王將軍未休

赤羽而旋師復對黃花而命駕余之自鳴益有不能已者今且六巡撫茲冬序慣見山容長驅已振威霆負固終貽委地書傳三捷殲魁而罔治

脅從計合七擒歸命而咸希恩貸行且消烽罷刃余將稅駕鳴絃又安能無詞以誌喜哉昔顏延之于始安謝玄暉于宣城爲郡之詩皆存卷軸

潘安仁于河陽高達夫于封丘宰邑之詩亦見篇章余非能揮毫擬古以諸君自期也獨持令長之簿書而兼武夫之槖鞬才無並畫之能胸有

雜生之感句字不求妍妙篇章不擇短長始焉與兵氣相噓終焉與凱歌相和次而授梓以儆行邁之勞以效戍功之頌云爾

壬午嘉平哉生明淮南李盤小有氏題於茶巖營次

巡隘詩目錄

巡隘詩目錄終

牧懷詩紀

淮南李　盤小有著
江東歐陽昉初伯
華亭周　震象男評

初巡隘口時辛巳季秋三日

余蒞懷未踰年山猺匪茹致勤大兵懷陽接壤連山適當猺之尾閭

辛巳八月赤白羽交馳人心震恐且督師者未至關隘營兵兩虛甚者訛傳有盡殲通猺民之語山城墟市閧不疑駭則撫慰輯寧固司牧之本務也余單騎走巡各隘具金錢花幣犒勞各堡總練俾鼓舞鄉兵自相捍衛於是山牧村樵踴躍遮道共認爲款關之都護矣周行諦視凡通猺隘口以洎險要如茶巖松岡黄潭白水黄草岡嘉嵩水下黄姜諸處議添八大營設兵守衛籌度既定鳩日庀工重九還縣途次口占用紀其略云

儒生雖跼蹐時廑漆室憂氛烟蔓江漢所

在恣虔劉滅此後朝食持籌思仲謀弱管嗟三寸不如向地投空懷請纓志曷繫單于頭一日領民社位與心不侔彈琴山之阿神閒豕鹿游蠢兹連山猺俄傳赤白郵天兵鼓動地五道厲精矛懷陽彈丸邑僻處萬山幽豈知猺尾連前潰即後蹂黔黎胥恐怖寧處遑自繇小邑寡兵衛武備夙

未修際此烽煙天賦詩退之不重以道塗謠逼循者悉揆然疑罔相半人情洶不休撫綏異人任攬轡敢逗遛捫蘿經絕磴腰折且傴僂家戶咸慰安者老共咨諏為蠲金與帛投醪歡好仇吭隘扼要險設伏計還周慚非劇孟侶先借左車籌八門陣可布七擒虜可收千人聲顏色山花如掃愁

牧懷詩紀　巡鹽　三

馬上浹旬餘焦勞謝衾裯部署甫有賴如病者方瘳愛採山茱萸解渴棒觥觥何時執訊醜杯酒脫金鍪

地方多故人心易搖術之則安急則成變大致然也先生一出而民安堵如常且寓兵于農首足相衛更料絕險以為捍禦懷陽百里長城在先生此行矣

又

高雯一夜掛欃槍亂墜餘氛懷遠城火種刀耕聞仰羽倉黃不暇吹蘆笙輸攻墨守從茲力併日八營剪荊棘下下高高度勢形籌篁深處偕游息也知樽俎有折衝我獨閒關詰四封黔首來迎歡載路么麼兇豎敢爭鋒卻憐九月長奔走籬菊無繇開笑口左手持螯右手盃高懷落落空成負

牧懷詩紀　巡鹽　四

高懷空負亦何傷但願吾民能保疆衆力周防應可恃得天一戰返耕桑

賊未來突張外民先鳥驚魚駭此安危之機也今長粗行慰諭之則民情感悅而不疑矣非徒以釋民疑且用民以防要害金湯籌策足見一班

又

烽火殘秋熖路岐纔知聲影已驚疑居民

處處營廬亂探騎朝朝說皷聲魚貫山前
紛荷鋤鴈行邑內盡隨旗霜沾襆被雲連
馬壁壘環看月半規

指數情事黎若畫圖

再巡隘口時暮冬四日
是時連山大兵雲集王叅戎提兵
到縣防守兩月又調赴連山各隘

牧懷詩紀　巡隘　五

有兵似可恃以無恐迨余往巡而
民間仳離播遷之狀與啼號嗟嘆
之聲有目不忍視耳不忍聞者緣
偏裨帳卒借名勾攝兵焰烈而民
膽寒挈妻孥籍貫財靡虐不逞民
之吞聲飲恨尚忍言哉余淚不禁
潸潸下也嶺外炎方忽焉嚴風刺
骨積雪盈山豈兵氣化爲寒氣耶
歸而述諸道臺亦撫膺太息

崑湖集大師颺起從諸將吾邑王將軍武
庫列相望桓桓赴戰中趣移貔虎帳部曲
布要害森然設兵杖不辭北風寒一覩軍
容壯蒼雲軫暮空荒郊走決漭歷歷視村
墟驕兵恣侵掠古將令嚴明行枚息紛擾

牧懷詩紀　巡隘　六

萊茹無所犯桑果不得妄胡然爲盜賊搜
牢任奔放累積快斯須既飽而不颺巨必
罄金錢小不留盆盎民家無孑遺比櫛空
里巷哀情如罔聞暴害誰能抗將領皆齟
舌（以齒關舌不言也）詬噪以爲尚殘民趨路隅野
哭紛相向無豨卒歲寒屋壞身離喪茫茫
積氣中飛雪迷千嶂飢凍徹聞見心骨悲

無量兵氣爲沉陰烏足賒升降緩不安夢魂坐不適車兩言茲多苦辛上官亦惆悵

兵以禦賊而暴吏熾於賊今大河以南大江以北流寇蔓延七省薦食十餘年民皆莫必旦夕之命非蓋死亡于寇兼死亡于勦寇之兵也把玩此詩令我淒然遥歎

又

將軍秣馬寶刀橫親擁貔貅躬大征精光上與斗漢接壯氣排空若雷鳴陣伍肅然齊步伐嚴明號令飭戎兵朝發懷遠夕連陽町枚疾趨剪長鯨豈知將兼仁智勇從來徒卒輕所生不爲王家出死力貪淫莫畏戮與烹所過村墟恣剽掠所剽家室必取盈覆巢壓卵勢孔赫雖有強力孰與爭十室九空一路哭奚止一家之哀鳴我來

目擊心如剜斯民何辜膺厥殄唏噓之氣薄著旻淚滴成花如雨濺飄蕭瀰漫霾遥空忽發陰霾白日瞑我聞和風慶星雲從伏違和失明旦吁嗟黔首莫妻其大寒將去陽春返惟聽歌凱靜播氛歲歲山中任息偃我亦破涕且爲歡載巡行兮肅絕巘

兵爲民害從古皆然諺曰賊梳兵篦誠善喻也顧陰陽從伏關乎人

事而挽廻造化從古循良如商霖却甚甘雨隨車皆最著者先生守泰敦仁氣志通乎帝座之調燮固所世傳蒔海若生方仰望之奚止一懷陽之沾被也

又

古道誰將候火迎寒風又計遠山程韉鞍次第經嵐岫矛戟逍遥見野營橫奪里閭民到骨肆行村樹鳥無聲封疆未靖先離

散掩泣空懷有制兵

民若子兵敢怒而不敢言八句略
畫

三巡隘口時壬午仲春廿二日
沈制臺已督諸將選期進兵奈靄
雨瀰滿浹旬不霽征涂躑躅誠有
如詩人之歌雨雪者余偕王贊畫
銜㫖風雨來巡各隘而岡嶺崩岁

雖駿馬亦怖上坂之難經游鳥道
車騎罕渡徒步至嘉崗營俄接連
山露布始知本月廿二日大捷喜
動顏色又聞陳副總陷淖慘然不
樂者久之復馳回龍諸隘而贊畫
隆馬瀕死余單騎獨往亦無日不
淋漓踣仆惟睹此時民情較前大

異荷鋤千畦若不聞兵戈之驛騷
者豈兵去而民斯安止耶余不荏
雨而轉爲喜葭得捷書益不禁屐
齒之欲折云

靄滯無冬春戰期在長夕霧裏旌旆愁濕
烟重軍壁我行踏弱泥計日窮幽逖雜樹
晴村氣開日旋昏黑陌上草不薰郊墟罷

行迹取次經多壘矛戟橫山碧練疊登夂
徑峯文杳難識窺與贊畫言雨聲隨霹靂
淙淙鬪亂流澀瀉盈尋尺路狹車馬窮步
緣多惴慄遙遙指嘉崗獨淖將浣滌林外
得捷書入穴已焚擊將軍獨迅掃群醜皆
雀息轉戰遂捐軀噓唏弔英魄取道仍雨
中騎馬隆贊畫扶病汎舟迴單車徧昇陟

來往見春農紛紛度阡陌榆杏有嘗時耒
庛音次上者入孳致力自言無過兵稍能安稼
穡民安破愁顔戰勝增喜色勞苦在余身
旬日非所惜

敘述寀寮之若往還之勞而往還中之見聞聞悲喜殊情纖曲皆備愈瑣愈妙似子美彭衙諸作

又

山猺負嵎勤節鉞悉索敉賦張撻伐仲春
三月定師期戎醜渠魁會殲厥綿綿細雨
障重陰烟鑠雲封山徑滑將軍壁壘色彌
新馬騰士飽戰氣振先聲已褫天狼魄何
況膏刃在宵辰重來隘口致申儆窮崖崒
嵂訝陡峻絶壁藤蘿那可攀積雨雲根若
脂鼉傍徨逶折山之巔心不忘危目數瞬

隨驗贊畫相後先泥路爲倚比扶顛跋履
谿山方邑邑飛來捷羽中道傳擣穴犂庭
誠似掃焚擘很烟火牛然焦爛僵仆不知
數鼠竄鹿挺有若箇天兵勝氣撼霆雷壯
哉副將死不顧損一戎行斬首千漢君忠
勇快先鞭馬革褁屍男子志捐軀王事誠
獨賢予也一悲復一喜策馬孤唫隨西旋

時値鷺花領春事田圩高下紛耨薅子婦
嘻嘻田畯喜不識行軍有旗幟爲道新來
不若兵樵安山兮農安耕咄嗟願民長似
此我亦安歌手大城

桴鼓震驚民不帖席牧民者鮮能加意不過循行故事而已能馳驅風雨險阻閒辛苦塹隘罔不備嘗非實心爲民者罕克及此讀至卒章而民安與安更情見乎辭

又

斥堠秋冬未息輝今來草色變征衣霜戈
白遶看超距日羽紅開詠采薇戰士已輕
山路險耕民猶樂渚田肥惟愁積雨迷春
樹偏踏泥塗不暫睎

欣慨文集

四巡監口時仲夏廿二日

是時鄭帥督大兵至連軍聲倍振
擣穴焚巢需時可娭懷陽既當猺
之腹背潰敗奔突重爲懷恐制臺
檄王叅戎統兵駐石田捍守懷境
余亦徧歷各營申飭完保旣抵嘉
崗而叅戎亦至把臂談兵相得歡
甚詰朝復聯轡往翅龍迻議建新

營於青山口以當西偏一面會風
雨驟至抗手分袂余自木格墟西
旋見嘉禾被野綠浪翻雲殊爲色
喜惟目擊鄉夫轉餉維艱竊計軍
興至今一月六運每運百石人夫
倍之不足則嫗婦衰弱相與負擔
紅塵赤日度嶺踰岡咨嗟載道能
不惻然刺心且一運未卸再運繼
之將息肩之何日也民亦勞止汔
可小康爲之三歎

天兵如虓虎穴鼠非久留輒復虞困獸乘
虛惟所投五月冒塵日崇嶺疑炎丘木末
思野凉冷風不可求嗟予離寒暑兵革猶
未休臨營諭諸將日爲守禦謀重喜王將

軍防懷駐戈矛予訪幕中秘相見千峰頭論兵引杯勺並馬行荒陬風雨判襟袖語長意未周嘉禾漸向成庶無荊棘憂惻惻念轉愉獨令攖心胼民間不暇息軍中需擔儆老稚雜男女肩頭同紛糾空戶從力役奔湊如雲浮若雨陷泥淖炎蒸揮汗流舊秋入新旻何剛皆驛騷此賊猶未除斯

十五

牧懷詩紀　巡隘

勞得巳不茹若飲悲歎欲語置咽喉民雖不能語忍視如蓬蒿春陵昔有詠我亦鳴深愁

敎民者惟以民之安危爲憂喜先主再巡詩痛民遭侵擾三巡詩喜民得耕耨此詩復念民疲于餽運無事不從民起見卽未能一意與民休息而存寬恤于征繕之中委巷窮檐之被澤不已多乎

又

小醜爰勤五路兵荊虞問粤若縈紆區分結營共環繞鎧甲旌旗燦列星長鯨授首決旦暮猶慮潰走懷民驚折衝儆境法取豫檄傳豨戎謹藩屏兩人相過喜班荊縱談黃石運短檠劍花拂來霏寒雪千山萬木作龍鳴明朝並馬陟高岡周覽形勢謀干城山雨挾至輕惜別從風獨自鼓兼程

十六

牧懷詩紀　巡隘

荷葉田田蘭葉紫稻花香與綠雲迎惟憐轉餉之老弱奔疲輸輓無休停暑雨愁民沾濡苔崎嶇愁民觔力傾一家十丁九負戴何日兵銷獲戢寧呼蒼亟倒天河水洗却蠻烟詠樂生

昔韓魏公疏言生民之苦無過里正自軍興以來殘剝尤甚至有嫠母改嫁親鄰分居棄田與人以免單丁此詩備悉民艱北山之刺東

國之詠無以尚之

又

炎若寧辭度嶺炯師中五月聽鳴蟬懸知都護臨湟水重喜將軍到石田卒戍空山戎服苦民嗟古道役車連何時掃穴無征戰雨竹晴蕪罷征還

格律深渾而感嘆具存于中不媿盛唐名輩

五巡隘口時菊月十有三日

金風變律商氣迎秋修廢墜中防守遵月令也況兵興之日乎大師環循勤經數月絶其往來窮其巢探猓玀既盡不戰將自斃矣鄭總戎率潼潮勁弩二萬役抵連山眞有直擣黃龍府賀蘭山之勢因飭與徒重詣各隘祭點軍健劍其弛懈獎其精勤凡刀鎗弓矢銃具更加繕厲時王參戎以潯變去李參戎代之隘堡官隊又覺旗幟一新精神百倍相晤於帟嵩營月下論兵命諸武士伎擊侑觴次早言別巡歷各營岡嶺峭峻以小竹兜層

累而上屈曲有藤蘿之糾絆危陡叢亂石之嵯峨終朝蹴躡沙磧間不禁股栗所喜秋光晴爽鮮風雨之飄搖每望刈禾擔稻者歷落田間相顧笑嘻以樂有秋余益色喜忘其跋履山川矣重賦五巡數韻

長風吹雲白西陸馳年光人吏隨數輩厲

馬登高岡轉憶客歲秋軍麾動連陽空虛
一九邑驚民如懷霜犇馳已可慮險隘猶
踈防命駕北山畔極目多徬徨鴈鴻務安
宅蟰蛸窺其詳歸路值重九茱萸聊舉觴
今來已歲周忽忽生愁腸風景了無異兕
虎歌難忘小挫穴中醜烏能永摧藏鄭帥
耀閩海鯨鯢素驅攘今來聚勁弩揚威遏

牧懷詩紀　巡監　九

蠻方徵兵過雲雨區區奚不亡克定當有
日犄角宜增强嘉尚開細柳旌懸兵氣揚
初識李将軍軍容儼成行中權總三略四
闢環九章臨淮已受代壁壘非故嘗山高
月出小黃花尚餘香飛杯雜皷角對月看
劍芒覩此技擊雄剿賊如封羊出營乃陟
巘登極深蒼廻蘿兼避石局窄思翔翔

列營斂輕霧衣履生秋涼川陸遠在目刈
禾見豐穰下邑奉師旅官帑皆空囊斯民
亦靡敝所喜天降康畝樓不勝計猶得盈
倉箱食足兵復龍山靜即羲皇予勞雖浹
歲予樂已無疆

客歲季秋初巡今歲季秋已經五巡矣節同時異所感良多師已老財匱乏先生所深慮若戰勝有日而旧書有年感嘆中洵可解頤

牧懷詩紀　巡監　十

又

三奇月報秋光好水盡潭清迴寒潦金鋪
萬點地堆黃玉碾一輪空似掃昨日倚梧
凌紫霄庭餘琴鶴酒盈瓢山城無事宜歌
詠歸來恒羨五柳陶不道一行作吏苦會
逢兵動漁陽皷經歲焦勞未得休授衣九
月猶靡盬穿雲擷舳行若磨焉能暇豫學

嗚珂馬惜障泥况乎人履險防危憂思多
每到一營蕭刁斗戰士旌斾細柳軍容
洗拂振先聲銳氣英英撲小醜摯輿勒轉
山之頭千村萬落歌有秋籬作箱兮筐作
含婦壺夫艤驩迎睟余也見之紓顏面天
庇此方紛白粲太史恒書大有年我邑書
田歲月見年豐自不苦完官徵科無擾彌

牧懷詩紀　巡鹽　三

相安邇開元戎師滿萬猺賊能無心膽寒
摧枯拉朽易反掌掃盪蠻烟廓蓁莽兵氣
全銷烽火沉山城含哺遊衢壞百粵平成
別一天堯峰舜嶺花重妍水飲清苦學李
令李錫蕃青城縣縣有水味清而苦李飲三年變爲甘水以循良內召功高
銅柱謝前賢陟高岡而詠來同載南畝而歌盈止形之篇什總以道其勤勞喜豫之誠然者非謟張己也

又

萬木蕭森屬晚秋臨營又見月當頭金鞭
一揮論兵計玉劍雙飛佐酒籌北嶺蒼深
頻冒險西疇黃茂獨廻眸應知魚釜無多
日馬上重吟散舊愁麗藻發于壯思

牧懷詩紀　巡鹽　三

六巡鹽口時閏月九日

排夷負固大師環其疆匝歲之外復闢月有三矣緜仲春迄仲冬三入其阻今更大捷所殺過當乘風縱火新巢舊穴皆蕩爲烟塵餘喙逃入箐架諸山去懷陽隘口不數十里旣東剏而西奔必乗虛而走

險各監宜戒嚴修備因復巡歷一周李豨戊以病告歸相晤于木格墟剪燭談心留連通夕念共白下之居與吾家望衡對宇今來嶺外又得共事一方累月防懷侵晨判袂殊難爲別也歸路得連山報知賊衆搖尾乞撫獻始禍渠魁百餘人勸而撫之威莫大焉惠莫溥焉當事者必有壯事老謀余且望参凱旋師于指日矣再賦五七言三章誌喜

漢將策諸羌坐困垂勛烈我師亦雲屯持久斃孫孽湟水如金城南北可一轍靜俘山岳堅戰比風霆折虎嵎豈不雄猛毛終

受隳兎窟非不役笙羅罟能脫烟焰焚重茅故巢俱盡滅殘寇若禽離空山庶豕突成功及斯時周旋當無忽戍卒抱冬心秋光異時節並坐將軍樹令我征歎欲依依永夜談恐作凌晨別連陽裴勝音蠢動已驚骨頻首受餘生伏罪希全活兵豨伐武來威暢恩隨結歸時聞此多不禁心怡悅

昔人云蠻蜒爲害不可盡殺勦而後撫誠爲不易之計獨以懷封百里守監分兵與賊持久六巡絕險捕勦無間于始終所處者至難而所全者甚大焉先生以两始名家通詩三昧故其微之詩賦與本心之所發事之所經者以立言源深根茂別露菁華播之國門宜其千人見萬人亦見也

又

羣孫蔑爾輕天威沸地焚巢無所依一軍

初入巳奔飛連戰長驅何險夷昔年醜類縱橫馳州邑苦之民阽危斯民憤恨積歲時咸思膾截寢其皮夜敢歲餘抗王師除兇盪逆非不慈賤蹂餘殘如弱泥衆瘠縮竄尋山谿東不可羇將西竄斷蛇傷虺毒可施整兵利办以備之將軍累月操神機闔邑蒙安皆所貽油幕高張言別離宵燈

曉霧聊追隨臨風瞻望嗟分攜道路歡聲踰皷鼙並傳狐兎多悲啼懸知剪滅將無遺面縛軍前獻渠魁懷我好音變鳴鴟誓天永不勞旌旗諸葛縱擒非好奇服而舍之斯可為貞珉欲競燕然碑閭閻終歲安耕犁我已六度披蒿藜此行眞可忘渴飢

毎巡行紀詠皆有長策遠謀賊中情形不同應敵之機亦異至于橫渠賦詩摛華振藻動滿數百言先生之計不可窮而才亦不可盡也古稱上馬擊賊下馬草露布惟傳修期一人今不得專美于前矣

又

去歲林巒迴冷風須臾兩度見深冬寒更話別羣山際曉騎分馳宿霧中穴險成塵焚草莽天兵如雨集刀弓懷溪息駕宜春酒露布遙看帶日紅

氣雄調逸勝讀岑嘉州破播仙凱歌

桂游雜詠序

古人好游名山水如許詢濟勝之具宗炳卧游之圖陶峴清商之曲探奇覽秀給賞留連雖萬物不能移紛華不能奪也余嘗謂古人誠取暢于山水而山水亦有待于名流名流得山水而吟嘯山水得名流而表章相須而相遇雖其契之甚深亦其緣之適湊

五嶺山水獨桂林秀甲諸郡靈仙舊迹不可勝窮名賢素士輒多游賞題詠自始安太守以後唐有宋延清張子壽柳子厚李濬之吳武陵宋有曾子宣黃魯直張敬夫朱子淵鄒志完孫仲益經丘壽壑挼釆無餘捫壁摩碑鑱刻幾徧則山水之表章于名流亦孰如桂林之盛哉淮南李小

有先生聲噪海內數十年足迹幾半天下天下之名山水多藏奚囊獨未度五嶺每懷桂林山水泥陟無繇及作令蒼梧之懷邑其始至也即圖

詣桂林然距桂千里而遥惟馳竿牘之文未遂籃輿之典小有望千笋而咨嗟以爲宿昔所懷思者今復以異地相格乎而山水蘊奇亦不能遽

受知于小有壬午秋闈當事將檄小有分較値猺氛蠢動東隅倚懷令爲長城不可一日無小有孟冬復檄小有較武闈歌鷹揚旣罷小有得爲

句日之游同游者則梓里吳素友數君子暨余在焉小有徧留題詠入桂林有詩喜山情之漸近別桂林有詩誌游樂于不忘小有自快句日之

游得成其宿昔之願且與顔
始安輩並傳于桂林然獨秀
嵒洲諸勝始得受知于六朝
唐宋名賢今得受知于小有
巖光石勢賞接一新桂林山

水益著于海内矣余剌湘源
與千筍相晨夕娓不足爲知
已獨喜小有先生以名流而
紀勝地何其緣之適湊也三
復桂游詩卷遂漫述于簡端

知全州事姑蘇寅年弟馬
光題于南薰亭

桂游雜詠目錄

桂游雜詠目錄終

牧懷詩紀

淮南李　盤小有著
華亭吳　易素友評
金閶張宗旲子占定
莆陽宋光墀近日
鄭銘經明叔
江左孫胤昌稚明

制東孫金鼎禹金仝閱

桂游雜詠

直指檄赴武闈途中感賦

長途忽漫起征塵，獨愛群山媚遠人。千里冬心來有自，一城秋色見無因。桂江檄走勒車馬，粤地才難問劍梢。何暇勞歌愁日晏，臨風猶顧影駪駪。

觸事惆悵寓辭更覺悠長

武闈對月醉中走筆述懷

十試終懷玉，南北闈中心斷續。今來徒鹿鹿，西粤闈中何局曲。簾前皓月故愁予，月下牽愁滿千斛。窗寒硯濕費丹鉛，不計新裁變機軸。秋槐葉底人交馳，年年逐隊如僧緇。涼天襲人骨，清露沾人衣。終夕吹警角，殘膏數剪風凄凄。近慚吾弟，遠吾友，半粧滿面總見嗤。孫山千古居人後，笑予不足與之齊。風簷慣見流空月，照予東髮成華髮。昔照燕臺與鳳臺，今宵地異光無別。花陣紛紜窺卷中，笙簧殘夢消春鴻。他鄉望月憶兩地，故人望月悲回風。何堪鎖院重見此，無邊舊恨通吟蟲。

三百年八股場中瞎老英雄無數讀先生此詩苦調悲情可以人人泣下非從諷詠本懷已也

闈中見黃澹叟學臺歎如舊交把臂深談詩以志謝

一代文星炤越裳，幸依天末拜餘光。山川滿篋凌元柳，詞賦升堂得馬楊。廿載盟壇從意密，連宵論塵與杯長。尊榮地絕頻相顧，感憶深深夢不忘。

桂林賈司理柳州陳司理太平賴司理共事武闈較閱之餘夜集小飲

名流相見金紫爲假氣義爲眞篇中宛如面晤

同來粵嶺地猶懸，何似簾帷數日天。字裏青霜俱在日，階前白月總隨肩。重論往事誰無歎，相對殘杯未忍眠。聚首誠難分手易，須臾幾處隔嵐烟。

無一字不眞切覩近悠若何當楚愴

賈司理署中同沈維錫話舊

千里懷溪望桂林，沈郎重見意逾深。北燕舊緒成追憶，南粵新詩問苦吟。一座衣簪消別況，十觴醽醁話鄉心。天涯好友宜晨夕，擬向群山理素琴。

意致深秀

過陽朔望諸峰作

梧江一水直如絃，壁立嵾嵾別有天。望似九嶷懷不盡，目窮千笥賞多延。遞分象郡林中桂，倒挂龍湫瀑裏泉。游屐中原隨眺覽，粵西今見好山川。

清氣盈篇且句句是望與游陟不同

陽朔諸峰和賴司理寄韻

西來列岫聳中攢壁立虹騫勢欲摶萬個
琅玕生石上四圍蒼翠映雲端游情已覺
諸天近山氣如增五嶺寒未遂米顛袍笏
拜經過徒向馬頭看

秀朗新奇更勝前詠

獨秀山　在桂城内宋顔延之爲始

安太守題云未若獨秀者峩峩郛
邑間後遂以獨秀名國初卜其陽
爲靖江王宫殿形亭畫觀上出
雲表下漸清池彌增麗觀

桂林風日帶山光千仞峩峩俯大荒古郡
天南同壯麗群峰郭外次低昂翠浮粉閣
臨春雨紅滿歌臺醉夕陽地近王家多勝
事恒貧枚馬富篇章

昔人稱桂林湘水平子之華篇今
復在小有筆揮間矣

讀書巖　在獨秀峰下傍有坡阜突
起千丈有石榻石牖以顔延之讀
書名巖前舊有五詠堂鐫顔五君
詠

廳事看山色時來石牖中巖虚宜太守高

詠和天風

其二

一塵踰嶺路五詠發孤懷薄俗疵文雅幽
棲意可諧

桂勝名乎海内顔太守爲之開先
借其詩不多見讀此猶似五君諸
詠可與延之並驅

水月洞　在宜山之麓頂高數十丈

半枕灘江洞門朗透形圓如月水
流其中

南出大榕江江水白如練轉盼得高巖崢
嶸負江岸望之滿月輪波光涵素雯月輪
自圓廓水流如吐吞流水有盈竭石月無
圓缺玉斧不假修登臨歎奇絕濯水消塵
襟踞石生遠心洞口見明月蒼蒼同古今
寫水月景奇結句更淵然無盡

雉山巖　距文昌門二里許懸巖峭
壁其上新建有亭方伯大瀛何公
題曰水流雲在從窄洞陟石梯而
上有青蘿閣

粵嶺群峰可歔歌經行欲盡又奇阿飛來
素合雲成幕浮得青迴閣滿蘿遠目已欣

塵累少澄心還覺綺言多輸蹄歸去嗟何
亟不及觀棋賦爛柯
清麗亦澹遠

游明霞軒　吳素友新構藏書處

數載丹鉛有舊廬開山今日結霞居神龍
久蛻幽巖骨有白龍洞蛻骨如玉仙迹猶存古壁書有仙人足跡
鍾梵樓高斜倚嶂松篁地僻遠連

墟多君嘯侶尋眞隱招我狂歌擊酒盂
名山勝地好友良書樂事備矣宜詩之閒遠而多致也

劉仙巖　在白龍洞南仙人劉仲遠
嘗居其中

巖壑幽奇約細尋空山石室翠相臨仙人
已接浮丘袂惟見穿雲徑屢深下迺穿雲巖
寫想超玄不涉一毫淺近

贈雲亭　老君洞旁小山群立，有一山，上葢亭館，吳素友以贈雲名之。

小山如離樹，山氣族生雲，雲過無留影，新亭可似君，輕濃朱檻濕，聚散綺窗分，鬖鬟來仙客，飄飄度鶴群。

亭名頗新奇，詩更得未曾有。

華景洞　在桂城臬司後，其平廣可設二十餘席，峰巒窈窕，俯瞰清池。吳素友將誅茅小築，爲城市考槃。

數點峰巒隱市闤，獨留佳境待躋攀，茅亭擬就烟雲搆，野坐偏宜水石閒，冠葢紅塵無暇日，壺觴白晝好看山，縣來大隱非巖谷，跬步城陰信往還。

縹緲如畫

伏波巖懷古　一名還珠巖，半倚深潭，昔伏波聞謗，投薏苡於此，故名。

將軍壯氣滿山河，灘水巖前話伏波，圖畫雲臺隨漢鼎，題名石上可曾磨。

雲臺不如片石，千古快論，亦千古名言。

其二

銅柱動名草木知，車中薏苡指文犀，黃金未鑠梁松口，試劍還看石在斯。

巖有伏波試劍石。馬伏波壯氣忠魂，可呼集于句下。

七星巖　七峰位置如北斗，又小峰在傍曰輔星。石巖腹最邃，懸炬可游，多恠石深潭，火光所及，奇瑋觸目，不可勝數。縣四仙巖入三里許，透曾公巖出，中有棲霞洞，深曲多

岐。游者恐迷路不敢進。云通九疑
山也。

亭嶠天何奇。七星表靈蹟。一在斗北懸。一
落交南宅。空際望烟堂。列座可千席。巖口
入雲霞。百道光靠赤。步引復燃松。寶光煥
幽蹟。峭壁每千仞。巨石皆百尺。佛頂磨青
穹。仙人叱白石。石荔紫堆盆。石笋凝素色。

牧懷詩紀　桂游雜詠　十

石乳濺寒瓊。滴瀝沁余額。觸景發長吟。谷
應同霹靂。透遙信蹟攀。穿前復後出。裁成
造化工。匪夷思可測。外象列青螺。中虛涵
太極。聲光兩寂然。至人悟深息。丹成騎白
龍。空山祇陳跡。吾意本貪玄。愛向群巖匿。
奚事滯簪裾。晨夕遠塵逖。揮毫托幽微。亦
以瑩心魄。

勝賞奇巖合之雙美唐宋諸人雖徧鐫古壁皆將俯而遜焉

再題七星巖和太平賴司理韻

山光次第出高霞。指傾南交與巳睽。地迥
七星紛可摘。秋清萬籟寂無譁。神工開鑿
驚奇斧。仙骨棲遲變早芽。北斗遥懸天畔
影。靈巖千古列精華。

七星巖參差迴映奇致不窮先生二詠筆底奇致亦與爲不窮

牧懷詩紀　桂游雜詠　十一

疊彩山　在八桂堂後、支徑登山巨
石疎叠如門。有洞深曲。轉穿山背。
石形層折。蔚如積錦。泝水至虞山。
一路溪光浴日。渚樹搖雲。耕稼陶
漁。無一不備。素友欲題之爲虞園。

疊彩園霞峙紫霄。山城百雉戴如鰲。左參
舜廟晴烟接。右拱堯峰瘴雨銷。初地鐘礡

資淨土徧溪禽鳥學虞韶一層再上窮千里天入非非想不遥

一氣渾成更饒韻味

木龍洞　在叠彩山麓有洞穴地而入一隙通明旁構石門上鐫兩木龍緣壁而出懸崖之下可布筵席

洞壑窮幽賾驚奇是木龍石門通杳杳澗水聽淙淙歲久形俱蟄雲來影欲從探驪宜百尺珠彩或能逢

木龍洞從前未有佳詩得此爲之點睛幾欲破壁飛去

隱山　在府西郭三里中有六洞曰朝陽夕陽南華北牖白雀嘉蓮

經行皆附郭六洞自多幽寺古棲禪悦亭虚集道流山川俱在目花樹可忘憂眞隱無南北奚嗟萬里游

唐李渤徵起少室山中後除桂林愛玩此山六洞皆有渤隸書又有詩云三朝四黜倦遐征往復皆慈萬里程隱山附郭而多奇高深異趣游眺殊情畢見于四韻中矣

虞山謁舜祠　出自北城山起東隅灘水漾其左黃潭瀠其後門多古松干霄蔽日左側有南薰亭凭欄遠眺千箇送青祠中有舜帝二妃像建祠時鑿山背得洞因名韶音洞外清溪爲皇澤灣

南巡共説到天涯仰止高松謁舜祠木石無心如舊侶陶漁有句徧新詩名傳韶箾聲能繼淚染湘筠恐未移北望堯山猶咫尺唐虞彷彿在今時

堯祠舜廟大覺荒唐前人多作悲惋詩不若斯之輕妙

韶音洞　有張敬夫記鐫石壁入洞
面潭清漪可愛

遥天存帝樂古洞悟聲聞亭靜薰絃暢潭
空曉籟分巖陰逢擊石樹影接承雲鳥獸
羣飛舞蹡蹡識聖君

韶樂之大如天覆地載小有誦咏虞山恍見全樂

登逍遥樓　樓在桂城上下枕灕江

石刻逍遥樓三字顔魯公所書
高風已送桂林秋山色江聲眺聽收石上
逍遥尋古字曠懷千載屬芳流

飄飄欲仙

訾家洲　起灕水中近桂城東隅先
是訾家所居因以名焉

灕水圍城郭芳洲媚客心江明開萬象峰
秀列千尋畫舫迴輕浪朱樓結遠陰裴公
斲柳子文字不湮沈　唐中丞裴行立作亭其上柳子厚爲記

柳記甚麗此更以澹逸勝之

宗侯瓊軒招同馬涑菴吴素友諸君
夜集伎樂並陳酣歌達旦

華屋金尊待夕曛賓筵並驕紫霞飛多才
剌史腸千疊未老徐娘玉一團南國歌詞

迴月扇前溪舞影媚雲衣鄴中勝事渾無
異旣醉猶稱露不晞

崔員外之清才王龍標之妙思

桂林别吴素友諸兄

海天知己聚如萍釃酒榕江别緒盈山水
有緣初結好松蘭何日再尋盟重披魚蠹
斷雞肋乍縶驪駒和鳥嚶把袂慇懃猶寄

語顧馳尺素代班荆

先生以山水爲胸懷以友朋爲性命三復斯篇具見言皆篤契

舟中憶吳素友諸兄　予以陽月入始安與素友近日稱明爲僉子占曉夕尋山經旬不輟友情較重山情游興已忘歸興別後相思舟中偶成二詠

車馬塵中孰唱酬偶來八桂興偏幽良朋喜自殊鄉見秀䇹欣爲浹日游宋宅寧知新歲月顏碑猶炤古林丘歸途悵隔雲千里夢遶群山逐勝流

其二

句中碧玉畫中山得共高朋徧往還酒對峰文生指顧袖擕烟翠信躋攀倚天高望塵俱絕履石長歌意自閒何日湘灘重鼓枻幽探處處復開顏

二詩別後相思朋好山情更深于別時所賦

感懷和韻序

吾觀海内文章氣誼之士其唱和合離雖各有時莫不有神焉以靈通之若有唱而無和一合而不離將酬應讓好

於鷺鳴而羣聚攸同於麋鹿意味反索然告盡即敦之聲氣播之篇章亦一擊而罕有餘致神之所通政在唱和合離閒如觀顏魯公座位帖谿

徑在筆墨之外觀米南宮天馬賦筆墨在谿徑之中二帖合看乃得形神生熟之法余持是以論友論文論詩而愈知唱和合離之有機致也余

生長雲間意中企仰常有李子小有張子公亮旋繞於屋梁几席及文幟相標筆墨相賞琴樽相娛乃遂結爲香火之緣塤篪之契秣陵金沙距

雲間四五百里而遥經歲必
數四聚首若文章箋楮互相
飛馳未可數計葢甚有得乎
唱和合離之機致者矣既而
公亮先着鞭去授令昌黎舊

牧懷詩紀　感懷和韻序　三

游地越庚辰余與小有同來
燕邸余刺羅陽小有亦授花
封於懷集後先之任路不相
侔遥呼公亮葢在七百里之
外小有雖屬西粤而羅懷壤

接一葉可杭是予疇昔意中
企仰及與唱和合離者又復
星分碁置政如秣陵金沙雲
間之旗鼓相望今秋余同公
亮供役粤闈相與提唱夙懷

牧懷詩紀　感懷和韻序　四

抽尋新緒一見甚歡小有忽
寄數行并所和公亮近刻示
我且屬駢言於首夫余方葭
露與懷而讀其詩如見其人
又併見其心與事之誠然者

更不減公亮之相對笑語焉。小有公亮固情著乎詞，余不能詩，而杷公亮手，捧小有詩，益情深於詩，因啞然失笑。吾鄙三人，嶺南五千里外，載領唱唱和和，合合離離之機致，而未有已時也。若小有鞺鞳天台之賦，趯倒鳳凰之詞，事業文章之外，別有攸寄，海內玄賞者幾二十年，寻咄咄貫

休一詞莫贊，惟述吾三人唱和合離之若有神焉者，以當小有新詩之佛頂。

雲間社弟包爾庚長明氏題於五羊舟次

牧懷詩紀

淮南李　盤小有若
南州喻　建偉節評
天都程文第行甫閱

懷陽感賦和張公亮令揭篇韻

公亮鴻才鳳藻，宜登金馬承明，揭陽雖劇邑，能毋位不副才之歎？余懷陽僻處萬山，一官羈肋，踈同元亮，瘦比休文，讀詩不禁三歎，步韻賦廿首，葢以志吾兩人異地而感同也。

其一

粵嶠春回近一陽，逢人作賦便心傷。生花夢乏江淹筆，製錦思繁刺史腸。作令自憐腰幾折，邀時還笑項猶强。山城若使無兵事，歡倣何妨領醉鄉。

流麗風華，亦微婉頓挫。

又

遠江孤棹入懷陽，榕葉庭深意自傷。卓犖何能安異俗，瘡痍了不釋愁腸。三年厭瞩烟嵐重，萬里迴思道路强。六幙高雲多羽翼，獨看冠葢是蠻鄉。

豪情壯氣，畢露于感歎之中，可以横絶今古。

盛臘繁花到揭陽，春光寂寂反堪傷。月經炎海無寒意，山出蠻峰易慘腸。事隔已知天地別，官微不稱姓名强。鱷魚鬣上經過路，安用昌黎踐此鄉。

其二

生無奇骨愧英啼桓溫有奇骨聽其啼更英爽微志殷
然慕猈雞兩大數奇嗟命拙一行作吏悵
雲低榕庭有鶴聊爲侶枳樹何鸞不可棲
莫羨龍蟠并鳳逸坐看馴鹿飼新麛
音情倜儻瞻視非常

又

白門花事隔鶯啼無那朝更逐粵雞文擬

戰場嗟歲久官來瘴嶺訝天低頻經箐莽
同羈旅未上風雲郎遯棲合殿書傳眞絕
遠吹笙終不到群麛
以此才而不與科名足令知與不知者皆爲撫心浩歎
十載時間未肯啼啼時猶似會稽雞每
因趨府爲雌伏若見乘軺便角低謝豹
心知惟北向伯勞性豈愛甲棲群公翅

足眞堪羨驅駕曹劉似犢麛

其三

雉堞迴遭似短垣條然竹木護籬藩知希
我亦恒誇貴宦拙誰云妄自尊才歷蟠根
多不副神經剛鍊豈容惛心勞莫更啞楊
子吾亦新來百慮存
墨光筆韻想見其至性所存

又

家林三戟近宮垣每詠循陔憶舊藩萊綵
各天蹤几杖簡書何日侍罍尊暉娛弱草
心難報訓受垂棠志不惛烏鳥將迎愁碧
嶺依庭繞膝夢嘗存
道遠難于迎養此先生第一關情者
結髮曾肩鮑謝垣低迴此日落牆潘功

名遲暮將年補官位卑微以傲尊舌似
轆轤難自詘汪非金玉不須惛鼎烹鼎
食從他慕箕踞青山吾道存

其四

散衙清坐我思悠文士繇來武未諳舊有
霜毫揮冀北今從日羽走湘南才非展驥
終慚鳳治擬還珠尚類蚶欲祖衛公花陣

牧懷詩紀　感懷和韻　五

六胡盧青色出於藍
霜毫揮冀北日羽走湘南雖爲自道然非先生固不能當也

又

舊事重思起積悠筆揮珠鳥幼曾諳青衫
廿載塵隨比墨綬千山日向南政愧魯恭
鳴有雉戒依何胤味無蚶頭顱試吏驚遲
暮怫鬱憑軒對蔚藍

如月夜笙篌聲聲清悠

從來度嶺積愁悠我昔疑之今始諳避
熱蟾蜍行去月怯炎鵬鳥不棲南天生
氣燄歸珠玉海匿心情到蚌蚶若滯此
邦無怨歎前生應是面如藍

其五

緋魚初學漢官儀一領琴堂服換緇嘯諾

牧懷詩紀　感懷和韻　六

郵能供好句呵鳴安可叶新詩忘金差比
郎官拙吾寶嘗懷枉史慈晝靜榕庭飛落
葉但看雲片繞芳墀
袁中郎送黃寓庸詩高才正不須違俗七尺何妨也拜人妙在入俗此更妙在出俗

又

苟崔一室美威儀二仲頻攜侶素緇夜永

簷花聲閒誦午閒池草夢爲詩摩天不及齊榮祿歸里惟能接孝慈應念汝兄成白首一官初得拜龍墀

極快心却極傷心不堪多讀

誰言花縣有光儀雙袖如黔面若緇硃案縱橫疑行字訟庭喧雜更無詩簿書入眼能妨靜管朴經心易破慈若使楊雲來作令河東無賦上金墀

其六

炎海專城詎可爲非輕五斗故來遲十年書劍多摧颫一日銅章轉皺眉旁午蠻烟眠未穩經辰跋履坐阽危聞知粵樹莊椿大棲息何堪借一枝

感慨雜任

又

丹鉛滿篋欲焉爲有子傳經恨太遲與鼓欲成高舉志牽衣未識最良眉偶虛牒訴聽吟苦作兒嬉娛教坐危五斗獨堪資爾飽豈盈何璧橘林枝

彭澤有五男兒不好紙筆少陵僅憐驥子雖書滿床先生八龍皆奇頴遠過古人矣

州縣徒勞詎可爲更嫌嶺嶠獨棲遲人依北闕能吹氣天及南荒便凝眉擲火半空燒百粵懷霜萬里憶三危扶桑聞說無多路何事低巢榕樹枝

其七

江南倉父令西墮蓮社蔚盟事罔爲壘塊自澆餘傲骨簪裾還笑比蒙皮棲虛每欲

每思搦管破天荒何竟攜囊入瘴方抱朴
仙人徒往蹟扶衰刺史屬殊鄉千巖花草
經綸譜一澗禽魚物釆章獨坐幽齋發清
歗文心空逐嶺雲翔

清潤秀發如春草碧色自覺幽萋
感人

又

楊僕樓船迹已荒民徭終古錯蠻方血毛

牧懷詩紀　感懷和韻　十

聚食深依洞狗鼠分群慣掠鄉遂使丁男
誅地產爰供甲士奉天章踉蹡篁薄紛無
已百里愁看赤羽翔

讀民徭終古錯蠻方一語便知此
中要領

弱冠窮思出大荒此身詎擬到炎方韓
亭片石同三古榕樹一花割萬鄉天地
未能全氣候海山空解貯文章秋鴻不
思王粲山靜何人和子期羈紲懷溪疇結
侶問修梅萼伴霜姿

遐心傲骨抗立風塵

又

久辭舊友赴南陲下瀨乘高空爾爲城郭
相看無紉佩村墟問見有衣皮三江柳色
遲春日百粵桃英盡臘期離索又驚殊節
候日瞻烟霧改容姿

牧懷詩紀　感懷和韻　九

俗吏矜粤中爲利藪名人眼中所
見自殊

地缺南瀛無畔陲炎鄉冷綬獨何爲文
章過嶺銷光氣官爵憑軒長面皮鱷徙
大川腥尚在鳳還故穴會無期華陽玉
枉知何處不及空山養傲姿

其八

肯來南極願化孤雲向北翔

其九

物華何似石頭城平秩南訛序亂行花本經冬榮不謝海天浴日雨多晴當年環佩山餘響此際冠裳地孰靈十里蕉陰團結綠可分濃蔭護蒼生

粤中風物殊嘗毫端如畫

又

一片南雲別帝城空懷仙侶隔塵行頻經廣武車輪賤遠涉威州草樹晴佳祿鼎鐘多會運妙年珠玉自含靈升沉已定嗟何語宵漏綿綿待日生

先生頻經北路久任京華此首感歎更深

莫道仙源與赤城長離山下只孤行一

冬花有三春盛六月天無半日晴歲氣已訛還混沌物華纔聚獨精靈文犀翠羽吾無羨空博飛鳥火裏生

其十

澹穆生成蘗可飧稀聞棗栗到公門天炎自有清涼在地僻還宜古道存衙放雀來供辦事公餘螢課復窺園他年考績將何奏肯獻承明學負暄

承家節操爲政風流字字生人想慕

又

几案才難懼素飧朝烟不闔虎頭門顧愷之爲令山陰門庭寂閒平反盡釋寬民繫鞭撻非予本志存勸植田間嘗沐雨誅茅署後懶開園謾矜花鳥傳天上薄宦徒分五嶺暄

許多恭勤惠愛諄諄言下若作一味憤悱看反淺矣

采采榕花當晚飧，鼓聲數點似僧門。功名澹泊機心絶，世路紆廻直道存。頗愛潘陶皆晉令，却嗔枚馬獨梁園。年年鴻鴈爲賓客，不見飛鳴又隔暄。

收悵詩紀

張李兩先生同居京口，聲名不相上下，然留中各有不得意處。張令東粵揭陽，李令西粵恢集，情賓索諧，意製不詭。小有見揭陽寄詩，所感懷和韻，十三

感益多，引意就聲，一揮而成二十詠，非云綴河上之悲曲，賞以昭江左之風流，並存其詩，讀者足窺兩先生之才華與兩先生之情共矣。

自叙

予戊寅菊月以徵辟入都，家少文弟覩艖河東，聯鑣並進。十八日宿州分袂，廿八日至廣川，聞虜警，退而寓德安者十日。虜信

楯草自序　一

益急，又退而寓清源者四十日。虜氛愈熾，又退而往廣武，寓盧子鄰虛刻鳳齋，予丁卯舊游地也。于樓中首舉一子，屈指十二年矣，太息久之。適大梁張子林

宗亦于仲冬廿一日入城友轂
奇緣對酒歡甚不意虜騎猝至
遂共圖守禦登陴何暇留連風
月哉至嘉平廿四日圍解方得
從間道入都門取城頭日記覆

閱之墨光點點皆帶淚光一片
飛心又入卧牛城内矣爾時率
筆摩楯以書者因名楯艸分爲
五紀焉一紀城守方略一紀城
守功績一紀城守姓氏一紀城

守郵聞一紀城守風景夫風景
者一時之偶觸也然事前不覺
事後思之歷歷如畫悲歡異狀
憂樂殊詞景動懷生字愁句苦
大抵皆漏沉燈爐擁衾危坐時

援筆直書以寫亂離之致殆宋
子所謂貧士失職而志不平者
乎不堪再讀又不忍遽删姑叙
而存焉以見羈旅廓落之情云
爾詩凡二十三首繇廣武至國

門皆次於後。蓋北行千里。風景蕭條。甚於廣武。而三冬涉履。片晷無歡。又大致相似。故總繫之於廣武楯艸。

淮南李盤小有氏題

廣武楯草目錄

楯草目錄終

廣武楯草

淮南李盤小有著
光山程世昌韋庵評

其一　丁卯客廣武，寓盧鄰虛刻鳳樓中，舉一子，與盧鄰虛、劉建矦、李郁林、申素園、盧省潛諸友文壇詩社酬唱，經年今避虜重來，屈指十

三載，無論諸友升沈各態，即余所攜樓上徐姬亦已隕玉，秋烟矣。

躡躋當年得掌珠，葛裘幾換歲云徂。來方念昔仍求友，到即如歸況避胡。依舊樓高名刻鳳，卻憐樹老又棲烏。紅顏小婦今何在，帳裏餘香尚有無。

歎今念昔，欣慨交心，可歌可泣

其二　至廣武之次日，得戚縣南宮失陷之報，傳烽孔熾，程郡矦韋庵、余司理、未之宋令君清六流涕誓衆，暨諸紳衿，分守城頭，予亦執橐鞬，宵旦靡寧，偶一借箸，無不信從

烽火連天行路難，郊原行李歇冬殘。睢陽誓守先三輔，函谷泥封仗一丸。已見大夫

勞旰食，可容客子但加餐。白衣稍佐籌邊策，壁壘因公又改觀。

當年共小有全城退虜，長嘯高吟，今舉目遂有山河之異，重披斯詠，不禁沾巾

其三　廣武鄉兵剽悍，程宋二公選其精銳，結八大營于城內外，日揚兵城上，旌旆鮮明，戈甲堅利，挾霜

曳月寒色蕭森諸凡火砲神鎗罔

不庬飭

孤城誰可共安危老子胸藏十萬師羆虎分行清待野鸛鵝成列授登陴一軍廣武從來盛八陣南陽許借奇日月光中兵氣在如雲甲士擁牙旗

後四句中沛然有吞胡壯氣

其四 虜數千騎薄近郊、太守令君、發兵摧其前鋒、余與太守危坐竟夜悲風颯沓鼓角生寒至曉斬獲酋首併擒眞夷數十人至

焚原膏野恨難消風獵雲昏暗斗杓鼓角遥傳嚴永夜捷書飛奏喜今朝應知轉戰多驃騎快見生擒有射鵰爭取頭顱爲飲器邯山未許掞天驕

拔劍疑斷天驕臂歸鞍共飲月支頭此詩同共雄銳

其五 張子林宗汴之名宿也、亦客廣武、程公招飲城樓、與余司理暨盧氏昆玉共籌方略、鑿鑿可聽、飲頗稱適、

樓城四望萬山遮坐聽軍聲雜鼓笳禮數

周旋煩地主友朋流浪共天涯銜杯未暇論三雅說劍先應究五花更羨賓僚英妙甚可能談笑淨胡沙

如武侯整暇公瑾風流乃獨精于軍旅過龐材奚止萬倍

其六 雞澤臨洺相繼報陷、難民號聲震野、城頭望之、遥見獵火燭天、比曉虜哨已薄城下甲光鱗鱗連

迤西北發大砲急擊始遁去遂命
酒以當飲至
力絕難支潰列城繞閭雉堞又臨洛舉頭
近指烽烟接蒿目橫看斥騎行神器幸能
儲未雨心兵蚤已落欃槍同來釃酒憑高
坐風鶴相看總不驚
悲語壯語俱以實歷得之所謂墨
光猶帶淚光矣

其七　自季秋離家南鴻不至念病
父在堂關心游子誦兵戈不見老
萊衣之句泫然啜泣
亂離事事與心違樸被經秋歎未歸永夕
聞笳疑虜塞中宵撫枕憶親闈鳳臺雲渺
誰供朮桃渡烟微獨倚扉忽憶杜陵詩句
在兵戈不見老萊衣

杜陵起句小有用爲結句合通首
讀之覺悲怨更深

其八　宋令君招集東城令君精導
引得自鍊師彭幼朔雖在千軍萬
馬中氣洸洸不動席間追述彭師
奇術慨想久之
尊俎如公可折衝投壺漉酒一相從因逢
令尹多玄術尚想神仙有幻踪百萬軍中

無暴虎五千言内見猶龍花封膏雨濃陰
處不覺連宵斥堠重
仙事吏事兵事忽爾拈來便合才
人不可測如此

其九　吳達行學使亦阻虜廣武每
于守禦之暇招余暨余司理論文
予同社友陳彥升陳卧子侯伯遠
謝時望與司理皆出黃石齋先生

門下相對語及輒起遐思
借箸行間事偶同原非聽雨困新豐誰知
臯比師儒席環硯兜鍪將帥中事有淵源
談往昔人將成敗論英雄先生天外寘寘
去弋者何勞復慕鴻
歷落嶔崎胸有千古

其十　少文弟硯槎河東季秋永城

李小有詩紀　楯草　七

分袂音問隔絕忽寄數行烽火中
得之甚喜弁懷世臣弟于石城別
思翔織
往事連床不可尋乘車戴笠異升沈河東
御史方持節江左中丞巳入林兩字平安
幾絕望四方烽火各關心開緘且作從容
讀如向鴒原聽好音

句字天然一氣雄渾在盛唐亦不多得

其十一　一月來邸報沓然范二守
忽自貞定至縋城而上詢知虜騎
南下援兵逗遛幸神京鞏固稍爲
色喜又言盧督師陣亡相看氣結
烽烟蒼莽共登臺四野惟聞哭草萊未殞
天狼干氣象可堪我馬歎虺隤縋城喜得

李小有詩紀　楯草　八

長安信急羽飛從列郡來總道將星中夜
失五雲宮闕自三台
才高力厚雖爲慘澹語却倍增氣色

其十二　廣武城外有濠濠外有堤
堤外有河方冬水涸亟往上流決
壅奔注環遶如襟帶然四望汪洋
遂成天塹每夜懸燈女牆鱗次不

絕壁光與波光映射幾同白晝虜
望而齧指去
巳涸河流復帶圍，神功何意借支祁。鼇波洶湧蜃為市，雉堞崇嚴烏不飛。炤水燈光山月爛，連天兵氣陣雲揮。豨來廣武軍容盛，擊柝猶能衛帝畿。
兵氣水光幾欲生動于紙上眞稱詩中化工非徒詩中畫工

其十三　廣武鄉兵最驍悍，廉頗所謂我思用趙人者也。虜退，土寇復來，乘機肆掠。程宋二公下令用土人擒土寇，懸重賞，不數日遂廓清。有大盜榮君賜，擁衆數千，頗有異志，出奇擒之，解散其黨。及奉　旨嚴緝，巳在廣武圍中。

寇盜縱橫接虜塵，銅駝荊棘野生燐。素嚴刁斗惟程尉，獨擅驍雄是趙人。有詔捕亡臨赤縣，飛書擒馘得黃巾。不知此後雲臺議，可讓桐江一釣綸。
雲駛波流用古俱妙

其十四　廣武城北爲翠花妓館，登城俯視，盡在目中。虜退圍解，盧氏

昆季選以侑觴，得蔡姬二雪，此中僑肹，後歸孝廉劉子。
圍解相將破旅懷，呼朋今日聚高齋。三旬樓館無花翠，一夜郊原遁虎豺。事往郎思傾玉斗，酒酣佯報墜金釵。蔡姬蕩甚。從來語戲囑劉郎，闌莫排。
亦有燕趙悲歌之氣不同靡靡淫思

其十五　余與程侖宋三公城上迤句聚首肝膈淋漓明發將别程公具酌爲餞相持哽咽不忍分襟

急難爲原仗友生浹旬樓蒴又孤征移將鐃唱軍中曲變作驪歌關外聲涇水有靈環福曜邗山無恙侍長城獨憐僕馬相從處不及綢繆鄉傷情

從來離别無如我輩廣武情況小有吾予言情至今誦之猶生悽歎可磨三疊陽關舊句

其十六　廣武塞門四句、嘉平廿四日、方同吳學使啓東門行諸公午橋祖道涕泗横襟患難之交更難爲别予雖慶生還轉切幷州之戀

午橋分袂馬蕭蕭指點岐亭去路遥嗟我客塗仍浪迹得隨使者共還朝關山未忍離前夢兵火真堪訂久要如此相逢如此别徵名何苦衡弓招

以屈宋之才入高岑之格奇而宕瀏而深

其十七　自廣武至順德真定保定達都門、千里丘墟人烟斷絶杜工部謂千家今有百家存乃併無一

家矣聊紀朝腥塵骸暮潰予同吳學使羸糧而前有二三青衿扶傷裹創跽泣馬首不忍見聞

千里腥風捲黑沙已無三戶况千家青燐火冷荒狐跡白骨堆高叫鬼車瀕死諸生惟痛哭燼餘枯柳失槎枒裹糧早向空村宿天黯雲低日又斜

李華吊古戰場文極覺淒黯此要
以八詠勝之

其十八　除日發保定過安肅縣
村落蕭然夜抵定興闔人不納夕
靜茫無地王依棲城隍小廟中蕭
條萬狀思親念子竟夜無眠

村落丘墟已蕩然居停無主爨無烟來棲
古廟依窮像忽記明朝又隔年椒栢不飛

千里夢枕衾誰穩一宵眠移桃換曆都忘
郤舉目淒清絕可憐

除夕詩曾有如此者否第一苦境
亦第一妙詩衝口出之情至文至
必傳必傳

其十九　元旦發定興宿良鄉縣城
市淒涼憶韓學士詩云不見人烟
空見花今兵燹之後不惟無花可
見卽新桃與舊符俱燼矣念亂憂
時百感交集

意氣常驚歲月殊較來往事總窮塗那堪
客裏逢元日復向兵間望帝都萬井盡皆
成草莽一身何處問屠蘇解裝屈指明朝
是好覔長安舊酒徒

滔滔汩汩胸中俱自有一詩不必
搜索但入紙協律而已

其二十　初二日入都門間關烽火
再見京華晤家映碧姪及銓部申
素園侍御李郁林燈酒道舊征念
稍安申李二公皆廣武人慰勞之
餘譚及家山辛楚欲涕

累月驚魂到國門燈前聊慰一身存吾家
猶子憐癡叔異姓知交若弟昆悲喜向來

真靈夢笑談今日始清尊無煩更問兵戈
事試拂龍鐔雙淚痕
須眉涕笑無不槩斯毫端君才俊
快一至此乎

其二十一　初二日濟南失陷報至
有感

經春虜患記徂秋衝虜驚予一劍游山左
烟狠悲國難江南風鶴動鄉愁芻蕘未敢

李小有詩紀　循草　十五

通天聽餌表何年繫虜頭雪恥除兇公等
事且呼濁酒醉紅樓
入京聞警與涉塗阻虜不同然可
愛方大所感彌多

其二十二　元夕集家映碧署中時
虜勢更熾警報仰至同　系園諸公
對酒長嘆

清尊良夜足千秋不負間關汗漫游燈火
渾忘烽火急梅花偏對劍花愁連宵春夢
迷京口幾度羈魂遶石頭試問籌邊情孔
亟何人長嘯一登樓
對酒當歌不忘國難淒音亮節寧
減明月吹篪

其二十三　十六日家映碧姪給諫
舉第三子於長安邸第詩以志喜

昨夜華燈徹九衢瑞烟端爲誕名駒會當

李小有詩紀　循草　十六

五挺堦前桂今已三看掌上珠明月光盈
籠諫掖十六日望梅花香潤入醍醐從教虎子
開威眼敢有胡塵近帝都歐公詩云虎兒
可愛光陸離開
眼已有
百步威
隨其所賦無非烈氣忠懷人人如
小有醍虜不足平矣

序

余辛巳入懷溪李小有先生館之隨雨軒中晨夕課諸郎五經八股外佐以茗椀爐煙意致清洗不復知客邊事諸使者凜凜執侍無有敢怠縱者洒知其家政威如而顧夫人之內助多也然或疑一于嗃嗃不少示慈惠追考其憐恤婢僕宛如楊誠齋夫人先衣食後役使愛德抑何隆懋嗣是朝夕聞梵唄聲則又知夫人夙皈誠古皇先生薝慧眼發具定戒雙脩者也余素持準提神呪受十齋十餘年

所項以病後暫弛既聞夫人精勤遂復堅持前戒且同寓三數子一時皆然是又知夫人之願力感人深也見子八人雖非夫人出而恩勤養教不殊于腹育諸子定省之際孺慕有加焉自佐令君入官以來一切恤民隱軫輿情多所裨于退食則又知夫人之慈德爲弘也家居祗奉尊章凡滫瀡滑甘罔不備具來懷未獲侍養歲時遣人歸省必求其所嗜專意奉之頃兵燹頻仍家報中絕無日不以太翁年高爲念卜禱祈祝時相接也無

何訃音至相率成禮痛哭旦夕奠祭
必親上焉此又以知夫人之孝德天
成無強也夫人自細及大具此完德
萬無容死理胡奔喪未浹月遽有歸
神之事余時同行異舟弁遭漂泛駭
惶之際見電光如火靈雨腥風衝射

眼鼻雖幸而不死亦幾逐波臣隨淵
客實再世之人矣驚定聞凶悲與感
集謂備德如夫人獲此奇慘天道如
何哉已細詢前後夢徵則又知戚數
確然夫人特借途往返耳因思死者
萬物之大歸生者百年之必盡夫人

來若有迎去若有待以高門淑媛作
五嶽明神脫形器返虛空良材戢身
名區奠魄湞水椰山與烏衣朱雀必
無所芥蔕于其間也獨小翁撫今念
昔隨觸泫然既致感于屬毛復銜悲
于連理一坐數起一食三嘆有不禁

其徬徨而酸楚者讀悼亡諸詩覺痛
深句苦情棘詞辛好境變爲愁場佳
時翻成惡候以楊馬之逸調寫憂憂
乃愈甚矣當令王裒之徒廢蓼莪不
誦即莊生之屬亦寧能鼓盆示達哉
余親遭奇變共出洪流每一言及點

點淚花輒復墮同入衣上覩弔夫人及過曹溪之詩可知也玆者泝流東下復與靈柩同行幽冥理隔音塵窅如憶夫人崇重師賓迴超嘗格禮節殷繁有加無已當變生之日余適臥病使者致問前後相屬今偃息一舟泯默如寐清晏如賓睠焉顧之寧不傷哉畧弁小言用當憑弔

江東歐陽昉拜題

自序

余才薄數奇自束髮操觚十試棘闈頭顱如故室人甘從約禮且有鷄鳴內助之勤崇禎庚辰余綰銅墨于西粵懷陽攜室人同往癸未余以先大人卽世聞訃奔喪孟秋三日晚泊英德縣黃土坑風雨驟至斷纜覆舟余與兒輩中流遇救室人遂溘然長逝余

痛定增悲亟圖皇遽奔喪今更間關扶櫬人世之苦莫甚于此矣奈之何哉英之同宗我完諱裕者以耆德重于里黨憫其事而餽餉相救且矜其靈異合土人建祠于石船嶺分巡南韶憲副王公爲製碑記自嶺南歷江右歸白下所過達官良友多賜輓章余發乎哀情成悼亡詩二十首

悼亡　自序　二

集錄授梓以爲室人幽壤之榮弁述余窮途之哭云爾

癸未菊月淮南李盤小有氏題於章門舟次

悼亡　自序　三

悼亡目錄

悼亡目錄終

悼亡

淮南李盤小有著
南州愉建偉節閱

其一　余求升斗資養一官雞肋反不逮親存哭踊奔喪復有覆舟之阨室人繼逝間關修路百感中來轉憶大限分飛人所不免未有甫

同言笑遂隔塵冥如此之迅速者同溺而不同生不如共作波臣追隨煙水之爲快耳

嶺外菅麻泣路塵那堪一夕更傷神纔將岸火臨巾幘不禁風濤汨米薪訣別須臾無片語生存恍惚歎孤身青陵猶勝分飛影空抱驚魂向水濱

其二　余讀禮旋邁一切歸裝悉料理於室人擬效蓼莪靜寫哀怨不意變生俄頃室人淪喪倉皇痛悼雖罄管不能詳焉

欒欒擁櫂粵江行奇慘偏令薄命嬰痛哭蓼莪悲未歇倉黃井臼變俄生釆蘋自此無宗婦舉案從誰問主盟瀕死一身稱僅在屯邅道路不勝情

李小有詩紀　悼亡　二

其三　相夫佐讀三十餘年每次入闈百費所求每次下第備極愁歎今纔得一官罹茲禍阨反受官之累矣令余不就弓招相依屝下不反得終其天年乎

席帽頻攜赴棘圍年年指憶捷書飛榜前制泪余心苦閨裏凝眸汝願違三載懷溪隨薄宦一宵湞水逐靈妃（湞水有唐惠妃余氏祠）蚤知遠道殊生死悔不青山共掩屝

其四　事翁姑最孝翁臥病金陵雖五千里外猶親縫衣褥覓方物寄歸暮春聞訃同余涕泣欲絕又長女殀逝哭之心傷詎意哭翁哭女無幾竟相從于冥路乎

李小有詩紀　悼亡　三

孝養嘗懷續肯甘封題覓寄大江南殊鄉聞訃心脾絕長女摧年涕泪舍暫駐人間時未幾相從地下思何堪感余草土頻增泣愁恨綿綿孰與譚

其五　室人以弗獲視含爲痛迨及奔喪遄迴又復如此可勝哀惻

淺水驚看夜火睒鬼燐吹燄舞金蛇震風
橫捲千重浪潑雨狂噴萬斛沙鄭珮欲尋
行已失莊盆難鼓坐長嗟奔喪王婦翻輿
櫬漠漠泉臺憶素鬘

其六　篤愛諸子不殊所生飲食教
誨以慈母而兼嚴師令諸兒交啼
野水對泣靈床無非助余悲悼

繞膝羣兒賴母劬幼尋梨棗長披書當時
誨與先賢並終歲呼從外傳居露草啼痕
驚旦暮風枝哀響徹空虛嬰髫聚泣湞雲
澹忍見輕舟換素旗

其七　成禮之際諸子哀號達曙途
中𠀤遇奠祭哭泣棘人對此彌不
忍聞

淒淒雪涕灑歸途環顧諸兒腸幾刳我已
斬冠傷躃踊爾還桐杖慘哀呼一時父子
情俱惡兩輩嚴慈變各殊共抱終天千古
恨斷猿別鵠豈勝吁

其八　生平持誦經懺寒暑晝夜不
輟今受此阨當是定數難違然日
中頻悶連州初更取水沐浴浴竟

而後風作儻所謂一絲不挂委蛻
水濱乘清風而生天界者耶

性本端凝喜受持蓮花萬遍仗低眉今來
瘴霧蠻煙地莫避盲風怪雨時沐浴自能
知宿命輕安已得解塵維多君去住無留
意徒使凡心怨永離

其九　二女既歸而寡余入官時室

人攜之偕行朝經暮懺形影相依
一旦分張真堪酸鼻
有女含悽匍匐關然煢煢母氏遠相依天風
欻與吹愁至澤水偏教飲痛歸嶺路間關
魂斷絕江流浩渺魄紛飛從今誰護孤鸞
影繙佛堂前淚暗揮
其十　客途百無一備賴英德同宗
李小有詩紀　悼亡　六
我完一力營辦家藏良材已二百
餘年真所謂七閩八閩高門之櫸
也一切含殮俱就我完山庄成禮
而行高義真足千古
變生非事總含辛何幸同宗有俠人佳木
四番逢甲子奇緣一旦合庚寅（室人以庚寅生）倉
忙不廢棺衾禮疎遠還如服制親高義雲

天難與薄吳山身後嶺猶新
其十一　庚辰入粤室人向意曹溪
非邊瞻禮仰慕之誠未嘗暫輟歸
途满擬叅拜六祖真身遽罹斯變
余舟過水口悲慨難任已而思神
理無礙一真所感知必爲祖師哀
心攝受矣
李小有詩紀　悼亡　七
征途梵唄不曾忘望望曹溪趣意長爲我
一官成絷縛期君三載得趨翔誰知中道
風波起並與當年願力亡悟徹苦空歸夢
幻圓靈到處即西方
其十二　素性怡悅山水之官時自
采石三山而上經馬當大小孤望
匡廬度庾嶺凡所過即徘徊眷戀

同余來路不同余去路水綠山青
徒掩淚看耳
篷窻取次玩山光江路迢迢到粵鄉幾逐
拏音懷古翠最欣舟事徧深蒼依然峯嶺
尋常見是處煙嵐縹緲藏行盡歸程人不
共一番游覽一沾裳
其十三　最愛花鳥所居盆花滿砌

李小有詩紀　悼亡　八

在懷邑喜山丹花俗名紅繡毬又
喜紅錦綠蕉蕙蘭數種載之舟中
朝夕命人澆灌今人與花俱萎矣
孔雀一雙僅存其一猶必載之歸
今亦中道置之
焚誦渾疑在嘯霞（著中有嘯霞軒）池荷舊綠透空
紗疎籬靜罩單棲鳥小艇仝攜別種花紅

蕊蕭條零水際細毫憔悴落天涯依依撫
物今無主借別英城總歎嗟
其十四　余少年多病藥餌必親備
極勤苦予好遠遊八入長安再經
齊魯頻走吳越每出則切切丁寧
懸懸盼望直至既歸而後釋然予
性嗜酒嘗苦口規諫是日舟中猶

李小有詩紀　悼亡　九

以此相戒也今對酒不聞良言矣
居室將盈四十年思來事事起余憐精調
藥餌扶清弱勸獨游蹤慎往旋李白斷杯
狂未已劉伶斷酒誓空懸壺觴重引難成
醉在耳良規竟杳然
其十五　生平恩厚母家情文兼至
兄弟姊妹相好無間言又與聯姻

以敦永好聯閥三年遂成千古聞
此悲痛何如
心存王謝舊家庭恩洽連枝弟與兄媚婭
復聯期永好餽遺雖小見深情數年別思
馳嵐岫萬里歸魂到石城江上淒風迎雨
槳懸知旅櫬遠啼聲
其十六　入粵時夢二青衣擁蓋來

李小有詩紀　悼亡　十

迎覆舟之後家人累夕夢二婢隨
之乘雲來往石船嶺創建新祠以
昭靈異洵爲宿因然山川不改風
景依稀一去來而頓殊存歿隔幽
明余倍覺哀情難遣矣
來時笑語度英州今見傾橋對古丘祇謂
艱難經五嶺豈知存歿在三秋青衣夢裏

諸天近綠水祠前片石留吳越兩鄉靈不
隔秦淮舊宅好歸休
其十七　仲秋三日曉趨橫浦自念
靈櫬既聞連理復分悠悠蒼天何
獨令僤人罹此憾也回視諸子與
余同服不禁愀然
嶺嶠依然事總非撫今念昔夢魂飛白雲

李小有詩紀　悼亡　十一

歲晚驚沉影玉鏡秋初駭掩暉抱恨那堪
重助恨含啼不覺再增啼山容千疊分南
北父子相看帶淚歸
其十八　既度梅關風雨驟至山水
橫流聲活活聞念室人之變政前
月此日也更爲悲愴霑巾
迢遞傷心永日韜忽逢猛雨更飄搖迎風

汪瀉旋吹浪䟽四噴流駭散潮水上會凶
剛一月嶺頭數變恰三朝黏衣濕透何須
惜却憶從前恐未消
其十九　遇風之後兒女輩俱不敢
攖大小二孤之險念欲擕柩嘗山
面灘高水淺道路艱難親友共勸
分行此心實增於邑

生時同出死同歸到此翻憐與願違落膽
愁看兒女態溯流畏値石尤威扶擕欲透
千重險重灘難穿百折磯迴曲柔腸無限
慮獨將愁緒逐颿飛
其二十　分行同所不安若間關江
浙水陸幷營更復不忍因念生死
事判動靜理殊與其紆迴險道不
若直泝安流靈而有知當亦首肯
客路歸魂尚未安玉山更度倍含酸驅車
猶畏羊腸折扶櫬何堪熊耳盤纔說草坪
愁黯黯却談滸墅路漫漫順流東下舟如
駛寧忍崎嶇增永歎

傷心月

其一　癸未中秋舟次南康對月傷心偶成四絕爰附悼亡之後

絕頂松風擁玉輪，殘魂淒斷粵江濱。傷心今夜蕉溪月（蕉溪在江右南康縣），遍炤蓬窗少一人。

其二

乞得長生靈藥無，鮫珠墮盡魄難蘇。傷心

今夜桃溪月（桃溪在東粵英德縣），曾聽啼鵑帶血呼。

其三

榕樹陰中坐夕涼，懷陽兩度對清光。傷心今夜南溪月（南溪在西粵懷集縣），只有寒流引恨長。

其四

最愛高秋素影開，閒尊笑語不成眠。傷心今夜青溪月（青溪在金陵桃葉渡），環佩空歸泣斷絃。

悼亡女　女生而婉秀，自幼愛整潔，五歲即能誦往生真言，聞木魚聲則喜。未及笄而經梵俱通，別無嗜好，居然蒲團上人也。出室三年，無子而寡，孀居十七載，隨予之任，同其母衙齋焚誦，無一日輟。歸途同遭覆溺，絕而復甦，思母成疾，卒於章江。

素質生來不染塵，冰爲肌骨玉爲神。垂髫便喜聽經唄，及髻何嘗問米薪。端靜已同孤月相，潔清原是法華身。官齋客路皆如夢，遠逝天涯憶往因。

其二

三生石已定南州，到處歸神即首丘。方嘆萱摧正徂夏，豈知蕙折又深秋。懷魂不逐

朝雲散怨魄還隨暮雨留父子情深今已
矣章江淼淼恨難休

湞水歸神紀

顧夫人祠碑文

古今來神異事莫可方物至越踪五千里
外若有風因而前赴之川祇奉壽河宗相
禮容與逍遙而去非江妃含嚬而聯珍乃
奇相得道而宅神噫異矣哉小有李使君
宰粵西之懷集其善政未暇次第舉惟顧

夫人歸神一事甚奇歲在閼逢涒灘夏六
月小有聞太翁老年伯訃解任東奔匆戚
中夫人禮空王繙貝葉舟次昕夕弗輟也
迨放舟遄邏下尋數數詢所謂連州水口
小有心異弗之解届初三日而連州水口
至矣甫泊舟即呼滌體亟俄而神風陡作
火光炳江顧夫人一舟遂若犯陽侯波有

掔之者時方駭亂似聞衆從呵擁聲杳忽不知所往噫異矣哉是夜小有夢夫人翩步水湄循視砂攏雙鬟隨侍光容儀止如平生曰吾歸神此地矣及暁各舟屬俱以夢告率符合小有猶謂心憶所至類有爾者各舟若膠牽不能前因望空心許而舟尋款款進噫異矣哉夫人之生也其先大

滇水歸神紀　碑文　二

鴻臚顧公醒石頻有異徵根性頴慧甫逾笄即歸小有相府烜赫甲于海內而夫人清脩茹素繙書史植花竹獨不與綺靡作緣中歲益脩出世業逼徹內典了了夙因歸乎歸乎知之素矣然不至其地不言至地不及期不言即及期亦復不明言但若自爲送若自爲迎一旦乘扶搖之翰從汗

漫而遊駕雲螭騰丹鷟凌空而天行羽化而漢舉而始托乎夢以告仍不明言所繇來與所繇往仙耶神耶吾烏從而測耶英之人奇而謀建祠石船嶺下適余備兵東粤與小有爲髫年筆石交因爲董成顏其楹曰騎鯨化鶴後循行運鴎道上過謁祠覺神光頻頻榱桷几筵殊有生動意又徘

滇水歸神紀　碑文　三

徊嘆異者久之則夫人殆與湘娥洛神並濯靈馮夷海若間乎噫小有文章政事行

光

簡册而夫人先以英爽熠焉有搜奇者出羅軼事而輯諸乘史將玉鉉勳名以瑤臺神彩而益傳矣抑英之山水勝甲粤洸口之勝又甲英叠巘嵱嵷廻波沇瀁其谽谺庨

竆之狀望而識爲神仙都居相傳昔有二帝子得道一時雷奔電擊挾殿宇從庾嶺飛來迄今峽以飛來名志奇也今夫人復赴瑶池會于此並歸神安知石船嶺不復名歸神嶺乎英令金宜蓟先領其祠曰清虛天蓋因洞壑靈奇仙風縹緲適相期會又取義于李使君字遂以三十六洞天中

小有清虛天命之曰山不在高有仙則名人間洞府亦何定在吾又烏知歸神嶺非即道籙所載清虛天者是耶總不得而方物之也余以詳誌英令以約誌誌奇者正須詳約並傳焉爾

欽差分守嶺南兵備監軍道張明熙譔

燕合自序

予六入長安雖爲試事而鹿鳴之意淡不若嚶鳴之意濃凡四方奇人杰士無不襟帶收焉然終苦槐黃逼人未入棘闈忪忪攻苦一分得失各各言旋萍逢

之樂不敵星離之悵裹懷姝悒悒也癸酉秋鎩翮南還值家世臣弟爲宗祿受譴家君命予再入都門歸裝未解復整行裝一路計吏紛紜公車雜沓長安道上吐氣成雲揮汗成雨家世臣

怵於功令兀坐旅邸閒置如三日新婦予以一間人擁黑㡜貂終日與新知故交放歌倒載以爲樂暖入梅簷歡騰花市詩壇茗社棋局酒籌舞衫歌扇盍簪之暢無如此日者甚有數十年

濶別之良朋渺若邛沙而相逢若夢又有川坻迥隔聲氣膠聯飲食鐘鼓之願中心藏之欲一識紫芝而末繇者忽爾班荊氷雪相看風雲托契自謂有生來大快意事千里劍光一朝雲合

燕山其延津乎春仲南轅遄發回首魂銷車中從離憶合一一口占題曰燕合

淮南李盤小有氏題

燕合

淮南李　盤小有著

景陵譚元春友夏閱

重聚　癸酉菊月四日、於萬福寺、東裝南還、諸友留連不恐別、抵家不十日、復入長安、仍於此寺解裝、時仲冬四日也、諸友、重來、恍疑夢、境

蕭寺重逢喜復驚○纔○歌○折○柳○又○班○荊○嗟○君○幾○月○相○思○夢○誤○向○三○山○二○水○行○

誤字着夢上說極眞切又極輕幻

放生　石鐙菴每月初八日、舉放生會、自馮具區陶石簣兩先生舉行、迄今不絕、是日積雪方晴、諸友畢集、

六○花○銷○盡○舞○曇○花○鳥○意○魚○情○總○法○華○願○把○生○機○回○末○劫○一○天○霽○色○萬○人○家○

數景述情生機滿目

喜見　家世臣弟爲宗祿被詰、恐有不測之譴、予是以星馳而來、握手欷歔、悲喜交集、別已二年矣、

燕臺驚聚淚闌珊○秦○樹○吳○雲○夢○亦○難○不○是○

天○邊○風○雨○急○鴈○行○那○得○影○團○圓○

秦樹吳雲風雨鴈行想見悲喜交集之容

除夕　庚午分歲濟南、迄今六年、踪跡參差、欲一共椒觴而不能也、不意長安得同茲夕○擁爐夜分○念膝下無人○竟夜不寐○

不共屠蘇已六年○今宵喜得擁爐邊○高○堂○

此際燒松罷游子關心應未眠
對弟思親眞情至理

元旦 世臣弟五更入朝予擁衾仰臥拊枕徬徨神已馳於龍鱗雉尾間矣

千官拜舞綵雲間留得孤身獨臥閒莫道玉皇香案遠上林高樹豈難攀
留得孤身獨臥閒七字字字凄斷含蓄

李小有詩紀 燕合 三

醉松 鄭超宗寓報國寺寺有二松予同世臣弟張爾唯攜尊造訪共醉松下超宗工畫許爲我圖此二松

維揚高士鄭超宗不伴公車只伴松我亦攜尊同一醉好將醉筆點虬龍
詩情畫意酒味松聲蒼蒼浩浩合爲一致

尋花 人日同張爾唯方季增湯景雲覓姬不得飲樂聖館而歸

人日行歌問麗人踏翻花徑欲生塵好花盡向矦門去剩有鄰家玉露春
高人胸中無所不可說來自不敗興

立春後一日集張爾唯齋中

李小有詩紀 燕合 四

東風昨日過庭廡酒種詩芽兩欲蘇何處探春春滿座詞鋒並鬪紫珊瑚
繁媚極矣仍不掩豪宕本色

燈樓一集 初十日孫仲仙施聖初馮逢之殷義卿張雲伯陳王汝鄭超宗張爾唯家維曼兄張蔡二姬共集是日狂飇初定明月橫空二

姬皆豪於飲、忽忽散去、獨立天街、
悵然如失
酒照文心月照肴、麗華旖旎向人敲。無端
燈火隨風散、管領清光欲付誰
感慨中有超悟

燈樓二集　十一日、譚友夏、陳木叔、
章爰發、萬年少、韓雨公、李端木、程

大來、馬漢卿、鄭超宗、家維曼兄、二
蔡姬共集、是日高譚雅謔、雄飲放
歌、人稱爲燈市第一樓
酣雲叫月意偏幽、座上何人第二流。更有
飛花來點席、六街千古一燈樓
人地如斯、金谷蘭亭不得專美

冉園　十三日、冉都尉招飲東園、有

張、李二姬、夜分踏月返寓、
客身似鶴更如僧、畫燭光中醉不勝。無那
主人情意重、留連京月下蘿藤
客身二句寫醉態入神

燈樓三集　十四日、周燦甫、吳淵如、
葉行可、程大來、陳鳴遷飲南樓、解
羅浮、又招同楊繩卿、許綠蘿、張子

入成石生、魏吾從、劉愚公、家維曼
兄、飲北樓
忘却披霜一黑貂、歌叢彦會任招摇。相逢
多有揚州客、夢冷烟花廿四橋
讙呼燕市、懷想揚州、更多情況

燈樓四集　十五日、董對之、程犬來、
招同山東諸孝廉、飲東樓、米子京、

招同譚友夏、陳臥子、俞彦直、馮公
輸、馮安世、彭燕又、飲西樓、
劍合天涯斗氣紅燕齊吳楚一燈同十年
鎔怪延津遠只在星橋火樹中
得朋之樂於宴衎中見之較富兒
擲輩不啻雲壤
燈樓五集　十六日、丁叔潛、王予安、
沈素先、韓雨公、錢彦林、陸叔度、沈

李小有詩紀　燕台　七

鄰秋、馬艮甫、共集、
山海高深臭味芬坐沉紅燭氣如雲醉來
耿耿分明處冰雪肝腸鐘鼎文
朋好文心愈多愈妙王五集尚覺
餘與不窮
遇舊　閩中陳德宗、予三世通家、未
一識面、於吳諳人太史座間遇之、
華燈清讌喜相邀轉以新知得故交三十

年來桑海換萍逢何意共醇醪
新知故交情事更別
天壇　洪載之下帷天壇、策蹇訪之、
譚文竟日、
水花古洞隱珠簾開闢玄黃在筆尖搔首
問天知不遠驚人佳句幾牙籤
想見幽靜

李小有詩紀　燕台　八

重過冉園　廿七日、徐赤城招同家
維曼兄飲冉都尉東園、仍是張李
二姬也、
東園重醉破苔痕不到燈深酒不尊兩兩
花枝猶似昨新開笑靨更銷魂
句句是重過工部何氏園　彼以多
此以少不難於多難於少
吳侯園　三十日吳侯國華招集吳

侯嗜古工詩更精花鳥居然文人
風度、
酒○當○勝○地○未○能○醒○玉○屑○霏○霏○不○暫○停○鄰○架○
圖○書○道○子○筆○知○君○薄○視○五○侯○鯖○
侯家出俗爲難吳侯文雅非此詩
不傳
餞友　顏茂初之艮鄉、廿九日出都、
同張爾唯餞別報國寺松下、爾唯

李小有詩紀　燕合　九

圖一箑爲贈、
高○松○發○響○代○歌○驪○把○酒○休○嗟○枳○棘○樓○團○扇○
寫○來○聲○謖○謖○清○風○兩○袖○入○花○蹊○
送別詩安得如此高脫覺陽關猶
帶俗韻
譚兵　偕董對之、訪鄧九子、徐師俞、
同過黑吾從大將軍譚邊事、鏖
時吾從爲敵兵所獲、間道逃歸、

兵○甲○胸○羅○十○萬○餘○挽○河○直○欲○到○狼○胥○飛○將○
軍○巳○從○天○下○海○上○無○勞○雁○足○書○
欣慨交心壯采溢目
夜話　仲春二日、邀溫與亨、趙杓卿、
馬稚遥、陳德案、金伯兼、張爾唯、飲
陸叔度齋頭、清譚徹夜、
清○言○玄○箸○響○高○齋○不○掛○纖○塵○日○月○懷○相○對○

李小有詩紀　燕合　十

莫○嘶○雲○路○晚○文○衰○欲○起○在○吾○儕○
期許不輕
度曲　李文姬者、揚州女子、能歌能
畵、有跌宕之致、包漢冲、邀同張敷
五、馬爾中、小集聽曲、梁塵拂拂欲
飛矣、
花○生○繡○腕○蝶○窺○寒○吹○氣○如○蘭○別○有○腔○唱○到○

竹西聲欲咽妾家舊住古邗江

從度曲映合揚州情緒無那

嘉讌　十三日田康宇戚畹招同解

羅浮吳鹿友孫魯山世臣弟飲歌

者多長安名妓雖在歡場不勝愁

歎甚爲憐之

金玉板紫霞觴燈在華筵花在房想到

李小有詩紀　燕合　十一

歌寒人散後霜衾幾隊夢魂凉

名妓多不依意此詠悽婉能見其

微

大善菴　陳伯玉玉汝寓大善菴叩

訪弗値惟落紅啼碧而已

伊唔不改舊青衫德聚星占太史緘今日

披帷人間若松花亂落鳥爭啣

景況如畫中

別友　與譚友夏別十年矣長安把

臂驩甚忽忽分襟賦此爲別

十年天漢定心盟德是吾師齒是兄此夕

鴿花同一醉相思日日暮雲生

微俊流逸

氷山　長安多以松枝揉爲山形寒

夜用水澆之凍結成山至春和漸

李小有詩紀　燕合　十二

漸銷融子觀之有感

原無石骨與氷魂附草依枝並至尊試問

巖巖常在否幾人錯悔送寒温

達觀嘆世與罵吻不同

聽琴　十四日張爾唯燈下對酌話

別漏三下矣月靜風寒命婢子彈

數曲至湘江夜雨相顧凄然而罷

借得君家綠綺琴。此中原自有琴心。那堪惜別深深夜。彈出湘江涕掩襟。

婁絕難任

辭琴　借爾唯如君一琴、娌子彈之兩月、頗覺絃手相調。今將返之。鳴咽之聲。出於指下。似不忍別者。亦如予之與爾唯別也。

十指辭絃恨不窮。綠桐亦苦去匆匆。試聽落雁淒凉調。半在絃中半指中。

說得絃指有情人何以堪

惜別　十六日出都、大雪漫漫、爾唯五更自東來、並轡、訪吳巒稚弗值、遂判袂去、雪花撲面、哽咽不能作一語、

五更風雪凍光催。爲惜離羣敵冷來。舞絮滿空班馬疾。期君遄發玉山隈。

其二

十四年中五合離。今朝驢背重淒漫漫。岐路相看處。片語千秋想欲癡。

唐人道別每及風雨此以雪別淒其更倍

雪訪吳巒稚、予二十年故交也。以

遲暮登賢書大使讀書人有自信之路矣。冒雪叩訪。留此代面。

十上升沉心事違。因君壯志復翩飛。到門不淺山陰與。片片寒花護板扉。

氣味似謫仙渾蓄過之

燕離自序

余嘗有詩以快燕合復有詩以惜燕離何人無合離何地無合離乃獨惓惓于燕合燕離盖千里之鑯劒會萍逢接塵聚首合

莫多于燕五方之衆星分霧散祖道岐亭離亦莫多于燕然合以旬朔不勝離以歲年合之佳娛不勝離之凄斷則燕離之思愈深燕離之調倍苦或風暖艸

薰辭芳菲于帝里或煩蒸溽暑雜塵土於征車或木落天高拂凉颸于古道或水氷地坼醒別酒於寒更其時異也或分符受命顧艸木于王程或去國懷鄉

指關山于客路或嵩心蘭味懷索處于驪歌或共本連枝綴分攜于鴿鼡其人異也或留滯京華送將歸于兩地或綢繆風雨悵獨往于殊途或久束青衫逐

囬翔於退鷁或新賡壘綴隨遷逝於飛鳧其情異也雖文通善賦豈能舒此無限之離思究此多端之别理哉況余八上燕京嘆數奇而嗟遇嗇悲歌慷慨之

意須臾不釋於胸中益以離愁誰能遣此燕市荒涼燕臺寂莫燕山黛色燕水寒流燕月孤明燕雲慘結迄於今時移事往脉脉離思猶若縈繞於其際也

淮南李盤小有氏題

燕離目錄

出都謝衞戚晥　別家弟森甫

涿州別沈幼文　高碑店夜雨

家世臣弟奉使衡陽潞河賦別二首

又有感口占　別家世臣弟

別張爾唯

出都賦得心折此時無一寸五首

李小有詩紀　燕離目錄　一

重九津門二首　寄長安友二首

別留社諸友　懷歸

決歸　送吳儉育侍御

送朱星矦令翁源

送唐聖俞別駕　丙子除夕

丁丑元旦

賦得歸鴻欲度千門雪

送王芳洲代巡　送王岕菴太守

送李遂臣榷關　送李郁林按楚

再別留社諸友　送蔡廸之

送姚永言都諫　庚辰謁選二首

送張舟虛給諫

燕離目錄終

李小有詩紀　燕離目錄　二

燕離

淮南李　盤小有著

甬東祁豸佳止祥評

甲子出都謝別衛戚晥　衛喜釀酒而好客尤好文墨士酒共百種味之香冽色之清瑩非人間糟糵其園亭幽寂絕不似許史家風予就

飲竟日覺眼耳鼻舌俱墮麴生玄中共嘗十餘品止記有佛手飲飛仙露廣寒漿至今喉肺間猶拂拂青蓮花氣也

莫訝朱門過客慾侯家風物比江南尊開北海看投轄香滿西園喜墮簪仙吻流津皆雨露天心舒腕卯瞿曇只愁人醉嫦娥醒未許瓊漿浛俗醑

矜嘆名酒已入上頓

別家弟森甫時森甫遭家難出亡

風雨鴒原急未紓天涯驚別黯愁予興來且醉朱家酒金盡還翻季子書集蓼可憐依北地佩韋猶喜得南車雙魚芳訊知非遠洺水梅花二月初

幽燕之韻出于婉篤

涿州別沈幼文予取道開封北歸

歧路牽人歸路賒梁園煙水隔天涯故鄉更在天涯外且問梁園莫問家

與鄭谷瀟湘曲同一佳致

高碑店夜雨

十四樓頭輕別客二千里外欲歸人那堪

旅館經宵雨一枕清秋伴此身

客邑夜雨秋思淒然

丁卯入都値家世臣弟泰使衡陽維舟潞河賦此爲别

天涯纔握手河畔便分襟十載升沉事孤蓬聚散心行雲酣楚夢凉雨動吳吟去去衡陽郡知伊雁思深

其二

相逢卽折柳岐路不勝情作客憐予冷從王羡爾榮皇華輝錦瑟綵纜颺銀箏好去湘江上清歌醉月明

句中言表俱見季至情不可移易一字

又有感口占

載去西施過楚宮湘花湘水接天紅此行莫道風波險已出風波急湍中

湘花句絕似太白

别世臣弟兼懷仲弟少文渡錢塘適閩

雁書詎不到衡陽偏向衡陽憶雁行仲也輕騎纔過越叔兮彩鷁復遊襄獨留燕客看花晚賸有鄉心對酒狂一種池塘春艸

夢半飛閩嶠半瀟湘

清才快筆能暢其胸懷

癸酉别張爾唯

爾唯辛酉與余定交每入都卽下榻焉一番快聚必有一番慘别此番尤覺黯澹送予萬福寺留連五日分手淒然

三匝憑君借一枝春蘿秋桂許追隨疎襟

似水消人各妙筆如椽媿我遲小院倚紅
蠟盡後空山浮白月來時歡悰忽忽燕巢
隔霄漢心期各自知
勝想離思妍婉備妙
同王元倬出都賦得心折此時無一
寸
心折此時無一寸匪鳶匪鮪天淵邈培塿
李小有詩紀　燕離　五
畢律泰華低汗潦澄清爽泉涸君不見呂
尚父垂釣擔漿渭水翁後車嘽嘽載非熊
桑榆夕秀千秋烈桃李朝榮一夜風
共二
心折此時無一寸風尖月黑吞聲悶碔砆
萬鎰夜光埋鉛刀一割青萍鈍君不見韓
淮陰漂母磯頭胯下過雲揚風起動山河

高桐泣爨鐘期少血汗驍莊伯樂多
共三
心折此時無一寸山青水綠歌長恨陽春
寂寂下里廣飛鴉泄泄神鷹困君不見王
父偃公孫弘歷說不入策不投倏開東閣
食諸侯若耶此日空顰笑響躞他年媚冕
旒
李小有詩紀　燕離　六
共四
心折此時無一寸春華秋實憑誰論綺紈
曜日冰蠶溼粉黛承恩蛾眉褪君不見蘇
季子面黑形枯返洛陽足流赤血肘懸黃
鹽車不服非良驥剪拂高鳴上太行
共五
心折此時無一寸驚黿危鬼肝腸恩芷蘭

憔悴艾叔榮樗櫟堅貞松櫃嫩君不見范老子斷虀劃粥白山隈胸中百萬迅風雷農家以雪占豐歲雪不嚴寒春不回

感慨淋漓五詩中該有莊騷全帙之理下視荆卿漸離輩猶未免粗雄

別

重九舟次津門同唐聖俞王元倬賦

千里浮雲一劍歸他鄉佳節與心違儒冠多誤隨風落送酒何人獨淚揮碎月砧聲連遠墅牽秋鴈影過寒磯此時若有東籬菊也勝看花向紫微

其二

佳人歌笑擁河流蕭瑟那禁楚客愁得失千年憑一醉乾坤七尺傲三秋霜侵丹葉

鄉心迫雲老黃花病骨道冷落萸房寧忍看幾人戲馬在皇州

重九賦別從無佳句二詩愈悲愈壯舊事皆化爲新奇

甲戌歸途寄懷長安得儁諸友

宵征日日見朝霞知爾文章燦五花苹鹿已驚新姓字花驄不踏舊泥沙黃金臺上珠爲斗白玉臚前翠作珈獨有長途歸路

客蕭蕭旅舘聽琵琶

其二

波光百道送新晴遙想驊騮遍玉京終買少年鞭早着幽燕老將劍初明錦標奪得千人見壘彩傳來萬里驚此日風流誇浩蕩寒氊應念坐孤檠

以下第情緒摹登第景況李廓暖風張樂席晴日看花塵二句似之

丙子别留社諸友

萍逢蘭合獨憐余，湮盡歌終割袂初。柳眼稔窺游子面，鷗聲頻咽故人居。舟辭易水難酣節，鴈過鍾山好寄書。囑語同時操賦者，莫教楊意薦相如。

清部儁令文通别賦不若此工于言情

懷歸

梁父高吟肯暗投，廿年牛馬悞山游。譚經惟我尊劉向，灌酒何人識馬周。世態古今皆有恨，君恩忠孝總難酬。故園歸去春方滿，且向滄江理釣鉤。

亦慷慨亦和平

決歸仍用前韻

十刺朱門九不投，緼袍幾度識燕遊。蛱飛直已排閶闔，蝸戰須教撼不周。酒力祇緣朝市減，詩情應待壑峰酬。憑君為理磻溪業，直釣經營不費鉤。

此詩復妙于直舒寫痛快然與怒罵自殊

送吳儉育侍御出圍扉南歸

功高全凋動蒼冥，披拂皇仁叱棘鈴。夢裏紅塵嗟獨醒，懷中丹悃發孤馨。烽煙歷歷啼關月，砧杵寥寥度客星。此去未應悲寂莫，孤忠早已叶幽冥。

昔人送唐子方詩似少含蓄此則渾乎風人敦厚之旨矣

送朱星侯令翁源

論文燕市共嚶鳴，忽忽分襟别思縈。乞米典衣憐我任，脂車搖珮羨君行。翁山曉色迎鳧影，嶺樹秋聲逐鴈程。為問故人沱水

上南徐鴻鵠可關情
清鮮可咏

送唐聖俞別駕潮州

西京彩筆重瓌姿南粵題輿蹔駐帷共有
壯心燕月炤獨餘別思嶺雲知名游好續
登瀛會新政先傳諭鱷詞更喜鴛鴦初入
夢鳳凰山下慰相思 潮有鳳凰山中多相思樹

李小有詩絶 燕攜 十一

壯心燕月別思嶺雲妙矣炤字知字尤妙

丙子除夕時予將南歸

梅花欹凍暗銷香椒栢何須特地忙今夜
雖然悲臘盡明朝猶未到春陽 次年正月立春 牽
人夢想歸南國送歲氷霜倦北方莫道旅
縈無好况侯家歌管亦深藏 時嚴禁宴會
旅節寒燈之咏無此慘切

丁丑元旦

客計飄搖似轉蓬誰憐歲始卽愁中山緣
雪蚤深凝白樹爲春遲淺逗紅道向卷懷
偏得富途從歸問便稱窮居蘇痛飲難澆
恨自古掄材欠至公
直欲搔首問天矣

賦得歸鴻欲度千門雪

李小有詩絶 燕攜 十二

避向羅浮影漸違參差何事逐霏霏空天
響徹遲銀漏薄暮羣愁失翠微曾泊渚宮
疑月炤却從玉殿帶春歸上林不淺鶯花
候暖意先窺柳絮飛
麗藻直逼駱丞而游翔盡致

送王芳洲代巡甘肅

長安驄馬爲君歌攬轡今看紫塞過萬里

嚴程驅使節，三春暖意動關河。補還龍衮嘗焚艸，圖上金城會止戈。問道酒泉寒未解，霜威知傍繡衣多。

端凝警練

送王介庵太守之襄陽

帝里鶯花欲晚春，王尊叱馭政茲辰。朱旛峴首歌來萊，彩袖梁園慰老親。文酒北留李小有，詩紀燕離交誼洽。江湖南望別愁新，雲霄倘念烟蘿客，好擲雙魚桃葉津。

吉

真素不浮，右丞一派

送李遂臣民部督権蕪關

爭誇使節出風烟，仙吏剛臨采石邊。白浪捲花吳苑接，青山飛雨楚雲連。持籌自是軍儲急，拄笏還應酒政偏。早晚江天如倚棹，鳩茲爲覓孝廉船。

風情張月

送李郁林侍御按楚

曾同研席幾經秋，雲路君今志獨酬。執簡盡知驄馬使，驅車先上岳陽樓。雷霆一爲連章霽，江漢重教擊節收。遙想澄清夙游處，甘棠猶播舊歌謳。郁林先司李黄州

李小有詩紀燕離

吉

平澹渾樸，極絢爛琱琢者不能踰之

再別留社諸友

久促歸心逐野鷗，殷勤仍爲玉敦留。黄金色死臺空蘚，赤電名高市畫驕。別夢何宵迷遠道，分題有句入離憂。爲君先闢烟霞路，肯把溪山讓隱侯。

寓感慨于恬夷，覺感慨之意更深

巳卯送蔡廸之就試南雍時予亦南返

客中文宴數經過同出春明柰别何舊好祗應憐白首新愁那與醉紅螺山畓建業朝添爽水渡桑乾夜起波爲報石城歸夢切重逢知未隔雲蘿

韻味清深傳以巧儁

姚永言都諫以言事謫歸詩以送之

三輔烽烟未息兵直臣忽作逐臣行連章欲撥浮雲翳一疏誰云落葉輕春到廣陵旋叱馭天高彭蠡憶登城知君多少江湖思回首還愁去國名

昔人云詩有别才非關理也余謂理深則才妙如回首還愁去國名此理語也自勝才語萬倍

庚辰謁選出都有感

塵埃那復辨龍蛇失路翻驚心計差衣錦緑慳羞製錦筆花夢斷學栽花乘繻詎有纓堪請懷刺空勞鼓自撾三十年來頭角在一朝頫首便泥沙

其二

俗狀塵容骨亦酸聽呼名字淚闌珊養親思乞陶潜米報主先彈貢禹冠豈是蒲輪光艸澤且將銅墨謝泥蟠賤身只合青山老何用弓旌滯一官

曲終留怨字外含辛非深知先生之才與先生之遇者不識其悽苦

送張舟虚給諫

補袞從來藉直臣陽城豈合遠楓宸況逢幾輔多艱漸至青齊血化燐邦予共盟

中夏日江黄告急晉師辰難客帝賚歸江
表應有翻然内召頻

香山憶自序

天下有當境不知境過則歷歷在前對景不知景違則耿耿在念者予之於香山是也方其在山非不知在山樂也而不知出山之苦夫不知出山之苦卽不

知在山之樂也迨出山而始知出山之苦乃悔在山而不知在山之樂也如美人別後相思更甚於見時纏綣思之思之目斷雲林夢回松壑能無翹首顒然乎予入山五月已歷三時送春

銷夏避暑驚秋何日不在山光翠靄中何日不在文心沉鷲中樹底花邊猶想見筆華狠藉而作此寂寂幾欲起祖龍於地下燒來青焚環翠掃碧雲火洪光碎玉華燬慈感沸泉流討香山之靈而問之矣憶之也憾之也

淮南李盤小有氏題

香山憶目錄

目錄終

香山憶三十韻

淮南李　盤小有著原名長科

會稽張學曾爾唯閱

至長安初入香山

帝城西去氣蘢葱千嶂連天逼望中雲斷忽疑
山欲盡泉香尤喜澗能通陰陰翠靄迷遊展片
片青嵐落梵宮猶憶巾車纔入谷迎人斜杏一
枝紅

來青軒　肅皇帝嘗幸香山顧侍臣曰玆
山獨有翠色　神宗再幸題以來青復
有欝秀清雅望都亭三扁皆御墨也筆
勢飛挺來青爲最

先朝龍馭駐山亭飛白廻環翰墨靈雨地嵩恒
依獨翠九天閶闔送來青瑤光東起看初日斗
氣南占憶聚星一自御街開玉輦紅雲飄忽幾
曾停

春暮

春山甫入復春歸尚喜殘春點翠微春戀山光
幽澗暖山饒春色暗香飛秖因塵靜風偏好不
待紅稀綠自肥林樾不禁寒悄悄尋芳重著木
棉衣

喜家兄維周至　兄曾夢一人歌云畫堂
簫鼓鳴春野太和元氣依然

鴈行誰與慰牢騷一夕相逢醉濁醪京國屢曾

同獻賦禪關今喜對揮毫枝連葭玉誇雙璧澤
並龍蛇愧二豪春野夢醒春樹暖郊祁可許共
宮袍

寓慈感菴　菴在寺之外山之左諸峰擁
抱林木蓊然泉泠泠環繞堦前

山房逈出給孤群門對蒼松座對雲迢遞芳泉
香獨領蜿蜒靈岫勢中分四窓霞綺迎朝旭雙
塔風鈴控夕曛棣鄂移來倡和好花陰處處醉

論文

永安祠前舞女

登伽神女下山逢，妙舞婆娑嫣若龍。花帶千嬌開笑靨，風迴百轉護惑容。青蓮瓣印塵偏軟，秋水波橫鬢欲鬆。夢入巫陽雲冉冉，曾來十二最高峯。

香山游女

銀紅衫子漾清谿，舞袖翩翩向佛低。玉手掛花

嘗玉茗，雲鬟顧影過雲梯。來如出洛驚鴻見，去欲迴波獨鳥啼。竚立斜陽環珮杳，尋踪只嫦趄廊西。（雨廊依山勢斜倚而上曰想廊）

同家兄維周坐松下望友人徐赤城、盧鄰虛、張爾唯竟日不至

赤城霞起出京塵，好我欣同盧照鄰。翩合張華瞻碧落，詩分李白愧清新。不須放鶴迎嘉客，只合題松代美人。入座凝雲如有約，飛花啼鳥共遨巡。

浴佛日集來青軒

一溪涼雨淨塵埃，遊女爭看浴佛來。楊柳衙西朝蠟屐，芙蓉天半夜傳盃。歌因激楚當風遠，月爲高酣擬霧開。何事淋漓衫袖濕，起瞻銀漢自徘徊。

碧雲寺　香山折而左爲碧雲寺，林巒丘壑不遠香山，惟泉較甘冽。近復改搆，繪

畫雕鏤，絕無蕭疎之致。後有藏經閣，彷宮中規制，翠檻朱樓，以之列十二金釵則可，以之藏諸天梵唄則不可也。如浣紗西子傳粉塗脂，被以錦繡，顧不置之吳宮而置之若耶，不韻甚矣。

朱欄繡幌映層霄，祇可粧成貯阿嬌。不放山光來佛地，更無松梵到僧寮。烟霞銷盡餘烟火，石壁雕殘儘石橋。挨竹香廚泉繞屋，一泓沁骨自

蕭蕭

同家兄維周日課

論文敢道二難兼，絕代風流讓子瞻。疑處寘抛
如獨繭，妙來起舞自掀髯。紙餘寸錢裁文綺，敢
有千軍抗筆尖。吮盡石蓮忘漏永，半峰殘月下
疎簾。

崇聖堂　予所居堂中設宣聖杏壇圖，從
來佛地無供奉儒宗者，張爾唯贈予聯

云「孔李通家，金粟如來爲弟子」，予對云
「燕吳異地，孤雲獨去是鄉山」，俱青蓮語

衹栫喜見聖人居，枳法松禪一架書。金粟如來
歸教鐸，孤雲獨去結吾廬。捲簾綠草紛三秀，當
戶青山曠六虛。幾度吾伊心欲嘔，不知饑鳥下
庭除。

環翠樓　神宗所題也，前後多中貴墓門

來青蓋道宸箋好，環翠誰將御墨稱。地借北邙

分竹石，檐開西嶺接蘿藤。臨風有賦悲橫槊，醉
月何人與獨凭。山鬼亦知游卜夜，青燐遥映讀
書燈。

慈感松　崇聖堂側有長松數十株，予暇
則披襟散步其下，高響疎陰，彷彿京口
呂園聽松處

每聞謖謖意徜徉，樹樹龍虬結上方。勁節未膺
天子爵，清陰先覆聖人堂。凉生古幹沾衣翠，雨

散新花到酒黃。萬壑風濤江上景，頻年多爲聽
松忙。

聚仙亭　庵後最幽邃處，一亭翼然，四圍
杉栢，傳聞前人煉丹於此

已驚儒佛共爲庵，更有仙家鼎足三。木蔭千章
烟月洞，石欄幾尺水雲潭。時披超著玄中賞，閒
取幽期物外探。獨愛空林孤往處，黃鸝聽老付
雙柑。

坐香山得遠訊

客心夜夜過邗江，青鳥傳箋下曉窗。欲語柔情廻錦字，無言別緒黯銀釭。應知書去魂俱去，料得愁降恨未降。夢裡玉簫吹不足，依稀猶帶舊時腔。

來青軒雷雨

爲霖詎欲借風霆，恍送驪龍上玉階。敲野數重雲壘壘，懸崖千尺水湝湝。響傳鏜鎝皆成梵，石破東南擬問媧。一片飛霞隨晚霽，手披薜荔試芒鞋。

媚獨齋詩集　香山憶　七

五日弄泉

高山流水向誰論，雪獻驚看捲浪痕。影向松間枝倒映，聲來花裏韻吹寘。九天咳唾從空落，一綫硃璣入手温。共向菖蒲石上坐，餐香漱玉到黃昏。

無量殿銷夏

山空樹冷暑全無，坐遍高臺松十株。河朔飲傾西域酒，羲皇人繪北風圖。火雲濯魄沉冰壑，華月生涼浸玉壺。漫憶家園銷夏處，青溪蓮葉隱茭菰。

洪光寺　寺踞香山絕頂，俯視皇州，別一天地，游人到此者稀。路有九折，每折皆松陰遮映，如畫中行。寺内龍爪槐二樹，枝條下垂，居然兩室。

媚獨齋詩集　香山憶　八

危巒九折路漫漫，盡道山中六月寒。松作長廊廻曲磴，槐成精舍擁蒲團。人飯古佛鬚眉碧，僧卧禪房鳥雀懽。芒屩曉行衝霧出，迷離身在五雲端。

玉華寺　予初度，家兄維岡邀遊玉華，過香山北澗二里，於亂山峰巒中得之。寺雖荒落，有高閣三楹，又出洪光之上。

香山北去聽潺湲，蘿薜蒙茸古寺懸。絕巘孤藏

奇石裏高榼四厰亂雲邊僧嫌客破清虚境鳥
喜人來縹緲巔兄弟相將憐老大如來前面紀
添年

沵憇亭　從玉華返至香山殿又披榛捫
石而上得沵憇亭亭小而險下望香山
梵宇如凡界焉

一亭斗大峙巉嵒天半孤懸怪石嵌高檻仰穿
青冥域危椽巧逗白雲緘御風仙子驚呼杖飛

鳥元君倦倚杉最喜夕陽餘倒景嵐光拂拂上
輕衫

家兄維周出山

香臺夙契喜先酬兄別香臺我獨留夢草不靈
花失艷倚松無伴鶴生愁流泉繞舍誰同賞明
月窺床肯獨收未擬重來看對壁千峯一徑任
悠悠

香山驚秋

冷冷飛瀑響千岑昨夜新凉薦短衾入戶漸驚
風淅瀝循簷忽訝樹蕭森排空有雁鄉書遠戀
杵無衣客思深坐聽薛墻蛩語急籌燈呼酒一
沾襟

臥佛寺　卽唐之兜率宮也殿前娑羅樹
二株大十數圍癭懸如斗不知植自何
年而蔽日籠雲可忘白晝

廣寒飛下藎仙枝正值金光佛臥時磊骨千尋

移月窟新凉十畝散霜墀陰籠殿寢何年曉渡
盡津梁未苦疲踞石披襟忘坐久恍然身世一
琉璃

同張爾唯來青軒晚集步呂大參韻

山容樹色晚來嘉仙梵疎鐘翠靄遮遠澗輕虹
啣夕照橫空一雁背孤霞清音入座疑敲竹雄
辯驚筵欲雨花愁絕中宵歸路暝西風瑟瑟亂
飛沙

別香山　予山居自春徂秋鼓蘇鐘晨風
燈雨屐何日不在翠微中桂子槐花忽
忽迫人去矣辭山別韱黯然魂銷
春風秋月碧山阿可奈槐黄恨別多何處虚巖
無屧印但逢古樹有离歌離情此夕牽魚鳥清
夢明朝掛薜蘿行出香林重駐馬蒼苔白石幾
延俄

香山主僧楚山過訪

僧來知有移文至松問前期桂問盟人去懸琴
無鳥聽秋深落葉有猿驚慚予泉石三生淺羡
爾烟霞兩袖清記得禪房深夜坐摩娑夢眼一
枝擎

出都回望香山

虎溪一過冷花關舉目香山是舊山野鶴難留
逋客去草堂應望故人還筆搖罨舞長松畔酒
蹕歌浮碧水灣雲渡石梁愁黯黯楓林幾點淚
痕班

汴州夢自序

前夢者，夢故園濶別人也。後夢者，夢天涯聚合人也。汴州夢者，因汴州而後有夢也。予仲春北游，取道大梁。季秋南還，頓轡大梁。前後可十日，如檻猿籠鳥，腸結千迴，腹輪萬轉，終日昏昏，惟與夢中人杼柚耳。故曰汴州夢也。北游於汴，則夢馳而南；南還於汴，則夢馳而北；未嘗夢汴州也。夫自汴而北，宜南望憶汴矣；自汴而南，宜北望憶汴矣。而終

不入夢者，夢緣想結，想逐夢生。故曰汴州夢，非夢汴州也。夢南夢北，夢有二乎哉？南之夢雖多客況，翻起壯心，故其夢飛揚；北之夢雖動歸思，莫寬孤憤，故其夢鬱纍。前之所夢，濶別人也，而聚合有期，靜言皆樂，故其夢景多而情少；後之所夢，聚合人也，而濶別伊始，觸緒成悲，故其夢景是而情非。嗟乎！白日易以暮，滄波未可期，人生皆夢耳。春風桃李，夏之夢也；秋雨梧桐，冬之

夢也少之竹馬壯之夢也壯之豪華意氣恩愛因緣升沉得喪老之夢也客來之言笑晤歌追歡趂劇客去之夢也舉目之江山烟月花柳池臺閉目之夢也嗟乎蕉鹿紛爭衆魚躑躅有能知當前是夢者豈必待槐國官休黃粱飰熟哉吾且與之過汴州而尋夢焉

淮南李盤小有氏題

汴州夢目錄

終

汴州夢三十韻

淮南李　盤小有著 原名長科
鹿城顧咸正端木閱

朱方黷

予從京口游燕方黷愆期不至

綏唱驪駒爲待君江花江草思紛紛故人偏嬋
家山月游子難羈客路雲騎出梅花香共遠軒
依蕉葉綠平分無端樹壁梁州午恍惚雄譚夢
裏聞

媚獨齋詩稿　汴州夢　一

家大人　時家大人方有茗雪之游

雲舍遙瞻雪水東青烏此際奪天工峴巖名勝
探無盡碧落波瀾看不窮策杖未應穿曉霧加
餐誰爲護春風嗟予行役虛班舞膝下歡娛夢
裏通

陳吉之　吉之送予邗關申龍泉燕婉之
約贈予詩曰花賣燕堤酒鶯偷上苑春
一時傳爲韵語云

德聚星占有季方兼葭標格繡文章龍泉遥問
金臺月螺黛先流玉鏡香自分封侯懲李廣敢
嗟識驥乏孫陽懷君佳詠情如海花賣鶯偷夢
裏狂

卜川至　顧君實　石城啟行時兩君餞別
銅井庵復追送靈谷寺前而別晚宿旅
邸遇雪

莫道探梅非折柳梅花送酒出陽關煙飄綠萼

媚獨齋詩稿　汴州夢　二

征衣色霧黯疏枝游子顏岐路分香悲客去歸
鞍並轡憶君還晚來坐擁孤村雪片片寒光夢
裏山

內人

夫婿無端愛遠征心旌薄薄與愁縈酬花知醉
誰家酒傾曲曾吹何處笙前路嚶鳴應有托浪
游鶺信杳無情燕雲梁樹三千里盡是閨人夢
裏程

別館

惆悵春風輕別離，小何山遠蹙修眉。縈廻客緒鶯能語，寂寞閨情柳白絲。罷鏡薰香羞漢粉，開奩學字寫唐詩。枉來枕上千行印，零淚纖纖夢裏乖。

劉子約　子假館子約齋中，別館即在焉。子約從予游十年矣，小試往往不偶，六翮已成，扶搖指日耳。

媚獨齋詩集　泰州夢　三

文叔從來小敵柔，昆陽一捷幾時收。青從藍出能相悅，白任玄嘲未許愁。驥櫪壯心慚御李，鵷巢拙計幸依劉。廻思小築秦淮穩，碧水欄杆夢裏悠。

家弟少文　少文臥病經年，聞已佳勝，未得確音，殊怦怦也。

春草芊芊媚旅窻，池塘得句意難降。剪羅帶約腰如沈，裁錦花飛管似江。移舍可能拋藥臼，桼

禪誰共禮雲幢。相期醉踏長安月，紫鞚青驄夢裏雙。

顏茂初　茂初因家難，避居石城數載，今仍返嘉禾矣。

張儉飄搖又憶家，鷗踪何必共天涯。我來北地爭秦鹿，君返南湖泛漢槎。當路有人憐泣玉，相逢無復怨含沙。長干芳草長橋柳，此夜重生夢裏花。

媚獨齋詩集　泰州夢　四

朱襄侯　襄侯家茗中，所居蓮花庄，著有不療饑稿。

俠骨峻然四壁虛，靈光無恙有先廬。共斟甘醴驚朱穆，孰解綈袍戀范雎。酬月休教簫勸冷，悲秋莫訝藕花疎。知君不療饑如昨，閱盡珠璣夢裏書。

姚永言

萬里期君振羽翰，先鞭何日到長安。文高不逐

時𢚩轉骨俠偏嗟世路難因愛醉花兼醉月致
緣彈鋏廢彈冠言思對壘棲霞夕玄屑霏霏夢
裏寒

笪長人　長人尊大人適官京兆南鴻消
息時傳予室中音聞賴其郵致

別墅悠然傍郭南梅花幾樹琖松龕綺思今挾
靈花舞妙慧能將貝葉参君望白雲迷遠樹我
瞻青鳥問芳函何當酩酊他鄉夕星聚頻分夢

媚獨齋詩集　汴州夢　五

裏酬

范巫雲　家國生弟遨遊靈谷梅花下巫
雲將有所適投予一緘予未之答

冉冉巫陽試六銖爲雲一片楚天孤煙籠榔葉
風神軟香度梨花雪色殊金屋欲開新繡幞永
肌郎惚舊羅襦莫嗔錦字蕭郎薄猶是卿卿夢
裏夫

家弟季越　范姬倚雲家季越所歡也攜
至江頭送予

季也英英千里材江城送我獨徘徊多情杳靄
雲常倚無賴蓬窗月可來雁斷楚天嗟字遠花
明燕國倩青回天涯誰是美肱枕夜雨空勞夢
裏懷

劉爾勉弁其尊季昭翁

客寄淒淒歎寂寥思君爪步渡春潮舌存欲向
青天語賦就還憑白墮澆莫爲鶯花銷骯髒好
憑魚雁寄瓊瑤君家老驥非凡骨市駿難賒夢

媚獨齋詩集　汴州夢　六

裏驕

餞君羽君良

吳越家聲舊氏錢二難丰度總翩翩伯兮爽氣
峨眉雲叔也恂情玉井蓮榔唱陽關牽去旆雲
横岐路慘離筵只今目斷平山樹遥送煙花夢
裏妍

汴州後夢

王寥莪姚子雲　辛酉偕新城王寥莪、新安方玄根許元健結社摩訶庵。玄根得雋去，今歲長夏寥峨同慈水姚子雲主僧廓然入山相訪，悲喜駢集。

蓮社當年記共登，重來還是舊時僧。書成越絕文流滯，裔出琅琊國擅能。譚劇不知玄是屑，愁多惟願酒爲澠。故人天外如相憶，此際應擔夢裏簦。

媚獨齋詩集　汴州夢　七

張爾唯　爾唯別館永康侯園中，小星歸而復出，避居于此。

深院無端動鼓鼙，避秦誰是武陵谿。掃眉閣上山全遠，待月墻東樹半低。青鏡曉雲依篆竹，朱門春月浸棠梨。相憐共賞崑崙使，佳話同君夢裏題。

馬湘筠　湘筠，長安名姬也，其妹五郎六郎風流跌宕，殆爲近之。七夕偕張爾唯諸友飲于共館，沉醉達旦，日將亭午，都無倦色。

昔詠牽牛駐馬歌，于今倚馬看星河。鍼穿心縷靈梭巧，橋駕情瀾俊眼過。畫燭通宵憐月姊，霓裳達曙醉霜娥。今年偏訝晨光促，共柰來年夢裏何。

袁田祖

雪滿貂裘月滿笻，天驚石泣冷芙蓉。精金欲鍊

媚獨齋詩集　汴州夢　八

偏經火，勁草知霜不畏冬。照夜龍媒光射影，翔空鸞翮綉蟠胸。有懷未敢思公子，湘水湘花夢裏逢。

長安中秋月　予出闈，即爲袁公寥邀飲平康，有周郎香心者，丰姿澹秀，先一日公寥以詩召周云：桂子天香昨夜傳，鱗鴻伏雨寄秋烟。痴心惟有中宵月，不遇嫦娥不肯圓。

一色澄霄萬戶陰他鄉明月故鄉心方騰墨彩
爀輝繞旋挾青娥桂酹斟曲亂鳳簫驚再顧光
疑牛渚聽高吟移尊復過鄰家去遍踏霜華夢
裏吟

十六夜　諸友集永康園罷戰初休飛花
點座余與袁田祖諸君論心頗暢

昨夜奎光徹九街天香今夕屬吾儕青絲韵暖
搖歌扇紅燭光沉卸玉釵坐看行雲歸兩峽獨

留斜月破孤懷多情楚客餘清思杜若芳洲夢
裏偕

盧隣虛

濟漢氷心久更真京華聚散重含顰千秋豈惜
三年別一室原通萬里神洺水青波明月印邯
山紫氣劍光新鴿飄鴻賓知何處葭露伊人夢
裏親

家七兄維周

橫槊燕山鬪彩蟾鶼鶼中斷淚連纖前驅蚤哉
三秋訊後駕遲兄六日屠鞭影帶霜侵曉騎金
泥和雨到香奩不知忽忽升沉事猶把新題夢
裏拈

家弟森甫　森甫遭家難出游偶于長安
相遇恍如再世聚首半載又復分襟爲
之魂銷骨折

漢漢盧龍一雁飛傷弓只共影相依守雌守黑

光全斂臨谷臨淵淚暗揮祇許水雲馴傲骨肯
教花月逗禪機從今猛破恩緣網白鷺家山夢
裏歸

陳姬

陳姬字亭亭別字蕙雲辛酉別後
每念及予必呼天會稽友人王子春贈
以詩云閑過巫陽問謫僊一犨再咲楚
宮嬋相逢應作子瞻侶何事頻呼小有
天

爲蕙爲雲小字傳流光玉樹傷亭亭蕙露秋露
凝膚潤雲想春山入鬢青有恨呼天人已遠無
情説項淚空零一瓣再咲渾閒事金屋長吁夢
裏聽

歸石城

不近黃昏不入門暗風吹影自銷魂爲人轉恨
無妻嫂憐我那堪有弟昴去去幾時金已盡年
年只道舌猶存知希可是千秋調試撥心灰夢

裏捫

返邪關

直返西山綠椰郊任霜摧折任風拋青雲爭喜
誇新識白水還應問舊交寶劍寒芒空自詫夜
光本色許誰嘲鞭弭遥指羊裘宅花月樓臺夢
裏獻

渡京口

去日春江春草熳今來寒雨掛蒲帆山危依舊

形如削浪駭仍前勢若颿麟鳳有輝翔碧落英
雄無淚染青衫祇憐少婦思千里昨夜廻紋夢
裏織

朱方驛

兩兩風塵困羽毛黃花有眼媚吾曹六王錦繡
雖堪引一顧騂騮價自高若得美芹終獻主不
辭落魄始吟騷相逢忍發陰符篋共把柔瓢夢
裏操

青谿草目錄

青谿草

淮南李　盤小有著 原名長科
當湖陸啓浤叔度閲

梅花水

一泓淺碧浴疎枝政是新粧倚鏡時深護烟姿孤月迥澹摇雪影曉風遲魂香欲醒羅浮夢骨冷先清何遜詩恨我十年塵未洗臨流空起濯纓思

攝山用南唐周繇韻

誰從寶地布金錢引碧流香灌玉蓮雙袖中分開絶澗一峰直上逼諸天夢回花梵惟存石品盡松濤別有泉總是翠微深處好樓樓雲影樹棲烟

家少文弟北歸同季弟世臣送之共榻燕磯僧舍

不爲看山去翻因惜別來香風牽轡合霽色綴

江開鴈思關新柳鶯聲起落梅今宵磯上月應不羡瑤臺

其二

共鷺池草夢載酒到春江萬木青攢閣三山翠落窗拈詩呼老衲招月度新腔長枕松風榻千秋未許雙

其三

江南有旅客莫唱望江南雲樹思同遠烟花夢

獨酣飛帆搖落日支枕裊輕嵐天際驚烽火何人此結菴

宿洪濟寺和壁間韻

蹉跎華髮事無成三過磯頭已半生風雨當年今夜月傷情總不爲禪情

登鳳凰臺

家自當年此勝遊空臺千古一風流西園曲曲園春樹南國依依接野洲題鳳客來無舊賞吹簫人去只荒丘從教日近長安遠何處浮雲起暮愁

同家弟世臣重過攝山有感作 戊午春

予偕世臣讀書翠微菴紫峰閣上屈指九年矣世臣先着鞭去今且錦旋予猶然當日青衫也循憶舊遊不勝聚散存亡之感

曾引巫峰入紫峰樓空雲鎖潽無蹤玉顏生死

皆長夜好把因緣問曉鐘 劉董二姬入山相訪十日乃去今劉失明董物故矣

其二

曾共披書剔短檠石蓮五斗月三更不堪重坐青燈夜淚咽泉聲亂雨聲

其三

曾鬪霜毫古佛前翠微象法尚端然山僧欲問驚人句羞殺蘋眉影自憐

其四

曾嗟世路升沉事，那識升沉我二人。今日登臨風景换，一般花鳥兩般春。

其五

曾倚危巖把臂看，天開雙岫劈雲端。九年猿鶴如相怨，一路清潭碧樹寒。

其六

曾同彥會角新鍘，揮管飛杯醉復醒。般若臺前修竹老，愁翻四十二章經。般若臺四面勒經四十二名手所書也社集於此

其七

曾聽經聲夜雨花，爇爐温酒說天涯。怪來今夕天涯聚，不見跏趺老法華。舊在蔣大佛殿有一老僧每至四更即誦法華予與世臣夜讀以經聲為度聞經聲即命童子温酒對酌乃寢

其八

曾眠醒石藉苔青，九度滄桑夢未醒。得失枯榮千古事，流鶯啼處不堪聽。

其九

曾偕杖屐雨絲絲，隨意攀躋載酒遲。記得西陵菴裡坐，一杯新茗納涼時。

其十

曾醉吟魂恣冥探，綠雲菴與白雲菴。于今磊塊添多少，千日中山未肯酣。

其十一

曾共題詩石壁東，一塵野薛一紗籠。誰言昔是連枝草，蕭艾芝蘭迥不同。

其十二

曾攜長枕君隨我，今日遥途我送君。目盡馬蹄深樹立，松花寂寂淚紛紛。

衡陽寺　齊梁間名刹也相傳古衡陽女子聽經得泉至今不竭

古寺空山任廢興，石幢姓字挂蘿藤。千年玉骨

紅芳歇三尺氷湍碧蘚澄晴嶂半迎龍女步濕
雲深護朗師燈蔚條惟有荒臺草幾換斜陽幾
換僧

弔唐梅　衡陽寺旁老梅一株唐人所植
龍蟠虬偃歲發孫枝近爲樵僧伐去
蓋厯若遊觀者而古蹟丘墟矣月黯空
寒花魂無主可勝歎哉詩以弔之

歲歲烟姿濟水痕千年詩思映清魂豈知羽化

媚獨齋詩稿　青谿草　六

雖留蜕遂使枝披盡及根踈影不隨風歷亂餘
香可共月黄昏衡陽寂寂誰招些還向羅浮夢
裡删

再遊攝山

飧風味道到空門藥草靈花渾不分水界中峰
循鹿跡人依虚室卽鷗群青蓮散作三天雨白
衲擕歸半鉢雲歷亂松陰山下路烟霞何處問
微君

深閨怨　乙丑冬擕二妾歸家既而悔之
漫題三十絶今止憶其六

一入深閨裏羅裙别鳳鞋繡花雙蛺蝶寂寞怨
塵埋

其二

一入深閨裏揚州夢亦無邦關廿四月不敢炤
流蘇

其三

媚獨齋詩稿　青谿草　七

一入深閨裏鴛衾總未温燈昏孤淚冷霜雪摧
愁魂

其四

一入深閨裏愁中與病中鬢花全不綠臉暈半
無紅

其五

一入深閨裏朝朝伴曉鐘芙蓉褥不暖今日始
知冬

其六

一入深閨裏形單影不雙支頤無語瞪目對
寒窗

客蕪江送鄒五從返湖口　五從江右名
流素心人也客邸把臂驩甚劇飲連宵
贈予詩云劍橫紫氣渾非霧馬踏春泥
半是華

澹蕩交情骨自幽牽絲莫歎客衣颺譚深夜雨

迷歸漏夢散寒霜識去舟俠性千秋天可問遐
心一片水同悠誦君紫氣春華詠縱有瓊瑤未
許酬

其二

風期千里一鍼投詎有因緣問好逑倚玉自憐
葭味冷斷金深喜蕙情柔醉臨別路原同醒歡
入歌塲轉獨愁莫訝思多驪曲黯石鍾山下暮
雲浮

青谿草終

刻鳳齋吳吟自序

吳人之游楚者楚王甚愛之病
使人問之曰誠病乎意亦思乎
左右曰臣知其思與不思誠思
則將吳吟予吳人也無端而爲
廣武游游最久賴鄰虛諸君子

天涯知巳掃絳帳之半氈貫黃
壚之千斛文心劍氣與酒與交
飛客況不寒其如客懷之離離
黯黯何哉白雲親舍錦瑟香閨
直以鵑花蝶夢梯航弛之雖與
諸君子之唱酬者廣武之風光

之景物也試一諷繹焉句裏有
思聲餘有淚言外有情姝不關
廣武之風光之景物也故不謂
之廣武吟而謂之吳吟刻鳳齋
乃予下榻處江南數千里青山
翠樹墜雨離雲皆於此齋中歷

盡故不謂之刻鳳齋吟而謂之
刻鳳齋吳吟

淮南李盤小有氏題

吳吟目錄

目終

刻鳳齋吳吟

淮南李　盤小有著（原名長科）
廣武盧惔胤鄰盧
李春蓁郁林
申佳胤素園
劉附鳳進陔
盧惔胤省潛仝訂

和杜渤海新春感懷

晴烟晴樹兩蒼蒼乍覺青陽喜漸長彩筆應添
花五色錦心欲織柳千章天邊雲物隨時轉客
裡風光付酒觴望綺窗人不見漫吟新句寫
縑緗

盧省潛招同中素園觀春兼懷家弟少文

他鄉此日試春盤客裡惟君磬客驩柳色遥分
漳水綠梅花先送葛山寒不妨明月窺龍劍膡
有浮雲傍鶡冠莫遣醉醒池草夢平干詩思落

長干

放歌祝盧鄰盧初度

平干今歲春何早欲借青陽介難老浮丘丈人
安期生行行飛舄邯鄲道梅情柳意兩毿毿春
草春花次第探九十韶光纔過八一年好景尚
餘三（時嘉平二十七日也是年二十日立春）廣武真人顏似玉氣
何溫馥情何穆我歌嵩嶽祝滄桑君歌我蓼悲
風木（時鄰盧方讀禮）轉念懸弧涕不禁劬勞此際愛方
新翮因海屋添籌日痛憶高堂生我人吁嗟乎
悲歡聚散同蕉鹿一枕黃粱無時熟君不信撚
指三日問君庚彊仕之年又踰六如澠之酒真
快哉破除萬事即蓬萊南山頌叶椒花頌長命
盃傳竹葉孤吁嗟乎揚州女洛州客相思南北
關河隔何日乘鸞跨鶴遊共君一飲千鍾習習
風生腋（客歲此日鄰盧新寵至石城予亦携衲妾歸）

春日過周玉衡且隱齋

愛君吡小築萬卷伴閑身閉戸心偏遠揮絃意獨眞春花敦夙好秋水誦伊人一任輪蹄過東城起暮塵

又和申于蕃大行韻

淸軒開素帙揮灑筆如椽試墨飛香霧鈎簾度茗煙子猷新種竹茂叔舊栽蓮三徑花茵滿鶯歌蝶舞駢

病中答宋汝紹孝廉

方作斑衣夢旋披紈扇詩支離惟爾識落拓許誰知枚叔觀濤後陳琳草檄時霍然驚坐起一詠一相思

十四夜憶友　盧省潛招集六吉齋中踏月醉歸回思去年客六合同胥西臣闗廟觀燈月色不減今夕也

憶昔長途滯客蹉橋橫野浦碧天澄祠前指點三分月陌上喧傳六合燈踏遍烟花迷古渡夢回火樹冷金陵豈知泥跡南還北又隔鍾雲幾萬層

元宵風雨諸友以詩寄懷賦和

春燈細雨亂鄉愁火市星橋嬾獨遊十載酒盃渾是客千門歌吹若爲儔不教明月來天上誰寄梅花到隴頭過盡香車燒盡燭忽傳佳句入高樓

元夜獨坐有懷

黯黯孤燈動客懷那堪無月更無梅路歌聲盡思千里畫燭光殘淚幾廻天地濶于前夜夢精神近似此時盃可憐開却傳柑手猷落金釵與玉釵

一歌

有父有父在高堂頽顏玄髮丰神蒼勝訪靈探志四方仲兒孝廉遊閩陽季兒筮仕春曺郎獨有大兒支離偃蹇蹣跚躄躠在親旁無端負書

客清漳誰問晨昏溫與涼幼兒三三兩兩呼梨
覓棗庶幾開顔進一觴昨朝有人來故鄉傳言
杖屨渡錢塘鼓櫂支筇恣倘徉燕南越北遠相
望噫嘻昔賢不願爲弟願爲兄爲兄事親之日
長柰何飄泊天涯蕩子狂詎知親心一日九廻
腸却寄音書幾十行開緘跽讀涕霑裳吁嗟一
歌兮歌陟岵憶子父歌聲直掛山陰樹

二歌

有仲有仲在南天理棹花溪第幾舡十里六橋
春色妍山陰道上觀流泉收入詩腸藻思鮮千
巖萬壑五雲巘水河沙縣莫留連室裏吳姬望
眼穿鏡臺愁絕兩嬋娟此行莫遇武陵儇曉窗
忽報拂歸鞭香生彩暈玉生烟噫嘻汝才誠不
忝惠連佇看射策萬人先汝病凄清閱歲年茲
遊與致何翩翩二豎消除應霍然汝不記去年
共坐攝山巔行吟西林雙桂前法堂秋影奏新

篇思之不見淚便便吁嗟二歌兮歌雙鳳憶子
仲歌聲驚斷池塘夢

三歌

有季有季在長安清華一署倚雲端揚蕤振釆
佐春官豈料人情似逆湍輕波倏忽起狂瀾嶙
予一身客邯鄲心旌薄薄复薄薄恨不翔風生
羽翰汝不記去年此日並轡遊江干燕子磯頭
坐月闌竹榻松寥卜夜歡題詩花落與歌寒一
線三台次第看人生別易聚何難嗟予兄弟三
人連枝並翼如團圞紙鳶竹馬何姍姍寢同長
枕食同餐筆共飛揚劍共彈柰何燕吳闊趨滄
波白日路漫漫漸予遲暮困儒冠婆娑起舞一
長歎吁嗟三歌兮歌棠棣憶子季歌聲飛入春
明內

四歌

有美有美在石頭素馨嬌怯玉溫柔偏是春來

易惹愁嗔蜂怨鳥思悠悠瘦盡腰肢倦倚樓有
有淚輕拋未敢流梨花寂寞李花羞雨妬風欺
不自由一夜相思幾夢遊不到洛州到趙州愁
愁頻語致書鄢叢臺佳麗莫淹留噫嘻汝不記
深閨逸出五湖舟海山盟誓海山謀吁嗟四歌
兮歌溱洧憶予美歌聲揺漾青溪水

五歌

有友有友在三吳函牛之鼎靈鼉珠白虹赤緯

騰天衢鹿城朱子才調姝受嗤拙目歪皇都東
隅已蹶收桑榆此時輕裝挾策出門無沆郎讀
禮還長吁帶圍一搦何清臞京口劉生真吾徒
雨窗風檠十載餘新硎未試蕤昆吾徐生翩翩
美丈夫玉井芙蕖映日初文鋒犀利龍可屠劉
四與酬濡墨向天呼千簞一掃氣吞胡陳十水
心映玉壺血蘸龍髯只瘦軀潘鍐詩思發蘼蕪
電紫霜青腹有厨孫郎伯仲何姁媮香生沆瀣
傾醍醐毘陵蔣煜腕如轤王汝陳生築翰對撚
觚偏轅直驟雙神駒江上君山隱書圖黄子嫣
姿出藐姑筆霞零亂落珊瑚飛心忽忽過姑蘇
吳銳高吟震澤湖芳華總翠春條敷噫嘻君不
記文心酒魄恣歡娛到處江山花鳥俱咲予鈍
北北山愚迷迷含亳愧大巫豈期浪跡水中鳧
星同離索月同孤何年駿足揚清途萍逢劍合
長安市上酒家壚先鞭共着莫踟躕吁嗟五歌

兮歌白首憶予友歌聲遶遍江南柳

竹枝詞祝盧十二省潛

孟陬初度報三陽白玉堂前玳瑁光燈火初收
梅已放飛香先入紫霞觴

其二

花欲爭喧柳欲絲上林留得最高枝明年此日
長安道宴罷瑤池到鳳池

其三

洛水真人降嶽祠東風舞鶴下庭除青童來授青城棗素女遥傳素室書

其四

翩翩爽氣太行巔彩筆鶯風欲問天愧我多君空六載同呼十二小青蓮

其五

玥潤盧郎玉不如天邊玉女望還吁舉杯借問西王母青鳥啣將錦字無（時予與省蒔同有懷人之感）

其六

鏡臺錦瑟章臺柳爾我相看奐柰何莫以長生求大藥長生今已誤姮娥

其七

雲中自古女如雲赤帝懸圖爲待君一醉南山長命酒吹笙飛鳥渡横汾（省蒔將買姬歷門）

其八

萼綠華臨駕彩鸞瑶臺十二碧欄杆三偷空咲東方朔桃葉桃根掌上看

贈歌姬雪梅

一夜風流梅也雪片時春夢是耶非那知城上相思樹化作巫山暮雨歸

其二

雪點寒梅入錦叢温柔鄉在醉鄉中曉來已逐行雲去枕畔遺脂膩粉紅

送盧鄰虚北上

予此來也既作狂夫甘

爲蕩子遷樹之鵲原非出谷之鶯奔林之猿有類依人之鳥幸有鄰虚在幾不知何處他鄉矣仲春四日鄰虚燕遊予送之行歸寓兀然一身方知是客占此三歎

本是平千客翻爲送客人路廻目斷處洒淚逐車塵佇立魂俱去形神那復親半載作客不知客今日蕭條是客身

漫吟

春風千里斷雙魚出岫孤雲自卷舒喜近帝畿
依澤國欲瞻親舍愛樓居緘愁不踏王孫草取
醉時迴公子車最是鳥啼人去後倚欄凄絕病
相如

追和申素園元宵游女詞　素園戲題游
女詞有明朝收拾新花鈿只到清明始
上墳之句屬予和韻因臥病至清明前

一日枕上和之夫素園從元宵而預憶
清明予從清明而轉憶元宵一未來想
一過去想皆幻也人面桃花徒付春風
一笑

誰道傾城游女出傾城只得一人游風鬟鬢帶
華燈下斜露弓弓恰半鈎

其二

雪妬烟花雲妬月花愳月姊出香閨任他舞雪
狂雲妬獨自凌波不惹泥

其三

躡步隨踪未忍分珮環聲細遠猶聞今宵漏盡
春消息那復清明去拜墳

壽申素園　素園曠世偉才幼失怙事母
以孝聞顏其齋曰和丸雖年少登賢書
而攻苦不輟雪案書聲無夜不與北堂
機聲相和也茲當初度因壽以詩

崧高開秀傑當代復生申二月風光滿千春瑞
靄新緋桃竅酒色青鳥颺歌塵王母頻傳約來
年宴紫宸

其二

來年此日裏政報杏園春（時仲春廿九日）臚唱無雙士
籌添第一人纔遊蓬島會又醉曲江濱雁塔題
三字方知筆有神

其三

筆歌還罨舞射策動星辰熊膽宵燈苦龍頭晝錦新天街思浩蕩海屋氣氤氳願附看花隊仍爲獻壽人

贈何姬小玉兼懷其姊　小玉髮纔覆眉一友怒其觴政之苛欲得而甘心焉驚匿予寓

碧玉十三不解愁邪禁風雨暗秦樓慇懃爲語司花吏莫放丁香淚出頭

其二

破瓜消息悔蹉跎欲舞霓裳恨更多虢國娥眉春信杳玉環雖在奈愁何

上巳前一日壽李郁林

星聚南山下千瑞色清龍門瞻紫氣鶴馭出青城獻祝邀新月飛盃醉曉鶯年年開綺席坐擁萬花明

其二

上巳傳佳節懸弧預廸祥祇欣仙李大遂奪澤蘭香風度瑶池奏流先曲水觴不須貽芍藥琪草自芬芳

其三

來歲盤桃集爭看杏苑偎杏魁花五百桃結子三千日月丹丘内聲名紫閣前憐予同姓氏未敢步青蓮

判桃杏　刻鳳齋前一樹或指爲杏或指爲桃爭者不決戲爲題之

一株芳豔鬭春開疑杏疑桃任俗猜不辨胭香和靨粉寧分露種與雲栽街頭悞認仙源路洞口鶯移上苑魁且待來年紅十里馬蹄到處自徘徊

其二

半照空潭半倚臺窓妃西子總含胎若非青瑣開時植可是玄都去後栽人面祇疑千樹映牆

頭還許一枝來武陵僊子瓊林客咲向東風共
舉盃

其三

雙綬单衫一色裁上林高處卽天台玉樓人醉
依稀似露井春寒彷彿猜靑杏可能當報李碧
桃豈許間跡梅成蹊成綺憑誰判浪暖魚龍已
漸催

戲代盧十二寄何姬、 何姬省潛所歡予

初飲六吉居、見其愁歎欲絕、知是有心
人、未幾爲他友挾去、

蝶怨蜂羞欲暮春可憐六吉斷芳塵庭前樹樹
桃花咲不見當時愁歎人

代答

銀箏冷落銀缸暗夢到高唐不肯還十二峯頭
都倚遍巫山化作望夫山

其二

半似支離半欲癡杜門那夜問花時何年出得
風塵網金屋憑君借一枝

馬心初以詩投贈奉和

論交政值慕春天八斗才華五色牋愧我鬢髯
淹歲月喜君肝膽傲雲烟白眉家世靑箱後絳
帳風流錦瑟前何用高鳴悲伏櫪驊騮竹看着
先鞭

喜過郭九子和韻 九子古羊名士、偶來

平干、一見傾倒、贈予北征詩云、懷月驚
春老呼瓢卜夜除白霞籠骨鋏綠雪沁
心華囊古織新荳馬嘶破夢鴉幽燕無
大俠脫劍掛誰家

天外玄黃破千秋一夜除博腸驕火浣襭香沸
水華酒漉翻春蟻歌留餞曉鴉無人僊李郭沼
水共浮家

懷盧鄰虛

飛心日日到君旁望斷歸鞭轉自傷無主方憐
身是客有愁全仗酒爲鄉花籠曉霧佳人怨鳥
逐浮雲蕩子狂刻鳳臺前芳草遍芊芊似織九
廻腸

刻鳳齋歌

刻鳳齋鄰虛別業也大司空
延郡邑名士課藝其中今强半致身青
雲而鄰虛絕調驚才尚淹逸翮鳳飛遲
遲固有待而出哉齋後高樓五楹齋前

有花石有荷池有梧有梅有桼有梨杏
有藤蘿月松風草別一幽香雖近市廛
而塵囂不到鄰虛自題曰豈塵予假寓
幾一載鄰虛又爲予題曰借冉居予未
抵平干之前數日有友人程還九者臥
樓下夢中聞笙簧雜奏見雲際一小兒
持蓮花乘麒麟從空而下飛入樓東醒
時猶聞天樂聲而予即于樓之東室舉

一子因名之曰漳字之曰廣年以識所
自云
盧郎才美何翩蹮九苞繡翮摩蒼天束髮論交
慕節俠結客黃金輕十千高門甲第連雲起一
墅旁開勢蜿蜒編珠日進日文屐捲幔高譚揚
子玄玄言纚纚玄亭敞韡鄂嚶鳴競淸賞上處
誰將刻鳳題齋顏咫尺銀鈎朗周遭花樹總瓌
瓏蘭風杏雨聯書幌有水漭漣漾小塘荷芰新

裁五色裳尋盟蓮社羅羣喆懸黎結綠爭琳瑯
廣武人文雄趙國秔壇牛耳推盧郎幾嚮斯齋
同六息羽毛豐滿多高翔憨余壯歲猶鵑伏刻
鳳未成徒刻鵠一飛空擬學溟鯤三泣誰憐淹
楚璞馳驅南北轉蹉跎顧影低廻愁嗣續感君
遇我靑眼開秦淮樓櫓相徘徊左挾烟鬟右書
卷銜濤策月爲君來板扉豈掩梨花雨幽棲豈
復留塵埃紅塵靜處靑燈皎樓閣凌虛自縹緲

天際筆鏞蒙裹聲玉兒冉冉石麟小蕆鞋深鎖
金猊閻閭垣有耳呱啼好獻賦仍悲霜染貂寒
帷乍詫霞明祿失第得兒憂喜句慷慨來往邯
鄲道道上看余秋復秋肘後螭符一醉展回首
盧郎成我者千年鮑管寧悠悠只今歸隱依無
水平千十景神魂遊噫啼刻鳳齋磊落居龍手
問劍於君孰敢雙借冉於余安得九報瓊何日
復何將推窗鎮夜瞻星斗呼雛重入鳳毛羣兩

媚獨齋詩集　巽吟　十九

家葉葉相師友世譜行看孔李同漳遠淮長天
地久

平干十二景詠

明山來爽　聰明山去郡西六十里據碑
云此紫山一峯或云即古邯山石色深
碧扣之鏘然廣年人文蔚起每多穎邁
之英實茲山毓秀也登城遠眺翠色鬱
葱若列屏天外昔人拄笏望西山謂朝

來致有爽氣予於茲山亦云
太行盤礴聳堯封靈秀分來見紫峯曉日半空
翔鸞鶩春雲幾疊出芙蓉看廻晴雨光皆爽選
盡林巒景不重一路蜿蜒開壯邑生申維嶽氣
如龍

滏水流清　河在郡南五里兩岸高三丈
餘前代有石梁跨之曰午橋發源於西
北磁州之神麢山湧沸如湯出釜左太

媚獨齋詩集　巽吟　二十

冲賦云北臨漳滏則冬夏異沼注云滏
水熱故名今雖無溫泉之號而其味甘
香可供灌溉又聞春秋時河決以釜塞
兌因是得名長波縈遶自東南盤渦而
北有如襟帶殆渚沁之縢腋漳洺之都
居耶
邯鄲歷徧不稽程但記山明又水清古鐵浿填
河伯塞湯泉常滌旅人纓千年秦趙爭樓櫓一

雲滄桑付梗萍衕有甕中滋作枕遽然清夢學
盧生
春城花柳　環城皆水環水皆堤環堤皆
楊柳枝影交被下蔭荷葉桃杏千章周
遭郭外春來淺碧深紅令人不暇應接
廣武十萬家如在香叢繡幙中可謂澤
國可謂錦城
幾從湖上問蘼堤何似春深廣武時人面映廻
媚獨齋詩集　吳吟
雲母幃馬蹄踏遍錦城泥秪愁姤雨催花早莫
恠流鶯出柳遲行處芳菲行處賞飛來成浪捲
成絲
秋浦蒹葭　許仲晦詩謂蒹葭楊柳似汀
洲予初至廣武政値蒹葭老時孫幹蕭
蕭蒼顏横浦微霜欲結宿漲初澄鷗鷺
驚飛上下疑是江南蘆花洲畔紅蓼灘
頭也誦伊人之三章留連不能已已

天涯蹤跡此淹留蕭瑟蒹葭動遠愁鷗鳥慣來
依静渚蘆花猶自憶前洲幾看霜落蒼連浦一
望雲迷白應秋是處只憐人宛在清潭日夜水
東流
十里錦雲　郡城外遍插荷葉一望無際
恨客歲淫霖浸沒幾盡每與諸友臨流
指點彷彿蓮花香氣撲人也
華峰花藕舊相傳偃種今聞在廣年斥鹵自來
媚獨齋詩集　吳吟
天上水淤泥能出井中蓮六郎去後人誰比十
里看廻與獨偏此日臨流空悵憶亭亭香歛晚
風前
千畦碧浪　廣武四郊多稻田他郡所少
者花翻金圃穗漾銀河一望芊芊真可
連雲宿霧氏以食爲天斯當爲平千佳
景第一
山郭周遭盡水田秋畦風急浪花濺汚邪幾遲

泰岳酒大有應題漢史稿忽簇煙淵如點碧好
翻晴穗學飛泉比來間有斷租詔蠲輔尤多賜
一年

水面樓臺　陳留劉際明公以侍御出守
開沼疏渠遊觀時亦平干遂爲河陽花
縣矣建閣湖於城北水中央其在芰荷
深處者題曰宛在四圍槐柳依依清流
紆漾藻荇交横固不讓西子湖天然圖
畫而劉公不以詩酒荒吏治殆與蘇公
湖上了公事並足千古云

廣平花事勝河陽亭榭常留御史霜曲檻看雲
千畝荷清溪畔月一沙棠謾誇公事湖中了敢
想山緣分外怯勝賞不妨頻卜夜短節長遂鈞
幾傍

城闉花翠　翠花街在城北隅國初迄今
官妓鮮北佑之所聊青樓歌舞地今雖

蕭索猶時出一二名媛堪敵叢臺佳麗
三千也

三千碧化逍王宫翠穂香魂剩一叢鸚鵡籠櫳
酣曉夢梨花庭曲舞春風人歸金屋題紅盡而
出何家傳粉空何姓獨多麗人有與名流脈厚而私屬他手者　止止莫
思桃葉渡平康今日有新豐

奎閣朝霞　萬曆癸丑渭南南二太公來
守斯郡雅重文教尤精形家言於城東
南隅峙高閣奉奎神其上每朝暾初出
霞彩遥飛一奇觀也未幾門下士秦君
中鉉領袖北闈今平干家珍户璧人文
鵲起相繼蜚騰政未有量噫人傑則地
靈雖不係斯閣而斯閣亦胤靈之一助
矣

太乙何年下帝旁燃藜偏卜震爲方中天鼇鳥
雲相倚東井星纏夜有芒總爲赤城饒紫氣故

敎丹閣傍黄堂言思蔽芾看庭木桂子㲉中一樹棠

龍潭夜月　城東北五里一潭泓然深不可測相傳有龍居焉更多鱗族之怪恨不得太真犀燃而炤之雖盛夏之際凉颸逼人月夜渚清沙白空水淪漣直沁人心骨潭右龍神廟禱雨輒應毎於仲春朔季夏望游人遠近駢集斯潭佳趣實不在此

平干仙蹟有靈湫祠廟陰森傍古洲變化只敎鯉作子游觀應㘞蜃爲樓無端臥老秋潭過幾度看殘夜月幽何日一天風又雨飛翔驚破蟄龍愁

冉塋古蹟　郡西五十里瓜井村有鄭公冉伯牛墓據志云伯牛病瘍浴於沙河縣温泉返而卒於途因葬之又云伯牛云後此地有門人爲衣冠之葬者不可攷其詳矣但思趙多慷慨節俠士如武靈之覇平原之賢廉藺之高望諸之功烈今其遺塚皆付牧樵狐兎而一無建樹之冉子數千百年猶爭起而俎豆之太上立德豈虛語哉

古隧高題大國褒生爲逢掖死爲侯荒壠悦響今惟伯堂斧成封爾一丘寂寂蒼蒿荒甸月蕭蕭枯櫟孔林秋龍眠自古爭相憶城闕于今號臥牛

毛塚高風　日中兩言銅盤跽進趙遂重於九鼎大呂令千載下碌碌因人者汗顏皮相天下士者刮目處囊脫穎者揚眉遂眞人傑哉塚在城西南三里許一抔孤立短碣依然覺按劍歷堦英氣凛凛如生彼文武具備之十九人者姓字

銷沉直與野蔓荒烟共腐朽矣
平原賓客竟如何麗得毛生穎未磨一劍兩言
匡楚趙千年孤碣峙漳河狗屠任爾揚眉詫馬
鬣教人拜手過碌碌自憐囊未處幾澆醽醁問
煙蘿

平干十二景自序

辛酉負笈長安與盧子鄰虛結社金臺而始知有平干鄰虛益平干名士每爲予道其鄉人物山川神儻儻乎欲往也迨丙寅盧大司空官留都復與鄰虛結

社金陵而始褰裳濡足爲平干遊自冬徂春背夏涉秋作平干人幾一載及折翅南旋別鄰虛弁別平干而始慨想盱衡爲平干十二景詠平干古冀州也東道齊西連晉北屏京南絡河其

地蔚深其埜滜衍其山環而遥簇其水冽以甘其人晉晉粥粥又伉爽而清貞其風氣慷慨勁樸其文章贍茂而麗于法其俗重節義耻佻淫所稱唐堯畿輔地此殆唐風耶予獲庇大司空

宇下客于斯不啻家于斯矣郇郭岺原吾得而經歷焉勝賞名區吾得襟帶而尋覽焉奇人杰匠吾得肩隨事焉諸友如錦其胸如雪其腸如虹其氣吾得晤語晤歌焉蓮社蘭言筆華起霧

墨瀋飜雲吾得當郲莒末隙忞酣領焉清酵拂拂似椒雨金莖吾得拍浮其中稱上頓焉謳白苧倚青紗選韻分花吾得流連倡和焉歲時伏臘從俗從宜吾得習而安焉方言巷咢吾得通

焉膾炙之流踪銷沉之逸事吾得据古問今而窮討焉且也蹉跎壯年載生載育不惟家于斯幾欲聚族于斯矣平干吾并州也其能一日忘乎哉曩從平干而憶長干無復越鳥南枝之感

幾忘身在他鄉今從長干而憶平干轉多胡馬北風之悲更忘身在故鄉也茲詠也謂紀吾客思可謂寫吾鄉思亦可雖然吾所詠者景而已矣回念當日嚶鳴燕婉錦瑟霜毫有所謂景中

之人其及詠乎劍合星離班荆贈柳時爲思歸之鳥時爲欲别之鸝時爲哲人梁木之嗟時爲失路窮途之憤有所謂景中之情其及詠乎聽山滏水朝暮姝覯秋浦春城炎凉换節景中有

景其及詠乎他如賦就梅花夢回炊午巧工學步壁返連城洛月之暎清漳邯雲之成紫蓋景外有景其及詠乎吾所詠者景而已矣非詠平干之景直詠吾神魂寤寢慨想盱衡之景而已矣

淮南李盤小有氏題

晨風三吟自序

秦婦之詩曰鴥彼晨風鬱彼北林言晨風之歸乎北林也北林非晨風故園乎歸則歸耳何以鬱爲或曰鬱然深秀者北林也予曰否晨風有横絕四海之思

抑而不遂故振羽而出鎩羽而歸鬱鬱不得志也予竊自咲其爲晨風焉然北林中無交謫之人無追逋之客無炎涼之剌目無塵俗之牽懷晨風之歸歸而樂予則奚其適歸矣風煙萬里

愧北溟之鯤鵬星月一枝逐南飛之烏鵲乾坤雖大何處容此七尺者旣歌行路難復下窮途淚是以感歎而悲吟也晨風且咲予曰鬱則鬱耳何以吟爲予無以置對默然吞聲從此不復

吟矣姑以三年淹爲六月息可也因簡前後幾番途次之詠合爲一帙携歸北林

淮南李盤小有氏題

晨風吟目錄

晨風吟目錄終

晨風吟

淮南李　盤小有著 原名長科

廣武申佳胤素園訂

巳卯暮春姚永言黃門相約偕歸後期不至途次漫成六絕

燕子春風喜共回星軺不見破塵來孤應祖帳頻留客試遣鶯花爲我催

其二

入直封章漏每傳謫居轉得夢安便莫愁邗水烟花遠纔出春明已證仙

其三

病懷清似玉壺冰爲問紅塵惱亂曾春鳥春花迎客媚馬頭到處是良朋 時永言初病起

其四

飛羽參差影欲寒鄉書忽到古河灘憐君多病驚親病流水東西去住難

其五

君爲遷客我遊人總欲還家慰老親猶喜故山春未盡脂車星月莫逡巡

其六

瞻雲遲月去還留結伴翻成失伴愁烟火幾家人寂寂亂山野水悵孤游

喜逢京口孫玉鏘武林陸雨疾泗州潘行素廣陵周天若結伴南還旅舍夜集漫

賦

天涯喜共締新盟陸海潘江意氣傾無曲不煩公瑾顧有籌還借仲謀評 予有金湯借箸十二籌 驚心日落淮南遠回首風高薊北清星聚莫辭今夕醉明朝太史奏東行

任丘道上有感

哀鴻野哭夕陽西誰繪流亡拯子黎面面疑鳩還似鵠村村無犬不聞雞千魂已化迷霜月萬

骨猶驚報鼓鼙（任丘縣鬼夜哭有人立通衢拍手叫曰虜至矣遂絕聲）六十三城燐火遍春來何地發棠梨

高庄遇盜警

忽逢飛騎似飆馳鳴劍探丸問貨奇却笑游裝無長物溪山數卷一囊書

阜城店夜酌再詠

離亂言歸興欲狂萍逢何意得朋良交當路險情逾重（過任丘遇盜警）酒出村沽味轉長坐久劍琴皆

媚獨齋詩集　晨風吟　三

氣色諱深鞍馬總文章還家正值清和候魚白櫻紅竹筍黃

景州聞警南還

風鶴驚傳急驅車北又南請纓悲未遇倚劍笑空談家國情無二天人策有三且歸故山去雲際結茆菴

德安喜逢劉伯宗同游慈氏寺覔寓　寺在河西不知創自何代惟斷鐘有字爲貞元癸酉年製貞元乃女眞年號也迄今已五百餘年

廿年葭露想傾蓋劇生平肝膽輸新契文章著夙名相看羈客意共起故園情日暮悲風急烽烟黯帝京

其二

龍劍無媒合弓旌疑有神前途如蜀道此地卽延津寺老僧容古鐘荒鳥語新摩挲蒼碣下三

媚獨齋詩集　晨風吟　四

匝重逡巡

姚永言黃門追及德州夜集賦贈

去國高名草木知後車誰不仗安危說來宦海辭餘痛話到家山夢已隨氷雪一囊慚客久春風千里借君吹尋盟倘許分鷗席滿目興亡總莫悲

謝德州社友吕企董　予爲風所襲失音十日企董携酒過飲一藥而愈

久擬呑聲病骨侵翩從大呂乞元音多君一匕神如響笑我三緘語不禁荒樹斜燈孤客伴清尊永夜故人心相逢不用悲遲暮老驥羞爲伏櫪吟

過恩縣白馬舊營

細柳渾如雪千群白練聲尚留餘影在散作月沙明

苦水鋪

貪泉非吾願苦水獨相宜縱有回甘日寧忘茹

苦時

恩縣回鑾行宮

玉輦經過處蒼烟漠漠遮昔停天子蹕今傍野人家衰草千官舞悲風萬騎譁祇餘夾道柳不敢帶啼鴉

高唐道中見黃葉

秋容工染樹中央色不羣似柳舒新嫩如葵映晚曛綠銷猶半戀紅逗尚遲分疑自金天墜飛黃散作雲

過荏平有感

重過此地景全非萬井烟寒鳥雀稀細草空將頹壓護淡雲猶傍敗垣飛憂來不敢歌離黍事去無勞賦釆薇聞道皖江烽又急滿天刀劒欲何歸

陽穀道中

一望秋原曠能令客思繁霜歸紅葉靜風到白楊喧汶水寒侵轡龍山翠入軒鐘聲何處發一似聽啼猿

東平州見陳彥升壁間詩爲人塗抹醉中和韻末句竟成詩讖矣　丁丑暮春十三日

十年獻賦老京塵今日欣看姓字新猶是幾行墨淡淡怪來四壁氣粼粼多君繡管非關貴笑我詩囊政未貧寄語讒彈誰氏子碧紗已覆舊

題人

附彥升原詩

馬蹄齊齧逐風塵客而依然物候新樹渐夕陽紅淡淡水流人影碧粼粼無媒天路真難到有賦歸囊未是貧醉把銀藥看四壁題詩都是倦游人

丙子夏阻水汶上桑田頓化滄海丁丑春南歸過此不見波濤方有喜色而狂飈大作飛沙蔽空怒號之聲更甚于波濤也口占寄汶上于氏諸昆

客歲炎歊滯此方無風波浪忽凌滄今來重見桑田在纔喜無波風又狂

其二

波臣風伯兩無端魯道將同蜀道難滿眼驕霾何處避驚心猶似在長安

其三

媚獨齋詩集 晨風吟 七

豆沒沙水渾無地春值黃沙不見天爲問河干舊知己如何還種汶陽田

新嘉驛坐小亭和前人韵

古驛藏幽樹仙凡即此分小池清傲月疎樹媚栖雲碑影當亭靜車轔隔岸聞拂塵箕踞久無酒已如醺

新嘉驛見女子詩不得有感題壁 辛酉過此有會稽女子三絕句字痕漶滅不可識托逆旅主人購得一抄本依舊痕用墨新之嗣後和者如雲今重來十三年矣寂寂空墻更無一字詢驛吏云有一達官俗子毀去嗟乎紅顏薄命即數行墨跡亦不肯留之人間因歎予濩落青衫殆與紅衫女子同悲薄命乎漫題二絕

珊瑚零亂委苔塵一點紅芳萬古新栢影蕭蕭

媚獨齋詩集 晨風吟 八

花寂寂祇餘啼鳥怨行人

其二

有才無命苦冬烘錦字銷亡淚墨空我亦十年塵土面總來無分碧紗籠

甲戌暮春再過新嘉

誰愛珠璣護粉塵清輝只共月華新往來多少行吟者我見猶憐讓古人

丁丑暮春再過新嘉

錦字墻邊巳六過一停車騎一摩挲幽花細草年年發添得新詩有許多

巳卯暮春再過新嘉

爲逐蝸名犯羯塵荷衣仍愛掛閒身來年此日看花客多少人爭上苑春

兗州店中題畫蘭

幽惹離人夢姿牽孤客思野花紅似火見此盡低眉

宗山店主贈梅

望斷羅浮影欣逢驛使來不教疱起妬詎倩杳爲媒疎冷佳人笑橫斜遣客悲今宵知有夢欲逐暗香迴

謁孟母祠　在鄒縣西郊祠有孟夫子長跽小石像從母墓前掘得供奉祠中

此日新傳在七篇當年賢母重三遷機聲斷續圖堪繪石像雕鏤氣尚鮮聖系有人開白日孝

思無極到黃泉哀哀獨抱終天恨長跽擎拳淚宛然

途中折杏

驛路梅無信何來杏一枝借衫紅作艷移靨白生姿不帶風塵色應懷雲日思行行勿復折留待採花時

過滕縣京觀處有感口占

京觀遊魂何處招千堆白骨未全銷論功只欲

多擒鹹池裏蓮花盡作妖

其二

百年生齒半亡魂，獵取功名畫閣尊。安知賊首非黔首，淒雨酸風爾自捫。

官橋　有滕文公井田碑

官橋多古樹，霜色半含丹。幹老驚馳馬，枝虬皐去鞍。授餐人已遠，彈鋏氣猶寒。欲問分田處，荆榛四野寬。

孟嘗君養士處

魚麗衎嘉賓，鹿鳴歌食野。國士定無雙，安用三千者。三言海大魚，食客知者寡。狐白出秦關，鷄聲函谷下。豢養盡斯人，誰爲支大厦。夏屋鼓笙簧，古道光風雅。

漢高皇廟

古道春陰赤帝城，疎藤斜竹隱丹楹。鴻溝未許中分立，龍彩長驚五色横。臺上風雲豐沛酒，馬頭烟雨古今情。相逢莫歎河山改，鶯語猶能出漢聲。

歌風臺

劉項歸故鄉，所異遲與速。蛇斷鹿方爭，猴巳冠而沐。衣錦羞夜行，拙哉几上肉。八千散悲風，一虞委鏤鐲。無騅換奈何，酸射重瞳目。何如赤帝子，功成遊邦族。置酒登高臺，長跽進田薮。野叟恣酣呼，功臣咸俯伏。請復一年租，共上萬年祝。沛宫父老歡，江東父老哭。嗟彼天亡者，魂立江

之麓。願以拔山歌，賡此大風曲。

彭城遇陳爾旭避虜南還

馬首相逢天一涯，班荆把酒問京華。腥風未掃烟横陣，燐火猶明血染沙。春到皇都應唱凱，人歸故國不聞笳。可憐河柳東西色，我向長途爾向家。

渡黃河　時長至前一日

衡風按轡獨悽然三入齊梁六到燕古驛殘山如舊識破琴孤劒許誰憐滿前知巳皆爲客大抵窮愁不少年幸値陽回葭律轉欲將消息問青天

柳泉店旅夜懐家弟世臣

客騎嘶寒驚夜眠春令風雨黯秦川可憐雲漢千畦暵又値兵戈萬戸烟主德同天非過督臣心如水獨勞賢關河百二誰無口分陜名高蔽

芾篇

宿飛山岳廟旁次葉相國韻將大風雨

森森廟貌峙山旁萬里悲風吊岳王紅盡佛燈江雨暗碧餘長血野憐長穹碑有字留蝌蚪沙漠何年靖虎狼一夜雷轟庭檜死人言天磔姤平章

徐王園　園在新豐道中高皇后父葬處也古木萬株干霄蔽日中有御製碑文

拂雲古木幾千章聖母新豐傍帝鄉莫道門楣恩澤淺園陵歲歲拜徐王

望飛山閔墓有感　新豐爲閔子鄉山有兩子石從來後母之慘前有歷山後有騫山聖賢亦所不免予兩繼母皆慈而湯母中道見背念之淒其漫吟當泣

驅車偏耐冷蘆定有奇温雲樹生前淚春萱去後魂石猶傳兩子世已歷千孫望極騫山草難

酬後母恩

宿州別家弟少文

連鑣纔七日岐路又分襟雁字横孤月驄花散遠岑徵書名不薄鹽筴計應深不盡東西意離杯且共斟

池河驛步月憶香山

長天如濯淡雲收素魄團圞一鏡秋光赤照人先照樹色堪生喜復生愁巖高不礙氷輪起波

静何妨玉宇浮猶憶霜林横藻荇三更坐落影颸颸

磨盤山

莫畏羊腸險乘空振羽翰旋堤疑縮帶叠石欲生瀾磨動盤原静人忙山自安漫漫前路杳驅馬北風寒

過關山有感

環滁面面盡青山身在巖爭壑競間霜散新華

媚迷鳥道烟寒古樹慘離顔才非逸足甘長隱骨是勞薪不暫閒寄語春明瞻氣者五千言已出函關

過姜家渡

一劍老征塵停鞭泗水濱蘆甘牛馬走誰與鷺鷗親舟檥風前急波瀾雨後新迴看孤渡月幾照散貂人

宿六合懷胥西臣

幾年雲水別又復渡虹橋舊月清光在新愁濁酒澆六峰當古縣孤艇趁寒潮徙倚蒹葭畔伊人不可招

晨風吟附

過王章故里　在寧陽縣西三十里

貧賤安足泣富貴無相忘對此犢鼻褌凄其淚兩行

其二

莫以青紫榮頓忘饑寒泣開篋驗牛衣點點淚痕濕

歷下贈林長城將軍

長途喜得一長城幾騎桃花共遠行志切請纓全報主文成草檄半談兵江關遊子慙無策閩嶠將軍夙有名此去封矦青海上刀頭計日不勝情

其二

自昔文臣輕禦侮于今明主重專征虎韜先試登壇略鵲印遥飛露布聲海月不隨胡月滿蓬雲應共陣雲清蕭君速挽天河水一夜魚龍歌嘯生

入歷下署中喜見朱方黯

病榻斜燈死轉時與君握手淚如絲已拚骨化珊珊響詎料詩成欵欵題生死悲歡今日醉高深意氣古人知金臺此去無多地努力秋花樹所期

羊庄店贈錢過庭　滕縣小路四十五里爲羊庄錢以鬻布爲業濮州人也

市盡爭羅綺君高布素風辭鄉身似鶴有子氣如虹吳越家聲古金錢國計同鴟夷烟水棹知在濮濠東

許池泉和李兵使韻　嶧縣北十里道旁有泉名許池冬溫夏凉一清如鑑蜿蜒十餘里直達運河

頫水芳踪姓久傳何年此地滙爲泉一泓氷髓涵青鏡百道星文倒碧天片片梨花波上度枝

枝荇藻月中牽坐來客慮消除淨覺有清心欲
映川
龍化前朝總浿傳開土人云有許老爷化龍去東南轉運藉
茲泉流歸邳泗千年地波送帆檣萬姓天咳唾
從空疑雨濺珠璣無線借風牽縱然亭館都凋
謝留得靈津灌百川
勞勞車馬忽停旌爲愛名泉不計程冷碧曾流
高士耳空青堪濯旅人纓碑留斷字偏多古清有

斯亭三字元至正十七年董默齋題水浣殘花分外清玄度相尋
應在此一聽飛瀑俗塵輕

宿長城別潘行素

十年萍落憶瓊枝此日眉稜識紫芝誼合便爲
敦夙好情深不是結新知論文夜雨梧桐店並
轡春風楊柳陂旅況賴君忘感慨如何又賦別
離詩

項城輓宋泰斗都憲 泰斗前世領都城

隍之職雖再生尚未解任每夜夢中仍
往判斷至十三歲方罷此宋今礎給諫
爲予言者

名掛塵凡秩未遷夜憑英爽十三年中朝亟藉
調羹手游戲金門去復旋

其二

祇因報國未投閒身在鸞坡心在山天詔忽傳
明月夜鳳凰西去幾時還

其三

雲移斗氣上方寒遥望芙蓉黛色殘石上三生
曾記否紅花河畔水漫漫

其四

生死因緣一轉輪不留鴻爪不留塵欲求來去
真消息木落泉枯已報春

白洋河歌 潘行素欲渡河去先一日宿
遷縣話別醉中草此以當三疊

長途二十日娑娑何日車輪不數過却恠斷蓬容易別問程悄說白洋河
離顏慘共醉顏酡別淚遙添泗水波今夜無眠風瑟瑟愁心先繞白洋河
晚烟踈月幾延俄縞帶論交在蔦蘿岐路忽教雲樹隔傷情忽渡白洋河
天涯霜雪阻兵戈千里隨君意氣多春夢別來何所寄還隨君過白洋河

魂銷那欲唱驪歌共奈蕭蕭班馬何安得一天風又雨明朝阻絕白洋河
春明有約莫蹉跎兩度元宵醉巨羅握手再尋今日路開尊重話白洋河

白洋河別潘行素

帝鄉鶯囀政歸時子舍依依我較遲策馬幾經山近遠斷孟雨見月盈虧恠來客綺翻成夢何處歎悰不慈悲岐路欲分分未得霜槽烟突也

相思

姚黃門開親病不寐子亦有感漫賦時抵崔鎮

高堂原踐蹀游子思難禁悔獨抽簪晚悲乖反哺深（承吉原題卯失恃）青衫隱几淚白髮倚門心膝下千迴繞宵長夢不沉

獨有思親意凡愁盡可刪瞻雲情藹藹陟岵涕滂滂祇急稱觴去（家大人三月誕辰請和）非誇捧檄還果

然青與紫萬不及斑斕

惜別

無端聚散重神傷回首風烟各斷腸聚若燕鴻同躑躅散如鷗鳥任徜徉六橋花市迎仙旆酒水春波拂錦囊瓜渚中分南又北不堪獨上鳳游崗

游子意自敘

予幼業詩亦喜誦詩而獨不解作詩每當登覽之餘溪情谷意鳥語花光風期月魄似覺滿前詩趣及欲一點染而目中所嗟賞胸中所留連者落筆不知何

逝矣予嘗謂秀才作詩如貧女織錦雖冰蠶新樣出自靈杼蟠於嫩腕然拋梭之下窄袖短裳畢竟有寒澀態終不似繡綫金鋮嗁絨涎綺開翠幌倚雕窗有大家氣色耳予今歲浪游京國取道大梁一路古蹟先型種種應接不暇鄉思方遺詩思忽來車中口占得若干首聊以寫游子之意不復問韵之合離辭之工拙調之莠好矣讀者無曰此詩也而曰此意也其可

又

余發石城時雪花飄瞥雜於梅花而何以不詩曰此時閨人怨深故游子意淺也發京口時別館宵分春江逆渡而何以不詩曰此時離人淚多故游子意少

也發邗關時諸友載酒平山杏
韮披紅草茵鋪綠臨岐惆悵抗
手欷歔而何以不詩曰此時故
人情重故游子意輕也總之情
勝於文不復有文生於情也抵
汴州則有隋堤勝事梁苑悲風

夷門俠節而何以不詩曰此時
閉置如三日新婦惟與世臣弟
話舊時事家人語誶故游子意
分也抵都門則有燕市花柳帝
座衣冠香山丘壑而何以不詩
曰此時理鉛槧之業如貧女罷

織停機仍擀井臼爲救饑活計
文人擻馳故游子意奪也

淮南李盤小有氏題

游子意目録

目録終

游子意

淮南李　盤小有著 原名長科
鹿城朱灝徵方點閱

平山堂別家弟季越

池塘春漲夜蒼茫入夢初驚綠草長劍出新硎光欲合花生別路難偏狂一杯醉月歌黃竹幾片迷雲綴錦囊去矣莫憐爲客苦此身端不老風霜

過天長縣懷友人江濯之

遲日芙蓉里停車試問津赤文題石古玄字夢花新星聚懷疇昔天長識異人仙盧煙霧靄一帶柳籠春

渡泗水望　陵

天挺祥光闢草萊枌榆景色絕塵埃西來紫氣千年王東去清流萬派迴花共鳥飛依日月雲從龍起動風雷不才自幸遭明主竹看皇家八綱開

管公店有懷　在泗州北四十里即分金處過此爲包家集或鮑恨爲包也

管鮑分金處慇懃立馬看榮華知我易坎壈論交難鴻不因人熱雖寧如此寒素心人未達同病可爲歎

雙溝阻雨 甲子

去路逢春雨瀟瀟不可聞離情牽泗水別思引吳雲聲濺闉中淚寒銷客裏醺東風如有意吹夢石榴裙

雙溝再阻雨題壁 庚午

昔日泥塗客重來又七年貂裘疑似昨鸞翮喜如前石火烟雲換滄桑歲月遷獨餘豪興在不愧舊青蓮

其二

此地偏多雨行看起蟄龍停車尋舊主呼酒問

新豐斗氣青萍外看花彩夢中當年塵土句何
日着紗籠

越國公故里　過虹縣輿人指是胡公大
海所居地今皆榛莽矣

中原戈甲似雲屯虜騎長嘶入玉門二百餘年
思越國莫敎麟閣負君恩

虞姬塚　過虹縣三十里爲長至溝又十
里有虞姬墓在靈壁縣東　羽寵虞高

變戚皆一有情痴也羽泣數行下高擁
膝欷歔皆一英雄淚也當其首領不保
虞不如戚殆其手足俱斷戚不如虞方
羽悲歌與柰何時虞已知羽之意矣羽
固英雄虞亦烈丈夫哉至今青鋒有色
黃土生香彼韓醢彭葅死同烹狗何如
血濺逝騅也若漢高者置父母于冎釜
而不顧戚兮戚兮柰若何當與三郎馬

鬼同一媿恨

杖策西來到帝鄉虞兮芳塚向斜陽悲歌玉碎
聲何處俠骴花摧骨自香楚漢總歸春寂寞江
山空恨月蒼茫重瞳莫倚芙蓉泣人疏于今咲
漢皇

再過虞姬塚

美人不共逝騅從四面悲風霸氣空肯使紅顏
歸赤帝寧將綠鬢寄青鋒韓彭翻愧貞珉石呂

戚曾無蒼蘚封魂飛愁向江東去化作原頭春
草茸 相傳塚上有草見人則舞

信國公故里　信國湯公和里居靈壁縣
道經其處時虜氛未靖感而成咏

信國功名百戰間日南斗北奠河山千年英氣
堪吞虜爲語胡兒莫度關

其二

赤𢳑青茅二百春皇家自不負功臣菲陰一雀

猶知德愧爾乘軒佩印人

大石歌　靈壁縣西道旁大石裂而爲三縱横可二丈許傍無題識詢之居人云煬帝築迷樓瓊花臺遠經此地以崩裂棄之有感漫賦

靈壁多嘉石西郊石最奇嶙峋蠹道旁未肯向人欹誰遣天丁施巨力神斧削成方如式春草秋苔不敢侵轅軻甘受風霜蝕我來此地訪遺

踪端然壘塊起心胸隋皇跨鶴東飛去留向他山伴古松吁嗟乎石有遇不遇遇則升玉砌而列瑶堦不遇則峙荒原而埋古路遇則響綦履而舞凌波不遇則抗塵蹝而走俗步遇則鋪玉蘂之落芳不遇則飲長空之墜露遇則承蕭后之遺鄉不遇則如袁安之僵仆遇則良匠琢而猶磨不遇則拙工揮而弗顧噫嘻石丈何無言四壁摩挲不能去振衣且徘徊悲屈自東來瓊

枝烟樹今已矣仙觀迷樓安在哉寒山一片猶堪語隋家宫闕已塵埃噫嘻石丈常如此萬歲千秋永不灰吁嗟乎安知遇者之非災而不遇者之非福寧落落兮毋琭琭我心匪石不可移何用營營鬪角蝸而争蕉鹿

永城縣清明　縣爲陳太丘古治中州第一邑也日暮宿會亭一路柳色飛黄大似江南又似春更蚤于江南者撚花村

女哭墳燹婦紛紛道旁日暮携酒西郊尋花不見瞥見如花雖有野色莫解鄉思

舊簷新揷柳方訝是清明遥念閨中子粧成淚瑲領妬花幽喜雨憶遠更挑燈香夢驚廻處蕭蕭嘶馬聲

望伊尹墓　墓在商丘縣穀熟鎮楊鎬亦家于斯予直造其廬畫棟朱門繫園深

戶共如遊陽萬骨何
南亳高蹤何處尋松成翠嶂栢成林一犁春雨
耕天地五畝清風拂古今誤國中丞華屋閉阿
衡卿士古塋森只今世路浮沉日瞻對遥岑起
壯心

張睢陽祠　過寧陵縣古葛伯國抵睢州
子畏於匡即此地也祠在睢州城東門
今有以史李貴陽之功與張許並稱者

無論時勢難易今昔懸殊即睢陽孤城
平絕曾有巉巖可據否四顧無援曾有
聲勢可倚否愛妾與雀鼠同烹曾令四
十萬人交相食否恐未可同年語也至
下逸陽閒風狼竄望影雉經又不足齒
矣

孤城百戰氣蒼茫謾借睢陽誚貴陽豈有謀雲
共武雨恐將白骨飽紅粧山河慘結寒霜色草

樹紛凝碧血光可惜三葬忠義鬼五更鵑淚泣
張王

杞縣　漢雍丘也路旁古碣有宋郊渡蟻
處五字
本是多憂客那堪對杞人問天呼吸近恤緯涕
洟新烟黯雍堤柳風飄梁苑春欲尋渡蟻處幾
度拂苔塵

太平堤旅店和家大人壁間韻

廿載空羈陌路塵桃花九月尚生春世情最是
沽來酒不醉窮途感憤人

大梁署中遇陳光祿藝如偕往都門有感
元龍淮海氣横秋忽漫遭逢古汴州斜月曉霜
同作客鷄聲馬足共生愁書傳西越山何遠夢
到南徐水獨流貧女春紗休淚浣憑君一訂五
湖舟

殷太師墓　衛輝府北十里有比干墓墓

前石碣題般比干墓四字乃宣聖手書祭器歸周洪範陳武七竅有靈目不瞑也尼父題之曰般則不受周封可知矣粟不食食其土乎

剖血忠墳出邶鄘依稀金版泣長松三仁共許紛疑案四字高題見亳宗白馬何人追去客丹疇無處訪遺踪獨留古碣春秋筆掃盡周王尺土封

望太行

蒼峰一帶接崆峒極目龍從望不窮爽氣朝來千壑翠霞標夕起萬山紅蘇門鼓吹松風寂衛水潆洄桂檝通我欲携筇最高處遥瞻親舍白雲中

涉洪　洪縣古朝歌邑

淇水湯湯自古今不聞巧咲但霑襟朝歌悔不廻車轍風動帷裳憐客心

其二

曲曲淇梁碧漪環晴光揺漾似邪關煙花春水家家綠畫舫今朝幾箇閒

見竹

昔愛淇園詠玆來問此君篺猷千尺雨竿釣一絲雲綠水波全映青巖色半分入林知不遠今古未離群

湯陰懷古　湯陰往蹟最多尤著者文王羑里孫登龍井嵇侍中浣衣處岳武穆故里扁鵲墓墓上土墓旁艾俗傳可以療疾

湯陰古蹟何多奇往緒今情有所思前路關心春寂寂芳踪觸目馬遲遲文王羑里憂心悄演出河圖長夜曉窮愁莫謾若艱貞自古英雄皆集蓼英雄集蓼幾浮沉顧影婆娑不自禁潄玉靈泉知不遠盡傾聖水滌煩襟煩襟一滌渾如

雪鍊得剛腸羞百折不信試過浣衣庄衮龍紅噴千秋血千秋血淚欲琅琅武穆精魂泉石香報主忠丹留世界除兇遺恨到滄桑除兇報主封章丞七年求艾嗟何及卽今扁鵲可回生誤國膏肓醫不得誤國膏肓利與名文貪青紫武貪生願將抔土和良劑藥盡錢神解萬醒錢神淨盡風神爽海濶天空恣俯仰我今懷古有深情一覲高山一幽賞

娟獨齋詩集　游子意　十一

晝錦堂　彰德府安陽縣古相州也韓魏公晝錦醉白二堂俱在府内

晝錦堂前古木鐇高風掩映氣猶寒人人青紫誇衣繡山海長城少一韓

鄴城　卽臨漳縣曹魏故都有華林園玳瑁樓

鄴南鄴北柳千條籠霧籠烟恨未消一自華林春散後啼鶯躑躅任飄揺

漳河

聞道歌臺野草多春風無意度漳河一聲啼鳥長橋晚粉泣香羞咽去波

銅雀臺

銅雀西飛花鳥無歌聲寥寂水聲孤三千羅綺分香去金谷何曾見綠珠

疑塚　曹操恐後人發掘故爲塚七十二處

娟獨齋詩集　游子意　十二

疑塚七十二塚塚盡蒿萊朽骨千年穢疑心空自猜

周昌故里　過磁州北磁州古滏陽縣

高皇變戚畏呂愛犢雖封牝雞欲啄生平一未了事也一旦以如意付周昌直干城寄之矣迺高皇骨未寒而漢官有藐趙國無王僅一死塞責視藺大夫完璧何如者豈呂媪威出飊秦上哉抑昌

之心有餘而智不足故遺出相如下耳

白璧連城返君王魂魄悲同爲趙國士愧殺漢期期

過臺城　磁州北三十里賀蘭眞人居此

繞過中州第一關飛心直掛彩雲間東風洗盡塵埃色颯爽歌堯見聖顏

再過臺城

重過中州第一關不堪回首翠微間西風莫暗

貂裘色多少青袍換素顏

崔府君廟

臺城落日孤城隅湮古寺空宇慘荒楸登堦紛野翠蕭蕭壞木欹漠漠青苔閟膽對愴襟懷君侯儼然遊芳蹤影畫圖政譜留碑字泰岱挺英奇貞觀標卓異滏水何洋洋消滴沐君庇玉鑾鞭辟陰罡風驅遠魅精靈恍惚通爲卜升沉事何日煥丹楹披榛還擁笋舉頭賀蘭山一關唐

天地

滏水殘荷　臺城四十里爲磁州城之東西滏水環遶碧溪荷芙可十里許敗葉跡跡與衰柳相欹映雖爾嫣然不禁蕭瑟

滏陽荷葉半凋零寂寞鴛人想短亭猶憶蕭風吹蕊綠可堪涼雨襯苔青思歸小鳥爭斜照欲墜蓮房媚晚汀獨有踈楊無世態故遮霜露惜

餘馨

邯鄲道上懷盧隣虛　邯鄲縣界有叢臺驛學步橋照眉池連城街此廣平府所轄也隣虛家于永年相去非遥歧予遐思神爽飛越

當年對酒話邯鄲今日叢臺把臂難學步未工悲躑躅照眉如畫淚闌珊羨君揮酒文成錦與我逢迎氣奪蘭翹首仙珂寬欲去相期醉月到

長安

連城街

死事易處事難挈瓶之智不失守器究之人與器俱亡耳使相如以身護璧旋以身殉璧縱七尺不足愛不爲君愛連城乎惟璧從間道歸相如廼得以可死可生之身叱詫秦庭而毫無顧惜也璧去則相如一腐鼠殺之何益秦王于是心灰而氣奪矣智哉相如

碎身即碎玉何以復連城懷内原無璧鴻毛一死輕

呂仙祠　過邯鄲廿里爲黃粱夢境殿後有盧生臥處前有惺亭方池遠汀楊栁依依令人恍然夢欲回也壁間題詠各出機杼皆黃粱未熟時語耳

天外浮雲水外舟想因盡處即逢丘淮陰功業慚高鳥金谷韶華羨野鷗一枕黃粱隨意熟九還丹内幾時收忘機最是春眠栁夢覺從風不自由

黃粱夢境

浮生日日是黃粱蕉鹿空爭智力場日月雙丸無住所呂翁偏在夢中忙

盧生臥處

莫咲邯鄲夢裏人覺來依舊夢中身人生夢覺原如此草自青青花自春

沙河縣

暮到洛關北驚聞僕騎譁褰帷試一望不復辨天涯平野青無草孤城白擁沙原非金可揀詎有屑能遮塵起風偏急山昏日易斜素衣旋化紫青鬢倏成麻吞炭汚肝肺餐灰咽齒牙迎眸如隱霧回首若籠紗盡道來胡漠依稀聽遠笳橋危幾勒馬樹老不棲鴉已見村烟近翻疑岐路差無人誰喚侶有屋便爲家鄉夢愁難到村

醪倦懶賒行行悲異國去去逼京華上苑鶯窺柳春堤蝶舞花牢騷此日寫天路挹雲霞

晉陽懷古　自順德府、邢臺縣、及內丘、皆古晉陽道也、往蹟最多、

丈夫落拓無邊幅柳癖花淫酒萬斛獨有忠孝重綱常貞情亮節淸風穆短詠長歌姓字香禪心道骨趍飛揚我來此地尋遺跡古範英英有異光祖乙故都留鉅野邢臺風日何瀟洒王圖

伯力祇空山誰是扶顚伏義者三薰三沐莫逡巡六月六日哭唐臣賢相功名奄露草匹夫俠烈挺霜筠復楚覆楚英魂壯前有程嬰後豫讓一綫孤存九死餘三呼憤懣層霄上男兒一飯不忘恩水之源本木之根未老馮唐丹逾赤難封李廣舌猶存天生我材應有遇人倫樂事歡無度黃土紛披郭氏金紫英爛熳田家樹浩然七尺任縱橫枳法松禪掉臂行海鳥忘機超智

綢林鶯饒舌喚浮名龍井流泉天上至鵲山春色飛青翠梅花賦就晴香殘藤蘿欲覆靈碑字晉陽古道眞奇哉保障繭絲莫浪猜留得忠良生氣凜藍輿過處幾徘徊

豫讓橋

仗劍酬恩淺吞聲心事違至今橋畔柳欲惹趙王衣

過內丘崔陸陽園亭

崔氏園林秀秋花分外奇亭幽窻四朗徑曲樹全乖青露滋新菊紅芳戀故枝主人纔返旆好鳥一來窺

光武廟石人　廟距眞定府栢鄉縣十里、階前兩石人兀突嶙峋身首異處、傳爲光武所斬、

怪哉石偶路旁欹白水眞人劍氣揮天鑄巨靈開寶鍔地胎磊骨壯炎基斷蛇精魄應堪繼沒

羽英鋒此更奇想像寒芒雲樹黯昆陽城下斗牛移

大石橋登關帝臺　趙州南五里有張果老驢蹄印并曾班手跡臺高踞城樓天空樹遠頗豁游懷

碧影搖搖駕遠虹蓬萊紫氣夕陽中驢蹄欲步空梁跡馬首誰欽翊漢功題柱有心凌彩筆飛梟無路愧仙風海天一色堪乘與莫問長堤水向東

廉頗故里　在趙州墓在邯鄲廉藺刎頸千古美談予謂引車高義固自雲天猶是識見用事而廉將軍則真至伉爽不復可思議矣其憤也直欲搖戈其悔也不啻芒背憤則真憤以抱十五連城叱詫秦庭之前大夫人人拜下風者必欲殺之爲快悔則真悔以提百萬甲兵所向無前之大將軍而負荊搶地不以爲辱丈夫心事痛快光明可與論交可與論兵焉

九地忽九天負荊心已折寧懷宛轉思詎用綢繆節意氣洒然空肝腸一何熱卓哉古將軍所敵皆摧滅

唐鳳閣侍郎蘇味道墓

模稜鳳閣愧台衡巧以模稜鎮太平唔咲由人甘結舌安危于我不關情宣麻忽忽從風草件食悠悠未解酲何似調停名更美隨波轉聆到公卿

綠柳長廊　過欒城爲獲鹿縣高柳萬株濃陰十里不復見天日惟風烟搖曳空翠帶衣耳車轔轔馬蕭蕭別一清涼世界

柳色飛來欲染裘繁陰十里望還幽人從翠袖

香中度馬向青絲幔裊遊影散芳堤疑未曉涼
生露葉似經秋征車過處風吹浪彷彿烟波一
艇浮

又

綠柳長廊冶水西柔條樹樹向人低應憐客路
迴腸繞故遣淸陰逗馬蹄

其二

千行翠帶一鞭長隱日翻雲綠水鄉移向江南

花雨際不知沉醉幾紅粧

滹沱河　真定南十里有韓信講兵法處

中與百戰歷艱危河伯川靈好護持縱使波流
水共合也應背水決雄雌

滹沱懷古　河干有麥飯亭

水細沙明過遠塘千年水暖見虹梁前村遮莫
炊烟起麥浪芊芊送野香

伏城驛見桃花

古城官樹少驛路託桃夭盡日無歌扇經年送
客軺風沙顏未老冷落色偏嬌斜倚垂楊外西
施醉舞腰

木刀溝雨中　一名馬頭舖　絲雨霏霏柳
枝點滴急渡沙河橋抵新樂縣新樂古
新市也野花村酒以解客歎益重客愁

春水遲遲春雨急柳絲不管征衣濕平橋飛渡
御風行天低雲起飛鳥泣酒幔招摇新市東誰

家少婦出簾櫳桃花深覆臙脂色惹得行人醉
眼紅

趙州見踏青女

料峭春風三月半山光爛熳花光燦趙女春來
不愛眠理粧隔戶紛紛喚喚起春情心緒多含
顰對鏡幾延佇遠山滴滴羞靑翠翦綵盈盈怯
綺羅出得春郊行不慣三三五五嬌相綰搔頭
金鳳倩人扶行驄過處千迴盼萋萋遊子約絲

轠淺碧深紅總斷腸宛轉流鶯啼不去飛花踏
碎爲誰忙

明月店　過新樂縣至定州南有明月店
北有清風店店名明月政當月明獨步
中宵斷魂謞謞

我來明月店明月吐清輝簾箔深深處有人寧
綉幃

其二

媚獨齋詩集　游子意　三三

本是一天碧故令兩地分閨愁同旅歎共起作
浮雲

其三

明月今宵過清光入夜幽願留孤客伴莫去照
樓頭

清風店　京口有清風橋

不知清風店只憶清風橋綉戶春聲悄羅衫不
耐飄

中山　定州古中山郡又名博陵

費得中山酒傾壘竟日醒不關酒力淺無奈客
愁縈

渡沙河橋口占　清風店北有唐河古渡
逆旅主人云過三月則波流洶湧不復
如今之沙地矣淇漳洛滏諸沙河皆然

沙河已過復沙河疊見平川野渡多若待桃花
三月後馬蹄踏處盡風波

媚獨齋詩集　游子意　三四

驚説風波處處多猶喜飛泉未灌河春水尚遲
花落後人間何日不風波

其二

楊忠愍公成仁里　慶都縣

先生不是逢干伍夢入簫韶道師曾五字從容
絕命詞千秋悽愴編年譜身歸天上本騎箕氣
落人間堪射虎我到青丘不忍登遥瞻華表鵠
啼雨

千古無劉伶誰知麴蘗情劉伶不飲酒千古無
劉伶

魏隱士劉伶墓　安肅縣

其二

酒以傷生廢翻從酒護生婦言不可聽斯語足
解醒

其三

痛醉非關飲劉伶原自醒杯中有真意莫問酒
泉星

過涿州固節驛有感

到處皇華驛路新纍纍囊篋接天塵干旄西指
迎都諫鉦鼓東喧護代巡卒妍方馳官屈縢馬
蹄欲蹶吏生嗔封章盡道裁供應出得春明供
應頻

蘆溝橋燕子

舉目見蟯蠼征鞭疾去帆任心飛碧漢鄉淚掩
青衫采艾悲三歲歸春附一絨撩人惟有燕馬
首故呢喃

入都感懷

何年一寶刀金鎖龍蛛甲斗氣已凌霄瑶光未
出匣孤稜影欲寒衆口紛相詈恭澤咲棲遲王
章嗟空乏一朝風雷起采色長空壓指頤生榮
華逢迎盡歡洽長嘯陟山巔雙峰天外挿人情
朝夕殊我自用我法

水雲瓢自序

予賦命崎嶇材劣飄搖落以來困學不成興味日孤鬢髮幾霜性靈久竭生平無一遂意拔老云若入豬谷近之矣又如十九年海上子卿節旄落盡惟胸

中一點分明處薑辛桂蠹耿耿不磨耳唐人云失路漸驚心計錯逢僧更念此生勞又云誤攻文字身空老却返漁樵計已遲夫錯則眞錯誤則眞誤而遲則求[illegible]迨從此焚筆塚硯作雲水

散人豈朱衣無分荷衣亦無分耶因簡篋中諸詠題曰水雲瓢昔人携詩瓢自隨得句即入其中予何能詩不過偶一會心漫寫所見大約得之水邊雲際者居多今而後謝風雲之想治水

雲之裝謂我爲漁可謂我爲樵可謂我爲有髮僧可任一瓢之所適焉而已

淮南李盤小有氏題

水雲瓢目錄

水雲瓢目錄終

水雲瓢

淮南李　盤小有著　原名長科
毘陵惲本初道生閲

苕溪秋日同顧端木登峴山

高原秋氣入空濛，曲曲溪山一徑通。出谷友聲蒼靄外，班荊人影翠微中。望迷平楚千峯月，嘯發蘇門萬樹風。共是壯心牢落後，不堪直北盼歸鴻。

姑蘇黄奉倩招集分韻得魚字

寓窻烟冷尚姑蘇，日暮風揺賦索居。半樹殘秋香片老，孤燈細語月痕疎。微來丘壑成書笈，情動家園憶鴈魚。深淺亂蛩遲去客，無窮佳思一尊餘。

謝胡子灝工部府寓子灝洽隱園別歸

露濕平江鴈欲飛，淮南遊子未言歸。清樽座上蘭馨合，紫氣山中桂影肥。借榻肯容分翠樾，探

囊尤許挹瓊瑤王情珍重酬無地惟有盟心示不遠

丁丑莊秋抵鹿城宿顧端木園亭月下對酌道懷

遊子足跡遍四方今隨秋鴈復南翔見君權然道舊故轉嘆年來如參商憶昔勵志出儕輩函丈之間靜相對把酒論文意氣雄俯仰一世多慷慨而今鬚髮吾已斑壯懷空老江湖間閑來

著書嘗說法逍遥不買深公山吳中交遊亦多矣古誼安得如吾子爲取一尊佐笑談高齋坐聽松風起

月夜命茗姬弄琴　月出皎今庭前栢竹影參差可愛庭後小閣臨池時蓮已歸房香從葉出彈漢宮秋平沙落雁二調爲之滿飲十卮頹然竟醉

夜色蕭森月滿庭撫桐羅袖動芳馨清商未午秋聲雜爲語寒蛩試細聽

其二

乍從十指識高山無限奇懷伊洛間只恐乘風清韻杳窣裾蹈得伴酡顏

送王澄川學憲之楚

崑山片玉迥誰羣客裏歌驪向楚雲閲重烏衣槐作蔭詞高黄絹錦爲紋野謀漫憶三齊遠國珮偏紉九畹芬拭目公門氷鑑裏好羅璣璧獻

明君

送張宗曉方伯之任閩轄

龍門瞻紫自年年吐握于今快執鞭墨妙自來儕大令文章何必遜坡仙庭前三鳳飛争遠篋裏雙龍淬更鮮我憶家猷棠蔭地天南持鉞祝公偏

赴葉耀仙明府酌　同顧端木飲舟中綠樹清溪秋光映席鐘鼓爰居微露諸矦

鹵簋山農多物色之游麟而狎野麋少
見不無多怪耳小詩志謝
素識非元吏今來果道流懽情深一酌逸興寄
扁舟江郭田疇熟山村草木稠氣清明月夜香
暖桂花秋熏灼何煩騎喧呶獨許優臨卭會引
重高密屢相則之予敦高誼遊人破旅愁莫教
歎趣極醉倒暮江頭

徐錫予太史齋中夜集　座有椰姬課觴

媚獨齋詩稿　水雲飄　四

流霞如水觥籌未及三周而前楹月滿
矣
天涯多知巳邂逅在茲辰遷坐常因妓飛觴每
向賓高雲歌欲上明月座相親潦倒杯深後羣
鷄唱北隣

留朱方黯沈千仭顧端木小飲聽琴　三
君皆予研席舊交追維星聚神往三山
特戒茗姬張帷櫟縵盡梅花七闋音清
以矯頗如燕墮鴻驚方黯曰琴心具有
關雎予曰鬢安得爾耶七絃和鳴六花
錯落庶幾有之
高朋日夕共披襟往事興思感獨深旅舍蹔特
開素酌閨中永夜起清音從君譴淚終無語與
我周旋故不禁江左風流猶未墜竹林佳事可
追尋

集方黯蕉雨軒　座有歸文休顧仲恭仲

媚獨齋詩稿　水雲飄　五

素搊彈北詞續以洞簫文休倚而和之
是日方黯嫂亦招茗姬併其娣內集抱
琴而至流韵冷然清聞頓萃牙期亦一
異也
涼秋天氣佳携侶同遨遊行行對落日巳至城
西陬我友啓蓬門揖我登其樓咄嗟陳濁酒盤
飧無珍羞儉朴古人風醉飽將何求上座一仙
翁高韵世罕儔絲竹音始合振袖發清謳桓子

多深情周郎不回眸鬬和有佳人橫琴聲轉幽
聽之淸心魂揚觶迭相酬開窗見星漢高樹風
颼颼興酣縱談笑永夜遂淹留二客不能從豈
爲減風流酩酊且歸去何當老糟丘

張宗曉方伯招飲陸夢明諸友同集

與地逢佳友朋來每杖藜結歡因傾盞樽酒慰
羈棲文藻多潘陸才名皆阮嵇雄譚流水湧高
韻白雲齊未覺金壺盡初看銀燭低風淸竹里

館露冷菊花畦止爲情如水何妨醉似泥行當
理舟楫蹤跡各東西

集周木生少府郊園　木生同歸文休顧
柱卿合主張樂治具飲於東軒予乞竹
文休出爲長丈文休走筆應之數竿撇
舞迎風欲醉卽令子瞻與可醮墨對壘
神化寧逾此耶東軒之左爲寤言堂懸
竹堂中堪與石丈爲偶瀟遠欹嵚古色
幽坐木生兄起斫南嶺其蕪蓁栽石面
歸卽爲英州爲鬱林可耶歌者十人紅
粧枯半多予金閶舊識阿琊粉黛盡致
極妍或云此命妙逢三絕良然

江淮千里何迢迢遊子思歸理輕舠何意與方
多故交臨行置酒爭相邀角巾鹿裘來西郊主
人開徑剪蓬蒿堂上雜沓集賓僚庭前石丈數
仞高古色蒼潤生雲濤晴烟溪上從風翔落日

西挂長林稍我友文休神氣豪琅玕百尺在揮
毫懸之屋壁風蕭蕭取勢居然萬里遙向夕開
筵陳濁醪佳人迭出多含嬌雲鬟霞粧金步搖
淸歌一曲干雲霄聽之心蕩如風飄爲命樂工
止喧呶燈前促坐擊青標當年英門識爾曹翩
翩雜衙復乖背而今我已朱顏凋遺跡聊耳紛
相嘲四座爲歡歌且謠夜闌燭滅猶遊遨送客
留髡未寂寥磊塊終須斗酒澆長遊醉鄉希東

皐

集魏子韶齋中議造渡生船詩以志喜

子韶暨諸千如曹心求葉水修朱爾凝顧諟明張鴻一皆鹿城之精心內敎協願廣仁者欲造救生船於京江特延遠塵開士爲之主持從鯨波蛟浪中津梁覆溺宇內吉祥善事無加於此遠塵向住石簰露坐三載風雨弗迷願至力隨

魚腹當無邱壠矣是會也僎同伊蒲主者儲醪餉客自遠塵而外舵艫雜行極昰纔止昔淵明入蓮社請許飲酒今日遠公再來旣醉不妨禪悅

古剎林樾不受暑策杖薄遊慰逆旅會有知已時提携傾蓋論交可爾汝松柰梵誦聲設謖象敎方輿在同侶伊蒲列坐出素盤玉瀣逃禪迷處所君輩自是題柱客愍渡一葦嘆無策造舟爲梁穩濟人淼淼長江不盈尺馮夷息浪蛟龍遠駕海驅石鬼神翼洵哉廣仁吾黨事感至諸天永弗隔迴薄萬古奇懷見洗盞痛飲諸終讌霞色漸引凉月高石面湖光淨如練不醉無歸興逾濃含情惜別各西東問法沖襟無一物夜靜息機何處鐘

桐江舟中

凉雨初晴霽色寒風前紅樹半凋殘乘潮一葉

凌虛易捲濕千林破浪難將事慨慷思擊楫愁心半落問鷺鷥推蓬不覺霜華老寂寞桐江一釣竿

過常山贈周大紳　周兩任巡宰今爲逆旅主人

吏隱何妨在市旁朱家游俠愛周郎方點屢屏其人十年雜肋全同水三尺虬髯半有霜避世侯嬴元落拓辭官梅福轉淸狂我來欲渡盈盈水風送

憑君一葦杭

過信州贈別駕趙又玄姊丈

寶鍔新硎發黃堂振羽儀一夔飃化日五馬驟明時玉骨凝蒼節氷心託素絲文堪爲士準清獨畏人知琴鶴家猷遠風霜郡譜奇隨車霖雨足炤路福星垂半剌勳方集當途譽正馳流鴻行大展樹駿自今兹媿我偏迂僻懷君特逶迤邗江花巷月燕市酒人期別去勞相憶重來慰

媚獨齋詩稿　水雲飄　十

所私度山单騎遠下瀨一帆遲快覩題輿績欣看薦鶚詞珍重繩先德葵丹愼寶持入門如有約投轄未須辭

鉛山道中送別袁青來　丁丑小春偕清來方黯西遊一路問水看山墨酣感祖宛然詩畫舫矣臨別寫意

鵝湖朝雨霽行舟客裏歌驪客倍愁乘興幾番同着屐有懷何處不登樓一程翠嶂憑君寫岐路清尊爲我留此去錦帆風正好早懸徐榻在南州

容豫章寄贈姚虞功叅軍時方署篆進賢

廿載椒蘭意不輕與君同托歲寒盟叅軍俸少青袍冷俊邈吟高白雪盈幕下芙蓉依霽旭天邊鵜鶘下春城相將壇石山前月不借雙魚寄友聲

齊雲巖

媚獨齋詩稿　水雲飄　十一

靈巖仙苑絕塵氛寶笈琅琅下界聞五老凝霞披紫誥三姑邀月聽玄文（巖左有五老峯三姑嶺）篆香暖結芙蓉色笙韻清飄梅椰雲最是法堂春氣滿祥光長護玉虛君

毘陵同惟道生楊龍友張爾唯楊無補限韻　道生南郊別業新成扁舟造訪而爾唯自甬東至龍友無補自石城至不期而陡會於一日意中之人意外之遇

驚喜叫絕共集冂亭理甃事至暮明月盈階京風襲袂高酣雅謔痛飲論心因限韻即席賦詩詩成共酌此情此境眞堪倣世矣道生新築距河千不數武舟艤柳岸山陰之棹一時頓有三焉漏四下方登舟抗手而別時戊寅長夏望前一日

朋簪猶憶盍長安風雅深盟喜不寒譚劇便令

詩思溢情多自覺酒腸寬清光入晝煙雲動爽氣歸林鳥雀欸此會莫教容易別五星東聚古來難

水雲瓢 終

京江詠目錄

京江詠目錄 終

京江詠

淮南李　盤小有著　原名長科
古黔楊文驄龍友閲

登焦巖

海雲嵡霧雨崔嵬石勢凌江江欲迴西指金鰲松作嶂南臨鐵甕浪爲臺龍吟古塢聽經去鶴嗅沉碑跨月來三詔何須嗟隱士明時偏欲老長才

玉山送朱方黯往大梁

歌驪今夕玉山嶺梁樹吳雲各一天指顧行藏惟爾共嶔崎道路許誰憐不聞濤雨驚花夢賸有秋光護翠鈿此去夷門好乘興千年俠氣入新篇

避風館

南北孫來苦濟川飄風何日始恬然因開小築千秋業爲了浮生一宿緣人鳥避趨同浩刧颷流停發總幽禪須知過涉驚非易寄語衝波去莫遡

其二

颸鳴孤館俯江湄相避何勞重客悲去住隙駒塵夢覺浮沉漚鷺旅情窺浪花繁葦迴深檻塔影危岑出短陴況是慈容能護惜於今津問更宜誰

避風館落成邀張雲齋明府吳淵如孫仲

仙江頭小集

羣玉峰頭坐夕曛喜看新築集卿雲烟波欲向巖嵐合夜氣還從象緯分忽駕祥鸞遊翠嶂相隨馴雉繞香雯登臨興發尋常事却羨風流獨使君

其二

一尊江畔濯寒芳碧磴躋攀漢月芳玉藥西峯飛笑久梅馨南浦逗歌長梁園作賦驚蟬彩茗

水分波洒墨香況是澄瀾彌蕩頃暏恩無地不
倘徉

午日滕社舟集同賦寶字

午日滄江麗艑舟指烟島紉蘭亦佩蕙采荇復
搴藻遥憶行吟者千古惜懷寶因嗟今之士功
名等秋草所以素心客簪紱匪所抱眷此布衣
交白社聯同好小妓棹歌發波影金釵倒憐茲
髮覆眉尚未執榛棗爲盡金屈巵遂覺愁如掃

張公亮自都中還諸子邀集錢容緯山亭
限韻二首

綠暑山亭迥憑高意若何雲邊消匹練月下出
青螺曼曲倚而和閒情嘯也歌俯窺苔徑轉嘉
客引藤蘿

其二

聞道長安裏繁華海甸春風塵休問勞烟月且
逡巡撼竹迎山翠搴花遲麗人 徐雲友未至 觥籌何

必惜樂事及茲辰

同陳爾新太史及社中諸子泛舟江上四
姬各拈一韻

沙淺江光潤迴舟潤水濱風華荀令坐旖旎宓
妃春酒政閒隨意歌聲慣遶人清思當蕤發月
出更無塵 徐雲友拈人字

其二

畫舫連波漾橫江飛暮禽藕絲牽妾意竹葉醉

郎心燈暗流雙盼絃沉聽獨吟不知香爐後誰
送紫羅衾 趙荆卿拈心字

其三

綠楊風不定掩映出倡家情雜難投果年餘政
及瓜綃光霞入座釵影日籠紗笑展眉間色逢
迎在頰花 耿瀟湘拈花字

其四

小姬眉未畫綽約曲欄中嗔姊將偷雨羞郎半

掩風插梳疑夏月和曲似秋蟲乞字聊題與前
身或姓馮 耿小憐拈風字

鶴林寺小集 在座爲趙荆卿、王蓮房、傅桂仙、若仙、耿瀟湘小憐、六姬拈韻得七陽一先、

水滿橫塘生暮烟幽懷悄悄月如弦高人舊住名鴻鶴瀛女荒臺憶杜鵑檀板不須驕絕唱蛾眉畢竟讓天然長教花下傾醽醁定是方壺第

幾仙

其二

城南張樂竹風涼咽管繁絃沸夕陽飲倒玉壺鷰鷹影欲殘金縷鴨生香偏宜禪几使春篁自愛山花襯眺粧別有感懷人不寐 時予獨宿詰朝爲予初度松風謖謖度僧房

京口社集適陳木叔寄詩至即席依韻遥

答

社居遥對三峯青客子經過江上亭人悵離壇虛祭酒余憐花事待徵星尚同林鶴來山野莫學官梅照驛汀載筆不徒分秀句愁年尚欲問葩經

輓潘木公

文章有真氣斯文乃可久友朋惟素心斯人乃不朽與君兩世交毀譽不形口相逢一剖胸雲夢吞八九餘緒出篇章傾筐璇源走聲價重南

金象緯闢北斗車轂闐其門王侯俛其首胡然值龍蛇春城禜雪柳行庭不見君與嗣但攜手墨瀋沁堦除蘭馨披戶牖纂述有佳兒慰唁多耆叟素心儼可掬真氣谿如抖人文世所欽哀歌動車轊

步韻贈紀介公效古體

憶子三山間清言越林木不受峯雪奇掩關惟靜朴感序悅秋林香兮澹如菊 把對伊菊 懷意引杯

先澠伊懷誰可靡月烱哀猿吳寄情木性生變
幻驚神速反悲答禪鋒寧曰得吾肉夜冷示靜
香大藥爲予服

懷問石大師任焦山兼以言別

受法應須第一流塵封講席巳多秋飄來艇子
江心寺潤大波瀾此地收

其二

丘山古木亂蒼煙白板斜扉最上禪鞭影莫教

無覓處片言相示石巖邊

其三

汐語潮音滿巨浸法王自在此中心廻風日暮
還生紫澥祖源流迴許深

其四

相逢未久別愁迪去住人天只眼前寄語魚山
千載事重闢未後不須筌

雷司理重建釣鰲亭落成

百折江流萬里長一亭孤截俯滄浪地當金玉
波光燦窟擁龍蟠澤氣蒼（磯下水最深相傳爲龍窟）揭霧東
濵愁浩浩瞻天北極意茫茫知君創復無窮思
聊借任公寓激昂

其二

鰲背絲來拄八荒使君獨力起蒼茫政從巖石
應知並澤向江流未許量談笑每分蘭芷馥管
絃時帶水雲凉千秋碑頌孤亭在沙鳥汀鳬共

引觴

焦山松寥閣贈吳眉仙

眉生仙乎人不識夷猶三山嗟浪跡錦心繡腕
走龍湖珊瑚帶雨落空天我有沉痾霍然起不
敢生憐只生喜江水江花欲渡君參差一曲瀟
湘雲莫以窮愁問千古世上悠悠盡如土蕋宮
今有雨飛瓊謝女班姬安足數

即席贈歌姬王秀

秀賞亭亭逈絕塵山光水影一時新含嚬不共
桃花笑似欲嚬人政解人

其二

秀倡如掃澹無塵不畫春山黛自新那識雙蛾
楊柳眼半羞蜂蝶半羞人

其三

朝華片片墜風塵夕秀嫣然碧草新歌盡桃花
舞盡柳還留春色療饑人

媚獨齋詩稿　京江詠　九

其四

秀眼應憐客路塵廻眸一顧斂貂新看花共道
三春好青盼如今有幾人

其五

獨秀輕綃護粉塵堆雲挿月倚粧新琵琶莫唱
明妃怨縱有丹青不悞人

其六

花香翻落起梁塵一字珊瑚一字新秀入江山
聲盡處也驚獨坐也驚人

題陳爾新太史松石間意

著書庭館自清芬秋響空齋木葉聞荒徑松存
常挾雨高歌石燦欲生雲鳥忘人在時相下月
照林疎影不分大業青山千古就世間蠻觸任
紛紛

重過京口別館有感和沈千仞舊絳紗詞

女牆西畔小桃花幾向東風映碧斜坐盡寒燈
明月上只疑紅袖罩氷紗

媚獨齋詩稿　京江詠　十

其二

深深紫硯點楊花寂寂青氈暮雨斜春燕不知
歌舞散依然棲宿碧厨紗

花燭詩

高秋日晚金井烟月姊窺牕歡未眠好客逢迎
遝四座断書青鳥到珠簾情絲未定開搔首清
虛仙人相待久鳳柱鸞絲攪客愁促作梅花簇

作柳香塵不動香車來膩燭嬌紅彫墻廻一再
顧之不能顧芳姿疑是降蓁臺生來孱小逢人
少愛唱銅龍新月皎含羞不肯受郎憐怕認春
芽作秋草綠蒜玉鈎初下垂蝴蝶何事向人歎
簸簸沉沉不可問落花細細君自知分付扶桑
遲暇色閒鎖猊烟夜無極最是朝來心緒多疑
信昨宵言不得

秋日游招隱寺

原兒女風雅真聲即弟兄明月二分留我任摘
星幾點送君行莫將此夕輕離別夢是蕪城醒
石城

山中接家少文書兼得滕王閣集口占 却寄

登高曾叟薜蘿衣遥睇滕王是與非東去故心
惟鄂韡西來新句總珠璣菖蒲酒盡鷗眠穩浦
外帆歸木落稀滿目風波彭蠡闊何如北固坐
漁磯

京江詠終